教育部高职高专文秘类专业教学指导委员会
"十二五"规划教材

文化素质教育系列

文学艺术鉴赏

主　编　陈江平　董金凤
副主编　黄艳红　李红霞　徐乐军

重庆大学出版社

内容提要

“文学艺术鉴赏”是高职高专院校文秘及其他文科专业应当开设的必修课程或者选修课程，也是培养和提高大学生审美能力及审美修养的人文素质教育课程。因此，我们根据课程教学的需要，组织编写了适合高职高专院校学生专业特点及水平的《文学艺术鉴赏》教材。本教材共分六部分，每部分设置若干单元。第一部分主要对文学艺术鉴赏的性质及特点、文学艺术鉴赏的心理过程、文学艺术鉴赏的方法等基础知识进行描述，以利于学生掌握文学艺术鉴赏的审美路径。从第二部分开始，选取诗歌、小说、散文、影视文学、戏剧等名家名作作为经典鉴赏范例，进行艺术鉴赏分析，并在此基础上对各文学艺术门类的审美特点和鉴赏路径进行了精要的介绍，力求通过文体鉴赏实施文学艺术审美教育，培养文秘专业学生文学艺术感受与鉴赏的能力，提高学生基本的审美品质，增强学生的文化艺术修养。

图书在版编目(CIP)数据

文学艺术鉴赏/陈江平，董金凤主编.—重庆：重庆大学出版社，2010.9(2020.1重印)

教育部高职高专文秘类专业教学指导委员会“十二五”规划教材

ISBN 978-7-5624-5412-0

Ⅰ.①文… Ⅱ.①陈… ②董… Ⅲ.①文学欣赏—高等学校：技术学校—教材②艺术—鉴赏—高等学校：技术学校—教材 Ⅳ.①I06②J05

中国版本图书馆CIP数据核字(2010)第081609号

教育部高职高专文秘类专业教学指导委员会“十二五”规划教材

文学艺术鉴赏

主 编 陈江平 董金凤

策划编辑：贾 曼 邱 慧

责任编辑：文 鹏 贾德伟 版式设计：贾 曼

责任校对：任卓惠 责任印制：张 策

*

重庆大学出版社出版发行

出版人：饶帮华

社址：重庆市沙坪坝区大学城西路21号

邮编：401331

电话：(023) 88617190 88617185(中小学)

传真：(023) 88617186 88617166

网址：http://www.cqup.com.cn

邮箱：fxk@cqup.com.cn(营销中心)

全国新华书店经销

重庆共创印务有限公司印刷

*

开本：787mm×1092mm 1/16 印张：14.5 字数：300千

2010年9月第1版 2020年1月第4次印刷

印数：6 501—7 500

ISBN 978-7-5624-5412-0 定价：38.00元

参编学校（以拼音字母为序）

长沙民政职业技术学院
长江职业学校
福建泉州黎明职业大学
广东农工商职业技术学院
湖州职业技术学院
湖南商务职业技术学院
河北科技师范学院
河北政法职业学院
黄河水利职业技术学院
湖南大众传媒职业技术学院
华侨大学
黑龙江工商职业技术学院
嘉兴职业技术学院
荆州职业技术学院
金陵科技学院
金华职业技术学院
丽水职业技术学院
辽宁装备制造职业技术学院
连云港高等专科学校
南通大学
南通职业大学
南通农业职业技术学院
宁波城市职业技术学院
深圳信息职业技术学院
苏州职业大学
石家庄铁路职业技术学校
山西大学
四川职业技术学院
四川文化产业职业学院
绍兴文理学院
上海工会管理职业学院
山东文化产业学院
太原大学
唐山师范学院
西安航空旅游学院
扬州大学
扬州职业大学
英国密德萨斯大学
浙江经济职业技术学院
浙江商业职业技术学院
浙江金融职业学院
浙江东方学院
浙江经贸职业技术学院
钟山职业技术学院
中华女子学院
郑州牧业工程高等专科学校

总序

2006年1月,教育部下发了《教育部关于成立2006—2010年教育部高等学校有关科类教学指导委员会的通知》(高教函[2005]25号),经过调整,教育部高职高专文秘类专业教学指导委员会(以下简称"教指委")由下列人员组成:孙汝建(主任委员)、严冰(副主任委员)、郭冬、时志明、曹千里、王金星、杨群欢、王箕裘、韦茂繁、陈江平、李丽、张玲莉。

"教指委"成立以来,始终把教材建设作为重要工作来抓。设立了专业建设分委员会、师资培训分委员会、实训基地建设分委员会。由主任委员兼任专业建设组组长、专业建设分委员会主任,具体负责包括教材建设在内的文秘专业建设研究和指导工作。委员会先后召开了五次委员会会议;举办了三期全国文秘专业骨干教师培训班;建立了全国高职高专文秘专家库并开展研讨活动;承担教育部课题"文秘专业规范研制"的研究;在全国高职高专遴选和建设了三批教指委精品课程;设立了三批文秘专业研究课题;举办了两届全国高校文秘技能大赛;对全国六百多所高校的文秘专业进行了问卷调查;等等。"教指委"始终把教材的研究与开发作为主线贯穿在这些活动中,并多次组织专题研讨,在认真调查研究、反复论证的基础上,组织编写了教育部高职高专文秘类专业教学指导委员会"十二五"规划教材36种,由主任委员任总主编。经过网上公开招标、委员投票,该套教材由国家一级出版社重庆大学出版社出版。

2009年8月24—27日,由"教指委"主办、重庆大学出版社承办的本系列教材主编会在重庆召开。会议期间,主编们就高职高专文秘专业课程设置、教学目标以及本系列教材编写指导思想、编写原则、体例和编写队伍组成原则等问题进行了认真而热烈的讨论,达成了以下共识:1. 根据我国高职高专文秘专业各方向的培养目标、专业建设、课程建设的发展规律与趋势以及国家秘书职业资格证书的考证要求、用人单位对文秘人才的需求,构建编写大纲、选择编写内容、设置编写栏目。2. 教材编写以文秘专业学生应具备的基本素质、基础知识、基本职业能力、核心职业能力为依据。3. 教材使用对象以高职高专学生为主体,兼顾文秘培训和秘书行业的社会需求。4. 教材内容以"够用为度,适用为则,实用为标"为原则,给课堂教学留有发挥空间,突出主要知识点,实训举一反三,紧扣文秘岗位实际,表达准确流畅。5. 教材由秘书职业基础、职业技术与技能训练和文化素质课程(高职高专各专业通用)两大版块组成。6.教材资料尽量使用2007年以后的新成果,保证教材内容的前沿性。7.教材采用立体开发的方式出版,除了纸质教材外,还包括教学资源网站和教学资源包。

会后,本系列教材主编积极组织力量,遴选副主编和参编者,以每本教材为单位,分别组织研讨和开展教材编写工作。

经过长期运作,本系列教材36本终于面世。其中:

(一)秘书职业基础、职业技术与技能训练系列23种

秘书理论与实务　　秘书写作实务
涉外商务文书　　文案阅读与评析
档案管理实务　　社会调查实务
办公室事务处理　　秘书信息工作实务
会议策划与组织　　中国秘书简史
商务秘书实务　　秘书岗位综合实训
秘书职业概论　　秘书思维训练
领导科学与领导艺术　　毕业设计(论文)写作指导
人力资源管理理论与实务　　企业管理基础
秘书语文基础　　市场营销理论与实务
办公自动化教程　　公共关系实务
秘书心理与行为

(二)文化素质教育系列13种

规范汉字与书法艺术　　普通话训练
口语交际与人际沟通　　新闻写作
社交礼仪　　商务写作实训
实用美学　　形体塑造与艺术修养
文化产业基础　　中外文化概论
地域与旅游文化　　文学艺术鉴赏
法律文书写作

本套教材由"教指委"确定教材目录、提出编写意图、组织编写队伍、审定编写大纲、并对编写出版过程进行了全程管理、指导与监控;系列教材全体主编有丰富的教学经验和科研成果;出版社有较高的资质和声誉。全体编写者都怀有一个共同的愿望:在教指委指导下,编写出一套能全面反映文秘专业最新教学科研成果、代表文秘专业建设方向、能在较长时间内指导全国高职高专文秘专业教学的精品教材。

重庆大学出版社从领导到该项目负责人,对教材的组织编写到出版一直给予高度重视和大力支持,特别是邱慧主任、贾曼老师几年来为教材辛苦奔走,精心策划、辛勤付出,其敬业精神令我们感动,我代表"教指委"及教材全体编写人员向他们深表敬意和谢意!

任何成果都是阶段性的,本套教材也不例外。但是,探索是无止境的,在教材的使用过程中,我们会发现修改的空间,在适当的时候,我们还可以对教材做适当的修订,使之日臻完善。

教育部高等学校高职高专文秘类专业教学指导委员会
华侨大学华文学院院长、教授　孙汝建
2010年6月16日于厦门

前言

文学艺术鉴赏是高职高专院校人文素质教育的重要内容，它对培养学生的审美能力和审美修养、陶冶高尚的道德情操、促进学生全面和谐发展有着十分积极的作用。《中共中央国务院关于深化教育改革，全面推进素质教育的决定》中要求："高等教育要重视培养大学生的创造能力、实践能力和创业精神，普遍提高大学生的人文素养和科学素质。"明确把人文素养和科学素质摆到同等重要位置。高等职业教育作为高等教育的一种类型，近年来重视培养和提高学生的人文素质，各高职高专院校相继开设包括文学艺术鉴赏在内的文学艺术教育类课程并设置为必修课程或者选修课程，通过文学艺术鉴赏等形式实施人文素质教育，文学艺术鉴赏也就成为了人文素质教育的重要途径之一。因此，编写一本适合高职高专院校学生专业特点及教学要求的《文学艺术鉴赏》教材就显得非常必要。基于此，2009 年 8 月，《文学艺术鉴赏》教材作为人文素质教育板块的重要组成部分，被纳入教育部高职高专文秘专业教学指导委员会"十二五"规划教材之中。

本教材立足我国高职高专文秘类专业培养目标，紧密结合以培养审美能力、掌握审美方法为主线的分文体教学模式进行编撰。教材选取诗歌、小说等名家名作作为经典鉴赏范例，并进行艺术鉴赏分析，由感性阅读到感知理解的方式引导学生了解文学艺术鉴赏必备的基础知识，掌握文学艺术鉴赏的审美路径。在文学艺术经典文本的鉴赏中实施文学艺术审美教育，培养文秘专业学生文学艺术感受与鉴赏的能力，提高学生基本的审美品质，增强学生的文学艺术修养。本教材共分六部分，每部分设置若干单元。第一部分主要对文学艺术鉴赏的性质及特点、文学艺术鉴赏的心理过程、文学艺术鉴赏的方法等基础知识进行描述，从第二部分至第六部分分别以诗歌、小说、散文、影视文学、戏剧等为单元，并选取中西方各个时期有代表性的名家名作作为经典鉴赏范例，进行艺术鉴赏分析并精要地介绍其审美特点及鉴赏路径。教材的编撰体现人文价值和文学艺术的审美作用。编写体例有特色，设计新颖活泼，并具有情感性、启发性和互动性，是提高高职高专学生人文素养合适的教材。

本教材的撰稿人主要是来自国内6所高职高专院校的教师。撰稿人文学艺术专业理论与实践功底扎实，多具有文学博士或硕士学位，都在各自的学校讲授过文学艺术鉴赏及相关课程，教学经验丰富。本书的参编人员主要有：福建泉州黎明职业大学陈江平副教授，黄艳红讲师、硕士；河北政法职业技术学院董金凤教授；浙江绍兴文理学院上虞分院李红霞讲师，博士；广东农工商职业技术学院徐乐军副教授，博士；浙江东方职业技术学院李芬芬老师，硕士；浙江金华职业技术学院张银枝老师，硕士老师，硕士。具体撰写情况（按部分及单元顺序排列）是：第一部分，陈江平；第二部分第一单元，徐乐军；第二部分第二单元，李芬芬；第二部分第三单元，黄艳红；第三部分，李红霞；第四部分第一单元，李芬芬；第四部分第二单元，张银枝；第四部分第三单元，李红霞；第五、六部分，黄艳红；第六部分，黄艳红。全书的纲目、体例由主编陈江平、董金凤设计与拟定，主编陈江平和副主编黄艳红对全书进行了统稿，主编进行了最后的定稿。本书编撰进展顺利，各位参编人员付出艰苦的劳动，保证了本书按期出版，在此，表示衷心的感谢。

在本书的编写过程中，得到了教育部高职高专文秘类教学指导委员会的领导，重庆大学出版社的领导和编辑贾曼老师、邱慧老师的大力支持与帮助，在此深表谢意。对本书所参阅、引用的相关著作及文章的作者也在此谨致谢忱。

陈江平

2010年6月

于泉州黎明职业大学

目录

第一部分　文学艺术鉴赏基础知识描述

【知识目标】

了解文学艺术鉴赏的基础知识

掌握文学、文学艺术、文学艺术鉴赏的关系

【能力目标】

能描述文学艺术鉴赏的心理过程

能运用文学艺术鉴赏的方法进行鉴赏

第一单元　文学艺术鉴赏的性质和特点

一、文学艺术鉴赏的性质

(一)文学与文学艺术

文学是一种艺术,是语言的艺术。在广义的艺术范畴中,文学是以语言为材料来构筑艺术形象的,并以渗透着情感的形象来传达人的思想感情,反映社会生活的,是一种具有审美特质的艺术样式,因而又称之为“文学艺术”,具体包括诗歌、散文、小说、电影文学和戏剧文学等。文学艺术作为语言艺术,它以语言为媒介,使之明显区别于表演艺术(音乐、舞蹈)、造型艺术(绘画、雕塑)等艺术门类。

文学艺术来源于社会生活。人类生活中存在着的丰富的文学艺术原料的矿藏,是一切文学艺术取之不尽、用之不竭的唯一源泉。社会生活对于文学艺术的需要,是文学艺术发展的动力。文学艺术通常能够以生动的形象感染人,常常被用作传播其他社会意识形态的工具。文学艺术成为最易被人们接受、影响面最广的一种社会意识形态。进步的文学艺术,对于教育人、改造人、推动历史前进起着重要作用。一定社会历史阶段文学艺术的发展状况,是该时代精神文明发展水平的标志之一。由于具有某种相近的生活条件、共同的民族心理,也会有一些共同的美感和艺术爱好。文学艺术的发展以社会经济的发展为基础,同时又保持着相对的独立性。文学艺术的发展与社会经济的发展不完全同步,文学艺术的繁盛时期不一定是社会经济的繁盛时期。

(二)文学艺术鉴赏

文学艺术鉴赏是通过对文学艺术作品的感知、体验、理解、想象、再创造,获得情理结合的审美把握,从中既得到赏心怡神的美的享受,又得到思想、认识、情操、修养教益的综合心理活动。

文学艺术作品是对客观社会生活的反映,它凝聚着作家主观的审美理想和情感愿望。文学艺术既具有客观的因素,又有主观的因素。这两方面通过作家的创作活动互相渗透、彼此融合,并通过物态化形成具有形象的文学艺术作品。可以说,文学艺术是心与物、主观与客观的结合。文学艺术创作作为重要的创造劳动,其结果就是产生文学艺术作品。作家根据他们对人生的感悟,经过头脑的加工、改造,发挥了主观能动作用,并用一定的材料,如语言、色彩、线条、音响、动作等表现出来。李白的诗歌、韩愈的散文、沈从文的小说、斯蒂芬·金的剧本、莎士比亚的戏剧等本是自然界没有的事物,但却被诗人、散文家、小说家、剧本创作者创造出来。

文学艺术鉴赏也是一种创造,是一种再创造。但与文学艺术创作又有所区别,它虽然也是文学艺术活动的一种形式,但它实际上并不创造新的物化的文学艺术作品,而只是以文学艺术作品这种创造物为前提进行想象中的创造。鉴赏者以文学艺术作品为审美对象,通过体验、玩味、沉吟等鉴赏行为展开复杂的心理活动,从而把作为物的文学艺术形象再现为接受者头脑中的意象。这些意象并不是文学艺术作品的被动反映,它已经改变了文学艺术作品的存在方式。所以文学艺术鉴赏与文学艺术创造的创造性是不同的。文学艺术创作创造世界上并不存在的新事物,而文学艺术鉴赏的创造只存在于鉴赏者自己的脑海当中。正因如此我们把文学艺术创作称为第一次创造,而文学艺术鉴赏是相对于文学艺术创造的“再创造”。

二、文学艺术鉴赏的特点

文学艺术鉴赏的过程就是读者阅读理解的过程,也是审美评价的过程。对作品的人物形象、情节设置、艺术技巧、语言结构乃至作品的思想与意蕴的把握和探寻,会因人而异,所谓仁者见仁、智者见智,因此文学艺术鉴赏的特点主要表现在:

(一)文学艺术鉴赏活动的特点首先表现在想象上

文学艺术鉴赏的前提是文学艺术作品,鉴赏者以作家已经创造好的文学艺术形象为鉴赏对象,在接触作品时,利用自己的审美感官把作品的形象体系创造性地呈现出来。鉴赏者的审美活动是主动的,不是被动地接受,他会在作品提供的背景下面充分地驰骋想象。鉴赏者作为有意识、有意志的主体,总是能动地、积极地突破作品的制约和局限,凭借自己作为读者的主观意愿进行独特的想象。文学艺术作品的主体和形成主体的各局部都在鉴赏者的感知中被选择和衡量,有的空白部分被加以补充和丰富。不仅如此,鉴赏还可以改变、再构建作品原有的文学艺术形象,鉴赏者能够在欣赏的过程中,重新创造出各具特色的形象,甚至能够对原来的文学艺术形象进行开拓、补充、再现,见人所未见,言人所未言。

(二)文学艺术鉴赏活动的特点还表现在鉴赏者的个体差异上

这一特征正是文学艺术想象性的必然结果。鉴赏的过程是我们感知形象、想象形象、再造形象的结果,每个审美欣赏者都有其不同的个性特征,所以对同一个作品往往有不同的理解。从本质上说,文学艺术鉴赏活动是审美主体以自己感性的血肉之躯的各种感观看、听、触摸、体验的过程,因此主体的各种特殊心理活动,独特的心理感受、情感意志、想象理解都将在创造的想象中打下鲜明个性的印痕。人们常说"有一千个读者就有一千个哈姆雷特",这就是艺术鉴赏的个性差异,也是每个鉴赏者"再创造"所产生的必然结果。

(三)文学艺术鉴赏活动的特点另外表现在鉴赏者的爱好上

由于社会经历、思想意识和审美经验的不同,人们往往在鉴赏中表现出爱好上的差异。有的人喜爱优美,有的人喜爱壮美;有人喜欢李白,有人喜欢杜甫。人们根本无法统一,也不需要强求一律。同是一幅名画,有人喜欢,有人就不一定喜欢,创作者没有被传统所束缚,鉴赏者就更是表现出鉴赏的多种取向。文学艺术鉴赏的再创造性在历史发展过程中还表现为时代的差异性。由于不同时代的人们有不同的生活方式、思想情感、审美趣味和现实课题,他们向作品提出并希望从作品中找到答案的问题都不同,所以在鉴赏过程中对作品的选择也会发生变化。由于时代的变迁,原来很重大的、特定历史时期的问题,可能会因为时间的久远而变得分量轻了、色彩淡了、意义小了,甚至可能是相反的方面。

第二单元　文学艺术鉴赏的心理过程

文学艺术鉴赏是一个极其复杂的心理过程,涉及一系列心理因素和心理运行形式。它们既有各自独特的功能,又彼此依赖、相互诱发、相互渗透,很难划定严格的界限,也难以确定先后分明的阶段。具体有以下几个过程描述:

一、文学艺术鉴赏是一种借助形象与感情的审美享受活动,它始终离不开艺术形象的诱导和强烈情感的激发

读者在鉴赏文学艺术作品时,被作品中鲜明生动的艺术形象所吸引、所感染,以认识它所反映的社会生活的现实面貌,并进而理解它的本质意义,引起情感上的反应。所以说形象所唤起的鉴赏者的情感反映,是审美享受的重要标志,是文学艺术鉴赏的一个重要特点。例如:人们在鉴赏《保卫延安》《青春之歌》《创业史》《红岩》等作品时,就会特别喜欢作品所表现的可歌可泣的斗争生活,喜爱那些鲜明生动的革命者的光辉形象,从作品中了解过去的革命斗争历史,学习先辈的革命传统与斗争精神,并陶冶自己的情操与坚定自己的革命意志;在阅读高尔基的《母亲》、奥斯特洛夫斯基的《钢铁是怎样炼成的》、法捷耶夫的《青年近卫军》、伏契克的《绞刑架下的报告》等作品时,作品所展现的艰苦卓绝的斗争生活,以及从斗争中锻炼出来的坚强的革命战士的形象,不管在任何时期,对广大读者都具有巨大的教育、鼓舞力量。这种感情上的反应是很强烈的。总之,鉴赏者的情感反映,以

文学艺术作品的形象系统为基础,以作家在作品中所灌注的情感为动力。

二、文学艺术鉴赏是感觉与理解相统一的审美认识活动,在鉴赏过程中,形象思维与抽象思维结伴而行

文学艺术鉴赏不是简单地复现现象,而是对形象意蕴的深刻理解。这种理解又不是抽象的认识,而是形象的意会,是在感觉中理解,在审美过程中认识。文学艺术鉴赏以读者对作品中的文学艺术形象的具体感受为基础,读者对作品的感性认识,在文学艺术鉴赏中具有重要的意义。这是因为"我们的实践证明:感觉到了的东西,我们不能立刻理解它,只有理解了的东西才能更深刻的感觉它"。读者对文学作品的形象,只有在正确理解的基础上,才能获得深刻的感受。例如,宋代诗人苏轼,在读了陶渊明的《饮酒》诗以后写道:"'采菊东篱下,悠然见南山',因采菊而见山,境与意会,此句最有妙处,近岁俗本皆作'望南山',则此一篇神气都索然矣。""望"和"见"一字之差,意境全非。这是因为,陶渊明要表达的是自己辞官以后的喜悦,因而用"见"字,传达出悠然自得的情怀,确有"境与意会"的效果;若改为"望"字,变成主动寻求,不仅破坏了全诗的意境,且亦不符合陶潜的节操。所以,苏轼的体会表明他对陶诗的意境以及陶潜的为人都有比较深刻的认识。当读者对作品中的艺术形象还停留在片断的、分散的、表面的感性认识阶段时,他们是不可能对作品的内容有全面的、深刻的感受的。只有当读者经过深思,把那些片断的、分散的、表面的印象集中起来,加上自己想象的补充和丰富,在自己的头脑里获得形象的再现时,他才能对作品所描绘的形象有比较全面、深刻的感受,达到感受和理解的有机统一,才能透彻地领会其中的意味,得到思想感情上的陶冶和艺术鉴赏上的愉悦。

三、文学艺术鉴赏是一种依靠想象与联想所进行的艺术再创造活动

艺术的想象与联想在文学艺术鉴赏中有着非常重要的作用。文学艺术鉴赏离不开形象,但也不是简单的复映现象、再现形象,而是在作品形象系统的基础上,通过鉴赏者的想象、联想,通过鉴赏者的感受、理解,重新创造形象。在文学艺术鉴赏中,读者要为情所感,就得依靠形象所给予的具体生动的感受,以及随之而来的想象、联想等思维活动。特别是作为语言艺术的文学,由于其形象的间接性,读者对它的鉴赏,与对造型艺术、表演艺术、综合艺术等的鉴赏相比,更有待于形象的再创造,更需要形象思维的能力。它要求读者善于通过语言的媒介,想象出作品所塑造的艺术形象和生活境界,并进而领会其思想内容。例如:没有参加过战斗的读者,能够体验、领略描写战争的文学作品,并非由于他们头脑里有多少关于战争的概念,而是因为作家的形象描绘提供了具体可感的生动材料,它能激发读者的想象和联想,从而体验和认识自己从未经历过的战争生活;而亲自经历过战争生活的读者,对以战争为题材的文学作品,往往备感亲切,有更多的体会,这是因为他们能够以自己关于战争生活的经验,来感受、想象,以至丰富、补充作品里关于战争的描写。要是读者不善于进行积极的想象和联想,或缺乏必要的生活感受,那么,再美的文学形象对他也没有多大意义。"孤帆远影碧空尽,唯见长江天际流""朱门酒肉臭,路有冻死骨""沉舟侧

畔千帆过，病树前头万木春”……唐诗中这些脍炙人口、富有表现力的诗句所勾画的种种意境，在感受、想象能力较差的读者眼里，也可能是平淡无奇的。

四、文学艺术鉴赏是以“通感”和“共鸣”为重要特征的一种综合的心理感应活动

在文学艺术鉴赏中，由于鉴赏者的生活、欣赏经验，由于各种感觉器官的暂时联系，视觉和听觉之间，视觉、听觉和触觉、嗅觉、味觉之间往往可以相互作用而彼此沟通，从而唤起艺术形象原来不一定具有的另一种或另几种感觉形象。这种“通感”现象是在文学艺术鉴赏中的独特现象。文学艺术鉴赏中的另一种心理活动——共鸣，是一种复杂而常见的现象。当阅读文学作品的时候，作家通过作品的形象表达出来的思想情操，强烈地打动了读者，引起读者思想感情的回旋激荡。他们爱作者之所爱，恨作者之所恨；为作品中正面人物的胜利而欢乐，为反面人物的溃灭而称快；或者为正面人物的失败而悲痛，为反面人物的得势而愤慨。象喜亦喜，象忧亦忧。他们为黛玉葬花而潸然泪下，为武松打虎而慷慨击节；冉阿让的命运，引起他们深切的关注与同情；盖拉辛的遭遇，则使人们对万恶的农奴制度切齿痛恨。凡此种种，是“通感”与“共鸣”现象在文学艺术鉴赏活动中的突出特点。

第三单元　文学艺术鉴赏的方法

文学艺术创作是作家用心灵关照社会人生的过程，文无定法；文学艺术鉴赏是读者用心灵关照作家关照过的社会人生，则更为常规。因此，要寻求文学艺术鉴赏的规律和奥秘，就必须掌握一定的鉴赏方法，循序渐进，逐渐提升鉴赏水平。

一、感受形象

文学作品的一切内容都是通过语言的巧妙运用以构成可感的形象来表现的。要鉴赏作品，首先就要了解作品所运用的语言的含义，在头脑中唤起表象的联系，在想象中产生形象的感知，也就是将作品的艺术形象图画似的再现于脑海之中，才能进入审美鉴赏。请看《红楼梦》第四十八回香菱向黛玉谈她读诗的感知过程：香菱笑道：“我看他《塞上》一首，内一联云，‘大漠孤烟直，长河落日圆。’想来烟如何直？日自然是圆的。这‘直’字似无理，‘圆’字似太俗。合上书一想，倒象是见了这景的。要说再找两个字换这两个，竟再找不出两个字来。再还有‘日落江湖白，潮来天地青’，这‘白’‘青’两个字，也似无理。想来必得这两个字才形容的尽；念在嘴里，倒象有几千斤重的一个橄榄似的。还有‘渡头余落日，墟里上孤烟’，这‘余’字合‘上’字，难为他怎么想来！我们那年上京来，那日下晚便挽住船，岸上又没有人，只有几棵树，远远的几家人作晚饭，那个烟竟是青碧连云。谁知我昨儿晚上看了这两句，倒象我又到了那个地方去了。”香菱读诗正是从诗句的用字上唤起表象的联系，在想象中产生形象的感知，而获得她对诗句的艺术感受的。当她还只是停留在

字义的表面了解，还没有找准用字的表象联系，还没有在想象中产生形象的感知时，她就还感受不到诗句的艺术美，还建立不起审美的联系，感情交流的通路还无法打开。而当她解决了这些问题的时候，头脑中所出现的境界就完全两样了。她正是从这样的艺术感受中认识到“诗的好处，有口里说不出来的意思，想去却是逼真的；又似乎无理的想去竟是有理有情。”这里说的“有理有情”就是符合生活的道理和艺术情境。因此，不了解作品语言含义就谈不上鉴赏，但光了解语言的表面含义而不从中感知作品的形象，也还不能进入鉴赏。当然，香菱在这里只是从王维的《使至塞上》《送邢桂州》《辋川闲居赠裴秀才迪》三首诗中各抽出一联来谈她们感受的，没有涉及对全诗的鉴赏。如果是对整首诗的鉴赏，感受的形象过程就要复杂一些。就拿《使至塞上》来说，全诗：“单车欲问边，属国过居延。征蓬出汉塞，归雁入胡天。大漠孤烟直，长河落日圆。萧关逢侯骑，都护在燕然。”鉴赏者就不仅要感受各个诗句的形象，而且要像看电影那样感受各个诗句联成的形象体系，在头脑中再现出一幅内容更为丰富的生活图画。因为鉴赏对象的不同，感受形象的过程也就不同。比如鉴赏一部长篇小说，感受形象的过程又比鉴赏一首短诗更为复杂。鉴赏者要通过语言的了解感受作品中的各个细节、场面，人物的前后活动，人物间的彼此关系，事件的前后联系，情节发展的全部过程，构成对作品形象体系的感受，才能产生对作品的总体鉴赏。

二、体验玩味

从语言的了解而感知形象是进入鉴赏的第一步，真正对作品的鉴赏还有待于在这个基础上进一步深化。鉴赏者在感受了作品的艺术形象之后，就要对作品的具体、感性、生动、形象的描绘，真实、典型的人物、事件，曲折、跌宕的情节，在头脑中进行反复比较联想、体验玩味，才能真正领悟其中隐含的思想意蕴、感情色彩和美妙意境。比如《红楼梦》中林黛玉读《西厢记》，“从头看去，越看越爱，……但觉词句警人余香满口。一面看了只管出神，内心还默默记诵。”她听《牡丹亭》戏曲，“细嚼‘如花美眷，似水流年’八个字的滋味。忽又想起前日见古人诗中有‘水流花谢两无情’之句；再词中又有‘流水落花春去也，天上人间’之句；又兼方才所见《西厢记》中‘花落水流红，闲愁万种’之句：都一时想起来，凑聚在一起。仔细忖度，不觉心痛神驰，眼中落泪。”这就是澄思渺虑，入乎其中，体验领悟，咀嚼滋味的鉴赏境界。如果不是进入的鉴赏境界，作品的思想意蕴、感情色彩和美妙意境，是不会被领悟得如此深切，她那颗少女的心也不会如此深深地被打动的。这也说明，当鉴赏者情不自禁地全身心地去体验作品的一切，特别是人物的内心世界、生活命运和美妙意境，细致玩赏艺术形象的动人之处、作品的艺术风味和语言的艺术魅力，体会其弦外之音、景外之景、味外之味的时候，就会出现或击节叹赏，或注涕呜咽，而进入人们所说的“入迷”“忘我”状态，这才是体验玩味的境界。

三、审美判断

文学鉴赏的过程既是感受形象、体味玩味的过程，也是审美判断的过程。这也就是说，审美判断不是鉴赏过程的一个独立的阶段，而是伴随在感受形象、体验玩味的过程之中的。文学鉴赏不是单纯的感性直觉，而是感性、知性、理性的反复推移深化。它既入乎其中，又出乎其外，而不是一味的“入迷”“忘我”。鉴赏者就是在这入入出出的反复过程中对形象的真实性、思想性、艺术性作出一定的审美判断而获得更准确的艺术感受的。即使像林黛玉看《西厢记》、听《牡丹亭》那样“入迷”，她也在进行审美判断。当然审美判断不是冷静的科学分析的结果，主要是凭借对艺术形象的真实感受和审美经验而作出的。比如：《归田录》云，晏元献喜评诗，尝曰：“老觉腰金重，慵便玉枕凉”，未是富贵语，不如“笙歌归院落，灯火下楼台”，此善言富贵也。汪彦章移守临川，曾吉甫以诗迓之云：“白玉堂中曾草诏，水晶宫里近题诗。”先以示子苍，子苍为改两字云：“白玉堂深曾草诏，水晶宫冷近题诗。”迥然与前不侔，盖句中有眼也。（魏庆之编《诗人玉屑》）这两个文坛掌故所说的“未是富贵语”“此善言富贵也”“迥然与前不侔，盖句中有眼也”，就是凭借对艺术形象的真实感受和审美经验而作出的审美判断。它不是抽象的逻辑概念的判断，而是形象的理性感情的判断，这是它不同于文学批评的理性分析之处。我们在读诗、看小说、读剧本、看散文的过程中，也常常有这样的情况：觉得这里不真实、太造作，那里不生动、太平板；或这里有意思、真够味，那里真出色、妙极了，等等，这也是凭借对艺术形象的真实感受和审美经验作出的审美判断。这种审美判断不是很自觉的，而是在审美活动的过程中自发地从头脑中闪现出来的。当然，这不是什么神秘的东西，而是在已有的生活经验、文化知识、鉴赏能力的基础上对作品的一种理解。正因为鉴赏过程伴随着审美判断，鉴赏者才在感情态度上随时发出关于作品审美价值的信息。

【知识链接】

文学作为认识活动，其本质在于反映生活的真实。作为审美活动，文学创作的核心是尚“善”，表现“人文关怀”。而形象反映生活的特点，构成文艺作品的特殊品质，使之成为艺术文本，呈显出美的境界。真善美构成了文学艺术创造的审美价值追求，也构成了文艺理论批评的标准。文学艺术需要怎样的“真”？何为文学艺术的“美”？善与“真”“美”的关系如何？本文就这几个方面的问题作以阐述。

一、真，文学艺术创造的客观标准

古今中外的文艺理论家、艺术家、美学家，在文艺实践中都深刻地认识到这一点，因而极力提倡文学艺术的真实性。刘勰在《文心雕龙》里提到“酌奇而不失其真，玩华而不坠其实”，他认为文词的华美，想象的奇特都不能有损于文艺的真实。法国十九世纪现实主义大师巴尔扎克曾基于创作经验断言：“获得全世界文明的不朽的成功秘密在于真实”，“艺术家的使命就是把生命灌注到他所塑造的这个人体里去，把描绘变成真实。”俄国杰出的文学批评理论家别林斯基则从读者接受的角度强调，“真正的艺术作品永远以真实、自然、正确和切实去感染读者”，这样的作品越多，“你和它之间的内在情意和联系也就越深入，实切而不可分割”。真实性对文学艺术创造有着如此重要的意义，其主要特征在于：

第一，对生活现象虚构的合理性。即艺术的真实。生活真实虽然为文学创造提供了原型启示，而且是取之不尽，用之不竭的源泉，然而，艺术真实在根本上受社会现实生活的决定和制约的同时,又是对生活真实的超越。这是因为艺术家的创作动机、心理意识归根到底都是主体心理对现实生活的反映的产物。人们在评价文学作品时,总要把作家虚构的世界去同社会生活相对照,寻找其间的联系,看其是否达到虚构世界与真实生活的“幻想的同一性”,这并不是说作家必须正面、直接描写生活中实际存在的事物,而是指作家对现实生活的任何夸张、变形、抽象,都可以让读者在想象的世界中理解和相信。有许多作品所描绘的,是现实生活中不可能发生和存在的。如《西游记》虽为神魔小说,但它“讲妖怪的喜、怒、哀、乐,都近于人情,所以人都喜欢看”。小说中孙悟空七十二变时从身上拔下的毫毛,本来是实际生活中猴类身上的实有之物,只不过对它的功用作了审美的歪曲而已,但这样的歪曲、虚构却总是用真实情感,把人们带到一个与现实生活不即不离的艺术天地,让人反思、体味,从而体现出其虚构的合理性。

其次,真实性是具有客观性,而非主观决定的。我们所说的真实即指不依赖于人的意识而独立存在的客观事实。它不受某个人或某个阶级的主观意志所决定。应该说,客观真实是艺术真实的唯一源泉,一部文学艺术作品只有当它准确地反映了客观现实生活时才可以称之为具有真实性。因此,检验文学作品的真实性的标准不是人的主观意志,而是客观的现实生活。不可否认,在文学作品反映社会现实的过程当中,作家的世界观对作品的内容起着能动的作用,这是因为任何人类创造都是人的本质力量对象化的活动,正如马克思所说:“人不仅像在意识中那样理智地复现自己,而且能动地、现实地复现自己,从而在他所创造的世界中直观自身。”

上述可见,文学艺术创造的真实性是结合其特点来谈论的,它是艺术真实与客观真实的统一。这种真实性是文学作品所应具备的最高品质,也是我们衡量文学作品的客观标准。

二、美,文学艺术作品的形式创造

文学艺术不只是一般地反映生活而是以艺术形象来反映生活的。形象地反映生活的特点构成文艺的特殊品质。它决定我们评价文艺作品,不只是要考察这种反映是否真,还要考察它的形象是否美。美是文艺批评的一个重要标准,具有以下几个方面的特征。

第一,形象的图画性和典型性。我们所说的艺术形象的一个重要特点,就在于它能够提供读者一幅幅具体可感的生活画面,使人如闻其声,如见其人,如临其境。苏轼曾经称赞王维:“味摩诘之诗,诗中有画;味摩诘之画,画中有诗。”说明了诗与画有着共同的特点。鲜明的图画性是不可缺少的。王国维以“不隔”作为诗歌的美,并说:“语语都在目前,便是不隔。”也说明形象的具体如画一向是作者追求的目标。我们所说的图画性,不只是直接作用于我们的视觉的图画,还包括通过文字、音响而在我们头脑中间接唤起的画面,它几乎是一切文艺必备的特征。但是,应该看到的是,我们所要求于文学艺术的,不只某一具体生活场景的图画,而是足以引起人们联想的典型画面。如温庭筠的“鸡声茅店月,人迹板桥霜”,不仅使我们看到天寒地冻、黎明早起的旅客的情景,也使我们联想到在各种情况下经历路途辛苦的行人。奥赛罗、唐·吉诃德、阿Q的形象,不只是在我们头脑里浮现出生动的“这一个”,还使我们联想到许多和他们同类而类似的人,因而被称为“熟悉的陌生人”的形象。文艺的图画性和典型性结合在一起，既使人感同身受，景如亲历，又引人比物连类，联想不穷，它是构成艺术美的一个重要条件。

第二，结构的完整性和连贯性。文学艺术作品需要把各种分散的生活现象，加以剪裁取舍，集中起来，构成一个完整的形象。这种的组织和安排，我们习惯称之为艺术结构。它的方法和形式是多种多样的，但好的结构总有一个共同点：前后连贯，互相呼应，浑然一体。如杜甫的《春夜喜雨》：“好雨知时节，当春乃发生。随风潜入夜，润物细无声。野径云俱黑，江船火独明。晓看红湿处，花重锦官城。”作者通过闻、见、想，分别描写了春雨的形态、特质和环境，给人以“喜意都从下罅缝里逆透”的艺术感受。层次分明，中心突出。这种情景交融，结构紧密的特点，历来为文学艺术家所称道。可以看出，在美的艺术作品里，没有偶然的、游离的、可有可无的东西，各个部分都是紧密衔接，不可缺少，不可移动的。这种结构的完整性和连贯性是构成艺术美的另一个条件。

第三，手段的精炼性和准确性。以形象来反映生活是各类文学艺术创作的共同特点，然而，它们用以反映生活的手段又是各不相同的。如绘画的表现手段是色彩、线条，音乐的表现手段是声音，而文学的表现手段则是语言。创作者在运用这些手段时各具匠心，但仍然有共同的规律可寻，那就是追求艺术形象的精炼性和准确性。文学艺术，由于不可能纤芥无遗地再现生活而必须对生活做出概括的反映，它总是要用简练的手段来体现丰富的内容。因此，文学艺术家们总把“惜墨如金”、“缀字属篇，必须练择”当作自己努力的方向。然而，艺术上的精炼并不是艺术家主观静思默想的结果，而是凝练感情和掌握生活要点的产物。只有十分准确地把握生活里富有本质特点的现象才能“举一反三”、“以一当十”。所以他们又提出“立片言以居要”、“万取一收”、“锤字艰而难移”作为达到艺术精炼的必由之路。精炼与准确是相互联系互为表里的，它们也是各类优秀的文艺作品共有的标志。

优美的文学作品总是程度不同地具有上述特点，而评论者也总是根据作品在这些方面的成就如何而对它的艺术性进行评价的。因此可以说，上述几个方面是衡量艺术美的具体尺度。

三、善，文学艺术作品的人文关怀

我们提倡文学创造的真与美，同时也还要涉及善的问题。文学艺术作品描写的内容，丰富多彩，无论美与丑，善与恶，都可以成为文学创作的对象。但是，一部作品，只有当它以巨大的热情对美的事物加以赞扬，或者对丑的事物加以鞭挞，才能发挥其尚“善”的作用。而在此，人文关怀则成为作家们自觉的价值追求和神圣的社会职责。优秀的作家作品，无不高扬人文精神。列夫·托尔斯泰曾说：“他是经常地，永远地处于不安和激动之中，因为他能够解决与说明的一切，应该是给人们带来幸福，使人们脱离苦难，给予人们以安慰的东西。”巴金说他的小说都凝聚着强烈的情感，矛头是指向“一切旧的传统观念，一切阻止社会进化和人性发展的不合理制度，一切摧残爱的势力”。纵观中外文学史，从悲剧之父埃斯库罗斯，喜剧之父阿里斯托芬到但丁、塞万提斯都是有强烈倾向的诗人，人文关怀在他们的诗作中鲜明地体现着。在我国，从屈原、陶渊明、李白、杜甫、白居易到苏轼、陆游、辛弃疾都留下愤世嫉俗,忧国忧民的诗篇。《红楼梦》的不朽魅力主要不是爱情故事的本身,而是源于它对专横的封建势力的怨恨和对美好事物被摧残的痛惜。在这些优秀作家作品中都高度地体现出人文关怀和强烈的向“善”的倾向性。

然而,“善”必须包含在“真”与“美”之中,好比撒糖于水中,饮水才知甜味。而不允许把倾向性游离于形象之外。恩格斯曾对敏·考茨基的《旧人与新人》提出过批评,就是因为考茨基在作品中直接公开地表明自己的观点、立场,而没有做到让倾向性在“场面和情节中自然而然地流露出来”。也就是单纯地以说教的方式来代替对生活的描绘,从而使作者的倾向性离开了形象,损害了文学作品的形象,削弱了作品的艺术感染力。可见,在文学艺术创造中,在文艺理论批评里,“善”是一个重要的因素,它必须存在于真的反映和美的形象之中。

综上所述,真、善、美既相互区别又相互依存。生活中真实的东西并不是每一桩都具有“美”与“善”,必须经过文学家的加工取舍才能够构成艺术形象,才能表现出健康的审美情感。同时,生活中真实的东西常以分散个别的形式而存在,只有通过艺术形象将其集中概括,才能成为审美的对象。这说明真、善、美各有自己的属性,又必须在文学创造中得到完美的统一。真、善、美是文学创造的审美价值追求,是文艺理论批评的重要衡量尺度。文学创作者,应在创作过程中将真、善、美“三位一体”的价值结构充分体现在自己所创作的作品当中;文艺理论家应把坚持真、善、美的标准作为自己应遵循的高尚职责,来共同推动我国文学艺术事业的向前发展。

(范欣欣,石宏伟:真善美——文学艺术创造的审美价值追求[J];名作欣赏;2007 年 12 期;041-043)

【推荐书目】

1. 龙协涛.《鉴赏文存》[M]. 北京:人民文学出版社,1984.
2. 丹纳,傅雷,译.《艺术哲学》[M]. 北京:人民文学出版社,1986.
3. 郭绍虞.《中国历代文论选》[M]. 上海:上海古籍出版社,1979.
4. 刘勰,范文澜.《文心雕龙》[M]. 北京:人民文学出版社,1985.
5. 王国维,滕咸惠.《〈人间词话〉新注》[M]. 山东:齐鲁出版社,1981.

【思考与练习】

1. 举例说明文学鉴赏的审美特质。
2. 怎么就文学鉴赏的角度理解“一千个读者就有一千个哈姆雷特”的说法?
3. 如何理解艺术鉴赏审美心理中“情感”这一因素?
4. 如何理解文学艺术鉴赏这一定义?

第二部分　诗歌鉴赏

【知识目标】

了解诗歌的审美特征

掌握诗歌的鉴赏方法

【能力目标】

能感情充沛地朗诵诗歌

能简要地赏析一首诗歌

第一单元　中国古典诗歌鉴赏

一、中国古典诗歌名作范例与赏析

诗歌范例 1

采薇[1]

一

采薇采薇,薇亦作[2]止[3]。曰[4]归曰归,岁亦莫[5]止。
靡室靡家,猃狁之故。不遑启居,猃狁之故[6]。

二

采薇采薇,薇亦柔[7]止。曰归曰归,心亦忧止。
忧心烈烈,载饥载渴。我戍未定,靡使归聘[8]。

三

采薇采薇,薇亦刚[9]止。曰归曰归,岁亦阳[10]止。
王事靡盬[11],不遑启处[12]。忧心孔[13]疚[14],我行[15]不来[16]。

四

彼尔[17]维何，维常[18]之华[19]。彼路[20]斯何[21]，君子[22]之车。
戎车[23]既驾，四牡[24]业业[25]。岂敢定居[26]，一月三捷[27]。

五

驾彼四牡，四牡骙骙[28]。君子所依，小人所腓[29]。
四牡翼翼[30]，象弭[31]鱼服[32]。岂不日戒[33]，猃狁孔棘[34]。

六

昔我往矣，杨柳依依。今我来思[35]，雨雪霏霏[36]。
行道迟迟[37]，载渴载饥。我心伤悲，莫知我哀。

[1]选自《诗经·小雅·鹿鸣之什》。薇：野豌豆苗，可食。

[2]作：初生。

[3]止：语末语气词。

[4]曰：语首助词。

[5]莫：通“暮”。

[6]本句意指没有家室生活，全是因为北方匈奴人侵犯的缘故。猃狁（xiǎn yǔn），指北狄，匈奴。不遑，来不及。启，跪地挺身而坐。居，坐得安稳。

[7]柔：柔嫩。

[8]聘：问候。

[9]刚：坚硬。

[10]阳：农历十月左右。

[11]靡盬（gǔ）：没有止息。

[12]启处：启居。

[13]孔：很。

[14]疚：苦痛。

[15]行：出行。

[16]来：归。

[17]尔：花盛开的样子。

[18]常：棠棣。

[19]华：通“花”。

[20]路：辂，大车子。

[21]斯何：是谁的。

[22]君子：指统兵的将军。

[23]戎车:战车。

[24]牡:雄马。

[25]业业:马强壮的样子。

[26]定居:安居。

[27]捷:交战。

[28]骙骙(kuí):威武。

[29]腓:掩护。

[30]翼翼:安闲。

[31]弭(mǐ):一种弓,两端有角,常以骨制。

[32]鱼服:鱼皮帛的箭袋。

[33]日戒:日日警惕戒备。

[34]棘:紧急。

[35]思:句末助词。

[36]霏霏:(雪)很大。

[37]迟迟:缓慢的样子。

赏析

这是《诗经》中著名的一首征夫思归之诗。全诗用采薇起兴,表达征夫久戍思乡的感伤心情。

前三节写征夫思乡之情,四五节描述了紧张的战斗情景。末节写征夫归途中的惆怅伤感的心情。前三节以重章叠句的形式展开抒情,诗人的心情也随着季节的变化而起伏不定。末节语言写实,意境阔大幽深,实为千古名句。

诗歌范例 2

橘　颂[1]

屈　原

后皇嘉树,橘徕服兮[2]。受命不迁,生南国兮。深固难徙,更壹志兮[3]。缘叶素荣,纷其可喜兮[4]。曾枝剡棘,圆果抟兮[5]。青黄杂糅,文章烂兮[6]。精色内白,类可任兮。纷緼宜修,姱而不醜兮[7]。

嗟尔幼志,有以异兮。独立不迁,岂不可喜兮。深固难徙,廓其无求兮。苏[8]世独立。横而不流兮。闭心自慎,为终失过兮。秉德无私,参天地兮。愿岁并谢,与长友兮。淑离[9]不淫,梗其有理兮。年岁虽少,可师长兮。行比伯夷[10],置经为象兮。

[1]选自《楚辞·九章》。

[2]后皇:皇天后土。徕:通“来”。服:习惯。

[3]橘树最初生于长江流域,据传被移植到淮北就会变成枳树,果实失却橘味,故有“橘不逾淮”的说法。

[4]素荣:白花。

[5]曾枝:层层密集的枝枝。剡棘:非常尖锐的棘刺。抟:圆转。

[6]文章:错杂的色彩或花纹。烂:灿烂。

[7]修:修长美好。姱:美好。

[8]苏:苏醒。

[9]淑离:孤寂的样子。

[10]伯夷:与叔齐同为商末孤竹君的二公子,周灭商后避居首阳山,不食周粟而死。后人遂以二人为气节之士。以上十句是对橘树高洁品行的赞赏,并要效仿之。

赏析

《橘颂》是我国最早的一首咏物诗。全诗可分为两部分,大体上说,前者写物,后者抒情。诗的第一部分写橘树生长的环境非常开阔,根深叶茂;第二部分赞美橘树的“独立不迁”的美德。全诗采用了拟人化的手法,表达了诗人高洁独立的人格。整首诗以橘树比人,又将橘树人格化,从而形成整体性的象征意义。全诗通篇咏橘,又处处喻人,物我交融。诗歌将两者巧妙而有机地结合起来,其独特的价值,就在于为拟人化的中国咏物诗,开创了一个光辉的艺术典型。

诗歌范例3

西洲曲[1]

忆梅下西洲,折梅寄江北[2]。单衫杏子红,双鬓鸦雏色[3]。西洲在何处,两桨桥头渡。日暮伯劳飞,风吹乌臼树[4]。树下即门前,门中露翠钿[5]。开门郎不至,出门采红莲。采莲南塘秋,莲花过人头。低头弄莲子,莲子青如水。置莲怀袖中,莲心彻底红[6]。忆郎郎不至,仰首望飞鸿。鸿飞满西洲,望郎上青楼[7]。楼高望不见,尽日栏干头。栏干十二曲,垂手明如玉。卷帘天自高,海水摇空绿。海水梦悠悠[8],君愁我亦愁。南风知我意,吹梦到西洲。

[1]选自(宋)郭茂倩《乐府诗集·杂曲辞类》。

[2]下:落。西洲:未详在何处,应是女主人公所居之地。梅:梅花,是春天的信息,是西洲女子所居地的象征,同时还是女子在江北的情人的象征。

[3]杏子红:指杏黄色。鸦雏色:像小乌鸦羽毛那样又黑又亮的颜色。

[4]伯劳:鸟名,仲夏时鸣。乌臼树:一种落叶乔木。

[5]翠钿(diàn):翠玉作成或装饰成的首饰。

[6]莲心:隐喻“怜心”,相爱之心。语含双关。

[7]青楼:青色的楼,是女子所居之地。唐以后才把青楼当作妓院的代名词。

[8]悠悠:渺远。

赏析

这首诗是南朝乐府民歌中的代表作,写男女双方相思离别之情,塑造了一位美丽多情的少女形象。此诗最突出的特点是人物的思想感情随着地点的变换而呈现出不同的风情,清新可人。

全诗四句一节,采用民歌中常用的顶针手法,上下句之间形成圆环反复的情韵,音调悠扬,意境优美,表达了诗人丰富的艺术想象力。

诗歌范例 4

青青河畔草[1]

青青河畔草,郁郁[2]园中柳。盈盈[3]楼上女,皎皎当窗牖。娥娥[4]红粉妆,纤纤出素手。昔为倡家女,今为荡子妇。荡子行不归,空床难独守。

[1]选自(南朝)萧统《文选·古诗十九首》。

[2]郁郁:浓密茂盛的样子。

[3]盈盈:通“嬴嬴”,美好多仪。

[4]娥娥:美貌。

赏析

《古诗十九首》是一组汉末下层文人抒写的伤感诗篇,言近旨远,语短情长。这首诗通过人物外貌和内心的刻画,塑造了一位深闺思妇形象。诗人善于于平凡的生活片断描写中即景抒情,韵味独特。

诗歌范例 5

白马篇[1]

曹植

白马饰金羁,连翩西北驰。借问谁家子,幽并游侠儿[2]。少小去乡邑,扬声沙漠垂[3]。宿昔秉良弓,楛矢何参差[4]。控弦破左的,右发摧月支[5]。仰手接飞猱,俯身散马蹄[6]。狡捷过猴猿,勇剽若豹螭[7]。边城多警急,胡虏数迁移。羽檄从北来[8],厉马登高堤。长驱蹈匈奴,左顾陵鲜卑[9]。弃身锋刃端,性命安可怀[10]?父母且不顾,何言子与妻?名编壮士籍,不得中顾私。捐躯赴国难,视死忽如归。

[1]曹植(192—232),字子建,曹丕同母弟,曾封陈王,死后谥思,故世称“陈思王”。少聪敏,有才华,很受曹操宠爱,一度想立为太子。曹丕即位后,对他甚是猜忌,多方迫害,

不得参预政事,最后郁郁而死,年仅41岁。他是建安时期成就最高的文学家,诗风华美,骨气奇高。散文和辞赋亦清丽流畅。今有《曹子建集》传世。本篇是《杂曲歌·齐瑟行》歌辞,又作《游侠篇》。

[2]幽并:两州名,就是今河北省、山西省和陕西省的一部分地方,是古代出侠客较多的地方。

[3]扬声:即“扬名”。垂:通“陲”,边远的地区。

[4]楛:木材名,茎可以做箭杆。

[5]控弦:拉弓。左的:左方的射击目标。月支:箭靶的名称,又名素支。

[6]猱:动物名,猿类,体矮小,尾作金色,攀缘树木极其轻捷,上下如飞。散:碎裂、摧毁。马蹄:也是箭靶名。

[7]剽:轻快。螭(chī):传说中的动物名,如龙而黄。

[8]檄:用于征召的文书,写在一尺二寸长的木简上。上插羽毛表示紧急就叫做“羽檄”。

[9]鲜卑:东胡种族,东汉末成为北方强族。

[10]怀:犹“惜”。

赏析

诗人精心塑造了一位武艺高超、渴望卫国立功甚至不惜牺牲生命的游侠少年形象,借以抒发自己的报国激情。这位少年“连翩西北驰”,勇往直前,不惧死亡。接着写这位少年飒爽英姿和高超的武艺,情绪高昂。全诗表达了一种豪迈奔放的英雄气概。全诗语言雄壮激越。既有豪情满怀的歌唱,也有音哀气壮的精神,特别是最后几句声沉调远,大有易水悲歌的遗韵。诗中用了倒叙、补叙的手法。诗歌以“白马饰金羁,连翩西北驰”突兀而起,又以“借问谁家子”十二句来补叙“西北驰”的原因。继而又倒叙“名编壮士籍”、告别家人时的心情。最后策马“赴国难”的一幕则与开首重合。

诗歌范例6

归去来兮辞

陶渊明

归去来兮,田园将芜胡不归[1]!既自以心为形役,奚[2]惆怅而独悲?悟已往之不谏,知来者之可追[3]。实迷途其未远,觉今是而昨非。

舟遥遥以轻飏[4],风飘飘而吹衣。问征夫以前路,恨晨光之熹微[5]。乃瞻衡宇[6],载欣载奔。僮仆欢迎,稚子候门。三径[7]就荒,松菊犹存。携幼入室,有酒盈樽。引壶觞以自酌[8],眄庭柯以怡颜[9]。倚南窗以寄傲[10],审容膝之易安[11]。园日涉以成趣[12],门虽设而常关。策扶老以流憩[13],时矫首而遐观[14]。云无心以出岫[15],鸟倦飞而知还。景翳翳[16]以将入,抚孤松而盘桓[17]。

归去来兮，请息交以绝游。世与我而相违，复驾言兮焉求[18]？悦亲戚之情话，乐琴书以消忧。农人告余以春及，将有事于西畴。或命巾车[19]，或棹[20]孤舟。既窈窕以寻壑[21]，亦崎岖而经丘。木欣欣以向荣，泉涓涓而始流。善[22]万物之得时，感吾生之行休。

已矣乎！寓形宇内[23]复几时！曷不委心任去留[24]？胡为乎遑遑欲何之？富贵非吾愿，帝乡[25]不可期。怀良辰以孤往，或植杖而耘耔[26]。登东皋以舒啸[27]，临清流而赋诗。聊乘化以归尽[28]，乐夫天命复奚疑！

[1]芜：荒芜。胡：为什么。

[2]奚：为何。

[3]"悟已往"两句：觉悟到过去不可挽救，未来尚可弥补。《论语·微子》："往者不可谏，来者犹可追。"谏，劝止，挽救。追，追及，弥补。

[4]飏(yáng)：飘荡。

[5]熹(xī)微：晓色微露。熹，天亮。

[6]瞻：望见。衡宇：横木为门的简陋房屋。此指旧宅。

[7]三径：据汉人赵岐《三辅决录》载：汉代蒋诩隐居的时候，在房前竹下开三条小径，只与求仲、羊仲两人往来。后以"三径"指称隐者之所。就：将要。

[8]引：拿。觞(shāng)：酒杯。酌(zhuó)：斟酒。

[9]眄(miǎn)：浏览。柯：树枝。怡颜：开颜。

[10]寄傲：寄托高傲的情志。

[11]审：明白。容膝：放得下双膝，喻房间狭小。易安：容易安身。

[12]成趣：成了散步的场所。趣，同"趋"。一说"趣"指趣味。

[13]策：持。扶老：指手杖。流：流览。憩：休息。

[14]矫首：抬头。遐：远。

[15]岫(xiù)：山峰。

[16]景：阳光。翳(yì)翳：昏暗的样子。

[17]盘桓：徘徊。

[18]驾：驾车外出。言：语助词。焉求：何求，追求什么。

[19]巾车：当时一种农用车，又称"巾柴车"。江淹《拟陶征君田居》："日暮巾柴车。"一说指有帷幕的车子。

[20]棹：船桨。此用为动词，划。

[21]窈窕：山路深曲的样子。壑：山沟。

[22]善：欣喜，叹羡。

[23]寓形宇内：寄身天地间。犹言活在世上。

[24]曷(hé)：为何。委心：随意。任去留：顺其自然地看待生死。

[25]帝乡：仙境。

[26]植：通"置"，放下。杖：手杖。耘：锄草。耔(zǐ)：培土固苗。

[27]皋:水边高地。舒啸:放声长啸。

[28]聊:暂且。乘化:顺应自然的变化。

赏析

这首诗是陶渊明写其归隐田园后的生活情形,表达了诗人脱离官场的束缚后无限欣喜的心情和乐趣,抒发了他对大自然和隐居生活的向往和热爱。全诗叙事、议论和抒情融为一体,用朴实的语言创造出生动自然而又引人入胜的艺术境界。

诗歌范例 7

宣州谢朓楼饯别校书叔云

李白

弃我去者,昨日之日不可留;乱我心者,今日之日多烦忧。长风万里送秋雁,对此可以酣高楼。蓬莱文章建安骨[1],中间小谢[2]又清发。俱怀逸兴壮思飞,欲上青天览明月。抽刀断水水更流,举杯销愁愁更愁。人生在世不称意,明朝散发弄扁舟。

[1]建安骨:建安是汉献帝刘协的年号(196—219)。当时,曹操父子和“建安七子”等人的文章风格刚健清新,后世称之为建安风骨。

[2]小谢:南朝诗人谢朓。后人称其为小谢,大谢指的是稍前于其的谢灵运。

赏析

天宝末年,李白失意长安后流落在安徽宣城一带,此诗是其在宣州谢朓楼饯别其族叔、秘书省校书郎李云之作。前四句直抒心中莫名而又无尽的忧愁。接下来直写秋日雁飞、高楼酣歌的豪爽,并赞美李云文章颇有建安风骨。同时又以谢朓自比,抒写与对方高洁的理想追求相吻合的情致。最后悲从中来,表达理想与现实难以调和的苦衷和矛盾。全诗豪放飘逸,体现了典型的太白诗风。

诗歌范例 8

自京赴奉先县咏怀五百字[1]

杜　甫

杜陵有布衣,老大意转拙[2]。许身一何愚!窃比稷与契[3]。居然成瓠落,白首甘契阔[4]。盖棺事则已,此志常觊豁[5]。穷年忧黎元,叹息肠内热[6]。取笑同学翁[7],浩歌弥激烈。非无江海志,潇洒送日月[8];生逢尧舜君,不忍便永诀[9]。当今廊庙具,构厦岂云缺[10]?葵藿倾太阳,物性固难夺[11]。顾惟蝼蚁辈,但自求其穴[12];胡为慕大鲸,辄拟偃溟渤[13]?以兹误生理,独耻事干谒[14]。兀兀遂至今,忍为尘埃没[15]?终愧巢与由,未能易其节[16]。沉饮聊自适,放歌破愁绝[17]。

岁暮百草零,疾风高冈裂。天衢阴峥嵘,客子中夜发[18]。霜严衣带断,指直不能结。

凌晨过骊山，御榻在嵽嵲[19]。蚩尤塞寒空，蹴蹋崖谷滑[20]。瑶池气郁律，羽林相摩戛[21]。君臣留欢娱，乐动殷胶葛[22]。赐浴皆长缨，与宴非短褐[23]。彤庭所分帛，本自寒女出[24]。鞭挞其夫家，聚敛贡城阙[25]。圣人筐篚恩，实欲邦国活[26]。臣如忽至理，君岂弃此物[27]？多士盈朝廷，仁者宜战栗[28]！况闻内金盘，尽在卫霍室[29]。中堂舞神仙，烟雾蒙玉质[30]。暖客貂鼠裘，悲管逐清瑟。劝客驼蹄羹，霜橙压香桔。朱门酒肉臭，路有冻死骨。荣枯咫尺异，惆怅难再述[31]。

北辕就泾渭，官渡又改辙[32]。群水从西下，极目高突兀[33]。疑是崆峒来，恐触天柱折[34]。河梁幸未坼，枝撑声窸窣[35]。行旅相攀援，川广不可越。老妻寄异县，十口隔风雪[36]。谁能久不顾？庶往共饥渴[37]。入门闻号啕，幼子饥已卒！吾宁舍一哀，里巷亦呜咽[38]。所愧为人父，无食致夭折。岂知秋禾登，贫窭有仓卒[39]。生当免租税，名不隶征伐[40]。抚迹犹酸辛，平人固骚屑[41]。默思失业徒，因念远戍卒[42]。忧端齐终南，鸿洞不可掇[43]。

[1]这首诗题下原注："天宝十四载十月初作"。当时杜甫被授右卫率府胄曹参军不久，由长安往奉先县（今陕西蒲城）探望妻儿，途经骊山，此时安禄山已经反叛，但长安尚未证实消息，唐玄宗、杨贵妃还在华清宫避寒享乐，杜甫忧愤交集，回家后便写下了这首具有史诗性质的诗歌。

[2]杜陵：地名，在长安城东南，杜甫祖籍杜陵，因此常自称少陵野老或杜陵布衣。布衣：平民。此时杜甫虽任右卫率府胄曹参军这一八品小官，但仍自称布衣。老大：杜甫此时已44岁。拙：笨拙。这句说年龄越大，越不能屈志随俗；同时亦有自嘲老大无成之意。

[3]许身：自期，自许。一何愚：多么愚腐。稷与契：传说中舜帝的两个大臣，稷是周代祖先，教百姓种植五谷；契是殷代祖先，掌管文化教育。

[4]居然：竟然，有始料未及的意思。瓠落：同廓落，大而无当，空廓无用。甘契阔：甘愿辛劳勤苦。

[5]盖棺：死亡。觊豁：希望实现。这两句说死了就算了，只要活着就希望实现理想。

[6]穷年：终年。黎元：老百姓。肠内热：内心焦急，忧心如焚。

[7]取笑句：遭到同学辈耻笑。

[8]江海志：隐遁江海的志趣。潇洒：自由闲散。

[9]尧舜君：此以尧舜比唐玄宗。

[10]廊庙具：比喻担负朝廷重任的栋梁之才。廊庙，朝廷。具，人才。"构厦"句：建筑哪还缺材料呢？意谓满朝人才，不缺自己这样的人。

[11]葵藿：葵是向日葵；藿是豆叶。

[12]顾惟：转思。蝼蚁辈：比喻那些鼠目寸光，营利自私的小人。

[13]胡为：为何？大鲸：比喻有远大理想者。辄：就，常常。拟：想要。偃溟渤：到大海中去。

[14]以兹：由此。生理：生活中的哲理。干谒：求官清谒。干，干术禄位。谒，求见贤

贤。唐代盛行的一种谋官途径。

[15]兀兀:穷困劳碌的样子。

[16]巢与由:巢父与许由,帝尧时两位避世隐居的高士。

[17]沉饮聊自遣:姑且痛饮,自我排遣。

[18]天衢:天空。峥嵘:原是形容山势,这里用来形容阴云密布。客子:此为杜甫自称。发:出发。

[19]骊山:在今陕西临潼县南。嵽嵲:形容山高,此指骊山。

[20]蚩尤:传说中黄帝时的诸侯。黄帝与蚩尤作战,蚩尤作大雾以迷惑对方。这里以蚩尤代指大雾。

[21]瑶池:神话中西王母与周穆王宴饮的地方,这里借指骊山温泉。郁律:热气蒸腾。羽林:皇帝的禁卫军。摩戛:武器互相撞击,形容禁卫军极多。

[22]殷:震动。胶葛:广大旷远的样子。

[23]长缨:指权贵。缨,帽带。短褐:粗布短袄,此指平民。

[24]彤庭:宫殿楹柱多用红漆涂饰,这儿借指朝廷。

[25]城阙:指京城。

[26]圣人:指皇帝。筐篚:方形与圆形的竹器。古代皇帝以筐篚盛布帛赏赐群臣。

[27]忽:忽略,忽视。至理:最根本的道理,指"实欲邦国活"的道理。

[28]多士:朝中众多大臣。

[29]内金盘:宫中皇帝御用的金盘。卫霍:指汉代大将卫青、霍去病,都是汉武帝的亲戚。这里喻指杨贵妃的从兄、权臣杨国忠。

[30]中堂:指杨氏家族的庭堂。舞神仙:像神仙一样的美女在翩翩起舞。烟雾:形容美女所穿的如烟如雾的薄薄的纱衣。玉质:指美人的肌肤。

[31]荣、枯:繁荣、枯萎。此喻朱门的豪华生活和路边冻死的尸骨。惆怅:此言感慨、难过。

[32]北辕:车向北行。杜甫自长安至蒲城,沿渭水东走,再折向北行。泾渭:二水名,在陕西临潼境内汇合。官渡:官设的渡口。

[33]兀:高峻而危险,这里形容冰山从上游冲下。

[34]崆峒:山名,在今甘肃省岷县。天柱:古代神话说,天的四角都有柱子支撑,叫天柱。恐触天柱折:形容冰水汹涌,仿佛共工头触不周山,使人有天崩地塌之感,表示诗人对国家命运的担心。

[35]河梁:桥。坼:断裂。枝撑:桥的支柱。窸窣:象声词,木桥振动的声音。

[36]寄:寄居。异县:指奉先县。十口隔风雪:杜甫一家十口分居两地,为风雪所阻隔。

[37]庶:希望。

[38]宁:怎能。舍一哀:抛却一哀之礼,即忍不住悲痛。

[39]秋禾登:秋作物登场,即秋收时。贫窭:贫穷。仓卒:此指意外的不幸,指幼子

之死。

[40]名不隶征伐:此句自言名属“士人”,可按国家规定免征赋税和兵役、劳役。杜甫时任右卫卒府兵曹参军,享有豁免租税和兵役之权。

[41]平人固骚屑:平民百姓本来就免不了赋役的烦恼。平人:平民,唐人避唐太宗李世民讳,改“民”为“人”。

[42]失业徒:失去产业的人们。

[43]忧端齐终南:忧虑的情怀像终南山那样沉重。鸿洞:广漠无边的样子。掇:收拾,引申为止息。

赏析

天宝十四载冬,唐王朝已处于安史之乱爆发的前夜,但统治者仍然沉迷在醉生梦死之中。身在长安的杜甫已有明显预感,他联系自身的凄凉遭遇以及统治者的荒淫昏聩,有感而发,写成这一名篇。开头至“放歌破愁绝”为第一段,诗人直接抒情,将窃比稷契的抱负与居然瓠落的遭遇构成的复杂矛盾心态,表达得百折千回、层层深入。自“岁暮百草零”至“惆怅难再述”为第二段,抨击统治集团的荒淫无度,不顾人民死活,夹叙夹议,通过“朱门酒肉臭,路有冻死骨”的强烈对比,表达出对民间疾苦的深切同情。“北辕就泾渭”至结尾为第三段,写路途经历与返家情景,由自身凄惨遭遇推己及人,以关怀民瘼、忧患时局作结,“咏怀”二字通贯全篇。

诗歌范例 9

金铜仙人辞汉歌[1]

李　贺

茂陵刘郎秋风客,夜闻马嘶晓无迹[2]。画栏桂树悬秋香,三十六宫土花碧[3]。魏官牵车指千里[4],东关酸风射眸子[5]。空将汉月出宫门,忆君清泪如铅水[6]。衰兰送客咸阳道[7],天若有情天亦老[8]。携盘独出月荒凉,渭城已远波声小[9]。

[1]金铜仙人:汉武帝曾于长安建章宫造神明台,上铸铜仙人以掌托铜盘盛露,取露和玉屑,饮以求仙。辞汉:辞别汉武帝。魏明帝曹睿为求长生,曾派人去长安拆移铜人等物,传说铜人下泪。

[2]“茂陵”二句:想想汉武帝的阴魂预知铜人将被搬走,头天晚上现实灵异的情形。茂陵,汉武帝的陵墓。秋风客,汉武帝曾作《秋风辞》,以此称他。

[3]三十六宫:汉代长安有离宫三十六所。土花:指青苔。

[4]牵车指千里:是说把铜人装车送往遥远的魏都洛阳。

[5]东关:长安东边的城门。酸风:悲风。眸子:瞳人。

[6]“空将”二句:是说铜人离汉宫时,只有汉月相随;因怀念武帝,泪如铅水洒落。

[7]客:指铜人。咸阳:秦都。其附近有渭水,汉改渭城。

[8]“天若”句:是说天公如果是有感情的,也将会因看到这兴亡盛衰的变化而哀伤得衰老。

[9]波声小:指水波声渐渐地听不见了。

赏析

诗共十二句,大体可分成三个部分。前四句慨叹韶华易逝,人生难久。汉武帝当日炼丹求仙,梦想长生不老。结果,还是像秋风中的落叶一般,倏然离去,留下的不过是茂陵荒冢而已。尽管他在世时威风无比,称得上是一代天骄,可是,“夜闻马嘶晓天迹”,在无穷无尽的历史长河里,他不过是偶然一现的泡影而已。诗中直呼汉武帝为“刘郎”,表现了李贺傲兀不羁的性格和不受封建等级观念束缚的可贵精神。

“夜闻”句承上启下,用夸张的手法显示生命短暂,世事无常。它是上句的补充,使“秋风客”的形象更加鲜明、丰满,也为下句展示悲凉幽冷的环境气氛作了必要的铺垫。汉武帝在世时,宫殿内外,车马喧阗。如今物是人非,画栏内高大的桂树依旧花繁叶茂,香气飘逸,三十六宫却早空空如也,惨绿色的苔藓布满各处,荒凉冷落的面貌令人目不忍睹。

中间四句用拟人法写金铜仙人初离汉宫时的凄婉情态。金铜仙人是刘汉王朝由昌盛到衰亡的“见证人”,眼前发生的沧桑巨变早已使“他”感慨万千,神惨色凄。而今自己又被魏官强行拆离汉宫,此时此刻,兴亡的感触和离别的情怀一齐涌上心头。“魏官”二句,从客观上烘托金铜人依依不忍离去的心情。“指千里”言道路遥远。从长安迁往洛阳,千里迢迢,远行之苦加上远离之悲,实在教人不堪忍受。“东关”句言气候恶劣。此时关东霜风凄紧,直射眸子,不仅眼为之“酸”,亦且心为之“酸”。它含有“马后桃花马前雪,教人哪得不回头”的意味,表现出对汉宫、对长安的深切依恋之情。句中“酸”“射”二字,新奇巧妙而又浑厚凝重。特别是“酸”字,通过金铜仙人的主观感受,把彼时彼地风的尖利、寒冷、惨烈等情形,生动地显现出来。这里,主观的情和客观的物已完全揉合在一起,含义极为丰富。

末四句写出城后途中的情景。此番离去,正值月冷风凄,城外的“咸阳道”和城内的“三十六宫”一样,呈现出一派萧瑟悲凉的景象。这时送客的唯有路边的“衰兰”,而同行的旧时相识也只有手中的承露盘而已。“衰兰”一语写形兼写情,而以写情为主。兰花之所以衰枯,不只因为秋风肃杀,对它无情摧残,更是愁苦的情怀直接造成。这里用衰兰的愁映衬金铜仙人的愁,亦即作者本人的愁,它比《开愁歌》中的“我生二十不得意,一心愁谢如枯兰”,更加婉曲,也更为新奇。

尾联进一步描述金铜仙人恨别伤离的情绪。“他”不忍离去,却又不得不离去,而且随着时间的推移,离开故都越来越远。这时,望着天空中荒凉的月色,听着那越来越小的渭水流淌声,心里有种说不出来的滋味。“渭城”句从对面落笔,用“波声小”反衬出铜人渐渐远去的身影。一方面波声渺远,另一方面,道阻且长。它借助于事物的声音和形态,委婉而深沉地表现出金铜仙人“思悠悠,恨悠悠”的离别情怀,而这正是当日诗人在仕进无望、被迫离开长安时的心境。

诗歌范例 10

题西林壁[1]

苏 轼

横看成岭侧成峰[2],远近高低各不同。
不识庐山真面目,只缘身在此山中。

[1]本诗是神宗元丰七年(1084)四月,作者由黄州团练副使移任汝州团练副使,途径九江与友人参廖同游庐山所作。题西林壁:写在西林寺的墙壁上。西林寺在庐北麓。

[2]横看:正面看,从山前山后看,山横在眼前,所以说横看。庐山总的是南北走向,横看就是从东面西面看。侧:侧看,从侧面看,从山的一端——南端或北端看。岭:顶端有道路可走的山,形状长而平。峰:山顶端,形状尖而高。

赏析

开头两句"横看成岭侧成峰,远近高低各不同",实写游山所见。庐山是座丘壑纵横、峰峦起伏的大山,游人所处的位置不同,看到的景物也各不相同。这两句概括而形象地写出了移步换形、千姿万态的庐山风景。后两句"不识庐山真面目,只缘身在此山中",是即景说理,谈游山的体会。为什么不能辨认庐山的真实面目呢?因为身在庐山之中,视野为庐山的峰峦所局限,看到的只是庐山的一峰一岭一丘一壑,局部而已,这必然带有片面性。游山所见如此,观察世上事物也常如此。这两句诗有着丰富的内涵,它启迪我们认识为人处事的一个哲理——由于人们所处的地位不同,看问题的出发点不同,对客观事物的认识难免有一定的片面性;要认识事物的真相与全貌,必须超越狭小的范围,摆脱主观成见。

这是一首哲理诗,但诗人不是抽象地发议论,而是紧紧扣住游山谈出自己独特的感受,借助庐山的形象,用通俗的语言深入浅出地表达哲理,故而亲切自然,耐人寻味。

二、诗歌的审美特点和鉴赏路径

(一)诗歌的审美特征

诗歌是文学史上最早出现的一种文学体裁,但却很难对它下一个简洁却能概括诗的全部本质并符合其所有形式的定义。早在20世纪30年代出版的《中国诗学大纲》就曾罗列中国历代关于诗的定义共40条,美国诗人卡尔·桑得堡也曾在其著作中列出关于诗的定义38条。如:"诗言志"(《尚书尧典》)。"诗者,吟咏性情也"(严羽《沧浪诗话》)。"诗可以界说为'想象的表现'"(雪莱《诗辩》)。"诗是具有音律的纯文学"(朱光潜《诗论》)。"诗歌是表达感情思想的和理性思想的,有韵律的,夸饰文体的议论"(乔治·桑塔雅纳《诗歌的基础和使用》)。一般认为,诗歌是一种饱含着诗人丰富的想象和强烈的情感,运用比兴、象征、拟人、隐喻、反复、重叠等表现手法，更集中概括地表现诗人情思，语言凝练，富于节奏和韵律的文学作品。从写作学的角度来讲，诗歌是一种以意象为元素、以想象为方式、以建构精神意境为重心、以韵律节奏为外型的语言艺术。诗歌和韵文不是一回事。

诗歌有内、外两重形式。诗的外形式是指其呈现于我们面前的可直接感知的组合形式，能够给读者某种特殊的视觉感受和听觉感受。在视觉上，诗要求分行排列，句式上或格式严谨，整齐划一；或长短变化，错落有致。在听觉上，则要求合辙押韵，节奏分明，抑扬顿挫，合乎音律。诗借助其外形式造就的突出的形式感，对调谐我们的欣赏心理起到很好的作用。分行排列的句式，和谐抑扬的音韵，往往能有效地将我们从日常实用思维带入诗的审美思维过程；同时，对诗歌外形式的感知，也是让我们获得诗歌阅读的快乐的重要来源之一。

诗的内形式则是指与诗的外形式相融合的，使诗情、诗意、诗味得以感性显现的表情形态。具体说来，即诗的意象、意境、象征、隐喻等。诗之所以为诗，是因为诗歌借助语言抒发的诗人真挚浓烈的情感，传达的是诗人对于自然、人生的深切体验和对人生真谛、美的真谛的诗意。这些内容却往往是独特的、微妙的，可意会而不可言传或言不可尽的。为使这种抽象的情感具象化，诗人或托物言志，或借景抒情，使内心情感足以唤起诗人这份情感的外物交互融合，最终将幽玄缥缈的诗情化为心物交融、情景相生的意象、意境，或者熔铸为具有强烈暗示性的象征性、隐喻性形象，使诗情得以感性显现。

1. 以意象为元素，抒情集中概括　集中概括地反映社会生活，表达作者的主观情意，是各种体裁文学作品的共同特点，但诗歌的概括性尤显突出，因此被认为是一种最凝炼的文学样式。优秀的诗歌总是“以片言明百义”，律诗中的绝句，五绝四句才 20 个字，七绝四言才 28 个字，却“句绝而意不绝”。诗歌是主情的艺术，但诗歌的情感并不能直接喊出，需要通过“立象”来“尽意”，诗歌中的这种艺术形象被称作“意象”。如《诗经·蒹葭》中有两个意象——一个真诚向往、执着追求的主人公意象，一个幻象迷离、可望难即的“伊人”意象；《雨巷》中有三个意象——“我”“丁香一样的姑娘”“雨巷”。意象是诗歌的元素，其大部分资源来自于诗作者的主观心灵，是诗作者主观感觉的具体化材料，体现了一种概括生活、超越生活、变形生活但又极度浓缩情感的表现性审美特征。

一般来说，诗作者在写作过程中以能否表达出主观情感为目的来选择和提炼诗歌意象，创立和设置诗歌意象。意象作为诗的元素，提醒了诗在文学文体意义上的独立与自觉，它决定了诗人不能像撰写论文那样，离开“象”的框架而直陈其对事物的意蕴、意义、意味的识见。藏意于象、立象尽意的含蓄蕴藉风格是诗歌的文体特征。每一个诗人都会选择切合自己个性化的生命体验的意象来传送生命意识与情感。对读者而言，也只有把握了这些意象，才能真正领悟到意象背后诗人的深情。

需要指明的是，传统诗歌和现代诗歌在运用意象上是大有区别的。传统诗歌运用意象，更强调意境的创造；而现代诗歌则直接强调意象的生成，强化意象内含的丰富性和多义性。意象往往被现代诗人当作诗歌中的最基本的表述单位而在一首诗中反复使用，而意境则是一首诗创造的一种艺术境界，不可能被当作最基本的表述单位来反复使用。

2. 以想象为方式，组合意象，情感张力扩充 想象，即是“象”在自由思维活动（“想”）中的创造性呈现。诗歌被称作“想象的语言”。英国诗评家赫士列特认为：“想象是这样一种机能，它不是按事物的本相表现事物，而是按照其他的思想情绪把事物揉和成无穷的不同形态和力量的综合来表现它们。这种语言并不因为与事实有出入，而不忠实于自然；如果它能传达出事物在激情的影响下在心灵中产生的印象，它就是更为忠实和自然的语言了。”作为一种积极的、富有创造性的思维活动，想象是诗歌开展形象思维、创造艺术形象和艺术情境的主要手段。诗作者在创作诗歌的时候，其审美感受和审美体验不会停留在客观事物的表层，而会突破客观事物的拘泥，超越时空之间、物我之间的界限，并赋予那些没有生命、没有情感的物体以生命和情感。在这种情况下，诗人浮想联翩，神游不已，想象的翅膀自由翱翔，而想象本身又将情感提升到一个新的高度。

正是靠着神奇的想象，诗作者把诗中的意象组合为特定的诗歌意境。诗歌意象不像小说那样是一种体现因果关系的连贯式组合，也不像散文那样是一种突出作者个性的散跳式组合，诗歌意象是一种突出作者情感的飞宕式组合，它既无时间线索串联，也无空间位置依附，完全根据诗作者抒情表意的需要来排列、组合，意象与意象之间有巨大的跳幅，也有快速的转换，由此形成诗歌特定的意境，也同时形成诗歌跳跃性结构。这种跳跃性主要不是外在的分行、分节排列，而是其内在形式上不遵循自然时空顺序，在时空上任意伸缩张弛，突如其来又突如其去，从一端跳到另一端，有意留下空白，省略有关过程和过渡性的句、段及关联词，从而使诗歌极具情感张力。

3. 语言特别，讲究陌生化，富于音乐性 诗歌语言是一种特殊的语言，本质上是一种非同寻常的表达方式。诗人对语言的个人化的独特使用使诗歌的语言是一种特别强化了的语言，从而与普通语言明显区分开来。诗歌之所以为诗歌，而不是小说或散文，并不在于它是否抒情、叙事或议论，而在于它的语言，在于它抒情、叙事、议论所采用的语言非常独特。从外在形式上看，诗歌的语言具有节奏、韵律、对偶，富于音乐性。节奏是为诗的内容决定的，生活有脉搏、有起伏，感情有浓淡、有强弱，自然有枯荣盛衰，而且它们都是有波动变化的，按照生活的脉搏、情感的波动和自然的节律，恰当地安排发音不同的字词，使其高低、轻重、快慢、强弱与诗的内在情绪相适应，就顺理成章地构成了诗歌的语音节奏。韵律则往往表达一个较完全的意思，形成了一个较完整的情景，或者表现一种一致的情调。对偶则使语言产生一种张力，加大其表现力。总之，节奏、韵律、对偶等不仅能够造成诗歌语言的音乐性，使诗歌本身具有一种情感性，还能产生一种弦外之音、韵外之意，将意蕴置于无尽的感叹之中。我国古典诗歌中的诗、词、曲不仅在语音、节奏、格律等外在条件上有不同的规定，而且在语感、情调等较内在的因素上也有不同的要求。

从内部看，诗歌语言的独特性则主要体现为它对于语言常规的偏离。诗歌语言是一种突破语言常规而高度陌生化的语言。诗歌运用语言注意对日常语言的扭曲和变形，或常用古字、冷僻字、外来语、典故，或使词性发生变化；就句法来说，诗歌常用一些不合规范的语法，省略关联词，使句式发生变异。在诗歌创作中，诗作者更注重语言的表现功能或情感功能，在词义选择上，更偏重的是它们包含的意象因素、情调因素，而在诗句组合上，则通过“敷辞立藻”的不合常规，使语词的意象因素、情调因素最大限度地突现出来。

（二）诗歌的鉴赏路径

1. **感受、体味诗歌情感及音乐美** 文学语言并不仅仅只是要完成一种单纯的语义传达，它还要通过语言的运用营造一种审美的情调和韵味，要使读者在语言的感受中体悟到某种特殊的意味。诗歌更是如此，可以说，声音层面是诗歌审美效果的重要的构成部分。由于语音的长短、疾徐、高低、轻重与人的情感、情绪的运动节奏和流变有着密切关系，因此诗歌物理层面的声音，节奏的选择、组合等音律技巧的运用，往往能够通过“调质”形成一种特殊意味的“暗示”，唤起一种情绪体验，引导读者在一种必要的情绪氛围中完成诗歌意蕴的体悟。因此，在鉴赏解读诗歌过程中，诗的外形式上体现出来的独特性和审美性并不能忽略，从中获得的对于诗歌语言的美的感受，必然是从读诗中获得审美享受的一个重要层面。这就是说，阅读鉴赏诗歌，首先就应该关注诗人所运用的语言，对词语的音调、色彩、修辞以及联想效果有一种敏感，即我们常说的语感。而这种语感，又必须在一定的语境中含英咀华、潜移默化而来。鉴赏古典诗词，首先就必须培养语感能力。从这一角度看，鉴赏诗一定要“读”，即“吟诵”。诗须吟诵，这是诗歌阅读鉴赏与其他文体样式的阅读鉴赏在阅读方式上很不相同的地方。吟诵不仅是真切感受诗歌语言的美所不可缺少的环节，而且也是我们进入审美思维过程因而顺利进入诗歌审美情境之中的不可缺少的环节。如果没有充分的朗读、吟咏作基础，单是“看诗”是很难体味出诗歌的诗情、诗意、诗味的，所以，古人欣赏诗歌就不说读诗、看诗，而说吟诗、诵诗。

2. **品味诗歌意境美** “立象尽意”可以说是诗歌艺术的最根本特征。所谓“立象尽意”，就是寄情于景，寓意于象，借助可以被感知的具象来表达内心的情感与思想。而正是这种运用外在物象来表现诗人的所思所感所悟，将抽象的观念情感化为具象、生成意象的艺术创造手法，使诗歌带给人以美感和隽永的意味。意象生成，并非仅仅是为了使诗人思想情感形象化，它还能营造某种氛围，创造联想的空间。诗歌意象心物交融、主客观统一的特点，要求读者在鉴赏解读诗歌时应通过意象的品评去把捉蕴涵于诗中的真意，要求读者必须充分发挥想象和联想，寻觅诗作者的情感脉络，窥象会意，补充其言外之意和弦外之音，领会其所表现的真切的生活、深切的情感与深沉的思想。对于讲究意境创造的古典诗歌，读者在感受了诗中的意象之后，还应体会作者之用心，调动自己的全部审美经验，将分散的意象组合成自己的意中之境，在意境之中体悟诗歌圆融深致的意蕴，从而获得更加丰富的美的体验与享受。

3. **探究诗歌技巧美** 借助暗示来表达思想是诗歌的重要特征。象征派诗人穆木天认为：“诗的世界是潜在意识的世界。诗是要有大的暗示能。诗的世界固在平常的生活中，但在平常生活的深处。诗是要暗示出人的内生命的深秘。诗是要暗示的，诗最忌说明的。”现代派诗人杜衡也曾说：“一个人在梦里泄漏自己的潜意识，在诗作里泄漏隐秘的灵魂，然而也只是像梦一般地朦胧的。从这种情境，我们体味到诗是一种吞吞吐吐的东西，术语地说，它底动机是在于表现自己与隐藏自己之间。”诗歌表达的高度凝练，诗歌暗示的表现策略必然要求诗歌采取一些特殊的语言形式、手法和技巧，即“诗法”，如起兴、隐喻、象征、用典等，也包括一些特殊的句法处理方式，如语词的错位、语言多义或复义、跳跃与省略等。无论是诗的外形式或内形式，其突出审美特征的形成，总是与这些特殊的诗法的运用密不可分。只有把握住了这些形式技巧所带来的特殊意味，才能更准确地理解、领略诗歌的深层奥义，从而获得更高的审美享受。下面简略介绍三种诗歌技法：

起兴，即托物起兴，触景生情，含蓄地把情思化为感受对象的一种表现手法。起兴不把所要表达的较为抽象的情感、思想、意蕴等直接说出来，而是先言比较清楚、明白、具体、实在的事物。起兴句与“正义”大多没有意义上的关联，但它们却有一种情调上的联系，即“以声启情”；有时，起兴也兼有联想、象征、寄托等多种含义，能比较含蓄地把抽象的情思化为感受对象。

隐喻，指用打比譬的方法传送意义。具体地说，隐喻是指诗歌所表达的意义与可供观照的意象结合在一起而只呈现意象这一个因素的表达方法。在诗歌中，运用隐喻要求喻体和本体之间是“远距离”，是“异质”。越是如此，也越能激发读者丰富的联想与想象。

象征，指用具体的事物来表达某种抽象的概念或思想感情。在诗歌中，被描写的客体即具体的事物是“象征标志”，是象征的体，即字面意义；抽象的概念或思想感情则是象征的实质所在，是语词寓意。因此，象征实际上是一种由字面意义和语词意义构成的双重对立指陈。和隐喻比较起来，象征使隐喻的直接可以理解的意义变得更加隐晦含蓄。

每一首诗歌都会使用特殊的诗法来表情达意，比如古典诗喜用典故，现代诗喜用意象叠加，掌握这些诗法，对鉴赏解读诗歌可以起到一把开门钥匙的作用。

【知识链接】

1.（清）沈德潜《古诗源》卷十二：续续相生，连跗接萼，摇曳无穷，情味愈出。

2. 钟嵘《诗品》：骨气奇高，词彩华茂，情兼雅怨，体被文质。

3. 朱乾《乐府正义》：寓意於幽并游侠，实自况也。

4. 亦子建素志，非泛述矣。

5.（南朝）萧统《陶渊明集序》：其文章不群，词彩精拔，跌宕昭彰，独超众类，抑扬爽朗，莫之与京。横素波而旁流，干青云而直上。语时事则指而可想，论怀抱则旷而且贞。加以贞志不休，安道苦节，不以躬耕为耻，不以无财为病，自非大贤笃志，与道污隆，孰能如此乎？

6.《宋书》本传：潜不解音声，而蓄琴一张，无弦。每有酒适，辄抚弄以寄意。贵贱造之者，有酒辄设，潜若先醉，便语客：“我醉欲眠，卿可去。”其真率如此。郡将侯潜，值其酒熟，取头上葛巾漉酒，毕，还复著之。

7. 皮日休《刘枣强碑文》：言出天地外，思出鬼神表，读之则神驰八极，测之则心怀四溟，磊磊落落，真非世间语者，有李太白。

8. 沈德潜《唐诗别裁》：读李诗者于雄快之中，得其深远宕逸之神，才是谪仙人面目。

【推荐书目】

［1］人民文学出版社编辑部. 汉魏六朝诗鉴赏集［M］. 北京：人民文学出版社，1985.

[2] 葛景春. 李白诗选[M]. 北京:中华书局,2009.

[3] 马鞍山李白研究所, 中国李白研究会. 20 世纪李白研究论文精选集[M]. 陕西:西安太白文艺出版社,2000.

[4] 张忠纲. 杜甫诗选[M]. 北京:中华书局,2005.

[5] 莫砺锋. 杜甫评传[M]. 江苏:南京大学出版社,1993.

【思考与练习】

1. 屈原壮志难酬,英年早逝。结合其生平阐述《橘颂》所要表达的主题。

2. 比喻手法的使用是曹植诗歌中常见的,说说比喻在《白马篇》这首诗中的运用。

3. 结合《归去来兮辞》,讨论陶渊明的人生观和价值观的当代意义。

4. 李白诗歌雄奇飘逸,结合《宣州谢朓饯别校书叔云》加以分析,并再举李白诗一首,印证这一突出特点。

5. 杜甫对唐王朝可谓一片丹心,结合《自京赴奉先县咏怀五百字》试加说明。

6. 李贺诗奇特瑰丽,人称"诗鬼"。结合《金铜仙人辞汉歌》说说这首诗体现其这一特点之处。

第二单元　中国现代新诗鉴赏

一、中国现代新诗名作范例与赏析

诗歌范例 1

秋晚的江上

归巢的鸟儿,
尽管是倦了,
还驮着斜阳回去。

双翅一翻,
把斜阳掉在江上;
头白的芦苇,
也妆成一瞬的红颜了。

赏析

倦鸟归林,是诗人们经常写的黄昏景色,然而鸟尽管倦了,"还驮着斜阳回去",却颇有新意。这是新的想象,也是新的语言,"翅一翻,斜阳掉在江上"这种联想不仅新奇,过渡也很自然，把动态的鸟，绚丽的斜阳以及江上景色连成一体。末两行通过对象的人格化，芦苇“头白”，装扮成“一瞬的红颜”，这其实是作者的主观情感。刘大白的诗巧于构思，善于创造意境。本诗中，倦了的鸟、驮不动斜阳的双翅、头白的芦苇、一瞬的红颜等贯穿全篇的描写，表现出一种寂寞、消沉的情绪。

诗歌范例 2

纸 船

我从不肯妄弃一张纸，
总是留着——留着
叠成一只只很小的船儿，
从舟上抛下在海里。

有的被天风吹卷到舟中的窗里，
有的被海浪打湿，沾在船头上。
我仍是不灰心的每天叠着，
总希望有一只能流到我要它到的地方去。

母亲，倘若你梦中看见一只很小的白船儿，
不要惊讶它无端入梦。
这是你至爱的女儿含着泪叠的，
万水千山，求它载着她的爱和悲哀归去。

赏析

这首诗是冰心于 1923 年赴美国读书途中所作。一张纸本是至轻之物，而首句却以“从不肯妄弃一张纸”这一认识的反差来引起悬念。为什么呢？原来它是用来叠成纸船，作者希望纸船在海上航行，希望有一只纸船能进入母亲的梦境，不写女儿入梦，而写女儿含泪叠的纸船入梦，更能深刻地写出女儿时刻、在每件小事上都怀念着母亲，更形象地写出“至爱”的感情。

诗歌范例 3

偶 然

我是天空里的一片云，
偶尔投影在你的波心——
你不必讶异，
更无须欢喜——

在转瞬间消灭了踪影。
你我相逢在黑夜的海上,
你有你的,我有我的,方向;
你记得也好,
最好你忘掉,
在这交会时互放的光亮!

赏析

徐志摩这首《偶然》,可能仅仅是一首情诗,写给曾经偶然相爱又分离的情人。不过,这首诗的意象已超越了它自身。我们完全可以把此诗看作是人生的感叹曲。人生路途上,每人都有自己的偶然,有偶然的交会,有很多很美好的东西,但可惜只是昙花一现,了无踪影。那些消逝了的美,那些逝去了的爱,又有多少能够重新降临。

天空中的云影偶尔闪现在波心,“你不必讶异,更无须欢喜”。在人生茫茫无边的大海上,心与心之间有时即使跋涉无穷的时日,也无法到达彼岸。每一个人都有每一个人的方向,我们偶然地相遇,又将匆匆地分别,永无再见的希望。那些相遇时互放的“光亮”,那些相遇时互相倾注的情意,“你记得也好,最好你忘掉”。

“你记得也好,最好你忘掉”似乎达观,超脱。“最好你忘掉”,其实是最不能忘掉。这是现实的哀伤,是一个真实的人,执著于生活的人,在屡遭失意中唱出的歌。憧憬与绝望,悲哀与潇洒,奇妙地交织在一起。透出的是人生的好多无奈!

诗歌范例 4

也　许

也许你真是哭得太累
也许,也许你要睡一睡,
那叫夜鹰不要咳嗽,
蛙不要号,蝙蝠不要飞,

不许阳光拨你的眼帘,
不许清风刷上你的眉,
无论谁都不能惊醒你,
撑一伞松荫庇护你睡,

也许你听这蚯蚓翻泥,
听这小草的根须吸水,
也许你听这般的音乐
比那咒骂的人声更美;

那么你先把眼皮闭紧，
我就让你睡，我让你睡，
我把黄土轻轻盖着你，
我叫纸钱儿缓缓地飞。

赏析

这首诗是诗人闻一多为爱女立瑛病逝写的一首悼诗。诗歌题目用“也许”，因为死者已经没有知觉，而诗人却假定她只是困了在睡。首节连用三个也许，嘱咐夜鹰、蛙、蝙蝠，不要出声，保持安静；次节嘱咐阳光、清风不要惊扰；三节推想底下的长眠者尚有知觉；末节嘱咐死者安息。作者写此诗时，主张诗歌有音乐的美、绘画的美、建筑的美，因此，本来悼诗一般都会表现强烈的悲痛，这首诗却从“三美”出发，把葬歌写成优美的安魂曲。

诗歌范例 5

落　花

片片的落花，尽随着流水流去。

流水呀！
你好好地流罢。
你流到我家底门前时，请给几片我底妈；——
戴在伊底头上，
于是伊底白头发可以遮了一些了。

请给几片我底姊；——
贴在伊底两耳旁，
也许伊照镜时可以开个青春的笑呵。
还请你给几片那人儿：——
那人儿你认识么？
伊底脸上是时常有泪的。

赏析

1922 年，杭州出现了“湖畔诗社”，四位年轻诗人以天真而诚挚的歌喉，歌唱大自然的清新美丽和友情、爱情的纯真，给诗坛带来一股清新的气息。这首诗的作者冯雪峰就是湖畔四诗人之一。

《落花》是一首优美的抒情诗，“片片落花，尽随着流水流去。”这是实写眼前景色，也是全诗联想的发端。流水、落花常用来表现感伤的情感，诗人却没有这么写，而是笔锋一转，说：“流水呀！你好好地流罢。”这是由景到情的转换，于是后面嘱咐落花流到家门前，为母亲遮去一些白发，为姊妹开青春的笑。末三行写“那人儿”即爱人的委婉说法。并且写了她脸上时常有泪水，暗示她常因思念而流泪，而诗人对她的思念和爱恋，也就更深刻地表现出来。

诗歌范例 6

弃　妇

长发披遍我两眼之前，
遂割断了一切羞恶之疾视，
与鲜血之急流，枯骨之沉睡。
黑夜与蚊虫联步徐来，
越此短墙之角，
狂呼在我清白之耳后，
如荒野狂风怒号：
战栗了无数游牧。

靠一根草儿，与上帝之灵往返在空谷里。
我的哀戚惟游蜂之脑能深印着；
或与山泉长泻在悬崖，
然后随红叶而俱去。

弃妇之隐忧堆积在动作上，
夕阳之火不能把时间之烦闷
化成灰烬，从烟突里飞去，
长染在游鸦之羽，
将同栖止于海啸之石上，
静听舟子之歌。
衰老的裙裾发出哀吟，
徜徉在丘墓之侧，
永无热泪，
点滴在草地，
为世界之装饰。

赏析

李金发诗歌诗坛怪杰，他的诗晦涩难懂，充满了隐喻和象征。这首《弃妇》是李金发的代表作，写的是一位被遗弃的妇女的痛苦和悲哀，诗人代她向黑暗社会的歧视和压力倾吐了心中的痛苦的幽怨的感情；但是，如果深究下去，我们发现，在这首诗里，诗人运用了惯常的象征手法，“弃妇”只是一个悲慨情感的象征物，是诗人对人生坎坷、悲惨命运的感受的象征。

在诗人的眼中，人生不过是彷徨于死亡者墓前的弃妇，她的悲伤和痛苦都是无法为他人所理解的，无法改变的。诗人运用了在场的视角，描述了弃妇的状态，她丑陋、老苦，她狂呼、怒号，她直面黑夜，又不得不与蚊虫为伍，她衰老的裙裾发出哀吟，徜徉在坟墓之侧，永无热泪。

也许是她的泪已经流尽了，也许是她对这个世界彻底绝望了，但是没有人能理解她。至于"我"，也是旁观，无所作为。

诗歌范例 7

印　象

是飘落深谷去的
幽微的铃声吧，
是航到烟水去的
小小的渔船吧，
如果是青色的珍珠；
它已堕到古井的暗水里。

林梢闪着的颓唐的残阳，
它轻轻地敛去了
跟着脸上浅浅的微笑。

从一个寂寞的地方起来的，
迢遥的，寂寞的呜咽，
又徐徐回到寂寞的地方，寂寞地。

赏析

"雨巷诗人"戴望舒是以一首极富音乐色彩的《雨巷》出名的。但真正形成他独特的抒情诗的艺术风格，则是他的第二本诗集《望舒草》。

《印象》是《望舒草》中具有代表性的一首，这首诗具有强烈的象征意义，并充满着现代主义的色彩。通过对具体物象的描写，将诗人主体的情绪和内在心理藏匿其中，反映出诗人心理经历过的从希望的幽微到失望的愁怨、从有所期待有所奋起的微笑和欢乐坠入沉郁的孤独与寂寞。

《印象》运用"深谷""铃声""烟水""渔船""古井""林梢""残阳"等古典意象，却通过现代主义的手法将其组合，表现出诗人心灵深处的"印象"。飘落深谷的幽微的铃声，航到烟水深处的渔船，都象征着诗人希望的渺茫。诗人进一步说，这希望如果是青色的珍珠的话，它也已经坠入古井的暗水之中，黯淡无光。这种从希望到失望的失落，有如古语说的"心如古井"，诗人彻底灰心了。过去的奋斗历程也如同林梢颓唐的残阳，伴着脸上浅浅的微笑隐去了，这浅浅的微笑也是一种无可奈何的苦笑。残阳西下，烟水升起，铃声远去，明珠暗投，理想和希望连同美好的世界一起消退，小小的渔船又如何能驾驭自己的命运？伴着一盏渔火，寂寞开始敲打诗人的无眠；呜咽着的寂寞，从遥远的地方向孤独的诗人袭来，在希望与理想消逝之后，寂寞终归是寂寞，寂寞如潮在击打过诗人虚空的心灵之后又寂寞地归向寂寞的地方去。希望如烟幽微去，潮打空心寂寞回，诗人连对现实不满的"呜咽"也随同孤独忧郁地远去了。

诗歌范例 8

雨同我

“天天下雨,自从你走了。”
“自从你来了,天天下雨。”
两地友人雨,我乐意负责。
第三处没消息,寄一把伞去?

我的忧愁随草绿天涯:
鸟安於巢吗?人安於客枕?
想在天井裹盛一只玻璃杯,
明朝看天下雨今夜落几寸。

赏析

这是诗人卞之琳写作并英译送给友人的“雨同我”。第一节,诗人先由两地的友人分别对“雨”的埋怨写起;第三句“两地友人雨,我乐意负责”,表明了诗人乐意为朋友分忧。每一节中,诗人不仅表明乐意为两地的友人分忧,还为第三处的友人着想:“第三处没消息寄一把伞去?”诗人牵念的不止是三处的友人,所以,在第二节一开始,诗人就喟然长叹“我的忧愁随草绿天涯”。在诗的结尾,诗人忽发奇想:把一只玻璃杯放在天井里,明天好知道普天下的雨落了几寸。诗人在这里所说的“雨”既是自然界落的雨,也可指人世的风雨——不尽的磨难与困顾。

这首诗题名《雨同我》,表现了诗人对友人、世人以及万物的关心。这首诗共两节,每节一韵,诗段、诗行、节拍、韵脚,都服从表情达意的需要,很好地体现了新诗的特点。这首诗在艺术上使用了推衍的方法。它先由某一点说起(比如从两地友人对“雨”的埋怨说起),然后逐渐扩展,使要表达的意思不断推进。

诗歌范例 9

航

帆起了
帆向落日的去处
明净与古老
风帆吻着暗色的水
有如黑蝶与白蝶

明月照在当头
青色的蛇
弄着银色的明珠

桅上的人语
风吹过来
水手问起雨和星辰

从日到夜
从夜到日
我们航不出这圆圈
后一个圆
前一个圆
一个永恒
而无涯涘的圆圈

将生命的茫茫
脱卸与茫茫的烟水

赏析

扬起的帆本是进取的,但辛迪这首诗却让帆船航向“落日的去处”。诗人用“明净”这一意象使整首诗停留在淡泊而不感伤的境界。帆影入水,水色昏暗,用“黑蝶与白蝶”来写帆影,形象鲜明生动。明月当头,水如青色的蛇,月如银色的珠,水手闲话着雨和星辰,构成一幅安静而又色彩丰富的夜航图。落日、明月、夜航,引起诗人的思绪:日日夜夜构成的时间的圆圈,是永恒而无涯的,谁也无法超越。于是,诗人很洒脱地说:“将生命的茫茫,脱卸与茫茫的烟水”。

诗歌范例 10

沉　钟

让我沉默于时空,
如古寺锈绿的洪钟,
负驮三千载沉重,
听窗外风雨匆匆;

把波澜掷给大海,
把无垠还诸苍穹,
我是沉寂的洪钟,
沉寂如蓝色凝冻;

生命脱蒂于苦痛，
苦痛任死寂煎烘，
我是锈绿的洪钟，
收容八方的野风！

赏析

袁可嘉这首《沉钟》写于1946年，当时抗日战争刚结束不久，国共内战又开始，古老的中国正处在方生未死之间。感受到这一时代气息，本诗的基调是沉重的，因此，原本可以发出宏大的声音的洪钟，由于历史的重荷沉默了，绣绿了。沉寂是痛苦的，然而痛苦正表明有生命的存在，有生命终有一天会有力量，因此，结尾“收容八方的野风”表明在无声中潜存着声音，在死寂中酝酿着生命，而且一旦发声，就会宏亮惊人。

二、中国现代新诗的审美特点和鉴赏路径

（一）中国现代新诗的审美特点

新诗，是指五四运动前后产生的、有别于古典诗歌的、以白话作为基本语言手段的诗歌体裁。在中国文学发展过程中，诗歌（包括诗、赋、词、曲等）曾取得很高的成就。但到了近代，古典诗歌的创作逐渐走向僵化，“滥调套语”充斥，“无病呻吟”的倾向相当普遍，古典诗歌所使用的词汇与现代口语严重脱节，它在形式上（包括章法句式、对仗用典以及平仄韵律上）的种种严格限制，对诗歌表现不断变化而日益复杂的社会生活，表达人们真实的思想感情，造成极大的束缚。因此，新诗革命成了“五四”新文学运动最先开始的、也是最重要的组成部分。新诗草创阶段的努力，以废除旧体诗形式上的束缚，主张白话俗语入诗，以表现诗人的真情实感为主要内容。因此，当时也称新诗为“白话诗”“白话韵文”“国语的韵文”（钱玄同《〈尝试集〉序》、胡适《谈新诗》、康白情《新诗底我见》）。

1917年2月，胡适在《新青年》上，率先发表《白话诗八首》，标志着新诗创作正式登上舞台。虽然标明是白话诗，但在形式上还未完全摆脱旧诗的体式，只是语言“白话化”而已。而到1918年1月《新青年》完全改用白话后，在这一期上发表的胡适、沈尹默、刘半农九首诗，才算是真正摆脱了旧诗体式的新诗。随后白话诗创作渐成风气，写作者越来越多。到了1922年1月，由叶圣陶、刘延陵主编的《诗》在上海创刊，成为新诗历史上第一份诗刊。除此之外，诗集的出版也形成小小的高潮，到1927年，出版的各类诗集有40部之多。

新诗在产生和发展过程中，受到外国诗歌较大的影响。这对新诗艺术方法的形成起了积极的作用。许多诗人在吸取中国古典诗歌、民歌和外国诗歌有益营养的基础上，对新诗的表现方法和艺术形式，进行了多方面的探索，产生了现实主义、浪漫主义、象征主义多种艺术潮流，出现了自由体、新格律体、十四行诗、阶梯式诗、散文诗等多种形式。众多诗人的探索和一些杰出诗人的创造，使新诗逐渐走向成熟和多样化。从五四运动以来，新诗一直成为中国现代诗歌的主体。新诗的特点主要体现在以下几个方面：

1. 新诗追求语言的散文美 新诗与古典诗一个重要的区别，就是新诗的语言追求舒放自由的散文美。新诗的散文美，第一体现在其语言的散文化，新诗的语言是白话，即口语语言，是日常生活中人们能经常运用的语言（即使是书面语，也一般是明白晓畅的）。第二体现为新诗的句行排列的散文化，古典诗词的语言非常整齐，常常要求对仗、对偶，特别是律诗和绝句，句子的字数有固定要求，排列非常规整，而且上下句完全对仗。新诗的句行排列比较自由，如它的诗行一般不太整齐，有的像“楼梯”，许多新诗的诗行并不是一个完整的句子，而是诗人故意断开的词语或者词组的上下排列，还有的甚至是非常不整齐的“图像诗”。

当然，需要说明的是，新诗的语言虽然是大众化的白话文，但并不意味着新诗的语言就缺少美感。新诗的语言大体有三种：一种是抒情性的语言，一种是象征性（哲理性）的语言，还有一种是叙事性（叙述性）的语言。抒情性的语言主要是表达抒情主体的感性的情绪、情感，抒情性新诗往往是以情感为线索的，其内在的结构是情感结构。象征性的语言主要是表达抒情主体的形而上的思考，即理性的思索与哲学的观点。而叙事性语言呢，则一般描绘的是事象，是生活细节，是直接的行为方式，叙事性新诗往往有时间线索。有些新诗以以上一种语言为主，而兼其他两种，有些新诗则是一种语言。比如臧克家的《有的人》一诗，用的就是哲理性语言，而他的《三代人》则用的叙事性语言。艾青的《大堰河，我的保姆》里就用的是抒情性语言和叙事性语言。李季的《王贵与李香香》、田间的《赶车传》、冯至的《蚕马》等，就是以叙述性语言为主，诗中均有人物和故事成分，有的甚至还有人物的对话。

2. 新诗追求现代情感与现代意识 新诗之所以为“新”，一个重要的方面，就是新诗的情感是现代人的情感，现代的意识，现代人的体验，现代人观照生活的方式。前已述及，诗歌是抒情艺术，是表现艺术，它表现的是人的内在世界，人的情感，人对生活的内在思考与心灵体验。有人说“诗是心灵的火花”，指的就是诗具有强烈的情感。新诗无疑是抒情的艺术，它的最主要的特点就是“抒情性”。更何况中国诗歌有一个抒情的传统，我国古代有“诗言志”“诗缘情”之说，这与外国人认为“诗是强烈的感情的自然流露”和“愤怒出诗人”等观点是一样的。新诗的现代情感和现代意识是非常强烈的，如郭沫若的《女神》就是典型的现代意识、思想的奔泻。再如韩东的《有关大雁塔》：

有关大雁塔/我们又能知道些什么/有很多人从远方赶来/为了爬上去/做一次英雄/也有的还来做第二次/或者更多/那些不得意的人们/那些发福的人们/统统爬上去/做一做英雄/然后下来/走进这条大街/转眼不见了/有关大雁塔//也有有种的往下跳/在台阶上开一朵红花/那就真的成了英雄——/当代英雄//有关大雁塔/我们又能知道什么/我们爬上去/看看四周的风景/然后再下来

这首诗中，诗人就以冷漠平板，甚至嘲讽与戏谑的口气，来解读经典文化意象“大雁塔”，以传达出他对崇高、严肃进行消解时的快意。韩东的这首诗中，反映了现代诗人对传统语言模式的颠覆。这样“先锋派”诗作则一反“朦胧诗”宏大、英雄、美感、崇高的常调，把诗歌拉回到当代人的生活现象与实际存在中来。他们主张诗歌与“生命”联系，认为“诗到语言为止”，从而显示出“反文化”“反意象”“反英雄”的后现代主义诗歌倾向。

3. **新诗追求意象的变形和象征性、暗示性** 古典诗词的意象一般来说都是抒情性的，而且它传达的是抒情主体与外部世界的和谐关系的，而新诗的意象则是多样化的，不但有抒情性意象，还有的是变形性的，是象征性的，暗示性的。新诗的意象是以现代生命意识为中心的事物形象，是独特的个体面对外在世界的心理印痕，是私人化的生命直觉体验，是“现代生命意识中人与世界的新的关系的确认”。所以，在新诗中，除了传统的抒情性意象，还有的戏剧性的意象和叙事性的意象，这些意象或夸张，或变形，或暗示，或象征，它们传达了人与生活、社会、世界的和谐，还传达着人与生活、社会、世界的紧张对立及人与人之间的矛盾关系，还有的表达着人与生活的断裂，以及无奈、无助、迷惘等等情绪。如北岛的《迷途》：

沿着鸽子的哨音/我寻找着你/高高的森林挡住了天空/小路上/一颗迷途的蒲公英/把我引向蓝灰色的湖泊/在微微摇晃的倒影中/我找到了你/那深不可测的眼睛

可以说，新诗的意象是复合性、多样性与现代性的统一，某种意义来说是现代人生活的复杂性造就了新诗意象的复杂性，现代的复杂的，甚至喧嚣的、紧张的、无奈的生存环境造就了现代新诗复杂的情感空间和复杂的意象世界。新诗对意象的变形美的追求，是新诗最终有效传达诗人生命信息和生活内涵的必然。

4. **新诗追求内在的音乐美** 新诗与古典诗词还有一个重要的区别，就是新诗在音乐美的构造上，一般不追求外在的表达，而追求内在的隐含。诗歌作为一种语言艺术，它有外在的形式美，诗是情感流动的产物，但诗人的情感流动恰如河流，有缓有急，有起有伏，外现在语言上，即是诗行的排列与音韵的选择。现代新诗中，许多都特别讲究一定的格式或韵律，当然这不是古典诗词中的格式或韵律，而是因为新诗利用了汉语语言语音的高低、强弱、长短、有规律等形式鲜明的节奏，以强化诗人的情感，使之有了可朗诵性。五四时期的新诗中，有许多作品特别具有音乐美。如“新月派”诗人徐志摩、朱湘、陈梦家的诗，还有闻一多的诗都挺注重押韵的，都具有音乐节奏的美感，很适合朗诵。艾青、李瑛等诗人的现代诗歌不像古典格律诗歌那样严守现成的格律，也没有徐志摩诗歌等相对讲究的押韵，因而表现为更为自由的、内在的韵律美。

（二）中国现代新诗鉴赏路径

1. **确立历史主义的态度与立场** 要培养清晰辩证的历史观，有的放矢地确立解读诗歌文本的恰适立场和视角，就必须回归历史现场，把文本置于当时特定的具体历史情境下去考察、评判，而不能用今天的审美标准和尺度苛求它、衡量它。或者说如果想深入理解一首诗，不应该仅仅从审美标准出发，还要同时兼顾历史视角。在对其作者所属的年代、潮流、派别以及该年代、潮流、派别的诗歌特质获得充分了解的基础上，进而把握其思想、艺术上的精髓，只有这样才能得出客观、公正、实事求是的结论，避免犯主观性、片面性的错误。

如对胡适的《蝴蝶》和郭沫若的《凤凰涅槃》的评价就必须遵循这一复原历史的原则，否则就会偏离事实本身。尤其是读了徐志摩飘逸的《再别康桥》、戴望舒幽微的《雨巷》、穆旦深邃的《赞美》、余光中清丽的《乡愁》、北岛冷峭的《结局或开始》、舒婷柔婉的《致橡树》等诗作之后，许多人就会觉得这两首诗歌无论从思想内涵还是技巧方法上，都毫无征服人的地方。"两个黄蝴蝶，双双飞上天。不知为什么，一个忽飞还。剩下那一个，孤单怪可怜。也无心上天，天上太孤单。"这首《蝴蝶》还押韵，还沿用五言形式，还和旧诗有着千丝万缕的联系；《凤凰涅槃》中类似"一的一切，一切的一"的诗句，在写法上也未免太无节制，形式上自由的散漫无序。但把这两首诗放在当时文学史的大背景下去考察时，就会发现它们的合理性和艺术价值所在。胡适、郭沫若写作这些诗时，正是新诗和旧诗对垒的阶段，当时破坏是第一要义。新诗人要想把具有几千年传统的古诗彻底掀翻，只能以矫枉过正的极端方式出现，否则就会失去强烈的冲击力。所以他们常常注意"新"而不大注意"诗"。并且前者不被朋友理解的孤单的现代情绪，和后者寄寓的毁灭与创造的破旧立新的涅槃意向，都暗合了"五四"时代精神，他们那种作诗如作文的诗歌观念，明白如话的诗体大解放，不拘一格的自由体创造，都是新诗诞生的强有力的形式突破。仅仅从把旧诗彻底颠覆这一点就表明：胡适、郭沫若虽然在新诗艺术上建设乏术，但却破坏有功，而仅仅这一点，就是他们对新诗历史的最大贡献。

历史主义态度的另一要求是要恢复诗歌对象所处的时代历史语境，把握其特殊的主题形态。20 世纪诗歌的主题形态多样，难以彻底整合。但由于中国传统文化特质和中国现代化过程的历史语境的双重统摄，仍使其始终流贯着两股血脉，一是入世情怀，一是出世奇思。由于受传统诗歌在儒道互补的文化结构中一直重群体轻个体，以入世为正格的精神影响，20 世纪的新诗主导潮流也是入世化诗歌，它覆盖了不同时段的不同诗人与诗作。不论是郭沫若《女神》、贺敬之《放声歌唱》、江河《让我们一起奔腾吧》的青春生命的欢歌，还是闻一多《死水》、辛笛《回答》、北岛《结局或开始》的凄凉现实的抨击与控诉，抑或是瞿秋白《赤潮曲》、穆旦《赞美》、舒婷《祖国啊，我亲爱的祖国》的未来瞩望与民族精神褒扬，它们的诗情都来自现实土壤的孕育，都暗合着时代的脉搏，情绪或浓烈或乐观或崇高或沉郁，深层文化意蕴是以家国为本的入世心理。此类诗歌多运用象征、隐喻、通感等手法，艺术价值较高，但理解起来有一定难度。如冯至借沉思自然界的"蜕化"现象，歌颂生命的新生和永恒的《什么能从我们身上脱落》，就是这类诗歌的典型之作。

2. 把握新诗的艺术个性，进行有针对性的阅读

(1)破译其隐显适度的意象密码。黑格尔曾经说过："美就是理念的感性显现"。诗，作为人类情志精神的物化形态，也只能从感性走向理念。与重视以清晰的画面造就意境的古典诗歌不同，新诗重视隐显适度的意象铸造与非常规组合。新诗中除了少数直抒胸臆外，大部分都避开了直抒胸臆的窠臼，采用"思想知觉化"方式进行隐约的抒情，即把思想还原为知觉，通过意象这一情绪的客观对应物或象征的营构加以寄托、暗示。所以我们在阅读新诗时，就要在反复诵读的基础上把握其意象，运用联想和想象由词人景，由景悟情，由点及面，修复诗歌由于凝练而造成的形象残缺，连缀诗歌由于跳跃而出现的形象间的间断，最终辨清诗人在说什么，怎么说的，理解意象的深层含义，并进而揣摩诗歌的整体意境和情境。

古今中外的诗歌历史证明，大凡成熟的诗人总有相对稳定的意象符号，如海之于埃利蒂斯、荒原之于艾略特、月亮之于李白、麦子之于海子，都已浑融为其艺术生命的一部分，成为某种精神的象征符号。艾青也顺应现代诗的物化趋势，起用全球化的意象与象征手段，但却对之进行了大胆的“改编”，不但求意象的原创鲜活和意象间的和谐浑然，而且努力使意象和象征高度个人化，上升为“主题语象”。如土地、太阳、黎明、火把、灯、煤等光色俱有的意象，尤其是太阳、土地意象，是他诗中高频率出现的专利语码与固定“词根”，若按新批评派的“一个语象在同一作品中再三重复，或在一个诗人先后的作品中再三重复就渐渐积累其象征意义的分量”的理论原则，太阳、土地的“主题语象”就凝聚着艾青主要的人生经验与深度的情绪细节，对应烘托着诗人对土地、农民的忧郁之爱和执著追求光明的情思。如果说《太阳》《春》《黎明》《复活的土地》中的太阳意象构成了向往、预示、呼唤光明的主题心曲，《北方》和《我爱这土地》的核心意象土地则承载着诗人对祖国——大地母亲和劳动人民深沉的爱。《我爱这土地》以鸟对土地的情感比喻自己对祖国的情感，鸟儿生于土地、长于土地，飞翔在土地的怀抱之中，即使死了也要归于土地，为土地增加养料，那生死不渝的情感把诗人的爱国情怀传达得刻骨铭心，真挚动人。《北方》前三节大量铺排北方土地上的悲剧性意象——沙漠风、沙雾、荒漠的原野、颓垣和荒冢、孤单的行人、疲乏的驴子、枯干的河底、枯死的林木、惶乱的雁群，在众多意象分子的流动、转换和推移中，严寒、肃杀、死寂的北方土地的悲哀，和诗人对土地上苦难民众的一腔同情和关注，已经力透纸背、悄然渗出，与自然之灰暗合为一处，泾渭难辨。而最后一节的无垠的荒漠、祖先带领的羊群、古老的松软的黄土层等意象的组合，则引出对先人的尊崇、对民族精神自豪的爱国情怀。

和古典意象相比，新诗意象明显出现了两种新的品质：一是常寻求与象征的联系，铸成主题内蕴的多义性与多重性，表现出一定的朦胧美。众所周知，意象作为一种心灵载体，一定情境下它本身就具备某种象征品格，有种借有限表无限、借刹那表永恒的意义；尤其在古老中华民族的文学传统中，那些古典性意象更易积累成象征涵量，而它们对诗文本的介入或贯穿，自然就赋予诗一种言外之旨，诗的深层意蕴常常寄居在结构的第二层、第三层虚实隐藏的形象间，引导你去探寻，去捕捉，去品味。如何其芳的《预言》，只写了等待年累女神和年轻女神的悄然离去吗？显然不是。在它第一视象背后隐藏的深层意味又是什么？是追求爱神，追求希望，还是追求美与眷念惆怅？情怀流转中让你感到模糊而不确定。再有卞之琳的《鱼化石》：“我要有你的怀抱的形态，/我往往溶化于水的线条。/你真像镜子一样的爱我呢，/你我都远了乃有鱼化石。”它似乎“解”更多，从人与鱼不同视角接近它可以得出不同答案。鱼化石究竟象征什么？是一个女子爱的凝结，还是亘古不变的爱之结晶？是活的历史见证，还是自由与永恒？飘渺不定，确有一种“文似看山不喜平”的不平妙处，它使缪斯变得空灵迷濛，美不胜收。二是喜欢进行非常规的意象组合。与具有相对明确固定的美学含义、具有较强的现实性和可感性的古典意象不同，新诗意象为了传达高深的思想和复杂的情感，常借助意象之间的非常规组合与突兀的转换，表现出陌生化和模糊化的特点。如隐喻乡愁的月亮，到了新诗中再也不是“床前明月光，疑是地上霜”，或"小楼昨夜又东风,故国不堪回首月明中"那种合乎常情却滥调得让人生厌的想象,而成了"明月装饰了你的窗子/你装饰了别人的梦",成了"炊烟上下/月亮是掘井的白猿"(海子《月》),它们已经完全清洗掉了传统的文化积淀,富有了新的内涵。

(2)品味其体现情绪律动的自由化语言。文学的革命历来都从语言开始,所以谢洛夫斯基说诗就是"把语言翻新"。被誉为语言学时代的20世纪,传统的常规语言陷入无法指称象征意义与真实的危机,于是新诗人掀起寄生者的荒淫无聊。戴望舒要"咀嚼太阳的香味","家"在芒克那里"发甜","钟声"在穆木天那里是"苍白的"。官感间的越俎代庖铸成的间离感,因超出正常想象力的轨道拓宽了再造空间,"反常"又"合道"。再如多起用前人未用过的事物作比,在貌不相干的比喻两造间以寓意导引发现相似点,即朱自清说的不将比喻放在明白间架里的"远取譬"。李金发的"生命便是死神唇边的笑"(《有感》),比喻的距离远至喻体已从美好事物转向丑恶意象;其"野蛮"的联系是典型的现代思维方式。还有常常在大与小、虚与实、具体与抽象等矛盾对立事物间进行奇诡搭配,为诗增加超常负荷,张力无穷。"从星星的弹孔中/将流出血红的黎明"(北岛《宣言》),富于感性的抒唱中,溶入了理性思考,虚与实的对应,平添了沉着的丰盈美感,暗喻烈士之死,预示了光明将代替黑暗的趋向。"我达达的马蹄是个美丽的错误"(郑愁予),统一了感性与理性,因联络的独特而诗奇峭、凝练、简隽。

还有许多诗人则走返璞归真的路数,挣脱修饰性的枷锁,还语言的纯净本色。一切都来得平朴干脆,单纯简隽;但它却绝非完全与生活口语划等号,而是精心设计后复杂到简单的单纯,浓艳之极的平淡。"你睡着了你不知道/妈妈坐在身边守候你的梦话/妈妈小时候也讲梦话/但妈妈讲梦话时身旁没有妈妈//你在梦中呼唤我……如果有一天你梦中不再呼唤妈妈/而呼唤一个年轻的陌生的名字/啊那是妈妈的期待妈妈的期待/妈妈的期待是惊喜和忧伤"(傅天琳《梦话》)。絮絮叨叨的叙述一如亲切交谈的口语;最不端架子的语言却把母亲对女儿的期待、惊喜、忧伤的复合情绪渲染得柔肠百转,美妙感人,它运用的是最不诗化的语言,又是最诗化的语言。有的还注意接近传统的音乐性、绘画性的打造,如新月诗派的诗歌就注重节奏和韵律,注意节的匀称和句的均齐;台湾诗人更在诗行诗句排列上做文章,进行图像诗探索,倡导符号论,主张绘画入诗,重视"读"与"看"的双重经验混合,以简洁的语言图文结构描述直觉体验感觉,"以图示诗"。如林亨泰的《风景(二)》:"防风林的/外边 还有/防风林 的/外边 还有/防风林 的/外边 还有/然而海 以及波的罗列/然而海 以及波的罗列"不能再单纯的句式,不能再朴实的语言,丝毫看不出象征与暗示的妙处;可几何空间的句式构图,串连句法的空间层叠,却给人防风林无休无止、层层叠叠、绵延不绝之感,后两行大海波浪的排列更衬托强化了这种感觉,无限的空间叠景,有种风光无限之美。第三代诗人甚至推崇语感,即用语言自动呈现一种生命的感觉状态。如于坚《远方的朋友》:"您的信我读了/你是什么长相我想了想/大不了就是长得像某某吧/想到有一天你要来找我/不免有些担心/我怕我们无话可说……"仿佛给你的全部东西就是语言,就是生命节奏的自然奔涌。一个不曾谋面的朋友信中说要来访,一瞬间诗人脑海迅速闪过几种见面时的情景设想,每一种都滑稽可笑又都合理可能。这是生存方式平心静气的观照，这一代人表面热情平静内心却孤独无依，头脑善于幻想行动却手足无措，无端地对世界怀着某种莫名的期待与恐惧。将语感视为诗之灵魂，并借它达到了诗人、生存、语言三位一体的融合，有时甚至语义已不重要，语感成为自足的语言本体，音响形象的建构就是语义信息的完成。在这方面最典型的如戴望舒的《萧红墓畔口占》："走六小时寂寞的长途，/到你头边放一束红山茶，/我等待着，长夜漫漫，/你却卧听着海涛闲话。"本诗乃雅净的炉火纯青之作，体现出无技巧的境界。它自由自在、洗练干净的口语蕴含着动人心魄的力量。那种亲切舒展的说话调子，那种朴素自然的语言态度，那种节制而灵活的运笔方式，那种隐喻的运用和诗人对人生洞察的浑然天成，那种轻重、动静、人我、生死等多重对比关系铸成的结构的协调与平衡，使得整首诗歌在视觉上似一幅画，在心理上则展现为一种从容面对各种命运的情境，在艺术上以一种从容自如、亲切平和的气象，把君子与君子之间的友情和诗人的心境传达得简隽又别致，苦涩而现代。

(3)掌握其诗情哲思化的艺术趋势。新诗的诗情智化，绝对不同于仅仅以诗的形式说明道理的旧式哲理，也有别于卖弄聪明的精粹警句片断，甚至与古代晶莹透彻的说理诗也不可同日而语。因为它的理意从未"单凭哲学和智力来认识"，而是与情绪合为一体，还原为感觉凝进意象，或在内情与外物结合的瞬间直觉顿悟式地融入。从而诗在意象推进中隐伏着情绪流动，在情绪流动中凸现思想筋骨，达到形象、思想、情绪三位一体的重合。它是通过非逻辑的诗之道路生产的，它是哲学的，但更是诗的。或者说新诗这种诗情智化效应，在艺术上的主要获取途径在于大量隐喻性象征意象的铸造，因为隐喻性象征意象本身就具有浓重的理性色彩，它常常既是它本身，又带有本身以外的深层意义。"青山是白骨的归藏地/海正是泪的累积/在愁苦的人间/你写不出善颂善祷的诗"（辛笛《海上小诗》），青山、白骨、海、泪几个意象的交融转换在后两句的点醒下，已深印上悲戚忧郁的色泽。可在这情绪感觉舒放的雾障后却耸立着一座哲理的山峰。人类苦难重重，正是这重重苦难织就了历史。正直的人希望摆脱困境又无法达到目的，所以只有正视现实。这种理性内涵不是硬性加入，而是情绪与物象交合时的瞬间顿悟。此诗的意象中已无法分清何为形象，何为情绪，何为思想，它们已扭结一处，浑成一体了。连卞之琳知性十足的《圆宝盒》也同样闪动着新奇绝伦的悟性之光。读着这首诗你时时会感受到宇宙万物相对观念在卞之琳笔下的交响，有限与无限、主观与客观、简单与繁富、蓝天与生命之船，一切都是相对的，从中领略到智慧的陶洗与快感；但是昭示相对论绝非它的题旨所归，推动诗的动力也不是理论逻辑，而是心灵活动的节奏，它是以超现实的想象抒写圆宝盒这一智慧之盒，展示了获得理智之美的快乐旋律，以诗的方式创造了感性与理性平衡的天地。至于相对论只是作为一种哲学观念无形地规导灌入于诗的审美思维与想象中。正是这种诗的方式支撑，使新诗的诗情智化没有陷入哲学泥淖，强化了艺术厚度，让读者愉悦地得到了智慧提升。

3. 多向拓展研究方法，贴近文本实质

(1)引进比较法。当年钱锺书先生给一个研究者郑朝宗的信中说，他的研究方法是求"打通"，把文学放在更加广阔的背景上进行比较，在不同参照系中进行比较，这种比较唯其在不同的参照系中进行，所以能"拈出新意"。新诗的研究也可用此方法。这种比较可以在古今之间进行，可以在中外之间进行，也可以在同时代的诗人之间进行，比较的角度也可以是多方面的，比如主题、构思、语言等等。讲解台湾乡愁诗歌，可以在台湾诗人之间横向对读，如同样是表现乡愁，蓉子《晚秋的乡愁》："谁说秋天月圆/佳节中尽是残缺/每回西风走过/总踩痛我思乡的弦"，表现了"龙的传人"思乡念归，游子心中又咸又苦的泉水喷涌，不亚于李清照"只恐双溪舴艋舟/载不动/许多愁"的感情浓度与强度。余光中的《当我死时》则表现为浸满民族意识的爱国咏叹，又别是一番景象，乡愁与国愁交错结合，沉痛而不沉沦，怀恋讴歌祖国的历史、文化和河山，充满了民族自豪感。当他多愁善感地想到人生大限时，希望"当我死时/葬我，在长江与黄河之间/枕我的头颅/白发盖着黑土/在中国，最美最母亲的国度/我便坦然睡去"，对祖国的挚爱怀念与歌颂，感人肺腑。同时也可以把台湾乡愁诗和古代的"羁鸟恋归林，池鱼思故渊"的普遍情感比附。从主题学角度看，乡愁是中华诗歌的系统母题，古往今来的骚人墨客不知有多少吟诵过它；但台湾现代诗的乡愁曲却自有突破和建树，它也渗着怀人忆旧的苦痛，但不同于古代思乡文学的眷恋田园或背井离乡的感叹，仅仅停留在乡土意识和个人情怀层次，而是因民族分裂，社会动荡与新的时空条件，交错了乡愁与国愁，综合了个人情怀与民族思绪，表现出渴望统一的爱国情感与民族意识。这样讲解就既扩展拓宽了知识视野，又使对对象的把握更加深入、准确、具体了。

(2)整体阅读与细读的统一。阅读新诗作品时只有反复推测，充分想象，既考虑文本的外在时代背景，和作者的生平联系起来作社会学的考察，又从文本的内部入手，以直观的方式攫取诗歌的生命韵致。同时保持高度的理性分析力，让文本的最复杂的内部结构呈现出来，也就是说，要结合传统的社会学批评和新批评派本体论的细读理论，体会诗人的情感真谛所在。如对卞之琳的以感性移情、以意象说话的《第一盏灯》，必须做到"知人论世"与细读的统一。首先我们要弄清楚卞之琳的喜好和诗的风格：诗人喜欢用水的"淘洗"与火的"提炼"之功，去除事物的表层与芜杂，做人性化的内在抽象。因此他的诗常寥寥数句胜过万语千言，一花一世界，一沙一天国，以有限寓无限，以一时一地启示无穷。具体的方法是做必要的压缩与意义间隔，不去铺展每句每段的诗意，把话说尽；而是使诗的每个意义单元(最小为意象)都孤立凸现出来，产生纵深感，产生一行一意的密集诗意。然后再细细地品味这首诗。"鸟吞小石子可以磨食品/兽畏火。人养火乃有文明/与太阳同起同睡的有福了/可是我赞美人间第一盏灯"，它是说理诗，但却不直接说理，而是通过鸟吞石子、兽畏火、太阳、灯等几个具体的细节与意象流动、转换来暗示。一、二句首句的比喻为后句的说明，正如鸟吞石子助消化增加营养一样，人类经历了许多苦难才学会使用火，逐渐创造了文明，这又超出了兽；三句说明人得益于"火"与文明，能够与太阳同起同睡"享福"了；尾句扣题，至此"第一盏灯"已成人类文明的象征。诗的意思也彻底清楚了。原来这首诗表现的是作者多年悟出的一种"心得"，赞美人类的一切发现、发明与创造啊。需要特别强调的是诗歌细读时，要清楚语汇美学和修辞美学固然重要，但更应注意整体诗意的存在方式——结构美学，因为诗歌的魅力不是分居八方的。如例作北岛的《迷途》，若太偏于局部和微观研究，就会觉得它晦涩难懂。哨音是什么，蒲公英又是什么，你是谁？这样就会陷入层层缠绕之中，就像对人的眼睛、鼻子、耳朵清楚却说不出人的长相一样。而要把它看成是抽象了一种追求过程，由招呼而迷途，而有了新的启引，最后抵达了目的。至于它抽象的涵盖是什么，大可不必深究。对新诗只要把握住了其整体方向，即使个别词语难懂，也不会太妨碍对诗意的理解。因为现代诗有一种不可完全解读性，把握住了其大致的情绪氛围，或基本意思，就算读懂了一首诗。在这个问题上，当年施蛰存先生的那句判断是对的，对新诗既要求解，又要不求甚解，仿佛得之即可。

(3)进行创造性的“悟”读。诗人在诗歌的创作过程中，带着特定的情感关照外物，外物被诗人进行了心灵的加工，物因心变，具象中有了抽象，在物象中渗透了诗人的人生体验，诗人用高度浓缩的语言把自己这种独特的人生体验传达给读者，完成了个人情感社会化的审美过程。读者阅读和鉴赏诗歌的过程，就是一个审美体验的过程，也是读者再创造的过程。例如读废名受禅宗影响写下的《海》，就必须去感悟它的机锋语言艺术：“我立在池岸/望那一朵好花，亭亭玉立/出水妙善，‘我将永不爱海了。’/荷花微笑道：‘善男子，花将长在你的海里。’”它以非理性的对话形式表现了带理性意味的禅意。初看不涉理路。觉得荷花亭亭玉立出水妙善，遂语“我将永不爱海了”，可荷花却道“花将长在你的海里”，“你”又何海之有？再读则觉它寄居着相对性原理，尤其第五句表明诗人已进入禅宗（心智）的“无明”状态，后几句则表明世间花本非花，海亦非海，花海同一，爱花即是爱海，“花将长在你的海里”，就是长在你自己的悟性里。

【知识链接】

1. **刘大白简介及其诗歌艺术特点** 刘大白(1880—1932)，现代诗人。原名金庆棪，后改姓刘，名靖裔，字大白，别号白屋。浙江绍兴人。五四运动前就开始写白话诗，是新诗的倡导者之一。他的诗以描写民众疾苦之作影响最大。他的新诗还显示了由旧诗蜕化而来的特点，感情浓烈，语言明快有力，通俗易懂，并以触及重大的社会课题和鲜明的乡土色彩，在五四时期的诗坛上别具一格。1924 年出版新诗集《旧梦》。1926 年出版第二部新诗集《邮吻》。1929 年还将《旧梦》重编为《再造》《丁宁》《卖布谣》《秋之泪》4 集出版。

2. **冰心简介及其诗歌艺术特点** 冰心(1900—1999)，原名谢婉莹，笔名冰心女士，男士等。原籍福建长乐，生于福州。幼年时代就广泛接触了中国古典小说和译作。1919 年开始发表第一篇小说《两个家庭》。同时，受到泰戈尔《飞鸟集》的影响，写作无标题的自由体小诗。这些晶莹清丽、轻柔隽逸的小诗，后结集为《繁星》和《春水》出版，被人称为“春水体”。

冰心的诗歌受之于泰戈尔的影响，是现代文学史上不争的事实，也是研究者们的老生常谈。闻一多称冰心是“中国最善学泰戈尔”的女作家，徐志摩认为，冰心是“最有名的神形毕肖的泰戈尔的私淑弟子。”而冰心自己则说：“我写《繁星》和《春水》的时候，并不是在写诗，只是受了泰戈尔的《飞鸟集》的影响，把自己平时写在笔记本上的三言两语——这些‘零碎的思想’收集在一个集子里”。泰戈尔对中国散文诗的影响是广泛的。而唯独冰心最得泰戈尔思想和艺术的精髓，成了“最有名的神形毕肖的泰戈尔的私淑弟子”（徐志摩

《泰戈尔来华》)。

3. **徐志摩简介及其诗歌艺术特点**　徐志摩(1897—1931),生于浙江省海宁县硖石镇。朱自清先生曾说过:“现代中国诗人须首推徐志摩和郭沫若。”要读懂徐志摩的诗,就必须全面地了解徐志摩生平遭际、学识渊源、家庭婚恋、个性特点及时代潮流等。概括起来,徐志摩流星闪电般短促的一生,有两个方面对他生活创作影响最为深远。其一是他学养深厚,学贯中西。徐志摩从小受到良好教育,又先后留学美国和英国,特别是剑桥大学及英国文学对徐志摩影响很大。徐志摩说:“就我个人说,我的眼是康桥(今译为剑桥)教我睁的,我的求知欲是康桥给我拨动的,我的自我意识是康桥给我胚胎的。”他结交中外名流学者之众多,在中国现代作家中可以说无出其右。国内如梁启超是其恩师,其他如陈独秀、胡适、瞿秋白、郭沫若、陶行知等;国外如英国学者狄更生、罗素,著名作家托马斯·哈代、曼殊斐儿,印度诗人泰戈尔等。其二是与两位才女——林徽音和陆小曼的感情经历。为了二人,徐志摩奔波于北京、南京和上海之间,最终而付出了年轻的生命。当然,就像巴尔扎克在穷困煎熬中写出了不朽的《人间喜剧》一样,也许正是因为有了这两位非凡的女性,徐志摩才成就了诗人徐志摩。

4. **戴望舒简介及其诗歌艺术特点**　戴望舒(1905—1950),现代诗人。又称“雨巷诗人”,中国现代派象征主义诗人。戴望舒为笔名,原名戴朝安,又名戴梦鸥。笔名艾昂甫、江思等。浙江杭县(今杭州市余杭区)人。他的笔名出自屈原的《离骚》:“前望舒使先驱兮,后飞廉使奔属。”意思是说屈原上天入地漫游求索,坐着龙马拉来的车子,前面由月神望舒开路,后面由风神飞廉作跟班。望舒就是神话传说中替月亮驾车的天神,美丽温柔,纯洁幽雅。曾赴法国留学,受法国象征派诗人影响。

【推荐书目】

[1] 戴望舒. 戴望舒诗集[M]. 上海:上海古籍出版社,2002.
[2] 徐志摩. 徐志摩经典诗集[M]. 山东:山东文艺出版社,2009.
[3] 陈梦家. 新月诗选[M]. 北京:解放军文艺出版社,2000.
[4] 郭沫若. 女神[M]. 北京:人民文学出版社,1977.
[5] 罗洛编. 新诗选[M]. 上海:上海书店出版,1993.
[6] 周良沛. 闻一多诗集[M]. 四川:四川人民出版社,1984.
[7] 冰心. 繁星·春水[M]. 北京:人民文学出版社,1998.
[8] 胡适. 尝试集[M]. 北京:人民文学出版社,1984.
[9] 龙明泉. 中国新诗流变论[M]. 北京:人民文学出版社,1999.
[10] 钱理群,儒敏,吴福辉. 中国现代文学三十年[M]. 北京:北京大学出版社,1998.

【思考与练习】

1. 何谓新诗?
2. 简述中国新诗创始历程。

3. 戴望舒诗歌的艺术特色。
4. 结合自己感受谈谈中国新诗与中国古典诗歌的差异。
5. 尝试赏析卞之琳诗《断章》。
6. 评析李金发的《弃妇》,并由此论述早期象征诗派的艺术追求。
7. 简析卞之琳的《距离的组织》。
8. 查阅相关资料,分析新月派诗人的创作特点。
9. 与古典诗歌意象相比,新诗意象有什么特点?
10. 闻一多对现代新诗的贡献。
11. 结合诗歌《死水》,具体分析闻一多的“三美”主张。

第三部分　散文鉴赏

【知识目标】

了解散文的审美特征
掌握散文的鉴赏方法

【能力目标】

能简要地对散文进行个性化赏析

第一单元　中国古代散文鉴赏

一、中国古代散文名作范例与赏析

散文范例 1

《左传》两篇

烛之武退秦师(僖公三十年)

晋侯、秦伯围郑,以其无礼於晋,且贰於楚也。晋军函陵[1],秦军氾南[2]。佚之狐[3]言於郑伯曰:“国危矣!若使烛之武[4]见秦君,师必退。”公从之。辞曰:“臣之壮也,犹不如人;今老矣,无能为也已。”公曰:“吾不能早用子,今急而求子,是寡人之过也。然郑亡,子亦有不利焉!”许之。

夜缒而出。见秦伯曰:“秦、晋围郑,郑既知亡矣。若亡郑而有益于君,敢以烦执事[5]。越国以鄙远,君知其难也。焉用亡郑以陪[6]邻?邻之厚,君之薄也。若舍郑以为东道主[7],行李[8]之往来,共[9]其乏困,君亦无所害。且君尝为晋君赐矣,许君焦、瑕,朝济而夕设版[10]焉,君之所知也。夫晋何厌之有?既东封[11]郑,又欲肆[12]其西封。若不阙[13]秦,将焉取之?阙秦以利晋,唯君图之。”

秦伯说,与郑人盟,使杞子、逢孙、杨孙[14]戍之,乃还。子犯请击之。公曰:“不可。微夫人之力不及此。因[15]人之力而敝之,不仁;失其所与[16],不知;以乱易整,不武。吾其还也。”亦去之。

白宫之乱(哀公十六年)节选

叶公亦至,及北门,或遇之,曰:“君胡不胄[17]? 国人望君,如望慈父母焉。盗贼之矢若伤君,是绝民望也,若之何不胄?”乃胄而进。又遇一人,曰:“君胡胄? 国人望君,如望岁[18]焉,日日以几[19]。若见君面,是得艾[20]也。民知不死,其亦夫又奋心,犹将旌君以徇于国[21],而又掩面以绝民望,不亦甚乎!”乃免胄而进。

[1]函陵,地名,在今河南新郑北。

[2]氾(fán)南:氾水之南,在今河南中牟南,已干涸。

[3]佚(yí)之狐:郑大夫。

[4]烛之武:郑大夫。

[5]执事:办事的人。古代为表示对对方的尊敬,不直称对方,而已左右侍奉的人代之。这里指秦伯。

[6]陪:增加。

[7]东道主:郑在秦东,故曰东道。

[8]行李:使者。

[9]共:同“供”,供应。

[10]设版:设木板以筑城墙。

[11]封:边界,疆界。这里用作动词,以……为边界。

[12]肆:扩大。

[13]阙:同“缺”,损害。

[14]杞子、逢孙、杨孙:三人都是秦大夫。

[15]因:依靠。

[16]所与:结交。

[17]胄:头盔,这里的意思是带上头盔。

[18]盼望收成。

[19]几:同“冀”,企盼。以几:盼望你来。

[20]艾:安心。

[21]旌:表扬、宣扬。循:遍告、通告。

赏析

先秦叙事散文在散文史上具有崇高地位。《左传》《国语》《战国策》等成为后世散文写作的楷模。其中《左传》作为先秦散文“叙事之最”,标志着我国叙事散文的成熟。它的叙事和记言,都对后世影响深远。

《左传》长于叙事,尤其善于描写战争。在复杂的战争过程、政治事件中通过大量描写细节和记录人物语言,生动刻画出大批栩栩如生的历史人物形象,是中国叙事写人文学的良好开端。

《白宫之乱》记载楚国白公之乱这一政治事件,最后写叶公子高平叛,没有着重写叶公的重大军政措施,而就叶公是否该戴头盔这一细节反复渲染,突出国人对叶公的爱戴和叶公急于争取国人的心理。叶公平叛之所以成功,他的可贵之处,都在免胄的细节中表现出来。

《左传》中的记言文字,主要是行人应答和大夫辞令,包括出使他国专对之辞和向国君谏说之辞。这类记言文字无不"文典而美","语博而奥",简洁精练,委曲达意,婉而有致,栩栩如生或者幽默生动。

《烛之武退秦师》虽以战役为篇名,战争的描写却相当简略,主轴在于人物之叙事,透过人物的对话显现其机智与人性,而战争之远因、近因、成败、影响均可详略互见。秦晋联合攻郑,烛之武作为郑使出说秦伯。他着重对秦、晋、郑三国之间的利害关系作了具体的分析。先把郑国的存亡放在一边,再叙述郑亡并无利于秦,然后归结到保存郑国于秦有益无害,最后还补叙昔日晋对秦之忘恩负义以加强说服力。说辞有意置郑国利害于不顾,而处处为秦国考虑,委婉而多姿,谨严而周密。因此,取得了理想的游说效果。

散文范例 2

《论语》五则

"子曰:"岁寒然后知松柏之后凋也。"

"子在川上,曰'逝者如斯乎?不舍[1]昼夜。"

"饭疏食,饮水,曲肱[2]而枕之,乐亦在其中矣!不义而富且贵,于我如浮云。"(《论语·述而》)

"一箪[3]食,一瓢饮,在陋巷,人不堪其忧,回也不改其乐,贤哉回也。"(《论语·学而》)

"暮春[4]者,春服既成,冠者[5]五六人,童子[6]六七人,浴乎沂[7],风乎舞雩[8],咏而归。"(《论语·先进》)

[1]舍:放弃。

[2]肱:手臂。

[3]箪:dān,盛饭的圆形竹器。

[4]莫(mù)春:指夏历三月,天气已转暖的时节。莫:通假"暮"。

[5]冠者:古代男子二十岁时要举行冠礼,束发、加帽,表示成人。"冠者"指成年人。

[6]童子:未加冠以前的少年。

[7]浴乎沂(yí):到沂河里去洗洗澡。乎:介词,用法同"于"状语后置,乎沂是状语。沂,水名,在今山东曲阜县南。此水因有温泉流入,故暮春时即可入浴。

[8]风乎舞雩(yú)到舞雩台上吹吹风。风:吹风,乘凉。舞雩。鲁国祭天求雨的地方,设有坛,在今山东曲阜县南。"雩"是古代为求雨而举行的祭祀。古人行雩时要伴以音乐和舞蹈,故称"舞雩"。

赏析

先秦诸子散文都是政治或哲理内容，属于论说文的范畴。然而这些著述的议论说理都注重具象化、形象化，不同程度地采用寓言、比喻、夸张、拟人等文学手法，大多重文采，激越酣畅，宏丽恣肆，想象奇特，辞采华茂，甚至还刻画出生动的人物形象，因而具有浓厚的文学色彩。寓言尤为特色，先秦诸子既大量运用民间寓言，也自行创作寓言，内容丰富，故事生动，手法多种多样，充满智慧和风趣，具有很高的美学价值。

孔子的《论语》也不例外，有些篇章颇富诗意。其中前两章“后人多取来作诗题和诗材用。即论此两章文字，亦是诗人吐属，只是以散文方式写出，大可说其是一种散文诗。诗必讲比兴，而此两章则全用比兴，话在此而意在彼，所以得称为文学，而且特富诗意。”后三则或使用比兴，或营造情境，都富有形象性，洋溢着回味无穷的诗意。

散文范例3

《庄子》寓言四则

《逍遥游》节选

肩吾[1]问于连叔曰：“吾闻言于接舆[2]，大而无当[3]，往而不返。吾惊怖其言犹河汉而无极也，大有径庭[4]，不近人情焉。”连叔曰：“其言谓何哉？”“曰‘藐[5]姑射[6]之山，有神人居焉。肌肤若冰雪，绰约[7]若处子；不食五谷，吸风饮露；乘云气，御飞龙，而游乎四海之外；其神凝[8]，使物不疵疠而年谷熟。’吾以是狂而不信也。”连叔曰：“然，瞽[9]者无以与乎文章之观，聋者无以与乎钟鼓之声。岂唯形骸有聋盲哉？夫知亦有之。是其言也，犹时女[10]也。之人也，之德也，将旁礴[11]万物以为一，世蕲[12]乎乱，孰弊弊焉以天下为事！之人也，物莫之伤，大浸稽天[13]而不溺，大旱金石流、土山焦而热。是其尘垢秕糠，将犹陶铸尧舜者也，孰肯以物为事！”

[1]肩吾，连叔：人名，已不可考，传说都是古代的贤人。

[2]接舆：人名，姓陆名道，字接舆，楚国的隐士。

[3]无当：适当；没有边际。

[4]大有径庭：大相经庭，指和话题相差很远，不着边际。

[5]藐：遥远。

[6]姑射：山名。

[7]绰约：轻巧美好的样子。

[8]神凝：聚精会神，非常专注。

[9]瞽：音(gǔ)，盲人。

[10]时女：是你。时，通“是”，女，通“汝”。

[11]旁礴：混同、混合。

[12]蕲(qí):古同"祈"追求。

[13]大浸稽天:大水滔天的样子。稽通"及",达到。

庄周梦蝶

"昔者庄周梦为蝴蝶,栩栩然蝴蝶也,自喻适志与!不知周也。俄然觉,则蘧蘧然[1]周也。不知周之梦为蝴蝶与?蝴蝶之梦为周与?周与蝴蝶则必有分矣。此之谓物化。"

(《庄子·齐物论》)

[1]蘧(qú)然,蘧蘧:惊喜的样子。古同"蕖",芙蕖,荷花。

孔子西游于卫

孔子西游于卫,颜渊问师金曰[1]:"以夫子之行为奚如[2]?"师金曰:"惜乎!而夫子其穷哉[3]!"颜渊曰:"何也?"师金曰:"夫刍狗之未陈也[4],盛以箧衍[5],巾以文绣[6],尸祝齐戒以将之[7]。及其已陈也,行者践其首脊,苏者取而爨之而已[8]。将复取而盛以箧衍,巾以文绣,游居寝卧其下[9],彼不得梦,必且数眯焉[10]。今而夫子亦取先王已陈刍狗,聚弟子游居寝卧其下。故伐树于宋[11],削迹于卫[12],穷于商周[13],是非其梦邪[14]?围于陈蔡之间,七日不火食,死生相与邻,是非其眯邪?夫水行莫如用舟,而陆行莫如用车。以舟之可行于水也,而求推之于陆,则没世不行寻常[15]。古今非水陆与?周鲁非舟车与?今蕲行周于鲁[16],是犹推舟于陆也!劳而无功,身必有殃。彼未知夫无方之传,应物而不穷者也[17]。且子独不见夫桔槔者乎[18]?引之则俯,舍之则仰[19]。彼,人之所引,非引人者也。故俯仰而不得罪于人[20]。故夫三皇五帝之礼义法度[21],不矜于同而矜于治[22]。故譬三皇五帝之礼义法度,其犹柤梨橘柚邪[23]!其味相反而皆可于口[24]。故礼义法度者,应时而变者也。今取猨狙而衣以周公之服[25],彼必龁啮挽裂[26],尽去而后慊[27]。观古今之异,犹猨狙之异乎周公也。故西施病心而矉其里[28],其里之丑人见之而美之,归亦捧心而矉其里。其里之富人见之,坚闭门而不出;贫人见之,挈妻子而去之走。彼知矉美而不知矉之所以美。惜乎,而夫子其穷哉!"

[1]卫,春秋时国名,在今河南一带。卫国在鲁国西,孔子由鲁去卫,故称西游。师金:庄子虚拟人名。也有人以为鲁大师名金,恐不确。

[2]奚如:何如,怎么样。

[3]穷:困穷,不通达。

[4]刍(chú)狗:用草扎成的狗,古人祭把时,用作祭物。陈:陈列、摆设。

[5]盛:装也。箧(qiè):竹箱之类。衍:箱子。

[6]巾:覆盖。文绣:绣有文饰的盖巾。

[7]尸祝:古代祭祀时对神主行祝祷之人。齐戒:古人于祭祀前,清心寡欲,沐浴更衣,不饮酒,不吃荤,不宿于内,以示诚敬,称斋戒。齐,同斋。将:送。

[8]苏者:打烧柴的人,取薪曰樵,取草曰苏。爨(cuàn):炊火做饭。

[9]游居寝处:漫游归来就寝睡觉。

[10]彼:指拾回刍狗恃加珍贵的人。数:多次,屡次。眯(mí),梦魇,梦中为鬼物惊扰。

[11]伐树于宋:指孔子途经宋国,在大树下与弟子们演习礼。宋司马桓魋欲杀孔子,孔子化装逃走,桓魋把那棵大树砍倒。

[12]削迹于卫:指孔子到卫国,卫灵公派人监视,经过匡地时,又被包围五天,放走后被警告不许再到卫国来。削迹即绝迹之意。

[13]商:指宋,周指东周。

[14]陈蔡:春秋时二个小国。火食:熟食。邻:近也,此讲孔子与弟子们行于陈、蔡之间,适逢吴楚战争,陈蔡也被波及,形势混乱。他们被乱兵包围七日,粮尽炊断,随行之人都饿得立不起来, 快要饿死了。

[15]没世:终生,一辈子。寻常:长度单位八尺为寻,二寻为常。

[16]蕲(qí):祈求,希望。行周于鲁:行周道于鲁国。

[17]无方之传,四面八方皆可传递。隐喻无为可应对一切。传,传车、驿车,古时传递消息的快速工具。无方,没有固走的传递方向。

[18]桔槔(jiěgáo):古代用杠杆原理制成的提水机械。

[19]这句的意思为:使用桔槔提水,把吊桶一端向下拉至井下,盛满水后,松开手,水就提上来了。拉时即引之则俯,松开手即舍之则仰。

[20]这句的意思是:言桔槔为人所牵引,而不牵引人,所以不得罪人。寓意孔子也不要去引导别人,以免遭祸。

[21]三皇五帝:说法多种,较通行的一种是三皇为伏羲氏、神农氏和黄帝。五帝为少昊、颛顼、高辛、尧、舜。

[22]矜(jin):崇尚、钦敬之意。

[23]柤(zhā):通楂,即山楂,其味酸。

[24]可于口:可口,合于不同人口味。

[25]猿狙:不同种类的猴子。

[26]龁啮(héniè):用牙齿咬。挽裂:用手撕碎。

[27]慊(qiè):满足。

[28]病心:俗称心口痛,实则胃病也,矉(pìn):同颦,皱眉痛苦的样子。里:邻里。

至人之用心若镜

无为为尸,无为谋府,无为事任,无为知主,体尽无穷,而游无朕[1],尽其所受于天,而无见得[2],亦虚[3]而已。至人之用心若镜,不将不迎,应而不藏。故能胜物而不伤[4]。

…………

南海之帝为儵[5],北海之帝为忽,中央之帝为浑沌。儵与忽时相与遇于浑沌之地,浑沌待这甚善。儵与忽谋[6]极浑沌之德,曰:“人皆有七窍以视听食息,此独无有,尝试凿这。”日凿一窍,七日而浑沌死。

[1]无朕:朕。痕迹;没有痕迹。

[2]而无见得:不向别人炫耀自己。见,通“现”,展现。

[3]虚:虚明平静的心境。

[4]伤:损害。

[5]儵(shū)、忽、浑沌:人名。

[6]谋:思考。

赏析

先秦诸子中,最讲究散文抒情艺术的是庄子。《庄子》文笔纵横驰骋,汪洋恣肆,变化多端,语言魄奇多采,句法灵活跳脱,又善用巧妙的寓言和生动的比喻来说明抽象的哲理,具有浓厚的浪漫特色。《庄子》奇诡的艺术特点主要表现在三方面:一、奇特的想象。天帝鬼神、日月风云、鲲鹏蛇虫,甚至无形无影之物,都被赋予了人性,反映种种复杂的世态人情,阐述事物只有摆脱形体、精神的束缚才能真逍遥,从而显示出一种其他先秦诸子散文中没有的洸洋、诡异的特殊风格;二、生动的比喻。“庄子之文,长于比喻,其玄映空明,解脱变化,有水月镜花之妙,且喻后出喻,喻中设喻,不啻峡玄层起,海市幻生,从来无人及得。”①《庄子》或常用比喻来作诠释,如《逍遥》篇中用“野马也,尘埃也,生物之以息相吹也”来解释“去以六月息者也”中的“息”为“风”的意思,确凿有力;或善用比喻来化深奥的道理为浅显,化抽象为具体,如《逍遥论》中,用“夫水之积也不厚,则负大舟也无力。覆杯水于坳堂之上,则芥为之舟,置杯焉则胶,水浅而舟大也”这个比喻来说明鹏为何要凭借六月之风,高飞九万里的道理,设喻生动,浅显易懂;或常用排比博喻来增强文章的气势,如《天运》篇中写“孔子西游于卫”的寓言故事,接连使用“古今非水法”“周鲁舟车”“桔槔俯仰”“柤梨橘柚可口”“猨狙衣周工之服”“西施病心矉其里”六个比喻,作六层转接,愈转愈活,不仅增强了文章的气势,也生动形象地说明了“礼仪法度”必须“应时而变”的道理。总之,由于庄子善于使用明喻、暗喻、正喻、反喻等比喻手法,使文章含蓄蕴藉,富于变化,韵味无穷。

此外,《庄子》采用了极度的夸张手法,气势宏伟,意境开阔,想象的触角在微观和宏观世界自由延伸,突破狭小的现实环境而达到“神与物游”或“游心于无穷”的任逍遥境界。这一点由《逍遥游》中对神人的描述可见一斑。辛辣的讽刺也是《庄子》的另一重要艺术特色。清代学者刘风范因此赞道:“庄子嘻笑怒骂,皆成文章,举世悠悠,借此以消遣岁月,真浇尽心中块垒矣!”《庄子》语言也极具特色,有许多成语都流传至今,而且笔法多种多样,行文千变万化,对后世影响巨大。

---

① 清代宣颖:《南华经解》

散文范例 4

荆轲传

司马迁

荆轲者，卫人也。其先乃齐人。徙于卫，卫人谓之庆卿；而之燕，燕人谓之荆卿。

荆卿好读书、击剑，以术说卫元君，卫元君不用。其后秦伐魏，置东郡，徙卫元君之支属于野王。

荆轲尝游过榆次，与盖聂论剑，盖聂怒而目之。荆轲出，人或言复召荆卿，盖聂曰："曩者[1]吾与论剑有不称者，吾目之，试往，是宜去，不敢留。"使使往之主人[2]，荆卿则已驾而去榆次矣。使者还报，盖聂曰："固去也，吾曩者目摄之[3]。"荆轲游于邯郸，鲁句践与荆轲博[4]，争道[5]，鲁句践怒而叱之，荆轲嘿[6]而逃去，遂不复会。

荆轲既至燕，爱燕之狗屠及善击筑[7]者高渐离。荆轲嗜酒，日与狗屠及高渐离饮于燕市，酒酣以往，高渐离击筑，荆轲和而歌于市中相乐也。已而相泣，旁若无人者。荆轲虽游于酒人乎，然其为人沈深好书，其所游诸侯，尽与其贤豪长者相结。其之燕，燕之处士[8]田光先生亦善待之，知其非庸人也。

居顷之，会燕太子丹质秦亡归燕。燕太子丹者，故尝质于赵，而秦王政生于赵，其少时与丹欢。及政立为秦王，而丹质于秦，秦王之遇燕太子丹不善，故丹怨而亡归。归而求为报秦王者，国小力不能。其后秦日出兵山东，以伐齐楚三晋，稍蚕食诸侯，且至于燕。燕君臣皆恐祸之至。太子丹患之，问其傅鞠武。武对曰："秦地遍天下，威胁韩魏赵氏，北有甘泉谷口之固，南有泾渭之沃，擅巴汉之饶，右陇蜀之山，左关峭之险，民众而士厉，兵革有余。意有所出，则长城之南，易水之北，未有所定也。奈何以见陵之怨，欲批其逆鳞哉[9]？"丹曰："然则何由？"对曰："请入图之[10]。"

居有间，秦将樊於[11]期得罪于秦王，亡之燕，太子受而舍之。鞠武谏曰："不可，夫以秦王之暴，而积怒于燕，足为寒心[12]，又况闻樊将军之所在乎！是谓委肉当饿虎之蹊也，祸必不振矣，虽有管晏，不能为之谋也。愿太子疾遣樊将军入匈奴以灭口，请西约三晋，南连齐楚，北购于单于，其后乃可图也。"太子曰："太傅之计旷日弥久，心惛然[13]，恐不能须臾。且非独于此也。夫樊将军穷困于天下，归身于丹，丹终不以迫于强秦而弃所哀怜之交，置之匈奴，是固丹命卒之时也，愿太傅更虑之。"鞠武曰：夫行危欲求安，造祸而求福，计浅而怨深，连结一人之后交，不顾国家之大害，此谓资怨而助祸矣。夫以鸿毛燎于炉炭之上，必无事矣。且以雕鸷之秦，行怨暴之怒，岂足道哉。燕有田光先生，其为人智深而勇沈，可与谋。"太子曰："愿因太傅而得交于田先生可乎？"鞠武曰："敬诺。"出见田先生，道太子愿图国事于先生也。田光曰："敬奉教。"乃造焉。太子逢迎，却行为导[14]，跪而蔽席[15]。田光坐定，左右无人，太子避席而请曰："燕秦不两立，愿先生留意也。"田光曰："臣闻骐骥盛壮之时，一日而驰千里，至其衰老，驽马先之。今太子闻光盛壮之时，不知臣精已消亡矣。虽然，光不敢以图国事，所善荆卿可使也。"太子曰："愿因先生得结交于荆卿可乎？"田光曰："敬诺。"即起趋出，太子送至门，戒曰："丹所报，先生所言者，国之大事也，愿先生勿泄也。"

田光俛[16]而笑曰："诺。"偻行见荆卿曰："光与子相善，燕莫不知；今太子闻光壮盛之时，不知吾形已不逮也，幸而教之曰：'燕秦不两立，愿先生留意也'，光窃不自外，言足下于太子也，愿足下过太子于宫。"荆轲曰："谨奉教。"田光曰："吾闻之，长者为行，不使人疑之，今太子告光曰：'所言者国之大事也，愿先生勿泄'，是太子疑光也。夫为行而使人疑之，非节侠[17]也。"欲自杀以激荆卿，曰："愿足下急过太子，言光已死，明不言也。"因遂自刎而死。

荆轲遂见太子，言田光已死，致光之言。太子再拜而跪，膝行流涕，有顷而后言曰："丹所以诫田先生毋言者，欲以成大事之谋也。今田先生以死明不言，岂丹之心哉！"荆轲坐定，太子避席顿首曰："田先生不知丹之不肖，使得至前敢有所道，此天之所以哀燕而不弃其孤也。今秦有贪利之心，而欲不可足也，非尽天下之地，臣海内之王者，其意不厌。今秦已虏韩王，尽纳其地，又举兵南伐楚，北临赵，王翦将数十万之众距漳、邺，而李信出太原、云中。赵不能支秦，必入臣，入臣则祸至燕。燕小弱，数困于兵，今计举国不足以当秦。诸侯服秦，莫敢合从。丹之私计，愚以为诚得天下之勇士，使于秦，窥以重利[18]，秦王贪，其势必得所愿矣。诚得劫秦王，使悉反诸侯侵地，若曹沫之与齐桓公，则大善矣。则不可，因而刺杀之。彼秦大将擅兵于外，而内有乱，则君臣相疑；以其间，诸侯得合从，其破秦必矣。此丹之上愿，而不知所委命，唯荆卿留意焉。"久之，荆轲曰："此国之大事也，臣驽下，恐不足任使。"太子前顿首，固请毋让，然后许诺。于是尊荆轲为上卿，舍上舍，太子日造门下，供太牢，具异物，间进车骑美女，恣荆轲所欲，以顺适其意。

久之，荆轲未有行意。秦将王翦破赵，虏赵王，尽收其地，进兵北略地，至燕南界。太子丹恐惧，乃请荆轲曰："秦兵旦暮渡易水，则虽欲长侍足下，岂可得哉！"荆轲曰："微太子言，臣愿谒之，今行而毋信，则秦未可亲也。夫樊将军，秦王购之金千斤，邑万家。诚得樊将军首，与燕督亢之地图，奉献秦王，秦王必说见臣，臣乃得有以报。"太子曰："樊将军穷困来归丹，丹不忍以己之私而伤长者之意，愿足下更虑之。"荆轲知太子不忍，乃遂私见樊於期曰："秦之遇将军可谓深矣[19]，父母宗族皆为戮没，今闻购将军首金千斤，邑万家，将奈何？"於期仰天太息，流涕曰："於期每念之，常痛于骨髓，顾计不知所出耳。"荆轲曰："今有一言可以解燕国之患，报将军之仇者何如？"於期乃前曰："为之奈何？"荆轲曰："愿得将军之首以献秦王，秦王必喜而见臣。臣左手把其袖，右手揕其胸；然则将军之仇报而燕见陵之愧除矣。将军岂有意乎？"樊於期偏袒扼腕而进曰："此臣之日夜切齿腐心也。乃今得闻教。"遂自刭。太子闻之，驰往伏尸而哭，极哀。既已不可奈何，乃遂盛樊於期首函封之。

于是太子豫求天下之利匕首，得赵人徐夫人匕首，取之百金。使工以药淬之，以试人，血濡缕，人无不立死者。乃装为遣荆卿。燕国有勇士秦舞阳，年十三杀人，人不敢忤视，乃令秦舞阳为副。荆轲有所待，欲与俱；其人居远未来，而为治行，顷之，未发，太子迟之，疑其改悔，乃复请曰："日已尽矣，荆卿岂有意哉？丹请得先遣秦舞阳。"荆轲怒叱太子曰："何太子之遣？往而不反者竖子也。且提一匕首，入不测之强秦。仆所以留者，待吾客与俱。今太子迟之，请辞决矣。"遂发。太子及宾客知其事者，皆白衣冠以送之。至易水之上，既祖，取道[20]，高渐离击筑，荆轲和而歌，为变徵之声，士皆垂泪涕泣。又前而歌曰："风萧萧兮易水寒；壮士一去兮不复还。"复为羽声慷慨，士皆瞋目，发尽上指冠。于是荆轲就车而去，终已不顾。

遂至秦，持千金之资币物，厚遗秦王宠臣中庶子蒙嘉。嘉为先言于秦王曰："燕王诚振怖大王之威，不敢举兵以逆军吏，愿举国为内臣，比诸侯之列，给贡职如郡县，而得奉守先王之宗庙。恐惧不敢自陈，谨斩樊於期之头，及献燕督亢之地图，函封，燕王拜送于庭，使使以闻大王。唯大王命之。"秦王闻之大喜，乃朝服，设九宾[21]，见燕使者咸阳宫。荆轲奉樊於期头函，而秦舞阳奉地图匣，以次进。至陛，秦舞阳色变振恐，群臣怪之。荆轲顾笑舞阳，前谢曰："北蕃蛮夷之鄙人，未尝见天子，故振慑，愿大王少假借之，使得毕使于前。"秦王谓轲曰："取舞阳所持地图。"轲既取图奏之，秦王发图，图穷而匕首见，因左手把秦王之袖，而右手持匕首揕之。未至身，秦王惊，自引而起，袖绝；拔剑，剑长，操其室；时惶急，剑坚，故不可立拔。荆轲逐秦王，秦王环柱而走。群臣皆愕，卒起不意，尽失其度。而秦法：群臣侍殿上者，不得持尺寸之兵，诸郎中执兵皆陈殿下，非有诏召不得上。方急时，不及召下兵。以故荆轲乃逐秦王，而卒惶急无以击轲，而以手共搏之。是时，侍医夏无且，以其所奉药囊提荆轲也。秦王方环柱走，卒惶急不知所为，左右乃曰："王负剑。"负剑，遂拔，以击荆轲，断其左股。荆轲废，乃引其匕首以擿秦王，不中，中铜柱。秦王复击轲，轲被八创。轲自知事不就，倚柱而笑，箕踞以骂曰："事所以不成者，以欲生劫之，必得约契以报太子也。"于是左右既前杀轲，秦王不怡者良久。已而论功赏群臣及当坐者各有差，而赐夏无且黄金二百镒，曰："无且爱我，乃以药囊提[22]荆轲也。"

于是，秦王大怒，益发兵诣赵，诏王翦军以伐燕。十月而拔蓟城，燕王喜、太子丹等尽率其精兵东保于辽东。秦将李信追击燕王急，代王嘉乃遗燕王喜书曰："秦所以尤追燕急者，以太子丹故也。今王诚杀丹献之秦王，秦王必解，而社稷幸得血食[23]。"其后李信追丹，丹匿衍水中；燕王乃使使斩太子丹，欲献之秦；秦复进兵攻之，后五年，秦卒灭燕，虏燕王喜。其明年，秦并天下，立号为皇帝。于是秦逐太子丹荆轲之客，皆亡。高渐离变名姓为人庸保，匿作于宋子。久之作苦，闻其家堂上客击筑，彷徨不能去。每出言曰："彼有善有不善。"从者以告其主，曰："彼庸乃知音，窃言是非。"家大人召使前击筑，一坐称善，赐酒。而高渐离念久隐畏约无穷时，乃退，出其装匣中筑与其善衣，更容貌而前。举坐客皆惊，下与抗礼，以为上客，使击筑而歌，客无不流涕而去者。宋子传客之。闻于秦始皇，秦始皇召见。人有识者，乃曰："高渐离也。"秦皇帝惜其善击筑，重赦之，乃矐其目，使击筑，未尝不称善，稍益近之。高渐离乃以铅置筑中，复进得近，举筑扑秦皇帝，不中。于是遂诛高渐离，终身不复近诸侯之人。

鲁句践已闻荆轲之刺秦王，私曰："嗟乎，惜哉，其不讲于刺剑之术也！甚矣，吾不知人也！曩者吾叱之，彼乃以我为非人也。"

[1]曩(nǎng)者：昔者，此处即指"刚才"。

[2]主人：房东，店家。

[3]目摄之：瞪眼吓唬他。摄，同"慑"，吓唬。

[4]博：古代类似下棋的一种游戏。

[5]道：棋盘上的格。

[6]嘿:默

[7]筑:《索引》曰:“似琴有弦,以竹击之,取以为名。”

[8]处士:隐居者,有才德而不肯居官的人。

[9]逆鳞:倒生的鳞片。《韩非子》中认为龙的喉下有“逆鳞径尺”,“若人有婴(触动)之者,则必杀人。”后世遂常以“批逆鳞”代指触帝王之怒。

[10]请入图之:请允许我进一步地考虑。入:深入,进一步。

[11]於:音“呜”。

[12]足为寒心:恐惧之甚,如今之所谓“胆战心寒”。

[13]惛然:惛,通“昏”。

[14]却行为导:主人倒退着走,在前面引导着客人。秦汉时有这种礼节。

[15]蔽席:同“襒”,拂拭。

[16]俛:同“俯”,低头。

[17]节侠:有气节,讲义气的人。

[18]窥以重利:犹言“以重利诱之”。窥:此处犹言“示”(使之可窥也)、诱。

[19]遇:对待。深:残酷。

[20]祖:祭路神,古人出远门时常有这种仪式。取道:上路。

[21]九宾:同“九傧”,九个傧相依次传呼,极尽隆重之意。

[22]提:掷击。

[23]幸得血食:即“国家或许能够得到保存”。血食:指能享受祭祀,因为祭祀要用牛、羊、豕三牲。

赏析

《荆轲传》选自《史记》。《史记》是我国纪传体史书的奠基之作,同时也是我国传记文学的开端。司马迁在历史事件的叙述和对历史人物的褒贬中,融入强烈的爱憎感情。《荆轲传》同样蕴涵着司马迁的身世之感。《史记》中热情地讴歌了包括荆轲在内的各种英雄人物,因为他们“扶义俶傥,不令己失时,立功名于天下”,这与司马迁自己的人生追求是一致的。但与荆轲一样,司马迁虽然志向远大、才能出众,却难以得到人们的真正理解。同样的,即使不被人理解,司马迁也和荆轲一样一直在坚持自己的人生理想。《史记》中灌注的这种浓郁的悲剧精神和积极入世的热情,对后世影响非常深远。

《史记》是传记文学的典范,也是古代散文的楷模,其写作技巧、文章风格、语言特点等,都对后代产生了重大影响。《荆轲传》按时间顺序叙述,但行文非常流畅,其间高潮迭起,张弛有度,把历史叙述提升到了文学的最高境界。如作为故事高潮的荆轲刺秦场面,事情本身就很惊险,再加之这一切全发生在极短的时间之中,更有秦舞阳见虎而色变在前,荆轲两刺不中在后,真是危机四伏,险象丛生。作者却从容不迫,按事情先后顺序一一道来,逼真地再现了这个紧张而又壮烈的场面,在“荆轲逐秦王,秦王环柱而走”之际,作者巧妙地运用花开两朵各表一枝的写法,腾出手来写群臣的反应,接着又插叙秦法,写完群臣又回到环柱而走，既讲清了事实，又注意到文章的起伏跌宕。

虽然满怀悲情，但司马迁发挥实录精神，采用较为冷静客观的叙述，作者把主观感情灌注在字里行间，而不直接发一句议论。荆轲的光彩照人的形象正是通过荆轲的“笑”“谢”“揕”“逐”“擿”“骂”等具体的语言、行动表现出来的。再如：选文中三次用“惶急”一词，写秦王和群臣的忙乱，用“不知所为”写秦王的失魂落魄，用“皆愕”写群臣呆若木鸡，用“尽失其度”写群臣仓皇失措，无不传神精到，在客观叙述中明显地带有讥刺。

作品语言形式自由，不拘一格。还善于调节语言的节奏以适应文章表达的需要。“北蕃蛮夷之鄙人，未尝见天子，故振慴。愿大王少假借之，使得毕使于前。”这段话婉曲而悠长，不但使秦王听之顺耳，而且也表现了荆轲的坦然沉着。“未至身，秦王惊，自引而起，袖绝。拔剑，剑长，操其室。时惶急，剑坚，故不可立拔。”这一段用词简练，语句短促，令人感到形势的紧迫性，透过这急促的语句也不难看出秦王的惊慌失措。

文章不但层层深入，成功塑造了荆轲舍生取义、气吞山河的侠客形象，其他次要人物如太子丹、田光、樊於期、高渐离等也都塑造得栩栩如生。一些更次要的人物，如盖聂、鲁勾践、秦舞阳，涉及的笔墨虽只寥寥数笔，却也跃然纸上。

结构上非常注意前后照应。开头写荆轲与鲁句践下棋争道，鲁句践怒而斥之，而最后写鲁句践引咎自责，互为照应；开头写荆轲到燕国后，“高渐离击筑，荆轲和而歌于市”。从他们相同的志趣里，可以看出高渐离也是荆轲式的人物。易水送别时，作者再次写高渐离击筑，荆轲高歌，进一步表明他们胸怀的一致。而传记最后写高渐离视秦王如寇仇，借击筑之机扑杀秦王，与前面的叙写正相呼应。又如写荆轲入秦前，太子急于行事，便找了一个“年十三，杀人，人不敢忤视”的秦舞阳作荆轲的副手。荆轲似乎在出发前就已看出秦舞阳不行，所以他要等他的朋友与他一起去。这与后面写到秦廷之后“秦舞阳色变振恐”，不能起到助手的作用，又是遥相呼应的。这样写，不仅使得结构严谨，而且也有助于事件和人物形象的完整性。

散文范例 5

《世说新语》11 则

嵇康身长七尺八寸，风姿特秀。见者叹曰：“萧萧肃肃，爽朗清举。”或云：“肃肃如松下风，高而徐引。”山公曰：“嵇叔夜之为人也，岩岩若孤松之独立；其醉也，傀俄若玉山之将崩。”

谢太傅盘桓东山[1]，时与孙兴公诸人汎海戏。风起浪涌，孙（绰）王（羲之）诸人色并遽[2]，便唱使还。太傅神情方王[3]，吟啸不言。舟人以公貌闲意说，犹去不止。既风转急浪猛，诸人皆諠动不坐。公徐曰：“如此，将无归[4]？”众人皆承响而回[5]。于是审[6]其量足以镇安朝野。

王子猷[7]居山阴，夜大雪，眠觉开室命酌酒，四望皎然，因起彷徨，咏左思《招隐》诗[8]。

忽忆戴安道[9];时戴在剡[10],即便乘小船就[11]之。经宿[12]方至,造门[13]不前而返。人问其故,王曰:“吾本乘兴而来,兴尽而返,何必见戴?”

王子敬云:“从山阴道上行,山川自相映发,使人应接不暇。若秋冬之际,尤难为怀!”

庾亮死,何扬州临葬云:“埋玉树著土中,使人情何能已已!”

顾恺之拜桓温墓,作诗云:“山崩溟海竭,鱼鸟将何依?“人问之曰“卿凭重桓乃尔[14],哭之状其可见乎?硕曰:“鼻如广莫长风,眼如悬河决溜!”

顾彦先平生好琴,及丧,家人常以琴置灵床上,张季鹰往哭之,不胜其恸,遂径上床,鼓琴,作数曲竟,抚琴曰:“顾彦先颇复赏此否?”因又大恸,遂不执孝子手而出。

桓子野每闻清歌,辄唤奈何,谢公闻之,曰:“子野可谓一往有深情。”王长史登茅山,大恸哭曰:“琅琊王伯舆,终当为情死!”阮籍时率意独驾,不由路径,车迹所穷,辄痛哭而返。

卫玠初欲过江,形神惨悴,语左右曰:“见此茫茫,不觉百端交集,苟未免有情,亦复谁能遣此?”

王濬冲为尚书令,著公服,乘轺车[15],经黄公酒垆下过。顾谓后车客:“吾昔与嵇叔夜、阮嗣宗[16]共酣饮于此垆。竹林之游,亦预其末[17]。自嵇生夭,阮公亡以来,便为时所羁绁[18]。今日视此虽近,邈若山河。”

桓温北征,经金城,见前为琅讶时[19]种柳皆已十围[20],慨然曰:“木犹如此,人何以堪[21]?”攀条执枝,泫然[22]流泪。

[1]谢太傅:即谢安。曾隐居会稽东山,后出仕,官至宰相。淝水之战中任东晋方面征讨大都督。卒赠太傅。

[2]遽:惊慌。

[3]神情方王:兴致正高。王,通“旺”。

[4]将无归:想回去了吗?将无,表测度语气。

[5]承响:应声。

[6]神女之事:指宋玉《高唐赋》《神女赋》中所写楚庄王与神女相遇之事。

[7]审:确定,知悉。

[8]王子猷:王徽之,王羲之之子。山阴:今浙江绍兴。

[9]左思:字太冲,西晋临淄人(今山东淄博)人。貌丑口讷而博学能文,以十年做《三都赋》成,时人竞相传写,一时洛阳纸贵。《招隐诗》:左思歌咏隐居乐趣的诗,有两首。

[10]戴安道:戴逵,字安道。博学多才,善鼓琴。

[11]剡:今浙江嵊县。

[12]经宿:经过一夜。造门:到门前。造:到、抵。

[13]就:趋向,接近。

[14]卿凭重桓乃尔:你以前是那样受桓公倚重。

[15]轺车:轺(yáo)车:驾一匹马的轻便车。酒垆:酒店里放酒瓮的土台子,借指酒店。

[16]嵇叔夜:嵇康的字。阮嗣宗:阮籍的字。

[17]预:参加。

[18]羁绁(xiè):束缚。

[19]前为琅玡时:以前做琅玡内史的时候。

[20]围:两手拇指与食指所围的长度。

[21]木犹如此,人何以堪:这两句后常用为感慨时光流逝而功业未成的典故。桓温此次北伐前燕,距离他任琅玡内史时,已将近三十年了。

[22]泫(xuàn)然:流泪的样子

赏析

《世说新语》中流露的深情之美——包括以殷切的关爱之情对人、事、自然,人和景物融为一体的空灵之美,以及这一切背后流露出的人的感兴,都是通过个性化的情绪流露出来的,人物其言、其行、其情怀,都流露出一种纯真的唯美生活态度:任情而动,不追求外在目的,无所为而为的神韵。

首先,深情之美。

《世说新语》尤其敏感于人生聚散无常、生死渺茫难测的悲情,抚今追昔,格外惆怅。这种惆怅的悲情常在众人谈笑的时候蓦然升腾于胸,且常常悲不能禁,形之于色。感情之深、之浓,不言自明。《世说新语·伤逝》以简练而悲怆的文辞,记载了魏晋文人悼亡伤逝的情怀和言语。其中关于王戎的故事"那种追悼风流的哀抚,那种追怀往昔的伤感,带给我们一种不可言说的凄楚的美"①。

其次,空灵之美。

文字无一赘语,空灵而简约传神,袅袅有余韵。即使别离悲情,也与清风、明月、远树的存在共同构成一种流动飞升的感觉,悲情从而因自然的明净美好得到一定程度的缓解,笼罩着心灵的浓重惆怅因而也具有了空灵的韵味。

第三,纯净之美。

文中充满了对自然的赏爱情致以及人与自然的感应。深情受到外界的触动,情动兴发,或悲或醉,个性化的性情出之于飘逸从容的襟怀气宇,总体上渗透着怅惘,但有时还流露出一种无邪的机智风趣。这些率性而为的言行,潇洒的胸襟和触景生情的意趣,丝毫没

---

① 散淡人生[M].上海:上海教育出版社,2001:79.

有功利目的的考虑,而是洗净尘滓后的逞心使气,任情适性。雪夜访戴的故事可为代表。

魏晋人以唯美的态度对待世界和人生,突出的表现之一即在于人物品评问题。这一问题牵涉到的其实是对人的本质的理解问题。就人的本质而言,先秦侧重人的哲学智慧和道德实践,两汉对人的理解侧重善恶伦理,魏晋对人的理解则侧重艺术和自由,从而实现了一种由政治性向审美性的转换。人们对旧有的价值信仰和伦理标准的怀疑,对生命内涵进行重新发现和追求,表现出对人的个性差异的尊重和对内在多样性才情的欣赏。徐复观对此有言:"及正始名士出而学风大变;竹林名士出而政治实用的意味转薄;中朝名士出而生命情调之欣赏特隆;于是人伦鉴识,在无形中由政治的实用性,完成了向艺术欣赏性的转换。自此以后,玄学,尤其是庄学,成为鉴识的根柢;以超实用的趣味欣赏,为其所要达到的目标;由美的观照,得出他们对人伦的判断。"①

这种人物品鉴之风,在《世说新语》得到突出的反映。所选几则较具有代表性。注重才情、悦赏容貌,标举放达、崇尚玄理,不是以伦理道德、仕途学问为评判标准和品评尺度,而是对人在日常生活中自然流露出来的才和情予以高度的重视。

散文范例6

洛神赋

曹植(三国)

黄初三年[1],余朝京师,还济洛川[2]。古人有言:"斯水之神,名曰宓妃。"感宋玉对楚王神女之事[3],遂作斯赋。其词曰:

余从京域,言归东藩。背伊阙,越轘辕,经通谷,陵景山。日既西倾,车殆马烦。尔乃税驾乎蘅皋[4],秣驷乎芝田[5],容与乎阳林,流眄乎洛川[6]。于是精移神骇,忽焉思散。俯则未察,仰以殊观,睹一丽人,于岩之畔。乃援御者而告之曰:"尔有觌于彼者乎[7]?彼何人斯?若此之艳也!"御者对曰:"臣闻河洛之神,名曰宓妃。然则君王所见,无乃是乎?其状若何?臣愿闻之。"

余告之曰:其形也,翩若惊鸿,婉若游龙[8]。荣曜秋菊,华茂春松[9]。仿佛兮若轻云之蔽月,飘飖兮若流风之回雪。远而望之,皎若太阳升朝霞;迫而察之,灼若芙蕖出渌波。浓纤得衷,修短合度。肩若削成,腰如约素。延颈秀项,皓质呈露。芳泽无加,铅华弗御。云髻峨峨[10],修眉联娟[11]。丹唇外朗,皓齿内鲜。明眸善睐,靥辅承权[12]。瑰姿艳逸,仪静体闲。柔情绰态,媚于语言。奇服旷世,骨像应图[13]。披罗衣之璀粲兮,珥瑶碧之华琚[14]。戴金翠之首饰,缀明珠以耀躯。践远游之文履,曳雾绡之轻裾[15]。微幽兰之芳蔼兮,步踟蹰于山隅。于是忽焉纵体,以遨以嬉。左倚采旄,右荫桂旗[16]。攘皓腕于神浒兮,采湍濑之玄芝[17]。

余情悦其淑美兮,心振荡而不怡。无良媒以接欢兮,托微波而通辞。愿诚素之先达

① 徐复观.中国艺术精神[M].上海:华东师大出版社,2001:91.

兮,解玉佩以要之。嗟佳人之信修,羌习礼而明诗。抗琼珶以和予兮,指潜渊而为期[18]。执眷眷之款实兮,惧斯灵之我欺。感交甫之弃言兮,怅犹豫而狐疑。收和颜而静志兮,申礼防以自持。

于是洛灵感焉,徙倚彷徨,神光离合,乍阴乍阳。竦轻躯以鹤立,若将飞而未翔。践椒涂之郁烈[19],步蘅薄而流芳。超长吟以永慕兮,声哀厉而弥长。尔乃众灵杂遝[20],命俦啸侣,或戏清流,或翔神渚,或采明珠,或拾翠羽。从南湘之二妃,携汉滨之游女。叹匏瓜之无匹兮,咏牵牛之独处[21]。扬轻袿之猗靡兮,翳修袖以延伫。休迅飞凫,飘忽若神,陵波微步,罗袜生尘。动无常则,若危若安。进止难期,若往若还。转眄流精,光润玉颜。含辞未吐,气若幽兰。华容婀娜,令我忘餐。

于是屏翳收风,川后静波。冯夷鸣鼓,女娲清歌[22]。腾文鱼以警乘[23],鸣玉鸾以偕逝。六龙俨其齐首,载云车之容裔,鲸鲵踊而夹毂,水禽翔而为卫。于是越北沚,过南冈,纡素领,回清阳,动朱唇以徐言,陈交接之大纲。恨人神之道殊兮,怨盛年之莫当。抗罗袂以掩涕兮,泪流襟之浪浪。悼良会之永绝兮,哀一逝而异乡。无微情以效爱兮,献江南之明珰。虽潜处于太阳,长寄心于君王。忽不悟其所舍,怅神宵而蔽光。

于是背下陵高,足往神留,遗情想象,顾望怀愁。冀灵体之复形,御轻舟而上溯。浮长川而忘反,思绵绵而增慕。夜耿耿而不寐,沾繁霜而至曙。命仆夫而就驾,吾将归乎东路。揽騑辔以抗策,怅盘桓而不能去。

[1]黄初三年:应为黄初四年(223)。据《三国志·魏书》曹植本传及《赠白马王彪》诗序,曹植于黄初四年朝京师。

[2]济:渡。洛川:洛水。源出陕西,经洛阳,入黄河。

[3]神女之事:指宋玉《高唐赋》《神女赋》中所写楚庄王与神女相遇之事。

[4]蘅皋:生长杜蘅香草的河岸。皋,河边高地。

[5]秣驷:喂马。秣,喂食料。驷,拉同一车的四匹马,此指马。芝田:种芝草的田野。

[6]容与:徜徉,优游。阳林:地名,未详。流盼:转动目光观看。盼,一作"眄(miǎn 免)"。

[7]觌(dí 敌):见。

[8]"翩若"二句:写洛神如惊鸿翩翩,游龙婉婉,体态轻盈。

[9]"荣曜"二句:以秋菊的茂盛鲜艳和春松的华美繁盛比喻神女容光焕发。

[10]峨峨:形容高。

[11]连娟:细长弯曲貌。

[12]辅靥(yè 叶)承权:面颊上有美丽的酒窝。辅靥,应作"靥辅"。辅,通"酺",面颊。靥,酒窝。承权,谓酒窝在颧骨之下。承,上接。权,颧。

[13]骨像:即骨相。应图:与相书中骨相好的图像相合。

[14]珥(ěr 耳):此指佩戴。瑶碧:美玉。华琚(jū 居):有花纹的玉佩。

[15]践:穿着。远游:鞋名。文履:有文饰的鞋。曳:拖着。雾绡(xiāo 消):轻纱。裾:衣襟。此指衣裙。

[16]采旄(máo 毛):彩旗。旄,旄牛尾。此指旗杆上的装饰品。桂旗:用桂枝做旗杆的旗帜。

[17]攘:挽起衣袖。浒:水边。湍濑(tuānlài 团平声赖):急流。玄芝:黑色的灵芝。

[18]潜渊:深渊,洛神的居处。期:约会。

[19]椒途:用椒泥涂饰的道路。椒,花椒。郁烈:香气浓烈。

[20]杂遝(tà 沓):众多貌。

[21]"叹匏(páo 袍)瓜"二句:匏瓜,星名,不与它星相接。牵牛,星名,与织女星隔天河相对而处。

[22]冯(píng 平)夷:河神名。女娲(wā 蛙):女神名。相传她曾炼石补天,又制造了笙簧。

[23]文鱼:传说中一种有翅会飞的鱼。警乘:警卫车驾。

赏析

魏晋南北朝的文坛开拓出个性化与美文化的多元发展前景。在各文体中,辞赋创作的时代特征最为突出,与汉赋的对比也最鲜明。讲究对偶、声律和藻饰之美成为风气,文章的句式结构逐渐发生变化,其结果是骈文的出现和成熟。赋体受诗的影响,也趋于骈化,有些赋其实就是骈文。北朝文坛虽整体上受骈化影响,但仍有别具风格的散体名篇大放异彩,从而构成对唐代文坛发展的多重影响。

由于主体意识和抒情因素的强化,沿着东汉以来情理赋发展的方向,辞赋在魏晋时期出现了新局面,其标志是抒情小赋的涌现,从而拓展了辞赋的表现领域与表现风格。该时期辞赋创作显示出抒情化、小品化的特色。随着感情表现领域的扩大,作者的表现力也在个性化的基础上得到进一步的加强。与东汉班固、张衡等赋家兼善散体大赋与骚体辞赋不同,这一时期的作家往往集诗人与小赋作者于一身,这也标志着诗赋交相影响的深化。魏晋时期涌现出的一批体物写志佳作中,《洛神赋》是代表作之一。

曹植在诗歌和辞赋创作方面有杰出成就,其赋继承两汉以来抒情小赋的传统,又吸收楚辞的浪漫主义精神,为辞赋的发展开辟了一个新的境界。《洛神赋》为曹植辞赋中杰出作品。全篇六个段落分别写初见、"宓妃"容仪服饰之美、"我"对洛神的爱慕之情、洛神为"君王"之诚所感后的情状以及别后"我"对洛神的思念。以浪漫主义的手法,通过梦幻境界,描写人神之间的真挚爱情,但终因"人神殊道"无从结合而惆怅分离。作品想象丰富、绚烂,浪漫凄婉之情淡而不化,令人感叹,愁怅丝丝;词藻华丽而不浮躁,清新之气四溢。讲究排偶,对仗,音律,语言整饬、凝炼、生动、优美。取材构思汉赋中无出其右;传神的描写刻画,兼之与比喻、烘托共用,错综变化巧妙得宜,浩而不烦、美而不惊,对洛神体型、五官、姿态的描写突出其倾城之貌,又渲染其"清水出芙蓉,天然去雕饰"的清新高洁。对于洛神与其分手时的描写:"屏翳收风,川后静波,冯来鸣鼓,女娲清歌",浪漫而苦涩,情韵绵绵不尽。

此赋既有屈原的《九歌》中《湘君》《湘夫人》那种浓厚的抒情成分,又具《神女》诸赋对女性美的精妙刻画。此外,它的情节完整,手法多变和形式隽永等,又为以前的作品所不及,因此艺术魅力经久不衰,在历史(诗词歌赋、书画、戏剧等)上有着非常广泛和深远的影响。

散文范例7

春夜宴桃李园序

李 白

夫天地者,万物之逆旅[1];光阴者,百代之过客。而浮生若梦,为欢几何?古人秉烛夜游,良有以[2]也!况阳春召我以烟景[3],大块[4]假我以文章。会桃李之芳园,序天伦之乐事。群季[5]俊秀,皆为惠连[6]。吾人咏歌,独惭康乐[7]。幽赏未已,高谈转清。开琼筵以坐花,飞羽觞而醉月。不有佳作,何伸雅怀?如诗不成,罚依金谷酒数[8]。

[1]逆旅:旅馆,客舍。

[2]以:因由。

[3]烟景:春天常常烟雾笼罩,这里代指春天的景色。

[4]大块:大自然。

[5]群季:众位弟弟。

[6]惠连:南朝宋的文学家谢惠连与其族兄谢灵运称“大小谢”。这里李白盛赞众第有才华。

[7]康乐:即谢灵运,南朝著名山水诗人,袭封康乐公。

[8]罚依金谷酒数:石崇宴客于金谷园,当筵赋诗,没写成的罚酒三杯。

赏析

本文生动地记述了李白和堂弟们于春日月夜在桃李芬芳的园中聚会、饮酒、赋诗的情景,抒发了作者热爱生活、热爱自然的欢快心情。虽然作者因受道家思想的影响,流露出“浮生若梦、为欢几何”的感伤情绪,但文章的基调是积极向上的。

文章写得潇洒自然,精彩的骈偶句式,使文章更加生色。

散文范例8

祭十二郎文

韩 愈

年,月,日[1],季父[2]愈闻汝丧之七日,乃能衔哀致诚[3],使建中远具时羞之奠[4],告汝十二郎[5]之灵:

呜呼!吾少孤[6],及长,不省所怙[7],惟兄嫂是依。中年,兄殁南方,吾与汝俱幼,从嫂归葬河阳。既又与汝就食江南,零丁孤苦,未尝一日相离也。吾上有三兄,皆不幸早世。

承先人后者，在孙惟汝，在子惟吾。两世一身[8]，形单影只。嫂尝抚汝指吾而言曰："韩氏两世，惟此而已！"汝时尤小，当不复记忆；吾时虽能记忆，亦未知其言之悲也！

吾年十九，始来京城。其后四年，而归视汝。又四年，吾往河阳省[9]坟墓，遇汝从嫂丧来葬。又二年，吾佐董丞相[10]於汴州，汝来省吾，止一岁，请归取其孥[11]。明年，丞相薨，吾去汴州，汝不果来。是年，吾佐戎徐州，使取汝者始行，吾又罢去，汝又不果来。吾念，汝从於东，东亦客也，不可以久；图久远者，莫如西归，将成家而致汝。呜呼！孰谓汝遽去[12]吾而殁乎？

吾与汝俱少年，以为虽暂相别，终当久与相处。故舍汝而旅食京师，以求斗斛之禄[13]。诚知其如此，虽万乘之公相[14]，吾不以一日辍汝而就也[15]！

去年，孟东野[16]往，吾书与汝曰："吾年未四十，而视茫茫，而发苍苍，而齿牙动摇。念诸父与诸兄，皆康强而早世[17]，如吾之衰者，其能久存乎？吾不可去，汝不肯来，恐旦暮死，而汝抱无涯之戚也。"孰谓少者殁而长者存，强者夭而病者全乎？

呜呼！其信然邪？其梦邪？其传之非其真邪？信也，吾兄之盛德而夭其嗣乎？汝之纯明而不克[18]蒙其泽乎？少者强者而夭殁，长者衰者而存全乎？未可以为信也！梦也，传之非其真也，东野之书，耿兰之报[19]，何为而在吾侧也？呜呼！其信然矣！吾兄之盛德而夭其嗣矣！汝之纯明宜业其家者，不克蒙其泽矣！所谓天者诚难测，而神者诚难明矣！所谓理者不可推，而寿者不可知矣！

虽然，吾自今年来，苍苍者或化而为白矣，动摇者，或脱而落矣，毛血[20]日益衰，志气日益微，几何不从汝而死也！死而有知，其几何离[21]？其无知，悲不几时，而不悲者无穷期矣。

汝之子始十岁，吾之子始五岁，少而强者不可保，如此孩提者，又可冀其成立邪？呜呼哀哉！呜呼哀哉！

汝去年书云："比得软脚病[22]，往往而剧。"吾曰："是疾也，江南之人，常常有之。"未始以为忧也。呜呼！其竟以此而殒其生乎？抑别有疾而致斯乎？

汝之书，六月十七日也；东野云，汝殁以六月二日；耿兰之报无月日。盖东野之使者不知问家人以月日？如耿兰之报，不知当言月日？东野与吾书，乃问使者，使者妄称以应之耳？其然乎？其不然乎？

今吾使建中祭汝，吊汝之孤与汝之乳母。彼有食可守，以待终丧[23]，则待终丧而取以来；如不能守以终丧，则遂取以来。其馀奴婢，并令守汝丧。吾力能改葬，终葬汝於先人之兆[24]，然后惟其所愿。

呜呼！汝病吾不知时，汝殁吾不知日，生不能相养以共居，殁不得抚汝以尽哀，敛不凭其棺[25]，窆不临其穴[26]。吾行负神明，而使汝夭。不孝不慈，而不得与汝相养以生，相守以死。一在天之涯，一在地之角，生而影不与吾形相依，死而魂不与吾梦相接，吾实为之，其又何尤[27]！"彼苍者天"，"曷其有极"[28]！

自今已往，吾其无意於人世矣！当求数顷之田於伊、颍之上[29]，以待馀年。教吾子与汝子，幸其成；长吾女与汝女，待其嫁，如此而已。

呜呼！言有穷而情不可终，汝其知也邪！其不知也邪？呜呼哀哉！

尚飨[30]！

[1]年，月，日：此为拟稿时原样。《文苑英华》作“贞元十九年五月廿六日”；但祭文中说十二郎在“六月十七日”曾写信给韩愈，“五”字当误。

[2]季父：父辈中排行最小的叔父。

[3]衔哀：心中含着悲哀。致诚：表达赤诚的心意。

[4]建中：人名，当为韩愈家中仆人。时羞：应时的鲜美佳肴。羞，同“馐”。

[5]十二郎：名韩老成，是韩愈的堂侄，在韩式家族排行十二。与韩愈从小相伴，二人感情十分深厚。

[6]孤：幼年丧父称“孤”。《新唐书·韩愈传》：“愈生三岁而孤，随伯兄会贬官岭表。”

[7]怙（hù）：《诗·小雅·蓼莪》：“无父何怙，无母何恃。”后世因用“怙”代父，“恃”代母。失父曰失怙，失母曰失恃。

[8]两世一身：子辈和孙辈均只剩一个男丁。

[9]省（xǐng）：探望，此引申为凭吊。

[10]董丞相：指董晋。贞元十二年（796），董晋以检校尚书左仆射，同中书门下平章事任宣武军节度使，汴，宋，亳，颍等州观察使。时韩愈在董晋幕中任节度推官。汴州：治所在今河南开封市。

[11]取其孥（nú）：把家眷接来。孥，妻和子的统称。

[12]去：离开。

[13]斗斛（hú）：唐时十斗为一斛。斗斛之禄，指微薄的俸禄。

[14]万乘（shèng）：指高官厚禄。古代兵车一乘，有马四匹。封国大小以兵赋计算，凡地方千里的大国，称为万乘之国。公相：三公和宰相。泛指高官。

[15]辍（chuò）：停止。辍汝：和上句“舍汝”义同。就：就职。

[16]孟东野：即孟郊。

[17]早世：早早离开人世。

[18]克：能。

[19]耿兰：生平不详，当时宣州韩氏别业的管家人。

[20]毛血：指体质。

[21]其几何离：分离会有多久呢，意谓死后仍可相会。

[22]比（bì）：近来。软脚病：即脚气病。

[23]终丧：守满三年丧期。《孟子·滕文公上》：“三年之丧，……自天子达于庶人，三代共之。”

[24]兆：葬域，墓地。

[25]敛：同“殓”。为死者更衣称小殓，尸体入棺材称大殓。

[26]窆（biǎn）：下棺入土。

[27]何尤：怨恨谁。

[28]彼苍者天,曷其有极:意谓你青苍的上天啊,我的痛苦哪有尽头啊。语本《诗经·唐风·鸨羽》:“悠悠苍天,曷其有极。”

[29]伊,颍(yǐng):伊水和颍水,均在今河南省境。此指故乡。

[30]尚飨:古代祭文结语用辞,意为希望死者享用祭品。

赏析

《祭十二郎文》是一篇千百年来传诵不衰,影响深远的祭文名作,吟诵之下,令人不能不随作者之祭而有眼涩之悲。收入《古文观止》,其评论说:“情之至者,自然流为至文。读此等文,须想其一面哭,一面写,字字是血,字字是泪。未尝有意为文,而文无不工。”明代茅坤誉为“祭文中千年绝调”。南宋学者赵与时在《宾退录》中写道:“……读韩退之《祭十二郎文》而不堕泪者,其人必不友。”其艺术特色主要体现在:

1. **不拘常格,自由抒情**　祭文偏重于抒发对死者的悼念哀痛之情,一般是结合对死者功业德行的颂扬而展开的。本文一反传统祭文以铺排郡望、藻饰官阶、历叙生平、歌功颂德为主的固定格式,主要记家常琐事,表现自己与死者的密切关系,抒写难以抑止的悲哀,表达刻骨铭心的骨肉至情。它全用散文句调和平易晓畅的家常生活语言,形式上破骈为散,采用自由多变的散体。长长短短,错错落落,奇偶骈散,参差骈散,行于所当行,止于不得不止;疑问、感叹、陈述等各种句式,反复、重叠、排比、呼告等多种修辞手法,任意调遣,全依感情的需要。正如林纾①所说:“祭文体,本以用韵为正格……至《祭十二郎文》,至痛彻心,不能为辞,则变调为散体。”使全文有吞声呜咽之态,无夸饰艳丽之辞,为后世欧阳修《泷冈阡表》、归有光《项脊轩志》、袁枚《祭妹文》等开辟新径。清代古文家刘大说:“文贵变……一集之中篇篇变,一篇之中段段变,一段之中句句变,神变,气变,境变,音节变,字句变,惟昌黎能之。”

2. **感情真挚,催人泪下**　全篇贯注着“情”。因情而写,所写皆情,倾诉痛悼之情,寄托哀思“言有穷而情不可终”。主要表现在三方面。一是强调骨肉亲情关系。作者和老成,名为叔侄,情同手足,“两世一身,形单影只”。今老成先逝,子女幼小,更显得家族凋零,振兴无望。这在注重门庭家道的古代,引起韩愈的切肤之痛是理所当然的。二是突出老成之死实出意外。老成比作者年少而体强,却“强者夭而病者全”,老成得的不过是一种常见的软脚病,作者本来不以为意,毫无精神准备,因而对老成的遽死追悔莫及,意外的打击使他极为悲痛。三是表达作者自身的宦海沉浮之苦和人生无常之感,并以此深化亲情。作者原以为两人都还年轻,便不以暂别为念,求食求禄,奔走仕途,因而别多聚少,而今铸成终身遗憾。作者求索老成的死因和死期,却堕入乍信乍疑、如梦如幻的迷境,深觉生命飘忽,倍增哀痛。

3. **边诉边泣的语言形式**　作者采用与死者促膝谈心的形式,呼“汝”唤“你”,显得异常自然而真切。边诉边泣,吞吐呜咽,交织着悔恨、悲痛、自责等种种感情,似在生者和死者

---

① 《韩柳文研究法·韩文研究法》

之间作无穷无尽的长谈。如写闻讣的情景,从“其信然邪”到“未可以为信也”,再到“其信然矣”,语句重叠,表现其惊疑无定的心理状态。末尾“汝病吾不知时,汝殁吾不知日”一段,多用排句,情绪激宕,一气呵成。这一切又都从肺腑中流出,就形成了一种行云流水般的语言气势和令人如闻咳謦的感情氛围。

散文范例9

钴鉧潭西小丘记

柳宗元

得西山[1]后八日,寻山口西北道二百步,又得钴鉧[2]潭。潭西二十五步,当湍而浚者为鱼梁[3]。梁上有丘焉,生竹树。其石之突怒[4]偃蹇,负土而出,争为奇状者,殆不可数。其嵚然[5]相累而下者,若牛马之饮于溪;其冲然角列而上者,若熊罴之登于山[6]。

丘之小不能一亩,可以笼而有之。问其主,曰:“唐氏之弃地,货而不售。”问其价,曰:“止四百。”余怜而售之。李深源、元克己时同游,皆大喜,出自意外。

即更取器用,铲刈秽草,伐去恶木,烈火而焚之,嘉木立,美竹露,奇石显。由其中以望,则山之高,云之浮,溪之流,鸟兽之遨游,举熙熙然回巧献技,以效兹丘之下[7]。枕席而卧,则清泠之状与目谋,瀯瀯之声与耳谋[8],悠然而虚者与神谋,渊然而静者与心谋。不匝旬[9]而得异地者二,虽古好事之士,或未能至焉。

噫!以兹丘之胜,致之沣、镐、鄠、杜[10],则贵游之士争买者,日增千金而愈不可得。今弃是州也,农夫、渔父过而陋之,贾四百,连岁不能售;而我与深源、克己独喜得之,是其果有遭乎?书于石,所以贺兹丘之遭也。

[1]西山:山名。在今湖南零陵县西。寻:通“循”。沿着。道:这里是行走的意思。步:指跨一步的距离。

[2]钴鉧潭(gǔmǔ—):潭名。钴鉧,熨斗。潭的形状象熨斗。故名。

[3]当湍(tuān)而浚(jùn)者为鱼梁:湍:急流。浚:深水。而:连接两个词,起并列作用。鱼梁:用石砌成的拦截水流、中开缺口以便捕鱼的堰。

[4]突怒:形容石头突出隆起。偃蹇(yǎnjiǎn):形容石头高耸的姿态。而:连接先后两个动作,起顺承作用。殆:几乎,差不多。

[5]嵚(xīn)然:嵚:高峻的样子。相累,相互重叠,彼此挤压。

[6]冲(chòng)然:向上或向前的样子。角列:争取排到前面去。一说,像兽角那样排列。罴(pí):人熊。

[7]其中:小丘的当中。以:同“而”,起顺承作用。举:全。熙熙然:和悦的样子。回巧:呈现巧妙的姿态。技:指景物姿态的各自的特点。效:效力,尽力贡献。

[8]清泠(líng):形容景色清凉明澈。谋:这里是接触的意思。瀯瀯(yíngyíng):象声词。像水回旋的声音。

[9]匝旬(zā):满十天。匝,周。旬,十天为一旬。虽:即使,纵使,就是。好事(hào):

爱好山水。或:或许,只怕,可能。焉:表示估量语气。

[10]胜:指优美的景色。沣(fēng):水名。流经长安(今陕西西安市)。镐:地名。在今西安市西南。鄠(hù)地名:在今陕西户县北。杜:地名。在今陕西长安县东南。沣、镐、鄠、杜,都是在当时京都长安附近的豪门贵族聚居的地主。

赏析

山水游记是柳宗元最具特色的文学作品,在他手里发展成为一种独立的文学体裁,柳宗元也因而被称为"游记之祖"。柳宗元的山水游记作品上承郦道元《水经注》的成就,而又有了突破性的提高,在以清新笔触对佳山秀水作写实传神的精细描绘同时,又时时于其中寄托自己身世遭遇、所受政治迫害后的愤激与感慨,传达出一种"永恒的悲悯情怀"。语言简炼生动,常运用虚实结合、夹叙夹议方法谋篇布局,使文章意趣横生。此外,多用短句,节奏明快而富于变化,这是他汲取骈文之长所形成的。柳宗元的山水游记的著名代表作是《永州八记》。《钴鉧潭西小丘记》做为其中的第三篇也体现了上述艺术特色。

钴鉧,熨斗。钴鉧潭,永州山水之一。形状有点像熨斗。这是柳宗元给它起的名字。本文写钴鉧潭西的一座无名小山,于写景中融铸着感情,超逸的胸怀赋予平凡的小山以独特的个性。

文章起始,叙述发现小丘经过之外,集中写山上石头之美,把静止的顽石写得有动态、有生气、形神兼备。这些石头经他观之好像身受压抑而不驯服,傲岸不群,与世抗争,奔突着难以遏制的生命活力。这种描写与柳宗元身为"孤囚"却于内心涌动着强烈的抗争情绪是有密切关系的。被贬后,他表示:"省而不疚,虽死优游。"(《忧箴》)坚持理想,不以为非。但也正因为这样,罪谤交积的处境才使他无法忍受。他无法忍受。"曩余志之修蹇兮,今何为此戾也。"(《惩咎赋》)所以抗议、激愤之情,反复出现在他笔下。这种情怀使他在接触自然时,便不是待之以超然物外的散淡心情,而是使山水染上他自己与黑暗现实相对立的感情色彩。他之欣赏形态特异的奇石,恰是因为他从石头中发现了自己,石头成为人化的自然,是主观的创造,从中表现了强烈愤懑之情。

第二部分叙述购买和整理小丘的经过及对自然景观的享受。这部分描写是逐层推进的,先是环视全局、由近及远的表层描写,再推进到枕席而卧以后视听感官的感受,最后进入"悠然而虚""渊然而静"的虚静境界。这种虚静,即"心凝形释,与万化冥合"(《始得西山宴游记》)。在物我冥合的境界中,尘俗的荣辱拘牵不复存在,精神得到净化,得以实现对严酷现实的超越。但这一心境无法长久保持:"仆闷即出游,……时到幽树好石,暂得一笑,已复不乐。何者?譬如囚拘圜土,一遇和景,负墙搔摩,伸展文体,当此之时,亦以为适。然顾地窥天,不过寻丈,终不得出,岂复能久为舒畅哉?"(《与李翰林建书》),念及自己的处境,这座小丘给予他的暂时舒畅随即转换为面对现实的不平之感了。

小丘的形势主体则是石。作者着重描写石的"奇",运用了拟人化的手法。"突怒偃蹇"不仅写出了石的形状,更写出了石的神态。再进一步,用一个"负土而出"的"出"字,又写出了石的动作。并举出其中的两组作为代表来勾勒奇石异状:"其然相累而下者,若牛马之饮于溪;其冲然角列而上者,若熊罴之登于山”,生动细致,可谓“词出意表,而刻画无上”。然而如此美好奇特的小丘,居然是主人的“弃地”。小丘的遭际震动了作者的心,于是他怜而买之。得到小丘后,“即更取器用,铲刈秽草,伐去恶木,烈火而焚之”,这番去除务尽的行动,是对自然界秽草恶木的憎恶,但又何尝不是传达出作者对社会邪恶势力的深恶痛绝!当铲刈焚烧之后,嘉木美竹奇石一下子展现在新主人面前,小丘恢复了它天然幽美的风姿,而且得意之余,回想发现和得到小丘的过程,不禁感慨系之。

小丘还是小丘,放在帝畿则为名胜,在远州则为弃地。被弃置的小丘“农夫过而陋之”,为作者和他的朋友所赏识,从而彻底地改变了命运,而这仅仅是偶然的机缘巧合,太难得了。如此前写小丘之胜,后写弃掷之感,高兴之余顿处凄清,转折之中独见幽怜。名为小丘,实为作者。

散文范例 10

记承天寺夜游

苏　轼

元丰六年[1]十月十二日夜,解衣欲睡,月色入户,欣然起行。念无与为乐者[2],遂至承天寺寻张怀民。怀民亦未寝,相与步于中庭[3]。

庭下如积水空明[4],水中藻荇交横[5],盖竹柏影也。何夜无月?何处无竹柏?但少闲人[6]如吾两人者耳。

[1]即公元1083年。元丰,宋神宗赵顼年号。当时作者被贬黄州已经四年。

[2]念无与为乐者:想到没有可以共同游乐的人。念,考虑,想到。与为乐者,共同游乐的人。

[3]相与步于中庭:一同走到庭院中,相与,共同,一同。中庭,庭院里。

[4]庭下如积水空明:月色洒满庭院,如同积水自上而下充满院落,清澈透明。空明,形容水的清澈。

[5]藻荇(xìng):均为水生植物,这里是水草。交横:交错纵横。

[6]闲人:这里是指不汲汲于名利而能从容流连光景的人。苏轼这时被贬为黄州团练副使,这是一个有职无权的官,所以他自称闲人。在句中译为“清闲的人”,或“有着闲情雅致、高雅志趣的人”。

赏析

苏东坡曾因“乌台诗案”被贬谪到长江边上的黄州为农,过上了无限闲暇的生活,在此期间他给天下写出了四篇精妙、幽玄的神品:《大江东去》《前后赤壁赋》以及《承天寺夜游》。本文对月夜景色作了美妙描绘,真实的记录了作者当时生活的一个片段。

苏轼有自己独特的创作原则:“吾文如万斛泉源,不择地皆可出。在平地,滔滔汩汩,虽一日千里无难。及其与山石曲折,随物赋形,而不可知也。所可知者,常行于所当行,常止于不可不止，如是而已矣！其他，虽吾亦不能知也。”（苏轼《文说》）“夫昔之为文者，非能为之为工，乃不能不为之为工也。山川之有云雾，草木之有华实，充满勃郁而见于外，夫虽欲无有，其可得耶？”（苏轼《江行唱和集序》）《记承天寺夜游》就体现了上述原则。全文只 84 个字，皆从胸中自然流出，“行于所当行”，“止于不可不止”，无从划分段落。但它不是“在平地”直流的。虽自然流行，却“与山石曲折”，层次分明。“元丰六年十月十二日夜。”这像是写日记，老老实实地写出年月日，又写了个“夜”字，接下去就应该写“夜”里干什么。究竟干什么呢？“解衣欲睡”，没有什么可干的。可就在“解衣”之时，看见“月色入户”，就又感到有什么可干了，便“欣然起行”。干什么呢？寻“乐”。一个人“行”了一阵，不很“乐”，再有一个人就好了。忽而想起一个可以共“乐”的人，就去找他。这些思想和行动，是用“念无与为乐者，遂至承天寺寻张怀民”几句表现出来的。寻见张怀民了没有，寻见后讲了些什么，约他寻什么“乐”，他是否同意，在一般人笔下，这都是要写的。作者却只写了这么两句：“怀民亦未寝，相与步于中庭。”接着便写景：“庭下如积水空明，水中藻荇交横，盖竹柏影也。”“步于中庭”时，目光为满院月光所吸引，引起一种错觉：“积水空明”，空明得能够看清横斜交错的各种水草。院子里怎么会有藻、荇之类的水草呢？抬头一看，看见了竹、柏，同时也看见了碧空的皓月，这才醒悟过来：原来不是“藻”“荇”，而是月光照出的“竹”“柏”影子！“月光如水”的比喻是常用的，但运用之妙，因人而异。不能说作者没有用这个比喻，但他的用法却和一般人很不相同，所产生的艺术效果也很不相同。

文思如滔滔流水，“与山石曲折”，至此当“止于不可不止”了。“止”于什么呢？因见“月色入户”而“欣然起行”，当止于月；看见“藻荇交横”，却原来是“竹柏影也”，当止于“竹柏”；谁赏月？谁看竹柏？是他和张怀民，当止于他和张怀民。于是总括这一切，写了如下几句，便悠然而止：“何夜无月？何处无竹柏？但少闲人如吾两人者耳。”

寥寥数笔，摄取了一个生活片断。叙事简净，写景如绘，而抒情即寓于叙事、写景之中。叙事、写景、抒情，又都集中于写人；写人，又突出一点：“闲”。入“夜”即“解衣欲睡”，“闲”；见“月色入户”，便“欣然起行”，“闲”；与张怀民“步于中庭”，连“竹柏影”都看得那么仔细，那么清楚，两个人都很“闲”。“何夜无月？何处无竹柏？”但冬夜出游赏月看竹柏的，却只有“吾两人”，因为别人是忙人，“吾两人”是“闲人”。结尾的“闲人”是点睛之笔，以别人的不“闲”反衬“吾两人”的“闲”。惟其“闲”，才能“夜游”，才能欣赏月夜的美景。读完全文，两个“闲人”的身影、心情及其所观赏的景色，都历历如见。（部分选自《阅读和欣赏》，北京出版社 1987 年版，有删节）

散文范例 11

徐文长传

［明］袁宏道

余少时过里肆[1]中，见北杂剧有《四声猿》，意气豪达[2]，与近时书生所演传奇绝异，题曰“天池生”，疑为元人作。后适越，见人家单幅上有署“田水月”者，强心铁骨，与夫一种磊块不平之气，字画之中，宛宛[3]可见。意甚骇之，而不知田水月为何人。

一夕，坐陶编修楼，随意抽架上书，得《阙编》诗一帙。恶楮毛书[4]，烟煤败黑[5]，微有字形。稍就灯间读之，读未数首，不觉惊跃，忽呼石篑："《阙编》何人作者？今耶？古耶？"石篑曰："此余乡先辈徐天池先生书也。先生名渭，字文长，嘉、隆间人，前五六年方卒。今卷轴题额上有田水月者，即其人也。"余始悟前后所疑，皆即文长一人。又当诗道荒秽之时，获此奇秘，如魇得醒。两人跃起，灯影下，读复叫，叫复读，僮仆睡者皆惊起。余自是或向人，或作书，皆首称文长先生。有来看余者，即出诗与之读。一时名公巨匠，浸浸知向慕云[6]。

文长为山阴秀才，大试辄不利，豪荡不羁。总督胡梅林公知之，聘为幕客。文长与胡公约："若欲客某者，当具宾礼，非时辄得出入。"胡公皆许之。文长乃葛衣乌巾[7]，长揖就坐，纵谈天下事，旁若无人。胡公大喜。是时公督数边兵，威振东南，介胄之士，膝语蛇行[8]，不敢举头；而文长以部下一诸生傲之，信心而行，恣臆谈谑，了无忌惮。会得白鹿，属文长代作表。表上，永陵喜甚。公以是益重之，一切疏记，皆出其手。

文长自负才略，好奇计，谈兵多中。凡公所以饵汪、徐诸虏者，皆密相议然后行。尝饮一酒楼，有数健儿[9]亦饮其下，不肯留钱。文长密以数字驰公，公立命缚健儿至麾下，皆斩之，一军股栗。有沙门负资而秽，酒间偶言于公，公后以他事杖杀之。其信任多此类。

胡公既怜文长之才，哀其数困，时方省试，凡入帘者，公密属曰："徐子，天下才，若在本房，幸勿脱失。"皆曰："如命。"一知县以他羁后至，至期方谒公，偶忘属，卷适在其房，遂不偶。

文长既已不得志于有司，遂乃放浪曲蘖[10]，恣情山水，走齐、鲁、燕、赵之地，穷览朔漠[11]。其所见山奔海立，沙起云行，风鸣树偃，幽谷大都，人物鱼鸟，一切可惊可愕之状，一一皆达之于诗。其胸中又有一段不可磨灭之气，英雄失路、托足无门之悲，故其为诗，如嗔如笑，如水鸣峡，如种出土，如寡妇之夜哭，不羁之寒起。当其放意，平畴千里；偶尔幽峭，鬼语秋坟。文长眼空千古，独立一时。当时所谓达官贵人、骚士墨客，文长皆叱而奴之，耻不与交，故其名不出于越。悲夫！

一日，饮其乡大夫家。乡大夫指筵上一小物求赋，阴令童仆续纸丈余进，欲以苦之。文长援笔立成，竟满其纸，气韵遒逸，物无遁情，一座大惊。

文长喜作书，笔意奔放如其诗，苍劲中姿媚跃出。余不能书，而谬谓文长书决当在王雅宜、文征仲之上。不论书法，而论书神：先生者，诚八法之散圣，字林之侠客也。间以其余，旁溢为花草竹石，皆超逸有致。

卒以疑杀其继室，下狱论死。张阳和力解，乃得出。既出，倔强如初。晚年愤益深，佯狂益甚。显者至门，皆拒不纳。当道官至，求一字不可得。时携钱至酒肆，呼下隶与饮。或自持斧击破其头，血流被面，头骨皆折，揉之有声。或槌其囊，或以利锥锥其两耳，深入寸余，竟不得死。

石篑言：晚岁诗文益奇，无刻本，集藏于家。予所见者，《徐文长集》、《阙编》二种而已。然文长竟以不得志于时，抱愤而卒。石篑言晚岁诗文益奇，无刻本，集藏于家。石公[12]曰：

先生数奇不已，遂为狂疾；狂疾不已，遂为囹圄。古今文人，牢骚困苦，未有若先生者也。虽然，胡公间世[13]豪杰，永陵英主，幕中礼数异等，是胡公知有先生矣；表上，人主悦，是人主知有先生矣。独身未贵耳。先生诗文崛起，一扫近代芜秽[14]之习，百世而下，自有定论，胡为不遇哉？梅客生[15]尝寄余书曰："文长吾老友，病奇于人，人奇于诗，诗奇于字，字奇于文，文奇于画。"余谓文长无之而不奇者也。无之而不奇，斯无之而不奇也哉！悲夫！

[1]里肆：家乡的店铺。

[2]意气豪达：意趣和气概豪放旷达。

[3]宛宛：仿佛可见。

[4]恶楮毛书：纸张粗糙，装订马虎。

[5]烟煤败黑：刷板墨质低劣。

[6]浸浸知向慕云：渐渐地知道向往仰慕他。

[7]葛衣乌巾：穿葛布衣服，戴黑色头巾。

[8]军人畏惧他以至跪着说话。膝语蛇行：跪着说话，爬着走路，形容极其恭敬惶恐

[9]健儿：军士

[10]曲蘖（niè 涅）：酒母，代指酒。

[11]朔漠：北方沙漠地带。白：古人罚酒时用的酒杯，这里指酒杯。

[12]石公：作者的号。

[13]间世：间隔几世。古称三十年为一世。形容不常有的。

[14]芜秽：杂乱、繁冗。

[15]梅客生：梅国桢，字客生。万历进士，官兵部右侍郎。

赏析

徐渭是一位奇人——他是著名诗人、戏曲家，又是一流的画家、书法家，在文学史和美术史里，都有崇高的地位，但一生遭遇波折：在世时，虽不算无名之辈，还几乎做出一番事业，但最终如这篇传记所说的，"竟以不得志于时，抱愤而卒"；死后名字便渐渐为人忘却。袁宏道发现了他，为他刊布文集，并为之立传，使这位尘霾无闻的人物终于大显于世，进而扬名后代。一篇简短的传记，竟能重振一个被世遗忘的人物的声名，这本身就不是一件小事。所以说，《徐文长传》称得上是奇文。

这篇文章写得好，首先因为袁宏道把自己也写了进去，在传主身上倾注了自己的感情。袁宏道可称徐文长的真正知己。传文一开头，就写出袁宏道与陶望龄阅读徐文长诗集《阙编》的惊喜欢跃情状：两人跳起来，灯影下一面读，一面叫，将已睡的僮仆都惊醒，恨与徐文长相识之晚。这种发自内心的欢喜钦佩之情，不能不叫人与作者同样受到感染。

从表面上看，袁宏道在这篇传中突出写了徐文长的奇，其人奇，其事奇，他在传末总括一句说："余谓文长无之而不奇者也。""奇"字在文中出现达八九处之多："奇其才"，"益奇之"，"好奇计"，"诗文益奇"，"病奇于人，人奇于诗"，"无之而不奇，斯无之而不奇也"。突出写徐文长的"奇"，自然是抓住了他个人的性格与行事的特征。但是，袁宏道写这篇传的

主旨还不在于此。而应是传中所写的徐文长“雅不与时调合”这一特质。科举的不利，使徐文长成为一个失意的人，愤世嫉俗的人。他“屡试屡蹶”，终生只是一个秀才，“不得志于有司”，当然无法发挥他的才能，实现他的抱负。因此《徐文长传》主要叙述的是这样一个怀才不遇的封建时代具有代表性的知识分子，描写他的狂放与悲愤，以及他不惜以生命与世俗相抗衡的悲剧命运。这才是《徐文长传》的主旨。

传中徐文长的傲气令人赞叹，他进见“督数边兵，威震东南”的胡宗宪，将官们匍伏跪语，不敢举头，而他以部下的一个秀才却侃侃而谈。写徐文长的悲愤，“自负才略”，“视一世士无可当意者”，等等。这些显然是有感而发，慨叹于当时许许多多失意者的共同遭际。“古今文人牢骚困苦，未有若先生者也”，这才是袁宏道为徐文长作传的真实感情流露。因此传文最后的两句话，虽写的是“无之而不奇，斯无之而不奇也”，似乎仍突出“奇”字，但结语却是一个叹词：“悲夫！”为什么用此二字作结，读者自然可以体会一下作者写这篇文章的用意。

散文范例12

张岱小品文两则①

西湖七月半

西湖七月半，一无可看，止可看看七月半之人。看七月半之人，以五类看之。其一，楼船萧鼓，峨冠盛筵，灯火优傒[1]，声光相乱，名为看月而实不见月者，看之[2]。其一，亦船亦楼，名娃闺秀，携及童娈[3]，笑啼杂之，环坐露台，左右盼望，身在月下而实不看月者，看之。其一，亦船亦声歌，名妓闲僧，浅斟低唱，弱管轻丝，竹肉相发[4]，亦在月下，亦看月，而欲人看其看月者，看之。其一，不舟不车，不衫不帻[5]，酒醉饭饱，呼群三五，跻入人丛，昭庆、断桥[6]，嘄呼嘈杂[7]，装假醉，唱无腔曲，月亦看，看月者亦看，不看月者亦看，而实无一看者，看之。其一，小船轻幌[8]，净几暖炉，茶铛[9]旋煮，素瓷静递，好友佳人，邀月同坐，或匿影树下，或逃嚣里湖[10]，看月而人不见其看月之态，亦不作意看月者，看之。杭人游湖，巳出酉归[11]，避月如仇，是夕好名，逐队争出，多犒门军[12]酒钱，轿夫擎燎[13]，列俟岸上。一入舟，速舟子急放断桥，赶入胜会。以故二鼓[14]以前，人声鼓吹[15]，如沸如撼，如魇如呓，如聋如哑，大船小船一齐凑岸，一无所见，止见篙击篙，舟触舟，肩摩肩，面看面而已。少刻兴尽，官府席散，皂隶[16]喝道去，轿夫叫船上人，怖以关门，灯笼火把如列星，——簇拥而去。岸上人亦逐队赶门[17]，渐稀渐薄，顷刻散尽矣。吾辈始舣舟[18]近岸，断桥石磴始凉，席其上，呼客纵饮。此时，月如镜新磨，山复整妆，湖复颒面[19]。向之浅斟低唱者出，匿影树下者亦出，吾辈往通声气[20]，拉与同坐。韵友[21]来，名妓至，杯箸安，竹肉发。月色苍凉[22]，东方将白，客方散去。吾辈纵舟，酣睡于十里荷花之中，香气拍[23]人，清梦甚惬。

---

① 两文选自《陶庵梦忆》。张岱(1597——1679)，字宗子，又字石公，号陶庵，又号蝶庵居士，明末清初山阴(今浙江绍兴)人。散文家，史学家，还是一位精于茶艺鉴赏的行家。寓居杭州。出身仕宦世家，少为富贵公子，爱繁华，好山水，晓音乐、戏曲，明亡后不仕，入山著书以终。著有《陶庵梦忆》《西湖寻梦》等。另著有百科全书《夜航船》

【注释】

[1]优傒(xī):歌妓和仆役。傒,同“奚”,本指囚犯的子女,后借指奴仆。

[2]看之:可以看看这一类人。

[3]童娈:即娈童,美童。

[4]竹肉相发:箫管伴和着歌声。竹,指竹制的管乐器。肉,指歌喉。

[5]不衫不帻(zé):不穿长衫,也不戴头巾。意为衣冠不整。

[6]昭庆:昭庆寺,在西湖东北隅岸上。断桥:在西湖白堤上,原名宝祐桥,唐代称断桥。

[7]嘄呼嘈杂:嘄(xiāo)呼,大喊大叫。嘄,通“嚣”。

[8]轻幌:细薄的帷幔。幌,布幔。

[9]茶铛(chēng):煮茶的锅。

[10]里湖:在苏堤西部,孤山北边。

[11]巳出酉归:巳时出城,酉时返回。巳,上午九点至十一点。酉,下午五点至七点。

[12]犒(kào)门军:犒赏守门军士。犒,用酒食或财物慰劳。

[13]擎燎:举着火把。

[14]二鼓:即二更。约晚上十时开始。

[15]鼓吹:器乐合奏的声音。

[16]皂隶:古代贱役,后专以称衙门中的差役。

[17]赶门:赶在城门关闭前回城。

[18]舣(yǐ)舟:整船靠岸。

[19]颒(huì)面:洗脸。形容湖面恢复平静光洁。

[20]通声气:指互相招呼。

[21]韵友:高雅的朋友。

[22]苍凉:幽凉。

[23]拍:扑。

湖心亭看雪

崇祯五年[1]十二月,余住西湖。大雪三日,湖中人鸟声俱绝。是日更(gēng)定[2]矣,余挐[3]一小舟,拥毳衣炉火[4],独往湖心亭看雪。雾凇沆砀(hàng dàng)[5],天与云与山与水,上下一白[6]。湖上影子,惟长堤一痕[7],湖心亭一点,与余舟一芥,舟中人两三粒而已。

到亭上,有两人铺毡对坐,一童子烧酒炉正沸。见余,大喜曰:“湖中焉得更有此人![8]”拉余同饮。余强[9]饮三大白[10]而别,问其姓氏,是金陵人,客此。及下船,舟子[11]喃喃曰:“莫说相公[12]痴,更有痴[13]似相公者!”

[1]崇祯五年:公元1632年。崇祯,明思宗朱由检年号(1628—1644)。

[2]是日更定:是,代词,这。更定,指初更以后,晚上8点左右。更,旧时一夜分为五更,每更大约2小时。定,止,停。

[3]挐(ráo):通“桡”,撑(船),划(船)。一作“拏”。

[4]拥毳(cuì)衣炉火:穿着皮毛衣,带着火炉乘船。毳衣,用皮毛制成的衣服。毳,鸟兽的细毛。

[5]雾凇(sōng)沆砀(hàng dàng):形容雪夜寒气弥漫。雾凇,凇云、水气。雾是从天空下罩湖面的云气;凇是从湖面上蒸发的水汽;雾凇,水汽凝成的冰花。曾巩《冬夜即事诗》自注:“齐寒甚,夜气如雾,凝于水上,旦视如雪,日出飘满阶庭,齐人谓之雾凇。”沆砀,白气弥漫的样子。沆,形容大水。

[6]一白:全白。

[7]长堤一痕:形容西湖长堤在雪中只隐隐露出一道痕迹。堤,沿河或沿海的防水建筑物。

[8]焉得更有此人:意思是想不到还会有这样的人。焉得,哪能。更,还。

[9]强饮:尽力地喝。强,尽力、勉强。

[10]白:古人罚酒时用的酒杯,这里指酒杯。

[11]舟子:船夫。

[12]相公:旧时对士人的尊称。

[13]痴:特有的感受,来展示他钟情山水,淡泊孤寂的独特个性。

赏析

“小品文体制较为短小精炼,……体裁上则不拘一格,序、记、跋、传、铭、赞、尺牍等文体都可适用。小品文在晚明时期趋向兴盛,与当时文人文学趣味发生变化有着重要的联系,人们的欣赏视线从往日庄重古板的‘高文大册’,转移到了轻俊灵巧有着情韵的‘小文小说’。……晚明小品文创作风格上的一个显著特点是趋于生活化、个人化……往往从平常与细琐处透露出作家体察生活涵义、领悟人生趣味的精旨妙意义,情趣盎然,耐人寻味。在表现生活个人化情调的游赏之作中,张岱的作品尤显出色……另一个特点是率真直露,注重真情实感。”①张岱拓展了小品文的表现领域,各种题材、各种文体到他手中无不各臻其妙,而且获得一种表达的自由。《西湖七月半》这篇游记小品追忆了明代杭州人七月半游西湖的风习情景。构思别出心裁,寓意愤世疾俗,文笔简洁优美。

作品描摹西湖游人的情态,烘托出繁华热闹的生活气息。尤其是以诙谐的手法,写出了游湖的五种人,他们各有特色。作者开篇就点明了人是本文的主要描写对象:“西湖七月半,一无可看,止可看看七月半之人”;接着就以三言两语的笔画勾勒出五种形态各异的人,写得细致入微,生动传神,惟妙惟肖。“不衫不帻,酒醉饭饱,呼群三五,跻入人丛”,形象地将市井闲徒的特征展现在读者的面前。层层的白描文字中,夹杂着作者醉心于昔日繁华生活的怀旧情绪。五种人基本上涵盖了社会上形形色色的不同类别,从达官贵人到市井无赖,游湖的繁华,其实也是社会的繁华。湖上是“篙击篙,舟触舟,肩摩肩,面看面”,拥挤不堪;耳畔则“如沸如撼,如魇如呓,如聋如哑”,喧闹难耐。俗人看月只是“好名”,其

① 袁行霈.中国文学史[M].2版.北京:高等教育出版社,2005.

实全然不解其中雅趣。接着，作者由动入静，描写了文人雅士，趁俗人散去后，才邀约三五好友名妓，在月下同坐。此刻轻歌曼舞，美酒千杯，佐以如镜明月、清秀山水、幽香荷花。环境的优雅与人物的高雅情趣相得益彰。俗雅对比，褒贬不言自明，将作者的情趣表现得淋漓尽致。

张岱的语言雅俗结合，颇见功底。这篇小品寓谐于庄，富调侃意味。诸如“明为看月而实不看月者”、“月亦看，看月者亦看，不看月者亦看”等语，饶舌一般，富有韵味。“轿夫擎燎，列俟岸上”、“速舟子急放断桥，赶入盛会”等语句，含带调侃嘲讽口气。前者以轿夫之恪尽职守，反讽其侍奉的主人实乃“好名”而已；后者则可以从“少刻兴尽，官府席散，皂隶喝道去”的描述中，见出“速舟子急放断桥”，不过是赶凑热闹，对于“看月”并不真正在意。三言两语中便点画出了这些人的庸俗。

张岱把自己的诗文选集称为《一卷冰雪文》，因为他对“冰雪”有深刻而独特的理解和体验，并以此“冰雪之气”作为衡量文字的内在依据：“故知世间山川、云物、水火、草木、色声、香味，莫不有冰雪之气；其所以恣人挹取受用之不尽者，莫深于诗文。”在张岱看来，“文之冰雪，在骨在神”，而诗“则筋节脉胳，四肢百骸，非以冰雪之气沐浴其外，灌溉其中，则其诗必不佳”。可见“冰雪之气”赋予张岱的散文以鲜活灵动的艺术情韵。

《湖心亭看雪》是描写西湖雪景的绝唱，是张岱小品的传世之作。通过追忆在西湖乘舟看雪的一次经历，表现了深挚的隐逸之思，寄寓了幽深的眷恋和感伤的情怀。作者在大雪三日、夜深人静之后，小舟独往。不期亭中遇客，三人对酌，临别才互道名姓。舟子喃喃，以三人为痴，殊不知这三人正是性情中人。全文不足二百字，却融叙事、写景、抒情于一体，尤令人惊叹的是作者对数量词的锤炼功夫，“一痕”“一点”“一芥”“两三粒”一组合，竟将天长永远的阔大境界，甚至万籁无声的寂静气氛，全都传达出来，令人拍案叫绝。作者善用对比手法，大与小、冷与热、孤独与知己，对比鲜明，有力地抒发了人生渺茫的深沉感慨和挥之不去的故国之思，表达了清高自赏的感情和淡淡的愁绪。

文中最为人称道的是下面一段：“雾凇沆砀，天与云与山与水，上下一白，湖上影子，惟长堤一痕、湖心亭一点，与余舟一芥、舟中人两三粒而已。”在天地一片苍茫之际转写湖上影子，以传神生动的量词给西湖雪景以传神写照。张岱的笔触摸到山水的生命脉搏。运用写意画“取影写神”法和山水画的晕染法，通过视角转换和量词的层递运用来突出画面的渗透力。“长堤一痕，湖心亭一点”的视线是由舟中向外辐射，而“余舟一芥、舟中人两三粒”则是由外面向舟中聚焦，这一虚拟的视角正是作者情感重心所在。这样的视角和描写，表达了作者对人生“如梦幻泡影”的悲剧性体认。画面格局和情感重心形成了强烈错位，增强了表现力度。

张岱散文中的“画眼”“戏韵”随处可见，形成一道独特的风景，它们是作者“思致文理”的具体表现。张岱还善于运用洗炼而传神的白描来描摹物象，抒写心曲，这一点在他的人物传记和民俗散文中尤其突出。他写人物，在对传主有深厚的理解和强烈的共鸣的基础上，以凝炼整饬的诗化语言直入其性情之中。张岱的散文，都有着强烈的抒情色彩，是中国古典抒情散文的最后一个压轴作家。

散文范例 13

《清华大学王观堂先生纪念碑铭》①

海宁王先生[1]自沈后二年，清华研究院同人咸怀思不能自已。其弟子受先生之陶冶煦育[2]者有年，尤思有以永其念。佥[3]曰：宜铭之贞珉[4]，以昭示于无竟[5]。因以刻石之词命寅恪，数辞不获已，谨举先生之志事，以普告天下后世。其词曰：士之读书治学，盖将以脱心志于俗谛[6]之桎梏，真理因得以发扬。思想而不自由，毋宁死耳。斯古今仁圣所同殉之精义，夫岂庸鄙之敢望。先生以一死见其独立自由之意志，非所论于一人之恩怨，一姓之兴亡[7]。呜呼！树兹石于讲舍，系哀思而不忘。表哲人之奇节，诉真宰[8]之茫茫。来世不可知者也，先生之著述，或有时而不章。先生之学说，或有时而可商。惟此独立之精神，自由之思想，历千万祀，与天壤而同久，共三光[9]而永光。

[1]海宁王先生：王国维（1877—1927），浙江海宁人，号观堂。现代学者，清华国学研究院“四导师”之一。1927年6月2日自沉于北京颐和园昆明湖。生平著作六十余种，研究领域涉及文学、美学、甲骨文、金文等，均具有划时代的意义。著述收入《海宁王静安先生遗书》。

[2]煦育：养育。裴度《蜀丞相诸葛武侯祠堂碑铭》：“煦物如春，化人如神。”

[3]佥（qiān）：全，皆。

[4]贞珉（mín）：石刻碑铭的美称。珉，似玉的美石。

[5]无竟：永远。

[6]俗谛：佛教名词，指世俗的道理。

[7]“非所论”句：王国维自沉后，对其死因众说纷纭，有人认为与罗振玉的个人恩怨有关，有人说是为溥仪小朝廷殉节。

[8]真宰：天为万物的主宰，故称真宰。

[9]三光：日、月、星。

赏析

《清华大学王观堂先生纪念碑铭》是陈寅恪先生为清华大学所立王国维先生纪念碑所撰之铭文，该碑立于清华园内。数年后，清华大学为王国维立碑纪念，请陈寅恪先生撰碑铭。陈寅恪先生一扫世间对王国维自沉的种种妄测，说明其为殉文化而死，他说：“凡一种文化值衰落之时，为此文化所化之人，必感苦痛，其表现此文化之程量愈宏，则其受之苦痛亦愈甚，迨既达极深之度，殆非出于自杀无以求一己之心安而义尽也。”（《王观堂先生挽词序》）而此碑铭进一步说明士人读书治学，当具之“独立之精神，自由之思想”是千古不易之理。这已然成为20世纪以来中国知识分子的精神宣言。在对王国维先生这一精神的赞

① 陈寅恪. 陈寅恪文集[M]. 上海：上海古籍出版社，1980.

颂中，陈寅恪也寄托了自己的精神追求和价值理念。

碑铭是中国古老的文体之一，刘勰在《文心雕龙·箴铭第十一》说："夫箴诵于官，铭题于器，名目虽异，而警戒实同。箴全御过，故文资确切；铭兼褒赞，故体贵弘润。其取事也必核以辨，其摛文也必简而深"[①]，概括了铭的三大特征：功用在于警戒褒赞；选材要仔细斟酌，具有典型性；文辞要简洁有力，意韵深厚。本文骈散结合，遣词造句庄重典雅，可称文章的典范。

二、中国古代散文的审美特征和鉴赏路径

（一）中国古代散文的审美特点与类别

以"真诚"和"自由"为总体精神特质，这是散文把握世界的认识论根源和独特思维方式。在所有的文学文体中，散文是生活艺术化的最便捷方式，它最易将人们的日常生活化为文学艺术，衣食住行、行走坐卧，仰观宇宙之大、俯察品类之盛，春夏秋冬、古往今来，都可以激发人的感触、感悟，形诸文字，即是散文。散文是生活和艺术之间最近的桥梁，使艺术和生活互为镜像，互相参照，使文学生活化，生活文学化，达到玲珑透彻的境界。散文的生活化和个性化注定了选材的广泛性以及表现方式的自由化和灵活性：没有韵律、结构和情节等的限制，思想有多远，散文的脉络就有多绵长，行于所当行，止于所当止。可以吸收诗歌语言的比喻、比拟、象征、夸张等手法来表现散文的情境，也可以像小说那样充满细节。

相应的，散文独特的美感就存在于顺应真诚和自由的内心状态而产生的"性情"和"趣味"美。重"性情"与"趣味"是散文特别突出的艺术功能和美学性格，是真诚与自由的文学精神的具体凝聚与见证。

性情，既指感情，"登山，则情满于山；观海，则意溢于海"，也指一种自我的内在生命体验——真情背后的深邃思想、人格力量和精神高度赋予其超越性品质。小说的故事性和诗歌的抽象性决定了其无法进入最直接、最裸露的生命体验。而散文的真诚特质决定了作家自我生命体验的深邃丰富与否对其散文效果影响至为关键。真情实感是生命体验的重要组成部分，是散文的驱动力；智慧和思考是散文的视野，赋予散文以知识、智慧为底蕴的知性气质。一篇没有思想魅力的散文，如同一具没有灵魂的肉体。

忠于个人的性情和趣味，赋予了散文以鲜明的个性化色彩。明代袁宏道早有告诫，作诗文要"独抒性灵，不拘一格，非从自己胸臆流出，不肯下笔"（《序小修诗》）。艺术家在艺术实践中形成相对稳定的艺术风貌、特色、作风、格调和气派，即艺术风格，它作为艺术家鲜明独特的创作个性的体现，统一于艺术作品的内容与形式、思想与艺术之中，集中体现在主题的提炼、题材的选择、形象的塑造、体裁的驾驭、艺术语言和手法的运用等方面。

无论具体风格如何，优秀的散文作品都符合一条美学原则即"形神和谐，启智启美"。艺术美的最高结构组合，是"形神和谐"，审美的终极目的是"启智启美"。"形神和谐"体

---

① 周振甫. 文心雕龙今译(M). 北京：中华书局，1986：105.

现了散文在形与神关系上的合理和美满，是形与神在散文家的心智和性灵上的辩证统一，是散文家独特的“散文哲学”之自发或不自发的流露。和谐是风格的出发。当散文家“独家”的至性至灵、“散文哲学”表现为行文“形神和谐”时，就会出现“启智启美”的风格化效应。

上述散文特质是把握古今中外各类散文的审美特质前首先需要明确的。散文是我国古代主要文体之一，历史悠久，内容丰富，形式多样，成就辉煌，具有鲜明民族性特征。关于散文文体的概念，古今有不同的认识和界定。唐宋时期，人们通常指与韵文、骈体文相对立的散体文章，即所谓“古文”；而现代文艺学则引用西方文体分类的方法，指与诗歌、戏剧、小说相并列的文学门类，即所谓“文学散文”。综合上述两种观点，这里所说的散文是指除诗歌、戏剧、小说以外的所有文章，包括政论、史论、传记、游记、书信、日记、奏疏、小品、表、序等各体论说、杂文。古代散文萌芽于甲骨文，成型于《尚书》，大体上经历了以下几个发展阶段：一是先秦时期，史传散文和学术散文（以诸子散文为主）发达，“至战国而后世之文体备”[①]；二是两汉时代，散文进一步发展，赋和历史传记各领风骚；三是魏晋南北朝时期，笔记体散文佳作叠出，文章多讲求声律，形成骈俪文体；四是唐宋时期，散文发展达到鼎盛，唐宋八大家先后涌现；五是元明清时期，基本上继承发展了唐宋古文运动的精神，到明代小品文那里获得一种新变，晚清龚自珍的散文中隐约发生了思想的觉醒。古代散文在晚清走向终结，但其文脉一直延伸至于20世纪文学之中，影响至为深远。

不同发展时期散文的审美特质不同：先秦两汉文逞辞尽意、卓厉风发，汉魏六朝文清峻通脱、疏宕超迈，唐宋散文如万斛泉源、汩汩滔滔，明清散文性灵跃动与条达疏畅。

中国古代散文总体审美特质如下：

1. **言志和载道的浮沉** 中国古代散文流变过程与时代现实变迁关系非常密切，其体式变化因此彰显出鲜明的时代性。这种时代性是以较为稳定的民族文化特征为背景和基础的，中国古代长期将诗之外的写作都当作散文，“散文”作为这样一个具有广大包容性的文类，文学性与实用性兼具，与社会政治、思想、文化、情感等发生了更为密切和复杂的关系，兼具纪事、议论、抒情、说明、描写等多种功能，因此形成了思想杂、流派多、体式多样的特点。总体而言，中国古典散文的发展，沿着两条线索前进，一条是“文以载道”，一条是张扬个性、抒情言志。中国古代散文在发展中形成了浓重的文道观念，历代文人都很注重“文”的社会功用，“文以载道”论把文章与治理国家、巩固政权的政治需要联系在一起，或成为道德说教的工具。这种观念和传统一经形成，便在历代文人的脑海中根深蒂固，他们视文章为“经国之大业，不朽之盛事”，为传播思想的工具。其发展与载道思想的紧密关联对中国古代散文的内容和形式、创作原则和风格都造成了深远影响，使得散文立足实用，讲求明理，在实用基础上求审美，以审美促进实用。审美和实用在两千多年的散文史上互相磨合：先秦西汉可以说是为实用求审美时期；魏晋南北朝文偏重于形式；到了唐宋，经过两次古文运动，达到了实用与审美并重；明清时期，出现了打破处处实用的束缚，向内袒露

① 章学诚：《文史通义·诗教上》

自我性灵,向外窥视大千世界的新潮;五四以后的白话散文,则更进一步冲出实用的樊篱,产生与直接功利疏离的“美文”。从此以后,用白话写作的政府公文、工作报告、书牍、哀祭、时事评论和学术论文,绝大多数不再被列入文学作品。现代散文和古代散文因此在功能上呈现出明显的区别。“文以载道”这一线索是中国古典散文的主流。另一方面,张扬个性、抒发性灵的散文在中国散文的发展过程中虽并不发达但也有所发展。

2. **诗文互通,具有强烈的诗化倾向** 作为中国两种流传最为久远的文学样式,诗文并称,交相辉映,发展相互影响和渗透,乃至存在同步现象,关系极为密切,成为中国古代文学的重要组成部分。许多古代文人兼长诗文,许多诗作都有散文体的“序”文,是诗文组配成篇的。诗文风格上相互影响,手法上相互借鉴,成为中国古代散文发展的一个重要特点,从而赋予中国古代散文浓厚的诗性气质。

古代的文学散文与诗歌具有相似的文化形态,具有强烈的抒情意味。不仅抒情散文感情充沛,许多偏重于记事的叙事散文或者偏于描写的山川游记等作品,也都饱含感情,各类散文往往不约而同地融合了叙事、抒情、写景、议论等艺术手法。在体制上,古代散文受诗歌影响,用语简练精审,结构谨严凝练,体现出精炼如诗、篇幅短小的特点。

诗文互相渗透,从而出现了很多诗化文体,如赋体、骈体和颂赞等。被清代学者称为“万世文章之祖”①的《易传·文言》,本身就有“奇偶相生,音韵相合”的艺术特征,含有诗歌的艺术因素。“赋”是一种散韵相间的文体,原属“古诗之流”②,“受命于诗人,托宇于《楚辞》也”③,但后世则渐倾向于把“赋”纳入“文”的范畴。中国古文虽有骈散之分,但两者又关系密切,或交替发展,或交互包容,或并行,或比衬,或竞争,构成了难解难分的复杂关系。骈文讲究的对偶、声律、用典等写法,与中国古诗的表现手法近似。用韵本是诗歌特长。古代散文中,除赋体而外,还有颂赞、箴铭、哀祭、连珠等类文体也用韵。其中颂赞、箴铭之类的韵文又大多是以整齐的四言句式为主,与诗体更为接近。例如晋人刘伶的《酒德颂》、张载的《剑阁铭》、唐韩愈的《子产不毁乡校颂》等。这类韵文中有的与诗歌几乎无异,如刘禹锡的《陋室铭》、司空图的《二十四诗品》、刘勰的《文心雕龙·物色》等,整炼对偶,语言铿锵,精美如诗。

语言上,整齐和谐,讲求音乐美。“诗赋欲丽”“诗缘情而绮靡”,中国古诗以音乐化、整齐化为形式美的重要特征。古代散文也是如此。李渔就把讲究平仄错综和谐、追求声律之美视为“千古作文之通诀”。古文中的赋体、骈文讲究整齐和谐以及音乐美自不待说,散体文在这方面也有自己的追求。如唐宋八大家中的韩愈在实际创作中其实很讲求句式的安排和声律的抑扬和谐,在散体中巧用排偶,擅于安排字句的章节。此外,司马迁、贾谊、王安石等人的作品也都很注重句式的安排和声调的抑扬顿挫。

表达上,托物取譬,讲求比兴,形成了贵情思、讲暗示、重寄托的美学特征。

比兴手法是中国古典诗歌抒情言志最基本、最重要的艺术手法,意在追求意在言外的

---

① 阮元:《书昭明太子文选序后》
② 班固:《两都赋序》
③ 《文心雕龙·铨赋》

含蓄之美。比兴手法的作用是化虚为实,使创作主体抽象无形的情思物化和形象化,凭借着物象的具体性、多层次、多侧面的丰富性,引发联想和想象,达到含蓄不尽的艺术效果。

这一美学追求的源头是多方面的,与中国先民重视直觉思维、追求物我同一的气质相关,也受到中国古代源远流长的"意象理论"的影响,同时也与传统的诗教理论密不可分。诗教理论强调文艺的伦理道德教化作用,为避免言辞的过激与直露惹怒当权者,需取譬引类,旁敲侧击,从而取得委婉含蓄的效果。在中国古代散文史上,以《春秋》的曲笔为开端,同样提倡言近而旨远、辞浅而义深,如"文贵远,远必含蓄""远味则永"等,与诗歌追求的境界是相似的。相应的,在表现手法上也有相通之处——散文也善用比兴、托物言志、借景抒情等。如先秦散文特别是《庄子》多善用寓言、比喻来说理言情。该传统一直贯穿于中国古代散文的发展历程。在汉赋、韩愈的说理文、柳宗元的山水游记等作品中得到了突出体现。

事实上,诗文间的界限本身就是模糊的。俄罗斯作家列夫·托尔斯泰表示:"我永远不知道,哪里是散文和诗歌的界限。"散文家普里什文和巴乌斯托夫斯基也分别说过:"真正的散文饱含着诗意,犹如苹果饱含着汁液一样。"这一点在中国作家那里获得了共鸣。如梁实秋说过:"'诗'时常可以用各种的媒介物表现出来,各种艺术里都可以含着诗,所以有人说过,'图画就是无音的诗','建筑就是冻凝的诗'。……柏拉图的对话,是散文,但是有的地方也就是诗;陶渊明的《桃花源记》是散文,但是整篇的也就是一首诗。同时号称为诗的,也许里面的材料仍是散文。所以诗和散文在形式上划不出一个分明的界线,……"① 这些观点都强调诗和散文的互通,是建立在一切艺术都包含诗性特质的判断之上的。

在不同时期,从不同角度,按不同标准,可以把散文分成不同类型。在古代,散文概念内涵非常宽泛,所涵盖的文章类别也很繁杂。刘勰《文心雕龙》所分散行体文章就有三十三类。清代姚鼐的《古文辞类纂》删繁就简,将其划分为十三大类。除此以外还有各种各样的分类法,但都因为分类标准杂而显琐碎。当然最主要的原因是古代没有将艺术散文与非艺术的散体文章区别开来。

古代散文的分类和体制多有区别于现代散文的特点,如赋体,按体制分有骚体赋、大赋、抒情小赋、文赋等若干种;散文中还有骈体文,它尤重形式美感,讲究对偶、藻饰、用典、声律等;议论文可细分为论、说、解、辨等;记叙文也可细分为碑碣、志传、记等。总体上来说,中国古代散文的主要类型大致可分为写景状物类(主要指山水游记)、记人记事类(包括人物传记体散文、历史散文等)、说理论道类(即议论散文类)、抒情言志类(即抒情散文)等。

(二)中国古代散文鉴赏路径

伴随划分标准的不同,中国古代散文的鉴赏路径也各异。首先,古代散文大致可分为艺术性散文与非艺术性散文。这里重点涉及前者的审美路径。孟子有言:"充实之谓美,充实而有光辉者谓大,大而化之谓圣,圣而不可知之谓神"。如果避开孟子的儒家精神不

① 《论散文》。

谈，这四个层面的美正好构成了艺术散文形式美的四个要素：充实是指长于塑造各类生动活泼的艺术形象；充实而有光辉是指长于呈现个性、抒发情感和创造艺术时空；大而化之是指注重整体和谐，结构上呈现整体流动的态势，削除人工雕琢的痕迹，化哲思于对美的把握之中；圣而不可知之是指形式上的有机性，它可以激发读者感悟生命存在意义层面的问题。针对艺术性散文，可从艺术形象、个性情趣、结构以及生命感悟等层面去展开欣赏。其次，散文或重叙事，或重抒情，或重说理，所以鉴赏路径也不同。

1. **体验理趣美**　“文贵有高格”。古代散文很大一部分以“明理”为主，具有强烈的理性精神，具体体现在深睿的哲思、超卓的远见和丰沛的人格力量上，从而赋予散文一种文“气”。先秦散文的哲思泽被后世，至今芬芳依旧；好的论说文中精辟的比喻、有趣的寓言具有不竭的艺术魅力，启人深思；从见人见性的佳作中更是可以领略鲜明感人的人格风骨。这些都赋予古代说理文一种隽永的“理趣”。而在“明理”方式上因人而异。

要把握散文的理趣，就需识得“文眼”。构思精巧、富有意境或写得含蓄的诗文，往往都有“眼”的安置。“文眼”的设置因文而异，可以是一个字、一句话、一个细节、一缕情丝，乃至一景一物。要全力找出能揭示全篇旨趣和有画龙点睛妙用的“文眼”，以便领会作者为文的缘由与目的。

散文的自由和灵活性决定了其结构通常严谨而富有变化。为便于透彻说理，古代散文结构“贵曲忌直”，讲究波澜起伏、纵横开阔、摇曳生姿的美感效应，说理文尤其如此。使用的章法有开门见山、先抑后扬或先扬后抑、前呼后应、起承转合、正反对比、疏密相间、铺垫蓄势、曲折开合、腾挪跌宕、摇曳多姿、一唱三叹、自设问答，及至所谓金针暗渡、草蛇灰线、关锁擒拿等。

2. **体会含蓄美**　散文和诗歌一样，都很重视艺术形象的表现。作家们在抒发情感、阐释观点时总是要将自己的体验经过艺术化加工，通过形象化方式曲折地传达出来。他们运用的相关艺术手法主要有：托物寄意，常对所写事物作细致描绘和精心刻画，在形象的特征、色彩中寄托喜怒哀乐，此所谓“形得而神自来焉”；营造意境，寓情于景；虚实相生，借设想、想象曲折表达好恶爱憎；运用象征等多种修辞手法使真意婉转而出。读文章就要抓住“形”的特点，由“形”见“神”。艺术形象在不同艺术样式和文体中有复杂的表现形式。不同的散文类别中艺术形象的表现形式也各异：山水游记类散文中是具有独特风貌韵味的山水风物，人物传记类散文里是生动传神的人物形象，说理类散文是直观准确的事实论据，叙事类散文中是细致生动的事件，抒情类散文中是真挚动人的情感。相应的，针对托物言志，要体会作者真意，就首先要从发挥想象和体悟，从形象入手，体物动情。把握形象最突出的特征，调动生活经验、情感、积累去体悟寄寓于形象中作者的精神世界，才会引发情感共鸣。针对那些营造了美好意境的作品，要从技法入手加以领略。含蓄之美是一种“意在笔先，神余言外”的意境，讲求“若隐若现，欲露不露”的效果。这“若现”“欲露”的真面目往往是作者运用“特技”之所在，象征、比喻、拟人、双关、反问、夸张、反复等，对特定语境中的语句的深层含义起强化作用，能帮助我们深刻品味意境那丰富深远的内涵，获得美感享受。

散文的形象化手法营救了散文的含蓄之美，产生暗示性、朦胧性和多义性，在对散文的“神”进行特定阐释的同时，也要尊重这几点，不要把话说尽说绝。

3. 品味语言美 语言的美感体现在多个方面，主要是音乐美、文字美（言辞和句式）、情调美。除品味音乐美之外，也要品味文字本身的美。

散文作为作家心灵与人格的直接外化，这种性质和使命决定了其语言虽并不排斥整体的形象性和画面感，但它同时必然更讲究微观的精致性和细节的完美感，即要求语言在遣词造句、组建句群和调度段落的层面，具有较高的准确性、丰富性，语言凝练优美，又富哲理和诗情画意，以深切传达复杂而微妙的内心世界。此外，感性与知性的把握和调配，是散文写作的一大艺术。优秀散文作品往往是融思想、情感、学识于一体，集描写、叙述、议论于一身，感性与知性相辅相成而又相得益彰。更多的知性参与，是散文语言有别于小说语言的一大特点。古代散文讲求用字自然晓畅、精炼传神。“句有可削，足见其疏；字不得减，乃得其密”①，文字要力避繁冗，做到“文约而事丰”，同时运用一些修辞方法达到生动传神的效果。句式或整齐或参差，情随笔至，各具风姿。

4. 品味颇具风格的艺术精神 我国古典散文艺术相对集中的美学风格是：不求清空，崇尚质朴；反对繁文缛节，提倡通脱明畅；讲究气韵充沛，风骨卓立，反对绮丽萎靡；追求语言典雅秀丽，反对生涩隐晦；要求达到意境深邃、内容充实、形象生动、文字简练、人物典型、场景宏阔、情景交融、虚实相间的艺术高度。总而言之，在散文艺术方面，提倡现实主义创作方法，力图达到树正义、移风俗，匡时弊、救人心的社会教化目的，这也为古典散文涂上了政治与功利性强的浓厚色彩。

与此同时，中国古代散文的风格之美是多种多样的，有“庄重典雅、和易柔婉、缜密严谨、含蓄蕴藉、明快流畅、猖狂恣肆、雄深雅健、清俊通脱、奇绝峭厉、飘逸潇洒、悲壮激越、廉悍犀利、凄怆婉雅、朴拙老健、恢诡奇特、自然平淡等”②其中每一种又都包容甚多，可细分为各种类型。比如刘勰说孔融“气盛于为笔”。“气盛”是一个具有种属性的文艺美学概念，其中有庄周的汪洋恣肆，有韩愈的长江大注，有苏洵的雄壮俊伟，有岳飞的忠义慷慨，有方孝孺的奇峻光焰，有魏学洢的高峻廉洁，有曾国藩的声采炳焕等许多品格。而孔融散文艺术风格的突出特征是气势雄迈、文辞典丽。相应的，不同的风格营就不同的意境和气质：先秦时期的散文以其知性——思想的深邃透彻与思辨的机智性取胜，而唐宋时期的散文则以创造浓郁的诗意氛围为主。小品文则文无定格，贵在鲜活，具有生动情趣，灵活多样的特征……

【知识链接】

1. 庄子散文之美 “庄周梦蝶”是一个强有力的形象化比喻，因为它预示着《庄子》的中心思想。人必须脱去陈旧的自我的观念，然后才能获得一个新的自我。事实上，脱去旧的自我的过程，也正是取得新的自我的过程。

---

① 《文心雕龙熔裁》

② 熊礼汇：《史论·后记》，第2-3页。

（[美]爱莲说《向往心灵转化的庄子——内篇分析》，周炽成译，江苏人民出版社，2004）

“用心若镜”是一种无为的极致，由此整个身心能够完全超越外界客观事物的遮蔽，完全敞开自己，进入“游无朕”的境界。所谓“无为知主”就是在无为情况下获得主体的自主自明状态；所谓“体尽无穷”就是感受到万事万物；所谓“尽其所受于天”，就是把人的天赋潜力都发挥出来；所谓“能胜物而不伤”，就是能够驾驭事物而不受事物的拖累和局限。由此看来，“用心若镜”是一种主体的感受性、敏感性和包容性发挥到极致的一种表现。……“中央之帝为浑沌”的寓言，说明不达到终极的原始自然状态就不可能“用心若镜”。

……“用心若镜”体现的美学境界和艺术理想……成为一种“原话语”或者“语码”Code，深刻影响了中国人的艺术思维。从此，……“心镜”或者“镜心”，用来表达一种艺术状态或精神。“镜”与“心”有其同一的地方，可以互相替代和映照；同时又有互相辅助和说明的地方，体现了人们观照世界的特殊对象和方式。

（殷国明：《中国的“镜像说”》，《文艺理论研究》，2003 年第 3 期）

2. **司马迁与《史记》**　……七年而太史公遭李陵之祸，幽於缧绁，乃喟然而叹曰：“是余之罪也夫！是余之罪也夫！身毁不用矣。”退而深惟曰：“夫《诗》、《书》隐约者，欲遂其志之思也。昔西伯拘羑里，演《周易》；孔子厄陈、蔡，作《春秋》；屈原放逐，著《离骚》；左丘失明，厥有《国语》；孙子膑脚，而论兵法；不韦迁蜀，世传《吕览》；韩非囚秦，《说难》、《孤愤》；《诗》三百篇，大抵贤圣发愤之所为作也。此人皆意有所郁结，不得通其道也，故述往事，思来者。”於是卒述陶唐以来，至于麟止，自黄帝始。

（司马迁：《太史公自序》）

3. **古代散文的梦幻色彩**　“文之思也，其神远矣，故寂然凝虑，思接千载；悄焉动容，视通万里；吟咏之间，吐纳珠玉之声；眉睫之前，卷舒风云之色。”

（《文心雕龙·神思》）

4. **六朝人情与散文之美的互相映发**　汉末魏晋六朝是中国政治上最混乱、社会上最痛苦的时代，然而却是精神史上极自由、极解放、最富于智慧、最浓于热情的一个时代。……这几百年间是精神上的大解放，人格上思想上的大自由。人心里面的美与丑、高贵残忍、圣洁与恶魔，同样发挥到了极致。……这是中国人生活史里点缀着最多的悲剧，富于命运的罗曼司的一个时期，八王之乱、五胡乱华、南北朝分裂，酿成社会秩序的大解体，旧礼教的总崩溃、思想和信仰的自由、艺术创造精神的勃发，使我们联想到西欧十六世纪的“文艺复兴”。这是强烈、矛盾、热情、浓于生命色彩的一个时代。……魏晋人则倾向简约玄澹，超然绝俗的哲学的美，……这晋人的美，是这全时代的最高峰。《世说新语》一书记述得挺生动，能以简劲的笔墨画出它的精神面貌、若干人物的性格、时代的色彩和空气。文笔的简约玄澹尤能传神。

5. **唐代散文的地位**　“散文确获有纯文学中之崇高地位，就自唐代韩愈开始。”

（钱穆：《中国文学论丛 中国散文》）

唐韩愈和柳宗元都将浓郁的感情注入散文之中，大大强化了作品的抒情特征和艺术魅力，把古文提高到了真正的文学境地。

（《中国文学史》，袁行霈等著，高等教育出版社，2005 年 7 月第二版）

【推荐书目】

[1] 吴楚材，吴调侯，中华书局编辑部. 古文观止：翻译版[M]. 北京：中华书局，2007.
[2] 刘义庆，中华书局总编部. 世说新语校笺[M]. 北京：中华书局，2007.
[3] 茅坤. 唐宋八大家集[M]. 天津：天津古籍出版社，1999.
[4] 沈复. 浮生六记[M]. 江苏：江苏古籍出版社，2000.
[5] 司马迁. 史记[M]. 湖南：岳麓书社，2001.

【思考与练习】

1. 很多中国古代散文如《洛神赋》《桃花源记》《记承天寺夜游》等都营造了与现实世界不同的另一个时空，在营造这一时空时古代散文多运用哪些艺术手法？如何理解从中流露出的中国古代文人心态？

2. 如何理解中国古代散文中的意境之美？

3. 如何理解中国古代散文的诗性气质？

4. 你认为庄子散文最具独特性魅力的部分是什么？为什么？

5. 世人公认《世说新语》“文笔的简约玄澹尤能传神”，举具体作品为例谈谈你的体会。

6.《徐文长传》和《荆轲传》作为人物传记，分别贯注着作者怎样的感情？写法上有何区别？

7.《祭十二郎文》中作者采用了怎样的艺术手法来使得情感得到曲折多姿的表现？

8. 柳宗元的山水游记借景写心，开创了一种新的文学传统。你认为还有哪些中国山水游记作品延续乃至深化了这一传统？

第二单元　中国现当代散文鉴赏

一、中国现代散文名作范例与赏析

记人叙事类散文范例 1

回忆鲁迅先生

萧　红

鲁迅先生的笑声是明朗的，是从心里的欢喜。若有人说了什么可笑的话，鲁迅先生笑得连烟卷都拿不住了，常常是笑得咳嗽起来。

鲁迅先生走路很轻捷，尤其使人记得清楚的，是他刚抓起帽子来往头上一扣，同时左腿就伸出去了，仿佛不顾一切的走去。

……

青年人写信，写得太草率，鲁迅先生是深恶痛绝之的。

……

但他还是展读着每封由不同角落里投来的青年的信，眼睛不济时，便戴起眼镜来看，常常看到夜里很深的时光。

鲁迅先生不游公园，……不戴手套，不围围巾，冬天穿着黑石蓝的棉布袍子，头上戴着灰色毡帽，脚穿黑帆布胶皮底鞋。

胶皮底鞋夏天特别热，冬天又凉又湿，鲁迅先生的身体不算好，大家都提议把这鞋子换掉。鲁迅先生不肯，他说胶皮底鞋子走路方便。

……

鲁迅先生一推开门从家里出来时，两只手露在外边，很宽的袖口冲着风就向前走，腋下挟着个黑绸子印花的包袱，里边包着书或者是信，到老靶子路书店去了。

那包袱每天出去必带出去，回来必带回来，出去时带着回给青年们的信，回来又从书店带来新的信和青年请鲁迅先生看的稿子。

鲁迅先生抱着印花包袱从外边回来，还提着一把伞，一进门客厅里早坐着客人，把伞挂在衣架上就陪客人谈起话来。谈了很久了，伞上的水滴顺着伞杆在地板上已经聚了一堆水。

鲁迅先生上楼去拿香烟，抱着印花包袱，而那把伞也没有忘记，顺手也带到楼上去。

鲁迅先生的记忆力非常之强，他的东西从不随便散置在任何地方。

鲁迅先生的原稿，在拉都路一家炸油条的那里用着包油条，……

鲁迅先生出书的校样，都用来揩桌子，或做什么的。请客人在家里吃饭，吃到半道，鲁迅先生回身去拿来校样给大家分着，客人接到手里一看，这怎么可以？鲁迅先生说：

“擦一擦，拿着鸡吃，手是腻的。”

到洗澡间去，那边也摆着校样纸。

鲁迅先生从下午两三点钟起就陪客人，陪到五点钟，陪到六点钟，客人若在家吃饭，吃过饭又必要在一起喝茶，或者刚刚喝完茶走了，或者还没走就又来了客人，于是又陪下去，陪到八点钟，十点钟，常常陪到十二点钟。从下午两三点钟起，陪到夜里十二点，这么长的时间，鲁迅先生都是坐在藤躺椅上，不断的吸着烟。

客人一走，已经是下半夜了，本来已经是睡觉的时候了，可是鲁迅先生正要开始工作。在工作之前，他稍微阖一阖眼睛，燃起一支烟来，躺在床边上，……

全楼都寂静下去，窗外也是一点声音没有了，鲁迅先生站起来，坐到书桌边，在那绿色的台灯下开始写文章了。

许先生说鸡鸣的时候，鲁迅先生还是坐着，街上的汽车嘟嘟的叫起来了，鲁迅先生还是坐着。

有时许先生醒了，看着玻璃窗白萨萨的了，灯光也不显得怎样亮了，鲁迅先生的背影不像夜里那样黑大。

鲁迅先生的背影是灰黑色的,仍旧坐在那里。

人家都起来了,鲁迅先生才睡下。

……

鲁迅先生刚一睡下,太阳就高起来了。太阳照着隔院子的人家,明亮亮的;照着鲁迅先生花园的夹竹桃,明亮亮的。

鲁迅先生的书桌整整齐齐的,写好的文章压在书下边,毛笔在烧瓷的小龟背上站着。

一双拖鞋停在床下,鲁迅先生在枕头上边睡着了。

从福建菜馆叫的菜,有一碗鱼做的丸子。

海婴一吃就说不新鲜,许先生不信,别的人也都不信。因为那丸子有的新鲜,有的不新鲜,别人吃到嘴里的恰好都是没有改味的。

许先生又给海婴一个,海婴一吃,又是不好的,他又嚷嚷着。别人都不注意,鲁迅先生把海婴碟里的拿来尝尝。果然是不新鲜的。鲁迅先生说:

"他说不新鲜,一定也有他的道理,不加以查看就抹杀是不对的。"

……

以后我想起这件事来,私下和许先生谈过,许先生说:"周先生的做人,真是我们学不了的。那怕一点点小事。"

在一九三五年十月一日。

鲁迅先生的客厅摆着长桌,长桌是黑色的,油漆不十分新鲜,但也并不破旧,桌上没有铺什么桌布,只在长桌的当心摆着一个绿豆青色的花瓶,花瓶里长着几株大叶子的万年青,围着长桌有七八张木椅子。尤其是在夜里,全弄堂一点什么声音也听不到。

那夜,就和鲁迅先生和许先生一道坐在长桌旁边喝茶的。

……

过了十一点,天就落雨了,雨点淅沥淅沥的打在玻璃窗上,窗子没有窗帘,所以偶一回头,就看到玻璃窗上有小水流往下流。……打开客厅外面的响着的铁门,鲁迅先生非要送到铁门外不可。我想为什么他一定要送呢?对于这样年青的客人,这样的送是应该的么?雨不会打湿了头发,受了寒伤风不又要继续下去么?站在铁门外边,鲁迅先生说,并且指着隔壁那家写着有"茶"字的大牌子:"下次来记住这个'茶',就是这个'茶'的隔壁。"而且伸出手去,几乎是触到了钉在铁门旁边的那个九号的"九"字,"下次来记住茶的旁边九号。"

于是脚踏着方块的水门汀,走出弄堂来,回过身去往院子里边看了一看,鲁迅先生那一排房子统统是黑洞洞的,若不是告诉得那样清楚,下次来恐怕要记不住的。

一九三六年三月里鲁迅先生病了,靠在二楼的躺椅上,心脏跳动得比平日厉害,脸色略微灰了一点。

……

鲁迅先生呼喘的声音,不用走到他的旁边,一进了卧室就听得到的。鼻子和胡须在煽着,胸部一起一落。眼睛闭着,差不多永久不离开手的纸烟,也放弃了。藤躺椅后边靠着枕头，鲁迅先生的头有些向后，两只手空闲的垂着。眉头仍和平日一样没有聚皱，脸上是平静的，舒展的，似乎并没有任何痛苦加在身上。

……

鲁迅先生坐在躺椅上，沉静的，不动的阖着眼睛，略微灰了的脸色被炉里的火光染红了一点。纸烟听子蹲在书桌上，盖着盖子，茶杯也蹲在桌子上。

……

鲁迅先生感到自己的身体不好，就更没有时间注意身体，所以要多做，赶快做，当时大家不解其中的意思，都以为鲁迅先生不加以休息不以为然，后来读了鲁迅先生《死》的那篇文章才了然了。

……

赏析

萧红叙事散文的独特性在于"小说化"，注重原本在小说中才倍受重视的对话、细节和心理描写，擅于把性格化的语言和人物的动作细节结合起来写，从而凸显出人物的性格。《回忆鲁迅先生》在这方面具有代表性。在纪念鲁迅的众多文章中这篇独树一帜，难以超越，鲁迅先生的音容笑貌、精神世界、日常起居，都通过细节得以呈现，富于生活气息和人情味。这种细节描写多是对话描写，通过人物与现场环境、气氛的紧密联系得以实现的，如鲁迅深夜工作、与鲁迅深夜长谈、鲁迅生病等场景，都注重对环境的细腻描写。整个文章流露出一位敏感、细腻的女性作者的眼光，在叙事中融入了真挚的感情，赋予叙事以浓郁的抒情色彩。萧红叙事散文不拘一格的自由感，恰恰是散文这一文体特别需要，也特别擅长的。

记人叙事类散文范例 2

一只特立独行的猪

王小波

插队的时候，我喂过猪、也放过牛。假如没有人来管，这两种动物也完全知道该怎样生活。它们会自由自在地闲逛，饥则食渴则饮，春天来临时还要谈谈爱情；这样一来，它们的生活层次很低，完全乏善可陈。人来了以后，给它们的生活做出了安排：每一头牛和每一口猪的生活都有了主题。就它们中的大多数而言，这种生活主题是很悲惨的：前者的主题是干活，后者的主题是长肉。我不认为这有什么可抱怨的，因为我当时的生活也不见得丰富了多少，除了八个样板戏，也没有什么消遣。有极少数的猪和牛，它们的生活另有安排。以猪为例，种猪和母猪除了吃，还有别的事可干。就我所见，它们对这些安排也不大喜欢。种猪的任务是交配，换言之，我们的政策准许它当个花花公子。但是疲惫的种猪往往摆出一种肉猪（肉猪是阉过的）才有的正人君子架势，死活不肯跳到母猪背上去。母猪的任务是生崽儿，但有些母猪却要把猪崽儿吃掉。总的来说，人的安排使猪痛苦不堪。但它们还是接受了：猪总是猪啊。

对生活做种种设置是人特有的品性。不光是设置动物,也设置自己。我们知道,在古希腊有个斯巴达,那里的生活被设置得了无生趣,其目的就是要使男人成为亡命战士,使女人成为生育机器,前者像些斗鸡,后者像些母猪。这两类动物是很特别的,但我以为,它们肯定不喜欢自己的生活。但不喜欢又能怎么样?人也好,动物也罢,都很难改变自己的命运。

以下谈到的一只猪有些与众不同。我喂猪时,它已经有四五岁了,从名分上说,它是肉猪,但长得又黑又瘦,两眼炯炯有光。这家伙像山羊一样敏捷,一米高的猪栏一跳就过;它还能跳上猪圈的房顶,这一点又像是猫——所以它总是到处游逛,根本就不在圈里呆着。所有喂过猪的知青都把它当宠儿来对待,它也是我的宠儿——因为它只对知青好,容许他们走到三米之内,要是别的人,它早就跑了。它是公的,原本该劁掉。不过你去试试看,哪怕你把劁猪刀藏在身后,它也能嗅出来,朝你瞪大眼睛,噢噢地吼起来。我总是用细米糠熬的粥喂它,等它吃够了以后,才把糠对到野草里喂别的猪。其他猪看了嫉妒,一起嚷起来。这时候整个猪场一片鬼哭狼嚎,但我和它都不在乎。吃饱了以后,它就跳上房顶去晒太阳,或者模仿各种声音。它会学汽车响、拖拉机响,学得都很像;有时整天不见踪影,我估计它到附近的村寨里找母猪去了。我们这里也有母猪,都关在圈里,被过度的生育搞得走了形,又脏又臭,它对它们不感兴趣;村寨里的母猪好看一些。它有很多精彩的事迹,但我喂猪的时间短,知道得有限,索性就不写了。总而言之,所有喂过猪的知青都喜欢它,喜欢它特立独行的派头儿,还说它活得潇洒。但老乡们就不这么浪漫,他们说,这猪不正经。领导则痛恨它,这一点以后还要谈到。我对它则不止是喜欢——我尊敬它,常常不顾自己虚长十几岁这一现实,把它叫做"猪兄"。如前所述,这位猪兄会模仿各种声音。我想它也学过人说话,但没有学会——假如学会了,我们就可以做倾心之谈。但这不能怪它。人和猪的音色差得太远了。

后来,猪兄学会了汽笛叫,这个本领给它招来了麻烦。我们那里有座糖厂,中午要鸣一次汽笛,让工人换班。我们队下地干活时,听见这次汽笛响就收工回来。我的猪兄每天上午十点钟总要跳到房上学汽笛,地里的人听见它叫就回来——这可比糖厂鸣笛早了一个半小时。坦白地说,这不能全怪猪兄,它毕竟不是锅炉,叫起来和汽笛还有些区别,但老乡们却硬说听不出来。领导上因此开了一个会,把它定成了破坏春耕的坏分子,要对它采取专政手段——会议的精神我已经知道了,但我不为它担忧——因为假如专政是指绳索和杀猪刀的话,那是一点门都没有的。以前的领导也不是没试过,一百人也这不住它。狗也没用:猪兄跑起来像颗鱼雷,能把狗撞出一丈开外。谁知这回是动了真格的,指导员带了二十几个人,手拿五四式手枪;副指导员带了十几人,手持看青的火枪,分两路在猪场外的空地上兜捕它。这就使我陷入了内心的矛盾:按我和它的交情,我该舞起两把杀猪刀冲出去,和它并肩战斗,但我又觉得这样做太过惊世骇俗——它毕竟是只猪啊;还有一个理由,我不敢对抗领导,我怀疑这才是问题之所在。总之,我在一边看着。猪兄的镇定使我佩服之极:它很冷静地躲在手枪和火枪的连线之内,任凭人喊狗咬,不离那条线。这样,拿手枪的人开火就会把拿火枪的打死,反之亦然;两头同时开火,两头都会被打死。至于它,因为目标小，多半没事。就这样连兜了几个圈子，它找到了一个空子，一头撞出去了；跑得潇洒之极。以后我在甘蔗地里还见过它一次，它长出了獠牙，还认识我，但已不容我走近了。这种冷淡使我痛心，但我也赞成它对心怀叵测的人保持距离。

我已经四十岁了，除了这只猪，还没见过谁敢于如此无视对生活的设置。相反，我倒见过很多想要设置别人生活的人，还有对被设置的生活安之若素的人。因为这个原故，我一直怀念这只特立独行的猪。

赏析

“王小波的杂文随笔有两个明显的特征，一是它独特的思路，一是它独特的语言风格。他的思路属于自由人文主义，是在经历过思想浩劫的国度硕果仅存的自由和独立思考精神的结晶；他的语言犀利幽默，妙趣横生，一种极具个人特色的文字。正如一些专家和一般读者所说，读他的文字是一种享受，可以获得阅读的快感。他的文章既让人捧腹，又令人掩卷沉思，把杂文随笔提高到了艺术品的境界。”①本文也体现出了这些特征。

其思路的独特性在于说的是猪事，实则讲的全是人世，以鲜活而平庸的生活琐事作譬，以幽默诙谐的之笔写严肃主题，好笑油滑之中透出辛辣乃至悲愤。大多数篇幅在谈猪，临末曲终奏雅，揭示出全篇其实一直蕴含着的令人警醒的提示：猪的生活是被人为安排设置的：公猪阉掉，长肉，傻吃，闷睡，等死；母猪下仔。人类同样难免过着被他人、被自己的惰性安排或设置的生活，而这种生活状态意味着自由的被扼杀，意志的湮灭，是不幸的；但人们往往对这样的生活安之若素，很难因此也很少特立独行如此猪者；人们于此应有省悟，应发掘自己的独立思考，敢于无视和反抗其他人对自己的生活看似“正义”实则粗暴的设置和灌输。作者虽然有他的大发现，行文却不急不躁，缓缓说猪事，徐徐道猪情，没有真理在手、睥睨一切的作态，也不怒剑拔弩张，而是从人们司空见惯的地方切入锋芒，使麻木处因疼痛而恢复知觉。思想的锋芒如绵里藏针，冷冷地挑破遮蔽，脱颖而出，寒光闪处，如快刀斩乱麻般，使纠缠不清的、貌似丰富的事理显其荒谬，最终一刀斩断而后快。议论深刻而不显枯燥，幽默而严肃，活泼而平实，犀利深刻而具温情与善意。

文中表达的这种对自由、对独立意志的向往是人所共通的，所以，有网友写下名为《同性之爱——写在王小波十年祭日》的诗：

爱上一头从猪圈逃离的猪，
　　就像迷恋天空中的一颗流星，
　　　　我只能透过栏杆的缝隙
　　　　　　追逐着你那远去的身影……

你去追逐天国的星星

① 李银河：《沉默的大多数前言》，王小波：《沉默的大多数》，中国青年出版社，1997 年版。

我却在猪圈幻想与你约会；
　　你在黑夜里腾空时大叫一声
　　　　从此我无法忍受旷野的一片寂静……

我爱了，我承认
　　每当流星划过长天
　　　　我的心灵就会有一次无限的旅行
　　　　　　过后我依然猪眼朦胧
　　　　　　　　眼前漂浮着隐隐约约的帆影……

我知道，那不是银河的风景，
　　也不是你——
　　　　那特立独行的身影；
　　　　　　我追不上你也跟不上你，
　　　　　　　　只有呆在猪圈里的那份永远的痴情……①

山水游记类散文范例

桃源与沅州

沈从文

全中国的读书人，大概从唐朝以来，命运中就注定了应读一篇《桃花源记》，因此把桃源当成一个洞天福地。人人皆知道那地方是武陵渔人发现的，有桃花夹岸，芳草鲜美。远客来到，乡下人就杀鸡温酒，表示欢迎。乡下人皆避秦隐居的遗民，不知有汉朝，更无论魏晋了。千余年来读书人对于桃源的印象，既不怎么改变，所以每当国体衰弱发生变乱时，想做遗民的必多，这文章也就增加了许多人的幻想，增加了许多人的酒量。至于住在那儿的人呢，却无人自以为是遗民或神仙，也从不曾有人遇着遗民或神仙。

桃源洞离桃源县二十五里。从桃源县坐小船沿沅水上行，船到百马渡时，上岸走去，忘路之远近乱走一阵，桃花源就在眼前了。那地方桃花虽不如何动人，竹林却很有意思。如椽如柱的大竹子，随处皆可发现前人用小刀刻画留下的诗歌。新派学生不甘自弃，也多刻下英文字母的题名。竹林里间或潜伏一二蓢径壮士，待机会霍地从路旁跃出，仿照《水浒传》上英雄好汉行为，向游客发个利市。桃源县城则与长江中部各小县城差不多，一入城门最触目的是推行印花税与某种公债的布告。城中有棺材铺，官药铺。有茶馆酒馆，有米行脚行，有和尚道士，有经纪媒婆。庙宇祠堂多数为军队驻防，门外必有个武装同志站岗。土栈烟馆皆照章纳税，受当地军警保护。代表本地的出产，边街上有几十家玉器作，

---

① 殷国明博客。

用珉石染红着绿，琢成酒杯笔架等物，货物品质平平常常，价钱却不轻贱。另外还有个名为“后江”的地方，住下无数公私不分的妓女，很认真经营她们的业务。有些人家在一个菜园平房里，有些却又住在空船上，地方虽脏一点倒富有诗意。这些妇女使用她们的下体，安慰军政各界，且征服了往返沅水流域的烟贩，木商，船主，以及种种过路人。挖空了每个顾客的钱包，维持许多人生活，促进地方的繁荣。一县之长照例是个读书人，从史籍上早知道这是人类一种最古的职业，没有郡县以前就有了它们，取缔既与“风俗”不合，且影响及若干人生存，因此就很正当的向这些人来抽收一种捐税（并采取了个美丽名词叫作花捐），把这笔款项用来补充地方行政，保安，或城乡教育经费。

桃源既是个有名地方，每年自然就有许多“风雅”人，心慕古桃源之名，二三月里携了《陶靖节集》与《诗韵集成》等物，来到桃源县访幽探胜。这些人往桃源洞赋诗前后，必尚有机会过后江走走。由朋友或专家引导，这家那家坐坐，烧匣烟，喝杯茶，看中意某一个女人时，问问行市，花个三元五元，便在那龌龊不堪万人用过的花板床上，压着那可怜妇人胸膛放荡一夜。于是纪游诗上多了几首无题诗，“巫峡神女”，“汉皋解”，“刘阮天台”等等典故，一律被引用到诗上去。看过了桃源洞，这人平常是很谨慎的，自会觉得应当过医生处走走，于是匆匆的回家了。至于接待过这种外路风雅人的妓女呢，……她们的收入有些一次可得洋钱二十三十，有些一整夜又只得三毛五毛。这些人有病本不算一回事，实在病重了，不能作生活挣饭吃，间或就上街走到西药房去打针，六零六三零三扎那么几下，或请走方郎中配付药，朱砂茯苓乱吃一阵，只要支持得下去，总不会坐下来吃白饭。直到病倒了，毫无希望可言了，就叫毛伙用门板抬到那类住在空船中孤身过日子的老妇人身边去，尽她咽最后那一口气，死去时亲人呼天抢地哭一阵，罄所有请和尚安魂念经，再托人赊购副四合头棺木，或借“大加一”买副薄薄板片，土里一埋也就完事了。

……

真可称为桃源名产的，是家鸡同鸡卵，……其次，桃源有一种小划子，轻捷，稳当，干净，在沅河中可称首屈一指。……

一只桃源小划子上照例要个舵手，管理后梢，调动船只左右。张挂风帆，松紧帆索，捕捉河面山谷中的微风。放缆拉船，量渡河面宽窄与河流水势，伸缩竹缆。另外还要个拦头人，上滩下滩时看水认容口，出事前提醒舵手躲避石头，恶浪，与流，出事后点篙子需要准确，稳重。这种人还要有胆量，有气力，有经验。张帆落帆皆得很敏捷的拉桅下绳索。走风船行如箭时，便蹲坐在船头打吆喝呼啸，嘲笑同行落后的船只。自己船只落后被人嘲骂时，还得回骂；人家唱歌也得用歌声作答。两船相碰说理时，不让别人占便宜。动手打架时，先把篙子抽出拿在手上。……不问冬夏，皆得敏捷而勇敢的脱光衣裤，向急流中跳去，在水里尽肩背之力使船只离开险境。掌舵的有事不能尽职，就从船顶爬过船尾去，作个临时舵手。船上若有小水手，还应事事照料小水手，指点小水手。更有一份不可推却的职务，便是在一切过失上，应与掌舵的各据小船一头，相互辱宗骂祖，继续使船前进。小船除此两人以外，尚需要个小水手居于杂务地位，淘米，烧饭，切菜，洗碗，无事不作。……除了学习看水，看风，记石头，使用篙桨以外，也学习挨打挨骂。尽各种古怪希奇字眼儿成天在耳边响着，好好的保留在记忆里，将来长大时再用它来辱骂旁人。上行无风吹，一个人还得负了纤板，曳着一段竹缆，在荒凉河岸小路上拉船前进。小船停泊码头边时，又得规规矩矩守船。……有些人在船上三年五载吃白饭，一个不小心，闪不知被自己手中竹篙弹入乱石激流中，泅水技术又不在行，淹死了，船主方面写得有字据，生死家长不能过问，掌舵的把死者剩余的衣服交给亲长，说明白落水情形后，烧几百钱纸手续便清楚了。

一只桃源小划子，有了这样三个水手，再加上一个需要赶路，有耐心，不嫌孤独，能花个二十三十的乘客，这船便在一条清明透澈的沅水上下游移动起来了。在这条河里在这种小船上作乘客，最先见于记载的一人，应当是那疯疯颠颠的楚逐臣屈原。在他自己的文章里，他就说道："朝发汪渚，夕宿辰阳。"若果他那文章还值得称引，我们尚可以就"沅有芷兮澧有兰"与"乘舟令上沅"这些话，估想他当年或许就坐了这种小船，溯流而上，到过出产香草香花的沅州。沅州上游不远有个白燕溪，小溪谷里生芷草，到如今还随处可见。这种兰科植物生根在悬崖罅隙间，或蔓延到松树枝丫上，长叶飘拂，花朵下垂成一长串，风致楚楚。花叶形体较建兰柔和，香味较建兰淡远。游白燕溪的可坐小船走，船上人若伸手可及，多随意伸手摘花，顷刻就成一束。若崖石过高，还可以用竹篙将花打下，尽它堕入清溪洄流里，再用手去溪里把花捞起。除了兰芷以外，还有不少香草香花，在溪边崖下繁殖。那种黛色无际的崖石，那种一丛丛幽香眩目的奇葩，那种小小洄旋的溪流，合成一个如何不可言说迷人心目的圣境！若没有这种地方，屈原便再疯一点，据我想来他文章未必就能写得那么美丽。

什么人看了我这个记载，若神往于香草香花的沅州，居然从桃源包了小船，过沅州去，希望实地研究解决《楚辞》上几个草木问题。到了沅州南门城边，也许无意中会一眼瞥见城门上有一片触目黑色。因好奇想明白它，一时可无从向谁去询问。他所见到的只是一片新的血迹，并非古迹。大约在清党前后，有个晃州姓唐的青年，北京农科大学毕业生，用党务特派员资格，率领了两万以上四乡农民，肩持各种农具，上城请愿。守城兵先已得到长官命令，不许请愿群众进城。于是两方面自然而然发生了冲突。一面是旗帜，木棒，呼喊与愤怒，一面是一尊机关枪同四枝步枪。街道那么窄，结果站在最前线上的特派员同四十多个青年学生与农民，便皆在城门边牺牲了。其余农民一看情形不对，抛下农具四散吓跑了。那个特派员的身体，于是被兵士用刺刀钉在城门木板上，示众三天，三天过后，便抛入屈原所称赞的清流里喂鱼吃了。几年来本地人派捐拉纤夫，在应付差役中把日子混过去，大致把这件事也慢慢的忘掉了。

桃源小船载客载到沅州府，把客人行李扛上岸，讨得酒钱回船时，这些水手必乘兴过皮匠街走走。那地方同桃源的后江差不多，住下不少经营最古职业的人物。地方既非商埠，价钱可公道一些。花四百钱关一次门，上船时还可以得一包黄油油的上净丝烟，……

或有人在皮匠街蓦见水手，对水手发问："弄船的，'肥水不落外人田'，家里有的你让别人用，用别人的你还得花钱，上算吗？"

那水手一定会拍着腰间麂皮抱兜，笑咪咪的回答说："大爷，'羊毛出在羊身上'，这钱不是我桃源人的钱，上算的。"

他回答的只是后半截，前半截却不必提。本人正在沅州，离桃源远过八百里，桃源那一个他管不着。

便因为这点哲学，水手们的生活，比起风雅人来似乎洒脱多了。若说话不犯忌讳，无人疑心我袒护××阶级，我还想说他们的行为，比起风雅人来也实在道德的多。

赏析

沈从文的散文，多为笔调平朴，风格明快，不事藻饰，别有一种自然生动之处。他对湘西下层社会里的各种人物观察较多，如船夫、煤矿工人、士兵、妓女、小商贩、搬运工人等都在作品里作了广泛的描述，程度不同地表现出他们各自的生活特点和悲苦的命运。这些散文为我们展现了湘西的风土人情，从各种侧面反映了旧中国的黑暗和腐朽。《桃源与沅州》颇能代表作者写作特点。作为叙述山水的游记，作者并不是单纯去描绘自然景物，而是着力于写出人们的生活，特别是那些船工和被侮辱被损害的妇女的悲惨生活。作者以写实的笔调揭示出在现实中的桃源，并不是文人所期待的陶渊明笔下那种浪漫的洞天福地，而是充满不公、卑微、屈辱和无奈乃至残忍的虐杀和无情的淡漠，同时又洋溢着生命原始的韧性、活力和激情。

值得一提的是，在现代文学史上，郁达夫和沈从文都对游记散文进行了个性化的创新。作为20世纪游记散文创作的集大成者，郁达夫20年代的游记散文一反古代游记散文冲淡静默的格调，直抒胸臆；他30年代的游记散文格调平和，艺术表现手法丰富多样，如想象、幻觉、梦等手法的运用，体式上则形式多样，不拘一格。而为了表现湘西的山光水色、湘西广阔的时空和纷纭的人事物性，沈从文创造性使用了新的散文样式与表现方式，即糅游记散文与小说故事于一体的大容量、全景式的叙述体式，将写人叙事的小说笔法引入游记散文文体，取得了艺术上的非凡成功。《桃源与沅州》就体现了这一创新。

议论说理类散文范例

喝　茶

周作人

前回徐志摩先生在平民中学讲“吃茶”——并不是胡适之先生所说的“吃讲茶”——我没有工夫去听，又可惜没有见到他精心结构的讲稿，但我推想他是在讲日本的“茶道”（英文译作 Teaism），而且一定说得很好。茶道的意思，用平凡的话来说，可以称作“忙里偷闲，苦中作乐”，在不完全的现世享乐一点美与和谐，在刹那间体会永久，是日本之“象征的文化”里的一种代表艺术。关于这一件事，徐先生一定已有透彻巧妙的解说，不必再来多嘴，我现在所想说的，只是我个人的很平常的喝茶观罢了。

喝茶以绿茶为正宗。红茶已经没有什么意味，何况又加糖——与牛奶？葛辛的《草堂随笔》确是很有趣味的书，但冬之卷里说及饮茶，以为英国家庭里下午的红茶与黄油面包是一日中最大的乐事，支那饮茶已历千百年，未必能领略此种乐趣与实益的万分之一，则我殊不以为然。红茶带“土斯”未始不可吃，但这只是当饭，在肚饥时食之而已，我的所谓喝茶，却是在喝清茶，在赏鉴其色与香与味，意未必在止渴，自然更不在果腹了。中国古昔曾吃过煎茶及抹茶，现在所用的都是泡茶，冈仓觉三在《茶之书》(1919)里很巧妙地称之曰“自然主义的茶”，所以我们所重的即在这自然之妙味。中国人上茶馆去，左一碗右一碗地喝了半天，好像是刚从沙漠里回来的样子，颇合于我的喝茶的意思(听说闽粤有所谓吃功夫茶者自然也有遭理)，只可惜近来太洋场化，失了本意，其结果成为饭馆子之流，只在乡村间还保存一点古风，唯是屋宇器具简陋万分，或者但可称为颇有喝茶之意，而未可许为已得喝茶之道也。

喝茶当于瓦屋纸窗之下，清泉绿茶，用素雅的陶瓷茶具，同二三人共饮，得半日之闲，可抵十年的尘梦。喝茶之后，再去继续修各人的胜业，无论为名为利，都无不可，但偶然的片刻优游乃正亦断不可少，中国喝茶时多吃瓜子，我觉得不很适宜，喝茶时可吃的东西应当是轻淡的“茶食”。中国的茶食却变了“满汉饃饃”，其性质与“阿阿兜”相差无几，不是喝茶时所吃的东西了。日本的点心虽是豆米的成品，但那优雅的形色，朴素的味道，很合于茶食的资格，如各色的“羊羹”(据上田恭辅氏考据，说是出于中国唐时的羊肝饼)，尤有特殊的风味。江南茶馆中有一种“干丝”，用豆腐干切成细丝，加姜丝酱油，重汤炖热，上浇麻油，出以供客，其利益为“堂倌”所独有。豆腐干中本有一种“茶干”，今变而为丝，亦颇与茶相宜。在南京时常食此品，据云有某寺方丈所制为最，虽也曾尝试，却已忘记，所记得者乃只是下关的江天阁而已。学生们的习惯，平常“干丝”既出，大抵不即食，等到麻油再加，开水重换之后，始行举箸，最为合适，因为一到即罄，次碗继至，不遑应酬，否则麻油三浇，旋即撤去，怒形于色，未免使客不欢而散，茶意都消了。

吾乡昌安门外有一处地方名三脚桥(实在并无三脚，乃是三出，园以一桥而跨三汊的河上也)，其地有豆腐店曰周德和者，制茶干最有名。寻常的豆腐干方约寸半，厚三分，值钱二文，周德和的价值相同，小而且薄，几及一半，黝黑坚实，如紫檀片。我家距三脚桥有步行两小时的路程，故殊不易得，但能吃到油炸者而已。每天有人挑担设炉镬，沿街叫卖，其词曰：

辣酱辣，

麻油炸，

红酱搽，

辣酱塌，

周槐和格五番油炸豆腐干。

其制法如所述，以竹丝插其末端，每枚值三文。豆腐干大小如周德和，而甚柔软，大约系常品。唯经过这样烹调，虽然不是茶食之一，却也不失为一种好豆食——豆腐的确也是极好的佳妙的食品，可以有种种的变化，唯在西洋不会被瓴解，正如茶一般。

日本用茶淘饭，名曰“茶渍”，以腌菜及“泽鹿”(即福建的黄土萝卜，日本泽庵法师始传此法，盖从中国传去)等为佐，很有清淡而甘香的风味。中国人未尝不这样吃，唯其原因，非由穷困即为节省，殆少有故意往清茶淡饭中寻其固有之味者，此所以为可惜也。

赏析

小品文取法英、法随笔最多，又融入了中国传统散文的抒情成分，成长得很快，引人注目。它以夹叙夹议的叙述方式，把议论、描写、抒情融合在一起，不拘一格地随意而谈，有闲话、絮语，并有知识和趣味的双重统制。这方面，周作人的成就最大。他被称为现代“小品文之王”。他在现代文学中的贡献之一，即“于抗争的小品文之外，又分出闲适、清涩、充满趣味性、知识性的一脉散文来”，对俞平伯、钟敬文、废名等有所启发。

周作人的美文最能彰显他的个人性情，他认为：“美文”是“个人的文学之尖端，是言志的散文，它集合叙事说理抒情的分子，都浸在自己的性情里。”《喝茶》就体现了这些特点，彰显了周作人“人生艺术化”的主张：“忙里偷闲，苦中作乐，在不完全的现世享乐一点美与和谐，在刹那间体会永久”，写法上旁征博引而如数家珍，纡徐从容，情趣上闲适中流露着些颓废、落寞：“喝茶当于瓦屋纸窗之下，清泉绿茶，用素雅的陶瓷茶具，同二三人共饮，得半日之闲，可抵十年的尘梦”，包含着淡淡的苦味、涩味，可称典型的“中年心态”。

抒情类散文范例

好的故事

鲁　迅

灯火渐渐地缩小了，在预告石油的已经不多；石油又不是老牌的，早熏得灯罩很昏暗，鞭爆的繁响在四近，烟草的烟雾在身边：是昏沉的夜。

我闭了眼睛，向后一仰，靠在椅背上；捏着《初学记》的手搁在膝踝上。

我在蒙胧中，看见一个好的故事。

这故事很美丽，幽雅，有趣。许多美的人和美的事，错综起来象一天云锦，而且万颗奔星似的飞动着，同时又展开去，以至于无穷。

我仿佛记得曾坐小船经过山阴道，两岸边的乌桕，新禾，野花，鸡，狗，丛树和枯树，茅屋，塔，伽蓝，农夫和村妇，村女，晒着的衣裳，和尚，蓑笠，天，云，竹，……都倒影在澄碧的小河中，随着每一打桨，各各夹带了闪烁的日光，并水里的萍藻游鱼，一同荡漾。诸影诸物：无不解散，而且摇动，扩大，互相融和；刚一融和，却又退缩，复近于原形。边缘都参差如夏云头，镶着日光，发出水银色焰。凡是我所经过的河，都是如此。

现在我所见的故事也如此。水中的青天的底子，一切事物统在上面交错，织成一篇，永是生动，永是展开，我看不见这一篇的结束。

河边枯柳树下的几株瘦削的一丈红，该是村女种的罢。大红花和斑红花，都在水里面浮动，忽而碎散，拉长了，缕缕的胭脂水，然而没有晕。茅屋，狗，塔，村女，云，……也都浮动着。大红花一朵朵全被拉长了，这时是泼刺奔迸的红锦带。带织入狗中，狗织入白云中，白云织入村女中……在一瞬间，他们又退缩了。但斑红花影也已碎散，伸长，就要织进塔、村女、狗、茅屋、云里去了。

现在我所见的故事清楚起来了，美丽，幽雅，有趣，而且分明。青天上面，有无数美的人和美的事，我一一看见，一一知道。

我就要凝视他们……

我正要凝视他们时，骤然一惊，睁开眼，云锦也已皱蹙，凌乱，仿佛有谁掷一块大石下河水中，水波陡然起立，将整篇的影子撕成片片了。我无意识地赶忙捏住几乎坠地的《初学记》，眼前还剩着几点虹霓色的碎影。

我真爱这一篇好的故事，趁碎影还在，我要追回他，完成他，留下他。我抛了书，欠身伸手去取笔，——何尝有一丝碎影，只见昏暗的灯光，我不在小船里了。

但我总记得见过这一篇好的故事，在昏沉的夜……

一九二五年二月二十四日

赏析

“《野草》中，有几十次写到梦境，大多数梦境都是描写恶梦，而《好的故事》则从昏沉的背景之中，为我们打开了一种带着明亮的暖色和温馨的回忆。……文章中视觉形象的奇特和丰富，令人惊异，而且，这些视觉形象令人应接不暇地互相叠印、融合。这种动人心魄、深具魅力的超现实想象，赋予了文章本身以诗的美学表征，而梦中这样的美的境界，又给了我们一个非常难得的阅读记忆。在这美好的故事中，所有的形象都在表达诸多抽象的观念，这就使《好的故事》永远呈现出开放的、多层次的审美境界。……《好的故事》就是从绍兴西南偏门出城，经鉴湖、娄宫而到兰亭那条路上的风光及历史为背景而写成的。……我们分明感受到他与著名的山阴道在精神血脉上一直保持着不可须臾分割的联系。这种对家乡风物刻骨的追忆，就化成一个永无止境的‘好的故事’，烙在了鲁迅的审美精神的空间。……鲁迅用如此暖色的笔触来描写他的想象世界和回忆中遥远的故乡，不仅是一种精神慰藉，更是一种美好的信仰和坚执的人生追求，因为，这里仍然有着鲁迅的另一种韧性：‘好的故事’就在明天。”（姜广平：《暖色、温馨回忆中的美好追求》）

受到魏晋文人的影响，鲁迅追求行文的“华丽壮大”，即将一组长短不一的词或词组堆叠组织在一起，在加快节奏、营造紧张氛围的同时，也形成了一股咄咄逼人的语势，从而显得真气灌注而又酣畅淋漓。在现代作家里，这种句式笔法似乎为鲁迅所特有。《野草》中这种气质表现得最集中的地方之一即《好的故事》，如“我仿佛记得曾坐小船经过山阴道，两岸边的乌桕，新禾，野花，鸡，狗，丛树和枯树，茅屋，塔，伽蓝，农夫和村妇，村女，晒着的衣裳，和尚，蓑笠，天，云，竹，……都倒影在澄碧的小河中，随着每一打桨，各各夹带了闪烁的日光，并水里的萍藻游鱼，一同荡漾。诸影诸物：无不解散，而且摇动，扩大，互相融和；刚一融和，却又退缩，复近于原形。边缘都参差如夏云头，镶着日光，发出水银色焰”，句式短促、节奏明快、文笔流丽，一气呵成，真正达到了情文合一，体现出中国传统文化修养与鲁迅的现代个性气质的融通。

二、中国现当代散文的审美特点和鉴赏路径

（一）中国现当代散文的审美特点与类别

按照体裁分，可分狭义的“美文”（抒情散文）、杂文、随笔、游记小品、通讯特写、书简日记、散文诗、回忆录、序跋、速写等。按内容分，可分成写景状物类（主要指山水游记）、记人叙事类（包括人物传记体散文、历史散文等）、说理论道类（即议论散文类）、抒情言志类（即抒情散文）等四大类。按风格分，也可分为独语体和闲话风等。

同现代诗歌小说创作一样，现代散文创作是五四新文化运动与文学革命的直接成果：在反对封建道德、崇尚个性自由、追求民主科学等新思潮的推动下，现代白话散文很快破土而出。最早也最著名的是《新青年》“随感录”专栏，所发陈独秀、李大钊、鲁迅等人挥洒自如、大小由之的文章不仅在当时起到了振聋发聩的作用，而且开日后杂文创作之先河，影响极为深远。稍后，与重在议论的“随感录”不同，抒情散文作为现代散文的主干开始产生，五四以来第一批散文家不时有佳作问世。经过五四新文化运动时期的生长发育，20世纪20年代中期以后现代散文已枝繁叶茂、硕果累累。除抒情散文外，杂文随笔、游记小品、通讯特写、书简日记、散文诗、回忆录等，应有尽有。第一代作家笔耕不辍之余，新作家不断涌现。著名的有老舍、沈从文、梁实秋、梁遇春、李广田、吴伯箫、何其芳、柯灵、陆蠡等。游记在20世纪30年代得到了较大发展，代表作家为郁达夫和沈从文。20世纪30年代后期以后，残酷的战争环境要求突出文学的功利价值，不少散文作家努力把反映大众斗争生活作为使命，报告文学得到蓬勃发展。同时，也出现了一些从切身感受写起的文质并茂的抒情散文和幽默散文（梁实秋的《雅舍小品》、王了一的《龙虫并雕斋琐语》和钱钟书的《写在人生边上》等）。

综观新中国成立后17年的散文创作，无不受着“颂歌”和“战歌”这一主旋律的深刻影响，不过各个时期的散文样式又各有侧重。而新时期（1978年后）散文的最大特点是个性的充分张扬和文体的多元化发展，表现为个性意识复归、抒情意味增强、“闲适”风与世俗化倾向以及理性色彩与深度追求等。台湾散文作家多半来自大陆或为迁居台湾同胞的后代，或在内地接受过古典文学的熏陶，受益于新文化运动，乡情难忘：抒情言志、状物写景之作分量最重，佳构最多，其中尤以思乡怀旧的作品最为真挚幽怨，别具一番风致。其次，台湾散文家多半学历较高，视野较宽，对于经济起飞后人情冷漠、生态破坏的一面感受尤深。有的远涉重洋，以中华学人绘异域风光，也留下了一些可圈可点之作；借鉴西方文学笔法，表现都市社会百态。特意加快了行文的节奏，增强了语言的密度。香港散文也取得了一定的成就，代表作家有董桥、梁锡华等人。

1. **现代散文是一种文学样式**　首先，与范围广泛的古代散文不同，现代散文发展成为“与诗歌、小说、戏剧并举而为新文学的一个独立部门”；第二，长期以来重在“载道”即代圣贤“立言”的“古文”，终于为个人抒情言志的现代散文所代替。现代散文是“记述的，是艺术性的”（周作人《美文》），特指抒写怀抱、记人叙事一类的文艺性作品，而与非文艺性的作品诸如历史记述文、科技说明文、公务应用文以及各种政论文、学术论文相区别。这是

现代散文与古代散文区别较大的一个特点。

2. **现代性、独创性、个人意识与自由感** 散文最本质的特点之一即个人性:“在内容方面,散文更重个人经验和内心体验。……因此在形式上,也就十分注重所谓‘个人笔调’。散文有能力把诗歌的想象力同小说戏剧的事实性协调起来,却不为结构形式所羁限。如果要把写作同时代联系起来的话,那么,散文更多的是表现社会制度的细部变化,是情感、意识、态度的变化,是对世界的最实际的描写,最质朴的叙述,最由衷的咏叹。真正的散文是不带面具的。”相应的,散文“对自由精神的依赖超过所有文体”,“诗歌只能够在生活的个别时刻和在精神的个别状态之下萌生,散文则时时处处陪伴着人,在人的精神活动的所有表现形式中出现。散文与每个思想、每一感觉相维系。在一种语言里,散文利用自身的准确性、明晰性、灵活性、生动性以及和谐悦耳的语言,一方面能够从每一个角度出发充分自由地发展起来,另一方面则获得了一种精微的感觉,从而能够在每一个别场合决定自由发展的适当程度。有了这样一种散文,精神就能够得到同样自由、从容和健康的发展。”“精神不断地发展和提高自己,无论其表现形式如何千差万别,都是从自由天性出发与外部世界相联系的。……个人性的淡出淡入,精神的萎靡与张扬,同自由言说的可能性密切相关,也即取决于社会的开放程度。”①而五四以来张扬个性的文化氛围对于散文的发展一度产生了积极影响。

五四以来中国散文的核心特质是富有现代意识,具有鲜明的个人性、独创性与自由感。五四之后“散文小品的成功,几乎在小说戏曲和诗歌之上”(鲁迅语);如朱自清所描述的,该时期的散文创作“确是绚烂极了:有种种的样式,种种的流派,迁流曼衍,日新月异:有中国名士风,有外国绅士风,有隐士,有叛徒,在思想上是如此。或描写,或讽刺,或委曲,或缜密,或劲健,或绮丽,或洗练,或流动,或含蓄,在表现上是如此”。五四时期稍有成就的作家,基本上都是散文家。他们都提倡和坚持创作个性,朱自清企求“虽只一言一动之微,却包蕴着全个人的性格,最要紧的,包蕴着与众不同的趣味”②,认为“个性虽有大齐,细端末节,却是千差万别,这叫做个性。人生丰富的趣味,正在这细端末节的千差万殊里,能显明这千差万殊的个性的文艺,才是活泼的,真实的文艺”③。其他作家也都对散文的个性化色彩深有体认,叶圣陶主张在散文中“便是细到像游丝的一缕情怀,低到像落叶的一声叹息,也要让我们认得出是你们的,而不是旁人的”。梁遇春则认为“小品文的妙处也全在于我们能够从一个具有美好的性格的作者眼里去看一看人生。”④《新青年》“随感录”作家群、《语丝》、《现代评论》作家群、新月派、汉园三诗人、京派、海派等群体,都创作出了颇富个性的散文精品。当代散文同样如此,经过一段时间的沉寂,自20世纪80年代以来重新焕发出自由、个性的光芒,与五四时期的散文繁荣局面形成了深刻呼应。

3. **古今中外文化交融背景下散文品格的承继与新变** “文变染乎世情”。随着时代推

① 林贤治:《五十年:散文与自由的一种观察》

② 朱自清.朱自清散文:中集[M].北京:中国广播电视出版社,1994:424.

③ 朱自清.海阔天空与古今中外,朱自清全集:第一卷[M].南京:江苏教育出版社,1900:136.

④ 梁遇春.小品文选·序,李宁小品文艺术谈[M].北京:中国广播电视出版社,1900:42.

移和世情变化,20 世纪散文文体的自由性和随机性在作家笔下获得扩张与强化,传统散文形式发生变异,散文创作规范发生变形,从而改变了旧有散文文体的风貌,推动散文在文体上朝着多样化的方向演进。20 世纪以来,中外文化激烈碰撞的文化背景尤其使得中国散文焕发出新的艺术特质。

现当代散文与中国古代文学存在千丝万缕的联系,诸多散文家扎根华夏本土文化,着重汲取中华文学艺术的宝贵传统。周作人就说:"公安、竟陵一路的文是新文学的文章。现今的新散文实在还是沿着这一系统……"。这其中成就卓著的有朱自清、老舍、丰子恺、沈从文、李广田、吴伯箫、何其芳、萧红等人。他们情深似海,饱含忧患意识,生命意识现实中有超越。语言风格或缜密,或委婉,或遒劲,或质朴,深得汉语语言艺术之精髓。

抒情散文的诗化尤其体现了现当代散文与中国古代文化传统的深切关联。抒情散文是兼具叙事和抒情两种因素而又以抒情为依归的散文样式,曾经广泛地被称作"小品文"。现代散文中抒情散文取得的成就最大,拥有大批风格、个性各异的作者。作为现当代散文创作的主体,抒情散文领域广泛存在"以诗衡文"和以诗意有无来衡量散文艺术水准高下的文学批评模式。20 世纪 20 年代周作人的小品文、鲁迅的散文诗、冰心的通讯以及郁达夫、徐志摩的游记、朱自清的怀人散文都充满浓郁的诗意;20 世纪 30 年代废名、何其芳、李广田、丽尼和陆蠡等为代表的"诗人散文"盛行一时,特征是"追求'诗意'……在散文创作中倾注了诗意,甚至写成了散文诗"(李广田语)。20 世纪 30 年代后期以至 40 年代,诗化抒情散文小品仍活跃于很多作家笔下。该倾向在当代散文中同样获得了不绝如缕的呼应。

现代批评家对散文与诗之间的内在关联具有深刻认知。关于诗文的界限,朱光潜说:"一个作家采用诗或散文来表现他的思想感情,大半取决于当时的风尚。如果徐志摩生在六朝,他免不了要用赋去写《浓得化不开》和《死城》;周作人如果生在宋代,也许《雨天的书》会变成类似《范石湖诗集》的作品。""诗和散文在形式上的分别也是相对而不是绝对的。……诗和散文两国度之中有一个很宽的叠合部分做界限,在这界线上有诗而近于散文,韵律不甚明显的;也有散文而近于诗,略有音律可寻的。"

现当代散文具有明显的诗化审美特征。最为突出的就是对于意境的追求。不同于小说意境对再现性、情节曲折性或虚构与想象的关注,散文意境擅用空灵的语言进行主观抒写,以所谓的"神"来统摄看似零散的细节,以"淡而有味"的艺术境界建构着纯美的精神空间。20 世纪中国散文意境既是诗歌意境与小说意境之间的一种过渡,同时又拥有自己独立的品质。

与此同时,现当代散文受到外国文学的影响同样引人注目。比如文人对现代散文"自我表现"特质的确认、规定,一方面横向移植英式随笔散文的哲学与美学。另一方面是对中国古代文学"人本主义"美学思想的垂直继承:二者互补、整合而为现代散文"人本主义"的文本审美观念。五四以后散文文本哲学纵向继承中国的古典哲学(如孔子"修辞立其诚"和庄子"法天贵真"的思想),横向借鉴英式随笔求"真"的原创思想与西方现代主义哲学中关于艺术与"自我"的观念,同样也是中西哲学思想超越时空的整合与重建。

一些个性鲜明的作家其散文作品都是中外文化交融的产物。鲁迅堪称散文创作的多面手，他的《野草》是我国第一部现代散文诗集，篇幅不多但分量极重。论想象之奇特、意境之深邃、手法之新颖，可谓前无古人，后启来者，所展示的那种孤独而偏要奋进、悲凉仍不放弃抗争的心境，更令人咀嚼不尽。回忆性散文集《朝花夕拾》冷静的叙述中渗透着睿智的思考，活泼的场景里寄寓着无限感慨，抒情的笔墨里不乏机智的嘲讽。两部作品既有六朝文章之美，又凝聚着尼采、象征主义等外国文化的痕迹。周作人取法英国随笔、明末公安派小品以及日本随笔，在“苦雨斋”中形成了冲淡平和、庄谐杂出的风格，创作了《喝茶》《苦雨》等一批融知识、哲理、趣味于一体的生活小品，对以后的小品文创作影响颇大；冰心受泰戈尔和中国古文的影响，创造出清新的冰心体；徐志摩深受英国文化濡染，描写异域风光，行文富丽华美，风流潇洒，充满了英国浪漫主义气息；梁遇春兼取六朝文章与英国散文家兰姆的精华，作品常常在连番的比喻和俏皮的笑语中迸发出睿智的火花……当代散文同样浸染着中外文化交融的痕迹。

中外文化的交融在具体的散文文体中也随处可见。小品文是中国现代散文主要的体式之一。一大批卓有成就的散文家的名字是与小品文联系在一起的。小品文是指受英、法随笔影响的夹叙夹议式的散文，以闲适的笔调为其主要文体特点。现代小品文适应了“五四”以来个性解放的需要，在西方蒙田、培根的“essay”和日本随笔的影响下，融入中国六朝笔记体散文、宋代散文、晚明小品等传统文学的质素，而生成了自己新的体式。小品文或偏于性灵、趣味和闲谈，或侧重理趣、絮语和散漫，中外文化交融这一因素在铸就现代小品文的内在品格和表现特点方面起到了重要作用。

（二）中国现当代散文鉴赏路径

1. 体味意境美及其传达的全新文化生命理想 20 世纪中国散文是最具民族传承性的文学体式，具有明显的传统审美特质。“散文”二字最早见于南宋罗大经的《鹤林玉露》，经由明清两代的流变，在刘半农的《我之文学改良观》、傅斯年的《怎样做白话文》中，“散文”这个概念最终得以确立。就散文的演变而言，当 20 世纪的诗歌、小说、戏曲彻底打破以前的做法，同时期的散文则从内容、形式，从技法、审美，都和传统散文血脉相通。而中国的传统文学向来有着明确的审美标准——意境。作为中国文艺创作与文艺批评中一个传统的美学范畴，意境是一种物我一体、情景兼融的艺术境界，源自作者与读者灵动的内心世界，是心与心进行交流时独特的精神载体。20 世纪中国散文在其发展过程中形成了特有的意境体系，其发展沉浮，一直未曾偏离过意境这一主线。

现当代作家笔下传达出全新的文化生命理想，其散文意境的感性源自情感的真实与个性化。情感之真之善，个体生命的俯仰低昂，悲悯沧桑的人间情怀，使得散文意境在主客观的水乳交融中，获得了纯美的精神向度。作为现代散文的基本品质和中国文学的审美内核，散文的意境一方面浸透着饱满的时代精神，也在对生活中那些平凡而琐屑的人、事、物的眷念中蕴涵了生命的常理。对寻常事、平凡物的深切关注，赋予 20 世纪中国散文以深远的意境。现代散文作家也善于通过有限的物象，进入无限时空，从而对人生、历史、宇宙获得一种哲理性的感悟，臻至散文知性的最高层面。

2. 体验作者“观察点”的多元化　“理想的文体是种由思想内心生出来的，结果和思想成一整个，互为表里，像灵魂同躯壳一样地不能离开”（兰姆《读书杂感》，译者注》。每位作家的散文写作中都贯穿着自己独特的内在理路，即“观察点”，并付诸于一定的文体。现代散文家梁遇春曾引进英国作家本森关于“the point of view（观察点）实在是精研小品文学的神髓”的说法。所谓“观察点”是指散文展开笔意的一个立脚依据。它往往是虚构的，比如“凡是做小品文章的人，多数都装说自己是个单身汉而且是饱经世故的老人，因为单身汉同老头子对于一切事情常有种特别的观察点，说起话来也饶风趣”。应该说现当代散文作者比古代散文作者的个人化意识更强烈，在文中确立自我的意愿更强烈，表现出来的“自我”也更强大。这种观察点在现当代散文中尤其丰富，从而成为考察现当代散文的一个角度。梁遇春自己就对人生持有独特看法，即他所称的探索“人生之谜”。他对小品随笔体的理解也正是如此：“小品文的妙处也全在于我们能够从一个具有美妙的性格的作者眼睛里去看一看人生。”（《〈小品文选〉序》）其小品就有装成痴人、失恋者，假做一封来信和文后加按语等种种角度的[①]。此外，沈从文和刘亮程都自居农民，书写“乡下人”眼中的世态人情。现当代作家由于文化视野的广阔和个性更为自由的发挥，其“观察点”相应地更为独特。这一独特的观察点以及相应的叙述语调、视角的使用，才赋予了现当代散文别具一格的艺术性。

3. 感受语言之美　中国艺术散文的发展成长与中国诗性传统密不可分，艺术散文是在中国诗性文化的孕育中不断创新发展起来的，此现象突出表现在历代文人墨客为文用语时对语言的诗化运用上。20 世纪散文秉承中国诗性文化的传统，采用富于诗性的语言，使文章体现出诗性。相应的，文字浓淡相依，明隐结合，玲珑剔透，抑扬顿挫，写实和写意衔接自然，平实又有文采。

语言美的重要体现之一即音乐美。散文语言也常常经过精心修饰，体现出特有的音乐美，并主要表现于节奏之美。

语言节律即节奏与规律，是语音有规律地相间交替、循环往复产生的旋律，这种以音节物质为主要载体产生的音乐美在诗歌中表现得最为突出，但它并不是诗歌的专利。中国现代散文继承并发展了五四以前文学追求声音节律美的优良传统，不少现代散文家有的就是诗人，有的虽未作诗，但精通音律，极力提倡并在创作中身体力行，使现代散文语言富有音乐般的节奏。梁实秋认为字的声音、句的长短的恰当表达能提高散文的艺术美，仄声能传达表现悲苦情，响亮的声音则显欢乐的神情，长句子显示了温和弛缓，短句子代表强硬急迫[②]。其《雅舍小品》便是对节律美的实践。如《女人》分六段述说“女人说谎、女人善变、女人善哭、女人的嘴、女人胆小、女人聪明”，段落首句反复成排比，声韵回环往复成节奏，呼应自然；行文整散、长短句配合使用，骈散相宜，叠音押韵互现，形成语言的节律美。鲁迅写散文同样追求声音节奏美，往往是长短句交错，对偶、排比、重言互见，如“在无边的旷野上，在凛冽的天宇下，闪闪地旋转升腾着的是雨的惊魂。是的，那是孤独的雪，是

---

① 吴福辉：《〈梁遇春散文选〉序》.

② 梁实秋：《论散文》.

死掉的雨,是雨的惊魂”,营造出了散文的节律美。朱自清“注意每个字的意义,每一句的安排和音节,每一段的长短和衔接处”,对句式的运用颇为讲究,“短句使人敛;长句使人宛转;锁句……使人精细;散句使人平易;偶句使人凝整,峭拔。我所谓韵律却是广义的,散文里也有的,这韵律其实就是声音的自然的调节,凡是语言文字里都有的。韵律的性质,一部分随着字音的性质而变,大部分随着句的组织而变。”这种音乐的韵律出现在朱自清诸多名篇中,如《荷塘月色》中叠音、拟声、双声叠韵、声调平仄、对偶排比句式等相套叠,营造出上口悦耳的节奏旋律,具有强烈的音乐美。《桨声灯影里的秦淮河》中的声韵律、音顿律、长短律、平仄律等都表现明显。对音乐美的重视提升了现当代散文的艺术品格,赋予它们经久不息的艺术魅力。

【知识链接】

1. **散文与自由**　福斯特在称引奥威尔的观点时,也指出:“假如散文衰亡了,思想也将同样衰亡,人类相互沟通的所有最好的道路都将因此而切断。”倒过来看,道路一经切断,散文也就随同思想一起完结了。

(林贤治:《五十年:散文与自由的一种观察》)

2. **散文的严密与松散**　好的散文,它的本质是散的,但也必须具有诗的圆满,完整如珍珠,也具有小说的严密、紧凑如建筑。

(李广田:《谈散文》,《文艺书简》,上海:开明书店,1949 年)

3. **多元的风格追求**　鲁迅杂文的形式方面的特点是……(一)叙述与议论的形象化;(二)严谨而又活泼生动的逻辑结构;(三)简练隽永的、充满机智与幽默感的语言;(四)独特的、巧妙的讽刺和夸张的手法。

(钱谷融:《鲁迅杂文的艺术特色》)

曾惊秋肃临天下,敢遣春温上笔端。

(鲁迅:《亥年残秋偶作》)

4. **艺术家与美**　……孙犁最可贵的艺术品质就是对于美的崇尚和追求。读过孙犁作品的人,都难免被一种独特的艺术美所打动,这不仅表现在描述上的诗情画意,构思上的精巧别致,语言上的简洁秀美,更表现在作品中透露出来的艺术家倾心于美的情致……

【推荐书目】

[1] 鲁迅. 鲁迅散文全集[M]. 杭州:浙江文艺出版社,1991.
[2] 周作人. 周作人散文精编[M]. 杭州:浙江文艺出版社,2000.
[3] 林语堂. 林语堂三恩选集[M]. 广州:百花文艺出版社,2000.
[4] 钱钟书. 写在人生边上[M]. 北京:中国社会科学出版社,1990.
[5] 梁实秋. 雅舍小品[M]. 石家庄:河北教育出版社,1994.
[6] 傅雷. 傅雷家书[M]. 上海:三联书社,1981.
[7] 余光中. 余光中散文选集[M]. 长春:时代文艺出版社,1997.

[8] 巴金.随想录[M].北京:人民文学出版社,1981.

[9] 贾平凹.贾平凹散文自选集[M].桂林:漓江出版社,1987.

[10] 余秋雨.文化苦旅[M].北京:东方出版中心,1992.

[11] 王小波.我的精神家园[M].北京:文化艺术出版,1996.

[12] 董桥.董桥散文精选集[M].桂林:广西师范大学出版社,2003.

【思考与练习】

1. 散文和诗歌的关系是怎样的?

2. 中国古代散文和现当代散文的内在精神联系。

3. "文学是要和哲学不分彼此,才庄严,才伟大。哲学的起点便是文学的核心。只是浅薄的、庸琐的、渺小的文学,才专门注意花叶的美茂,而忘掉了那最原始、最宝贵的类似哲学的仁子,给投在文学的园地上,便是莫大的贡献,无量的功德。"(闻一多:《庄子》)你如何理解说理散文中文学与哲学的关系?

4. 20 世纪散文作品中的现代性和自由感具体有些什么体现?

5. 古今中外文化交融对 20 世纪中国散文产生了哪些影响?

6. 你如何理解《秋海棠》中的"秋海棠"这一意象?

7. 在众多的散文风格中,你最青睐哪一种?为什么?举作品为例谈一谈。

第四部分　小说鉴赏

【知识目标】

了解传奇的审美特征

掌握小说的鉴赏方法

【能力目标】

能掌握小说这一文学体裁的发展脉络

能从小说的结构艺术方面鉴赏小说

第一单元　中国古代小说鉴赏

一、中国古代小说名作范例与赏析

小说范例 1

红　线

红线，潞州节度使薛嵩青衣[1]，善弹阮[2]，又通经史，嵩遣掌笺表，号曰内记室[3]。时军中大宴，红线谓嵩曰："羯鼓之音颇调悲[4]，其击者必有事也。"嵩亦明晓音律，曰："如汝所言。"乃召而问之，云："某妻昨夜亡，不敢乞假。"嵩遽遣放归。

时至德之后[5]，两河未宁[6]，初置昭义军以釜阳为镇[7]，命嵩固守，控压山东[8]。杀伤之余，军府草创。朝廷复遣嵩女嫁魏博节度使田承嗣男[9]，男娶滑州节度使令狐彰女[10]；三镇互为姻娅，人使日浃往来[11]。而田承嗣常患热毒风，遇夏增剧。每曰："我若移镇山东，纳其凉冷，可缓数年之命。"乃募军中武勇十倍者得三千人，号"外宅男"，而厚恤养之。常令三百人夜直州宅[12]。卜选良日，将迁潞州。嵩闻之，日夜忧闷，咄咄自语，计无所出。

时夜漏将传，辕门已闭。杖策庭除，唯红线从行。红线曰："主自一月，不遑寝食。意有所属，岂非邻境乎？"嵩曰："事系安危，非汝能料。"红线曰："某虽贱品，亦有解主忧者。"嵩乃具告其事，曰："我承祖父遗业，受国家重恩，一旦失其疆土，即数百年勋业尽矣。"红线曰："易尔。不足劳主忧。乞放某一到魏郡，看其形势，觇其有无。今一更首途[13]，三更可以复命。请先定一走马兼具寒暄书，其他即俟某却回也。”嵩大惊曰：“不知汝是异人，我之暗也。然事若不济，反速其祸，奈何？”红线曰：“某之行，无不济者。”乃入闺房，饰其行具。梳乌蛮髻，攒金凤钗，衣紫绣短袍，系青丝轻履。胸前佩龙文匕首，额上书太乙神名[14]。再拜而倏忽不见。

嵩乃返身闭户，背烛危坐。常时饮酒数合，是夕举觞十余不醉。忽闻晓角吟风[15]，一叶坠露，惊而试问，即红线回矣。嵩喜而慰问曰：“事谐否？”曰：“不敢辱命。”又问曰：“无伤杀否？”曰：“不至是。但取床头金合为信耳。”红线曰：“某子夜前三刻[16]，即到魏郡，凡历数门，遂乃寝所。闻‘外宅男’止于房廊，睡声雷动。见中军士卒，步于庭庑，传呼风生。某发其左扉，抵其寝帐。见田亲家翁正于帐内，鼓趺酣眠，头枕文犀[17]，髻包黄縠，枕前露囊一七星剑。剑前仰开一金合，合内书生身甲子与北斗神名[18]；复有名香美珍，散覆其上。扬威玉帐，但期心豁于生前[19]；同梦兰堂，不觉命悬于手下。宁劳擒纵，只益伤嗟。时则蜡炬光凝，炉香烬煨，侍人四布，兵器森罗。或头触屏风，鼾而亸者[20]；或手持巾拂，寝而伸者。某拔其簪珥，縻其襦裳，如病如昏，皆不能寤；遂持金合以归。既出魏城西门，将行二百里，见铜台高揭，而漳水东注；晨飙动野[21]，斜月在林。忧往喜还，顿忘于行役；感知酬德，聊副于心期。所以夜漏三时，往返七百余里；入危邦，经五六城；冀减主忧，敢言其苦。”

嵩乃发使遗承嗣书曰：“昨夜有客从魏中来，云：自元帅头边获一金合，不敢留驻[22]，谨却封纳[23]。”专使星驰，夜半方到。见搜捕金合，一军忧疑。使者以马挝扣门[24]，非时请见。承嗣遽出，以金合授之。捧承之时，惊怛绝倒[25]。遂驻使者止于宅中，狎以宴私，多其赐赉。明日遣使赍缯帛三万匹，名马二百匹，他物称是，以献于嵩曰：“某之首领，系在恩私。便宜知过自新，不复更贻伊戚。专膺指使，敢议姻亲。役当奉毂后车[26]，来则挥鞭前马。所置纪纲仆号为外宅男者，本防宅盗，亦非异图。今并脱其甲裳，放归田亩矣。”由是一两月内，河北河南，人使交至。

而红线辞去。嵩曰：“汝生我家，而今欲安在？又方赖汝，岂可议行？”红线曰：“某前世本男子，历江湖间，读神农药书，救世人灾患。时里有孕妇，忽患蛊症[27]，某以芫花酒下之，妇人与腹中二子俱毙。是某一举，杀三人。阴司见诛，降为女子。使身居贱隶，而气禀贼星[28]，所幸生于公家，今十九年矣，身厌罗绮，口穷甘鲜，宠待有加，荣亦至矣。况国家建极，庆且无疆。此辈背违天理，当尽弭患。昨往魏郡，以示报恩。两地保其城池，万人全其性命，使乱臣知惧，烈士安谋。某一妇人，功亦不小。固可赎其前罪，还其本身。便当遁迹尘中，栖心物外，澄清一气，生死长存。”嵩曰：“不然，遗尔千金为居山之所给。”红线曰：“事关来世，安可预谋。”嵩知不可驻，乃广为饯别；悉集宾客，夜宴中堂。嵩以歌送红线，诸坐客中冷朝阳为词曰：“《采菱》歌怨木兰舟，送别魂消百尺楼。还似洛妃乘雾去[29]，碧天无际水长流。”歌毕，嵩不胜悲。红线拜且泣，因伪醉离席，遂亡其所在。

[1]“潞州节度使”：潞州，唐州名，治所在今山西省长治市。薛嵩：初唐大将薛仁贵孙子，曾参与安禄山叛乱，后降唐。青衣：婢女。

[2]阮：琵琶之类的乐器。

[3]内记室:身边的秘书。

[4]羯(jié,音洁)鼓:羯族所用的鼓,桶状,两头可击。

[5]至德:唐肃宗李亨年号。

[6]两河未宁:黄河南北岸地区不安定。

[7]昭义军:即昭义军节度使,约辖河北邢台、山西浊漳河、丹河流域一带。

[8]山东:太行山以东。

[9]魏博节度使田承嗣:田承嗣,初为安禄山部将,降唐,封魏、博、德、沧、瀛五州节度使,治所在魏州,故称魏博节度使。

[10]滑州节度使令狐彰:令狐彰,初为安禄山部将,降唐,封滑、亳等六州节度使。滑州,治所在今河南省滑县。

[11]浃日(jiá,音夹)往来:往来频繁。浃,从申日至癸日循环一周共十天,称浃日。

[12]直:同"值",值班守卫。

[13]首途:动身,起程。

[14]太乙神:道教所崇奉的北极星神。

[15]晓角:军队早晨所吹的号角。

[16]子夜前三刻:子夜,半夜。刻,约十五分钟。

[17]文犀:绣有花纹的犀皮枕头。

[18]生身甲子北斗神:生身甲子,生辰八字。北斗神,道教所崇奉的神。

[19]但期心豁于生前:意即只希望活着的时候能够称心愉快。

[20]鼾而軃(duò,音朵)者:打呼噜,头低垂的人。

[21]飚:暴风。

[22]驻:留。

[23]却:退回。

[24]马挝:马鞭。

[25]怛:惊愕,恐惧。

[26]奉毂:随从侍奉。

[27]蛊症:腹中生虫的病。

[28]气禀贼星:即命应贼星。古时迷信,以为每人均与某星相应,盗盒属于偷窃,故云。

[29]洛妃:即洛神。曹植曾写《洛神赋》,描写他在洛水之上见一美女,顾盼生姿,但不久即逝去,令他思恋不寐。

赏析

据计有功《唐诗纪事》记载,唐潞州节度使薛嵩有一侍婢,善弹阮,其手纹隐起如红线,因以红线明之,这是作品中红线这个人物的原型,经过作者的匠心经营,竟然成为一个光彩夺目的奇女子形象。

作品描写红线以非凡的手段闯过禁卫，夜入内室，盗取宝盒，以此慑服了魏博节度使田承嗣，制止了即将发生的一场战争。这当然是一个虚构的故事，却也反映了唐朝藩镇割据时代的社会心理动向。安史之乱后，藩镇间互相攻伐，兵连祸结，民不聊生。朝廷为了安抚安史旧部，任命其为节度使。薛嵩、田承嗣等就是此类人物。薛嵩对朝廷顺从，田承嗣则桀骜不驯，诡谲狡诈，朝廷任命比较顺从的薛嵩来对付不顺从的田承嗣，但事实上，人民饱受战乱之苦，很希望有一种超现实的力量，不动一刀一枪，就能制止令人厌倦的战争。红线这一人物的出现，正代表了百姓心中未能明确表达的希望。

红线是一个奇女子，最引人注目、令人啧啧称奇的莫过于她盗宝过程中表现出的高超的本领。她飞檐走壁，夜行千里，深入虎穴，来去无踪，这种神奇本领，任何男子也难以望其项背，实为前此文学作品所未见。写她的出行只"倏忽不见"四字，归回时候，作品中这样写"忽闻晓角吟风，一叶坠露，惊而试问，即红线回矣"。"晓角吟风"写出清晨军营凄清的氛围，"一叶坠露"写红线的动作轻盈，"惊而试问"则从薛嵩心底写出，作一反衬。红线出发后，薛嵩感到吉凶未卜，忐忑不安，听到户外有轻微响动，疑是红线归来，但还是不自信，因此"试问"，这里作者以轻灵之笔描写红线，是虚笔。下面红线盗宝盒经过，则是实笔。作者写她的一连串动作是："到魏郡""历数门""及寝所""发其左扉""抵其寝帐""持金盒""出魏城西门"……文字极简，而给人迅速利落的感觉。

红线的奇，还表现在她的思想、性格等方面。她身为婢女，却深明大义，对乱臣贼子深恶痛绝。而且有感恩图报的观念，薛嵩对她有知遇之恩，她像春秋时期的士一样，"感知酬德"，愿为知己者死。最后，红线的辞去，有似于古人所说的"功成身退"，她要修身练气，以求长生。

这篇作品除了叙事方面的特点，值得一提的还有它的整体框架，以盗宝盒事件为中心，事件起因与结尾分置前后，一气贯穿。结尾写出了两个结果：一是田承嗣惊悸之余，改弦易辙；一是红线心愿已了，飘然而去。两条线似了未了，余音袅袅。

小说范例 2

《红楼梦》第十八回　隔珠帘父女勉忠勤　搦湘管姊弟裁题咏

话说彼时有人回，工程上等着糊东西的纱绫，请凤姐去开库；又有人来回，请凤姐收金银器皿。王夫人并上房丫鬟等皆不得空儿。宝钗因说道："咱们别在这里碍手碍脚。"说着，和宝玉等便往迎春房中来。

王夫人日日忙乱，直到十月里才全备了：监办的都交清帐目；各处古董文玩，俱已陈设齐备；采办鸟雀，自仙鹤、鹿、兔以及鸡、鹅等，亦已买全，交于园中各处饲养；贾蔷那边也演出二三十出杂戏来；一班小尼姑、道姑也都学会念佛诵经。于是贾政略觉心中安顿。遂请贾母到园中，色色斟酌，点缀妥当，再无些微不合之处，贾政才敢题本。本上之日，奉旨："于明年正月十五日上元之日贵妃省亲。"贾府奉了此旨，一发日夜不闲，连年也不能好生过了。

转眼元宵在迩。自正月初八，就有太监出来先看方向，何处更衣，何处燕坐，何处受礼，何处开宴，何处退息。又有巡察地方总理关防太监，带了许多小太监来各处关防，挡围幕，指示贾宅人员何处出入，何处进膳，何处启事种种仪注。外面又有工部官员并五城兵马司打扫街道，撵逐闲人。贾赦等监督匠人扎花灯烟火之类，至十四日，俱已停妥。这一夜，上下通不曾睡。

至十五日五鼓，自贾母等有爵者，俱各按品大妆。此时园内帐舞蟠龙，帘飞绣凤，金银焕彩，珠宝生辉，鼎焚百合之香，瓶插长春之蕊，静悄悄无一人咳嗽。贾赦等在西街门外，贾母等在荣府大门外。街头巷口，用围幕挡严。正等的不耐烦，忽见一个太监骑着匹马来了，贾政接着，问其消息。太监道："早多着呢！未初用晚膳，未正还到宝灵宫拜佛，酉初进大明宫领宴看灯方请旨。只怕戌初才起身呢。"凤姐听了道："既这样，老太太和太太且请回房，等到了时候再来也还不迟。"于是贾母等自便去了。园中俱赖凤姐照料。执事人等，带领太监们去吃酒饭，一面传人挑进蜡烛，各处点起灯来。

忽听外面马跑之声不一，有十来个太监，喘吁吁跑来拍手儿。这些太监都会意，知道是来了，各按方向站立。贾赦领合族子弟在西街门外，贾母领合族女眷在大门外迎接，半日静悄悄的。忽见两个太监骑马缓缓而来，至西街门下了马，将马赶出围幕之外，便面西站立；半日又是一对，亦是如此。少时便来了十来对，方闻隐隐鼓乐之声。一对对凤龙旌，雉羽宫扇，又有销金提炉，焚着御香，然后一把曲柄七凤金黄伞过来，便是冠袍带履，又有执事太监捧着香巾、绣帕、漱盂、拂尘等物。一队队过完，后面方是八个太监抬着一顶金顶鹅黄绣凤銮舆，缓缓行来。贾母等连忙跪下。早有太监过来，扶起贾母等来，将那銮舆抬入大门往东一所院落门前，有太监跪请下舆更衣。于是入门，太监散去，只有昭容、彩嫔等引着元春下舆。只见苑内各色花灯闪烁，皆系纱绫扎成，精致非常。上面有一灯匾，写着"体仁沐德"四个字。元春入室更衣，复出上舆进园。只见园中香烟缭绕，花影缤纷，处处灯光相映，时时细乐声喧，说不尽这太平景象，富贵风流。

却说贾妃在轿内看了此园内外光景，因点头叹道："太奢华过费了。"忽又见太监跪请登舟。贾妃下舆登舟，只见清流一带，势若游龙，两边石栏上，皆系水晶玻璃各色风灯，点的如银光雪浪；上面柳杏诸树，虽无花叶，却用各色绸绫纸绢及通草为花，粘于枝上，每一株悬灯万盏；更兼池中荷荇凫鹭诸灯，亦皆系螺蚌羽毛做就的，上下争辉，水天焕彩，真是玻璃世界，珠宝乾坤。船上又有各种盆景，珠帘绣幕，桂楫兰桡，自不必说了。

已而入一石港，港上一面匾灯，明现着"蓼汀花溆"四字。看官听说：这"蓼汀花溆"及"有凤来仪"等字，皆系上回贾政偶试宝玉之才，何至便认真用了？想贾府世代诗书，自有一二名手题咏，岂似暴富之家，竟以小儿语搪塞了事呢？只因当日这贾妃未入宫时，自幼亦系贾母教养。后来添了宝玉，贾妃乃长姊，宝玉为幼弟，贾妃念母年将迈，始得此弟，是以独爱怜之。且同侍贾母，刻不相离。那宝玉未入学之先，三四岁时，已得元妃口传教授了几本书，识了数千字在腹中。虽为姊弟，有如母子。自入宫后，时时带信出来与父兄说："千万好生扶养：不严不能成器，过严恐生不虞，且致祖母之忧。"眷念之心，刻刻不忘。前日贾政闻塾师赞他尽有才情，故于游园时聊一试之，虽非名公大笔，却是本家风味；且使贾妃见之，知爱弟所为，亦不负其平日切望之意。因此故将宝玉所题用了。那日未题完之处，后来又补题了许多。

且说贾妃看了四字，笑道：“‘花溆’二字便好，何必‘蓼汀’？”侍坐太监听了，忙下舟登岸，飞传与贾政，贾政即刻换了。彼时舟临内岸，去舟上舆，便见琳宫绰约，桂殿巍峨，石牌坊上写着“天仙宝境”四大字，贾妃命换了“省亲别墅”四字。于是进入行宫，只见庭燎绕空，香屑布地，火树琪花，金窗玉槛；说不尽帘卷虾须，毯铺鱼獭，鼎飘麝脑之香，屏列雉尾之扇。真是：金门玉户神仙府，桂殿兰宫妃子家。贾妃乃问：“此殿何无匾额？”随侍太监跪启道：“此系正殿，外臣未敢擅拟。”贾妃点头。礼仪太监请升座受礼，两阶乐起。二太监引赦、政等于月台下排班上殿，昭容传谕曰：“免。”乃退。又引荣国太君及女眷等自东阶升月台上排班，昭容再谕曰：“免。”于是亦退。

茶三献，贾妃降座，乐止，退入侧室更衣，方备省亲车驾出园。至贾母正室，欲行家礼，贾母等俱跪止之。贾妃垂泪，彼此上前厮见，一手挽贾母，一手挽王夫人，三人满心皆有许多话，但说不出，只是呜咽对泣而已。邢夫人、李纨、王熙凤、迎春、探春、惜春等，俱在旁垂泪无言。半日，贾妃方忍悲强笑，安慰道：“当日既送我到那不得见人的去处，好容易今日回家，娘儿们这时不说不笑，反倒哭个不了，一会子我去了，又不知多早晚才能一见！”说到这句，不禁又哽咽起来。邢夫人忙上来劝解。贾母等让贾妃归坐，又逐次一一见过，又不免哭泣一番。然后东西两府执事人等在外厅行礼。其媳妇丫鬟行礼毕。贾妃叹道：“许多亲眷，可惜都不能见面！”王夫人启道：“现有外亲薛王氏及宝钗黛玉在外候旨。外眷无职，不敢擅入。”贾妃即请来相见。一时薛姨妈等进来，欲行国礼，元妃降旨免过，上前各叙阔别。又有原带进宫的丫鬟抱琴等叩见，贾母连忙扶起，命入别室款待。执事太监及彩嫔昭容各侍从人等，宁府及贾赦那宅两处自有人款待，只留三四个小太监答应。母女姊妹，不免叙些久别的情景及家务私情。

又有贾政至帘外问安行参等事。元妃又向其父说道：“田舍之家，盐布帛，得遂天伦之乐；今虽富贵，骨肉分离，终无意趣。”贾政亦含泪启道：“臣草芥寒门，鸠群鸦属之中，岂意得征凤鸾之瑞。今贵人上锡天恩，下昭祖德，此皆山川日月之精华，祖宗之远德，钟于一人，幸及政夫妇。且今上体天地生生之大德，垂古今未有之旷恩，虽肝脑涂地，岂能报效万一！惟朝乾夕惕，忠于厥职。伏愿圣君万岁千秋，乃天下苍生之福也。贵妃切勿以政夫妇残年为念。更祈自加珍爱，惟勤慎肃恭以侍上，庶不负上眷顾隆恩也。”贾妃亦嘱以“国事宜勤，暇时保养，切勿记念”。贾政又启：“园中所有亭台轩馆，皆系宝玉所题；如果有一二可寓目者，请即赐名为幸。”元妃听了宝玉能题，便含笑说道：“果进益了。”贾政退出。元妃因问：“宝玉因何不见？”贾母乃启道：“无职外男，不敢擅入。”元妃命引进来。小太监引宝玉进来，先行国礼毕，命他近前，携手揽于怀内，又抚其头颈笑道：“比先长了好些——”一语未终，泪如雨下。

……

赏析

《红楼梦》中写人物，往往通过白描手法，将人物心理状态刻画得淋漓尽致。看似平实简单的对话，却蕴含着极为丰富的内容。

第十八回《隔珠帘父女勉忠勤，搦湘管姊弟裁题咏》是全书中的一场重戏，写得精彩纷呈，其中场景的恢弘、人物精神风貌的传神，自不待言，即于细微处，往往不着任何色彩，于平铺直叙中，把要表达的内容尽表达出来。如贾政向贾元春行参见之礼一节，就用白描的手法，准确、生动地将贾元春的情感变化，以及贾政的矛盾心情，都生动地表现出来。

且看这一段是怎么写的：

当贾政至帘外问安时，贾妃隔帘"含泪谓其父曰：田舍之家，虽齑盐布帛，终能聚天伦之乐，今虽富贵已极，骨肉各方，然终无意趣！""含泪"二字，将贾元春面对父亲时的情感表达了出来，所说的话，都是出自于肺腑，慨叹自己虽然贵为皇妃，但这种身份之贵，比不上人家田舍之家的天伦之乐。在皇妃荣耀的背后，是骨肉各方的痛苦。这是发自贾元春内心的语言，对自己的父亲，基本上是不加掩饰地表达出来。贾政是怎么回答和表现的呢？贾政"亦含泪启道：'臣，草莽寒门，鸠群鸦属之中，岂意得征凤鸾之瑞。今贵人上锡天恩，下昭祖德，此皆山川日月之精奇，祖宗之远德钟于一人，幸及政夫妇。且今上启天地生物之大德，垂古今未有之旷恩，虽肝脑涂地，臣子岂能得报于万一！惟朝乾夕惕，忠于厥职外，愿我君万寿千秋，乃天下苍生之同幸也。贵妃切勿以政夫妇残年为念，懑愤金怀，更祈自加珍爱，惟业业兢兢，勤慎恭肃以侍上，庶不负上体贴眷爱如此之隆恩也。'"贾政"亦含泪"，说明什么呢？说明作为父亲，他听明白了女儿的话，对女儿的真情实感，他在内心是有所回应的，他也懂得女儿身处皇室的不易。但从贾政嘴里说出来的话，就是另一回事了，冠冕堂皇，完全符合礼制规范，一是表达了作为臣子，对女儿入选贵妃这件事，感恩戴德、诚惶诚恐之心；二是叮嘱自己的女儿，要好好侍俸皇上，以报答皇上的恩德，只有这样，才是"自加珍爱"。你看，贾政在说这番话时，眼中虽然含泪，但面孔是臣子的严肃恭谨，嘴巴里讲出的话，是无可挑剔的官方辞令。面对这样的话，贾元春还能继续表达自己的真情吗？不会的。所以，接下来的贾元春，迅速改变成一种与贾政恭肃相对应的态度，"贾妃亦嘱'只以国事为重，暇时保养，切勿记念'等语'"以官话对官话，以套话对套话，父女之情看不见了，只有君臣之礼。

这一段文字，用的是白描的手法，表现的是贾元春与贾政的一对一答，语言完全符合人物的身份，于不经意间，将人物的最微妙的情感变化，都表现了出来。曹雪芹的笔力，确为古今古外所罕有。

小说范例3

画　皮

太原王生早行，遇一女郎，抱襆独奔[1]，甚艰于步，急走趁之[2]，乃二八姝丽[3]。心相爱乐，问："何夙夜踽踽独行？[4]"女曰："行道之人，不能解愁忧，何劳相问。"生曰："卿何愁忧？[5]或可效力不辞也。”女黯然曰：“父母贪赂，鬻妾朱门[6]。嫡妒甚，朝詈而夕楚辱之[7]，所弗堪也，将远遁耳。”问：“何之？”曰：“在亡之人[8]，乌有定所。”生言：“敝庐不远，即烦枉顾[9]。”女喜从之。生代携襆物，导与同归。女顾室无人，问：“君何无家口？”答云：“斋耳。”女曰：“此所良佳。如怜妾而活之，须秘密勿泄。”生诺之。乃与寝合。使匿密室，过数日而人不知也。生微告妻。妻陈，疑为大家媵妾[10]，劝遣之，生不听。

偶适市，遇一道士，顾生而愕。问：“何所遇？”答言：“无之。”道士曰：“君身邪气萦绕，何言无？”生又力白。道士乃去，曰：“惑哉！世固有死将临而不悟者！”生以其言异，颇疑女。转思明明丽人，何至为妖，意道士借魇禳以猎食者[11]。无何，至斋门，门内杜不得入[12]，心疑所作，乃逾垝垣[13]，则室门已闭。蹑足而窗窥之，见一狞鬼，面翠色，齿巉巉如锯[14]，铺人皮于榻上，执彩笔而绘之。已而掷笔，举皮如振衣状，披于身，遂化为女子。睹此状，大惧，兽伏而出。急追道士，不知所往。遍迹之[15]，遇于野，长跪求救，请遣除之。道士曰：“此物亦良苦，甫能觅代者[16]，予亦不忍伤其生。”乃以蝇拂授生，令挂寝门。临别约会于青帝庙。生归，不敢入斋，乃寝内室，悬拂焉。一更许，闻门外戢戢有声[17]，自不敢窥，使妻窥之。但见女子来，望拂子不敢进，立而切齿，良久乃去。少时复来，骂曰：“道士吓我，终不然，宁入口而吐之耶！”取拂碎之，坏寝门而入，径登生床，裂生腹，掬生心而去。妻号。婢入烛之，生已死，腔血狼藉。陈骇涕不敢声。

明日使弟二郎奔告道士。道士怒曰：“我固怜之，鬼子乃敢尔！”即从生弟来。女子已失所在。既而仰首四望，曰：“幸遁未远。”问：“南院谁家？”二郎曰：“小生所舍也。”道士曰：“现在君所。”二郎愕然，以为未有。道士问曰：“曾否有不识者一人来？”答曰：“仆早赴青帝庙，良不知，当归问之。”去少顷而返，曰：“果有之，晨间一妪来，欲佣为仆家操作，室人止之，尚在也。”道士曰：“即是物矣。”遂与俱往。仗木剑立庭心，呼曰：“孽鬼！偿我拂子来！”妪在室，惶遽无色，出门欲遁，道士逐击之。妪仆，人皮划然而脱，化为厉鬼，卧嗥如猪。道士以木剑枭其首[18]。身变作浓烟，匝地作堆[19]。道士出一葫芦，拔其塞，置烟中，飗飗然如口吸气[20]，瞬息烟尽。道士塞口入囊。共视人皮，眉目手足，无不备具。道士卷之，如卷画轴声，亦囊之，乃别，欲去。

陈氏拜迎于门，哭求回生之法。道士谢不能。陈益悲，伏地不起。道士沉思曰：“我术浅，诚不能起死。我指一人或能之。”问：“何人？”曰：“市上有疯者，时卧粪土中，试叩而哀之。倘狂辱夫人，夫人勿怒也。”二郎亦习知之[21]，乃别道士，与嫂俱往。见乞人颠歌道上，鼻涕三尺，秽不可近。陈膝行而前。乞人笑曰：“佳人爱我乎？”陈告以故。又大笑曰：“人尽夫也，活之何为！”陈固哀之。乃曰：“异哉！人死而乞活于我，我阎罗耶？”怒以杖击陈，陈忍痛受之。市人渐集如堵。乞人咯痰唾盈把，举向陈吻曰：“食之！”陈红涨于面，有难色；既思道士之嘱，遂强啖焉[22]。觉入喉中，硬如团絮，格格而下，停结胸间。乞人大笑曰：“佳人爱我哉！”遂起，行已不顾。尾之[23]，入于庙中。迫而求之，不知所在，前后冥搜[24]，殊无端兆，惭恨而归。既悼夫亡之惨，又悔食唾之羞，俯仰哀啼，但愿即死。方欲展血敛尸，家人伫望，无敢近者。陈抱尸收肠，且理且哭。哭极声嘶，顿欲呕，觉膈中结物[25]，突奔而出，不及回首，已落腔中。惊而视之，乃人心也，在腔中突突犹跃，热气腾蒸如烟然。大异之。急以两手合腔，极力抱挤。少懈，则气氤氲自缝中出，乃裂缯帛[26]，急束之。以手抚尸，渐温，覆以衾裯[27]。中夜启视，有鼻息矣。天明竟活。为言：“恍惚若梦，但觉腹隐痛耳。”视破处,痂结如钱,寻愈[28]。

异史氏曰:“愚哉世人!明明妖也而以为美。迷哉愚人!明明忠也而以为妄。然爱人之色而渔之[29],妻亦将食人之唾而甘之矣。天道好还[30],但愚而迷者不悟耳。哀哉!”

[1]襆(fú):包袱。

[2]趁:追赶。

[3]二八:指十六岁。姝:美女。

[4]夙夜:本指早晚。夙,意为早。这里单指早,清晨。踽踽:孤零零的样子。

[5]卿:古时君对臣或男对女表示亲切的称呼。

[6]鬻(yù):卖。

[7]詈:骂。楚:用棍杖毒打责罚。

[8]亡:逃跑。

[9]枉:委屈。枉顾为邀请对方的客套话。

[10]媵(yìng)妾:本指古代诸侯之女从嫁的妹妹、侄女,后亦泛指妾。

[11]魇禳:古代的一种驱赶鬼怪消除灾殃的迷信活动。猎食:谋食,混饭吃。

[12]杜:阻塞,断绝。这里指闩住。

[13]垝垣:倾颓倒坍的墙壁。

[14]巉巉:山势高险的样子,这里形容恶鬼的牙齿长而尖利。

[15]迹:踪迹,这里用作动词,意为寻访踪迹。

[16]甫:刚刚。代者:替代的人。迷信说法,某些鬼只有找到替代的人,才能重新投生做人。

[17]戢:鱼唼水的声音,这里形容鬼的声响。

[18]枭:砍下头来。

[19]匝:环绕。

[20]飗飗(liú):形容风声。

[21]习知:熟知。

[22]啖:吃。

[23]尾:此作动词,意为追随、跟踪。

[24]冥搜:苦苦寻找。冥,幽深。

[25]膈:胸膈,指胸腔和腹腔之间。

[26]缯帛:丝绸等物,缯是古代对丝织品的统称。

[27]衾裯:指被子。

[28]寻:不久。

[29]渔:本指打鱼,这里指对女色的设计勾引,网罗。

[30]天道好还:即善有善报,恶有恶报之意。

赏析

本篇出自蒲松龄的《聊斋志异》，作品通过一个“愚而迷”的书生因贪图美色，招引来路不明女子回家，后被恶鬼挖去心肝害死的故事，揭露了现实生活中骗人害人的两面派的蛇蝎心肠和鬼蜮伎俩，告诫人们要善于识破害人者的伪装，避免上当受骗。

篇名《画皮》，作品的重点正在于揭露吃人的恶鬼，是如何披着美丽的外衣骗人害人。恶鬼一开始先是身着美丽的画皮，因此王生看到的是一位楚楚动人的淑女，又加上恶鬼编造父母贪财把自己卖为妾，备受夫家大老婆凌辱的不幸遭遇，使得王生动了恻隐之心，后来王生发现恶鬼的本来面目，将道士的蝇拂挂在门上，但是恶鬼还是将王生害死，并且没有因此罢休，又以老妇的身份出现在二郎家求佣，企图继续作恶。这一点，又充分说明，恶鬼吃人的本质是不会改变的。

作者借篇中的恶鬼形象，概括了现实生活中形形色色的两面派之狡诈与狠毒，表现作者的痛恶。这一形象，既是当时社会实际的艺术反映，又有相当的普遍意义，在今天仍有其认识意义。

二、中国古代小说的审美特点和鉴赏路径

（一）中国古代小说的审美特点与类别

小说起源于劳动。鲁迅先生说：“人在劳动时，既用歌咏以自娱，借它忘却劳苦了，则到休息时，亦必要寻一种事情以消遣闲暇。这种事情，就是彼此谈论故事，而这谈论故事，正就是小说的起源。”

我国古代小说的发展，大致经历了如下几个阶段：

上古到先秦两汉，是我国小说的酝酿和萌芽时期。主要是先秦的寓言故事。如《精卫填海》《鲧禹治水》等。这些寓言故事，也促成了小说的孕育和形成。

魏晋南北朝时期我国的小说初具规模，出现了志怪、志人小说，这一时期的小说情节结构比较简单、粗略，多截取人物的只言片语，被称为笔记小说。主要作品有干宝的《搜神记》、张华的《博物志》等。

唐代，这时期写小说成为文人有意识的创作活动，他们创作的文言短篇小说，被称为唐代传奇。唐代传奇的出现，标志着我国古典小说的成熟。唐代传奇大都形象鲜明，情节曲折，结构完整，文辞华美，在艺术上有较高的成就。著名的有元稹的《莺莺传》，李朝威的《柳毅传》和白行简的《李娃传》。

传奇小说发展到宋代就衰落了，随之兴起的是白话小说——“话本”，即民间说话人所用的故事的底本。话本经过文人加工，就变成了话本小说和演义小说。至此，才以小说作为故事性文体的专称。宋代话本没有流传下来多少，总共约有二三十篇，比较有名的有《错斩崔宁》《快嘴李翠莲记》等。话本的出现是“小说史上一大变迁”，它对中国古代小说的发展产生了极为深远的影响。话本比以前的小说有许多新的发展，故事性强，情节动人，结构精巧，着重人物行动和对话的描写，并开始运用具有典型意义的细节刻画人物性

格，环境描写真实生动，语言通俗、朴素、幽默。

明代出现了"拟话本"，即明代文人模仿话本的体制、形式进行创作的小说。拟话本的题材更加广泛，情节更加曲折，描写更加细腻。

明清时代，我国古代小说发展到了高峰，产生了一大批伟大不朽的名著，如《三国演义》《水浒》《西游记》《聊斋志异》《儒林外史》《红楼梦》等。

一般说来，我国古代小说有如下特点：

(1)注意人物行动、语言和细节的描写，在矛盾冲突中展示人物形象。但人物性格单一，少变化，缺乏立体感。现代小说多注重人物的心理描写，强调挖掘人物内心的潜意识。而我国古代小说则着重于描绘事物之间持久的联系和人与人之间比较明显的矛盾冲突，把刻画人物的行动、语言和具有典型意义的细节做为塑造人物形象的重要手段。如《水浒》随着主要人物的出场，引出一系列的矛盾冲突，通过人物的对话来提示他们的身份和彼此间的关系，表现他们的性格。在故事的高潮，突出其英雄形象，通过细节的描写体现了结构的缜密，也为情节的发展埋下伏笔。

我国古代小说多为英雄传奇，为了表现人物叱咤风云的英雄人生，作者往往在户外安排了一个个便于其施展非凡勇力和过人智慧的场所；他们或南征北战、纵横驰骋，或行色匆匆、长亭短亭，频繁地转换着活动空间。他们所遇到的一个个矛盾冲突也是外在的，很少人物内心激烈的思想冲突：或沙场较武、杀几员战将，或晓风残月、吟诗斗智。作者的笔触很少深入人物的内心世界，仅靠人物的行动和语言来塑造人物。

由于缺乏人物内在世界的真实凸现，人物的性格往往是由作者规定好了的，人物的语言和行动往往只围绕人物的主要性格，缺少变化和行动的依据，因此，这样的人物性格比较单一，不丰满，缺乏立体感。如《三国演义》中的英雄人物张飞，除了忠这一封建臣子的共性以外，就只有勇猛这个性格特征了，他的一系列言行只是这个性格的注脚，缺少发展变化。如丈八长矛、大吼三声、刚硬的扎须都是这一性格特征的外部表现。还有许多作品亦如此，在其主要人物出场之际，作者就通过概括介绍规定好了他的性格，在以后的情节发展中仍然如此，缺少变化。

(2)情节曲折，故事完整，这是我国古代小说独特的艺术传统。唐传奇中许多名篇的布局，异常宏伟、严谨而巧妙，故事情节的发展富于戏剧性，头尾完整，中间一步步展开各种复杂的矛盾冲突而始终围绕一条主线，显得紧凑、明晰。明清长篇小说，一部作品往往有虚写、有实写、有详写、有略写，各得其所。在具体的描写中巧妙地运用各种记叙方法，参差错落，波澜起伏，曲折有致，显得摇曳多姿。如《水浒传》，作品紧紧围绕"官逼民反"这条总线索展开引人入胜的情节，从林冲被逼上梁山，到"智取生辰纲""花荣大闹清风寨""宋公明三打祝家庄"等。大小事件都写得腾挪跌宕，变化多端，既反映了起义由小到大的整个过程，也揭示了小说"官逼民反"的主题。而故事情节即使是短篇小说也是全始全终，首尾完整，基本上可分为开端、发展、高潮和结局。

(3)语言准确简练，生动流畅，富于个性化。这是古代小说吸收民间口语、继承古代散文的传统而形成的又一重要特点。古代小说从话本发展而来，汲取了民间口语的丰富营养，又经文人的艺术加工，取得了突出的语言成就。无论叙述事件或刻划人物，常常寥寥几笔，便绘声绘色，形神毕肖。鲁智深打店小二时，作者用"大怒"和"一掌"还不足以表其愤怒，再用了一个"揸"字，却把那种神韵和盘托出。而那经典的三拳描写得更为精彩、贴切，为世人称颂。

（4）叙述方式明显带有说书人的印记。叙述是表述小说生活内容的一种方式。我国古代小说，原本就是"说书"，所以，它的叙述方式，总是带有说书人的印记。"看官听说""这正是善有善报、恶有恶报""且把闲话休题，只说正话"，就是古代小说典型的叙述口气。作为编造故事的叙述人是无所不知无所不能的。为了使故事变得更加离奇，可以编造一些巧合，或者使人物死而复生，或者让生者毫无根据地死去。如《林教头风雪山神庙》中巧遇李小二，就是为了需要而设置的巧合。还可以打断故事的进展发一通议论，如《林教头风雪山神庙》中的"原来天理昭然，佑护善人义士，因这场大雪，救了林冲的性命"就是如此。

（二）中国古代小说鉴赏路径

小说以其引人入胜的故事情节、鲜活可感的人物形象、身临其境的典型环境、物我一体的文本接受以及通俗易懂的大众传播等特性而成为各种文学样式最普及、最流行的体裁。中国古代小说情况自然也是如此。可以说，成熟晚于诗歌散文而略早于戏曲的中国古代小说，虽然为封建正统文人所鄙视，但它仍以其顽强的生命力茁壮成长、成熟并繁荣起来，并拥有了最多的读者，且于人们的精神生活、道德情操作用也最大。直到今天我们仍受着中国古代优秀小说的滋育。因而，了解、学习、借鉴中国古代小说的重要意义和作用也就不言而喻了。

1. **了解中国古代小说的概念**　"小说"一词，最早见于《庄子·外物》："饰小说以干（求）县令（美名），其于大达（大道）亦远矣。"这里的"小说"是指"琐屑之言"这样的"浅识小道"，和后世的小说概念没有关系。庄子此说和后来荀子的"小家珍说"（《荀子·正名》）的观点，都不宜作为小说概念去理解。

古代小说较为完整的概念形成于东汉。桓谭在其《新论》中认为："若其小说家，合（收集，整合）丛残小语（繁杂残损的琐屑之言），近取（取身边之事）譬论（比喻说理），以作短书（杂记之类的短小文字，与弘扬'大道'的儒家经典相对），治身理家，有可观之辞焉。"这里桓谭在小说作用的认识上虽与庄子所言本质一致，仍然认为小说不是为政化民"大道"，但其"合丛残小语，近取譬论"已触及到了小说创作的基本方法。后来，班固在《汉书·艺文志》中列出十五家作品名后，将小说概念这样加以明确："小说者流，盖出于稗官，街谈巷语，道听途说者之所造也。孔子曰：'虽小道必有可观焉，致远恐泥，是以君子弗为也。'然亦弗灭也。闾里小知者之所及，亦使缀而不忘。如或一言可采，此亦刍荛狂夫之议也。"班固认为小说仍是"致远恐泥"的小道。不过，他明确地指出了小说起源于民间、根植于生活的特点，也初步触及到了小说"道听途说"的虚构性，当是经典之论。但桓谭、班固之"小说"，其实质仍是写实性很强的故事，而非以虚构为本质的小说概念。

此后一千七百余年，小说的概念并没有什么发展，基本上停留在班固的定论上，虽然小说作品取得了一个又一个辉煌的成就。直到晚清嘉庆年间，罗浮居士才对小说概念有了较大突破。他认为："小说者何？别乎大言言之也……其事为家人父子、日用饮事、往来酬酢之细故，是以谓之小；其辞为一方一隅、男女琐屑之闲谈，是以为之说。然则最浅易最明白者，乃小说之正宗也……说虽小乎，即谓之大言炎炎也可。"（《蜃楼志小说序》）第一次将小说提升到与"大言"相当的位置，且对小说特点作了多方面精当揭示。可以说符合古代小说创作实绩的小说概念至此才算正式形成。

清末民初，维新派梁启超等人大力倡导"小说界革命"，小说理论面目为之一新。如梁启超在《新小说》创刊号上的《论小说与群治之关系》认为："欲新一国之民，不可不新一国之小说""欲改良群治，必自小说界革命始，欲新民必新小说始""小说为文学之最上乘也"，将小说的地位和作用提升到空前的地步。当时的小说刊物，如梁启超创办的《新小说》、李伯安主编的《绣像小说》、吴趼人创办的《小说林》等，如雨后春笋般涌现，从而使清末民初成为文学史上小说最为繁荣的时期之一。此时小说观念的更新、小说理论的勃兴，之于走到尽头的中国古典小说，实在是太晚了一点，但它对中国现代小说的孕育、发展、成熟却不无指导意义。

2. 熟知中国古代小说的沿革 中国古代小说有两个系统，即文言小说和白话小说系统。文言小说成熟的形态是唐传奇，其高峰标志是《聊斋志异》。白话小说的成熟形态是宋元话本，其高峰形态分长篇和短篇：长篇的高峰是《三国演义》《水浒传》《西游记》《红楼梦》以及《金瓶梅》和《儒林外史》，短篇的高峰是"三言"和"二拍"。下面按时代顺序，对这两种系统的发展及其代表作作一个大致梳理。

先从源头说起。中国古代小说的起源一般认为有三个，即神话传说、寓言故事和史传作品。神话传说以《山海经》《穆天子传》《楚辞》《淮南子》为代表，其中许多故事如《女娲补天》《精卫填海》《鲧禹治水》《后羿射日》等都孕育着小说因素；寓言故事以《孟子》《庄子》《列子》《韩非子》《吕氏春秋》为最，其中不少寓言人物性格鲜明，如《揠苗助长》（《孟子・公孙丑上》）、《守株待兔》（《韩非子・五蠹》）、《滥竽充数》（《韩非子・内储说上》）、《自相矛盾》（《韩非子・难一》）、《刻舟求剑》（《吕氏春秋・察今》）等，已带有小说的意味；史传作品如《左传》《战国策》《史记》《三国志》等，其中有很精彩的写人记事篇章，都可当作小说故事来读，尤其是其刻写人物性格和叙述故事情节，或为小说提供素材，或为小说积累叙事经验，对后世创作影响极大，如《三国演义》的命名，就足以证明这一点。但应该看到，这三类作品虽然包含了许多小说因子，是小说的源头，但它们毕竟不是小说。因此，我们可以将形成这些孕育小说因素的作品的这段漫长时间，称为中国古代小说的孕育期或萌芽期。

中国文学史上，何时才有真正的小说作品，是一个见仁见智的问题。一般认为魏晋南北朝时期已产生了称得上小说的作品，其代表作为东晋干宝的志怪小说《搜神记》和南朝宋刘义庆的笔记体轶事小说（也称"志人"小说）《世说新语》。其中名篇如《搜神记》中的《李寄》《韩凭夫妇》《三王墓》《董永》，《世说新语》中的《周处》《管宁割席》《石崇王恺争豪》《王蓝田性急》等，都是脍炙人口的名篇。但由于这类作品中标志小说质变的成分——

虚构——还没有大量出现，故显得还很不成熟，所以鲁迅先生称之为“古小说”，以示与成熟小说相区别。因此，我们可以将唐代以前的小说发展阶段称为中国古代小说的童年期。

中国古代文言小说经过漫长的艺术积累，至唐终于成熟了，其标志便是传奇的产生。宋洪迈《容斋随笔》中称：“唐人小说，不可不成熟。言事凄婉欲绝，间有神遇而不自知者，与诗律可称一代之奇。”对唐传奇的价值作出了高度评价。唐传奇的意义在于，它带来了全新的小说创作思想，那就是虚构与创造。所以，它标志着严格意义的小说文体正式形成。明人胡应麟有言：“唐人乃作意好奇，假小说以寄笔端。”（《少室山房笔丛》三十六）鲁迅在《中国小说史略》中也说：“小说亦如诗，至唐而一变……而尤显者乃在是时始有意为小说。”均为精到之论。唐传奇的发展大致经历了初唐和盛唐的发轫期、中唐的繁荣期和晚唐时代的退潮期三个阶段。发轫期艺术成就较高的是张鷟《游仙窟》，退潮期的代表作是杜光庭的《虬髯客传》。唐传奇大部分精品都集中在繁荣期，而其尤为突出者是爱情小说，如唐传奇步入繁荣期的标志作品陈玄佑的《离魂记》，其后相继出现的沈既济的《任氏传》、李朝威的《柳毅传》、元稹的《莺莺传》、白行简的《李娃传》以及被称为中唐传奇压卷之作的蒋防的《霍小玉传》等。这些传奇作品的艺术成就斐然可观，情节曲折，人物形象鲜活，语言简洁明快而生动。可以说，这些作品的审美价值及愉情功用均得到了充分体现。

唐传奇兴盛的同时，通俗小说也在开始孕育，其“说话”（“话”，指口耳相传的故事）为宋代所继承，从而直接酝酿了中国古代小说的一次大变迁——以宋元“话本”为标志的古代白话小说的成熟。话本小说由说话底本发展而来。所谓“话本”，原本是宋代尤其是南宋“说话人”（即说书人）用的底本，分为“讲史”和“小说”两类。故“话本”可以说是专说“小说”（短篇）的“说话人”所用的底本。这些底本经“说话人”不断的丰富和文人的加工，逐渐成了供人阅读的短篇小说。虽然其性质已变，但仍称为“话本”。“三言”（即《喻世明言》《警世通言》和《醒世恒言》）中大多属于此类。所谓“拟话本”，是文人（主要是明代文人）继承“话本”传统、模拟“话本”创作体制而创作出的短篇小说。“三言”中小部分和“二拍”（即《初刻拍案惊奇》和《二刻拍案惊奇》）中几乎全部作品都属“拟话本”。话本小说早在唐代就已经出现了，但直到宋元时期才成熟。

话本小说一出，开启了白话小说波涛汹涌的发展潮流，不管是作为短篇小说的拟话本，还是作为长篇的章回小说，都是话本小说传统下直接或间接的产物。现存话本小说主要有两类：一类是讲史话本，一般称为“平话”，如《全相三国志平话》《五代史平话》；另一类是小说话本，一般称为“话本”，如明嘉靖年间洪楩编刊的《清平山堂话本》和万历年间熊龙峰刊印的《熊龙峰小说四种》中，保留的基本上是宋元话本小说。在宋元话本影响下，明代形成了一个编刊话本、撰写拟话本的高潮，其集大成之作便是冯梦龙的“三言”和凌蒙初的“二拍”。从此白话小说便为人们所喜闻乐见，稳居小说创作主流地位。

明清两代是小说尤其是章回体小说的繁荣时期，其标志是出现了一大批名作，如号称古典四大文学名著的《三国演义》（罗贯中）、《水浒传》（施耐庵）、《西游记》（吴承恩）和《红楼梦》（曹雪芹），它们以其博大精深的思想内容和富于创造性的艺术高标而分别成为长篇历史小说、长篇英雄传奇、长篇神魔小说和长篇世情小说的典范。除“四大名著”外，还有《金瓶梅词话》(明·兰陵笑笑生)、《封神演义》(明·许仲琳)、《儒林外史》(清·吴敬梓)、《镜花缘》(清·李汝珍)、《儿女英雄传》(清·文康)以及被鲁迅先生称之为“谴责小说的《官场现形记》(清·李宝嘉)、《二十年目睹之怪现状》(清·吴趼人)、《老残游记》(清·刘鹗)和《孽海花》(清·曾朴)等著名长篇小说。其中以《金瓶梅》《儒林外史》和《老残游记》艺术成就最为突出。《金瓶梅词话》是中国小说史上第一部由文人独立创作的长篇小说,也是第一部世情小说,为我国长篇小说的取材开辟了一个新领域。其取材及艺术手法直接影响了《红楼梦》,可以说,没有《金瓶梅词话》就没有《红楼梦》。所以,《金瓶梅词话》甫出,就与《三国演义》《水浒传》和《西游记》被合称为“四大奇书”。《儒林外史》是一部成就最高的长篇讽刺小说。鲁迅称其“秉持公心,指擿时弊,机锋所向,尤在士林;其文戚而能谐,婉而多讽:于是说部中乃始有足称讽刺之书”(《中国小说史略》第二十三篇)。小说中塑造了王冕、杜少卿、沈琼枝、迟衡山和四个“市井奇人”(卖火柴筒的王太、开茶馆的盖宽、做裁缝的荆元和卖字的季遐年)等正面人物形象以及艺术成就高过正面形象的周进、范进、王会、严监生、严贡生等一系列反面人物形象。《老残游记》通过写江湖中郎中老残在各地的活动和见闻,对晚清黑暗社会现实进行了一定的揭露。但它最突出的艺术成就在于写景状物,生动逼真。其成就远远超过其他几部“谴责小说”。诚如胡适所说:“《老残游记》在中国文学史上的最大贡献,却不在作者的思想,而在于作者描写风景人物的能力。”因为,它“最善长的是描写的技术。无论写人写景,作者都不肯用套语滥调,总想熔铸新词,作实地的描画。在这一点上,这部书可算是前无古人了”。

文言小说经历了“唐传奇”的繁荣后,在相当长一段时间内,基本上呈沉寂状态。直到清初蒲松龄《聊斋志异》书成,才使文言小说梅开二度,并且形成了一座无法逾越的文言小说高峰。《聊斋志异》虽然写的大多是神奇鬼怪、花妖狐魅,但却寄予着作者对现实的讽喻。鲁迅先生评价它说:“描写委曲,叙事井然,用传奇法而以志怪,变幻之状,如在目前……偶述所闻,亦多简洁,故读者耳目一新。”该书主要成就在于塑造了一系列生动的形象,如娇娜、青凤、婴宁、封三娘、聂小倩、乔生、连锁、阿宝、宦娘、青娥、小翠、商三官、席方平等。此外,其精练传神、切合人物个性的语言也是作者的突出贡献。

3. 从宏观上认识中国古代小说的现象 第一,自为现象,即中国古代小说是在没有理论的宏观指导的情况下,自发实践并绽放一朵朵鲜美绝伦的艺术之花的。本来,任何文学式样总是先有实践后有理论,但理论一般不是很滞后。像中国小说这样走过了两千余年的历程,除了明清小说序言、评点中带一点微观的技巧性指导外,自始至终没有一部真正的小说理论书,在世界文学史上也当是一个“奇迹”。即使以述为主要特征的小说史,在1924年鲁迅《中国小说史略》问世之前,也没有出现一部专著或一篇专论。仅仅是明末绿天馆主人(即冯梦龙)在《古今小说》“序”中有“史统散而小说兴。始乎周季,盛于唐,浸淫于宋。韩非、列御寇诸人,小说之祖也”这样的只言片语。当然这一切与小说为统治者所贬斥和封建正统文人所不屑的生存环境有关。第二,混类现象,即历史演义、神怪传说和世态人情三大小说主流往往纠缠在一起,分不清楚,其中历史的东西对小说干预最大。这与中国古代小说概念不明确直接相关。第三,续作现象特多。某书(比如《水浒传》《红楼梦》)形成社会影响后,续作便接踵而至。这对作品质量的提高、推动小说发展固然有着重要作用,但也不能免除狗尾续貂带来的负面影响。此外,是题材移植现象屡见不鲜。很多小说往往是把诗歌、戏剧、说唱文学题材移植过来,形成影响后,又会被戏剧等移植过去。这对小说的传播无疑有着积极的意义。

4. **认识中国古代小说的艺术特征** 关于这一点,可与西方小说进行比较理解。第一,中国古代小说叙事追求情节的完整性和曲折性。叙事从头到尾,过程不可或缺,而且情节总是讲究张弛相同,曲折有致,如《西游记》即特别典型。这和中华民族认知世界的整体性和曲折性判断取向有关。而西方小说往往是截取生活中的某一个点、某一个面来叙写开掘,情节不求曲折,较多采用陡转手法,如“欧·亨利式结尾”。这与西方人求深刻的认知习惯有关。第二,中国古代小说刻写人物多动态描写少静态刻画。所以在塑造人物形象时,往往是写人物的言行举止和外在的矛盾冲突,借此来反映人物的性格特征、精神面貌和内心世界,基本上不静态描写人物的内心世界。这主要是因为我国古代小说根植于客观叙述的历史和以故事情节吸引听众的说唱艺术。西方小说多注重揭示人物的内心世界,有时是相对静态的心理描写,有时是对人物潜意识活动的动态挖掘。这可能与西方重人的个体性的观念有关。第三,中国古代小说描写环境时是写意式的,很少有精描细绘的长篇幅刻画,但却极讲究表情传神。如历来为人们所激赏的《水浒传》中“那雪正下得紧”便是神来之笔。这一点与中华民族认识外界重神略貌的传统有关。西方小说对环境描写是写真式的,对人物活动的场景往往作全方位的详尽描写,如苏联作家帕斯捷尔纳克在其《日瓦戈医生》中对雪景的描写便如泼浓墨。这与西方人对外界重理性观察的传统有关。最后,中国古代小说结局往往是大团圆式的。即便是《红楼梦》,最后的“兰桂齐芳”,究其实质,也是大团圆。大团圆式的结局有利有弊。利是它反应了人们向往美好、追求幸福的乐观精神,弊是往往违背事理逻辑和历史真实,从而消弱了作品的批判性思想价值。这一点,主要是中华民族务实乐观的审美心理造成的。中国古代文学作品甚至是现当代作品少有震撼人心的悲剧,原因也正在于此。当然,这并不是说我国古代小说就都是“大团圆”结局,比如《三国演义》《水浒传》便遵循历史和事物发展规律,跳脱了大团圆的窠臼。西方小说则不追求结尾的“团圆”与“光明”,是怎样就怎样,如《安娜·卡列尼娜》中女主人公安娜的卧轨自杀和《包法利夫人》中的女主人公包法利夫人喝药自杀,便体现了这一点。这说明,西方人有着较浓厚的悲剧意识。需要说明的是,以上比较只是就中西方小说艺术特征的主要方面而言,并非全部包罗、毫无遗漏;每个方面的特点,也只是就整体倾向而言,并不排除特殊现象。尤其是,这些特征无论是中国的还是西方的都有利有弊,并不存在孰优孰劣的问题。所以,我们在阅读、鉴赏和研究中国古代小说时,要有正确的态度,既不能惟我独尊,也不能妄自菲薄。

综上所述,在鉴赏中国古代小说时,应注意以下几个方面。首先,要看所鉴赏的小说属于哪一个阶段的哪一种体式,以便从共性角度宏观把握小说的社会背景、人文思潮、基本艺术特征等。其次,抓住小说的情节设置、变化和推进,体会它是怎样推动人物性格发展的。比如《林教头风雪山神庙》中情节一波三折的张弛变化,就把林冲由逆来顺受而奋起反抗的性格演变写活了。最后，要抓住人物的言行举止和外貌描写，来挖掘人物的内心世界和性格特征。尤其是生动传神的动作细节和个性化的人物语言，应引起我们的高度关注。此外，有助于塑造人物形象的环境描写，也应该注意理解和品味。

【知识链接】

1. **唐传奇**　传奇本是传述奇闻异事的意思，唐传奇是指唐代流行的文言短篇小说。它远继神话传说和史传文学，近承魏晋南北朝志怪和志人小说，发展成为一种以史传笔法写奇闻异事的小说体式。唐传奇内容更加丰富，题材更为广泛，艺术上也更成熟。唐传奇"始有意为小说"，标志着中国古代小说创作进入了一个新的创作阶段。

2. **三言二拍**　"三言"即《喻世明言》《警世通言》《醒世恒言》的合称，作者为明代冯梦龙。"二拍"则是中国拟话本小说集《初刻拍案惊奇》和《二刻拍案惊奇》的合称，作者凌蒙初。

"三言"每集 40 篇，共 120 篇。分别刊于天启元年（1621）前后、天启四年（1624）、天启七年（1627）。这些作品有的是辑录了宋元明以来的旧本，但一般都做了不同程度的修改；也有的是据文言笔记、传奇小说、戏曲、历史故事，乃至社会传闻再创作而成，故"三言"包容了旧本的汇辑和新著的创作，是我国白话短篇小说在说唱艺术的基础上，经过文人的整理加工到文人进行独立创作的开始。它"极摹人情世态之歧，备写悲欢离合之致"（笑花主人《今古奇观序》），是宋元明三代最重要的一部白话短篇小说的总集。它的出现，标志着古代白话短篇小说整理和创作高潮的到来。

3. **《聊斋志异》**　作者蒲松龄（1640—1715）清代文学家，小说家，字留仙，号柳泉居士，山东省淄博市淄川区洪山镇蒲家庄人，出身于一个逐渐败落的地主家庭，书香世家，但功名不显。父蒲盘弃学经商，然广读经史，学识渊博。蒲松龄 19 岁时，以县、府、道三个第一考取秀才，颇有文名，但以后屡试不中。20 岁时，与同乡学友王鹿瞻、李希梅、张笃庆等人结"郢中诗社"。后家贫，应邀到李希梅家读书。31—32 岁时，应同邑进士新任宝应知县、好友孙蕙邀请，到江苏扬州府宝应县做幕宾。这是他一生中唯一的一次离乡南游，对其创作具有重要意义。南方的自然山水、风俗民情、官场的腐败、人民的痛苦，他都深有体验。还结交了一些南方下层歌女。北归后，以到缙绅家设馆为生，主人家藏书丰富，使他得以广泛涉猎。71 岁撤帐归家，过了一段饮酒作诗、闲暇自娱的生活。一生热衷科举，却不得志，71 岁时才补了一个岁贡生，因此对科举制度的不合理深有体验。加之自幼喜欢民间文学，广泛搜集精怪鬼魅的奇闻异事，吸取创作营养，熔铸进自己的生活体验，创作出杰出的文言短篇小说集《聊斋志异》，以花妖狐魅的幻想故事，反映现实生活，寄托了作者的理想。

【推荐书目】

[1] 徐震堮. 汉魏六朝小说选[M]. 北京：古典文学出版社，1955.

[2] 吴志达. 唐人传奇[M]. 上海：上海古籍出版社，1981.

[3] 张友鹤. 唐宋传奇选[M]. 北京:人民文学出版社,1964.
[4] 人民文学出版社编辑部编. 唐传奇鉴赏集[M]. 北京:人民文学出版,1983.
[5] 冯梦龙. 喻世明言[M]. 许政扬校注. 北京:人民文学出版社,1994.
[6] 冯梦龙. 警世通言[M]. 台北:里仁书局,1991.
[7] 冯梦龙,顾学颉校注. 醒世恒言[M]. 人民文学出版社,1979.
[8] 凌濛初. 拍案惊奇[M]. 陈迩冬,郭隽杰校注. 北京:人民文学出版社,1991.
[9] 抱瓮老人. 今古奇观[M]. 顾学颉校注. 北京:新华电子图书,1995.
[10] 罗贯中. 三国演义[M]. 北京:人民文学出版社,1998.
[11] 施耐庵. 水浒传[M]. 北京:人民文学出版,1997.
[12] 吴承恩. 西游记[M]. 北京:人民文学出版社,1980.
[13] 兰陵笑笑生. 金瓶梅[M]. 沈阳:春风文艺出版社,1982.
[14] 曹雪芹. 红楼梦研究所编定. 石头记[M]. 北京:中华书局,1987.
[15] 吴敬梓. 儒林外史[M]. 北京:人民文学出版社,1995.
[16] 蒲松龄. 聊斋志异选[M]. 张友鹤选注. 北京:人民文学出版社,1978.
[17] 鲁迅. 中国小说史略[M]. 北京:中华书局,2010.

【思考与练习】

1. 唐传奇产生的原因。
2. 唐传奇的发展阶段。
3. 简述话本小说的结构模式。
4. 试析《三国演义》中曹操这一形象。
5. 简析《水浒传》和《西游记》的结构特点。
6. 简评《聊斋志异》中的婚恋故事。以一部作品为例。
7. 分析《聊斋志异》的写作笔法的特色。
8. 简述蒲松龄的生平思想和他创作《聊斋志异》的关系。
9. 简述曹雪芹的家世和个人的经历对其创作的影响。
10. 谈谈红楼女儿。
11. 简述贾宝玉的悲剧形象在贾府社会悲剧发展过程中的特殊意义。
12. 练习写一篇人物评论。

第二单元 中国现当代小说鉴赏

一、中国现当代小说名作范例与赏析

范例

高女人和她的矮丈夫

冯骥才

一

你家院里有棵小树,树干光溜溜,早瞧惯了,可是有一天,它忽然变得七扭八弯,愈看愈别扭。但日子一久,你就看顺眼了,仿佛它本来就应该是这样子。如果某一天,它忽然重新变直,你又会觉得说不出多么不舒服。它单调、乏味、简易,像根棍子! 其实,它不过恢复最初的模样,你何以又别扭起来?

这是习惯吗? 嘿,你可别小看了"习惯"! 世界万事万物中,它无所不在。别看它不是必须恪守的法定规条,惹上它照旧叫你麻烦和倒霉。不过,你也别埋怨给它死死捆着,有时你也会不知不觉地遵从它的规范。比如说:你敢在上级面前喧宾夺主地大声大气说话吗? 你能在老者面前放肆地发表自己的主见吗? 在合影时,你能叫名人站在一旁,你却大模大样站在中间放开笑颜? 不能,当然不能。甭说这些,你娶老婆,敢娶一个比你年长十岁,比你块头大,或者比你高一头的吗? 你先别拿空话呛火,眼前就有这么一对——

二

她比他高十七厘米。

她身高一米七五,在女人们中间算做鹤立鸡群了;她丈夫只有一米五八,上大学时绰号"武大郎"。他和她的耳垂儿一般齐,看上去却好像差两头!

再说他俩的模样:这女人长得又干、又瘦、又扁,脸盘像没上漆的乒乓球拍儿,五官还算勉强看得过去,却又小又平,好似浅浮雕;胸脯毫不隆起,腰板细长僵直,臀部瘪下去,活像一块硬挺挺的搓板。她的丈夫却像一根短粗的橡皮滚儿:饱满,结实,发亮;身上的一切——小腿啦,脚背啦,嘴巴啦,鼻头啦,手指肚儿啦,好像都是些溜圆而有弹性的小肉球。他的皮肤柔细光滑,有如质地优良的薄皮子。过剩的油脂就在这皮肤下闪出光亮,充分的血液就从这皮肤里透出鲜美微红的血色。他的眼睛简直像一对电压充足的小灯泡。他妻子的眼睛可就像一对乌乌涂涂的玻璃球儿了。两人在一起,没有谐调,只有对比。可是他俩还好像拴在一起,整天形影不离。

有一次,他们邻居一家吃团圆饭时,这家的老爷子酒喝多了,乘兴把桌上的一个细长的空酒瓶和一罐矮墩墩的猪肉罐头摆在一起，问全家人："你们猜这像嘛?"他不等别人猜破就公布谜底，"就是楼下那高女人和她的矮爷儿们!"

全家人轰然大笑，一直笑到饭后闲谈时。

他俩究竟是怎么凑成一对的?

这早就是团结大楼几十户住家所关注的问题了。自从他俩结婚时搬进这大楼，楼里的老住户无不抛以好奇莫解的目光。不过，有人爱把问号留在肚子里，有人忍不住要说出来罢了。多嘴多舌的人便议论纷纷。尤其是下雨天气，他俩出门，总是那高女人打伞。如果有什么东西掉在地上，矮男人去拾便是最方便了。大楼里一些闲得没事儿的婆娘们，看到这可笑的情景，就在一旁指指划划。难禁的笑声，憋在喉咙里咕咕作响。大人的无聊最能纵使孩子们的恶作剧。有些孩子一见到他俩就哄笑，叫喊着："扁担长，板凳宽……"他俩闻如未闻，对孩子们的哄闹从不发火，也不搭理。可能为此，也就与大楼里的人们一直保持着相当冷淡的关系。少数不爱管闲事的人，上下班碰到他们时，最多也只是点点头，打一下招呼而已。这便使那些真正对他俩感兴趣的人们，很难再多知道一些什么。比如，他俩的关系如何？为什么结合一起？谁将就谁？没有正式答案，只有靠瞎猜了。

这是座旧式的公寓大楼，房间的间量很大，向阳而明亮，走道又宽又黑。楼外是个很大的院子，院门口有间小门房。门房里也住了一户，户主是个裁缝。裁缝为人老实。裁缝的老婆却是个精力充沛、走家串户、专好说长道短的女人，最喜欢刺探别人家里的私事和隐秘。这大楼里家家的夫妻关系、姑嫂纠纷、做事勤懒、工资多少，她都一清二楚。凡她没弄清楚的事情，就要千方百计地打听到；这种求知欲能使愚顽成才。她这方面的本领更是超乎常人，甭说察言观色，能窥见人们藏在心里的念头；单靠嗅觉，就能知道谁家常吃肉，由此推算出这家的收入状况。不知为什么，20世纪60年代以来，处处居民住地，都有这样一类人被吸收为"街道积极分子"，使得他们的对别人的干涉欲望合法化，能力和兴趣得到发挥。看来，造物者真的不会荒废每一个人才的。

尽管裁缝老婆能耐，她却无法获知这对天天从眼前走来走去的极不相称的怪夫妻结合的缘由。这使她很苦恼，好像她的才干遇到了有力的挑战。但她凭着经验，苦苦琢磨，终于想出一条最能说服人的道理：夫妻俩中，必定一方有某种生理缺陷。否则谁也不会找一个比自己身高逆差一头的对象。她的根据很可靠：这对夫妻结婚三年还没有孩子呢！于是团结大楼的人都相信裁缝老婆这一聪明的判断。

事实向来不给任何人留情面，它打败了裁缝老婆！高女人怀孕了。人们的眼睛不断地瞥向高女人渐渐凸出来的肚子。这肚子由于离地面较高而十分明显。不管人们惊奇也好，置疑也好，困惑也好，高女人的孩子呱呱堕地了。每逢大太阳或下雨天气，两口子出门，高女人抱着孩子，打伞的事就落到矮男人身上。人们看他迈着滚圆的小腿、半举着伞儿、紧紧跟在后面滑稽的样子，对他俩居然成为夫妻，居然这样形影不离，好奇心仍然不减当初。各种听起来有理的说法依旧都有，但从这对夫妻身上却得不到印证。这些说法就像没处着落的鸟儿，啪啪地满天飞。裁缝老婆说："这两人准有见不得人的事。要不他们怎么不肯接近别人？身上有脓早晚得冒出来，走着瞧吧！"果然一天晚上，裁缝老婆听见了高女人家里发出打碎东西的声音。她赶忙以收大院扫地费为借口，去敲高女人家的门。她料定长久潜藏在这对夫妻间的隐患终于爆发了，她要亲眼看见这对夫妻怎样反目，捕捉到最生动的细节。门开了，高女人笑吟吟迎上来，矮丈夫在屋里也是笑容满面，地上一只打得粉碎的碟子——裁缝老婆只看到这些。她匆匆收了扫地费出来后，半天也想不明白这夫妻之间到底发生了什么事。打碎碟子，没有吵架，反而像什么开心事一般快活。怪事！

后来，裁缝老婆做了团结大院的街道居民代表。她在协助户籍警察挨家查对户口时，终于找到了多年来经常叫她费心的问题答案。一个确凿可信、无法推翻的答案。原来这高女人和她的矮丈夫，都在化学工业研究所工作。矮男人是研究所总工程师，月工资达一百八十元之多！高女人只是一名普普通通的化验员，月收入不足六十元，而且出生在一个辛苦而赚钱又少的邮递员家庭。不然她怎么会嫁给一个比自己矮一头的男人？为了地位，为了钱，为了过好日子。对！她立即把这珍贵情报，告诉给团结大楼里闲得难受的婆娘们。人们总是按照自己的思维方式去解释世界，尽力把一切事物都和自己的理解力拉平。于是，裁缝老婆的话被大家确信无疑。多年来留在人们心里的谜，一下子被打开了。大家恍然大悟：原来这矮男人是个先天不足的富翁，高女人是个见钱眼开、命好有福的穷娘儿们。当人们谈到这个模样像匹大洋马、却偏偏命好的高女人时，语调中往往带一股气，尤其是裁缝老婆。

三

人，命运的好坏不能看一时，可得走着瞧。

一九六六年，团结大楼就像缩小了的世界，灾难降世，各有祸福，楼里的所有居民都到了“转运”时机。生活处处都有巨变和急变。矮男人是总工程师，迎头遭到横祸，家被抄，家具被搬得一空，人挨过斗，关进“牛棚”。祸事并不因此了结，有人说他多年来，白天在研究所工作，晚上回家把研究成果偷偷写成书，打算逃出国，投奔一个有钱的远亲。把国家科技情报献给外国资本家——这个荒诞不经的说法居然有很多人信以为真。那时，世道狂乱，人人失去常态，宁肯无知，宁愿心狠，还有许多出奇的妄想，恨不得从身旁发现出希特勒。研究所的人们便死死缠住总工程师不放，吓他、揍他、施加各种压力，同时还逼迫高女人交出那部谁也没见过的书稿，但没效果。有人出主意，把他俩弄到团结大楼的院里开一次批斗大会。谁都怕在亲友熟人面前丢丑，这也是一种压力。当各种压力都使过而无效时，这种做法，不妨试试，说不定能发生作用。

那天，团结大楼有史以来这样热闹——

下午研究所就来了一群人，在当院两棵树中间用粗麻绳扯了一道横标，写着有那矮子的姓名，上边打个叉；院内外贴满口气咄咄逼人的大小标语，并在院墙上用十八张纸公布了这矮子的“罪状”。会议计划在晚饭后召开，研究所还派来一位电工，在当院拉了电线，装上四个五百度光的大灯泡。此时的裁缝老婆已经由街道代表升任为治保主任，很有些权势，志得意满，人也胖多了。这天可把她忙得够呛，她带领楼里几个婆娘，忙里忙外，帮着刷标语，又给研究所的革命者们斟茶倒水，装灯用电还是从她家拉出来的呢！真像她家办喜事一样！

晚饭后，大楼里的居民都给裁缝老婆召集到院里来了。四盏大灯亮起来，把大院照得像夜间球场一般雪亮。许许多多人影，好似放大了数十倍，投射在楼墙上。这人影都是肃立不动的，连孩子们也不敢随便活动。裁缝老婆带着一些人，左臂上也套上红袖章，这袖章在当时是最威风的了。她们守在门口，不准外人进来。不一会儿，化工研究所一大群人，也戴袖章，押着高女人和她的矮丈夫，一路呼着口号，浩浩荡荡来了。矮男人胸前挂一块牌子，高女人没挂。他俩一直给押到台前，并排低头站好。裁缝老婆跑上来说："这家伙太矮，后边的革命群众瞧不见。我给他想点办法！"说着，带着一股冲动劲儿扭着肩上的两块肉，从家里抱来一个肥皂箱子，倒扣过来，叫矮男人站上去。这样一来，他才与自己的老婆一般高，但此时此刻，很少有人对这对大难临头的夫妻不成比例的身高发生兴趣了。

大会依照流行的格式召开。宣布开会，呼口号，随后是进入了角色的批判者们慷慨激昂的发言，又是呼口号。压力施足，开始要从高女人嘴里逼供了。于是，人们围绕着那本"书稿"，唇枪舌剑地向高女人发动进攻。你问，我问，他问；尖声叫，粗声吼，哑声喊；大声喝，厉声逼，紧声追……高女人却只是摇头，真诚恳切地摇头。但真诚最廉价，相信真诚就意味着否定这世界上的一切。

无论是脾气暴躁的汉子们跳上去，挥动拳头威胁她，还是一些颇工心计的人，想出几句巧妙而带圈套的话问她，都给她这恳切又断然的摇头拒绝了。这样下去，批判会就会没结果，没成绩，甚至无法收场。研究所的人有些为难，他们担心这个会开得虎头蛇尾，乘兴而来，败兴而归。

裁缝老婆站在一旁听了半天，愈听愈没劲。她大字不识，既对什么"书稿"毫无兴趣，又觉得研究所这帮人说话不解气。她忽地跑到台前，抬起戴红袖章的左胳膊，指着高女人气冲冲地问：

"你说，你为什么要嫁给他？"

这句突如其来的问话使研究所的人一怔。不知道这位治保主任的问话与他们所关心的事有什么奇妙的联系。

高女人也怔住了。她也不知道裁缝老婆为什么提出这个问题。这问题不是这个世界所关心的。她抬起几个月来被折磨得如同一张皱巴巴枯叶的瘦脸，脸上满是诧异神情。

"好啊！你不敢回答。我替你说吧！你是不是图这家伙有钱，才嫁给他的？没钱，谁要这么个矮子！"裁缝老婆大声说，声调中有几分得意，似乎她才是最知道这高女人根底的。

高女人没有点头，也没摇头。她好像忽然明白了裁缝老婆的一切。眼里闪出一股傲岸、嘲讽、倔犟的光芒。

"好，好，你不服气！这家伙现在完蛋了，看你还靠得上不！你心里是怎么回事，我知道！"裁缝老婆一拍胸脯，手一挥，还有几个婆娘在旁边助威，她真是得意到达极点。

研究所的人听得稀里糊涂。这种弄不明白的事，就索性糊涂下去更好。别看这些婆娘们离题千里地胡来，反而使会场一下子热闹起来。没有这种气氛，批判会怎好收场？于是研究所的人也不阻拦，任使婆娘们上阵发威。只听这些婆娘们叫着：

“他总共给你多少钱？他给你买过什么好东西？说！”

“你一月二百块钱不嫌够，还想出国，美的你！”

“邓拓[1]是不是你们的后台？”

“有一天你往北京打电话，给谁打的，是不是给‘三家村’打的？”

会开得成功与否，全看气氛如何。研究所主持批判会的人，看准时机，趁会场热闹，带领人们高声呼喊了一连串口号，然后赶紧收场散会。跟着，研究所的人又在高女人家搜查一遍，撬开地板，掀掉墙皮，一无所获，最后押着矮男人走了，只留下高女人。

高女人一直呆在屋里，入夜时竟然独自出去了。她没想到，住在大院门房的裁缝家虽然闭了灯，裁缝老婆却一直守在窗口盯着她的动静。见她出去，就紧紧尾随在后边，出了院门，向西走过了两个路口，只见高女人穿过街在一家门前停住，轻轻敲几下门板。裁缝老婆躲在街这面的电线杆后面，屏住气，瞪大眼，好像等着捕捉出洞的兔儿。她要捉人，自己反而比要捉的人更紧张。

咔嚓一声，那门开了。一位老婆婆送出个小孩。只听那老婆婆说：

“完事了？”

没听见高女人说什么。

又是老婆婆的声音：

“孩子吃饱了，已经睡了一觉。快回去吧！”

裁缝老婆忽然想起，这老婆婆家原是高女人的托儿户，满心的兴致陡然消失。这时高女人转过身，领着孩子往回走，一路无话，只有娘俩的脚步声。裁缝老婆躲在电线杆后面没敢动，待她们走出一段距离，才独自怏怏地回家了。

第二天一早，高女人领着孩子走出大楼时眼圈明显地发红，大院里没人敢和她说话，却都看见了她红肿的眼皮。特别是昨晚参加过批斗会的人们，心里微微有种异样的、亏心似的感觉，扭过脸，躲开她的目光。

四

矮男人自批判会那天被押走后，一直没放回来。此后据消息灵通的裁缝老婆说，矮男人又出了什么现行问题，进了监狱。高女人成了在押囚犯的老婆，落到了生活的最底层，自然不配住在团结大楼内那种宽敞的房间，被强迫和裁缝老婆家调换了住房。她搬到离楼十几米远孤零零的小屋去住。这倒也不错，省得经常和楼里的住户打头碰面，互相不敢搭理，都挺尴尬。但整座楼的人们都能透过窗子，看见那孤单的小屋和她孤单单的身影。不知她把孩子送到哪里去了，只是偶尔才接回家住几天。她默默过着寂寞又沉重的日子，三十多岁的人，从容貌看上去很难说她还年轻。裁缝老婆下了断语：

“我看这娘儿们最多再等上一年。那矮子再不出来，她就得改嫁。要是我啊——现在就离婚改嫁，等那矮子干嘛，就是放出来，人不是人，钱也没了！”

过了一年,矮男人还是没放出来,高女人依旧不声不响地生活。上班下班,走进走出,生着炉子,就提一个挺大的黄色的破草篮去买菜。一年三百六十五天,天天如此……但有一天,矮男人重新出现了。这是秋后时节,他穿得单薄,剃了短平头,人大变了样子,浑身好似小了一圈儿,皮肤也褪去了光泽和血色。他回来径直奔楼里自家的门,却被新户主、老实巴交的裁缝送到门房前。高女人蹲在门口劈木柴,一听到他的招呼,刷地站起身,直怔怔看着他。两年未见的夫妻,都给对方的明显变化惊呆了。一个枯槁,一个憔悴;一个显得更高,一个显得更矮。两人互相看了一会儿,赶紧掉过头去,高女人扭身跑进屋去,半天没出来;他便蹲在地上拾起斧头劈木柴,直把两大筐木块都劈成细木条。仿佛他俩再面对片刻就要爆发出什么强烈而受不了的事情来。此后,他俩又是形影不离地一起上班,一起下班回家,一切如旧。大楼里的人们从他俩身上找不出任何异样,兴趣也就渐渐减少。无论有没有他俩,都与别人无关。

一天早上,高女人出了什么事。只见矮男人惊慌失措从家里跑出去。不一会儿,来了一辆救护车把高女人拉走。一连好些天,那门房总是没人,夜间也黑着灯。二十多天后,矮男人和一个陌生人抬一副担架回来,高女人躺在担架上,走进小门房。从此高女人便没有出屋。矮男人照例上班,傍晚回来总是急急忙忙生上炉子,就提着草篮去买菜。这草篮就是一两年前高女人天天使用的那个。如今提在他手里便显得太大,底儿快蹭地了。

转年天气回暖时,高女人出屋了。她久久没见阳光的脸,白得像刷一层粉那样难看。刚刚立起的身子东倒西歪。她右手拄一根竹棍,左胳膊弯在胸前,左腿僵直,迈步困难,一看即知,她的病是脑血栓。从这天起,矮男人每天清早和傍晚都搀扶着高女人在当院蹓两圈。他俩走得艰难缓慢。矮男人两只手用力端着老婆打弯的胳膊。他太矮了,抬她的手臂时,必须向上耸起自己的双肩。他很吃力,但他却掬出笑容。为了给妻子以鼓励,高女人抬不起左脚,他就用一根麻绳,套在高女人的左脚上,绳子的另一端拿在手里。高女人每要抬起左脚,他就使劲向上一提绳子。这情景奇异,可怜,又颇为壮观,使团结大楼的人们看了,不由得受到感动。这些人再与他俩打头碰面时,情不自禁地向他俩主动而友善的点头了……

五

高女人没有更多的福气,在矮小而挚爱她的丈夫身边久留。死神和生活一样无情。生活打垮了她,死神拖走了她。现在只留下矮男人了。

偏偏在高女人离去后,幸运才重新来吻矮男人的脑门。他被落实了政策,抄走的东西发还给他了,扣掉的工资补发给他了。只剩下被裁缝老婆占去的房子还没调换回来。团结大楼里又有人眼盯着他,等着瞧他生活中的新闻。据说研究所不少人都来帮助他续弦,他都谢绝了。裁缝老婆说:

“他想要什么样的,我知道。你们瞧我的!”

裁缝老婆度过了她的极盛时代,如今变得谦和多了。权力从身上摘去,笑容就得挂在脸上。她怀里揣一张漂亮又年轻的女人照片,去到门房找矮男人。照片上这女人是她的亲侄女。她坐在矮男人家里，一边四下打量屋里的家具物件，一边向这矮小的阔佬提亲。她笑容满面，正说得来劲，忽然发现矮男人一声不吭，脸色铁青，在他背后挂着当年与高女人的结婚照片；裁缝老婆没敢掏出侄女的照片，就自动告退了。

几年过去，至今矮男人还是单身鳏居，只在周日，从外边把孩子接回来，与他为伴。大楼里的人们看着他矮墩墩而孤寂的身影，想到他十多年来一桩桩事，渐渐好像悟到他坚持这种独身生活的缘故……逢到下雨天气，矮男人打伞去上班时，可能由于习惯，仍旧半举着伞。这时，人们有种奇妙的感觉，觉得那伞下像有长长一大块空间，空空的，世界上任什么东西也填补不上。

（选自《高女人和她的矮丈夫》上海文艺出版社 1984 年版）

[1]邓拓(1912—1966)福建闽侯人。历任《晋察冀日报》社社长、晋察冀新华总分社社长等职。解放后先后任《人民日报》社社长、总编辑和北京市委书记。1966 年遭“四人帮”迫害致死。

赏析

《高女人和她的矮丈夫》是一篇反思市民文化心理的佳作。小说通过一对平凡的年轻夫妇因身高悬殊而引人非议、猜忌以至“文革”中遭受批斗导致悲剧结局的故事，揭示了畸形的传统文化俗性和极“左”政治的社会遗毒对人们心灵的戕害、对正常人性的曲解、对人的生存价值的漠视。小说在颂扬男女主人公之间忠贞爱情的同时，也对小市民中普见的落井下石、窥人隐私、搬弄是非的恶俗心理进行了深刻反思。

这是一对极不相称的怪夫妻，高女人一米七五，又干又瘦，矮丈夫一米五八，又胖又圆，是大人眼中的“长颈酒瓶”和“矮礅罐头”，是小孩口中的长扁担和宽板凳。这太不符合传统的婚俗规律了，于是外人恶毒地猜想许是女的不会生育，可不久这个“聪明的判断”被高女人渐渐突起的肚子打败了。每逢大太阳或雨天，女人抱着孩子，男人总是半举着伞紧紧跟在后边，那样子人们觉得很是滑稽。他们结合的缘由到底是什么？通过一番窥探之后，这个困扰了裁缝老婆多年的问题终于被她解开了答案：矮男人是研究所高薪的总工程师！高女人只是一名普普通通的化验员，收入菲薄，而且家境不好。于是乎，“大家恍然大悟：原来这矮男人是个先天不足的富翁，高女人是个见钱眼开、命好有福的穷娘儿们。”大楼里的人们半满足不满足地确信于这种理解。

1966 年，生活发生了巨变。因有人捏造他们私通海外预谋出逃，高女人和她的矮丈夫终遭隔离批斗。批斗会在团结大楼那些心理极不平衡的女人们的叫嚣声中开始，可是她们抛出的问题却离革委会的意思越来越远：“你说，你为什么要嫁给他？”“你是不是图这个家伙有钱，才嫁给他的？”“他给过你多少钱，他给你买过什么好东西？说！”。最终，批斗会以闹剧收场，矮丈夫被革委会押走。高女人成了在押犯的老婆，被迫换房搬到孤单的小屋，过着沉重的日子。人们甚至断语这娘儿们终要改嫁的。可过了一年，女人还是上班下班，操持家务，雷打不动，直到矮丈夫再次出现，两人重又一起上下班形影不离。

后来，高女人得了脑血栓，自那后每个清晨和傍晚，人们总能看到高女人在矮丈夫的搀扶下，经由一根绳子的提拉艰难地跨步，那情景甚是奇异又为壮观，令人动容。

在挺过一截又一截的打击之后，高女人终究还是病逝了。矮丈夫也终于平了反，之后就一个人领着小孩鳏居。每到雨天，人们看到矮男人仍旧伸直手臂向上举着伞，犹如妻子在世时一样。

小说以散文的笔调，运用白描手法，以居民的外在视角主要是以裁缝老婆的眼光为视角展开叙述。这种外在视角的叙述，使作品显示了客观、内敛的叙述风度。自始至终，高女人和矮丈夫没有话语，也没有心理活动，只有旁观者眼中有限的几个动作和表情，可疏疏淡淡的几笔却尽现了男女主人公之间的相濡以沫和情深意笃。但是，高女人和矮丈夫的深情挚爱，并没有得到周遭人们的认可、接纳与推崇，反而引来无休止的非议、猜测和忌疑，原因就在于他们的婚恋有悖于“习惯”。小说通过邻居在吃团圆饭时无聊地把长颈酒瓶与矮礅罐头放在一起猜谜的细节描写，暴露了世俗心理的丑恶。可以说，畸形的传统文化观念与极“左”政治的“联姻”是造成这对矮夫高妻生活悲剧的直接和最终根源。在极“左”政治力量的助推下，“习惯”像一柄暗器刺进人心，摧毁了正常的人性情爱。世人在好奇心的驱使下，不断地打听高女人和矮丈夫的底细，对他们恶意中伤、无礼批斗。面对陈腐顽固的习俗，高女人和矮丈夫坦然自若，始终保持内心的平衡，他们以真诚相爱、患难与共证明了世俗观念的荒唐滑稽，也感化了团结大楼的许多居民。小说通过不同文化观念之间的激烈冲突，表达了作家文化反思的理想。在历经高女人和矮丈夫的生离死别之后，最不惮于恶意猜忌的裁缝老婆心有所颤，态度也谦和了许多。慢慢地，大楼里的人们也似乎领悟到了什么，“人们有种奇妙的感觉，觉得那伞下好像有长长的一大块空间，空空的，世界上任什么东西也填补不上。”这空间对矮男人来说，是无法填补的生活亏空，无法弥合的感情痛创；对于团结大楼里的人们来说，是生活留给他们思考、反思的一块空地。两人生活时高女人打伞，有了孩子后矮男人擎伞，高女人去世后矮男人仍习惯性地高擎雨伞，小说以一把雨伞贯穿始终，使作品结构严谨，余味不尽。

在人物塑造上，小说采用了对比的手法，形成相反相成的独特张力。如，将人物的高与矮、外貌的平常与性情的美丽、年轻夫妇之间的忠贞爱情与团结大楼里人们的文化陋性及极“左”政治的畸变进行鲜明的对照，在抑扬相照中彰显文化批判的力度。裁缝老婆是作品中塑造得较为成功的一个人物。作为庸俗小市民的代表，裁缝老婆身上集中体现了千百年递嬗下来的种种陈腐观念和传统积垢。她的性格特征是自私、嫉妒和具有无聊的窥视癖心理。

另外，小说还将高女人、矮丈夫不同生活阶段的形貌进行了对比。以前矮丈夫“身上的一切——小腿啦，脚背啦，嘴巴啦，鼻头啦，手指肚儿啦，好像都是些溜圆而有弹性的小肉球。他的柔细光滑，有如质地优良的薄皮子。过剩的油脂就在这皮脸下闪出光亮，充分的血液就从这皮肤里透出鲜美微红的血色。”关押回来，“人大变了样子了，浑身好似小了一圈，皮肤也褪去了光泽和血色。”两个人“一个枯槁，一个憔悴；一个显得更高，一个显得更矮”。体貌的改变反映出人物文革前后命运的急剧变化，也像一面镜子照射出了文化深层心理影响下,传统习见导致人们对爱、同情与善良的藐视,更突出了故事的悲剧性。

应该说,《高女人和她的矮丈夫》的成功,很大程度上取决于独特的文化视角的选择。作家从看似琐屑的日常生活中,开掘出沉积于生活深处、根植于灵魂深处的痼疾,并通过深沉凝重的文化批评,来唤起人们反思传统文化并重塑民族精神。

二、中国现当代小说的审美特点和鉴赏路径

(一)中国现当代小说的审美特点与类别

中国现当代小说是与中国古代小说相较而言的,指"五四"新文化运动以来的小说。它以口语化的现代白话文取代了文言文或文白间杂的古代白话文,同时在形式上借鉴西洋的小说格式,以之取代中国古代的章回、话本、笔记体的格式。现当代小说在故事叙述上更加多样化,除了常见的第三人称叙事外,出现了第一人称小说、书信体小说、日记体小说等小说形式。鲁迅的《狂人日记》是中国文学史上第一篇用现代体式创作的白话文小说。

现当代小说在创作观念和意识上也呈现出了有别于古代小说的精神风貌,旧小说以帝王将相、才子佳人为主要描写对象,现当代小说则着力于书写工人、农民、知识分子、市民阶层等普通民众的日常生活,通过生动的人物形象,体现了对人的尊重,对"国民性"的反思,和对中华民族伟大复兴的热望,以及对现代文明的呼唤,具有鲜明的历史理性和人文色彩。

中国现当代小说与传统小说相比,有其独特的审美特征。

1. **全方面、多侧面的人物刻画**　"文学是人学",文学以各种各样的人物作为描写对象,并反映社会生活的本质。与其他文学体裁不同,小说可以突破时空限制,呈现人物性格的动态发展及命运变化。具有典型意义的人物是小说的灵魂,也是小说的魅力之源。现当代小说充分借助虚构和想象,兼用人物语言、叙述语言,通过对话、独白以及肖像描写、行动描写、环境描写等,全方面、多侧面、多视角地刻画典型人物,尤其善于展现人物丰富的内心世界和思想深度。

注重人物内心刻画的深度与广度,这是现代小说的一个审美特点,小说创作由描写人物的外在世界,转移到刻画人物的内在世界,并增加了人物内心刻画、分析、抒写的广度和深度。与我国古代的传统小说相比,现当代小说总体上更倾向于对人物心理进行微观的剖析。

小说创作遵循将生活转化为艺术的规律。小说中的人物源于现实生活,或形似神肖于人物原型,但又高于生活原型。作家基于对生活原型的个性化理解,创造出现实世界并不存在的人物典型。关于典型,别林斯基认为"既是一个人,又是很多人""典型都是熟悉的陌生人";鲁迅也说,典型就是"杂取种种人,合成一个""往往嘴在浙江,脸在北京,衣服在山西,是一个拼凑起来的脚色"。可以说,典型其实就是人物共性与个性、普遍性与特殊性的高度统一。如鲁迅的《祝福》将旧中国广大农村妇女的苦难形象集于祥林嫂一身,老舍以祥子的遭遇呈现了城市个体劳动者的悲剧史,而高晓声笔下的陈奂生作为改革初期

中国亿万普通农民的一个缩影,他既有“中国农民善良、朴实、忠厚的传统美德,也有着数千年的历史传统所积淀下来的民族劣根性”(陈思和《中国当代文学史教程》),体现了性格内涵的丰富性。

因为小说中的人物总是在特定的历史条件和社会环境中生活着,其思想行为、性格命运也受到社会环境和时代思潮的影响。小说的一大特点就是通过具体而独特的环境描写,再现人物的生活氛围。小说的历史是形象的历史,优秀的小说人物又总能反映出时代、民族的特质,因而典型人物身上又体现了厚重的社会内涵。现代小说如茅盾的《子夜》、巴金的《家》,当代小说如陈忠实的《白鹿原》、余华的《活着》等,作家将中心人物置于广阔的时代背景中,通过人物的性格发展和命运变化使重大的历史事件或隐或显地得到表述或概括,从而使人物与时代相连,具有深厚的历史感。独特环境往往能表现人物的个性和精神面貌,现当代小说家对故事发生地点的选择都有其特殊的考虑,如鲁迅的小说《在酒楼上》《孔乙己》故事发生在酒馆,沙汀的《在其香居茶馆里》选择茶馆作为塑造人物的环境。

随着创作观念的更新,现代小说呈现出异彩纷呈、多元并列的局面。甚至有些作品被冠称为“三无”小说,但我们认为这只是概念上对传统小说僵板模式的一种反拨。其实,现代小说在人物塑造上赋予了更多的典型化意义,呈现出各具风格的人物形象。除了简单的社会学意义上的典型形象外,还有“原生态”典型形象、心理型“内向化”典型形象与抽象化“象征性”典型形象等,如池莉的《烦恼人生》、王蒙的《海的梦》、宗璞的《泥沼中的头颅》等。

2. 完整而多变的情节安排　小说作为叙事文学,故事是其基本核心。与其他叙事文学样式如叙事诗、戏剧相较,小说的情节又更具完整性、复杂性、曲折性、紧凑性,尤其是长篇小说,情节线索众多,故事跌宕回旋。

故事与情节不同,按俄国形式主义学说的观点,“故事”是原生形态的,遵循事情发生的正常顺序的;“情节”则是人为操作的结果,对“故事”进行了某种结构、层次等方面的重新安排。中国古代小说比较注重故事的完整,情节的发展通常采用“开端—发展—高潮—结局”的结构模式。近现代以来的小说比较注重情节的完整性,基于故事而又超越故事,现当代小说在情节的设置上也体现了这个特点。如鲁迅的《风波》,以七斤剪辫子产生的风波为基本情节,但并不拘囿于剪辫子事件,小说围绕风波安排故事:始述七斤因“皇帝坐了龙庭”自己没有辫子而烦恼(起因);继写赵七爷出场胡诌“留发不留头,留头不留发”,引起七斤夫妇的恐慌(发展);尔后写土场上人们的种种表现,七斤几乎陷入绝境(高潮);最后描写十多日后七斤从城里带回皇帝不坐龙庭的消息,一切复归原状(结局)。小说看似故事性不强,但情节相当完整,道出了辛亥革命之后,农村并无真正变革的真相,封建遗毒不过死水微澜。

在鲁迅的《药》出现之前,大多小说的情节是单线发展的,只有在长篇小说中才会有多条线索并存。情节主干与枝蔓并行发展,这在现当代小说中甚为普遍。如赵树理的《小二黑结婚》,既有小二黑、小芹之间自由恋爱的主要情节,又有三仙姑和二诸葛的思想发展,金旺兄弟横行霸道以致被判刑等次要情节，多线并错展现了生活的纷繁复杂，并以主线人物为冲破封建传统、争取婚姻自主而进行斗争的故事，热情歌颂了农村新事物、新人物的成长。

现当代小说的情节多变而连贯，突出表现在其打破故事情节的顺序结构，更多的作品采取以追叙、倒叙或插叙，通过分解、组合与虚构来安排故事。并且摒弃了叙述人对故事的单一描述，而是通过不同角度、运用各种技巧描写，呈现出一定的逻辑关系，体现情节的完整性，同时又实现了小说情节的陌生化。

随着西方各种文艺思想的涌入，小说的情节理念发生了变化，以散文化小说和心理小说为代表的一批情节淡化的小说应运而生。如沈从文的《边城》、铁凝的《哦，香雪》以及汪曾祺的小说都是情节淡化的代表，这些小说既无波澜壮阔，也无暴风骤雨，却也别有风味。"所谓没有情节的小说，实际上是用一些小的情节来代替总的情节，绝对没有情节的小说是不可能的。"(《王蒙谈小说》)强化或淡化情节，都只是实现主题的一种手段。如当代一些借鉴西方"意识流"手法创作的小说，表面上时空颠倒，交杂无序，但根据小说人物的意识流向和事件的因果关系，可以发现，情节在变化中仍然是完整一体的。马原的《冈底斯的诱惑》叙述了四个故事：老作家在西藏的经历，寻访野人的故事，雨中看天葬的故事，顿珠、顿月兄弟的故事。四个故事各自独立，四条开放的情节围绕"诱惑"这个核，表现了作家对西藏特有的生存方式和宗教文明的崇拜。

3. **多元化、开放性的叙事视角** 在小说的叙事中，作家并非原封不动照搬现实世界和生活事件于纸上，而是选择最佳角度进行叙述。叙述的魅力正在于作家能够选择独特的叙述视角来观察事物和讲述故事，表明自己的态度，并由此带来小说独特的审美效果。

按照视域的限制来分类，小说的叙事视角一般可分为全知叙事、限制叙事、纯客观叙事。

全知叙事，也称"全知全能叙事"。这里的第一人称"我"是隐含的作者，并不出现在作品的情节中，通常出现的是所描绘的对象，即第三人称。中国古代小说大多采取这种叙事模式，像四大名著。这种叙事模式能宏观地展现广阔的生活场景，对创作"全景社会"式长篇小说来说，是不可缺少的，如罗广斌、杨益言的长篇小说《红岩》。"全知全能叙事"也能微观地把握人物意识的流动，透过人物去表现现实生活。《阿Q正传》采取全知叙事描述了阿Q悲剧性的一生，同时，作家又深入到了阿Q的内心世界，并借阿Q的眼，去看待他周遭的人事，把阿Q这个人物的内外全部展现在人们面前。

小说内在构造上的变化是"五四"以来中国小说的一个新表现，其中一个就是限制叙事的广泛运用。限制叙述作者可以以第一人称出现，如丁玲的《莎菲女士日记》；或比较客观地以第三人称去观察和叙述，如苏童的《仪式的完成》、刘震云的《一地鸡毛》等。限制叙事的特点是，叙事者知道的和人物知道的一样多，人物不知道的事，叙述者无权叙述。这种角度的叙事方式增加了主观抒情性和艺术真实感。如鲁迅小说《孔乙己》中的"我"——咸亨酒店的小伙计就是这样一个叙述者。小伙计年龄小、阅历浅，他眼中的孔乙己更具真实感。孔乙己，这个封建科举制度培养出来的没落人，尽管那么迂腐无能，但他的本性还是善良的，他的悲惨结局值得同情。这更能体现鲁迅的创作意图。限制叙事的叙述者可以由几个人轮流充当。台静农的《拜堂》分别认汪二、汪大嫂、汪二的爹为叙述者，从三个不同的视角表现大嫂改嫁二姑这一事件在家人心上投下的阴影。

纯客观叙事，在“五四”之前的小说中也比较少见。叙述者只描写人物所看到和听到的，不作主观评价，也不分析人物的心理，作者身份更加隐蔽，作品中常出现的第三人称，仍是作者描写和叙述的对象。鲁迅的《示众》《彷徨》，苏童的《妻妾成群》都是纯客观叙事的典范之作。如池莉的《烦恼人生》等“新写实”小说也采用了这种叙事角度。

无论是全知叙事、限制叙事，还是纯客观叙事视角，它们在具体的小说文本中经常是互相渗透、复合交叠的。随着现当代小说艺术的不断发展，小说家日益追求艺术形式的开放性和多元化，小说从单纯视角转向多方位多视角的叙述。尤其是20世纪80年代后，小说的“复调”现象更加复杂化。谌容的《人到中年》、张承志的《北方的河》等一些小说都设置了两个以上的视角。马原的《冈底斯的诱惑》更是多元视角复合交错：小说没有统一的人称，也没有贯穿始终的人物，在叙述老作家时使用第一人称直叙，在叙述穷布时使用第二人称转述，在叙述姚亮、陆高看天葬的经历和顿月、顿珠兄弟的故事时，又采用正面叙述方法。作者、叙述者、人物三者交揉循回，给读者的阅读造成了一定的间离效果。

中国现当代小说，按照不同的标准和角度，可以划分为不同的类型。

小说在漫长的发展过程中，呈现出多样化的类型。按照划分标准和角度的不同，类型也不同。各类小说除了具有小说文体的基本特征外，还有各自的特点。掌握这些特点有助于更好地鉴赏小说作品。

根据作品容量和篇幅来划分，小说通常可以分为长篇小说、中篇小说、短篇小说和微型小说。长篇小说，一般在10万字以上，适于表现广阔的社会生活和人物的成长历程，并能反映某一时代的重大事件和历史面貌。它常常以对社会生活作全面、深刻的反映被称为“史诗”。中国当代作家古华的《芙蓉镇》、莫应丰的《将军吟》，均属此类。长篇小说的创作在相当程度上体现了一个时代的文学成就。中篇小说，一般在3万字以上，反映社会生活的容量介乎长篇小说和短篇小说两者之间，往往采取现实生活中的一组事件，集中反映一个重要的侧面，揭示生活某一发人深省的问题。鲁迅的《阿Q正传》、韩少功的《爸爸爸》、方方的《风景》、谌容的《人到中年》都是文学史上脍炙人口的中篇典范。短篇小说一般在2 000字以上3万字以内，它常常是从生活中截取一个横断面或选取一个侧面来展开描写，进而塑造人物，表现主题。何士光的《乡场上》通过幺爸“为乡村妇女的吵架作证”这一小事，反映改革开放新政后农民精神面貌的改变。微型小说又叫“小小说”，一般只有千把字或几百字，往往选取生活中极精粹的一个瞬间或片段，笔墨简洁，给人以深意。汪曾祺的《陈小手》《尾巴》，王蒙的《雄辩症》，林斤澜的《造句》等都是“小小说”中的佳作。

根据创作手法的不同，小说可分为现实主义小说、浪漫主义小说和现代主义小说。现实主义主要采用客观写实的叙述形式，较少使用幻想、象征或变形的艺术手法。现实主义在现当代小说中始终处于核心地位，诸如鲁迅、茅盾、老舍、沈从文、张天翼等文坛翘楚，孕育出了《骆驼祥子》《家》《边城》《围城》等体裁不同、风格迥异的杰作。乡土小说，革命小说、伤痕小说、改革小说、寻根小说,此外新写实小说、新历史主义均可划入现实主义名下,这些作品具有鲜明的客观性和时代性特征。浪漫主义小说通过理想的生活画面刻画理想世界中的理想人物,表现作家的理想和理想化的生活,往往采取幻想、想象的形式,离奇的情节,大胆的夸张等,使作品具有强烈的抒情特质。郁达夫和徐讦是中国现代文学史上浪漫主义小说的代表作家。随着西方现代主义、后现代主义思潮的不断传入,20 世纪 80 年代中国文学发展中出现了"现代派"的新潮流。中国现代派小说借鉴和吸收了西方现代派的创作手法,对许多反传统的内容、形式、技巧和手法进行了探索。它们强调叙述的主观视点,深入探索人物的内心活动,运用象征等修辞手法,表达强烈的自我意识。残雪的《山上的小屋》以独特的方式表达了个体对世界的恐惧体验。先锋小说是中国新时期现代派文学的集大成者。

另外,按题材反映的时代不同,小说又可以分为历史小说和现代小说。现代小说指以现当代现实生活为题材的小说,如老舍的《骆驼祥子》、钱钟书的《围城》等;历史小说是以历史人物和历史事件为题材的小说,如姚雪垠的《李自成》、二月河的《雍正皇帝》等。

(二)中国现当代小说的鉴赏途径

1. **全面把握人物形象** 一是从人物生活的环境来理解人物。小说的自然环境描写往往用来制造气氛、衬托人物心境或表现人物情趣。如《药》的结尾通过坟场的悲凉气氛,烘托了老妇人失去亲人的哀痛。社会环境的描写则为展示人物间的关系或人物的命运和性格。鉴赏人物,要把握其生存的时代背景、具体环境,通过人物所在的特定历史空间来理解作品中的风俗和生活,进而理解人物的思想和行为。孙犁笔下的水生嫂和鲁迅笔下的祥林嫂都是旧中国的女性形象,她们都通过丈夫的名字而命名,但因为她们生活在不同的时代,两者的命运与性格又截然不同。祥林嫂生活在封建时代末期,现代文明之风尚未吹进封闭、规矩大于一切的鲁镇,祥林嫂终被阴冷的尘世所吞噬;水生嫂生活在 20 世纪 40 年代,社会已经有了较大进步,尤其在抗日根据地,妇女解放的思想已经深入人心,所以,水生嫂能从一个贤顺的农家妇女成长为抗战巾帼。可见,人物的生长环境对其命运、性格发展起着决定作用。鉴赏作品感受形象,要把人物与典型环境联系起来进行思考,同时通过相关形象的比较、鉴别,来整体把握、客观看待人物性格的复杂性。

二是通过情节鉴赏来领会人物。情节是塑造典型性格的依托,人物形象通常在矛盾冲突和运动中得到充分的表现和刻画。鉴赏小说人物形象,要注意人物在情节发展中的各种表现,不同人物在情节发展各环节中的主次地位,以及情节跌宕起伏与人物的关系,从中感受人物形象的深刻性。《离婚》(鲁迅)只截取了离婚事件的最后两个场景:船上和慰老爷家,我们通过鉴赏爱姑在不同人物面前的表现,即能领会一个基于娘家势力性格泼辣、为己抗争的农村妇女,又如何屈服于封建权威,并深刻理解人物身上隐现的奴性。有些作品采用插叙、倒叙等叙述手法来讲述故事,鉴赏这类小说的情节,既要着意体会叙述手法的艺术魅力,又要通过组接还原故事矛盾冲突的发生过程,通过故事情节的鉴赏来领会人物的典型性格。以《祝福》为例:祥林嫂初到鲁镇帮工的情节,表现了她的纯朴、勤劳、善良的品性;被卖改嫁,一路嚎、骂等情节,则反映了她刚强反抗的一面,以及封建贞操观念;痛失爱子再到鲁镇,捐了门槛,参加祭祀却被呵止的情节,可以看出封建礼教对她的毒害之深和内心恐惧不得解脱的绝望。祥林嫂性格的发展就是在几个人生片段中的具体事件和人物关系中完成的。阅读小说时,要逐一分析情节,挖掘深意。

三是通过描写技巧的分析来欣赏人物。鉴赏小说的人物形象刻画,除了要考虑环境及故事情节,还要分析描写技巧。小说刻画人物性格的手法多种多样,如肖像描写、语言描写、行动描写、心理描写等。分析人物形象首先要明确作品是通过哪些手法刻画人物的。为了多方面生动具体地展现人物的思想性格,小说家往往把几种描写手法结合起来使用,除了外貌、语言、动作描写以外,有些小说还运用了较多的心理描写。如《阿Q正传》描写阿Q临行前关于画圈的一段心理活动,深刻刻画了阿Q不觉悟、不抗争、麻木不仁的精神状态。小说刻画人物性格还有一种非常重要的手法,那就是细节描写。比如,鲁迅在《祝福》里几次写到鲁四老爷"皱一皱眉",这种面部表情的细微变化,便深刻地暴露出封建绅士厌恶寡妇、维护旧礼教的反动立场和丑恶灵魂。另外,除了从正面描写来塑造人物以外,小说也常采用侧面描写与正面描写相结合的手法来刻画人物性格。如《夜》(叶圣陶)正面实写老妇人由惊恐害怕到怒火燃胸、觉醒反抗的成长过程。而革命者映川夫妇慷慨就义就属于侧面虚写。

2. 品鉴小说的语言特色　文学是语言的艺术,鉴赏小说应当重视语言的品味。小说的语言一般分成人物语言和叙述人语言两大类。人物语言的个性特色能揭示人物的性格特征和表现人物的心理状态,把握小说人物语言的"个性化",才能理解人物的性格、身份、经历、教养等。叙述人语言(叙述语言),指的是作家在作品中刻画人物、叙述事件、描写环境、评判生活等使用的语言。小说语言的鉴赏,一般就叙述人语言而言,可以从以下几方面来品鉴。

总体感知作家的语言风格。因生活体验的不同,观察生活的角度也不尽相同,不同的作家会以自己的方式和语言习惯来表现生活,这就形成了他们各自的风格。每个作家的语言都有着自己的语言风格。鲁迅语言的凝练深刻,茅盾语言的确切老到,老舍语言的幽默通俗,巴金语言的热情酣畅,赵树理语言的质朴平易,张爱玲的苍凉奇喻,沈从文语言的平实、乡土味等。小说语言风格的鉴赏可以通过作品的整体感受和相互比较来感知。如沈从文的《边城》用散文化的笔法写成,具有浓郁的抒情气氛;王蒙的《说客盈门》写出了对生活的热切关注,语言具有漫画式的幽默感。

从语言的具体运用来理解作品深意。老舍先生曾经说过:"我写文章,不仅要考虑每一个字的意义,还要考虑到每一个字的声音"。通常,我们品鉴小说语言,除了揣摩小说语言的准确性、形象性、生动性之外,还要细细品味语言在音响、节奏或方言运用、语法变异等方面的魅力,要着意感知作家独特的语言风格带来的审美感受。如张爱玲的《金锁记》就很注重语音形式与作品内容的相得益彰,鉴赏这样的作品就可以从这方面入手。小说在写到主人公七巧与三妯娌兰仙一起嬉闹的场景时,有这么一句话:"她嘴里说笑着,心里发烦,一双手也不肯闲着,把兰仙揣着捏着,捶着打着。恨不得把她挤得走了样才好。"一个"挤"字将前文"揣、捏、捶、打"等四个动作的感情色彩昭然若揭,原来,七巧的笑和闹不过是忌妒和愤恨的变形表现。“挤”这个音节属细声韵,仄声,非常吻合一个被损害、受委屈的人物扭曲的内心。又如《荷花淀》(孙犁)在描述水生嫂们躲避敌人大船的追赶时,小说写道:她们摇得小船飞快。小船活像离开了水皮的一条打跳的梭鱼……驶起来就像织布穿梭、缝衣透针一般快。一系列轻快的比喻鲜明地表达了作家对白洋淀民众积极抗日的颂扬。鉴赏语言,还可通过修辞的感悟来判断语言的情感色彩,进而把握作家对故事矛盾或人物的褒贬倾向。

通过叙述语言把握小说的基调。叙述人语言体现了作家本人的语言风格,它的格调与所描写事物的特征及作家的情感基调是一致的。叙述者在作品中的情感作用是显而易见的,小说起笔的用语往往奠定了整个作品的基调。如高晓声写《陈奂生上城》以“漏斗户主陈奂生,今日悠悠上城来”开篇,便定下了作品欢快的情感基调。鲁迅讲述祥林嫂的悲剧故事,以一句“旧历的年底毕竟最像年底”开篇也是很有深意的,“旧历的”指的是“旧制的”“传统的”“历史的”;而“毕竟最像”,具有强调的意味,它指的是年终祭祀的传统和习俗,对中国绵延几千年的封建礼俗流露了沉重的忧思,小说的情感基调也因此确定下来。再如史铁生《命若琴弦》的第一句“莽莽苍苍的群山中走着两个瞎子”,定下了小说悲凉的基调,这是孤独地跋涉于莽莽群山的探寻者的悲剧。叙述语言对作品基调的影响与视角的选择也有一定关系,如鲁迅的《示众》采用了纯客观叙事,作家的主观情绪几乎不参与其中,冷静地刻画了看客的众生相及他们的心理。

现代以来小说叙事结构发生了转变,出现了小说情节弱化的形式和多视角的叙事模式,我们在鉴赏时要有意识地深入小说的内部结构,或关注情节,或关注人物,或关注小说营造的氛围。如鲁迅的《在酒楼上》,其叙述人语言就是为了营造一个谈话的氛围,可以说,吕纬甫的自叙语言既是人物语言,在一定层面上又是叙述人语言。鉴赏的时候要抓住叙述语言的特点来洞察人物的心路历程,这样才能理解一个原本敏捷精悍的人因何变得敷敷衍衍、模模糊糊。

3. 深入挖掘主题思想 小说的人物形象、情节发展、环境描写,都寄寓着作家的思想和情感。我们阅读小说,分析人物、情节和环境,归根结底还是要把握小说的主题,认识小说的社会价值和审美意义。现当代小说的主题往往含蓄而多义,鉴赏小说不但要领会作家在小说里寄寓的主观意图,还要发现和挖掘作家主观意图之外的内涵。

联系写作背景看小说的主题。一部作品所反映的主题,总是与作家的身世、生活、思想感情以及他所处的时代环境分不开的。所以要正确理解一部小说,有必要了解作家的思想感情、思维方式以及他所处的社会环境、作品所反映的社会生活背景。小说《家》以20世纪20年代初期四川成都一个封建官僚地主家庭祖孙两代的矛盾冲突为线索,通过梅、鸣凤、瑞珏三个女子的血泪悲剧沉痛地控诉了封建制度对年轻生命的摧残,深刻地揭露了封建大家庭的罪恶及其腐朽没落,同时热情地歌颂了青年一代民主主义的觉醒及反封建精神。其实,巴金原打算在《家》中写一个旧式大家庭的衰败的历史,可是写了六章之后,他所挚爱的长兄自杀了,深受刺激和苦痛的巴金认为,是旧家庭所代表的专制制度,扼杀了包括他长兄在内的一切青年的幸福。于是他把自己所感受到的黑暗社会的压迫和反抗情绪，集中向旧家庭发泄。这种反抗与破坏的情绪便转化为了《家》的激进的风格。像革命小说、伤痕小说、反思小说等题材的作品与时代的联系又更为紧密一些，了解社会氛围有助于我们把握小说的主题。如在伤痕小说中，刘心武的《班主任》提出了一个很令人深思的社会问题，揭露了文革专制主义与愚民政策对青少年一代心灵的戕害。

把握主题的多义性。有的小说，主题单一，但有的小说特别是中长篇小说，其反映的社会生活容量大，涉及的人物事件也比较繁杂，主题也相应地呈现出丰富性、复杂性。如当代作家阿城的《棋王》讲述着一个下棋者悲壮而又富于传奇的故事。王一生于艰难困厄中痴迷象棋，精于棋艺，经同九人连环大战而最终成为棋王。小说蕴含着“有志者、事竟成”的哲理思考。整个故事又富有多义，让人联想到个体人生命运的抗争精神，还有中华棋运的昌盛前景，甚至是特定时代中的民族生机、智慧和意志。丰富的主题思想，进行科学合理的多角度多层次的剖析。现当代小说主题的“多义性”，多出现在具有象征意义的作品中，如张承志的《黑骏马》《北方的河》，史铁生的《命若琴弦》等。这种多义性还会引起“仁者见仁，智者见智”的鉴赏的“烦恼”。事实上，优秀的小说作品总是因主题的多义而更显魅力，这种多义性也会将我们带进一个充满智慧的审美世界。

另外，小说主题的鉴赏，还可以通过分析人物形象、布局结构、心理摹绘、细节点睛、叙述语言等，联系作家的创作意图来多方位多途径地把握主题思想。

【推荐书目】

[1] 鲁迅. 呐喊[M]. 北京：人民文学出版社，2000.
[2] 老舍. 骆驼祥子[M]. 北京：人民文学出版社，2000.
[3] 茅盾. 子夜[M]. 北京：人民文学出版社，2000.
[4] 张爱玲. 倾城之恋[M]. 广州：花城出版社，1997.
[5] 王安忆. 长恨歌[M]. 北京：作家出版社，2000.
[6] 莫言. 透明的红萝卜[M]. 长春：时代文艺出版社，2000.
[7] 金庸. 天龙八部[M]. 上海：三联出版社，1994.
[8] 李欧梵. 中国现代文学与现代性十讲[M]. 上海：复旦大学出版社，2005.
[9] 陈思和. 中国当代文学关键词十讲[M]. 上海：复旦大学出版社，2002.

【思考与练习】

1. 文中高女人和她的矮丈夫的悲剧命运，与那个“团结大楼”有什么样的关系？

2. 在讲述故事时，作家将自己置于冷静客观的旁观者地位，似乎完全没有自己的情感倾向，但读者读来却受到强烈的情感冲击。这种效果是怎样造成的？

3. 简析《高女人和她的矮丈夫》中“裁缝老婆”形象及其在作品中的结构功能。

第三单元　网络小说鉴赏

一、网络小说名作范例与赏析

网络小说范例

第一次的亲密接触

跟她是在网路上认识的。怎么开始的？我也记不清楚了，好像是因为我的一个 plan 吧！那个 plan 是这么写的：

“如果我有一千万，我就能买一栋房子。
我有一千万吗？没有。
所以我仍然没有房子。
如果我有翅膀，我就能飞。
我有翅膀吗？没有。
所以我也没办法飞。
如果把整个太平洋的水倒出，也浇不熄我对你爱情的火。
整个太平洋的水全部倒得出吗？不行。
所以我并不爱你。”

其实这只是我的职业病而已。我是研究生，为了要撰写数值程式，脑子里总是充满了各种逻辑。当假设状况并不成立时，所得到的结论，便是狗屁。就像去讨论太监比较容易生男或生女的问题一样，都是没有意义的。在 plan 里写这些阿里不达的东西，足证我是个极度枯燥乏味的人，事实上也是如此。所以没有把到任何美眉，以致枕畔犹虚，倒也在情理之中。

而她，真是个例外。她竟 Mail 告诉我，我是个很有趣的人。有趣？……我想她如果不是智商很低，就是脑筋有问题。看她的昵称，却又不像，她叫“轻舞飞扬”，倒是个蛮诗意的名字。换言之，恐龙绝不会说她是恐龙，更不会说她住在侏罗纪公园里，她总是会想尽办法去引诱你以及误导你。而优美的昵称，就是恐龙猎食像我这种纯情少男的最佳武器。

……

阿泰总是说我太老实了，是情场上的炮灰。这也难怪，我既不高又不帅，鼻子上骑着一支高度近视的眼镜，使我的眼睛看起来眯成一条线。记得有次上流力课时，老师还突然把我叫起来，因为他怀疑我在睡觉，而那时我正在专心听讲。可能八字也有关系吧！从小到大,围绕在我身旁的,不是像女人的男人,就是像男人的女人。阿泰常说,男人有四种类型:第一种叫“不劳而获”型,即不用去追女孩子,自然会被倒贴;第二种叫“轻而易举”型,虽然得追女孩子,但总能轻易掳获芳心;第三种叫“刻苦耐劳”型,必须绞尽脑汁,用尽36计,才会有战利品;而我是属於第四种叫“自求多福”型,只能期待碰到眼睛被牛屎挡住的女孩子。

……

阿泰常引述莎士比亚的名言:“女人是被爱的,不是被了解的”,来证明了解女人不是笑傲情场的条件。……

其实最让我对她感到兴趣的,也是她的 plan:

“我轻轻地舞着,在拥挤的人群之中。

你投射过来异样的眼神。

诧异也好,欣赏也罢。

并不曾使我的舞步凌乱。

因为令我飞扬的,不是你注视的目光。

而是我年轻的心。”

我实在无法将这样的女子与恐龙联想在一起。但如果她真是恐龙,我倒宁愿让这只恐龙饱餐一顿,正所谓恐龙嘴下死,作鬼也风流。

……

女孩子真是奇怪的动物,……她们总觉得靠缘份邂逅的男人最美好。而且男人的美好程度会跟邂逅的浪漫程度成正比。……举例而言,在夏天的海滩边邂逅的男子一定要会跑步,要有粗犷的长相,要有古铜泛红的皮肤,要有海水般明亮的双眼,最好还要有爽朗的笑声。然後一面呼喊着女主角的名字,一面朝她飞奔,再抱起她逆时针转叁圈。

……

在秋天的街道上邂逅的男子一定要带副眼镜,要有斯文的书卷味,手里要抱着一本诗集,最好要踩着满地的落叶,发出沙沙的声响。然後嘴里轻轻吟着雪莱或叶慈的诗,再深情地告诉女主角她比诗还美。

……浪漫也许只是存在於小说中的情节而已。现实生活中,在海边跑步的男子可能会踩到玻璃,然後送去急诊。或是女主角太重,以致他的手臂产生肌肉拉伤的运动伤害。踏着满地秋天落叶的男子可能会踩到狗屎,因为落叶堆内狗屎多。狗屎由於太臭了,所以他可能不吟诗而改吟叁字经。在无人山中作画的男子,旁边的小鸟可能会拉屎在他头上。或是当女主角脱光光时,他会嫌腰部和臀部赘肉太多,而被她痛殴一顿。而在喧闹酒吧中喝烈酒的男子,可能钱会带不够,而被留下来洗碗。或是跟人打架时,反而被人打跑,因为没有理由好人就会打赢架。

……

即使全是咖啡..也会因烘焙技巧和香、甘、醇、苦、酸的口感而有差异..

我的鞋袜颜色很深,像是重度烘焙的炭烧咖啡...焦、苦不带酸..

小喇叭裤颜色稍浅,像是风味独特的摩卡咖啡...酸味较强..

毛线衣的颜色更浅,像是柔顺细腻的蓝山咖啡...香醇精致..

而我背包的颜色内深外浅,并点缀着装饰品,则像是Cappuccino咖啡..

表面浮上新鲜牛奶,并撒上迷人的肉桂粉...既甘醇甜美却又浓郁强烈..」

我愣了半晌,说不出话来。

我不禁再次打量着坐在我面前的这位美丽的女孩。在今晚以前,她只不过是网路上的一个游魂而已。只有ID,没有血肉。如今她却活生生地坐在我面前,跟我说话,对我微笑,揭我疮疤?或者应该说是打从在麦当劳门口见到她时,我就已经在作梦了。只是现在我才发觉是在梦境里。

……

她刚刚的那套“咖啡哲学”掰得真好,看来她的智商不逊於她的外表。

既然她以哲学为题,那我乾脆用力学接招吧!

「因为我念流体力学,而水流通常是蓝色的,所以我喜欢蓝色...」

……

「即使全是水流..也会因天候状况和冷、热、深、浅、脏的环境而有差异..

我的鞋袜颜色很深,像是太平洋的海水...深沉忧郁..

牛仔裤颜色稍浅,又有点泛白,像漂着冰山的北极海水...阴冷诡谲..

衬衫的颜色更浅,像是室内游泳池的池水...清澈明亮..

而我书包的颜色外深内浅,并有深绿的背带,就像是澄清湖的湖水..

表面浮上几尾活鱼,并有两岸杨柳的倒影...既活泼生动却又幽静典雅..」

这次轮到她当机了。

看到她也是很仔细地打量着我,我不禁怀疑她是否也觉得在作梦?但我相信我的外表是不足以让她产生作梦的感觉。即使她也同时在作梦,我仍然有把握我的梦会比她的梦甜美。

……与她干杯。也因此我碰到了她的手指。大概是因为可乐的关系吧!..她的手指异常冰冷。这是我第一次接触到她。然后在我脑海里闪过的,是“亲密”两个字。

为什么是“亲密”?..而不是“亲蜜”?蜜者,甜蜜也。..密者,秘密也。如果每个人的内心,都像是锁了很多秘密的仓库。那么如果你够幸运的话,在你一生当中,你会碰到几个握有可以打开你内心仓库的钥匙。但很多人终其一生,内心的仓库却始终未曾被开启。而当我接触到她冰冷的手指时,我发觉那是把钥匙。一把开启我内心仓库的钥匙...

这是我第一次看到轻舞飞扬的字迹。没想到她的字,也会轻轻地舞着..

我忍住颤抖的手,慢慢地拆开这封咖啡色的信。里面有张照片和南台戏院1997年12月31日下午2点20分11排13号的票根..票根上在“痞子蔡”的签名旁..她又签下了“轻舞飞扬”。另外还有一张蓝色的信纸..信纸上有我熟悉的Dolce Vita香水味道..照片上的她,站在一片青绿的草原上。并穿着我们第一次见面时的那套咖啡色系的衣服……

照片后面写着：

……

咖啡色是双鱼的我..蓝色是天蝎的你..

咖啡色的信封内装着蓝色的信纸..知道我的意思了吗?..:)

看到我这杯香浓的咖啡..你会想喝吗?..

口水千万要吸住..别滴下来!..

我闪过一丝苦涩的笑容。我想我会滴下来的,应该不是口水。而蓝色信纸的内容很简单：

"如果我还有一天寿命,那天我要做你女友。

我还有一天的命吗?..没有。

所以,很可惜。我今生仍然不是你的女友。

如果我有翅膀,我要从天堂飞下来看你。

我有翅膀吗?..没有。

所以,很遗憾。我从此无法再看到你。

如果把整个浴缸的水倒出,也浇不熄我对你爱情的火。

整个浴缸的水全部倒得出吗?..可以。

所以,是的。我爱你……

轻舞飞扬"

我的胸口很轻易地被撕裂..眼泪迅速地如洪水般溃决我的防洪工程。骄傲无情的我..再也抵挡不住满脸的泪水……她终于也改了我的plan..并讨回了我积欠她的..两个月的泪水...

后来奥斯卡金像奖揭晓."铁达尼号"囊括最佳影片等11项大奖。但是Rose并没有拿到奥斯卡最佳女主角奖..连老Rose也是一样..与奥斯卡最佳女配角奖擦身而过。原来在电影里悲惨的,在人生中也未必不倒霉。

而现实生活中的Jack,到底应不应该对Rose"Never let go"呢?..也许他不必担心这个问题..

因为那只美丽的咖啡色蝴蝶..永远在他心中翩翩飞舞着......

赏析

作为"网络小说开山之作",《第一次亲密接触》的难以被超越不仅仅是由于它在网络文学并不发达的情况下破空而出这一历史机缘问题,更在于作品本身所具有的文学性。在智性幽默的外衣下,对古典精神与当代文化的体察与融汇,是其一举达到网络文学顶峰的根本原因。小说开头与结尾痞子蔡和轻舞飞扬的两组plan在形式上都是以诗的形式出现的;在精神上,二者都是表达爱情,爱或不爱;在句式上都是条件的条件句。在爱情诗中,以假设的前提来推定爱。这样的句式在两千年前的汉乐府民歌《上邪》中即已发展成熟。而两个plan在体例上对《上邪》有所继承之余又有所创新,主要体现在意象的使用。

如轻舞飞扬使用的“浴缸”意象和《上邪》中纯自然意象形成了强烈反差，体现出古典爱情在现代社会中的尴尬处境。此外，作品情节、角色设置看似简单，细细品味却含蓄隽永。不妨把痞子蔡和轻舞飞扬视作现代人精神的两面，痞子蔡的戏谑、欢快背后是轻舞飞扬的哀怨、悲怆，在外在的戏谑下是永恒的纯真。正如小说中两个结构相似的 plan 所呈现的：前者是谐谑的自嘲的还有那么点欢快的语气，“我不爱你”轻飘飘顺势而出；后者则是认真的诚挚的带着难以挽留的悲伤，“我爱你”爱意深沉，不吐不快。从开头的谐谑到结尾的真挚，恰恰意味着当代的游戏精神始终还是难掩人心人性深处永远的真情底色。而作品为执着追求纯爱的女主人公安排的悲剧性命运，也恰恰是对生命短暂、青春易逝而真爱永恒这一永恒母题的呼应。

二、网络小说的审美特征、类型和鉴赏路径

作为消费社会的产物，网络文学是伴随现代计算机特别是数字化网络技术发展而来的一种新的文学样式。其中网络小说影响较大、作品数量最多，可称是网络文学的主体部分和代表性文体。网络小说主要指网络原创小说，是一种结合了网络科技、融入了大众文化、部分体现了个人先锋行为的正在演变中的新的文学样式。它在网络上写作和传播，属于电子文本，主要特点是“在线”——网上创作、网上发表、网上阅读和评论。随着 1998 年台湾作家痞子蔡的中文小说《第一次的亲密接触》在网上发表，网络小说便进入人们的视野，并越来越被关注。大陆先后出现了号称“五匹黑马”（邢育森、宁财神、俞白眉、李寻欢、安妮宝贝）的网络作家。与此同时，大批网络小说创作者相继出现，网络小说的内容、题材、表现手法等也更趋于丰富多彩。

总体而言，网络小说 10 多年来呈浪潮型发展。第一浪是城市情感类小说。《第一次的亲密接触》走红后，一时间北京、深圳、昆明、成都、上海、武汉、温州等城市都成了网络作家笔下抒情的意象。《我的北京》《天堂向左深圳往右》等书籍是代表作。紧接着是玄幻小说潮。2001 年至 2003 年，美国影片《魔戒》开始进入大陆，网络游戏《魔兽》也展示出了无与伦比的市场吸金能力。在这类玄幻电影和游戏盛行的引导下，玄幻小说迅速风行。再接下来是穿越小说（主人公由于某种原因而穿越时空到了另一时代）的兴盛，这类小说更多以情感和生活元素为主，读者以女性为主。近年较为走红的是盗墓题材的小说，代表作品是《鬼吹灯》。黑道和西藏文化题材的作品也比较流行。而校园、情感类作品因其题材的经典性多年来一直拥有较稳定的读者群，不温不火，但持续吸引着读者。

尽管由于部分作品的稚嫩粗疏，特别是情节结构的雷同和情调的快餐色彩，网络小说的价值和历史地位遭到了一些人的质疑，但它毕竟呼应了文学创新的本质要求和普通人抒发个人化情感的时代趋势，因此作品数量和读者群迅速膨胀，影响力日渐扩大，从而已逐渐成为当代文化中不可忽视的重要存在。

（一）网络小说的类别

由于网络小说种类繁多，很难对它做出明确界定，只能抽象地予以狭义和广义上的区分：狭义上的网络小说，应该是原创的网络小说。广义上的网络小说从形式上讲，既包括

长篇、中篇也包括短篇小说；既包括原创小说，也包括那些在下边写好或已经在纸媒发表又上传到网上的传统小说；从内容上讲，既包括爱情，也包括玄幻小说、武打小说、校园小说、科幻小说[①]；就内容和手法而言，网络小说还可大致归纳为：言情类、玄幻类（包括武侠小说、玄幻小说、历史军事小说）、解构类（诙谐颠覆）、文体探索类（动漫小说、游戏竞技小说、短信小说、网络接龙小说）四大类。

（二）网络小说的审美特征

网络小说的主要特征包括：题材选择方面的玄幻倾向、思想观念方面的自由个性倾向、叙述时空方面的时空穿越倾向、艺术手段方面的解构主义倾向、传播方式方面的市场消费主义与商品化倾向、文学接受方面的大众化倾向。其存在一方面继承了某些传统文学的诗意特性，又不可避免地消解了传统文学诗意中的语言优美性、主题鲜明性及人物形象典型性等审美经验，一定程度上消解了文学的人文价值，也带来了一些新鲜的元素。

1. **多样的内容和丰富的表现手段**　网络小说并非空穴来风，而是渊源有自，中国传统通俗小说、港台通俗小说、日式奇幻、动漫游戏、周星驰的无厘头电影、当代先锋派小说、王小波和王朔小说、现实主义小说……这些资源都被融进网络小说创作[②]，与各位作家的个性气质相互映发，衍生出丰富多彩的写作路向。写作者有的仍坚持生存个体的生命体验和灵魂探索；也有的专注于真诚的自我倾诉和欲望表达，出现了创作主体的内向型情感倾诉；更多网络写作者不屑于那些肩负着传统"启蒙"使命的作家们的实践，而是接近现实，力求文学艺术与生活实践相关联，反对外在理论教条或内在自我理性的约束，突出消遣娱乐以及游戏性。网络小说内容的多样性仅从其种类的繁多即可略知一二。

网络小说的表现手段也是空前多样的。可以是纯文字形式，也可以是文字与动画、音乐、影像相结合的多媒体立体空间，还可以是现实与想象、虚幻相结合的虚拟空间，或者是融作者创作与读者自由评论甚至参与写作于一体的拼贴空间，从而极大地调动了作者表达自我的积极性和读者参与创作的热情。

2. **叙事模式：主观精神的盛宴**　首先，自我叙事体现情感的真实性，并便于与读者的交流。

20世纪90年代以来，大陆文坛出现了所谓"个人化写作"。这是一种内向型的文学创作方式，创作主体以其个体化人生经历为原型，叙述上采用第一人称、零聚焦的叙事模式、自语式的叙述语言。网络文学也是"个人化写作"的产物，与网络这种传播形式的隐蔽性密不可分。这种心灵的私语意义在于，通过对自身个人化情感的揭示或暴露，疏解苦闷，引起读者共鸣，在心灵交流互动的层面上不断探索人的存在和发展的可能性。"个人化"写作时代催生了仅仅对个人存在、情感、心灵负责的文学。文学通过个人视角进入历史与现实，消解统一的主流话语，从而产生了自我叙事模式，即在整个叙述过程中作者完全融入叙事者，从而带来了阅读上的亲切感与融入感。在此基础上，创作者、叙述者与阅读者实现了道德上、视角上的统一。作者就是阅读者中的一员，他普普通通，既不比你知道得

---

① 于洋，汤爱丽，李俊. 网络文学的自由境界[M]. 北京：中央编译出版社，2004.

② 周志雄. 追溯网络小说的传统[J]. 文学评论，2008(5).

多也不比你具备多么高尚的道德。自我叙事也主要要求作者创作时多采用自我化视角,从而获得更多读者的共鸣。创作者和接受者在具有自我意识和感受的同时,更有可能通过网络文学达到心与心的共通。在此等意义上,网络小说是作者和读者共同参与的主观精神的盛宴。

其次,无厘头凸显表达的自由感。

"无厘头"本是广东方言中的俚语,意为某人说话做事都不合常理,不按规律出牌,其语言和行为毫无目的性可言,使人费解,或让人感觉莫名其妙。而"大话"一词本身在《现代汉语词典》中的解释就是"虚夸的话",此意与吹牛皮、说瞎话相近。这两个词语均是名副其实的贬义词,然而近年来大话无厘头之风盛行,词义也摇身一变含有嘲讽、戏说的意思,一时之间成为一种先锋话语。而这种带有戏说成分的无厘头与大话式语言在网络世界中更是如鱼得水、大显身手,成为网络中特有的风景,演绎成为一种独具特色的无厘头文化,从而赋予网络小说一种对正统文化的解构意味,人和人之间在虚拟世界里完全平等,各种神圣、经典、权威意味的事物得到嘲讽,世界沉浸在众生平等的狂欢气氛。

再次,语言的审美特征:私语式、口语化、狂欢。

相应的,网络小说的语言也凸显出无厘头意味,充满直白浅显的口语,洋溢着狂欢化色彩。

3. **情调:虚拟的真实** 无论是《第一次的亲密接触》《告别薇安》,还是《悟空传》《诛仙》《鬼吹灯》等,都营造出一种与网络虚拟世界一样的虚幻感,达到"虚拟的真实"。备受关注的网络小说中变化的是虚实莫辨的背景,时间"不明"(《诛仙》语),地点"不明",或网上的虚拟时空,或都市的任意一处公寓,或是天界,或是"神州浩土",或是神秘的大自然……不变的是其中属于人性的真实——爱恨情仇、悲欢离合、迷惘与感悟等。文学始终是人类表达自我情感、探索心灵奥秘、寻找诗意存在的形式和过程,其根本是表达真情,在没有计算机和互联网的时代,文学一直存在,但如果没有人的心灵和情感,文学包括网络文学就不可能存在。网络技术的发展为人们提供了全新的技术支持,人们应凭借这种支持更好地找寻诗意更完美的表达,而不是借助技术解构人类所有的美好情感之后再解构了自身。

因此,尤为值得一提的是,作为文学的一种,一些网络小说之所以能撼动人心,给读者留下绵长的美好记忆,恐怕最终还是源自它对文学本性的这一虔诚守护,对人类共通的人性、人情进行了深入表达和细腻刻画。比如蔡智恒的《第一次的亲密接触》作为"网络小说开山之作",其中对青春的纯美、孤独、疾病主题的呈现等都属于文学永恒的母题。尤其是它以真情为契合点,染上了浓厚的内在的传统色彩,在调侃的外衣下深藏着严肃与真情,使古典爱情在现代的语境与话语方式中继续放射出绚丽的光芒。其他脍炙人口的网络小说也都呼应了人性中的永恒主题:安妮宝贝作品传达着女性作家对世界、对美与爱的不懈追寻和独特情怀。当红网络小说《鬼吹灯》与《藏地密码》则既体现出现代社会商业策划出版的成功秘诀,同时也昭示出文学创作中不变的规律与特质,特别是"想象力"与"神秘感"的重要性,小说的历史文化知识与当今社会流行的旅游探险等文学心理结合,从而迎合了当今作者的阅读取向，取得了所向披靡的效果。

所以，网络小说与传统小说即纸质小说不是截然对立的，不管文学的书写工具、话语系统、传播方式等等外在因素怎样改变，文学的本性和基本规律总是不会改变的，只是不断地以新的形式和面貌出现而已。

（三）网络小说鉴赏路径

1. 感受自由灵动的意蕴美 网络小说种类繁多，风格各异，意蕴迥然。作者气质不同，叙事模式、语言、情节等各有差异，网络小说是通俗文化、时尚文化的集合体，“如果说明清市民小说是网络小说的前世，那金庸的武侠小说周星驰的无厘头电影就是网络小说的叔祖，而西方魔幻小说和电影就是它们的表亲了。”[①]这是针对网络小说自身非常鲜明强烈的世俗性而言的，比较准确地抓住了很大一部分网络小说特别是大陆当红网络小说的风格渊源。除此之外，还有些网络小说侧重想象之美，有的侧重对灵魂和内心的深入探索等。网络小说的共同特质在于自由灵动，鉴赏网络小说就需要既要参悟到作品各自独特的意蕴之美，也要对网络文学总体上的自由灵动、飞扬不羁气质有所体认。

2. 体会语言的创新 就其情思载体——语言而言，以传统接受心理、趣味、习惯等等为参照，网络小说具有以下几个明显的特征：

首先，强化丑陋和卑贱的鄙俗化。不论题材、人物、情节，也不论场景、意象、心理意识，都以鄙俗的语言方式传达，语言的鄙俗而不是“故事”的进程成为网上小说阅读者的初步反应对象；其次，凸现思维惯性和惰性的机械化；第三，亵玩经典表达的模式化，对经典的语言表达，如典故、成语、格言、深入人心的名作名句以及广为流传的俚俗之语等等一律采取这一态度。

文学的虚构依赖想象力。于网络小说而言，想象力似乎不再通过语言来建构世界，语言也不再是显示人的精神自由的手段；相反，想象力成为服务于语言的工具。网络小说总是从个人境遇出发，把原本属于历史和理想、在艺术的至真至善境界里供奉着的一切，都拉扯到当下生活和心态中来，使被言说的一切比形而下的生活更平庸、更琐屑、更卑下。而网络小说语言文学性的依据也正在于此，即作为现实生活和传统文学的异质性因素存在。按照马尔库塞的观点，文学的价值和意义就在于它是现实生活的否定性力量。当纸上的传统文学获得了牢固地位和统治力量，被用来为某种话语霸权服务，或驯服于现存秩序和价值观念时，网络小说的诸种语言方式便显示出其异质性颠覆力量：对应于纸上文学语言的精雕细琢、文雅脱俗，网络写手即便用心考究，也总是故意草率地堆砌习语，方便地使用套话来遮盖他们的立场、态度；当传统小说热衷于符合伦常情感表达时，网络小说执著于就事论事，用乖谬言辞陈述恶俗的事实……或许人们觉得网络小说表现的生活比我们的亲历亲闻更卑俗更不堪，那未必不是因为传统文学习惯于廉价地美化乃至诗化了现实并以此欺瞒了我们的感知；可能人们不能忍受网络小说的聒噪、浮泛，其实那未尝不是我们日常言说的实际状况，网络小说提醒了人们的不自知。当很多文学作品早已丧失了

---

① 康桥. 网络小说纵横谈[M]. 小说评论，157.

现实批判的能力和禀赋,无论网络小说是以更平庸的方式彻底败坏它,还是以更放任的方式对抗它,都属于那一股“否定力量”。网络小说语言粗糙、戏谑、随意的特点在对正统文学语言特性的悖逆中,传达出一种反叛精神,契合了文学应有的独立不羁的精神气质。

网络写手们面对的是厚重的历史传统、无所不在的经典模式、无数重复雷同的生存体验,他的创造力也只有发挥在言辞之间,以表达方式的越轨显示其个性和人格的独立,于是言说的快感和表达的任意性也就成了自由心灵的最后领地①。

书面语言的书写工具和物质载体的改变可以导致语言书面符号的形体变化和人们书写方式阅读方式的改变,网络的兴起随之带来了大量的新词,如“斑竹”(版主)、“大虾”(网络高手)等。网络小说利用这一点,打破传统小说单一的文学书写方式,在作品中运用计算机上的多种文字符号,增强了新奇性和趣味性,如在文字叙事中,穿插非文字符号,或运用非文字符号进行重组,构成一些具有象形意味的表情动作符号,如笑脸符号、流泪符号,增强了作品的形象性和趣味感,但同时与文学本身应具有的对人的想象力的激发等形成了悖论。

3. **把握跳跃性的结构** 网络写作的典型形态是一种超文本的写作,不受传统文学的结构方式的制约。传统文学在艺术上的结构严谨性要求,对网络小说而言不再构成一种艺术规范。网络写作由于并不存在发表的压力,作者在写作过程中有一种随意性。在叙述过程中,随意性的链接是可能的,特别是在稍长的作品中,由于某个关键词的出现,而使整个叙述脱离了原来的轨道,转向作者自己也没有料到的新的方向。这样一种超文本结构方式,在先锋文学的创作模式中曾出现过。开放式结构没有单一的结局,给读者留下了想象甚至再创造的空间,使他们以更积极的姿态加入到阅读中来,从而使阅读更加富于创造性。这是一种开放性结构带来的开放性阅读,作品的意义可以在这种开放性阅读中得到新的创造和阐释。但同时也应看到,读者的思绪连贯性被不停地打断,情感和思路的转移不能形成对作品的整体性概念,阅读过程中的耗散状态加重了读屏方式固有的浮躁性。而且,开放性结构阅读中的再创造意义只是对少数有心的读者而言,大多数读者对形式创新似乎并不具备很好的接受能力,很大程度上上述再创造的积极姿态只是一种理想主义的可能性。

【推荐书目】

[1] 李寻欢. 迷失在网络中的爱情[M]. 北京:中国社会出版社,2000.

[2] 马季. 读屏时代的写作——网络文学10年史[M]. 北京:中国工人出版社,2008.

【思考与练习】

1. 你最喜欢的网络小说是哪一部? 请简要谈谈你的体会。

2. 如何看待网络小说语言的文学性?

---

① 魏天真. 网络小说的语言特征[J]. 湖北大学学报.

3. 网络小说与纸质小说之间共通的审美特质是什么？

4.《第一次的亲密接触》的语言审美特点是什么？

5. 如何理解《悟空传》中悟空这一形象？

6. 你如何看待一些网络写手告别网络而以纸质出版物的形式发表作品？

第五部分 影视文学艺术鉴赏

【知识目标】

了解影视剧本与影视作品的审美特征
掌握影视作品的鉴赏方法

【能力目标】

能从不同角度欣赏影视作品
能独立地鉴赏一部影视剧本

第一单元 中外影视剧本鉴赏

一、中外影视剧本范例和赏析

剧本节选范例

肖申克的救赎(节选)

王小瑞 译

……

屏幕渐黑,第一次字幕升起

场景5:内景——法庭——白天

陪审员们如同展览中的人体模型排成一列,面色无光、怔怔地听着。

律师:"杜弗兰先生,描述一下你妻子被谋杀的那天晚上,你与她的争执。"

安迪·杜弗兰坐在证人席上,双手交叉,领带紧打、衣着严肃,梳洗整齐。说话温和又慎重。

安迪:"很激烈。她说她很高兴我知道了一切,她讨厌总是偷偷摸摸,她还说她想在雷诺离婚。"(译者注:雷诺,美国有名的"离婚城市",在内华达州西部,凡欲离婚者,只须在该市住满三个月,即可离婚)

律师:"你怎么回应?"

安迪:“我告诉她我不会同意。”

律师:(看了一下他的文件记录)“‘去雷诺前,先下地狱吧!’这是你说过的话,杜弗兰先生,依据你邻居的证词。”

安迪:“他们怎么说怎么算吧。我心烦意乱,真的记不得了。”

屏幕渐黑,第二次字幕升起

律师:“你们吵完之后呢?”

安迪:“她拾掇了一个包裹,她拾掇了一个包去和昆丁先生住在一起。”

律师:“格兰·昆丁。斯诺顿·希尔斯乡村俱乐部的职业高尔夫球手,你最近发现他是你妻子的情夫。”

(安迪点点头)

“你跟踪她了吗?”

安迪:“我先去了几间酒吧,然后,我开车去他家找他们。他们不在,所以,我把车泊到岔道,等着。”

律师:“出于什么目的?”

安迪:“说不清。我喝醉了,头晕晕的。我想,我只是想吓吓他们。”

屏幕渐黑,第三次字幕升起

律师:“他们回来后,你就走到屋子里杀了他们?”

安迪:“不。我渐渐冷静了下来。我走回车里,开车回家睡觉来忘掉这件事。路上,我停了下来,把枪扔到了皇家河里。这一点,我一直记得很清。”

律师:“使人感到困惑的是,第二天早上,清洁女工上班时,发现你的妻子和她的情夫,被多发点38口径的子弹打死在床上。你真得认为这是巧合,杜弗兰先生?还是只是我这么想?”

安迪:(轻轻地说)“是的,是巧合。”

屏幕渐黑,第四次字幕升起

律师:“你仍然坚持你在命案发生前把你的枪扔到了河里?这样说很有利。”

安迪:“这是事实。”

律师:“警方在河里打捞了三天,并没有找到任何枪支。因此,无法鉴定从沾满鲜血的受害者尸体上取出的子弹,是否出自你的枪中,而这同样也很有利,是这样吧,杜弗兰先生?”

安迪:(无力地苦笑了一下)“因为我是清白的,先生,我认为找不到枪很显然对我不利。”

屏幕渐黑,第五次字幕升起

场景6:内景——法庭——白天

律师用他的最终结论诱导陪审团:

律师:“女士们、先生们,你们都听到了,知道了所有的事实。我们知道被告在现场,有足迹、轮胎印,洒在地上带有他指纹的子弹,同样带有他指纹的打碎的威士忌瓶子。然而最重要的,我们知道了一位美女和她的情夫相拥而去。他们是有罪,但罪该致死吗?"

他示意安迪和他的律师安静地坐着。

律师:"而且,你们在考虑的时候,再想一下这点……"

他拿起左轮枪,像狂欢节上幸运转盘的叫卖者一样旋转轮盘。

律师:"左轮装六颗子弹不是八颗。我提出这一点,是说明这不是一时之怒的冲动而犯下的罪行,如果是一时冲动的话,即使不能被宽恕,至少也可以被理解。不,这是极端残忍和冷血的复仇。考虑一下!每个受害者身中四颗子弹。不是开了六枪,而是八枪!这意味着他把子弹打空后,又装上子弹以再次射杀!一人一枪补射在头部。"

(几个陪审员忍不住一懔。)

屏幕渐黑,第六次字幕升起

场景7:内景——陪审团室——白天

"镜头沿着长桌,从陪审员身上一个接一个的扫过。这些体面的、敬畏上帝的人正吃着法院提供的美味炸鸡餐,咂着油腻的嘴唇啃着可比特玉米。"

人声:"有罪,有罪,有罪,有罪……"

首席陪审员在桌子一头整理投票。

屏幕渐黑,第七次字幕升起

场景8:内景——法庭——白天

安迪站在审判台前,法官向下凝视着他,身后是嵌在墙上的正义女神像。

法官:"你的无情和冷血令我震惊,杜弗兰先生,只是看着你就使我不寒而粟。依据缅因州赋予我的权力,特此判处你两项终生监禁,依次为你的受害者执行,退庭。"

他敲下了木槌。

屏幕全黑:最后的字幕升起

场景9:一扇铁栏门

随着一声巨响铁门打开,远端是一间屋子,镜头推近。七个人一本正经的在一张长长的桌子边挨着坐着,对面放着一把空椅。镜头推进房子:

瑞德进入,拿下帽子,站在椅子边。

男1:"坐下。"

椅子很不舒适,瑞德努力摆正坐姿。

男2:"我们从档案上看到你已服了二十年的终生监禁?"

瑞德:"是的,先生。"

男3:"你觉得你已经悔过了吗?"

瑞德:"哦,是的,先生,的确如此。我是说我已接受教训。我真的已是一个改过自新的人,不再对社会有害,上帝做证。"

那些人只是看着他,一个人抑制住打呵欠。

镜头推近——假释表

图章猛地盖下,红色的章印"驳回"。

场景10:外景——操场——肖申克监狱——黄昏

顶部装着蛇腹式铁丝网的高高的石墙,被渐渐隐现的哨塔隔开。院子里是百余号犯人。玩投接球的、掷骰子的、闲聊的、做交易的,是放风的时间。

瑞德慢慢地出现在日光下,戴上他的帽子,无精打采的穿过活动的人群,与人打着招呼并做些小交易,他是这里的一个重要人物。

瑞德(旁白):"美国的每所监狱一定都会有我这样的犯人。我就是为你弄到东西的人。香烟、大麻,如果是自己人,还可以弄瓶白兰地来庆祝孩子的中学毕业,简直可以是你能用的到的任何东西。"

他驾轻就熟的顺手塞给某个犯人一包烟。

瑞德(旁白):"是的,先生,我就是希尔斯/罗巴克(邮购公司)。"

两声急促的警报从主哨塔响起,所有人的注意力转向停车处。外面的大门旋开,露出一辆灰色的囚车。

瑞德(旁白):"所以当安迪·杜弗兰在1949年要我把丽塔·海沃斯(影星)带进监狱时,我告诉他没问题,事实证明也的确如此。"

某犯人:"菜鸟!今天的菜鸟!"

海沃德、斯基特、弗洛伊德、齐格尔、厄尼、斯诺与瑞德聚到了一起。大多数围栏边的犯人都在观看或辱骂,但瑞德他们却蹬上一边的看台,舒服地呆着。

场景11:内景——囚车——黄昏

安迪坐在车尾,戴着项圈和锁链。

瑞德(旁白):"安迪在1947年由于谋杀妻子及与其通奸的情夫进入肖申克监狱。"

车子蹒跚前行,隆隆地驶进大门。安迪四处张望,视线被狱墙挡了回去。

瑞德(旁白):"在此之前,他是波特兰一家大银行的副总裁,年轻有为。"

场景12:外景——肖申克监狱——黄昏

哨塔守卫:"解除警报!"

拿着自动步枪的守卫们走近囚车。车门猛地一下开了,新犯人链成一列,走下车子,表情阴郁,对周围视若无睹。安迪与他前面的人磕拌了一下,差点拽倒了那个人。

拜伦·哈雷,卫兵队长,用警棍猛击安迪的后背。安迪跪倒在地,痛苦得喘着气,围看的囚犯们连骂带笑。

哈雷:"在我把你打得稀巴烂走不成路之前站起来!"

赏析

本章选取了斯蒂芬·金《肖申克的救赎》作为欣赏篇目。《肖申克的救赎》一直被誉为电影史上最成功、最有代表性的励志影片之一,是一部揭露美国司法黑幕的巨片,一幅用友谊和希望描绘的生命画卷,一部蕴涵人生哲理的警世之作。电影剧本以诸多成功的艺术手法描述了一个极富哲学和宗教意味的故事,宣扬主人公在腐败的司法体制下追寻自由、自我救赎的精神,不但情节动人,更富有对狱政、犯罪、法律、人性、自由、救赎等等问题的思考。《肖申克的救赎》中最为精彩的是人物的刻画：瑞德是现实中挣扎求自由者。瑞德有值得自傲的地方，“监狱里总有这样的人”，他能搞到你想要的任何东西，安迪能逃出去他确是居功至伟。唯一觉得奇怪的是他做生意赚到的钱在铜墙铁壁的肖辛克里能有什么用处呢？或者只为享受交易过程中一刹那的自由感觉！不可否认，瑞德对自由仍存在着渴望。像我们绝大多数的普通人一样，期望在桎梏般的社会现实下寻求能喘息的一方天空。如果安迪没有出现，瑞德应该很能为这样的自由而沾沾自喜。这是第二层意义上的自由。安迪是心灵自由的完美诠释者。安迪因为广播《费加罗的婚礼》被单独囚禁了两个礼拜后出现在餐桌时脸上那恬静的笑容。“没有比这更容易的事了”，平淡的话语轻轻带过了在方寸之室中孤独的日子。孤独吗？并不。“莫扎特在脑里，在心上”。天台上冰冻的啤酒、全国最大的监狱图书馆、美妙的音乐，安迪一步步地让我们体会到什么东西是别人无法夺走的——心灵的自由。瑞德说希望是最可怕的东西，安迪对希望的坚持是为了让他的心灵继续呼吸自由的空气。相对于瑞德，安迪积极主动地释放了他的灵魂。这是最高层面上的自由。现实中没有一个人可以获取完全的自己理想的自由，但只要心存希望，我们便有了生活下去的勇气。

二、中外影视剧本的审美特点和鉴赏路径

(一)中外影视剧本的内涵和分类

剧本是文学作品的一种体裁，它由剧中人物的对话（有的是唱词）和舞台指示等构成，它是戏剧演出的文字底本。剧本典型的特征就是以代言体为主要方式，在文学领域里，它是文学作品的一种特殊体裁，在戏剧实践领域里，它是戏剧活动的基础和起点。剧本的写作，最重要的是能够被舞台上搬演，戏剧文本不算是艺术的完成，只能说完成了一半，直到舞台演出之后才是最终艺术的呈现。剧本的分类常从两个角度进行划分。

1. 应用范围分类

(1)话剧剧本。话剧剧本是戏剧的文学因素，是供演员在舞台上演出的文学脚本，它是戏剧的基础，是一剧之本。剧本主要由剧中人物的对话、独白、旁白和舞台指示组成。对话、独白、旁白都采用代言体，在戏曲、歌剧中则常用唱词来表现。剧本中的舞台指示是以剧作者的口气来写的叙述性的文字说明，包括对剧情发生的时间、地点的交代，对剧中人物的形象特征、形体动作及内心活动的描述，对场景、气氛的说明，以及对布景、灯光、音响效果等方面的要求。在剧本创作中，舞台指示的使用一般应以是否有助于人物形象的刻画和导演、演员舞台工作者进行艺术创造为原则。好的舞台指示不仅能给剧本增添文学价值，而且能够造成浓郁的戏剧气氛，为舞台体现提供广阔的天地。

(2)电影剧本。一种运用电影思维创造银幕形象的文学样式。是电影剧作者根据自己对生活的感受、认识和理解进行艺术构思，并按照电影表现手法（包括场景、环境、人物形象、行为、动作、说白、音响及其他细节）通过文字描述以表达自己对未来影片设想的作品。电影剧本要具备的独特的美学特征，一是富于造型表现力和鲜明的动作性；二是形象的画面感和声音元素的有机结合；三是时空自由转换中体现的蒙太奇效果。同时，电影文

学剧本必须具备文学价值，在人物形象的塑造、思想内容的表达以及语言文字的运用方面，可以作为独立的文学作品为读者阅读和欣赏。

(3)电视剧剧本。电视剧剧本是一种加长了的电影艺术的文学样式，但和电影剧本不同的是，电影剧本以场面宏阔、细腻、历史跨度大小自由伸缩为主要表现手段，而电视剧剧本则主要以较小的场面，较私人化的细节，逐层展开故事中的梦想。而共同之处则都是一种蒙太奇，也就是画面语言，影视作品则是动态画面的艺术。电视剧剧本要具有煽情性、视觉性和角度性的特点，电视剧剧本要以画面的呈现为主，如画面不足以突显作者的思想或情感空间，才辅之以对话，对话不足以突显作者的思想情感时，才辅之以声音。

2. 题材内容分类

(1)喜剧剧本。喜剧剧本是剧本的一种类型，一般以夸张的手法、巧妙的结构、诙谐的台词及对喜剧性格的刻画，从而引人对丑的、滑稽的予以嘲笑，对正常的人生和美好的理想予以肯定。基于描写对象和手法的不同，可分为讽刺喜剧、抒情喜剧、荒诞喜剧和闹剧等样式。喜剧剧本中冲突的解决一般比较轻快，往往以代表进步力量的主人公获得胜利或如愿以偿为结局。

(2)悲剧剧本。悲剧剧本也是剧本的主要类型之一。在悲剧剧本中，主人公不可避免地遭受挫折，受尽磨难，甚至失败丧命，但他们合理的意愿、动机、理想、激情预示着胜利、成功的到来。悲剧一般分为四种类型：其一为英雄悲剧，其二为家庭悲剧，其三为“小人物”平凡命运的悲剧，其四是表现的矛盾冲突贯串整个人类社会生活、展现着人类从必然王国走向自由王国的艰难历程的悲剧。悲剧最能表现矛盾斗争的内在生命运动，从有限的个人窥见那无限的光辉的宇宙苍穹，以个人渺小之力体现出人类的无坚不摧的伟大。

(3)正剧剧本。正剧是在悲剧与喜剧之后形成的第三种戏剧体裁，正剧剧本也就具有界于“两个极端类型的戏剧种类之间”的特征。正剧剧本的“题材必须是重要的；剧情要简单和带有家庭性质，而且一定要和现实生活很接近”。正剧实际就是严肃剧。在正剧中生活的肯定方面和否定方面往往同时作为表现的对象，正剧主人公也像悲剧人物那样把历史的必然要求作为自己的目的，具有明确的自觉意识，但都可以通过自己的行动使这种要求有实现的可能性，喜剧人物把失去合理性和意义的要求作为现实的目的去追求，在正剧中，这种要求则要被否定。正因为如此，人物的命运、事件的结局在正剧中则是有完满性。

(二)中外影视剧本的鉴赏路径

剧本涉及种类繁多，为删繁就简，抓住各类剧本的主要特征，能够对剧本理解举一反三，只针对电影剧本进行分析。电影剧本分为电影文学剧本、电影分镜头剧本和完成台本。电影文学剧本是电影的基础，它对未来影片的主题、人物、情节、结构以及风格、样式等等进行总体的设计。电影文学剧本是一部影片成功的保障。一个导演只是在拥有一个好剧本之后才有可能组织创作班子，展开他的工作。电影分镜头剧本常被称为导演剧本。导演在拿到满意的文学剧本之后，就要作一些更为具体细致的拍摄计划，比如角度、距离、方式等，导演要以电影文学剧本为依据，在电影分镜头剧本中把它们制定出来。完成台本被称作镜头记录本。这是在整部影片拍完之后，由场记完成的工作。我们习惯所说的电影剧本实际上只指电影文学剧本。

我们赏析一部电影剧本应注意以下几个要素：

1. **感受人物性格的魅力** 电影剧本是以塑造人物形象为核心的。好的电影剧本，作家把笔深入到人物的心灵深处，从而把人物的性格写得丰富、丰满、真实、感人，充满艺术魅力，具有典型意义。电影剧本刻画人物时避虚就实，适合拍摄。因此我们欣赏一部电影剧本，感受里面的人物形象时要注意赏析人与环境、人与动物、人与技术几个方面。例如《城南旧事》剧本结尾处写道：台湾义地里，灰色的坟茔静卧于凄凄芳草之中，一团一团火红的栌叶在秋风中瑟索，霜天里传来乌鸦苍凉的叫声，伴之以令人神伤的音乐，这一切构成了义地特有的情调。在此，作者显然不是在单纯地描绘美丽的秋天景色，而是表明英子长大了，经历了人世不少风雨后，她的性格至此已有较大的发展。

2. **感受矛盾冲突的魅力** 常言说：没有冲突就没戏。优秀的作家，在创作电影剧本的时候，常常把外在冲突与内在冲突结合起来。外在冲突推动情节进展，内在冲突挖掘人物内心世界，两者相互配合，从而使剧本更具有艺术的感染力。我们赏析剧本是要注意作家在人与人之间的冲突、人与社会或社会势力和集团之间的冲突、人物的内心冲突、人与自然的冲突等方面的组织构思。例如《这个杀手不太冷》中的一段：你什么人都杀吗？除了女人跟孩子，这是我的准则。他低着头，盯着杯子里的牛奶。摆平那帮混蛋要多少钱？那帮杀我弟弟的混蛋？你有多少？不如这样吧，我为你工作。作为交换，你教我怎样杀人。玛缔娜学着大人的口吻跟莱昂谈判。你认为怎样？我帮你上街，我帮你打扫房间，帮你洗衣服。你同意吗？莱昂疑惑的看着她。不，我不同意。玛缔娜失望的看着莱昂，她眼睛里噙满泪水。那你要我怎样？我已走投无路了。你今天已经受够，先睡觉，明天再做打算，好吗？剧本的这段描述将人与人、人与社会、人的内心矛盾组织得恰到好处。

3. **感受剧情结构的魅力** 作家在创作剧本时为了引人入胜，就必须在结构上精心安排，巧妙布局。比如电影剧本《桃花扇》以"桃花扇"为线索来安排情节，巧妙组织了明代末年历史大变革。从侯方域送李香君一把题诗扇，到阮大铖强将李香君许配他人，李香君不从自尽血溅诗扇，直至李香君弃扇入山出家。巧妙的组织结构使读者跟着整个剧情发展走，令人不能释手。所以欣赏剧本，感受剧情结构，是不能忽略的。

【思考与练习】

1. 欣赏电影《月黑高飞》，比较剧本《肖申克的救赎》的异同。
2. 比较希区柯克的《蝴蝶梦》与《肖申克的救赎》的心理刻画。

参考文献

[1] 中国电影出版社编辑部. 中国电影剧本选集[M]. 北京：中国电影出版社，1981.

[2] 中国电影出版社编辑部. 外国电影剧本丛刊[M]. 北京：中国电影出版社，1982.

[3] 文化部剧本委员会《剧本园地》编辑部. 剧本园地[M]. 北京：《剧本园地》杂志社，1980.

第二单元　中外电影鉴赏

一、中外电影名作鉴赏

范例 1 故事类

《教父》

出品公司:美国派拉蒙影片公司/上映:1972 年/编剧:马里奥·普左弗朗西斯·福特·科普拉/导演:弗朗西斯·福特·科普拉/主演:马龙·白兰度 艾尔·帕西诺 詹姆斯·凯恩 罗伯特·杜瓦尔 戴安·基顿

【剧情小贴士】

1945 年夏天,美国本部黑手党柯里昂家族首领,“教父”维托·唐·柯里昂为小女儿康妮举行了盛大的婚礼。“教父”有三个儿子:好色的长子桑尼,懦弱的次子弗雷德和刚从二战战场回来的小儿子迈克。其中桑尼是“教父”的得力助手;而迈克虽然精明能干,却对家族的“事业”没什么兴趣。“教父”是黑手党首领,常干违法的勾当。但同时他也是许多弱小平民的保护神,深得人们爱戴。他还有一个准则就是决不贩毒害人。为此他拒绝了毒枭索洛佐的要求,并因此激化了与纽约其他几个黑手党家族的矛盾。圣诞前夕,索洛佐劫持了“教父”的养子、家族参谋顾问汤姆,并派人暗杀“教父”。“教父”中枪入院。索洛佐要汤姆设法使桑尼同意毒品买卖,重新谈判。桑尼有勇无谋,他发誓报仇,却无计可施。迈克去医院探望父亲,他发现保镖已被收买,而警方亦和索洛佐串通一气。各家族间的火并一触即发,迈克制定了一个计策诱使索洛佐和警长前来谈判。在一家小餐馆内。迈克用事先藏在厕所内的手枪击毙了索洛佐和警长。迈克逃到了西西里,在那里他娶了美丽的阿波萝妮亚为妻,过着田园诗般的生活。而此时,纽约各个黑手党家族间的仇杀却越来越激烈,桑尼也被康妮的丈夫卡洛出卖,被人打得千疮百孔。“教父”伤愈复出,安排各家族间的和解。听到噩耗的迈克也受到了袭击,被收买的保镖法布里奇奥在迈克的车上装了炸弹,迈克虽幸免于难。却痛失爱妻。迈克于 1951 年回到了纽约,并和前女友凯结了婚。日益衰老的“教父”将家族首领的位置传给了迈克。在“教父”病故之后,迈克开始了酝酿已久的复仇。他派人刺杀了另两个敌对家族的首领,并亲自杀死了谋害他前妻的法布里奇奥。同时他也命人杀死了卡洛,为桑尼报了仇。仇敌尽数剪除,康妮因为丈夫被杀而冲进了家门,疯狂地撕打迈克。迈克冷峻地命人把康妮送进了疯人院。他已经成了新一代的“教父”——迈克·唐·柯里昂。

赏析

1. **暴力的另一种诠释** 影片反映一个家族在困境中生存、在逆境中挣扎、在顺境中力图重生的轨迹，是一部最具史诗气魄的揭露黑社会明争暗斗内幕的影片，一幅气势恢弘的“社会图卷”，描述了黑手党的产生、发展的全过程：外来移民为生活所逼，铤而走险，靠走私、赌博、贩毒、谋杀而在美国社会中争得一席之地。他们依赖非法营生而逐步发展壮大，其势力也渗透到各个领域，在政府枢纽部门也有了他们的代理人。当他们羽翼丰满时，便不满足于现有的非法地位，力求融入合法社会，毫无恐惧地享受他们的财富。然而，具有讽刺意味的是，他们由非法社会向合法社会的过渡却偏偏是依靠非法的暴力行为得以完成的。

科波拉执导的《教父》却非同一般，这位学院派出身的导演以敦厚柔和的基调赋予黑帮片以全新的感觉，教父与以前黑帮片的形象截然不同，赋予暴力另一种角度的诠释：影片中的黑手党老教父维多·科莱昂是一个和蔼的、主持正义的长者。他性格显现多样性：老谋深算、阴险凶残而又慈祥可亲、趣味高雅；坚持原则，而又忠于友情；对家庭和朋友富有责任感。作为教父，维多·科莱昂当然离不开暴力，暴力是他赖以生存的手段。但影片中写他运用暴力都事出有因，并非滥杀无辜，而且每一桩暴力都有冠冕堂皇的借口。为瓦隆赛拉的女儿复仇是因为法律不公而要讨回公道；为乔尼争得主演的位置是因为那个角色最适合他演，沃尔兹出于报复心理不让他得到。这样一来，暴力就变得可以接受了，除暴力似乎没有别的办法来打击司法的腐败和实现人的报复心理。在涉及到贩毒这个社会公害问题时，影片也没有让它损害维多的形象。他先是坚决反对，甚至为此差点搭上性命，后来不得不顺应时势也是有条件地答应，以他所处的位置而言，他这么做可以说是最大限度地维护了社会正义。影片对教父的形象进行美化、理想化，颠覆和挑战了传统的社会道德和价值观，同时表现了艺术上对暴力的另一种诠释。

2. **高超的艺术才能** “教父”作为一部经典影片，在故事编排、表演、摄影、电影技巧上简直完美无缺，可以作为电影的教科书。

(1)人物想象刻画。作为一部史诗性的影片，整个故事格局庞大，情节复杂，人物众多，光是需要有所表现的人物就有二十多个，但电影却把这些处理得有条不紊。在科波拉高超的导演技巧下，人物主次分明，性格丰满，有些角色只需要一个镜头和一个细节就表现了角色的性格。例如，在迈克在医院发现有人要谋杀父亲的时候，刚好遇到教父帮过忙的糕饼店老板，他们假装保镖吓走了杀手，但当他们点烟压惊的时候，糕饼店老板已经手发抖得打不着打火机了。演员马龙·白兰度是美国电影演员的教父级人物，他通过本片还获得了奥斯卡最佳男主角奖。阿尔·帕西诺将一个即将成为教父的年轻人的冷酷、胆大、果断以及在权力、欲望、爱情之间的痛苦挣扎，以眼神和气质将其表现地淋漓尽致。阿尔·帕西诺的表演较少依靠语言，更多靠行动和眼神来表现角色的性格和反映。如迈克在餐馆与索洛佐谈判的时候，阿尔·帕西诺的眼神非常复杂，在拿到手枪的时候，他的眼神具有一种令人紧张到窒息的戏剧张力，后来的枪击给人的感觉简直是一种解脱。

(2)对比蒙太奇手法的娴熟运用。影片一开始那黑暗的密室与温馨的舞会在光与色上就形成了对比,舞会上喧闹的音乐与密室里沉闷的对白形成声音上的对比。密室是各种阴谋的汇集地,而舞场则是亲情的海洋,这种对比表现延伸下来展现出残暴的社会与深情的家族。导演运用了富于技巧的电影语言,调动平行蒙太奇的手法,将两条线索交替展示,在对比中达到高潮。迈克在神圣的教堂里为他侄儿洗礼,成为侄儿的教父,聆听基督的劝诫,承担家族的责任;而他的手下则按他的指令追杀他所有的敌人,包括他侄儿的父亲(他的妹夫)。最后迈克因为这一系列被迫选择的血腥仇杀而成为家庭的王者,在父亲幽暗的密室里接收家庭骨干的拥吻成为教父。这两组平行蒙太奇形成的对比使暴力富于诗意,传达出作者的倾向性。影片结束时沉重的黑门将迈克关闭在他父亲黑暗的世界里,他完成并重复了他父亲的神话,不过更加血腥、更加冷酷。而他夫人被那黑门阻隔的惊惑眼神也表露出善良人们的一丝隐忧。

(3)在摄影和音乐上,配合电影表现地下社会的需要,故事大部分发生在黑暗中或者室内,黑色与幽暗的黄色的应用渲染了那个社会的压抑与阴暗,同时也打上了史诗般的光泽。"教父"的主题音乐则更加广为人知,在电影中有许多具有不同特色的音乐,分别代表着不同的文化背景,它是本片成功的重要因素。

《霸王别姬》

出品公司:北京电影制片厂香港汤臣电影公司/上映:1993 年/编剧:李碧华 芦苇/导演:陈凯歌/主演:张国荣 张丰毅 巩俐

【剧情小贴士】

演生角的段小楼与演旦角的程蝶衣是自小在一起长大的师兄弟,两人合演的《霸王别姬》誉满京城,他们约定合演一辈子《霸王别姬》。后来段小楼娶了名妓菊仙为妻,依恋着师兄的蝶衣决定不再与小楼演这出戏。文化大革命中,段小楼成了牛鬼蛇神。在造反派的威逼下,师兄二人相互揭发"罪行"。菊仙承受不了打击,上吊自尽。打倒"四人帮"后,师兄二人在分离了 22 年的舞台上最后一次合演《霸王别姬》。蝶衣在师兄小楼的怀中结束了自己的演艺生涯,也结束了这出灿烂的悲剧。

赏析

1. 雅俗共赏　《霸王别姬》整片气派恢宏,制作精致,将两个伶人的悲欢故事揉合了半世纪以来的中国历史发展,兼具史诗格局与细腻的男性情谊。翔实的反映了新旧社会的梨园血泪和梨园风气,有纵深的历史感,内中二男一女的情感纠葛,同性恋与异性恋的冲突,描写得曲折细腻,展示了人在角色错位及灾难时期的多面性和丰富性。全片感情强烈,情节曲折,充满生生死死的戏剧冲突,几位大明星的倾力演出更增加了该片的商业信息,但同时,却蕴含深刻的文化内涵,这是导演陈凯歌的一贯作风。香港影评界的评论以"通俗中见斑斓,曲高而和者众"来形容,国际影评联盟评委以"《霸王别姬》一片深刻挖掘中国文化历史及人性、影象华丽、剧情细腻”来形容，雅俗共赏可以总结以上的评价。首先导演选择中国文化积淀最深厚的京剧艺术及其艺人的生活，来表现他对传统文化、人的生存状态及人性的思考与领悟，是很聪明而独到的。其次导演选择了承载着中国文化积淀的京剧的几个经典片段来展现故事，塑造人物形象。影片中选用的几个京剧的片断，是经过严格精选的，陈凯歌说是要“尽量借这些片断说明程、菊及段三人关系的变化”。这些京剧片断，对于塑造程蝶衣的形象，是极具魅力的视听元素。影片中一出《霸王别姬》打从清末民初的北洋时代，一路演到文革以后。片头关师父形容京剧风行的盛况说：“是人的就得听戏，不听戏的就不是人”，乍听下似乎夸张，然而直到片末，此话的真实性都没有被质疑过。日本的入侵，没有丝毫减低京剧的地位，反而经由描写日本军官青木对它的崇仰而更显出它的价值。国民政府军的压迫，文化大革命的改革、贬抑、摧残，都没有改变这项艺术的形式与内涵。在片子开头的倒叙中，当程蝶衣与段小楼在文革十多年后，再度在一体育馆内粉墨登场走位，立即被管理员戏迷指认出来，暗示京剧艺术并未遭文革消灭。政权更迭，历史演进也并没有阻止艺术的价值和流传，这也许就是导演陈凯歌主要要表达的意图。

2. **戏如人生，人生如戏**　诚如戏如人生，人生如戏，影视和文学往往映射人生，让人迷失，让人迷惘，却又特别深刻。《霸王别姬》改编自香港女作家李碧华的同名小说。具有多年的电影剧作创作经验的李丽华，很善于在多重交错的套层时空结构中，描写那些挣扎在历史与现实、梦幻与真实、生命与死亡的边界线上，为情所困、为爱而饱受折磨的小人物。如《胭脂扣》（关锦鹏导演）中为寻找情郎而化为怨鬼的青楼女子，《青蛇》（徐克导演）中为情献身的千年蛇妖，《古今大战秦俑情》（程小东导演）里为了爱人穿越两千年历史而长生不死的秦朝武士，还有《霸王别姬》中人在当代、心在古代、人戏不分的京剧名旦程蝶衣等。这些人物，非“鬼”即“妖”，命运多舛，在他们灵魂深处，充满了道德与情爱、梦幻与现实不可弥合的冲突；这一矛盾性格又继续造就、延续他们的悲剧命运。作者则满怀一腔的迷恋与同情，以奇诡、哀怨而又幽艳的笔触为这些又可悲又可怜的下层或边缘人物谱出一曲曲挽歌。当然，电影对原小说做了一定的改动，且在作品的主题寓意方面打上了陈凯歌本人的鲜明印记。他的影片中的人物，往往一生下来就被无端抛掷到一个极度拂逆的困境里，身世跌宕无常，有若江上浮萍；他们的性格，大都是让环境硬“逼”出来的，在逆境中饱受苦难，迫使自己在后天形成一种强势人格。他借用了李碧华的人物境况和模糊古今的恍惚氛围，同时又大大加强人物性格的偏执一面，以便令理性化的象征意味得以寄寓其中。

范例 2 纪实类

《华氏 911 度》

出品公司：美国哥伦比亚公司/上映：2004 年/编剧：迈克尔·摩尔/导演：迈克尔·摩尔/主演：迈克尔·摩尔

【剧情小贴士】

这部纪录片反映了这届美国政府的某些侧面,试图说明为什么美国会成为仇恨与恐怖活动的目标,为什么美国总是很容易就卷入到战争之中,指出了“911”后对石油的贪婪在疯狂的反恐战争中起着绝对的作用,也分析了布什家族与本·拉登之间所谓的关系是如何导致他们成为势不两立的敌人。影片不但直接指向布什家族与富裕的沙特人包括皇室、沙特驻华盛顿大使和本·拉登家族在社会与经济上的联系,也表现了在伊拉克战争中的美军和伊拉克普通人的种种真实的状况。其中尤为关注与战争相关的平凡人,像在战争中受到伤害的伊拉克民众,像莱拉·利普斯科姆这样因在战争中失去儿子而转变对布什政府发动的伊拉克战争的看法的平凡母亲,像进入巴格达普通家庭逮捕无辜市民的美军,像厌恶伊拉克战争的美军大兵,像那些成为美国新兵源的密歇根州的贫困的非裔美国黑人。

赏析

1. **纪实类电影的纪录特性** 《华氏 911 度》的内容集中于 2001 年“911”事件前后美国政府的所作所为。列举若干证据指出乔治·布什总统与“基地”组织头目本拉·登之间千丝万缕的联系。《华氏 911 度》导演迈克尔·摩尔以其高度引导性和幽默感十足的现场采访对文献和资料数据进行戏剧化拼贴。这部电影制造了一个奇迹。原发行商迪斯尼公司以“政治性太强”为由拒绝发行这部刚获戛纳电影节“金棕榈奖”的影片。接着,白宫及布什的支持者因担心该片的放映将直接影响 11 月总统大选时布什的选票,试图阻止它在全美上映。影片放映两天后,美国在伊拉克前线士兵的家属组织和“911”死难者家属组织发表公开声明,呼吁布什总统看这部影片。影片以一种反讽的口气叙述着从年美国大选到如今的伊拉克战争中美国人所经历的一切,试图探寻出海面下冰山的全貌。在这部影片中,迈克尔·摩尔以其人之道还治其人之身,多用总统布什自己的言语和表情来传达信息。比如发生事件时,布什总统正在美国一所小学中视察,当他的助手轻声告诉他飞机撞击了五角大楼和世贸大厦的消息时,布什先是一脸受到惊吓的表情,而后时间虽然在一分一秒的过去,布什总统却好像永远不会从凳子上站起来一样的呆坐着,盯着他手中孩子们那写着我的宠物山羊的教材。迈克尔·摩尔用画外音说总统是否在想他应该多多出现,多做些工作?他的这句评论其实是与电影中早些出现的布什经常呆在德州清理灌木丛和打高尔夫球的镜头相关联的。在这个场景之前,摩尔用配有声音的黑屏向我们重现了飞机如何袭击双塔:当听到飞机的嗡嗡声,我们知道它正朝双塔袭来,当听到撞击的巨响和几秒之后警报声和人们的尖叫声和气喘声,我们知道发生了什么。紧接着的是第二次撞击,但是摩尔将镜头切向目击的人们,一个流泪的女人哭着向上帝祈祷使那些从窗户上跳下的人的灵魂得到安息。导演迈克尔·摩尔就是这样用真实的记录来引发观众对当今美国政府作为的思考。

2. **荒诞的喜剧特性** 迈克尔·摩尔充分发挥了电影荒诞的喜剧特性,为我们展示了纪实类电影的娱乐性。他一贯的风趣而充满嘲讽的风格，被电影里小布什这样一个核心的“大”人物和“好”演员发挥得淋漓尽致：他不厌其烦地用特写镜头对准布什和围绕在他周围的政客名流，捕捉他们虚伪而苍白的神态和语言；他在叙述“911”发生后布什的反应时，用最微妙的讽刺性的画外音来揣测这位在这一刻看来是如此无助的总统；他残忍地用代表美国的文化和电影符号来为布什政府的行为做出绝佳的喜剧解释；他在我们快要对披露的细节感到愤怒的时候，总是会故意用啼笑皆非的配乐来进一步暴露现实的荒谬。于是我们有幸看到穿插的旧电影片段和布什政府在真实世界中的决定形成的荒唐对比，布什总统、国防部长拉姆斯菲尔德和副总统切尼都摇身一变成为牛仔攻陷了阿富汗的荒原。下面这一段画外音充分体现了摩尔的尖刻讥讽：当布什对伊拉克派兵招来了联合国大多数理事国的反对，摩尔的画外音说，这没什么关系，我们有的是同盟国，看看我们的盟友都是谁：哥斯达黎加、冰岛，虽然他们好像都是没有正规军队的；对了，我们还有一个重要盟国：阿富汗。你不能说阿富汗没有军队吧？啊，差点忘记了，阿富汗境内的军队可不就是我们自己国家的军队嘛。影片当中这样的风趣而戏谑的口吻比比皆是，观众在摩尔特有的不咸不淡的画外音叙述的引领下，深入到他要表达的观点里面，通过丰富的镜头语言，熟练的蒙太奇技巧，展示了电影的喜剧特性。

范例 3 实验类

《广岛之恋》

出品公司：法国阿尔高斯—科莫影片公司/上映：1959 年/编剧：玛格丽特·杜拉斯/导演：阿伦·雷乃/主演：埃曼纽尔·莉娃 冈田英次

【剧情小贴士】

电影讲述了一个法国女演员年来到广岛拍摄国际性的和平宣传片，内容是战后日本的状况。在广岛邂逅一个男子，她向他讲诉第二次世界大战中自己最初的爱恋，以及死去的爱人——一个年轻的德国军官。在她的家乡内韦尔，人们反对他们的爱情，人们暗杀了德国军官。当她的恋人在她怀里变冷的时候，内韦尔也解放了，但是她却疯了。十四年后，她来到广岛，男子唤起了她心中的爱情。她把他甚至当作死去的恋人，向他倾诉自己一刻也没有忘记过的痛苦。男子要求她留下来，留在广岛，因为他爱上她。她在走与留之间徘徊着，她一直以为自己是忘记了痛苦的。但是却在内心深处一遍一遍怀想自己的青春岁月，她是被毁灭的。在内韦尔，勉强活下来的她已经为了爱情而死去了。又在广岛为了爱情而复活。去与留，念与忘。神秘的男子一直是深爱着她的：在她悲伤颤抖的时候紧紧按着她瘦弱的肩膀；在她不愿启齿的时候要求她竭力回忆；在她愤怒尖叫的时候给她倒酒，握住她的双手；在她哭泣的时候为她捂住双眼倔强地、深刻地、顽固地爱着她。他要求她留下来，结束内心不安的痛苦的日子，和他一起住在废墟上的广岛。她在这要求面前一再退缩。最后她捏着拳头怒不可遏地说：“我一定会把你忘记的！看我怎样忘记你！”男子过来握住她的拳头，她抬起头说：“我知道了，你的名字叫做广岛。”男子微笑着说：“是的，我的名字叫做广岛,而你的名字叫做内韦尔。"电影戛然而止。留下最后一句耐人寻味的台词,而她的去留已经不再是关键。

赏析

1. **现代电影的开山之作** 《广岛之恋》作为左岸派领军人物阿伦·雷乃的意识流三部曲之首,其题材、表现手法与内涵在西方影评界至今仍是众说纷纭、褒贬不一。如果一定要为西方电影从古典时期转为现代时期寻找一部电影作为划时代的里程碑的话,那么这部电影无疑应当是《广岛之恋》。《广岛之恋》以其现代意义的题材,暧昧多义的主题,令人震惊的表现手法,与新小说派的紧密联结,在多重意义上,启发和开创了现代电影。1959年5月,阿伦·雷乃携他的新片《广岛之恋》来到法国戛纳参加在这里举办的第十二届电影节,影片如一枚重磅炸弹,立即轰动了整个西方影坛。影片中首次出现大胆而新颖的叙事技巧,电影将早已为文学把持的地盘夺了过来,超现实主义和意识流介入,影片同传统的、以设置一个无所不知的讲述者为基础的现实主义表演实行了决裂。一个或多个人物的独白取代了讲述者。世界不再是被描绘的了,而是反映在人的脑海中,观众也不得不以新的方式去感受这些影片。《广岛之恋》的开头已经令人感到震惊,长达15分钟的片段放映着男女主角做爱的场面和原子受害者纪录片段的对剪,旁白中她对他说:"我来到广岛,看到了原子弹爆炸后的疮痍和伤痕。"他对她说:"不,没有看到。"整部影片突破了线性的叙事和时空,在战争与爱情,日本与法国,现在与过去的声音、画面的混杂之间穿越,拼贴进纪录片画面,并以大量人物的局部特写镜头,迫近的传达出人物内心躁动的情感。因此全片充满了象征、隐喻的元素,被赋予了影像的诗意。导演阿伦·雷乃本身也酷爱在电影与文学之间穿梭游荡,因此影片既有创作者的独特的风格,又以严密的结构方式带有浓厚的文学气息。也正是因为如此,使他在叙事模式上的创新更加凸现,他把剧情片、纪录片、拍摄和剪辑、声音和画面的界限完全消解与打破了,他的电影使一种形式交错成为可能。

2. **从玛格丽特·杜拉斯小说看电影主题** 看影片结尾:男子过来握住她的拳头,她抬起头说:"我知道了,你的名字叫做广岛。"男子微笑着说:"是的,我的名字叫做广岛,而你的名字叫做内韦尔。"从最后这句话里我们看到了整部影片的主题:当把人上升到城市的地位身份时,整个电影的意义就不再局限于个人的爱恨情愁这样的小题目,而是上升到战争对整个人类生存的影响和威胁。广岛是被人类的文明和仇恨所毁灭的城市,在这部镜头摇摆不定、画面破碎的电影里,有限的一段完整的全景镜头被长时间地用来描写二战中广岛被原子弹毁灭时惨不忍睹的情景,和人被原子弹辐射影响而产生的身体畸形变异。广岛是一座没有历史、没有回忆的空城,它的一切,都要从毁灭开始算起。而这样的状态,正与杜拉斯笔下人物的状态相契合。所以,当表面完整安好,但是实际上从内部、从精神上被毁灭了(爱情)的内韦尔遇见了毁灭之后重新建立起来的广岛时,电影被赋予了历史的、人文的全新意义。当女主角面对着广岛阑珊的夜色,绝望而沉醉地喃喃自语道:"在这永不醒来的黑夜,在广岛,请你把我吞噬了吧。"杜拉斯本人在二战中受到过很深的伤害,也受到很深的震撼。在西贡的童年时代,她与她的家庭过着与殖民者身份不符的艰难生活,强烈的物质欲望与现实生活的脱节造成了她早熟而轻狂的性格,内心奇异的自卑表现出来是对以母亲为首的家庭成员的既爱又恨,以及在外表和举止上的夸张与冷漠。有着天使般甜美笑容的杜拉斯渐渐变成一个内心极度自私敏感的人。对于政治她没有专门的兴趣,她所关心的,是被毁灭的人的生存状态,在过去与未来之间,在极度的爱与恨之间,如何取舍,以及是否需要面对取舍。

范例 4 动画类

《千与千寻》

出品公司:日本东宝映画株式会社/上映:2001 年/导演:宫崎骏

【剧情小贴士】

《千与千寻》是日本著名动画大师宫崎骏献给曾经有过 10 岁和即将进入 10 岁的观众的一部影片。它以现代的日本社会作为舞台,讲述的是一个叫千寻的小女孩随同父母一起从繁华的都市搬家到乡下,搬家途中千寻一家因好奇闯入了一条神秘的隧道,从而发现了一个无人居住的不可思议的小镇。那是汤屋老板魔女控制的奇特世界——在那里不劳动的人将会被变成动物。不明所以的千寻父母被那里的美食吸引最后变成了猪,剩下一个人的千寻无奈只好在魔女支配的世界中劳动,承受着各种痛苦,最后终于在白龙、锅炉爷爷、小玲等人的帮助下,战胜了魔法,救出了她的父母,回到了人间。

赏析

1. **"人文"卡通制作** 宫崎骏懂得一部卡通片必须用"人文"来打动观众,他没有像迪斯尼运用电脑特技来完成视图的完美结合,他坚持用手工绘画完成自己的卡通片。所以宫崎骏笔下的形象是一个个人,而不是一个个没有知觉的卡通形象。电影的力量在于动人,卡通的力量在于纯真,宫崎骏掌握了这些力量,他取得了理所当然的胜利。《千与千寻》大胆地起用了现代都市背景,同时故事的主要部分不再是在森林,而是安排在一个日本古时期的澡堂。影片在影像技术方面有突破,是首次以全数码制作的动画电影,在画面、色彩、音响上更具细腻感和层次感。片中的场景不仅仅只是为了达到一个视听上的超越,而是有了较前期更深的用意,一方面借此场景表现日本民族传统文化,本土观念更易回归;另一方面,场景本身有其寓意,千寻在这个场景中成长与洗练,不仅是对人身体的洗礼,更重要的是对人类灵魂的洗礼。如:(1)影片中的汤屋被比喻成现实社会,虽充满肮脏与混乱,却也能让我们在当中找到生命的真善美。(2)千与千寻是主人公在两个世界的不同名字。喻示着两个不同性格的千寻。现实中,她懒惰,厌学,胆小;在另一个世界中,她坚强,勇敢,激发出无限潜力。(3)影片中的河神形象一直颇具争议——为什么河神是那么肮脏,浑身充满垃圾,以至于被误认为腐烂神。而最后却是千这个小女孩净化了他?也许,这正象征着人类对自然的破坏,对江河的污染,而要千寻去净化他;也是说明人类所造成的结果,需要人类自己来解决。

2. 积极入世的主题说　《千与千寻》叙述了千寻的一个生活小片段，讲述她在面对困难时，如何逐渐释放自己的潜能，克服困境。这故事也令人联想到现实社会中，一个初出茅庐的女孩进入一间大机构做事的情形。面对陌生的环境，冷漠的人事，这女孩要付出相当的努力，发掘内在的潜能，克服种种挑战，方可建立一片立足之地。现实如此复杂，是非黑白难以断定，辛酸苦辣，沧海桑田。正如故事里的汤婆婆，看似是个坏人，但背后却也有她辛酸的一面。《千与千寻》正是借由小女孩千寻的经历，在积极探索一条入世的道路。千寻由一个物质世界跌入一个对于她来说全然陌生和充满着困境的神灵的世界，“回归”将是一切努力的终极目标，取胜的魔法只有一句话——“为了他人而做一件事”，不屈的千寻最终发现了自身存在的意义，她于是努力以成长的主题去实现自己对世界的怀疑与期待。

二、中外电影的审美特点和鉴赏路径

(一) 中外电影的审美特点

1. 中外电影的审美特点　电影，也称映画，是由活动照相术和幻灯放映术结合发展起来的一种现代艺术，是一门可以容纳文学戏剧、摄影、绘画、音乐、舞蹈等多种艺术的综合艺术，但它又具有独自的艺术特征。电影在艺术表现力上不但具有其他各种艺术的特征，又因可以运用蒙太奇这种艺术性极强的电影组接技巧，具有超越其他一切艺术的表现手段，而且影片可以大量复制放映。那么中外电影的审美特点，具体如下：

(1)镜头语言。这是电影最重要也是最根本的特征之一。电影艺术就是镜头的艺术，没有镜头就没有形象，当然也就没有蒙太奇。一张惊恐的脸，一只淌血的手，一双睁大的愤怒的眼睛，一束美丽的鲜花，即使没有任何背景音乐，甚至镜头本身没有任何移动，当这些画面以特写镜头的形式出现在观众眼前时，必然会暗示或者说传达出某种信息，也必然会刺激和吸引住观众的注意力。因为所有这些镜头的背后，必然地存在着观众所预期的诸种关系和动作连接。镜头是运动中的语言。正是通过运动，通过画面的运动，电影才形成了严密的逻辑秩序和流畅的思维，观众与电影之间的观赏与表演关系才得以真正建立起来。

(2)逼真感。在所有艺术形式中，电影的逼真感应该是最突出，也是最充分的。一是在一般的描叙中细节上的逼真感。二是心理呈现上的逼真感。梦境、幻觉、错觉在视觉上逼真地呈现。三是虚拟空间的真实性。当代电影科技可以通过数字虚拟技术，凭空创造出各种各样的科幻世界，包括人类没有经验过的事情，未曾想象到的异度空间，超现实的星空，时光倒流的宇宙，外星人的星际等。

(3)蒙太奇。蒙太奇原本是一个建筑术语，意为组成与装配，后来被移用于电影中，并且被赋予新的意义。它主要是指镜头的剪辑与组接，包括时空的转换，场景的并置、对比与互换，长、中、短镜头的配置等。蒙太奇是使电影从限制变为自由，从有限达到无限的最根本的转化器。电影演出的时间和银幕的空间本来都是固定的，但是，由于有蒙太奇，它可表现的时间和空间变成没有限制。从空间来说，电影可以表现上天入地，下海升空；从时间来说，它甚至可以表现一个家庭几代人的命运。在神话和科幻电影中，人可以改变自己的属性，可以变成巨人也可以变成侏儒，还可以由老者变成青年，由动物变成人，或者由人变成动物；时间也可以变得可逆，过去、现在、未来根据需要可以随意颠倒。

(4)表现手法的多样性和自由性。电影作为一种泛形式，几乎可以利用一切已知的甚至未知的艺术手段，可以用音乐烘托人物的内心世界；可以用戏剧性旁白表现人物内在的思想活动；可以用摄影中的特写，增强视觉冲击力或艺术表现力；可以用鸟瞰拍摄大场面、大背景；可以用闪回，用不同的色彩构成回溯镜头或回忆镜头；可以通过动画手段和虚拟手法创造特殊的效果(比如科幻片)；可以用顺叙、倒叙、插叙等文学手段增加电影表现的层次等。

2. **中外电影的类型** 由于分类标准和审美角度的不同，电影的分类也存在着多种差异，而从电影独特的创作手段、叙述特征和审美功能出发，可分为故事类、纪实类、实验类和动画类。

(1)故事类电影。故事类影片最主要的审美特征是呈现了虚构的人物和事件，在叙事的灵活性以及时空表现上受到的限制相对较小，影片的制作团队，如策划、编剧、表演、拍摄以及后期制作都可以根据已有的经验、知识和自己的表达意图对叙述方式、时空表现进行操控。虽然故事类电影中的人物和事件是虚构的，但它与现实是有联系的，它要追求的是一种“假定的真实”，故事片中的细节大多是对现实的再现，这些细节必须是曾经或正在发生的事件，必须符合生活逻辑。根据不同的蒙太奇和长镜头这两种不同的叙述特征，故事类又可分为侧重于表现的技术主义电影和侧重于真实再现的写实主义电影，观众常见的好莱坞电影就是技术主义电影的典型代表。写实主义与技术主义并非互相对立和排斥，它们也常有互相交叉的现象，在一些优秀的故事类电影里，往往能看到两种手法的完美统一。

(2)纪实类电影。纪实类电影将客观地“纪录”“真实”世界作为自己的中级追求，以真人真事作为表现的对象，从现实生活中选取典型、提炼主题，以一种“非虚构”的方式直接反映生活。纪实类电影提供的信息必须是真实可信的，这是与故事类电影不同的地方。影片的创作者可以在事件发生时用摄影机将其纪录下来，也可以用图表、地图、动画等视觉表现手段，还可以采用摆拍、情景再现等方式来重现某些过去的人物和事件。但是，绝对客观地纪录是不存在的，在对“真实”的文本及其结构和组织方式进行选择的过程中，影片创作者已融入了其主观评价，因此纪实类电影也成为了一种极为主观化的电影类型，创作者的观点可以被隐藏，也可以被清晰地表现出来。

(3)实验类电影。实验类电影，通常也被称为先锋电影、个人电影、地下电影等，主要指不以商业盈利为目的、脱离制片人经济束缚的非院线电影。实验类电影内容涉及反主流社会、反政府、反主流道德，拒绝公众趣味，拒绝审片的标准，无视现存的习俗，大胆表现疯狂、性爱和裸体，不遵循任何现成的关于主题或摄影技巧的规则。实验类电影不仅仅只是一种电影现象，从它所关注的对象以及对象背后的文化意蕴，它是广为广阔的社会文化背景下，与社会文化互动关系的表达。电影一直都是大众了解社会规则与人类行为规范的重要途径之一。实验电影反映了电影艺术家的能力，表明了它们能够发展一种新的视觉语言，以扩展观众的意识。所谓“实验”即其品格，表现为一种以无视一切传统和习俗的精神，追求新的视觉经验的还原与再现的勇气。它的存在是对故事类电影观念、叙述技巧与材料革新的推进，它激发了人们的创造力，从更多的角度探寻电影发展的可能性。

(4)动画类电影。动画类电影最大的特点在于它的拍摄对象并非三维空间的生命体，而是用造型艺术手段制作的假定性形象，它们可以是二维平面上的图画，也可以是三维空间中的物体，还可以是储存在电脑里的信息。制作动画类电影就是将这些原先不具生命形态、相对静止的人物或事物，变成有生命的、会运动的人物或事物。动画类电影不追求逼真，拟人、夸张、变形等是其表现手段。通过手工绘制、剪纸(创作二维的动画形象)、制作物体模型、三维物体逐格拍摄(制作三维动画形象)、计算机制作动画等是比较主要的动画类电影的创作方式。

(二)中外电影的鉴赏路径

1. 电影鉴赏

(1)微观的角度鉴赏。主要是指从电影的情节内容、画面、声音、表演等方面来鉴赏，从各个艺术元素的角度来进行审美和鉴赏。绝大多数电影作品都具有叙事功能，因此，影视叙事是打动欣赏者的主要审美元素之一。对故事的渴望和兴趣是人类普遍的精神需求，因此在一般的欣赏活动中，最先关注的就是影视作品的情节内容。戏剧性是叙事艺术一个重要的审美特征，一些成功的电影作品，尤其是好莱坞电影，都特别注重影视作品的戏剧性和情节的生动性，如《教父》系列电影、《泰坦尼克号》等，在故事的内容和情节上都是相当精彩的。而另一些电影故事情节性和戏剧性不是很强，讲述的是一个非常平淡和简单的故事，但仍然非常成功，这主要得益于影片的声画语言的独到运用，在视听上给观众以新鲜的、生动的审美感受和体验。这类影片不是以故事情节取胜，而是以影视语言的独特性和艺术性俘获观众的心。如《罗拉快破》《H_2O》等实验类电影。

(2)宏观的角度鉴赏。主要是指从思想深度、美学风格、文化意义等方面来鉴赏。我们不能只孤立地看到影片的某个段落比较精彩、画面和音乐比较优美、演员表演非常出色等，虽然一部优秀的电影作品离不开上述的艺术元素，但真正的经典之作，不仅要符合上述艺术元素的审美标准，而且还要在思想性、艺术性和文化意义上经得起考验。如对一些实验类电影(如《公民凯恩》等)的探讨。

(3)比较的角度鉴赏。即我们不能孤立地只看到一部影片的美学风格、艺术特征和思想内涵，还应该将作品放在历史和社会的语境下，将它做纵向和横向的对比，才能更全面地认识作品的价值。比较又分为纵向比较和横向比较两种类型。所谓纵向比较，就是要把电影作品放在历史的语境下，使它和不同历史时期的电影作品进行对比，从而寻找它对过去的影视美学风格的继承和发展脉络，发现它的历史价值，同时还可以从历史语境中窥见电影作品对以后的电影艺术作品的贡献；所谓横向比较，就是要将电影作品和同时期、同类型、不同国家的电影作品进行比较，从而更好地理解和把握作品的文化艺术风格和美学特征。我们在分析和鉴赏电影作品的时候，如果只孤立地看到它一方面的特征而忽略了从比较的角度来进行纵向和横向的分析，就不能全面、客观地认识和理解一部电影作品。因此，还要站在历史的纵轴和社会的横轴上，对作品做横向和纵向的比较，多方位多角度地鉴赏电影作品。

2. **电影批评** 所谓批评除了鉴别、鉴定的意义之外，更多的带有挑剔、议论的意思。电影批评也属于电影鉴赏活动，具体有以下几个角度：

(1)世界或现实角度。从世界或现实角度切入的电影批评一般是社会文化系统批评，主要是把电影作品看作是对社会文化、社会意识形态的一种反映或再现。

(2)创作主体的角度。这一角度可以对电影作品生产的各个环节——导演、表演、录音、美工、摄影、编剧等方面进行批评研究，包括对影片的结构、叙事方式、主题、人物设计、对白等偏重文学性的内容进行批评研究；对导演进行作者研究，研究影片与导演的生平、个人经历和童年记忆的关系；题材的选择、影片结构、画面、剪辑、导演对镜头语言的运用等方面的研究；演员或明星的"二度创作"，其比较直观和形象化的表演风格，明星形象的文化象征意义；影视摄影造型的表现手段和形式，包括对光线、色彩、镜头运动等方面的表现手段的批评，并通过这些研究探讨摄影造型手段的运用对于形成电影作品风格和艺术特色的作用。

(3)语言与形式的角度。以电影作品的语言特点，如画面造型、运动、镜头语言、剪辑风格、叙事或抒情的节奏、视点、角度等内容为主，通过对镜头的细读式的分析来进行批评。

(4)心理接受的角度。从审美接受和接受心理学的角度来研究，研究观众的接受心理，电影作品对观众心理的自觉或不自觉的迎合，研究观影过程中电影作品对观众的"缝合"作用及过程；也可以进行原型心理研究或进行个体精神分析，进而研究电影作品中所表达的大众文化心理。

(5)传媒产业经济的角度。从传媒产业发展战略和策略的角度进行比较性的研究，或从传媒产业体制创新的角度分析影视产业的制度创新，还可以从传媒产业市场、资本运作等方面进行批评和研究。

【推荐书目】

[1] 邵牧君. 西方电影史概论[M]. 北京：中国电影出版社，1984.

[2] 姚晓蒙. 电影美学[M]. 北京：人民出版社，1991.

[3] 单万里. 纪录电影文献[M]. 北京：中国广播电视出版社，2001.

[4] 游飞，蔡卫. 世界电影理论思潮[M]. 北京：中国广播电视出版社，2002.

[5] 克里斯汀·汤普逊，大卫·彼德维尔. 世界电影史[M]. 陈旭光，何一薇，译. 北京：北京大学出版社，2002.

[6] 林少雄. 纪录影片的文化历程[M]. 上海：上海大学出版社，2003.

[7] 曾庆瑞. 我的电视剧观——曾庆瑞自选集[M]. 北京：北京广播学院出版社，2004.

【思考与练习】

1. 区别写实性影片与风格化影片在场面调度上的差异。

2. 结合某一奥斯卡获奖影片,列举辨析其声画蒙太奇艺术。

3. 区别电影鉴赏与电影批评。

4. 以叙事角度为主区分电影的类型特征。

5. 结合熟悉的某一部影片或某一电视节目,比较电影与电视的差异。

【参考文献】

[1] 陈旭光,戴清. 影视鉴赏[M]. 北京:北京大学出版社,2009.

[2] 周星,谭政. 影视欣赏[M]. 北京:高等教育出版社,2008.

[3] 林少雄. 影视鉴赏[M]. 上海:上海人民美术出版社,2007.

[4] 金元浦,尹鸿. 影视艺术鉴赏[M]. 北京:首都师范大学出版社,1999.

[5] 贾否,路盛章. 动画概论[M]. 北京:北京广播学院出版社,2002.

[6] 克里斯汀·汤普逊,大卫·彼德维尔. 电影艺术:形式与风格[M]. 彭吉象,等,译. 北京:北京大学出版社,2004.

第三单元　中外电视文艺鉴赏

一、中外历史(古装)剧名作鉴赏

(一)范例和赏析

范例

《康熙王朝》

出品公司:中国国际电视总公司/摄制公司:上海求索影视制片公司 上海黄河影视有限公司/上映:2001 年/编剧:朱苏进 胡建新/导演:陈家林 刘大印/执行导演:陈卫国 刘建魁 李明/主演:陈道明 斯琴高娃

【剧情小贴士】

清顺治十八年,恶疾天花袭击皇宫,皇帝爱妃命丧黄泉,顺治痛不欲生,立意遁入空门。危急之际,孝庄太后力挽狂澜,下令“改朱批,行蓝批”,并将大病初愈年仅八岁的玄烨推上龙座,成为康熙皇帝。康熙即位后,鳌拜等权臣威迫有加,连孝庄太后也只好含辱。康熙“亲政”开始,改归皇权,权臣竟图谋废君改朝,康熙被迫殊死相争,最终智擒鳌拜,肃清政敌。

吴三桂等“三藩”拥兵自重，独霸一方。康熙年轻气盛，下旨撤藩，引发“三藩之乱”。朝廷兵将屡被吴三桂击败，明后裔朱三太子也趁机举起“反清复明”的大旗，太监造反，宫廷大乱。康熙陷入绝望，意欲退位。在孝庄太后的怒斥与激励下，康熙重振精神，起用汉臣周培公，与吴三桂拼死一搏，取得了最后胜利。

中国康熙时代，已是国富民强，一片盛世景象。

郑成功后裔郑经割台湾岛自立，不肯归降；蒙古葛尔丹也磨刀霍霍，推崇元大都立誓杀回北京。康熙先安抚葛尔丹，暂缓西北局势；然后起用名将施琅一举收复台湾；继而调转枪头率20万大军，在辽阔的草原上进行殊死地决战，全面消灭葛尔丹的余部，完成了中华民族版图的统一。

班师凯旋以后，孝庄太后归天，太子与权臣结成同党，意欲提前即位。康熙废除太子，引发夺嫡之争。

“千叟宴”上，康熙即宣布“立储”遗旨，却猝死在龙座上，诏书随风飘落玉阶，无人知晓它的神秘。

赏析

1. **个性鲜明的人物** 主演陈道明饰演的康熙帝——随意中的大气。陈道明不愧是一个最能把握和拿捏表演尺度的演员，他饰演的康熙帝有血有肉，随意中才能表现出他与众不同的真正大气。康熙自小接受皇室最正规的礼仪训练，他的行为应该是非常端正和威严的。但并不是所有的中规中矩能与众不同。相反，只有应该严肃的时候严肃了，在平日里更应该展现自己卓越的亲和力，才能在平和之中尽现威严，才是统御下属之大道。只有真正懂得萝卜和大棒功用的君主，才有可能是有为之主。正如这部戏的主题曲唱的好：“我站在风口浪尖紧握住日月旋转，愿烟火人间安得太平美满；我真的还想再活五百年，做人一地肝胆，做人何惧艰险，豪情不变年复一年！”这又是何等气势，何等胸怀？陈道明饰演的康熙帝霸气十足，但又比较有亲和力，他就是一个有血有肉有情义的普通人，但他又不是一个普通人。他把一代帝王的复杂心态，即既有爱江山的豪情壮志，而现实中又有无法摆脱儿女情长的那种无奈。一旦把这既成的现实摆上舞台，一个鲜明而又与众皇帝不同的形象就跃然眼前了。这样把自己置于纷繁的政治斗争和情感演绎之中，也给我们展现了一个更有人情味、也更为真实的帝王形象。

主演斯琴高娃饰演的孝庄皇太后——淋漓尽致的幕后英雄。在尔虞我诈的政治斗争中，孝庄太后一直是康熙成长和壮大中的坚强后盾，为康熙最后成就一代伟业打好了坚实的基础。斯琴高娃把孝庄皇太后这个“幕后英雄”形象表现得淋漓尽致。由斯琴高娃饰演的孝庄皇太后，对以前电视剧里的女性角色都是一个超越，她摆脱了以往女性角色在以往历史剧中的从属地位，让观众感受到了女人的魅力和魄力。

2. **创新的题材及细节** 《康熙王朝》在题材及细节处理上，虽然选取的是我国封建时代的一个千古圣君和太平盛世，但是全剧却没有任何一处刻意表现其时的社会稳定与经济繁荣。全剧把重心放于发生在康熙年间的几次重要战争——杀鳌拜、平三藩、收台湾、西征葛尔丹。然而,该片又并没有把主要的艺术着力点放在重述这些重大历史事件和表现这些事件的外部冲突上,而是重在表现人情与人性的深层内涵。如贯穿全剧的"朱三太子"的秘密暴乱,剧中更是借其兄妹俩的一场对话、与葛礼的几次秘密会晤,形象地刻画其阴险的内心世界。为了更加突出人性的内心,全剧几乎把每一个情节段落的重头戏都放在了宫廷内部的争斗上。全剧的出色之处在于,他们没有把任何一个人物形象简单化,如辅佐康熙几十年的"万花筒"明珠与"三只眼"索额图,他们全都对国事和朝政了如指掌,由于位高权重,又在后宫各有所恃,最后终于由朝廷的权势之争发展到妄图弑君篡位祸乱天下。全剧注重这类传统意义上的"奸臣"一类人物灵魂变异的全过程,也把明珠、索额图两个人几十年的明争暗斗及其内心变化写得有声有色。

(二)审美特点和鉴赏路径

1. 中外历史(古装)剧的审美特点

(1)历史(古装)剧的审美特征。历史剧是根据题材内容划分的戏剧种类之一,取材于历史事件和历史人物的剧目,以真实的历史人物、历史事件为题材,经过作者艺术加工编写而成的戏剧作品。历史剧的创作要对大量的历史资料进行分析、研究,在符合历史真实的基础上,选取具有典型意义的戏剧性的事件,并适当地运用想象、虚构给予丰富和补充,构成戏剧冲突,再现一定历史时期的社会生活面貌。历史剧与古装剧严格上说是两种不同的电视剧形式,前者主要以历史上确有的事件为主要表现题材,而后者则以虚构历史人物或事件为主要表现内容,完全表达现代人的思想内容,不过借用古代服装为其外在标识。两个电视剧形式经常融合在一起,为叙述方便姑且将两个电视剧形式放在一起。

(2)历史(古装)剧的类型。根据对历史事实还原程度,基本可分为历史剧、历史故事剧、名著改编剧。历史剧是以正史、野史记载的著名历史人物、历史事件为依据,来展示特定历史时期的社会、人物面貌,代表作国内以《康熙王朝》《努尔哈赤》《雍正王朝》《太平天国》等为代表,国外以《大长今》《明成皇后》等为代表。历史故事剧即"戏说"剧,强调以历史来折射当下的现实生活,多以喜剧形式来表达,具有很强的娱乐性。这类剧目国内以《宰相刘罗锅》《康熙微服私访记》,港台以《戏说乾隆》《还珠格格》等为代表。名著改编剧是以历史小说为依据改编成的电视剧,力求保持原著的基本思想倾向、作品风格、基本的情节结构以及主要人物的性格特征。代表作如以国内四大名著改编而成的电视剧《水浒传》《三国演义》《西游记》《红楼梦》等。

2. 中外历史(古装)剧的鉴赏路径

(1)电视历史(古装)剧的艺术创造。电视历史剧的创作涉及到"历史真实"和"艺术真实"如何统一的问题,既要符合史实,又要有真正的艺术创造,把握"大事不虚、小处不拘"的创作尺度。历史剧凭借其大容量、视听综合等艺术手段,将一段段耐人寻味的历史再现于荧屏之上,塑造了一批鲜活生动的历史人物群像,如励精图治的雍正、挽狂澜于既倒的康熙等。历史剧的强大吸引力与其叙事艺术的高妙密不可分,历史剧的时间跨度一般较长,宫廷权谋不断,各派政治力量交锋对决,波诡云谲、跌宕起伏,让观众欲罢不能。历史剧基本上都是鸿篇巨制,情节的悬置和突转,叙述故事显示出政治派系斗争的瞬息万变、复杂难测,构成了吸引观众的艺术冲突。历史剧在影像风格上也独树一帜,辽阔壮丽的异域风情、塞外风光,刀光剑影的战争场面大大增加了远景和全景镜头的比例,特别是历史剧的开篇,通过镜头语言奠定作品的历史厚重感及其影像风格。

(2)电视历史(古装)剧的再度阐释。正是因为涉及到如何将"历史真实"与"艺术真实"进行统一的创作尺度问题,历史剧在进行再度阐释时,对某些历史人物的翻案也会存在失实失当的情况,太过醉心于美化帝王,表现权谋文化。如《雍正王朝》大大淡化和回避了雍正残忍狠毒、篡改历史的行径,塑造的雍正帝的形象艰苦朴素,饭桌上一粒饭都舍不得浪费,直至鞠躬尽瘁、死而后已。历史剧几乎无一例外地围绕宫廷的权力斗争展开,核心人物均为帝王及其身边的朝臣、太监、三宫六院,这让历史剧成为历史政治剧或历史帝王剧的代名词。它大大满足了大众对帝王宫廷生活的好奇和向往,也向观众传递着一个普遍印象和重要信号:皇帝是天下最难、最苦的人。历史剧所塑造的一个个皇帝形象都是呕心沥血、操劳国事的伟人,这个结论确实是惊人的一致。凡此种种,也显示出当下历史剧创作的重要局限。

【推荐书目】

[1] 郭镇之. 电视传播史[M]. 北京:北京师范大学出版社,2000.

[2] 戴清. 电视剧审美文化研究[M]. 北京:中国广播电视出版社,2004.

[3] 张育华. 电视剧叙事话语[M]. 北京:中国广播电视出版社,2006.

[4] 孙玉胜. 十年:从改编电视的语态开始[M]. 北京:生活 · 读书 · 新知三联书店,2003.

【思考与练习】

1. 从反映题材来看,历史电视剧可分为哪些类型?

2. 历史剧与古装剧有何区别?

二、家庭伦理剧名作鉴赏

(一)范例和赏析

范例 1

《香樟树》

出品公司:深圳康达富文化传播公司/上映:2004 年/编剧:顾伟丽/总导演:胡玫/导演:朱德承 谢钢/主演:潘虹 梅婷 刘琳 赵峥

【剧情小贴士】

故事发生在 1992 年至 2002 年十年间的上海。曾经在大学校园的香樟树下"校园三结义"的三个同窗好友陶妮、芳芳、司马小杉,曾天真地发誓一生中都把她们的友情放在第一位。但就在大学毕业前,她们的铁三角关系面临考验:陶妮、小衫为了一个留校名额产生了误会;芳芳意外地被小衫的二哥司马小松奸污,她刚毕业就奉子成婚嫁到了司马家;陶妮因为暗恋的对象韩波选择了司马小衫而对爱情婚姻产生厌倦,小衫的大哥小柯却非常喜欢陶妮;陶妮的哥哥陶汉暗自喜欢着芳芳,却因为家境和教育背景的差别,自卑地从未表白。

她们为了实践自己的诺言,先是同仇敌忾地把小松送进了监狱。然后又倾力协助陶妮走出情感困惑,嫁给了小柯。三个共患难的昔日好友,如今成了生活在一个屋檐下的家人。然而她们各自的烦恼和困境、面对的社会关系和对其他家庭成员的态度并不相同,要保持昔日的誓言并不容易。司马的父母对待这两个媳妇态度就很矛盾:芳芳是可爱的孙女的母亲,陶妮是长子的媳妇,但她们两个也是使得最疼爱的儿子小松病死狱中的祸首……但当三个好友知道了小柯小松并不是司马母的亲生儿子,而只是司马母的闺中密友临终的托孤时,更理解了父母的苦衷,找到了她们同样维持这种生死与共的友情的榜样和坚定了友情的信念。韩波发现了陶妮当年对自己的暗恋后忐忑不安,此时他和小衫的感情也发生了离隙,海波出走深圳;陶妮因为和小柯爱得太累,也逃去了南方。两人在深圳不期而遇,本以为会旧情复炽,但这时他们才发现其实他们都是爱着自己原来的妻子和丈夫的。

已经成为著名歌星的芳芳,因为不幸的婚姻而沉沦。陶妮、小衫、陶汉心急如焚,他们为了挽救芳芳,甚至愿意牺牲自己的生活。为了让芳芳远离她最初的恋人、现在已经成为控制芳芳的经纪人的高端,陶汉甚至最终勇敢地表白了自己。但芳芳还是入狱了。芳芳的女儿也因为陶妮的失误而丢失和残疾,陶妮为了照顾芳芳残疾的女儿,放弃了自己的婚姻和孩子。小衫的感情和事业也是经过了重重坎坷,但她还是极力地帮助着陶妮和芳芳。当年,她们曾合力惩罚过的那个嫌贫爱富、抛弃了陶汉的小市民苏玲玉,已经成为女富豪,她超越了贫穷也超越了狭隘,在关键时刻,她支持了陶汉和芳芳的生活和感情。

在芳芳即将出狱、她女儿在陶妮精心呵护下终于康复的时候,小衫的生命已经走到了终点。小衫为了纪念自己和韩波历经磨难的感情,在陶妮承诺一生都会照顾她的孩子的前提下,决定把意外怀上的韩波的孩子生下来。小衫放弃了化疗,她很欣慰于她曾经有过这样一份友情,使得她最终能够选择用这样的方式延续自己的生命和爱情。她们结盟时曾经约定:十年后无论世事如何变迁都要再次相聚在香樟树下。那天,虽然她们最终没能团聚,但她们终于领悟到这份缺损但却升华了的友情和如此深沉的生活体验是多么的可贵……

赏析

1. **“种”情之树** 电视系列剧《亲情树》《香樟树》《相思树》,三棵树都是种情之树,分别表达亲情、友情和爱情。“三个经历曲折的女人、两个背景迥异的家庭、一段终身难忘的友情”是对《香樟树》最全面的概括。陶妮、芳芳、司马小杉这三个同日出生的女孩子,大学时很巧合地同住一个寝室,性格迥异的她们,用长达十年的岁月去证明坚不可摧的友情可以跨越其他狭隘的个人情感，可以击败人生的苦难。《香樟树》那么真实地让三个女孩的友情不断地遭遇亲情、爱情和物质的冲击。三种不同性格，不同家庭也不同命运的女孩，她们一点点坚守自己内心深处对友情的执着，但乘着友情之舟也并不是能够全身以退：从最初相遇时的纯粹替朋友着想，到后来，因为误会和现实逃避友情的冲突。但是作品里每个主角都有一颗善良的心，时间静静抚平了岁月的伤痕，也留下了自己的颜色，光彩斑斓。

2. **贴近时代脉搏的题材及细节** 电视剧《香樟树》是长篇电视剧《亲情树》的姊妹篇。作品把兴奋点贴近当今的生活，叙写这三个同班、同龄女孩的曲折人生，在事业、爱情、德行的动人情节中，叙述社会中青年内心梦想与现实的矛盾，对人性、情感予以深入挖掘。该剧主题积极，健康向上，在社会转型期，沿海开放大都市的经济热潮中，在弘扬传统美德基础上，力图阐述注入新的时代内容的新型友情观、道德观、爱情观以及人生观。难能可贵的是，作品通过世事常情及十分自然的人生变故，有误会、厌倦、自卑，还有执着交织的画面，尽写人生酸甜苦辣的滋味。作品里三个女子性格内涵丰富，以精神深处的至情至善，引起人们普遍的共鸣。整部作品具有生动、感人、富有强烈的生活气息的特征，贴近时代脉搏，关注普通人的生存境遇，关注转型社会的人性和人心，着力于友情的挖掘。三个女孩子，竟然是同年同月同日生，由此，有着不同家庭背景和人生经历的三个女大学生，成为了形影不离的好朋友。其实，有过大学生活感受的人都知道，这种“形影不离”，对大多数人来说，也没有什么出奇之处。一般来说，毕业狂欢一过，各散东西，友谊的醇酒也就随着岁月的流逝，渐渐地冲淡了。再好的朋友，天各一方，又能敷演出什么故事？但《香樟树》的编剧非要让三个女孩子的故事愈演愈烈——她们竟然走到了一个屋檐下。三个姑娘的友谊，就在一个屋檐下纠结，又在跌宕起伏的故事里经受着波折、考验和升华，最终进入了生死不渝的境界。作品的主人公们绝不是桃花源中人，我们从她们身上，看到了时代的烙印，世俗的纷扰、价值观的迷茫，她们也在这中间思考和抉择着，最终使她们更加珍爱纯洁的友谊，同时她们还悟到：友谊，更需要精心的呵护和滋养。

范例 2

《创世纪》

出品公司：香港无限广播电视有限公司（简称无线电视 TVB）/上映：1999 年/故事：邵丽琼/编剧：邵伟意/编导：陈维冠/监制：戚其义/主演：罗嘉良　陈锦鸿　郭晋安　古天乐　陈慧珊　郭可盈　蔡少芬　吴奇隆　邵美琪

【剧情小贴士】

过去：叶孝勤、叶孝礼两兄弟自大陆偷渡来港，决心在地产建筑业发展。二人勤奋好学，从低做起。适逢一宗烂尾工程，自组小型建筑公司接手。工程完成，为两兄弟带来希望。而勤妻亦在此时诞下第一个儿子——叶荣添。二人生意越做越顺，可是当有利益关系时，冲突便随之而来。礼不甘心只当小承建商，狠下决心，设计将勤逐出股权，自己则继续壮大，终成为一代地产界巨子。勤被亲弟出卖，受到严重打击，无心再恋战，令家道中落。历史是循环不息的演进，叶孝勤、叶孝礼兄弟的故事，直接影响了下一代，特别是勤在顺景时诞下的叶荣添…

现在：一九八九，叶荣添二十七岁，已经历人生第十七次创业与失败。他与友人合组贸易公司，却负债累累，推出“电子宠物”，又全面失败，碰上大地产商叶孝礼收楼，令添变得一无所有。但添没有放弃，他在地盘由低学起，以极短时间了解整个建筑运作。终于，任职银行的强得来一次接手烂尾村屋的机会，添毅然放弃地盘一职，拉拢彪及强自组公司，工程顺利完成，三人终于赚到第一桶金，昂然闯入地产界，挑战大仇人叶孝礼。添为了抗衡叶孝礼，不惜以偏锋手段行事，与正派的彪频起冲突，后来彪决定退出，避免影响友情。添得到财力支持后，更如虎添翼，胜利冲昏头脑，导致仇家报复，连累亲弟被打断双脚，令添当头棒喝。而彪离开后，加入了政府城市规划部门，却发现师父贪污，彪顿感天下乌鸦一样黑，在金钱需索和价值观崩溃双重打击下，终于瓦解。添之醒觉与彪之沉沦，造成两位性格截然的好友来一次性格大逆转。

叶孝礼幼子叶荣亨本追求门当户对的霍希贤，但贤母方建平与礼终成眷属，使亨、贤变成姊弟关系，身份尴尬，一段情亦就此终结。亨因与彪之女友彭芷蔚合作公关公司，渐产生微妙感觉，加上蔚与彪在事业地位上的距离而分手，二人名正言顺来往，玩世不恭的亨除爱着蔚，更受她的影响，人生态度亦变得积极。可是在蔚的内心深处，却残留着对彪的情意，令这段情曲折难测。另一方面，岑颖欣因追讨养母被骗金钱而认识添，更成为添公司秘书，相处日久，顿生好感。但添因早年辜负了来自中国的少女田宁，自此引以为戒，面对心仪的欣，亦不肯轻易放出感情。欣被拒爱后，并未怨恨添，继续助添事业。彪一直冷眼旁观，对欣暗暗倾慕，逐进取地向欣展开热烈的追求。与此同时彪前度女友蔚欲与彪重修旧好，令亨嫉忌，找人打彪，欣见彪被迫害，由怜生爱，终接受了彪，惜彪已非当初正人君子，他找紧欣的弱点，施以“感情敲诈”，而欣亦为满足彪，不断作出牺牲！

贤本一直看不起添，经长时间相处，不单看到别人看不到添的好处，更欣赏添敢作敢为的作风和胆色。贤见证了添与欣的爱情，亦与欣成为好友，见证了他们分手，贤是最了解添的人，她一直等，总等不到添的表示，终按奈不住，嫁了一个很体面的大律师。可是婚后不久，贤已明白没有爱情的婚姻，根本不可能维持，终离婚收场。直至欣因涉嫌谋杀彪而判死刑，贤又再成为添唯一可依赖的感情支柱，只是他们之间，永远存着欣的阴影。

赏析

1. 誉为港剧航母　被誉为“港剧航母”的百集巨制《创世纪》当年号称香港 TVB 最大制作，投入了 1 亿现金，动用了几乎全港精英，齐集罗嘉良、古天乐、秦沛、汪明荃、陈锦鸿、郭晋安、郭可盈、陈慧珊、蔡少芬、王敏德、吴奇隆等一线演员，观众反应热烈，创造了收视奇迹，香港无线也罕有地为重播剧集推出宣传片，不少周刊也破例为《创世纪》刊出剧情介绍。《创世纪》以香港地产界风云变幻、龙蛇沉浮的大背景为依托，讲述了一段千禧年前夜几个世家父子，两代枭雄的恩仇纠葛的故事，突出表现了六个时代男女追求美梦成真、实现宏图大业以及为感情、为事业、为朋友、为家族，演绎的一场爱恨交织的人生悲喜剧。究其魅力,所谓尔虞我诈的商场之争,不过是一片障眼的烟云,对人性的深刻揭示、变幻莫测的情感纠葛,才是令人慨叹的精华之所在,既讲述了香港几个世家父子两代枭雄的恩仇纠葛,又穿插以友情、亲情、爱情、既有商海鏖战的惊心动魄,又有不同阶层人物的悲欢离合。

2. 演员演技独到，角色性格鲜明 《创世纪》每个人物的性格都可圈可点,角色鲜明,演员演技细腻,荟萃了香港老中青三代明星。正是这些光彩鲜明的人物形象,照亮了全剧。剧中亦正亦邪的叶荣添是中心人物,他性格的理智与果断、自负与偏执,尤其得力于罗嘉良的表演,让这个角色依然得到很多人认同。而第四部才出现古天乐,他所扮演的张自力,由于角色命运与性格的复杂,加上古天乐本身的帅与酷,因此“张自力是《创世纪》最耀眼的灵魂”。吴奇隆饰演感情专一的叶荣亨也是片中的一个亮点。蔡少芬、郭可盈和陈慧姗三位女星,向观众展示了娇俏可人、善良乐观和成熟理智等美好的女性品质。尤其最令男人女人都钦佩的女性——汪明荃扮演的方健平,其优雅独立和洞察世事的智慧,是真正贵族的代表,她和秦沛的表演可谓炉火纯青、堪称一绝。

(二)审美特点和鉴赏路径

1. 家庭伦理剧的审美特点

(1)家庭伦理剧的审美特征。家庭伦理剧走的是现实主义的路线,用艺术的真实还原生活的真实。柴米油盐酱醋茶,原生态的生活本来就如此琐碎、如此平凡。但边看边体味又不乏家庭的温馨和人间真情。且不同区域的家庭伦理剧以不同文化背景为轴线,以家庭为核心,以家庭中人物的情感为主线,在一系列事件中揭示家庭的意义和价值,诠释一些如婚外恋、豪门恩怨、情感出轨、婆媳问题、围城现象、母女关系、代沟、私生子女等热门的现实问题和社会问题。情感表达细腻、真实,无论是个人命运的悲欢离合还是大团圆结局,家庭伦理剧的情感表达总能丝丝入扣、细腻委婉;无论是惊天动地的商海大战、豪门争斗、夫妻大战,还是一场简单的家庭聚餐,所有的素材都源于生活。受家庭伦理剧最大冲击的女性,也是这类剧集特殊的受众群。另外特别是韩国家庭伦理剧经常还有轻喜剧风格,展现家长里短、婆婆妈妈的一些琐事,能体现家庭生活的温馨浪漫却又不失乐趣。

(2)家庭伦理剧的类型。根据题材内容的不同,基本可分为展现家庭亲情、婚姻生活、家庭生活、大家族恩怨情仇等。家庭伦理剧是以当下的社会问题、家庭矛盾、婚姻情感为题材,探讨家庭伦理和家庭价值,展现亲情、友情、爱情的电视连续剧。以家庭亲情为题材的代表作有《空镜子》《香樟树》《浪漫的事》《阿旺新传》《澡堂老板家的男人们》《看了又看》等。以婚姻生活为题材的家庭伦理剧,通过夫妻在婚姻、家庭、生活中的琐事、婆婆妈妈、磕磕碰碰,或幸福圆满或悲欢离合,阐释婚姻、家庭、责任与爱情的纠缠以及现代人生活的真意。这类电视剧以《结婚十年》《新结婚时代》《金婚》《人鱼小姐》《黄手帕》等为代表。以家庭问题和大家庭的恩怨情仇为题材的家庭伦理剧,主要亮点在于家庭问题如第三者、情感出轨、婚外恋、家族情仇、家庭暴力等,如《中国式离婚》《不要和陌生人说话》《义不容情》《创世纪》等。

2. 家庭伦理剧的鉴赏路径

(1)家庭伦理剧的现实性的艺术创造。家庭伦理剧讲述的是平常百姓的故事。日常生活尽管不乏琐屑和平淡，却有着丰富的美学意义，是一种与精英立场对立的平民文化，以一种平视的角度看待居家生活，看待平常人生的七情六欲、生老病死、养儿育女、成家立业等，在对“家”的关注中曲折隐秘地折射着处于背景深处的社会，在家庭人物的情感思绪中蕴涵着社会的时代风云，有着以小见大的审美潜能，如《创世纪》展现的香港商界风云变幻，《空镜子》的人生戏剧展示。家庭伦理剧呼唤并赞美亲情、友情、爱情，并通过日常生活之“变”，如表现家庭成员面对生活难关、危机、苦难时人性本质的体现来加以表现、验证，即患难见真情。《贫嘴张大民的幸福生活》在母亲温馨的生日宴上大家庭经历患难之后得以团聚，人生悲喜交集。面对患难能见真情。但面对危机同样也会表现人性脆弱的一面，因此家庭伦理剧也表现情感、欲望与责任的制衡机制，对现实社会普通人的情感危机（关[illegible]》中三位主人公的三角恋情和情感纠缠，面对情感危机，剧中人无奈、内疚和心灵的伤痕无法让人释怀。

（2）传统儒家伦理文化的再度阐释。家庭伦理剧的审美价值判断极大地依赖作品中传统儒家文化的展示，一即主要人物的道德理性精神的表现，通过展示人物的道德境界即人物的本性，从而实现作品的审美价值。家庭伦理剧在人物的塑造上讲究对比的原则，善恶、美丑、单纯与世故、诚实与奸猾、宽容与小气、圆滑与坦诚、迂腐与油滑、莽撞与温柔、温柔与诚恳等。如《婆婆》中吃苦耐劳、忍辱负重、先人后己的具有典型传统美德的婆婆形象的塑造。二即作品中情节、细节的展示，特别是在韩国家庭伦理剧中的体现。如家人回来，在家的同辈或者晚辈最好在门口迎接。《澡堂老板家的男人们》一剧中，爷爷回家的时候，奶奶会带领所有的人站在门口迎接爷爷回来，奶奶回来则是儿子和儿媳妇以及孙子孙女等。就座问题也是如此，长幼有序体现在先坐后坐以及所坐位置上。一般可以发现客厅里会有一个比较重要的位置，这个位置是由家中地位最高的人坐。《看了又看》，基丰家，爸爸在家那个位置是爸爸的，爸爸不在是奶奶的，奶奶也不在是长子的，但长子有时会尊请妈妈坐，如果就兄弟俩在家是哥哥的，如果是银珠跟弟弟夫妇在家就是银珠坐。吃饭也是有规矩的。除了位置有主次外，女性要给男性准备碗筷以及盛饭，包括母亲给儿子准备，晚辈给长辈盛饭比如儿子给父亲、女儿儿媳给妈妈。吃饭动第一筷也是应该由最长者先动，最长者不动，也要说上一句类似“吃饭吧”的话，然后大家才能开吃。还有，子女回家，要先问候长辈，比如孩子们回家时要先向父母爷爷奶奶喊一声我回来了，甚至最好是去长辈房间里当面说一声。出门的时候要向长辈说一句“我走了”。

【推荐书目】

［1］曾庆瑞．电视剧原理［M］．北京：北京广播学院出版社，1997.

［2］吴素玲．中国电视剧发展史纲［M］．北京：北京广播学院出版社，1997.

【思考与练习】

1．从反映题材来看，家庭伦理剧可分为哪些类型？

2．韩剧与港剧话语环境有何区别？

三、青春偶像剧名作鉴赏

(一)范例和赏析

范例1

《流星花园》

出品公司:台湾可米瑞智文化传播事业有限公司/上映:2001 年/制作人:柴智屏/导演:蔡岳勋/主演:徐熙媛 言承旭 周渝民 朱孝天 吴建豪

【剧情小贴士】

故事的起源在一所超级白金学院,它是四大家族为培养优秀后代而创立的,因此身为四大家族之后的 F4 在学校里的地位便可想而知,从幼稚园、国小、高中一直到大学,学校里没有人敢反抗 F4 这四个霸气的大男生。直到她的出现,搞乱了这看似控制得宜的局面。她,牧野杉菜一介平凡女子,带着父母要她飞上枝头变凤凰的梦想来到这里。好友李真不小心恼怒了 F4 为首的道明寺,并引发杉菜为友情出头,从此展开了她与 F4 之间的爱恨情仇。

杉菜的勇气跟坚毅实在有别于其他女孩,道明寺看在眼底,似乎动了凡心。他要人挟持杉菜到家里,给她做最棒的护肤课程、发型设计、服装供给,目的就是要杉菜臣服在他之下。谁知道如杂草般的杉菜根本不吃这一套,惹恼了道明寺。

道明寺的刻意接近杉菜引起了学校喜欢道明寺的女孩的严重醋意,她们决定好好羞辱一下杉菜,于是假意邀请她参加牛仔舞会。谁知道当杉菜到达之时,才发现被骗,这根本不是牛仔舞会,这是高级宴会,大家都穿得很正式,百合和千会这两个假意是好友的同学根本就不安好心存心让杉菜出糗,杂草般的杉菜则作出反击了。

虽然在宴会里无法整到杉菜,百合、千会决定拿出花泽类心仪的对象藤堂静来打击杉菜,因为他们知道杉菜似乎有那么一点喜欢 F4 一员的花泽类。而这样的反击真的成功了,藤堂静的回国的确带给杉菜相当的冲击,再加上她亲眼目睹花泽类在藤堂静的海报前失神的样子,杉菜真的不知道该怎么办,而这个时候花泽类竟然吻了她……

上流阶级与平民之间的差距到底有多大?高高在上的现代王子们真的是那么完美吗?得到王子青睐的灰姑娘,是否就一定感到幸福呢?也许对王子来说,地位崇高的我看上了卑贱平民的你,你理所当然应该感到无限光荣才对,还想挑三拣四不成?可是,现代灰姑娘却对着王子们发出怒吼:金钱和地位掩盖不了你的本性,也蒙蔽不了我的心,不稀罕能否披上华衣作公主,也不想飞上枝头变凤凰,纵然是不起眼的麻雀,也不需要靠别人的翅膀飞翔……

赏析

1. **掀起华语偶像剧潮流**　2001 年的台湾偶像剧《流星花园》轰动一时并成经典之作，形成了台湾拍摄偶像剧的风气，成为了台湾连续剧往海外销售的先锋，打破了日剧韩剧垄断的现象，掀起了华语偶像剧潮流。该剧改编自当红日本漫画《流星花园》（又名《花样男子》），将青春的阳光和爱情的浪漫表达得淋漓尽致，创下了最高 57.4%、平均 42.9% 的收视率。《流星花园》是台湾偶像剧革命成功的标志。台湾电视台在引进韩剧的同时，也在寻求改变，开始开发本土的青春剧事业，不用仰韩剧鼻息，又可以开发自己的电视品牌，旋即引起一场改革行动，《流星花园》就是这场革命最成功的标志，时至今日一直影响着青春剧的制作方向。这部电视剧情节充满梦幻，是很多年轻人心目中理想的恋情，一般人现实的想象，火爆到红遍亚洲，颠覆了传统意义上白马王子与灰姑娘的故娘不是常见中的淑女，而是莽撞泼辣的野蛮少女，白马王子也不是绅士类型，但霸他，却在灰姑娘“调教”下学会了坚毅和忍让，从一个眼高于顶的富家少爷转变坚定不移的男子。相比起老套定格的形象和纯情的恋爱情节，用财富构筑的把年轻人内心的欲望与梦想美化得无比瑰丽，加上日本漫画原型的热卖，自然就能引感的共鸣。因此，华人娱乐界真正的偶像剧应该从台湾的《流星花园》算起，它风靡了整个华语地区，F4 这偶像组合也横空出世。《流星花园》已过去 10 年有余，台湾的偶像剧市场在剧本、演员、制作、销售等方面也已经构建完备，台湾偶像剧已经成为一个产业工程，为台湾电视界制造财富、创造名声。

2. **成功要素**　日本漫画的助阵：台湾偶像剧的成功很大部分得力于日本漫画的助阵，如《流星花园》《东方茱丽叶》《恶作剧之吻》等。日本漫画业超级发达，在被少男少女们追捧的同时，影视改编也在如火如荼地进行。日本动漫的画风大多华丽唯美，里面的人物都是大眼睛小嘴巴，长了一张张的明星脸。日本动漫的剧情都极富有想象力，《花样男子》所构筑的贵族公子与平民公主的超乎现实的阳光浪漫爱情；《翼》剧中的人物可以任意穿梭于各个时空，想象力简直出神入化。而日本动漫搞笑的内容也很多，《完美小姐进化论》中，每一集都会让人捧腹。

制作精良，大胆创新：《流星花园》制片人柴智屏大胆投入，该剧每一集的制作费用约合人民币 30 万元，高投入也取得了高回报，该剧演员形象设计、场景、剧本结构等都比其他偶像剧高出一截，镜头、灯光、外景、服装、道具极为出色，满足了受众感官上的享受，摆脱了一般偶像剧模式，超现实，画面就像卡通漫画里的场景一样，形成了一种超现实的时尚。台湾偶像剧的制作业形成了一套完整的制作体系，以柴智屏为中心的制作团体打造了从《流星花园》《贫穷贵公子》到《蜜桃女孩》的新一代偶像剧，从购买日本知名漫画版权，与日本出版社公司合作，到组合整个剧组，选定主要演员，甚至在决定电视剧主题曲、插曲方面都积累了许多经验，开创了许多新方法。当初剧组面试了几千名身高在 1.8 米左右的帅气男生，才最终确定了演员阵容。主角言承旭、周渝民、朱孝天、吴建豪、徐熙媛这几位新人都没有正式演过戏，表演难免生涩，然而每个人的个性却恰如其分地吻合了角色，而不时冒出几个老面孔：卜学亮、庾澄庆等，用他们的个性表现为几位年轻演员做了很好的绿叶陪衬。这种把是否适合角色特点放在首要位置，把演员的知名度放在其次的演员选择方式让角色生动鲜活、真实可信。

电视剧所体现的台湾色彩：现代灰姑娘式的传奇故事加上轻松搞笑的剧情向来能讨好观众，《风月俏佳人》《情归巴黎》与《流星花园》一样继承了这种模式。但《流星花园》则有纯情含蓄的东方情结。与好莱坞偶像剧男女主人公在相识不久便亲热缠绵不同，《流星花园》则显露出了东方含蓄美的韵味。另外剧中人物奶声奶味的台湾腔、耍酷的 pose 造型，既体现了台湾本体特色，也表现了偶像的味道，让多少年轻男女趋之若鹜。

范例 2

《我的女孩》

出品公司：韩国 SBS／上映：2005 年／编剧：洪情恩　洪美兰／导演：全基尚／主演：李多海　李东旭　李准基　朴诗妍

【剧情小贴士】

周幼琳功灿意外邂逅结缘

周幼琳是旅游公司导游，活泼开朗、青春美丽。这天为了让迟到的游客登上飞机，她又大展演技，骗过机场服务人员，并与富家公子薛功灿有了奇妙的邂逅。

薛功灿是著名酒店的常务董事，英俊多金、沉稳冷静，自然没把幼琳放在眼里，未曾想日后还是与这个女孩发生了许多事情。

幼琳的父亲因欠下巨债独自逃离，害得幼琳被讨债人一再追打，恰好摔在功灿的商务车前。功灿大惊，将晕倒的幼琳送入医院。幼琳本无大碍，但得知功灿是有钱人时遂动了敲诈之心，却被功灿识破，只好灰溜溜离开。此时，功灿的商务会议出现状况，急需一名中文翻译，而功灿从幼琳的名片上得知幼琳通晓中文，便邀请幼琳担当翻译，一时间宾主俱欢。

幼琳冒充功灿表妹入住薛家

功灿病危的爷爷一直想见在日本地震时失踪的外孙女，也就是功灿的表妹，功灿费尽周折始终找不到。幼琳看见薛家空闲的别墅动了心思。因正被讨债人追逼，所以，她冒险擅自住入薛家别墅，每天以卖果园的桔子赚钱，想凑足机票钱就离开。与功灿同龄却性格相反的富家公子徐正雨，在济州岛巧遇被讨债人追赶的幼琳，遂英雄救美，并对幼琳产生了莫名的情愫。

爷爷危在旦夕，功灿发现幼琳非常像姑姑，便请求幼琳冒充他的表妹，以此来安慰爷爷。幼琳开始假冒功灿的表妹、爷爷的外孙女，病危的爷爷竟然奇迹般好转。家人看见突然冒出一个亲人都惊喜不已，正雨更是大感新鲜和不可思议。

功灿与幼琳情愫渐生但遇阻

功灿的前女友——韩国网球高手金世萱即将凯旋回国，但她却是功灿心中的伤痛，两年前她的不辞而别令功灿难以释怀。听说世萱即将回国，功灿心里复杂难言，本以为不会再与她有任何交集，但世萱却主动打电话给功灿。功灿怀着复杂的心情见了世萱，电梯里世萱向功灿道歉并拥抱了功灿，这一幕恰被幼琳看到。

幼琳继续没心没肺地在薛家过着假冒公主的生活。功灿和幼琳来到深山的寺庙祭拜母亲，却在回程途中迷路，他们好不容易找到一处农庄，并在那里度过了愉快的一晚。第二天清晨，功灿在报纸上看到世萱在机场受伤的消息，心里有所触动。幼琳看在眼里，帮助放不下架子的功灿唤回了金世萱。看着功灿与世萱深情相拥，幼琳心里却突然变得空荡荡的……

赏析

1. **轻松的浪漫喜剧色彩**　《我的女孩》是一部极其搞笑的唯美爱情片。既可以让人狂笑到流泪，又同时能感动得流泪，也是为数不多的一部剧情高潮迭起的毫不拖踏的偶像剧。韩剧自从《我的女孩》《宫》《豪杰春香》《我叫金三顺》《浪漫满屋》《美妙人生》等出现后，一改一贯的悲情戏码，走喜剧化的情节。韩剧的轻松浪漫，胜在没有美妙绝伦的台词，剧情唯美但不复杂，场景浪漫但不奢侈，不追求视觉感观刺激，但它通过独特的表达方式，贴近日常生活的细节，鲜明刻画了人物，从社会道德和民族精神文化层面来褒贬人性，从而引起人们内心的共鸣。韩剧的魅力在于它透露着丝丝入扣的温情，能让人感动不已，泪流满面，又能让人开怀大笑或大犯花痴。它绝不仅仅停留在男欢女爱、卿卿我我的的浪漫表层，无论描写爱情、亲情、友情，都建立在一个看似平凡却及其唯美的精神的构架里面，所以韩剧即使描写最底层人物生活也无法让你感觉“俗”，反而越是这些平凡的人物身上越可让你得到一种精神上的享受，正所谓平平淡淡才是真。这份轻松自在，这份浪漫美妙，确实迷足国内外多少青年男女。

2. **唯美的爱情神话**　《我的女孩》编造了一个爱情神话，也体现出了韩剧众多唯美的元素。如唯美的编剧：该剧编辑就设计出了个情节：一个浪漫的传说，闭上眼睛，数到五，当你张开眼睛刹那，看到的就是你这辈子最爱的人。导演为了使周幼琳确信自己已经爱上了薛功灿，当周幼琳走进了一座电梯，缓缓闭上眼睛，惴惴不安地默数到五，张开眼睛的刹那，电梯门恰好打开，高大英俊的薛功灿就在眼前。唯美的制作：纯洁的爱情，紧凑且扣人心环的剧情，精炼的台词，精致的时尚服装搭配，唯美的画面和配乐真是完美搭配！韩剧的镜头经过处理，看起来很舒服，特别清晰，又很具美感。该剧四个主角都是俊男美女，特别养眼。唯美的时尚潮流：从年轻男女，职场白领，中年妇女，到老年人，韩剧就像一个大杂烩，引领了青春、时尚、温馨等潮流。韩剧里的“衣食住行”符合了现代人的观念和所追求的梦想，看韩剧的同时也是在看时装 SHOW。如《我的女孩》里李多海的衣着、发饰、耳钉等，就使得国内狂刮“韩风”。李准基在该剧里不断变化的眼镜款式、围巾，现在看来也不乏流行。大部分人喜欢韩剧，大多是因为韩剧寄托了他们对美好生活的向往，对青春时尚的追求。

(二)审美特点和鉴赏路径

1. 青春偶像剧的审美特点

(1)青春偶像剧的审美特征。偶像演员:偶像剧的前提是必须有偶像。日剧里木村拓哉、竹野内丰、铃木保奈美、松岛菜菜子……日本偶像剧最大的特点是人物少而精,几个俊男美女就能撑起整部连续剧。韩国的偶像虽然美丽的脸孔相似,却各有独特的魅力。《蓝色生死恋》中浪荡不羁、执着专情的元斌,外柔内刚、小鸟可爱的宋慧乔;《天桥风云》中亦正亦邪、深情款款的张东健,更别说一出现即压倒众人的台湾花样美男 F4 了。演艺圈每季都会出现大量青春逼人的新鲜脸孔。

对白风趣:偶像剧里对白既可以是幽默风趣的,如《我的女孩》《豪杰春香》,也可以是包含诗意或哲理的,如《蓝色生死恋》《流星花园》。对白可以展现人物性格,制造幽默轻松或浪漫抒情的氛围,还可以对情节有积极构建的作用,以语言内在的戏剧性张力推动故事情节。

时尚元素:日韩剧最吸引人的地方莫过于演员引领潮流的造型和精致的生活用具以及表达爱情的信物,如《恋爱世纪》后满大街都可以看到的那个玻璃苹果。偶像剧的演员包装、拍摄手法、运行机制都渗透着浓厚的商业气氛,电视剧的前期宣传,和演员有关的报刊杂志,媒体炒作,甚至是有关剧中人物的明信片、饰物和挂件都会渗入到观众日常的生活当中。

(2)青春偶像剧的发展脉络。青春偶像剧是一种通俗情节剧,它一般由偶像明星或具有成为偶像潜质的演员担纲主演,以爱情为主要线索和叙事动力,其他线索并行,塑造具有积极意义的偶像式人物,并通过讲述其爱情故事及情感纠葛,探讨青年男女的爱情观念和人生态度,进而表达对美好青春、美好人生及对真善美的赞美和追求。青春偶像剧的发展在不同的国家不尽相同。日本偶像剧发展比较成熟,《东京爱情故事》《恋爱世纪》都是比较经典的剧目。韩国偶像剧起步稍晚,却能后来居上,超越日剧,形成一股独特的“韩流”,风靡亚洲,如《蓝色生死恋》悲情的浪漫,《浪漫满屋》《我的女孩》轻松喜剧等。中国青春偶像剧发展也因地域差异而不同,台湾偶像剧主要以日韩偶像剧为模仿对象,剧本多改编自日本漫画,如《流星花园》。内地偶像剧早在 1999 年已出现,即《将爱情进行到底》,但至今经典的偶像剧则少之又少。

2. 青春偶像剧的鉴赏路径

(1)青春偶像剧唯美的制造。

①永远的爱情主题。制造偶像剧的基础永远建立在简单纯真的爱情上,痴痴地爱深深地爱,总之爱情要缠绵徘徊牵肠挂肚,主角爱得千辛万苦,观众的心情跟着千回百转。比如《悠长假期》《美丽人生》《魔女的条件》《我的女孩》,他们的故事再跌宕曲折,最终都是一个不变的主题——海枯石烂的爱情。

②感性的气氛。浪漫不仅靠一点点小动作、一点点小情调,浪漫更需要善于经营感情的气氛。《流星花园》编织出的无数浪漫,杉菜和道明寺的分手,刚刚还晴空万里,但几个小时后却大雨滂沱,酸楚、无奈的眼泪和空洞失落的眼神,当然还有伤感欲绝的背景音乐。

③灰姑娘情节。《我的女孩》里的周幼琳,《流星花园》里的杉菜。几乎每一个不乏浪漫情怀的女人都从杉菜身上找到了自己,在这部到处听得到钱响的豪华电视剧里,杉菜凭借一味不合作不妥协的反抗态度居然有完美结局,其效果好得令人吃惊,简直鼓舞人心。

④画龙点睛的音乐。只要《东京爱情故事》《突如其来的爱情》前奏一响,眼前即浮现出丽香微笑的脸庞;听《Never Say Goodbye》的旋律,就会想到《我的女孩》四位主角的离合聚散;听《流星雨》的歌曲,就能想起 F4 这四位大男孩的故事。这就是偶像剧的魅力,经典画面永远跟随着音乐一起流泻出来,让你久久回味。偶像剧的主题曲经演唱,都能风靡一时。

⑤唯美如诗的景致。偶像剧不可或缺的组成元素,除了帅哥靓女外,还需要浪漫景致,其中营造浪漫的,例如雪景、海景、落叶、烟火、流星、圣诞夜等。韩剧《我的女孩》在冬天拍摄,里面的雪景就是常见的布景之一。

(2)国内青春偶像剧发展的瓶颈。目前内地青春偶像剧的发展还存在大量问题。迄今为止,《将爱情进行到底》《京港爱情线》《海滩》《白领公寓》《红苹果乐园》等定位于青春偶像剧的电视剧数量已经非常多,但可惜的是,绝大部分作品都没有鲜明的个性特征,创作的光芒尽湮没于日韩剧的阴影之下。主要的问题在于对于“青春”“偶像”的定位不足。青春偶像剧是舶来剧种,虽然目前没有统一的概念界定,但基本上形成了年轻时尚、理想浪漫的定位,以及时尚都市、亮丽青春、唯美爱情和帅男靓女四个核心的要素。往往日韩的经济发展和都市进程适应于有适应的“青春”“偶像”的具体表现。那么国内青春偶像剧中往往非高级白领即 IT 精英、非广告人员即律师模特的“有钱”“有闲”人物形象的定位(例如《白领公寓》中英俊帅气的软件精英裔天、《拿什么拯救你我的爱人》中家境富有的漂亮女模特罗晶晶等),则未免过于超越现实和脱离实际。因此内地的青春偶像剧只要锁定特定的受众群,紧紧围绕“青春”的美好来描摹出特定时代的偶像人物和情感故事,渗透进浓郁的中国人独有的文化内涵,再加上精良的制作水准和演员表演,才具有本土化强盛的生命力和市场占有率。在再定位的基础上,内地青春偶像剧还需要落实特定的受众群,在故事情节的编排、情感演绎的方式、风格的多样化、演员的选择等多方面,进行本土化的再阐释和调整。“依样画葫芦”失去个性,内地的青春偶像剧模仿的痕迹太明显。比如《红苹果乐园》基本模仿台湾偶像剧《流星花园》,《将爱情进行到底》《新闻小姐》分别抄袭日剧《爱情白皮书》和《新闻女郎》,《我的野蛮天使》跟风韩国电影《我的野蛮女友》等,完全丧失了原创性。有的剧情节奏缓慢、拖沓冗长,却没有日韩剧以情节的曲折制胜;有的剧情也一波三折,但却不像日韩剧那样引人入胜,情节基本抄袭,没有对细节大量真实的描绘,显得虚假,胡编乱造。因此内地偶像剧要走出自己的风格和道路,必须发挥丰富的想象力,挖掘独特的青春题材,发现本土化的偶像明星,充分强调故事、人物和情感等方面的原创性,只有这样才能摆脱瓶颈和束缚。

【知识链接】

1.**《流星花园》**　《流星花园》发展史:1992 年日本漫画《花样男子》在杂志《玛格丽

特》上连载,作者为神尾叶子。日本拍摄过由内田有纪、谷原章介、藤木直人等主演的真人电影《花样男子》,并将其制作成动画片。2001 年中国台湾由此改编了电视剧并命名为《流星花园》,F4 由言承旭、周渝民、吴建豪、朱孝天组成,大 S 则成功扮演杉菜一角。F4 是 Flower4 的简称,意为 4 个如花般的男子。2005 年日本推出电视剧《花样男子》,由日本偶像明星井上真央饰杉菜,松本润饰道明寺,小栗旬饰花泽类,松田翔太饰西门,阿部力饰美作。2008 年 6 月日本续拍了影片《花样男子 Final》,在日本和韩国等地上映,演员为日剧《花样男子》的原班人马,内容为电视剧的续集。2009 年 1 月 5 日韩国版电视剧《花样男子》在韩国 KBS 电视台首播,成为韩国收视率最高的电视剧,韩版 F4 更是一夜暴红。2009 年初湖南卫视开拍以《流星花园》为原型改编的电视剧《流星雨》。《流星花园》讲述了一个梦幻式的爱情童话。在漫画原著中,作者最早设定的主角并不是道明寺,而是花泽类。但由于角色性格设定太过突出,神尾叶子认为"道明寺的性格很有发展性",而在日本少女漫画杂志举办的人物票选中,道明寺的人气一直领先于花泽类,结果使得原本是第一配角的道明寺戏份逐集加重,最后终于居于主角地位。相对于花泽类模棱两可的性格,道明寺那种强势任性、嫉妒心重、占有欲强却又温柔专情地以牧野杉菜为唯一的爱,这样的性格设定,令读者如痴如醉。无怪乎道明寺能成为新时代的"恋爱偶像",实在是当之无愧。

日本漫画业:日本的漫画是随着战后一代的成长而成长。那时日本全社会忙于战后的建设,学习美国的先进东西,大人们忙着挣钱,小孩手里有了可以自由支配的钱,并且大人没有时间过问他们的业余生活,电视尚未普及。就这样,漫画乘虚而入。随着战后一代长大,他们变成了漫画人类,到后来使用漫画的形式来进行信息的消费,就更离不开了。一般认为,日本动画片在全世界保持着 65% 的份额。其实,日本能成为全球动漫产业最发达的国家,根本原因在于国民对漫画的狂热。走进日本的任何一间书店,都会发现漫画书比比皆是。少儿图书自不必说,许多成人书也以漫画的形式出版,比如《经济白皮书》《日本经济入门》等。日本社会还积极鼓励孩子的漫画创作。在东京地铁代代木站台上,有一面墙是专为有表现欲的孩子准备的,墙上贴满白纸,任何孩子都可以在上面随意地画画写写,而且每日更换。

2. **《我的女孩》** 韩国电视剧的制作模式:韩国电视剧的制作与销售方式一般可概括为"边写边拍边播,自产自销",即制播一体化,指韩国三大广播公司独立制作的或以三大广播公司为主联合独立制作社制作的韩国电视剧,仅由三大广播公司自己的频道播出,不在其他两大公司的频道播出。"边写边拍边播",是指编剧、摄制、播出前后相隔时间很短,几乎可视为同步进行。具体来说,电视剧的拍摄包括剧本的准备,大体则有,定体则无,对于一部已经确定要投入制作的电视剧而言,一般开拍前无须写出全部剧本,包括故事梗概。当然,有些电视剧的剧本开拍前会写得更长些,有些电视剧开播前准备的时间则更短一些。韩国的迷你连续剧大部分为青春偶像剧,每周只播放两集,每集一个小时,一般播出两个月的时间(16 ~ 20 集)。

韩国偶像剧情节模式:(1)穷人女邂逅富家男,女一号是不起眼的女孩,但误打误撞认识了男一号,慢慢地对男一号有坚定不移的爱情。但男一号的心却在女二号的身上,女二号对男一号的爱置之不理。而男二号却对女一号欣赏呵护。最好男一号还是认清自己的心意对女一号表白哦。代表作品有《浪漫满屋》《豪杰春香》《宫》《我的女孩》。(2)两小无猜型。女一号和男一号有美丽的童年经历,两小无猜却因为特定的原因分隔两地,长大以后再相遇。代表作品有《蓝色生死恋》《冬季恋歌》《天国的阶梯》。(3)麻雀变凤凰型。女一号是落难的公主,从小没有家庭温暖,或者从小就是很穷困的人,或者寄人篱下过着忧郁的生活,而自己本来就是有钱人家的公主,落难到了凡间,后来真相澄清,找回属于自己的位置。代表作品有《玻璃鞋》《嫂子 19 岁》等。(4)日久生情型。原本没有爱情的女一号和男一号,因为父母之命或者其他元素的逼迫,住一个家里,由于经常发生摩擦而产生了爱情火花,最后有情人终成眷属。代表作品有《宫》《新娘 18 岁》等。

【推荐书目】

[1] 董旸. 韩剧攻略:当代韩国电视剧研究[M]. 北京:中国传媒大学出版社,2009.

[2] 范小青. 中韩电视剧比较研究[M]. 北京:中国广播电视出版社,2006.

【思考与练习】

1. 韩国偶像剧对国内偶像剧有何启示?
2. 青春偶像剧在日本、韩国、台湾的发展有何不同?
3. 青春偶像剧为何会受少男少女追捧?

【相关资源链接】

1. 环球电影资料库:http://www.mov6.com/
2. 21CN.COM——电影:http://et.21cn.com/movie/
3. 东方影库:http://moviestore.cnool.net/
4. 91 电影网:http://www.dy.com.cn/modules/index.aspx
5. 中国电影资料馆:http://www.cfa.gov.cn/
6. 互联影库:http://www.allmov.com/
7. 我爱电视剧:http://www.5idsj.com/
8. 中国影视资料馆:http://www.cnmdb.com/index.shtml

第六部分 戏剧鉴赏

【知识目标】

掌握中西方戏剧的基本知识

掌握戏剧作品的审美特征和鉴赏方法

【能力目标】

能从不同角度鉴赏戏剧剧本

能独立欣赏一出戏的戏剧冲突

第一单元 中国戏剧鉴赏

一、中国戏剧名作范例与赏析

戏剧名作范例 1

《西厢记》(节选)

王实甫

长亭送别[1]

[夫人长老上云[2]]今日送张生赴京,十里长亭,安排下筵席。我和长老先行,不见张生小姐来到。[旦、末、红同上[3]][旦云]今日送张生上朝取应[4],早是离人伤感,况值那暮秋天气,好烦恼人也呵!悲欢聚散一杯酒,南北东西万里程。

[正宫[5]][端正好[6]]碧云天,黄花地,西风紧。北雁南飞。晓来谁染霜林醉?总是离人泪。

[滚绣球]恨相见得迟,怨归去得疾。柳丝长玉骢[7]难系,恨不倩疏林挂住斜晖。马儿迍迍[8]的行,车儿快快的随,却告了相思回避,破题儿又早别离[9]。听得道一声去也,松了金钏[10];遥望见十里长亭,减了玉肌:此恨谁知?

[红云]姐姐今日怎么不打扮?[旦云]你那知我的心里呵?

[叨叨令]见安排着车儿、马儿,不由人熬熬煎煎的气;有甚么心情花儿、靥儿[11],打扮

得娇娇滴滴的媚；准备着被儿、枕儿，则索昏昏沉沉的睡[12]；从今后衫儿、袖儿，都揾做[13]帮重重叠叠的泪。兀的不闷杀人也么哥[14]！兀的不闷杀人也么哥！久已后书儿、信儿，索与我恓恓惶惶的寄[15]。

［做到］［见夫人科[16]］［夫人云］张生和长老坐，小姐这壁坐，红娘将酒来。张生，你向前来，是自家亲眷，不要回避。俺今日将莺莺与你，到京师休辱没了俺孩儿[17]，挣揣一个状元回来者[18]。［末云］小生托夫人余荫[19]，凭着胸中之才，视官如拾芥耳[20]。［洁云[21]］夫人主见不差，张生不是落后的人。［把酒了，坐］［旦长吁科］

［脱布衫］下西风黄叶纷飞，染寒烟衰草萋迷[22]。酒席上斜签着坐的，蹙愁眉死临侵地[23]。

［小梁州］我见他阁泪汪汪不敢垂[24]，恐怕人知；猛然见了把头低，长吁气，推整素罗衣。

［幺篇］[25]虽然久后成佳配，奈时间怎不悲啼[26]。意似痴，心如醉，昨宵今日，清减了小腰围。

［夫人云］小姐把盏者！［红递酒，旦把盏长吁科云］请吃酒！

［上小楼］合欢未已，离愁相继。想着俺前暮私情，昨夜成亲，今日别离。我谂知这几日相思滋味[27]，却原来此别离情更增十倍。

［幺篇］年少呵轻远别，情薄呵易弃掷。全不想腿儿相挨，脸儿相偎，手儿相携。你与俺崔相国做女婿，妻荣夫贵，但得一个并头莲，煞强如状元及第[28]。

［夫人云］红娘把盏者！［红把酒科］［旦唱］

［满庭芳］供食太急[29]，须臾对面，顷刻别离。若不是酒席间子母每当回避[30]，有心待与他举案齐眉[31]。虽然是厮守得一时半刻，也合着俺夫妻每共桌而食[32]。眼底空留意，寻思起就里，险化做望夫石[33]。

［红云］姐姐不曾吃早饭，饮一口儿汤水。［旦云］红娘，甚么汤水咽得下！

［快活三］将来的酒共食[34]，尝着似土和泥。假若是土和泥，也有些土气息，泥滋味。

［朝天子］暖溶溶玉醅，白泠泠似水，多半是相思泪[35]。眼面前茶饭怕不待要吃，恨塞满愁肠胃[36]。“蜗角虚名，蝇头微利”[37]，拆鸳鸯在两下里。一个这壁，一个那壁，一递一声长吁气。

［夫人云］辆起车儿[38]，俺先回去，小姐随后和红娘来。［下］［末辞洁科］［洁云］此一行别无话儿，贫僧准备买登科录看[39]，做亲的茶饭少不得贫僧的[40]。先生在意，鞍马上保重者！从今经忏无心礼[41]，专听春雷第一声。［下］［旦唱］

［四边静］霎时间杯盘狼籍，车儿投东，马儿向西，两意徘徊，落日山横翠。知他今宵宿在那里？在梦也难寻觅。

张生，此一行得官不得官，疾便回来。［末云］小生这一去白夺一个状元[42]，正是“青霄有路终须到，金榜无名誓不归”。［旦云］君行别无所谓，口占一绝，为君送行：“弃掷今何在，当时且自亲。还将旧来意，怜取眼前人。[43]”［末云］小姐之意差矣，张珙更敢怜谁？谨赓一绝，以剖寸心[44]：“人生长远别，孰与最关亲？不遇知音者，谁怜长叹人[45]？”［旦唱］

[耍孩儿]淋漓襟袖啼红泪,比司马青衫更湿[46]。伯劳东去燕西飞[47],未登程先问归期。虽然眼底人千里,且尽生前酒一杯。未饮心先醉,眼中流血,心内成灰。

[五煞]到京师服水土,趁程途节饮食,顺时自保揣身体[48]。荒村雨露宜眠早,野店风霜要起迟!鞍马秋风里,最难调护,最要扶持。

[四煞]这忧愁诉与谁?相思只自知,老天不管人憔悴。泪添九曲黄河溢,恨压三峰华岳低[49]。到晚来闷把西楼倚,见了些夕阳古道,衰柳长堤。

[三煞]笑吟吟一处来[50],哭啼啼独自归。归家若到罗帏里,昨宵个绣衾香暖留春住,今夜个翠被生寒有梦知。留恋你别无意,见据鞍上马,阁不住泪眼愁眉。

[末云]有甚言语嘱咐小生咱?[旦唱]

[二煞]你休忧"文齐福不齐",我则怕你"停妻再娶妻"。休要"一春鱼雁无消息"[51]!我这里青鸾有信频须寄[52],你却休"金榜无名誓不归"。此一节君须记,若见了那异乡花草,再休似此处栖迟[53]。

[末云]再谁似小姐?小生又生此念?[旦唱]

[一煞]青山隔送行,疏林不做美,淡烟暮霭相遮蔽。夕阳古道无人语,禾黍秋风听马嘶。我为甚么懒上车儿内,来时甚急,去后何迟?

[红云]夫人去好一会,姐姐,咱家去![旦唱]

[收尾]四围山色中,一鞭残照里。遍人间烦恼填胸臆,量这些大小车儿如何载得起[54]?

[旦、红下][末云]仆童赶早行一程儿,早寻个宿处。泪随流水急,愁逐野云飞。[下]

(选自《西厢记》,王季思校注,人民文学出版社,1978 年)

[注释]

[1]选自元杂剧《崔莺莺待月西厢记》(简称《西厢记》)第四本中的第三折戏。标题为后人所加。

[2]夫人:指崔夫人,莺莺的母亲。长老:寺院主持僧的通称,这里指法本长老。云:道白。

[3]旦:剧中女角色。末:剧中男角色。红:指红娘。

[4]取应:赶考应试。

[5]正宫:宫调名。元曲(北曲)有十二个宫调(十二类乐调)。正宫是其中一个乐调。元杂剧规定,每折戏在演奏时只用一个宫调(本折戏就只用正宫调),同一宫调下可由若干曲子组成套曲,唱词一韵到底。通常一折戏由一人唱。本折戏由莺莺主唱。

[6][端正好]跟下面的[滚绣球]、[叨叨令]等等,都是曲牌名。

[7]玉骢(cōng):玉马骢,原指青白色的骏马,这里是马的代称。

[8]迍迍(tún):慢吞吞。

[9]却:才。告了相思回避:摆脱了相思、回避之苦。破题儿:开头。古人写文章开头要剖析题义,叫破题,这里是借用来比喻两人婚事的开始。早:太早,太快。

[10]松了金钏(chuàn):形容因忧愁而消瘦,手镯也松宽了。

[11]靥(yè)儿:古代女子贴在脸上的花饰。

[12]则索:只须,只好。

[13]揾做:成为。

[14]兀的不:这岂不,怎么不。也么哥:元曲中常用的衬字,用在句末加强感情。

[15]栖栖惶惶:急急忙忙。

[16]科:戏剧术语,指剧中人的动作表情。

[17]辱没:玷辱。

[18]挣揣:争取,夺得。者:句末语助词,有时也写成"咱"。

[19]余荫:指受到长辈的庇护。荫(yìn 印),遮蔽、庇护。

[20]视官如拾芥:把得官看得像捡小草那样容易。

[21]洁:元杂剧中称和尚为洁郎,简称洁。这里指法本长老。

[22]萋迷:迷蒙不清的样子。

[23]签:插。斜签着坐:偏斜地坐着。死临侵地:形容痴痴呆呆,无精打采的样子。

[24]阁:同"搁",忍住。

[25]幺(yāo)篇:重复前曲叫幺篇。幺篇曲文跟前支曲的曲文字数可稍有增减。这里指重复[小梁州]曲。

[26]奈:怎奈。

[27]谂(shěn)知:深知。

[28]煞强如:远胜似。及第:科举考中。

[29]供食:提供酒食,指上菜献酒。

[30]每:们。

[31]举案齐眉:东汉时梁鸿的妻子孟光每当递饭给丈夫吃时总要把木盘(有脚的托盘)举得齐眉般高,以示尊敬。

[32]厮守:相守。合:应该。也合着俺:也应让俺。

[33]就里:内情,这里指与张生相爱过程中的曲折。望夫石:传说古代有位女子因丈夫离家远出,她天天登山远望,久望而化为石头,故名。

[34]将:拿、把。

[35]玉醅(peī):美酒。白泠泠(líng):清澈的样子。

[36]怕不待:岂不想。恨塞满愁肠胃:离愁别恨塞满肠胃。

[37]蜗角虚名:《庄子·则阳》说,蜗牛两角有两国,这两国为争夺土地而打仗,死伤惨重。这里用来比喻微小的虚名。蝇头微利:班固《难庄论》说,世人争利就像苍蝇贪图肉汁而忘记溺死的危险,其实苍蝇所得极少。这里引用以上两个典故意在说明莺莺鄙弃这类争名逐利的行为。

[38]辆:作动词用,驾的意思。

[39]登科录:科举考试后发表的录取名册。

[40]做亲的茶饭:指结婚酒筵。

[41]经忏:经文忏词。此指佛经。礼:这里指诵经佛。

[42]白夺:轻易夺得。

[43]"弃掷今何在"四句诗:见唐代元稹的传奇《会真记》(又名《莺莺传》),是莺莺被张生抛弃后所写的诗,其意思是:抛弃我的人如今在哪里?当初你对我何等亲热!现在你用从前那种情意,去爱你眼前的新人吧!

[44]赓(gēng):读作。剖:表白。

[45]长:常。孰与:与谁。知音者:指指莺莺曾在月夜听张生弹琴。长叹人:张生自指。

[46]红泪:女子的眼泪。司马青衫:参见白居易《琵琶行》中诗句:"座中泣下谁最多,江州司马青衫湿。"

[47]伯劳:鸟名。古乐府《东飞伯劳歌》中的"东飞伯劳西飞燕"句,后世用"劳燕分飞"比喻人的离散。

[48]顺时:顺应时令。保揣:保重,爱惜。

[49]九曲黄河:形容黄河很多弯曲。华岳三峰:西岳华山的三个著名高峰(莲花峰、毛女峰、松桧峰)。

[50]笑吟吟一处来:此句疑有误。莺莺上场时心烦意乱,不会"笑吟吟"的。

[51]鱼雁:指书信。

[52]青鸾:古代神话中给西王母送信的青鸟。

[53]花草:借指女子。栖迟:留恋不走。

[54]大小车儿:指小车儿。"大小"是偏义复词。

赏析

《长亭送别》是《西厢记》第四本第三折,明人题为"长亭送别",金圣叹题为"哭宴",是全剧最为精彩、吸引人的片段之一。在第四本的第一折是"酬简",第二折是"拷红",莺莺终于克服了身心解放的要求与封建精神束缚之间的矛盾,大胆地与张生私下里结成夫妻。这些使老夫人十分震怒,便把红娘叫来拷问(即有名的"拷红"片断)。红娘说出真情,并抓住老夫人理亏的要害,她非但不领罪,反而条分缕析地指责老夫人背义忘恩,处置不当。老夫人无可奈何,只得承认既成事实。但老夫人并不就此善罢甘休,找出一个借口,"俺三辈不招白衣女婿",所以又强令张生立即进京赶考,并声称"得官呵,来见我,驳落呵,休来见我"。崔、张的爱情又面临着新的威胁。这折《长亭送别》所表现的,就是在同老夫人的激烈斗争中取得胜利后的这又一次挫折。这一折的戏剧冲突焦点集中在对科举功名的态度上,而这一矛盾是通过莺莺送别张生时依恋悲伤的心情表现出来的。莺莺与张生历经磨难,刚刚如愿以偿,又为了"蜗角虚名""蝇头微利",而被逼着"昨夜成亲,今日别离"。莺莺虽反对张生进京赶考,但在老夫人的压力下,却又无力留住张生,因此内心十分痛苦。另外,她既怕张生不得功名不敢回来,又怕他一旦高中得志,停妻再娶,内心矛盾十分复杂。王实甫用他那含蓄蕴藉、带着感伤的情调和清丽色彩的个性化语言,深入细致地表现了莺莺这种复杂的心理变化。故这一折是塑造莺莺形象的重场戏之一。

莺莺、红娘、老夫人等到十里长亭为被迫进京赶考的张生饯行，是这折戏的规定情境。这折戏以“别宴”前后为时间线索，依照情节的发展，它可以分为三个部分：第一部分，赴长亭途中。第二部分，长亭别宴。第三部分，长亭分别。

第一部分：写莺莺与张生的路上接触，作品紧扣途中景物，抒写莺莺恋恋不舍的缱绻之情和内心痛苦，它展现了这卷情景交融的别离图的第一个画面——赴长亭途中。这三支曲子，或寓情于景，或直抒胸臆，它都生动地表现了莺莺被迫接受老夫人提出的条件以后，前往长亭为张生送行时的无可奈何的痛苦压抑的心情。这三支曲子中，前两支写的含蓄、凝重，不但表现了莺莺的文学修养，而且也表现了她在痛苦欲绝之中不失相国小姐端庄个性特征。第三支曲子用了一连串排比句式和重迭词，使语言既秀美又通俗，形象生动而富于动作感，一口气倾泻出积蓄心中的愁闷，真是妙笔生花。

第二部分：写莺莺、张生饯别的情景。作品紧扣宴席上的把盏、供食，描写莺莺的痛苦和愁恨之情。这部分在读者、观众面前展现了这卷情景交融的别离图的第二个画面——长亭别宴。这部分集中刻画了郁积在莺莺心头的依恋、悲伤、怨愤的情思，同时也通过莺莺的眼和口展现了长亭别宴上的张生形貌和心理。也通过老夫人的两句道白，进一步描写了她一而再，再而三赖婚的封建礼教思想。

第三部分：写宴后将别时，莺莺对张生的赠言和叮咛，以及别后莺莺的孤寂、愁闷。它展现了这卷情景交融的别离图的第三个画面——长亭分别。在这幅画面中，更进一步地刻画了莺莺极其复杂的内心世界。

《长亭送别》这一折的艺术魅力来自两个方面：其一，情景交融。多次出现的景色描写，既渲染了离别的场景，又对人物心灵进行深刻探索和真实描写。一曲【端正好】化用了北宋范仲淹的词【苏暮遮】，词句很类似：“碧云天，黄叶地，秋色连波，波上寒烟翠。山映斜阳天接水，芳草无情，更在斜阳外”，意境却不同。王实甫用碧云密布，黄花满地，西风凄紧，北雁南归的深秋景物组成动态的却又是萎迷的意境，渲染出浓重的离情别绪。这支曲子似宋词又非宋词，关键王实甫在意境上创新了，他用富有特征的景物，把莺莺的离别之情写得逼真、透彻。因此收到了字字见情，景景见情的效果。如果说【端正好】这支曲子，主要采取了寓情于景的手法，接下来的【滚绣球】则是从正面刻画了莺莺的难以离舍的复杂内心世界。写出了莺莺的愁与恨。作者借助于自然景物、车马、手饰等具体事物，并赋予丰富的联想和夸张，形象地从不同侧面展现了莺莺此时复杂的内心世界。其二，生动的语言艺术。王实甫的语言功力很深厚，《西厢记》可以说既是诗的语言，又是剧的语言，是文学性与戏剧性的高度统一。就诗的语言而论，辞藻优美，典雅凝练，含蓄蕴藉，多用比兴、象征手法；就曲的语言而言，富有动作性、形象性、性格化，通俗明快，自然灵活，淋漓酣畅，多为直接描写或直陈胸臆。它既保持了元曲的本色特征，又融汇了诗词的凝练风格，在境界风格的本质特征上将诗、曲统一起来。他很善长提炼城市平民，主要是以勾栏为中心的各种人物的口语，古今并取，雅俗共储，使华美与通俗和谐统一起来，形成自己独特的，既典雅秀丽、含蓄悠长，又质朴自然、活泼晓畅的雅俗共赏的语言新风格。

戏剧名作范例 2

《茶馆》(节选)

老舍

第一幕

时间 一八九八年(戊戌)初秋,康、梁等的维新运动失败了。早半天。

地点 北京,裕泰大茶馆。

〔幕启:这种大茶馆现在已经不见了。在几十年前,每城都起码有一处。这里卖茶,也卖简单的点心与菜饭。玩鸟的人们,每天在蹓够了画眉、黄鸟等之后,要到这里歇歇腿,喝喝茶,并使鸟儿表演歌唱。商议事情的,说媒拉纤的,也到这里来。那年月,时常有打群架的,但是总会有朋友出头给双方调解;三五十口子打手,经调人东说西说,便都喝碗茶,吃碗烂肉面(大茶馆特殊的食品,价钱便宜,作起来快当),就可以化干戈为玉帛了。总之,这是当日非常重要的地方,有事无事都可以来坐半天。

〔在这里,可以听到最荒唐的新闻,如某处的大蜘蛛怎么成了精,受到雷击。奇怪的意见也在这里可以听到,象把海边上都修上大墙,就足以挡住洋兵上岸。这里还可以听到某京戏演员新近创造了什么腔儿,和煎熬鸦片烟的最好的方法。这里也可以看到某人新得到的奇珍——一个出土的玉扇坠儿,或三彩的鼻烟壶。这真是个重要的地方,简直可以算作文化交流的所在。

〔我们现在就要看见这样的一座茶馆。〔一进门是柜台与炉灶——为省点事,我们的舞台上可以不要炉灶;后面有些锅勺的响声也就够了。屋子非常高大,摆着长桌与方桌,长凳与小凳,都是茶座儿。隔窗可见后院,高搭着凉棚,棚下也有茶座儿。屋里和凉棚下都有挂鸟笼的地方。各处都贴着"莫谈国事"的纸条。〔有两位茶客,不知姓名,正眯着眼,摇着头,拍板低唱。有两三位茶客,也不知姓名,正入神地欣赏瓦罐里的蟋蟀。两位穿灰色大衫的——宋恩子与吴祥子,正低声地谈话,看样子他们是北衙门的办案的(侦缉)。〔今天又有一起打群架的,据说是为了争一只家鸽,惹起非用武力解决不可的纠纷。假若真打起来,非出人命不可,因为被约的打手中包括着善扑营的哥儿们和库兵,身手都十分厉害。好在,不能真打起来,因为在双方还没把打手约齐,已有人出面调停了——现在双方在这里会面。三三两两的打手,都横眉立目,短打扮,随时进来,往后院去。〔马五爷在不惹人注意的角落,独自坐着喝茶。〔王利发高高地坐在柜台里。

〔唐铁嘴踏拉着鞋,身穿一件极长极脏的大布衫,耳上夹着几张小纸片,进来。

王利发 唐先生,你外边蹓跶吧!

唐铁嘴 (惨笑)王掌柜,捧捧唐铁嘴吧!送给我碗茶喝,我就先给您相相面吧!手相奉送,不取分文!(不容分说,拉过王利发的手来)今年是光绪二十四年,戊戌。您贵庚是……

王利发　(夺回手去)算了吧,我送给你一碗茶喝,你就甭卖那套生意口啦！用不着相面,咱们既在江湖内,都是苦命人！(由柜台内走出,让唐铁嘴坐下)坐下！我告诉你,你要是不戒了大烟,就永远交不了好运！这是我的相法,比你的更灵验！

〔松二爷和常四爷都提着鸟笼进来,王利发向他们打招呼。他们先把鸟笼子挂好,找地方坐下。松二爷文诌诌的,提着小黄鸟笼;常四爷雄赳赳的,提着大而高的画眉笼。茶房李三赶紧过来,沏上盖碗茶。他们自带茶叶。茶沏好,松二爷、常四爷向邻近的茶座让了让。

松二爷

常四爷　您喝这个！(然后,往后院看了看)

松二爷　好象又有事儿?

常四爷　反正打不起来！要真打的话,早到城外头去啦;到茶馆来干吗?

〔二德子,一位打手,恰好进来,听见了常四爷的话。

二德子　(凑过去)你这是对谁甩闲话呢?

常四爷　(不肯示弱)你问我哪?花钱喝茶,难道还教谁管着吗?

松二爷　(打量了二德子一番)我说这位爷,您是营里当差的吧?来,坐下喝一碗,我们也都是外场人。

二德子　你管我当差不当差呢！

常四爷　要抖威风,跟洋人干去,洋人厉害！英法联军烧了圆明园,尊家吃着官饷,可没见您去冲锋打仗！

二德子　甭说打洋人不打,我先管教管教你！(要动手)〔别的茶客依旧进行他们自己的事。王利发急忙跑过来。

王利发　哥儿们,都是街面上的朋友,有话好说。德爷,您后边坐！

〔二德子不听王利友的话,一下子把一个盖碗搂下桌去,摔碎。翻手要抓常四爷的脖领。

常四爷　(闪过)你要怎么着?

二德子　怎么着？我碰不了洋人，还碰不了你吗？

马五爷　（并未立起）二德子，你威风啊！

二德子　（四下扫视，看到马五爷）喝，马五爷，您在这儿哪？我可眼拙，没看见您！（过去请安）

马五爷　有什么事好好地说，干吗动不动地就讲打？

二德子　嗻！您说的对！我到后头坐坐去。李三，这儿的茶钱我候啦！（往后面走去）

常四爷　（凑过来，要对马五爷发牢骚）这位爷，您圣明，您给评评理！

马五爷　（立起来）我还有事，再见！（走出去）

常四爷　（对王利发）邪！这倒是个怪人！

王利发　您不知道这是马五爷呀？怪不得您也得罪了他！

常四爷　我也得罪了他？我今天出门没挑好日子！

王利发　（低声地）刚才您说洋人怎样，他就是吃洋饭的。信洋教，说洋话，有事情可以一直地找宛平县的县太爷去，要不怎么连官面上都不惹他呢！

常四爷　（往原处走）哼，我就不佩服吃洋饭的！

王利发　（向宋恩子、吴祥子那边稍一歪头，低声地）说话请留点神！（大声地）李三，再给这儿沏一碗来！（拾起地上的碎磁片）

松二爷　盖碗多少钱？我赔！外场人不作老娘们事！

王利发　不忙，待会儿再算吧！（走开）〔纤手刘麻子领着康六进来。刘麻子先向松二爷、常四爷打招呼。

刘麻子　您二位真早班儿！（掏出鼻烟壶，倒烟）您试试这个！刚装来的，地道英国造，又细又纯！

常四爷　唉！连鼻烟也得从外洋来！这得往外流多少银子啊！

刘麻子　咱们大清国有的是金山银山，永远花不完！您坐着，我办点小事！（领康六找了个座儿）

〔李三拿过一碗茶来。

刘麻子　说说吧，十两银子行不行？你说干脆的！我忙，没工夫专伺候你！

康　六　刘爷！十五岁的大姑娘，就值十两银子吗？

刘麻子　卖到窑子去，也许多拿一两八钱的，可是你又不肯！

康　六　那是我的亲女儿！我能够……

刘麻子　有女儿，你可养活不起，这怪谁呢？

康　六　那不是因为乡下种地的都没法子混了吗？一家大小要是一天能吃上一顿粥，我要还想卖女儿，我就不是人！

刘麻子　那是你们乡下的事，我管不着。我受你之托，教你不吃亏，又教你女儿有个吃饱饭的地方，这还不好吗？

康　六　到底给谁呢？

刘麻子　我一说，你必定从心眼里乐意！一位在宫里当差的！

康　六　宫里当差的谁要个乡下丫头呢？

刘麻子　那不是你女儿的命好吗？

康　六　谁呢？

刘麻子　庞总管！你也听说过庞总管吧？侍候着太后，红的不得了，连家里打醋的瓶子都是玛瑙作的！

康　六　刘大爷，把女儿给太监作老婆，我怎么对得起人呢？

刘麻子　卖女儿，无论怎么卖，也对不起女儿！你胡涂！你看，姑娘一过门，吃的是珍馐美味，穿的是绫罗绸缎，这不是造化吗？怎样，摇头不算点头算，来个干脆的！

康　六　自古以来，哪有……他就给十两银子？

刘麻子　找遍了你们全村儿，找得出十两银子找不出？在乡下，五斤白面就换个孩子，你不是不知道！

康　六　我，唉！我得跟姑娘商量一下！

刘麻子　告诉你，过了这个村可没有这个店，耽误了事别怨我！快去快来！

康　六　唉！我一会儿就回来！

刘麻子　我在这儿等着你！

康　六　（慢慢地走出去）

刘麻子　(凑到松二爷、常四爷这边来)乡下人真难办事,永远没有个痛痛快快!

松二爷　这号生意又不小吧?

刘麻子　也甜不到哪儿去,弄好了,赚个元宝!

常四爷　乡下是怎么了?会弄得这么卖儿卖女的!

刘麻子　谁知道!要不怎么说,就是一条狗也得托生在北京城里嘛!

常四爷　刘爷,您可真有个狠劲儿,给拉拢这路事!

刘麻子　我要不分心,他们还许找不到买主呢!(忙岔话)松二爷,(掏出个小时表来)您看这个!

松二爷　(接表)好体面的小表!

刘麻子　您听听,嘎登嘎登地响!

松二爷　(听)这得多少钱?

刘麻子　您爱吗?就让给您!一句话,五两银子!您玩够了,不爱再要了,我还照数退钱!东西真地道,传家的玩艺!

常四爷　我这儿正咂摸这个味儿:咱们一个人身上有多少洋玩艺儿啊!老刘,就着你身上吧:洋鼻烟,洋表,洋缎大衫,洋布裤褂……

刘麻子　洋东西可是真漂亮呢!我要是穿一身土布,象个乡下脑壳,谁还理我呀!

常四爷　我老觉乎着咱们的大缎子,川绸,更体面!

刘麻子　松二爷,留下这个表吧,这年月,戴着这么好的洋表,会教人另眼看待!是不是这么说,您哪?

松二爷　(真爱表,但又嫌贵)我……

刘麻子　您先戴两天,改日再给钱!

〔黄胖子进来。

黄胖子　(严重的沙眼,看不清楚,进门就请安)哥儿们,都瞧我啦!我请安了!都是自己弟兄,别伤了和气呀!

王利发　这不是他们,他们在后院哪!

黄胖子　我看不大清楚啊!掌柜的,预备烂肉面。有我黄胖子,谁也打不起来!(往里走)

二德子　（出来迎接）两边已经见了面，您快来吧！〔二德子同黄胖子入内。

〔茶房们一趟又一趟地往后面送茶水。老人进来，拿着些牙签、胡梳、耳挖勺之类的小东西，低着头慢慢地挨着茶座儿走；没人买他的东西。他要往后院去，被李三截住。

（选自《老舍剧作选》，老舍，人民文学出版社，1978 年）

赏析

《茶馆》写于 1957 年，是老舍话剧创作的高峰。曹禺称它为“中国话剧史中的经典”。剧本以北京裕泰大茶馆为中心场景，展示了清末、民国初年、抗战胜利后三个不同时代的社会生活。三幕话剧《茶馆》，一幕写一个时代，每一幕敲响一个时代的丧钟，最后一幕三个主人公的谈话点出了全剧的主题。本书选其第一幕，曾被曹禺评价：“我记得读到《茶馆》第一幕时，我的心怦怦然，几乎跳出来。我处在一种狂喜之中，这正是我一旦读到好作品的心情了。我曾对老舍先生说：‘这一幕是古今中外剧作中罕见的第一幕。’”（于是之《论民族化》）

1. **人物形象栩栩如生**　这一幕人们印象里停留的人物，也大都是年轻时候、风华正茂的王利发、秦仲义、常四爷和松二爷、二德子等，一提起他们，大家都可以明确的想到秦二爷的恃才傲物！王利发的和气生财！二德子的狗仗人势！松二爷的胆小怕事等，就连只是做为过客和事佬匆匆出现的“黄胖子”，人们都可以留下极深的印象。如王利发还年轻，看他什么时候说话，什么时候不说话，话又怎么说，可以看出，他为生计，时时处处都很用心思，他八面玲珑，谨小慎微，他总是“多说好话，多请安，讨人人的喜欢”，唯恐出什么岔子。

2. **台词高度个性化**　剧作语言简洁明快，幽默含蓄，富有个性化，概括力强，三言两语即能刻画出人物的性格特征，字里行间流露出浓郁的北京地方文化色彩，充分显示老舍语言方面的造诣。第一幕写的时间是清代末年，人物语言有时代色彩。《茶馆》中人物是北京人，人物语言有北京话的特点。《茶馆》中人物众多，每个人台词不多而个性各异，人物语言有精练之至而异彩纷呈的特点。《茶馆》中人物有不少邪恶之徒，无耻之徒，人物台词常有讽刺意味。如秦仲义向王利发提出：“这儿的房租是不是得往上提那么一提呢?”王利发的答话不是恳求不要提价，也不问提多少，却说“二爷，您说的对，”还来个“太对了！”还竭力奉承，说“可是，这点小事用不着您分心，您派管事的来一趟，我跟他商量，该长多少租钱，我一定照办！是！嗻！”在秦仲义面前非常顺从、谦恭、竭力奉承，讨人喜欢，可见他的玲珑乖巧，用秦仲义的话来说，“你这小子，比你爸爸不滑！”剧作家用精彩的语言刻画了王利发的“滑”。

3. **高超的结构安排**　《茶馆》一剧的结构创作是一个创新。人物多，头绪多，随着人物的进进出出，有如万花筒一般，演出了一场又一场好戏，折射了一个时代的方方面面。全剧没有一个中心人物，而是轮流突出，剧作家用这样的办法作社会生活面面观。如人物在舞台上时显时隐，王利发虽然一直在舞台上，需要他说话才说话。这样的人物不少，如唐铁嘴、常四爷、松二爷、刘麻子、宋恩子、吴祥子、李三、茶客甲乙丙丁、庞总管，有时有戏有时没戏。还有如人物出场后，剧情以他为中心展开，例如秦仲义。另外如一些人物上上下下，二德子、康六、黄胖子、乡妇、小妞。还有一些人物出场时间很短，随之即去，例如马五爷，老人。剧作家又设置了一个后院，让双方打手在这里会面，二德子，黄胖子则出出进进，增加了舞台层次感，增添了剧情的厚重感，增添了热闹气氛。

二、中国戏剧的审美特点和鉴赏路径

（一）中国戏剧的审美特点

1. 中国戏剧的诞生与发展脉络 中国在与近代西方有文化接触前，没有西方意义上的“戏剧”（主要指话剧）传统。中国传统的戏剧为一种有剧情的，“以歌舞演故事”的，综合音乐、歌唱、舞蹈、武术和杂技等的综合艺术形式，也就是戏曲曲艺。所以一般在讨论中国戏剧时，若不以严格的定义划分，中国古代的戏曲应归入戏剧的大类。中国戏曲的根源可以追溯到先秦到汉代的巫祇仪式，但是宋代南戏的发展才有了完备的戏剧文本创作，现存最早的中国古代戏剧剧本是南宋时的《张协状元》。元代时以大都、平阳和杭州为中心，元杂剧大放异彩。后世形成了诸多戏曲形式，也就是各剧种。明代的昆曲经过发展，首先得到士族大夫的追捧和喜爱，他们大量创造剧本，不断修改曲谱，同时修正昆曲的戏剧理论，并使得传奇剧本成为一种新的主流文学形式。随后昆曲又得到晚明和清代宫廷皇室的喜爱，成为贵族生活的一部分，成为获得官方肯定的戏剧艺术，故称“雅”；而以各地方言为基础的地方戏，广受民间喜爱，则称“花”。于是在清代形成了“花雅之争”，实际上是戏曲共同繁荣的局面。这丰富了戏曲艺术的门类，也形成了各自的艺术特色。

中国现代戏剧是在中国资产阶级民主主义革命的影响下，伴随着传统戏曲的改良和文明戏的崛起而迈出了从古典形态向现代形态转变的第一步。胡适的《终身大事》发表于1919 年 3 月《新青年》第六卷第三期，同南开学校新剧团的《新村正》一起，成为中国现代文学史上最早的话剧剧本。思想解放运动与戏剧思潮的开放，形成了“五四”时期和 20 世纪 20 年代戏剧创作在艺术上的丰富多样性。种种外来的戏剧新观念和创作手法，有模仿也有突破和创新。话剧的各种体裁、样式，如现实剧、历史剧、悲剧、喜剧、独幕剧、多幕剧、诗剧、散文剧、活报剧等都有不同程度的发展。1930—1937 年是中国话剧艺术的成熟时期，以话剧为代表的中国戏剧对艺术的追求不断提高，创作、演出、理论研究等各个领域逐步专业化与正规化。新中国成立初到 1956 年是新中国戏剧创作的第一个高潮，新老戏剧形式齐并发展。1962—1965 年间主要以现实生活为题材的话剧创作再次形成高潮。1978 年以后戏剧发展进入了新时期，数量、质量、深度和广度上均有重大突破。

2. 戏剧的形态、分类和审美特征

（1）戏剧形态。在古代希腊，艺术被划分为音乐、绘画、雕塑、建筑与诗，戏剧被划归诗的范畴。但是，真正的戏剧艺术应该包容诗（文学）、音乐、绘画、雕塑、建筑以及舞蹈等多种艺术成分，因而被称为综合艺术。作为一种综合艺术，戏剧融合了多种艺术的表现手段，它们在综合体中直接的、外在的表现是：文学，主要指剧本；造型艺术，主要指布景、灯光、道具、服装、化妆；音乐，主要指戏剧演出中的音响、插曲、配乐等，在戏曲、歌剧中，还包括曲调、演唱等；舞蹈，主要指舞剧、戏曲艺术中包含的舞蹈成分，在话剧中转化为演员的表演艺术——动作艺术。

(2)戏剧的分类。按容量大小，戏剧文学可分为多幕剧、独幕剧和小品；按表现形式，可分为话剧、歌剧、诗剧、舞剧、戏曲等；按题材，可分为神话剧、历史剧、传奇剧、市民剧、社会剧、家庭剧、科学幻想剧等；按戏剧冲突的性质及效果，可分为悲剧、喜剧和正剧；按不同的创作方法和风格流派，可分为浪漫主义戏剧、现实主义戏剧、现代主义戏剧等。

(3)戏剧的审美特征。戏剧中的多种艺术因素分别起着不同的作用，它们在综合整体中的地位不是对等的。在戏剧综合体中，演员的表演艺术居于中心、主导地位，它是戏剧艺术的本体。表演艺术的手段——形体动作和台词，是戏剧艺术的基本手段。其他艺术因素，都被本体所融化。剧本是戏剧演出的基础，直接决定了戏剧的艺术性和思想性，它作为一种文学形式，虽然可以像小说那样供人阅读，但它的基本价值在于可演性，不能演出的剧本，不是好的戏剧作品。在戏剧作品中，人物与人物之间，由于性格所追求的目的不同，而展开的矛盾斗争叫戏剧冲突。戏剧作品总是由一个冲突的提出、发展和解决而得到完成的。戏剧冲突的成功与否是戏剧成败的关键，所谓戏剧性正是由于戏剧冲突解决得独特、新颖、有丰富内涵而形成的。由于受演出的时间、空间和观众的限制，戏剧的矛盾冲突应当更集中、更简练、更尖锐地反应现实生活中的矛盾和冲突。戏剧演出中的音乐成分，无论是插曲、配乐还是音响，其价值主要在于对演员塑造舞台形象的协同作用。戏剧演出中的造型艺术成分，如布景、灯光、道具、服装、化妆，也是从不同的角度为演员塑造舞台形象起特定辅助作用的。以演员表演艺术为本体，对多种艺术成分进行吸收与融化，构成了戏剧艺术的外在形态。

(二)中国戏剧的鉴赏路径

1. 中国古代戏剧的鉴赏路径

(1)体会戏剧反映现实生活的高度浓缩性。文学来源于生活，却高于生活。戏剧所表演的故事来源于生活，戏剧舞台表演是一种短暂的时空艺术，要求把时间、空间、人物、事件等要素高度集中、浓缩，因此它要求故事内容是紧凑的，不容拖沓、不着边际，也即戏剧文学作品中特定的人物应在高度集中地戏剧情景中发生特定的事件，因此必须选择生活中具有典型意义或共同特征的事件，构成一种总的特征和倾向；或是抓住生活中新颖、带有传奇倾向的故事，或想象的故事，加以夸大、强化和变形，略去平庸，展现生活的本质和理想的事实。对于戏剧来说，奇是必要的，但只有合理才显真实，不能哗众取宠，为奇而奇。如元杂剧作家关汉卿的《窦娥冤》选择了丧母、离父、做童养媳、寡妇、被冤杀等生活中共同指向不幸的典型意义的事件，投注到主人公窦娥一个人身上，使她成为不幸者的代表，从而引起观众对她所处的社会的愤怒和怀疑。再如明代汤显祖《牡丹亭》写的就是带有传奇色彩的故事，杜丽娘因情入梦、因梦夭亡，亡后又四抱痴情，苦苦寻觅爱情，终于死后重生，并与梦中人结合的故事。

(2)感受戏剧冲突的矛盾性。欣赏戏剧，一定要了解戏剧所展示的戏剧冲突，它是通过戏剧人物的行动所表现出来的社会性抵触、矛盾和斗争，是戏剧的基本特征和要素之一。可以说没有冲突就没有戏剧，了解冲突是怎样造成的，冲突的性质是什么，冲突发展的过程，是完整把握戏剧情节的基础。如王实甫《西厢记》为何会获得巨大的成功，本来爱情题材是自古文学创作中最常见的题材，就中国古代戏剧而言，无外乎是才子佳人的故事，平淡无奇，但《西厢记》的一个特色在于从人物之间的矛盾出发精心结构它的戏剧冲突，莺莺与张生追求自由爱情的叛逆性格与老妇人恪守门第观念的封建礼教传统思想的矛盾；主人公莺莺、张生、红娘之间的性格矛盾，作者从这两个矛盾出发精心构建戏剧冲突，使之成为情节发展的主副线索。此剧把一个爱情故事写得如此曲折跌宕、荡气回肠，靠的就是对戏剧冲突的精心营造。

(3)品味戏剧语言的艺术美。戏剧语言包括人物语言和舞台说明，舞台说明是一种叙述性语言，用来说明人物的动作、心理、布景、环境等，人物语言也叫台词，包括对白、独白、旁白等。舞台说明对于展示人物的性格和戏剧的情节能起到一定的辅助作用，但承担重要职能的还是人物语言，叙述语言越少越好。戏剧强调人物语言的动作性，既能展现人物的神情举止，又能够反应人物的内心活动，从而使人物、舞台动起来，同时也能引起其他人物的反应，构成戏剧冲突，形成故事。另外，人物语言也体现个性化特征，符合人物的年龄、身份、性格特点等，语如其人。人物语言还有含蓄、精炼之美，讲究潜台词，重在表现“寄不尽之意于言表之外”，给人留下回味、思考的空间。如《西厢记》节选之[二煞]你休忧“文齐福不齐”，我则怕你“停妻再娶妻”。休要“一春鱼雁无消息”！我这里青鸾有信频须寄，你却休“金榜无名誓不归”。此一节君须记，若见了那异乡花草，再休似此处栖迟。“若见了那异乡花草，再休似此处栖迟。”莺莺这句潜台词为告诫张生不得脚踏两船，忘记恩情。

2. **中国现代戏剧的鉴赏路径** 中国现代戏剧既具有中国古代戏剧的艺术特色(即上一节所叙述内容)，又具有自己独特的艺术魅力。本章按照历史剧、现实剧、探索剧来分门别类讲述中国现代戏剧独特的审美艺术和鉴赏路径。

(1)历史剧。把已经过去的历史事件和历史人物再现在舞台上，即为历史剧。由于历史剧(包括新编古代戏)表现的是古代人物，所以新中有旧，在艺术上可以运用传统的表现手段；又因为它们是用新的观念创作的，所以又旧中有新，可以借此对戏曲艺术进行新的创造。所以新编历史剧在戏曲的继承与发展中也起到了十分重要的作用。历史剧的题材(历史)与形式(艺术)的矛盾，决定了历史剧首先要注意历史真实与艺术真实的统一问题。历史真实包括史料所记、有案可稽、已经发生的过去的事实；精神特征的真实，即符合规律、符合逻辑的具有可能性的真实。任何一个剧作家进行创作时都会涉及把历史事件和人物转化为艺术作品，所以必须处理好历史与历史剧的关系、史实与虚构的把握等问题。历史剧所描述的重大历史事件与主要历史人物都应该有历史的可信性和真实性，而主要人物和生活细节则可以充分发挥剧作家的联想和想象进行艺术虚构。其次，历史剧应表现历史精神。一个优秀的剧作家必须用自己的时代精神去抒写历史，只有时代精神和历史精神相交融，才能把史和剧结合起来。最后，历史剧要寻找历史与现实的对接点。一部优秀的历史剧作总是立足于今天去审视历史，采撷历史材料，通过历史与现实的交融沟通，去展现它"借古喻今"的艺术特色。如郭沫若历史剧《屈原》，体现了这些独特的艺术魅力，是诗和剧的结晶，具有浓厚的诗的性质，它取材了春秋战国时期的史料，融合了他丰富的历史知识和豪放诗情。在剧作中，郭沫若把屈原放在战国时代那种群雄争霸、动荡不安的历史背景上，通过屈原与楚国亲秦派的激烈冲突，展示了屈原这个寄托着作者现实"愤怒"的忧国忧民的崇高诗意的形象，既真实地再现了历史真实，又抒发了"时代的愤怒"（选自郭沫若《序俄文译本史剧〈屈原〉》，《郭沫若论创作》，上海文艺出版社 1983 年版，第 404 页）。

（2）现实剧。现实剧贴近生活，是生活的反映。现实剧是以现实生活为题材进行情节提炼与人物虚构的戏剧。但它并不同于照搬现实生活中真人真事的纪实剧，而是遵循现实主义的基本要素，以深入把握社会现实生活的底蕴为特征，以塑造生动、丰富的人物形象，开掘人物的心灵世界为审美追求的重心，强调艺术地反映生活的真实。从某种角度讲，20 世纪的中国话剧史，就是一部现实主义的历史，本章所涉及的现实剧则比较侧重中国话剧。现实剧强调艺术的真实，取材现实生活，偏重于客观精细地描写现实生活，塑造典型环境中的典型人物、典型矛盾冲突，从而让历史发展的趋向性和戏剧的主题倾向性通过人物和情节表现出来，因此现实剧的鉴赏与上一节所叙述的内容（中国古代戏剧的鉴赏路径）大同小异。现实生活的高度浓缩，如《茶馆》反映时间跨度达半个世纪，涉及 70 多个人物，但戏剧内容却相当集中，演出时间仅两个多小时，地点只有一个：茶馆。强烈的戏剧冲突，如《雷雨》中的人际关系设置和矛盾冲突的错综复杂，这些都构成其戏剧冲突的美学基础。这些矛盾冲突不是主观臆造，它们都来自生活，是生活真实的再创造和升华，在强烈冲突的展开中包含着作家对生活的感受和诠释，体现着所有主创人员的价值观念和审美追求，有着鲜明独特的感情色彩和艺术魅力。再如《雷雨》中戏剧语言艺术的把握，在第二幕片段中，周朴园与鲁大海针锋相对的对话，展示出人物性格之间的激烈冲突，同时刺激了周萍打鲁大海的行为，见自己阔别二十多年的儿子打自己的兄弟的鲁侍萍，内心复杂而又极端痛苦，就在那句"你是萍，……凭，——凭什么打我的儿子？"的台词中，剧中人物复杂的性格和内心活动展现得淋漓尽致。另外短短的对话，却蕴含着丰富的"潜台词"，剧作一再渲染的周朴园对鲁侍萍的那套"多情"与"怀念"已荡然无存，正如繁漪所骂："第一个伪君子！"言外之意即周朴园的虚伪本性，通过繁漪等剧中人物的揭露，显得更加真实，更具艺术张力。

（3）探索剧。20 世纪 80 年代中期，戏剧文学与其他艺术形式一样，随着人们思想观念和审美情趣的变化而不断寻求创新。这种具有创新、探索精神和新锐特点的戏剧，打破了日益僵化的戏剧模式，借鉴西方现代主义的创作理念和表现手法，如象征、荒诞、间离、内心外化、转台、歌曲、舞蹈等表现手法，在戏剧结构上出现了复调和多声部、现实时空与心理时空相交织、无场次、多场次、多空间、散文化、电影化结构形式等，戏剧的表现形式和结构方式从封闭走向了开放，由单一走向了繁复。《屋外有热流》《路》《生命爱情自由》《绝对信号》《车站》等都是这一时期创新探索的代表剧目。探索剧有三个主要的探索趋向:多种演出元素的革新演化,演出手法和整体效果从驳杂趋于单纯化,艺术语汇由具象趋向抽象。如上海戏剧学院的《黑骏马》大胆地将蒙古舞蹈的姿态和韵律糅合到角色动作之中;北京第二外国语学院的《雅典的泰门》追求一种单纯的舞台效果,反而效果更加,清新脱俗。

【推荐书目】

[1] 王季思. 中国十大古典悲剧集[M]. 上海:上海文艺出版社,1985.
[2] 王起. 中国戏曲选[M]. 北京:人民文学出版社,1994.
[3] 顾肇仓. 元人杂剧选[M]. 北京:人民文学出版社,1962.
[4] 赵景深,胡忌. 明清传奇选[M]. 北京:中国青年出版社,1957.
[5] 王实甫. 西厢记[M]. 北京:人民文学出版社,1978.
[6] 汤显祖. 牡丹亭[M]. 北京:人民文学出版社,1982.
[7] 曹禺. 曹禺选集[M]. 北京:人民文学出版社,1978.
[8] 老舍. 老舍剧作选[M]. 北京:人民文学出版社,1978.

【思考与练习】

1. 怎么理解戏剧艺术中典型人物与典型事件,结合《窦娥冤》叙述。
2. 简述戏剧冲突,鉴赏《茶馆》戏剧冲突所体现的美学特征。
3. 赏析《牡丹亭》的语言特色。
4. 举例赏析《雷雨》中的潜台词艺术。
5. 可以选择观看一场话剧与京剧,比较分析各自的艺术特色。

第二单元　西方戏剧鉴赏

一、西方戏剧名作范例与赏析

戏剧名作范例 1

《哈姆雷特》(节选)

莎士比亚

第三幕

第一场　城堡中一室

(国王、王后、波洛涅斯、奥菲利娅、罗森格兰兹及吉尔登斯吞上)

国王　　你们不能用迂回婉转的方法,探出他为什么这样神魂颠倒,让紊乱而危险的疯狂困扰他的安静的生活吗?

罗森格兰兹 他承认他自己有些神经迷惘,可是绝口不肯说为了什么缘故。

吉尔登斯吞 他也不肯虚心接受我们的探问;当我们想要引导他吐露他自己的一些真相的时候,他总是用假作痴呆的神气故意回避。

王后 他对待你们还客气吗?

罗森格兰兹 很有礼貌。

吉尔登斯吞 可是不大自然。

罗森格兰兹 他很吝惜自己的话,可是我们问他话的时候,他回答起来却是毫无拘束。

王后 你们有没有劝诱他找些什么消遣?

罗森格兰兹 娘娘,我们来的时候,刚巧有一班戏子也要到这儿来,给我们赶过了;我们把这消息告诉了他,他听了好像很高兴。现在他们已经到了宫里,我想他已经吩咐他们今晚为他演出了。

波洛涅斯 一点不错;他还叫我来请两位陛下同去看看他们演得怎样哩。

国王 那好极了;我非常高兴听见他在这方面感到兴趣。请你们两位还要更进一步鼓起他的兴味,把他的心思移转到这种娱乐上面。

罗森格兰兹 是,陛下。(罗森格兰兹、吉尔登斯吞同下)

国王 亲爱的乔特鲁德,你也暂时离开我们;因为我们已经暗中差人去唤哈姆雷特到这儿来,让他和奥菲利娅见见面,就像他们偶然相遇一般。她的父亲跟我两人将要权充一下密探,躲在可以看见他们,却不能被他们看见的地方,注意他们会面的情形,从他的行为上判断他的疯病究竟是不是因为恋爱上的苦闷。

王后 我愿意服从您的意旨。奥菲利娅,但愿你的美貌果然是哈姆雷特疯狂的原因;更愿你的美德能够帮助他恢复原状,使你们两人都能安享尊荣。

奥菲利娅 娘娘,但愿如此。(王后下)

波洛涅斯 奥菲利娅,你在这儿走走。陛下,我们就去躲起来吧。(向奥菲利娅)你拿这本书去读,他看见你这样用功,就不会疑心你为什么一个人在这儿了。人们往往用至诚的外表和虔敬的行动,掩饰一颗魔鬼般的内心,这样的例子是太多了。

国王 (旁白)啊,这句话是太真实了!它在我的良心上抽了多么重的一鞭!涂脂抹粉的娼妇的脸,还不及掩藏在虚伪的言辞后面的我的行为更丑恶。难堪的重负啊!

波洛涅斯 我听见他来了;我们退下去吧,陛下。(国王及波洛涅斯下)

(哈姆雷特上)

哈姆雷特 生存还是毁灭,这是一个值得考虑的问题;默然忍受命运的暴虐的毒箭，或是挺身反抗人世的无涯的苦难，通过斗争把它们扫清，这两种行为，哪一种更高贵？死了；睡着了；什么都完了；要是在这一种睡眠之中，我们心头的创痛，以及其他无数血肉之躯所不能避免的打击，都可以从此消失，那正是我们求之不得的结局。死了；睡着了；睡着了也许还会做梦；嗯，阻碍就在这儿：因为当我们摆脱了这一具朽腐的皮囊以后，在那死的睡眠里，究竟将要做些什么梦，那不能不使我们踌躇顾虑。人们甘心久困于患难之中，也就是为了这个缘故；谁愿意忍受人世的鞭挞和讥嘲、压迫者的凌辱、傲慢者的冷眼、被轻蔑的爱情的惨痛、法律的迁延、官吏的横暴和费尽辛勤所换来的小人的鄙视，要是他只要用一柄小小的刀子，就可以清算他自己的一生？谁愿意负着这样的重担，在烦劳的生命的压迫下呻吟流汗，倘不是因为惧怕不可知的死后，惧怕那从来不曾有一个旅人回来过的神秘之国，是它迷惑了我们的意志，使我们宁愿忍受目前的磨折，不敢向我们所不知道的痛苦飞去？这样，重重的顾虑使我们全变成了懦夫，决心的赤热的光彩，被审慎的思维盖上了一层灰色，伟大的事业在这一种考虑之下，也会逆流而退，失去了行动的意义。且慢！美丽的奥菲利娅！——女神，在你的祈祷之中，不要忘记替我忏悔我的罪孽。

奥菲利娅　我的好殿下，您这许多天来贵体安好吗？

哈姆雷特　谢谢你，很好，很好，很好。

奥菲利娅　殿下，我有几件您送给我的纪念品，我早就想把它们还给您；请您现在收回去吧。

哈姆雷特　不，我不要；我从来没有给你什么东西。

奥菲利娅　殿下，我记得很清楚您把它们送给了我，那时候您还向我说了许多甜言蜜语，使这些东西格外显得贵重；现在它们的芳香已经消散，请您拿回去吧，因为在有骨气的人看来，送礼的人要是变了心，礼物虽贵，也会失去了价值。拿去吧，殿下。

哈姆雷特　哈哈！你贞洁吗？

奥菲利娅　殿下！

哈姆雷特　你美丽吗？

奥菲利娅　殿下是什么意思？

哈姆雷特　要是你既贞洁又美丽，那么你的贞洁应该断绝跟你的美丽来往。

奥菲利娅　殿下，难道美丽除了贞洁以外，还有什么更好的伴侣吗？

哈姆雷特　嗯，真的；因为美丽可以使贞洁变成淫这是荡，贞洁却未必能使美丽受它自己的感化；这句话从前像是怪诞之谈，可是现在时间已经把它证实了。我的确曾经爱过你。

奥菲利娅　真的，殿下，您曾经使我相信您爱我。

哈姆雷特 你当初就不应该相信我,因为美德不能熏陶我们罪恶的本性;我没有爱过你。

奥菲利娅 那么我真是受了骗了。

哈姆雷特 进尼姑庵去吧;为什么你要生一群罪人出来呢?我自己还不算是一个顶坏的人;可是我可以指出我的许多过失,一个人有了那些过失,他的母亲还是不要生下他来的好。我很骄傲,有仇必报,富于野心,我的罪恶是那么多,连我的思想也容纳不下,我的想象也不能给它们形象,甚至于我都没有充分的时间可以把它们实行出来。像我这样的家伙,匍匐于天地之间,有什么用处呢?我们都是些十足的坏人;一个也不要相信我们。进尼姑庵去吧。你的父亲呢?

奥菲利娅 在家里,殿下。

哈姆雷特 把他关起来,让他只好在家里发发傻劲。再会!

奥菲利娅 嗳哟,天哪!救救他!

哈姆雷特 要是你一定要嫁人,我就把这一个咒诅送给你做嫁奁:尽管你像冰一样坚贞,像雪一样纯洁,你还是逃不过谗人的诽谤。进尼姑庵去吧,去;再会!或者要是你必须嫁人的话,就嫁给一个傻瓜吧;因为聪明人都明白你们会叫他们变成怎样的怪物。进尼姑庵去吧,去;越快越好。再会!

奥菲利娅 天上的神明啊,让他清醒过来吧!

哈姆雷特 我也知道你们会怎样涂脂抹粉;上帝给了你们一张脸,你们又替自己另外造了一张。你们烟视媚行,淫声浪气,替上帝造下的生物乱取名字,卖弄你们不懂事的风骚。算了吧,我再也不敢领教了;它已经使我发了狂。我说,我们以后再不要结什么婚了;已经结过婚的,除了一个人以外,都可以让他们活下去;没有结婚的不准再结婚,进尼姑庵去吧,去。(下)

奥菲利娅 啊,一颗多么高贵的心是这样殒落了!朝臣的眼睛、学者的辩舌、军人的利剑、国家所瞩望的一朵娇花;时流的明镜、人伦的雅范、举世注目的中心,这样无可挽回地殒落了!我是一切妇女中间最伤心而不幸的,我曾经从他音乐一般的盟誓中吮吸芬芳的甘蜜,现在却眼看着他的高贵无上的理智,像一串美妙的银铃失去了谐和的音调,无比的青春美貌,在疯狂中凋谢!啊!我好苦,谁料过去的繁华,变作今朝的泥土!

(国王及波洛涅斯重上)

国王 恋爱!他的精神错乱不像是为了恋爱;他说的话虽然有些颠倒,也不像是疯狂。他有些什么心事盘踞在他的灵魂里,我怕它也许会产生危险的结果。为了防止万一,我已经当机立断,决定了一个办法:他必须立刻到英国去,向他们追索延宕未纳的贡物;也许他到海外各国游历一趟以后,时时变换的环境,可以替他排解去这一桩使他神思恍惚的心事。

你看怎么样？

波洛涅斯　那很好；可是我相信他的烦闷的根本原因，还是为了恋爱上的失意。啊，奥菲利娅！你不用告诉我们哈姆雷特殿下说些什么话；我们全都听见了。陛下，照您的意思办吧；可是您要是认为可以的话，不妨在戏剧终场以后，让他的母后独自一人跟他在一起，恳求他向她吐露他的心事；她必须很坦白地跟他谈谈，我就找一个所在听他们说些什么。要是她也探听不出他的秘密来，您就叫他到英国去，或者凭着您的高见，把他关禁在一个适当的地方。

国王　就这样吧；大人物的疯狂是不能听其自然的。（同下）

（选自《莎士比亚悲剧集》，朱生豪译，北京燕山出版社，2002 年）

赏析

莎士比亚是欧洲文艺复兴时期的巨人，世界戏剧史上的泰斗，被认为是古往今来少数最伟大的作家之一。《哈姆雷特》是莎士比亚最著名的一部悲剧，在艺术上代表了莎士比亚戏剧的最高成就，它突出地反映了作者的人文主义思想，也是一个时代的缩影。

人物形象的塑造。莎士比亚致力于通过人物内心矛盾冲突的描写来揭示人性的深层内涵，他由古典的命运悲剧进入到了现代的性格悲剧，或者说把一个简单的复仇故事，深化成了一个复杂的性格悲剧、心理悲剧，显示出更为深刻的人性思考。剧中的人物性格鲜明生动，具有多面性和复杂性的特点，同时人物性格随着情节的发展、矛盾的变化发生变化，有个性化特点，从而将人物刻画得栩栩如生。如为权势所诱惑杀死自己的亲哥哥，又为情欲所驱使，霸占其嫂，又为了保住自己的地位而想尽各种办法杀害王子哈姆雷特的克劳狄斯；面对突然降临的父死母嫁、王位被篡夺的严酷现实，痛苦忧虑、矛盾彷徨、耽于思考的王子哈姆雷特；在失去了父亲、失去爱情逆境中疯掉的奥菲利娅，美丽、天真而脆弱。剧中，处处可以看出作者着意把自己心目中的典型人物塑造成一个英雄形象的匠心：哈姆雷特很有心计，在敌强我弱的恶劣情况下，他敢于针锋相对地进行斗争，他击破了奸王设下的一个个圈套：先是戳穿了波洛涅斯和罗森克兰等人进行刺探和监视的把戏；又使王后发现天良；接着采用“调包计”除掉了奸王的两个走卒，把奸王“借刀杀人”的阴谋击得粉碎；最后“以其人之道还治其人之身”，把双重陷阱——毒剑和毒酒还给了奸王。在每一回合的斗争中，哈姆雷特都显得形象高大。

语言特色。莎士比亚善于运用内心独白将隐藏在人物内心深处的思想、情感、欲望等多层次展示出来。如：“生存还是毁灭”“人是万物的灵长”、波洛纽斯给儿子的临别赠言、墓地谈话和对白等六处富于哲理、文辞精辟的独白，文学史上流传不衰。剧作语言生动形象，被喻为散文诗式的语言，它丰富、抒情、多样化又具有个性特色，如“清晨披着赤褐色的外衣，已经踏着那边东方高山上的露水走过来了”“脆弱啊，你的名字就是女人”。善于运用多种多样的修辞手法，最常用的是排喻，如哈姆雷特在“抑郁的心境之下”对世界的描述：“负载万物的大地，这一座美好的框架，只是一个不毛的荒岬；这个覆盖众生的苍穹，这一顶壮丽的帐幕,这个金黄色的火球点缀着的庄严的屋宇,只是一大堆污浊的瘴气的集合。”他赞颂道:“人是一件多么了不得的杰作!多么高贵的理性!多么伟大的力量!多么优美的仪表!多么文雅的举动!在行为上多么像一个天使!在智慧上多么像一个天神!宇宙的精华!万物的灵长!……”极富诗意的“莎翁式比喻”。

剧本情节结构。《哈姆雷特》情节曲折生动,波澜起伏,具有生动性和丰富性。《哈姆雷特》作为一个复仇故事有三条脉络,分别是哈姆雷特为父被谋杀篡权复仇,雷欧提斯为被哈姆雷特无意杀死的父亲波洛纽斯复仇,福丁布拉斯为其在战场上比武丧生的父亲复仇。流血复仇的情绪笼罩全篇。三条线索以哈姆雷特的复仇为主线,其他两条为副线,交错发展而又主次分明。其中尤其重点写了哈姆雷特一家和奥菲莉娅一家的种种纠葛。剧本还写了三组感情关系:老王和王后的婚姻关系,奸王和王后的婚姻关系,哈姆雷特和奥菲莉娅的恋爱关系。这三组关系都以悲剧收场。剧本还写到四组误杀:英国国王误杀丹麦国王派来的信使,哈姆雷特误杀波洛纽斯和后来的雷欧提斯,克劳狄斯误杀王后。重重误杀表现了人物与环境之间不依人的意志为转移而导致的阴差阳错的悲惨结局。多重情节脉络的分布,构成了精彩的戏剧冲突,也使得《哈姆雷特》情节跌宕起伏、波澜壮阔、险象环生,极为丰富生动地为我们展示了一幅幅宏伟壮丽的人生画面和时代的缩影。

戏剧名作范例 2

《等待戈多》(节选)

塞缪尔·贝克特

第一幕

〔乡间一条路。一棵树。

〔黄昏。

〔爱斯特拉冈坐在一个低土墩上脱靴子。他两手使劲往下拉,直喘气。他停止脱靴子,显出精疲力竭的样子,歇了会儿,又开始往下拉。

〔如前。

〔弗拉季米尔上。

爱斯特拉冈　(又一次泄气)毫无办法。

弗拉季米尔　(叉开两腿,迈着僵硬的、小小的步子前进)我开始拿定主意。我这一辈子老是拿不定主意,老是说,弗拉季米尔,要理智些,你还不曾什么都试过哩。于是我又继续奋斗。(他沉思起来,咀嚼着“奋斗”两字。向爱斯特拉冈)哦,你又来啦。

爱斯特拉冈　是吗?

弗拉季米尔　看见你回来我很高兴,我还以为你一去再也不回来啦。

爱斯特拉冈　我也一样。

弗拉季米尔　终于又在一块儿啦!我们应该好好庆祝一番。可是怎样庆祝呢?(他思索着)起来,让我拥抱你一下。

爱斯特拉冈　(没好气地)不,这会儿不成。

弗拉季米尔 （伤了自尊心，冷冷地）允不允许我问一下，大人阁下昨天晚上是在哪儿过夜的？

爱斯特拉冈 在一条沟里。

弗拉季米尔 （羡慕地）一条沟里！哪儿？

爱斯特拉冈 （未作手势）那边。

弗拉季米尔 他们没揍你？

爱斯特拉冈 揍我？他们当然揍了我。

弗拉季米尔 还是同一帮人？

爱斯特拉冈 同一帮人？我不知道。

弗拉季米尔 我只要一想起……这么些年来……要不是有我照顾……你会在什么地方……？（果断地）这会儿，你早就成一堆枯骨啦，毫无疑问。

爱斯特拉冈 那又怎么样呢？

弗拉季米尔 光一个人，是怎么也受不了的。（略停。兴高采烈地）另一方面，这会儿泄气也不管用了，这是我要说的。我们早想到这一点就好了，在世界还年轻的时候，在九十年代。

爱斯特拉冈 啊，别啰嗦啦，帮我把这混账玩艺儿脱下来。

弗拉季米尔 手拉着手从巴黎塔顶上跳下来，这是首先该做的。那时候我们还很体面。现在已经太晚啦。他们甚至不会放我们上去哩。（爱斯特拉冈使劲拉靴子）你在干吗？

爱斯特拉冈 脱靴子。你难道从来没脱过靴子？

弗拉季米尔 靴子每天都要脱，难道还要我来告诉你？你干吗不好好听我说话？

爱斯特拉冈 （无力地）帮帮我！

弗拉季米尔 你脚疼？

爱斯特拉冈 脚疼！他还要知道我是不是脚疼！

弗拉季米尔 （愤怒地）好像只有你一个人受痛苦。我不是人。我倒是想听听你要是受了我那样的痛苦，将会说些什么。

爱斯特拉冈 你也脚疼？

弗拉季米尔 脚疼！他还要知道我是不是脚疼！（弯腰）从来不忽略生活中的小事。

爱斯特拉冈 你期望什么？你总是等到最后一分钟的。

弗拉季米尔 （若有所思地）最后一分钟……（他沉吟片刻）希望迟迟不来，苦死了等的人。这句话是谁说的？

爱斯特拉冈 你干嘛不帮帮我？

弗拉季米尔 有时候，我照样会心血来潮。跟着我浑身就会有异样的感觉。（他脱下帽子，向帽内窥视，在帽内摸索，抖了抖帽子，重新把帽子戴上）我怎么说好呢？又是宽心，又是……（他搜索枯肠找词儿）……寒心。（加重语气）寒——心。（他又脱下帽子，向帽内窥视）奇怪。（他敲了敲帽顶，像是要敲掉粘在帽上的什么东西似的，再一次向帽内窥视。）毫无办法。

〔爱斯特拉冈使尽平生之力，终于把一只靴子脱下。他往靴内瞧了瞧，伸进手去摸了摸，把靴子口朝下倒了倒，往地上望了望，看看有没有什么东西从靴里掉出来，但什么也没看见，又往靴内摸了摸，两眼出神地朝前面瞪着。

弗拉季米尔　呃？

爱斯特拉冈　什么也没有。

弗拉季米尔　给我看。

爱斯特拉冈　没什么可给你看的。

弗拉季米尔　再穿上去试试。

爱斯特拉冈　（把他的脚察看一番）我要让它通通风。

弗拉季米尔　你就是这样一个人，脚出了毛病，反倒责怪靴子。（他又脱下帽子，往帽内瞧了瞧，伸手进去摸了摸，在帽顶上敲了敲，往帽里吹了吹，重新把帽子戴上。）这件事越来越叫人寒心。（沉默。弗拉季米尔在沉思，爱斯特拉冈在揉脚趾。）两个贼有一个得了救。（略停）是个合理的比率。（略停）戈戈。

爱斯特拉冈　什么事？

弗拉季米尔　我们要是忏悔一下呢？

爱斯特拉冈　忏悔什么？

弗拉季米尔　哦……（他想了想）咱们用不着细说。

爱斯特拉冈　忏悔我们的出世？

〔弗拉季米尔纵声大笑，突然止住笑，用一只手按住肚子，脸都变了样儿。

弗拉季米尔　连笑都不敢笑了。

爱斯特拉冈　真是极大的痛苦。

弗拉季米尔　只能微笑。（他突然咧开嘴嬉笑起来，不断地嬉笑，又突然停止。）不是一码子事。毫无办法。（略停）戈戈。

爱斯特拉冈　（没好气地）怎么啦？

弗拉季米尔　你读过《圣经》没有？

爱斯特拉冈　《圣经》……（他想了想）我想必看过一两眼。

弗拉季米尔　你还记得《福音书》吗？

爱斯特拉冈　我只记得圣地的地图。都是彩色图。非常好看。死海是青灰色的。我一看到那图，心里就直痒痒。这是咱俩该去的地方，我老这么说，这是咱们该去度蜜月的地方。咱们可以游泳。咱们可以得到幸福。

弗拉季米尔　你真该当诗人的。

爱斯特拉冈　我当过诗人。（指了指身上的破衣服）这还不明显？（沉默）

弗拉季米尔　刚才我说到哪儿……你的脚怎样了？

爱斯特拉冈　看得出有点儿肿。

弗拉季米尔　对了，那两个贼。你还记得那故事吗？

爱斯特拉冈 不记得了。

弗拉季米尔 要我讲给你听吗?

爱斯特拉冈 不要。

弗拉季米尔 可以消磨时间。(略停)故事讲的是两个贼,跟我们的救世主同时被钉死在十字架上。有一个贼——

爱斯特拉冈 我们的什么?

弗拉季米尔 我们的救世主。两个贼。有一个贼据说得救了,另外一个……(他搜索枯肠,寻找与“得救”相反的词。)……万劫不复。

爱斯特拉冈 得救,从什么地方救出来?

弗拉季米尔 地狱。

爱斯特拉冈 我走啦。(他没有动。)

弗拉季米尔 然而(略停)……怎么——我希望我的话并不叫你腻烦——怎么在四个写福音的使徒里面只有一个谈到有个贼得救呢?四个使徒都在场——或者说在附近,可是只有一个使徒谈到有个贼得了救。(略停)喂,戈戈,你能不能回答我一声,哪怕是偶尔一次?

爱斯特拉冈 (过分地热情)我觉得你讲的故事真是有趣极了。

弗拉季米尔 四个里面只有一个。其他三个里面,有两个压根儿没提起什么贼,第三个却说那两个贼都骂了他。

爱斯特拉冈 谁?

弗拉季米尔 什么?

爱斯特拉冈 你讲的都是些什么?(略停)骂了谁?

弗拉季米尔 救世主。

爱斯特拉冈 为什么?

弗拉季米尔 因为他不肯救他们。

爱斯特拉冈 救他们出地狱?

弗拉季米尔 傻瓜!救他们的命。

爱斯特拉冈 我还以为你刚才说的是救他们出地狱哩。

弗拉季米尔 救他们的命,救他们的命。

爱斯特拉冈 嗯,后来呢?

弗拉季米尔 后来,这两个贼准是永堕地狱、万劫不复啦。

爱斯特拉冈 那还用说?

弗拉季米尔 可是另外的一个使徒说有一个得了救。

爱斯特拉冈 嗯?他们的意见并不一致,这就是问题的症结所在。

弗拉季米尔 可是四个使徒全在场。可是只有一个谈到有个贼得救了。为什么要相信他的话,而不相信其他三个?

爱斯特拉冈 谁相信他的话?

弗拉季米尔 每一个人。他们就知道这一本《圣经》。

爱斯特拉冈 人们都是没有知识的混蛋,像猴儿一样见什么学什么。

〔他痛苦地站起身来,一瘸一拐地走向台的最左边,停住脚步,把一只手遮在眼睛上朝远处眺望,随后转身走向台的最右边,朝远处眺望。弗拉季米尔瞅着他的一举一动,随后过去捡起靴子,朝靴内窥视,急急地把靴子扔在地上。

弗拉季米尔 呸!(他吐了口唾沫。)

〔爱斯特拉冈走到台中,停住脚步,背朝观众。

爱斯特拉冈 美丽的地方。(他转身走到台前方,停住脚步,脸朝观众。)妙极了的景色。(他转向弗拉季米尔。)咱们走吧。

弗拉季米尔 咱们不能。

爱斯特拉冈 干嘛不能?

弗拉季米尔 咱们在等待戈多。

爱斯特拉冈 啊!(略停)你肯定是这儿吗?

弗拉季米尔 什么?

爱斯特拉冈 我们等的地方。

弗拉季米尔 他说在树旁边。(他们望着树)你还看见别的树吗?

爱斯特拉冈 这是什么树?

弗拉季米尔 我不知道。一棵柳树。

爱斯特拉冈 树叶呢?

弗拉季米尔 准是棵枯树。

爱斯特拉冈 看不见垂枝。

弗拉季米尔 或许还不到季节。

爱斯特拉冈 看上去简直像灌木。

弗拉季米尔 像丛林。

爱斯特拉冈 像灌木。

弗拉季米尔 像——你这话是什么意思?暗示咱们走错地方了。

爱斯特拉冈 他应该到这儿啦。

弗拉季米尔 他并没说定他准来。

爱斯特拉冈 万一他不来呢?

弗拉季米尔 咱们明天再来。

爱斯特拉冈 然后,后天再来。

弗拉季米尔 可能。

爱斯特拉冈 老这样下去。

弗拉季米尔 问题是——

爱斯特拉冈 直等到他来了为止。

弗拉季米尔 你说话真是不留情。

爱斯特拉冈　咱们昨天也来过了。

弗拉季米尔　不,你弄错了。

爱斯特拉冈　咱们昨天干什么啦?

弗拉季米尔　咱们昨天干什么啦?

爱斯特拉冈　对了。

弗拉季米尔　怎么……(愤怒地)只要有你在场,就什么也肯定不了。

爱斯特拉冈　照我看来,咱们昨天来过这儿。

弗拉季米尔　(举目四望)你认得出这地方?

爱斯特拉冈　我并没这么说。

弗拉季米尔　嗯?

爱斯特拉冈　认不认得出没什么关系。

弗拉季米尔　完全一样……那树……(转向观众)那沼地。

爱斯特拉冈　你肯定是在今天晚上?

弗拉季米尔　什么?

爱斯特拉冈　是在今天晚上等他?弗拉季米尔他说是星期六。(略停)我想。

爱斯特拉冈　你想。

弗拉季米尔　我准记下了笔记。

〔他在自己的衣袋里摸索着,拿出各式各样的废物。

爱斯特拉冈　(十分恶毒地)可是哪一个星期六?还有,今天是不是星期六?今天难道不可能是星期天!(略停)或者星期一?(略停)或者星期五?

弗拉季米尔　(拼命往四周围张望,仿佛景色上写有日期似的)那决不可能。

爱斯特拉冈　或者星期四?

弗拉季米尔　咱们怎么办呢?

爱斯特拉冈　要是他昨天来了,没在这儿找到我们,那么你可以肯定他今天决不会再来了。

弗拉季米尔　可是你说我们昨天来过这儿。

爱斯特拉冈　我也许弄错了。(略停)咱们暂时别说话,成不成?

弗拉季米尔　(无力地)好吧。(爱斯特拉冈坐到土墩上。弗拉季米尔激动地来回踱着,不时煞住脚步往远处眺望。爱斯特拉冈睡着了。弗拉季米尔在爱斯特拉冈面前停住脚步)戈戈!……戈戈!……戈戈!

〔爱斯特拉冈一下子惊醒过来。

(选自《外国现代派作品选》第三册,施咸荣译,上海文艺出版社,1984 年)

赏析

《等待戈多》是塞缪尔·贝克特的代表作品,共两幕,写两个流浪汉在乡间小道的一棵枯树下焦急地等待戈多。至于戈多是谁,为什么要等他,连他们自己也不清楚。他们莫名其妙地等了一天，最后被告知戈多今天不来了，明天准来。可是第二天戈多依然没有来，他们只好继续等待下去。本剧表现现代文明中一些人精神上的等待与失望、苦闷和迷惘。

现代悲剧主题。《等待戈多》的主题和核心是等待希望，是一出表现人类永恒的在无望中寻找希望的现代悲剧。"戈多"作为一个代名词始终是一个朦胧虚无的幻影，一个梦魇中的海市蜃楼。戈多虽然没有露面，却是决定人物命运的首要人物，成为贯穿全局的中心线索。戈多似乎会来，又老是不来。它揭示了一个残酷的社会现实：希望是存在的，但要等待希望的实现是不可能的，等待就是意味着幻灭。尽管如此，人类还是应该"明知不可为而为之"。《等待戈多》中对希望的等待，体现了贝克特不愿将痛苦的人类推入绝望的深渊，于无望之中给人留下一道希望之光的存在主义人道主义的思想。

创新的表现手法。《等待戈多》打破了传统的陈规，表现出戏剧形式革新的创新意识。贝克特主张只有那些没有情节、没大动作的艺术才算得上纯正的艺术。在《等待戈多》中，作者把情节和动作都减到最低限度。剧本只有两幕，表现手法也十分简单。作者还让两幕戏沿着相同的顺序展开：路旁等人、遇见波卓和乐克、小孩报告戈多明日来等。甚至许多的细节也不断重复，没有什么变化。《等待戈多》是一部"寓言剧"，作品的人物、场景、动作都充满象征含义。剧中"戈多"就是一种象征，剧情的重复也具有象征含义。作者用第二幕重复第一幕，意在说明，如果再等待，第三幕、第四幕也不会有什么变化。主人公等到最后，仍将是那个孩子来宣布戈多的失约。他告诉人们，他们等待的这一天，并不是特殊的一天，而是日常生活中的常态。第二幕中波卓和乐克由健康人变成残疾者也有象征含义。它给人以事物正在萎缩，未来毫无希望的印象。剧中动作的象征性也随处可见。戈戈脱靴子，象征着要摆脱痛苦。连接波卓与乐克之间的那根绳子，既象征着富人对穷人的依赖，又象征穷人无法摆脱富人的钳制。

荒诞的语言特征。《等待戈多》的语言是荒诞的。人物对话、独白颠三倒四，胡言乱语，充满了荒诞性，使戏剧显得滑稽而混乱。如一开场戈戈、狄狄各自喃喃述说自己痛苦，牛头不对马嘴，唠叨重复，文不对题。被主人唤作"猪"的幸运儿，突然激愤地讲演起来，不带标点的连篇累牍、毫无意义的废话，使人不知所云。表明在这个非理性化、非人化的世界里，人既然失去了本质力量，他就没有自由意志，没有思想人格，语言当然也该如此。有时人物语言也偶显哲理，流露出人物对荒谬世界与痛苦人生的真实感受。这些话表面上胡言乱语，实则寓有深意，包含哲理：即使到了绝望的地步，谁也不愿先死。人表面上是白痴，实际很清醒。正如有的评论家说的，剧中的语言，就像意识流小说的人物独白一样，确切地表现人物内心意识流动的过程和轨迹，能真实表现那些特定角色的精神状态和思想情绪。人物怪诞语言的逼真而夸张的运用，构成了独特的舞台情感信息，传递了荒诞派戏剧鲜明突出的荒诞特征。

二、西方戏剧的审美特点和鉴赏路径

（一）西方戏剧的审美特点

1. 西方戏剧的诞生与发展脉络　西方戏剧的曙光，普遍认为是古希腊悲剧，而古希腊悲剧则是源于古希腊城邦的 蒂厄尼索斯(Dionysus)的崇拜仪式。在祭典中,人们扮演蒂厄尼索斯,唱“戴神颂”,跳“羊人舞”(羊是代表蒂厄尼索斯的动物)。古希腊悲剧都是诗剧,严谨古雅、庄重大气。表演时有歌队伴唱,史实表明歌队先于演员存在。代表作品有被誉为“悲剧之父”的埃斯库洛斯《被缚的普罗米修斯》、被誉为“戏剧艺术的荷马”的索福克勒斯《俄狄浦斯王》、被誉为“心理戏剧的鼻祖”的欧里庇得斯《美狄亚》。古希腊喜剧发源于农民庆祝节日丰收的歌舞活动,它的出现比悲剧更晚,代表作品有阿里斯托芬的《娃》《云》等,以讽刺权威人物的日常行为逗笑取乐。古罗马的戏剧主要成就体现在普劳图斯的喜剧上,代表作品《一坛黄金》《孪生兄弟》。中世纪时,教会为了更有效地宣传宗教而创造了宗教戏剧,它是从教会仪式中的唱诗演变出来的。

英国文学是欧洲文艺复兴运动的高峰,最耀眼的文学样式便是戏剧,出现了一大批才华横溢的剧作家,如莎士比亚、琼生、马洛等。17 世纪的古典主义文艺思潮中法国戏剧逐渐显示出强大的影响力,莫里哀是这个时期的喜剧大师,创作出《唐璜》《悭吝人》《伪君子》等优秀作品。18 世纪歌德创作出诗剧《浮士德》,这部耗时近 60 年才写成的作品,代表了启蒙运动中文学的最高成就。19 世纪雨果成为法国浪漫主义文学领袖,他的代表作品《艾那尼》标志了浪漫主义对古典主义的胜利。19 世纪中后期,随着欧洲社会关系急剧变化,批判现实主义占据了文学的主流位置,俄国的果戈理和挪威的易卜生是这个时期批判现实主义在戏剧文学方面的代表人物,《死魂灵》《玩偶之家》分别为他们的代表作品。进入 20 世纪,戏剧创作呈现出多元化发展的趋势,作家们尝试用自然主义、表现主义、象征主义以及意识流等方法进行创作,影响最大的就是两位诺贝尔文学奖获得者,美国的奥尼尔和意大利的皮兰德。另外,法国萨特的存在主义戏剧《间隔》、爱尔兰贝克特荒诞派戏剧《等待戈多》,打破了传统戏剧的常规,是现代戏剧新的探索。

2. 中西方戏剧的异同

(1)“诗歌”不同程度的影响:戏剧最早从古希腊开始的,当时的中国正是诗歌盛行的时候,大家对于诗的崇拜影响了对于戏剧的兴趣,直至元朝,已晚了一千七八百年了。无疑,古希腊就成为西方的经典,也成为中国戏剧的一个经典,对中西方戏剧的发展产生了极大的、极深刻的影响。而诗歌对中国戏剧的影响则非常之大。在《西厢记》里,崔莺莺送张生的唱词大概有四十几段,虽然外国诗剧《罗密欧与朱丽叶》中间的楼台会,也有诗歌吟唱“The more ive, he more havforse oh re infinite ”,意思是“我给的越多,我就得的越多,因为双方的爱都是无限的”。这也有诗意,但绝对不可能唱四十几段。戏剧应以故事情节为主,而中国的戏剧(大部分指古代戏剧)由于撇不开诗歌的存在,故事里有诗,诗里有故事。

(2)戏剧结局喜好不同:中国戏剧喜欢大团圆结局,这与西方戏剧有很大不同。西方社会的戏剧里暗喻对社会的抨击和批判,所以故事和人物大都是悲剧结局。就看莎士比亚的悲剧《罗密欧与朱丽叶》,有情人终难成眷属。而中国人的戏剧大多是用来娱乐的,尽管也有悲剧人物,或分离或死亡,但最后一段大都是个大团圆,这与中国的传统文化有关。如窦娥死了算是悲剧,可作者编排她托梦告诉她的父亲,要把陷害她的坏蛋除掉,最终坏蛋就除掉了;梁山伯与祝英台两人怎么看都是悲剧,作者就安排他们变成蝴蝶大团圆;张生和崔莺莺几经磨难，有情人最终还能成眷属。中国人编戏可谓用尽心思去构建大团圆结局，这是西方戏剧少有的，而中国戏剧则每每皆是。

(3)舞台背景不同：西方戏剧讲究舞台背景的设置，而中国戏剧幕一拉开，人物一出场，好人坏人都出现了。为什么？黑脸白脸都画在脸上，根本不用自己根据剧情分析。中国古代戏剧一般只有简单的布景，因为以唱为主，以演员的表演和唱词为核心，主要通过演员的表演吸引观众，特别是那些出名的演员，所以舞台的布置简单些也无妨。后来随着"西学东渐"，戏剧与表演上应该注重更加肖似真实人生，舞台上的空间布置与道具应更符合戏剧所提供的历史与现实背景的原生状态的要求，演台的设置丰富了许多，布景里有些山水庭院什么的，也有下雨下雪刮风打雷，等等，实物和道具被摆上了舞台，这些布景与道具用以衬托故事情节以及人物塑造。

(4)欣赏戏剧的雅俗不同：在西方，戏剧是一种高消费贵族式的享受节目，戏剧的表演地点被安排在剧院，而剧院的装饰布置之堂皇是有口皆碑的，一般的衣冠不整的平民百姓是无法入内的；而在中国，随街就可以搭一个戏台子唱起来，舞台、服装、实物都不是很豪华，所有老百姓都可以看戏享乐，不分贵贱，因此雅俗的享受形式各不同。

(二)西方戏剧的鉴赏路径

1. 西方古代悲剧的鉴赏路径

(1)强烈悲剧意识。古希腊悲剧是西方最早集中反映这种悲剧意识的文学形态。在这些作品中，自我与自然的悲剧性冲突，被命运一词来代替。它们是英雄悲剧，但更是命运悲剧。在当时刀耕火种、蛮荒遍野的历史条件下，人类只能以感性直观的方式感知和把握眼前这个光怪陆离、神秘莫测的世界：强大肆虐的自然力和宇宙力，变幻无常的现实遭际，莫名其妙的困厄与死亡。这一切犹如斯芬克斯之谜，使人情不自禁地产生敬畏与恐惧之情。如《俄狄浦斯王》中，日神阿波罗的金口玉言命定了俄狄浦斯"杀父娶母"的悲剧。他们都是英雄，因为他们不知道自己的命运只有一个悲剧性的结局，那就是——抗争，然后被毁灭。但他们付出的一切英雄性的行为，都流于一种徒劳的挣扎，都被蒙上了一种悲剧性的色彩。他们注定要为这样的徒劳而付出所有；注定要在不知道任何结果的情况下，做着早已为之预定了悲剧性结果的英雄。这就是他们的宿命。

(2)浓郁的心灵忏悔。西方悲剧精神的审美本质是反思人类社会历史矛盾，因而悲剧里总弥漫着浓郁的心灵忏悔色彩。心灵忏悔主要表现为悲剧主人公面对历史长流，尽管有遥远的历史理性主义的美妙理由和光明允诺，总归难以彻底解脱现在耳闻目睹伦理情感受伤害引发的愧疚和痛悔。另外主人公的"人性异化"在读者心灵意识中生发出别样的感受。还有一种绝妙的艺术构思，那就是在此一人物形象的基础上派生出彼一人物形象。

(3)来自社会形态的悲剧精神本质。西方文化有多个来源，但主要发源于古希腊文化。从地理条件上看，希腊是由一个半岛和许多个小岛组成的国家，海岸线漫长，依山傍水，因而希腊民族是典型的海洋型民族。他们的日常生活，几乎都围绕着海洋来展开。分散的、个体化的海上作业特点，使得他们在遇到突发事件时，完全依靠自己去与自然抗争。这样的一种生存状况，使得希腊人有种极强的独立性和个人性。同时，优裕的生存环境、丰饶的物产资源也使希腊人生来就有种积极乐观的人生态度。如古希腊神话中宙斯山上的诸神们悠然自得的生活态度。这种讲求个体自主意识的文化心态经过一代代的积淀，已然成为了西方文化中影响最为深远的渊籔。这种自我个体意识极力张扬的传统浸润于西方悲剧的结果，便使得悲剧主人公形成了为确证个体价值而不懈抗争奋斗的品格，从而更加彰显了他(她)作为悲剧人物的真正意义。

2. 西方现代戏剧的鉴赏路径

(1)西方荒诞派戏剧的诞生。荒诞派戏剧兴起于20世纪50年代，到60年代达到了高峰。二战的恶梦刚刚过去，战争给整整一代人的心灵留下了难以治愈的创伤，上帝不复存在了，旧日的信仰坍塌了，美好的希望和理想破灭了。世界让人捉摸不透，社会令人心神不安。劫后余生的人们，抚摸着战争的伤疤，开始了痛苦的反思，对传统价值观念和现存的秩序持否定的态度。往日的精神支柱瓦解了，新的信仰尚未找到，这种精神上的空虚反映到文学艺术上，自然形成了一个“没有意义，荒诞，无用的主题”。荒诞派戏剧另一代表作家尤金·尤奈斯库在他论述卡夫卡的文章《在城市的武器》时指出：“荒诞是指缺乏意义，和宗教的，形而上学的，先验论的根源隔绝之后，人就不知所措，他的一切行为就变得没有意义，荒诞而无用。”就在尤奈斯库《秃头歌女》上演后的第十年，英国著名的戏剧理论家马丁·埃林斯发表了题为《荒诞的戏剧》的论著，从而在理论上给这一流派正式定名。

(2)西方荒诞派戏剧的鉴赏路径。继承和发展表现主义突出主观精神和手法荒诞的一面。荒诞派戏剧则放弃理性手段和推理思维，来表现他们所意识到的人类处境的毫无意义，他们凭本能和直觉而不凭自觉努力来解决矛盾。他们放弃了关于人类处境荒诞性的争论，而以具体的舞台形象直接表现存在的荒诞性。所以，在他们的戏剧舞台上常常出现光怪陆离、荒诞不经的场面，没有具体的情节，没有什么开场、高潮、结局，没有符合现实的人物，也没有明确的时间地点。剧中没有鲜明的、栩栩如生的人物性格，却充满了破碎的舞台形象，人们好像都成了神经病、瘦弱的老头、肮脏的流浪汉，他们只是机械重复动作和语言的“木偶”。如《等待戈多》中狄狄和戈戈亦是如此。剧作家们认为，在荒诞的世界里，似乎只有内心深处的生活才具有意义。

交流的不可能及人与环境的全面失调。尤奈斯库的《椅子》，它写的是一个孤岛上有一对年逾九十的老夫妇，他们住在灯塔中。老头为了向人们宣布他一生所发现的人生奥秘，请来了许多客人。不断响起划船声、门铃声，他们搬来一张张椅子，象征性的表明客人纷纷到来。老头无法说清楚他想说的东西，只好寄希望于代他宣布真理的演说家了。但演说家竟然是个哑巴！无独有偶，贝克特《如此情况》一剧中叙事者也是个哑巴，罗伯·葛利叶作品中的叙事者，无名无姓，在文章中既不说话也不出现。它们都意在说明要了解人生奥秘是不可能的，人与人之间也是不可沟通的。在荒诞的世界里，没有什么是值得信赖的，人们只有用死亡来使自己满足。这样，荒诞便指向两种现象：毫无意义的世界及人在其中的有限地位。

人物的语言十分荒诞。他们不断重复日常生活中的陈词滥调，冗长乏味的谈话，逻辑紊乱的争论。如罗马尼亚剧作家伊欧尼斯科的《犀牛》第一幕中，几个人对刚才看到的犀牛是亚洲种或是非洲种，是独角或是双角争论不休；被誉为“美国戏剧救星”的爱德华·阿尔比的《动物园的故事》中杰利有一大段废话，长达数页。作者还在提示中这样写道：“念下面这大段台词时要配上很多动作，以便在观众身上达到催眠的效果”。——从总体意义上看，都是些无稽之谈。它们仅仅负载着这样的功能：显示现代人的空虚单调，机械压抑，以及不可能互相理解和交流，人心与人心的陌生和遥不可及的距离。

【知识链接】

1.**《哈姆雷特》**　莎士比亚其人：莎士比亚（W. William Shakespeare；1564—1616），英国文艺复兴时期伟大的剧作家，诗人，欧洲文艺复兴时期人文主义文学的集大成者。公元1564年4月23日生于英格兰沃里克郡斯特拉福镇，代表作有四大悲剧《哈姆雷特》（英：Hamlet），《奥赛罗》（英：Othello），《李尔王》（英：King Lear），《麦克白》（英：Macbeth），四大喜剧《第十二夜》《仲夏夜之梦》《威尼斯商人》《无事生非》（人教版教材称《皆大欢喜》），历史剧《亨利四世》《亨利五世》《理查二世》等。还写过154首十四行诗，三四首长诗。他是“英国戏剧之父”，本·琼斯称他为“时代的灵魂”，马克思称他为“人类最伟大的天才之一”。被称为“人类文学奥林匹斯山上的宙斯”。虽然莎士比亚只用英文写作，但他却是世界著名作家。他的大部分作品都已被译成多种文字，其剧作也在许多国家上演。1616年5月3日病逝。

莎士比亚经典语录：①脆弱啊，你的名字是女人！②To be or not to be，that's a question.（生存还是毁灭，那是个值得思考的问题。）③放弃时间的人，时间也会放弃他。④成功的骗子，不必再以说谎为生，因为被骗的人已经成为他的拥护者，我再说什么也是枉然。⑤人们可支配自己的命运，若我们受制于人，那错不在命运，而在我们自己。⑥美满的爱情，使斗士紧绷的心情松弛下来。⑦太完美的爱情，伤心又伤身，身为江湖儿女，没那个闲工夫。⑧嫉妒的手足是谎言！⑨上帝是公平的，掌握命运的人永远站在天平的两端，被命运掌握的人仅仅只明白上帝赐给他命运！⑩一个骄傲的人，结果总是在骄傲里毁灭了自己。⑪爱是一种甜蜜的痛苦，真诚的爱情永不是一条平坦的道路的。⑫因为她生的美丽，所以被男人追求；因为她是女人，所以被男人俘获。⑬如果女性因为感情而嫉妒起来那是很可怕的。⑭不要只因一次挫败，就放弃你原来决心想达到的目的。⑮女人不具备笑傲情场的条件。⑯我承认天底下再没有比爱情的责罚更痛苦的，也没有比服侍它更快乐的事了。⑰新的火焰可以把旧的火焰扑灭，大的苦痛可以使小的苦痛减轻。⑱聪明人变成了痴愚，是一条最容易上钩的游鱼；因为他凭恃才高学广，看不见自己的狂妄。⑲愚人的蠢事算不得稀奇，聪明人的蠢事才叫人笑痛肚皮；因为他用全副的本领，证明他自己愚笨。⑳外观往往和事物的本身完全不符，世人都容易为表面的装饰所欺骗。㉑黑暗无论怎样悠长，白昼总会到来。㉒勤劳一天，可得一日安眠；勤奋一生，可永远长眠。㉓金子啊，你是多么神奇。你可以使老的变成少的，丑的变成美的，黑的变成白的，错的变成对的……㉔目眩时更要旋转，自己痛不欲生的悲伤，以别人的悲伤，就能够治愈！㉕爱情就像是生长在悬崖上的一朵花，想要摘就必需要有勇气。㉖全世界是一个巨大的舞台，所有红尘男女均只是演员罢了，上场下场各有其时。每个人一生都扮演着许多角色，从出生到死亡有七种阶段。㉗在自己还得不到幸福的时候，不要靠橱窗太近，盯着幸福出神。㉘人类是一件多么了不得的杰作！多么高贵的理性！多么伟大的力量！多么优美的仪表！多么文雅的举动！在行动上多么像一个天使！在智慧上多么像一个天神！宇宙的精华！万物的灵长！

2.**《等待戈多》** 塞缪尔·贝克特其人：塞缪尔·贝克特（1906—1989）法国作家，原籍爱尔兰，1937 年定居法国巴黎。贝克特读中学时即酷爱戏剧，他于 1927 年毕业于都柏林三一学院，因其学业优异，次年至 1930 年间应聘到巴黎高等师范学院和巴黎大学任教，此间，他结识了侨居巴黎的英国颓废派作家詹姆斯·乔伊斯，并深受其影响。二战间，巴黎沦陷，他曾参加过地下抵抗组织。战争结束后，他专门从事文学创作。战争给世界带来灾难的同时，给他的心灵也带来了深深的创伤。贝克特从青少年时代即开始写作，到战争结束时，他已有不少诗歌和小说作品问世，1948—1949 年的小说作品有长篇小说三部曲《莫洛伊》《马洛纳正在死去》《无名的人》，这些小说都意在说明，人生是周而复始的艰辛而又虚无的浪游，是内心的狭小的，而又毫无意思的浪游。这些小说已经暴露出了他悲观厌世的人生态度，以及他反现实主义的文学主张。这在他稍后的戏剧创作中表现得更加突出。他于 1948 年创作的《等待戈多》是其中成就最高、影响最大、最有代表性的荒诞派戏剧作品。

等待的戈多其人：《等待戈多》中，两个像瘪三一样的流浪汉自始自终在等待一个名叫戈多的人。他们穷愁潦倒，希望戈多的出现能使他们得救。然而戈多自始自终也没有出现。那么，戈多究竟是谁呢？有人说，戈多（Godort）就是上帝（God），《等待戈多》（EnAttendantGodot）这个法文剧名，看来是暗指西蒙娜·韦尔的《等待上帝》（AttentdeDieu）一书；有人说，戈多象征“死亡”；有人说，剧中人波卓就是戈多；有人说，戈多是巴尔扎克剧作《自命不凡的人》里一个在剧中从不出现的人物“戈杜”（Godeau）；有人甚至说，戈多就是一位著名的摩托车运动员……于是有人问作者，贝克特两手一摊，苦笑一声：“我要是知道，早在戏里说出来了。”无论贝克特是在故弄玄虚，还是他真不知道，这一回答正好道出了该剧的真实含义，即人对生存在其中的世界，对自己的命运一无所知。无论戈多将会是谁，从作品中可以明显看出，他的到来，将会给剧中人带来希望。戈多是不幸的人对于未来生活的呼唤和向往；是当今社会人们对明天某种指望的代表，象征着“希望”“憧憬”。1957 年 11 月 9 日，《等待戈多》在旧金山圣昆廷监狱演出，观众是 1 400 名囚犯。演出之前，演员们和导演忧心忡忡，这一批世界上最粗鲁的观众能不能看懂《等待戈多》呢？出人意料的是，它竟然立即被囚犯观众所理解，一个个感动得痛哭流涕。一个犯人说：“戈多就是社会。”另一个犯人说：“他就是局外人。”这以后，无田无地的阿尔及利亚农民，把戈多看作是已许诺却没有实现的土地改革；而具有被别国奴役的不幸历史的波兰观众,把戈多作为他们得不到民族自由和独立的象征。人们终于恍然大悟:“戈多”原来是那“口惠而实不至的东西!”

【推荐书目】

[1] 亚里士多德. 诗学[M]. 北京:人民文学出版社,1997.

[2] 马克思. 致裴. 拉萨尔[A]. 马克思恩格斯选集:第4卷[M]. 北京:人民出版社,1995.

[3] 莎士比亚. 莎士比亚全集(9),哈姆雷特[M]. 北京:人民文学出版社,1978.

[4] 朱维之,赵澧. 外国文学简编[M]. 北京:中国人民大学出版社,1987.

[5] 谢柏梁. 世界悲剧文学史[M]. 上海:上海文艺出版社,1995.

【思考与练习】

1. 比较中西方悲剧的异同。
2. 简述戏剧冲突,鉴赏《哈姆雷特》戏剧冲突所体现的美学特征。
3. 怎么理解“一千个人心中有一千个哈姆雷特形象”这句话。
4. 举例赏析《等待戈多》荒诞派艺术。
5. 可与选择观看一场西方悲剧,分析其艺术特色。

参考文献

[1] 冯四东,李忠新. 文学欣赏[M]. 江西:江西高校出版社,2007.
[2] 吴廷玉,徐挺. 文学欣赏[M]. 北京:高等教育出版社,2002.
[3] 胡茂盛,赵志英. 阅读与欣赏[M]. 北京:化学工业出版社,2005.
[4] 孙昕光. 文学鉴赏[M]. 北京:高等教育出版社,2006.
[5] 胡茂胜,赵志英. 阅读与欣赏[M]. 北京:化学工业出版社,2005.
[6] 尹缉熙. 韩剧攻略:文学鉴赏[M]. 北京:高等教育出版社,2007.
[7] 肖志刚. 文学欣赏[M]. 湖北:武汉理工大学出版社,2006.
[8] 罗泽根. 中国文学批评史[M]. 上海:上海古籍出版社,1984.
[9] 童庆炳. 文学理论教程[M]. 北京:高等教育出版社,1992.
[10] 游国恩. 中国文学史[M]. 北京:人民文学出版社,1985.
[11] 鲁迅. 中国小说史略[M]. 北京:人民文学出版社,1981.
[12] 郭绍虞. 中国历代文论选[M]. 北京:中华书局,1962.
[13] 周振甫. 诗词例话[M]. 北京:中国青年出版社,1962.
[14] 张文勋. 诗词审美[M]. 上海:上海文艺出版社,1987.
[15] 莫砺锋. 杜甫评传[M]. 江苏:南京大学出版社,1993.
[16] 马鞍山李白研究所，中国李白研究会. 20 世纪李白研究论文精选集[M]. 陕西:西安太白文艺出版社,2000.
[17] 龙明泉. 中国新诗流变论[M]. 北京:人民文学出版社,1999.
[18] 宗白华. 美学漫步[M]. 上海:上海人民出版社,1981.
[19] 李泽厚. 美的历程[M]. 安徽:安徽文艺出版社,1994.
[20] 朱士钊. 现代散文鉴赏[M]. 乌鲁木齐:新疆人民出版社,2003.
[21] 钱理群,儒敏,吴福辉. 中国现代文学三十年[M]. 北京:北京大学出版社,1998.
[22] 鲁迅. 鲁迅散文全集[M]. 浙江:浙江文艺出版社,1991.
[23] 周作人. 周作人散文精编[M]. 浙江:浙江文艺出版社,2000.
[24] 梁实秋. 雅舍小品[M]. 河北:河北教育出版社,1994.
[25] 傅雷. 傅雷家书[M]. 上海:三联书社,1981.
[26] 焦恒生. 中国古典小说鉴赏[M]. 北京:北京大学出版社,2004.
[27] 唐先田. 中国散文小说[M]. 合肥:安徽教育出版社,2003.
[28] 吴楚材,吴调侯,中华书局编辑部. 古文观止:翻译版[M]. 北京:中华书局,2007.

[29] 刘义庆,中华书局总编部. 世说新语校笺[M]. 北京:中华书局,2007.
[30] 茅坤. 唐宋八大家集[M]. 天津:天津古籍出版社,1999.
[31] 李欧梵. 中国现代文学与现代性十讲[M]. 上海:复旦大学出版社,2005.
[32] 陈思和. 中国当代文学关键词十讲[M]. 上海:复旦大学出版社,2002.
[33] 刘洪甲. 中外名剧台词鉴赏[M]. 郑州:河南人民出版社,河南教育出版社,1996.
[34] 陈旭光,戴清. 影视鉴赏[M]. 北京:北京大学出版社,2009.
[35] 周星,谭政. 影视欣赏[M]. 北京:高等教育出版社,2008.
[36] 林少雄. 影视鉴赏[M]. 上海:上海人民美术出版社,2007.
[37] 金元浦,尹鸿. 影视艺术鉴赏[M]. 北京:首都师范大学出版社,1999.
[38] 贾否,路盛章. 动画概论[M]. 北京:北京广播学院出版社,2002.
[39] 克里斯汀·汤普逊,大卫·彼德维尔. 电影艺术:形式与风格[M]. 彭吉象,等,译. 北京:北京大学出版社,2004.
[40] 邵牧君. 西方电影史概论[M]. 北京:中国电影出版社,1984.
[41] 姚晓蒙. 电影美学[M]. 北京:人民出版社,1991.
[42] 单万里. 纪录电影文献[M]. 北京:中国广播电视出版社,2001.
[43] 游飞,蔡卫. 世界电影理论思潮[M]. 北京:中国广播电视出版社,2002.
[44] 克里斯汀·汤普逊,大卫·彼德维尔. 世界电影史[M]. 陈旭光,何一薇,译. 北京:北京大学出版社,2002.
[45] 林少雄. 纪录影片的文化历程[M]. 上海:上海大学出版社,2003.
[46] 曾庆瑞. 我的电视剧观——曾庆瑞自选集[M]. 北京:北京广播学院出版社,2004.
[47] 张庚,等. 中国戏曲通史[M]. 北京:中国戏剧出版社,1980.
[48] 王起. 中国戏曲选[M]. 北京:人民文学出版社,1994.

中国社会科学院当代中国马克思主义政治经济学创新智库文库
国家社科基金重大项目《中国特色社会主义政治经济学探索》(批准号:16ZDA002)阶段性成果
王立胜 主编

中国共产党
核心执政理念研究

ZHONGGUO GONGCHANDANG HEXIN ZHIZHENG LINIAN YANJIU

王清涛 梁 飞 著

山东城市出版传媒集团·济南出版社

图书在版编目(CIP)数据

中国共产党核心执政理念研究/王清涛，梁飞著.
—济南：济南出版社，2019.1
（中国社会科学院当代中国马克思主义政治经济学创新智库文库/王立胜主编）
ISBN 978－7－5488－3452－6

Ⅰ.①中…　Ⅱ.①王…　②梁…　Ⅲ.①中国共产党－执政－研究　Ⅳ.①D25

中国版本图书馆 CIP 数据核字(2018)第 233577 号

出版人　崔　刚
责任编辑　朱　琦　苗静娴　李　敏
封面设计　侯文英

出版发行　济南出版社
地　　址　山东省济南市二环南路 1 号(250002)
编辑热线　0531－86131712
发行热线　0531－ 86131728　86922073　86131701
印　　刷　济南龙玺印刷有限公司
版　　次　2019 年 1 月第 1 版
印　　次　2019 年 1 月第 1 次印刷
成品尺寸　170mm×240mm　16 开
印　　张　15.25
字　　数　170 千
定　　价　68.00 元

序 言

执政理念，是执政党在执政实践中为了实现自身根本的政治理想和目标而形成的核心价值取向与追求，是执政党治国理政的基本政治导向与遵循。一个成熟、先进的执政党的核心标志之一，就是要有科学、先进的执政理念。自新中国成立以来，中国共产党努力探索并牢牢把握执政规律，扎实积累并及时总结执政经验，沿着正确的历史航向和发展目标阔步前进。中国共产党始终着眼于维护最广大人民的根本利益，成功解决了人民“站起来”“富起来”的问题，并在新的历史时期，围绕实现中华民族伟大复兴、解决国家“强起来”的问题，为了实现人民共同富裕和人的全面发展而不懈奋斗，取得了举世瞩目的发展成绩，不断铸就着前无古人的历史伟业，赢得了全世界的聚焦和赞誉。而在这个光辉的历史发展进程中，中国共产党形成、发展，并不断成熟的科学、先进的执政理念，不仅承载着中国共产党崇高的价值理想和历史担当，更成为了中国共产党具有高度稳定性、延续性、指向性的价值支撑，成为中国共产党区别并优越于其他政党的显著特征。面对当前世界纷繁复杂的发展形势和世界其他政党层出不穷的执政以及发展问题，中国共产党的执政智慧有了更多的世界性意义；做好中国共产党先进执政理念的研究和阐述，具有迫切的时代价值和历史意义。

做好对中国共产党执政理念的研究与阐发将有利于：一、剖析近百年来中国社会历史的演变，更加准确地把握从执政理念变化所反映出的社会历史现实的发展规律；二、从历史和时代的角度观察中国共产党执政理念对于社会现实的推动作用，进一步彰显中国共产党固有的先进性和科学性；三、通过社会历史现实的总结与反思，更加全面地观察和理解人民群众在不同时期的社会需求和政治期望，通过内部治理结构的变革和公共政策的适应性调整，及时满足人民的新需求与新期望，促进执政理念随着时代变化不断做出适应性的调整，彰显现代化取向，永葆青春活力；四、为世界其他政党发展和执政党建设贡献独特的“中国智慧”和先进的“中国方案”。

对于中国共产党执政理念的研究，我们必须首先准确认识并把握其本质属性。中国共产党自身所固有的区别于其他政党的先进性、优越性、革命性，也决定了其执政理念具有不同于其他一般执政理念的独特属性。首先，中国共产党的执政理念具有最广泛的代表性。这是由中国共产党的性质所决定的。中国共产党是中国工人阶级的先锋队，是中国人民和中华民族的先锋队，其阶级属性决定了中国共产党代表的是最广大人民的根本利益，而中国共产党的执政理念作为中国共产党宗旨、目的和任务最集中的体现，其所表达和所诉求的同样是最广大人民的根本利益，因而其执政理念具有最广泛的代表性。其次，中国共产党的执政理念具有超越其他政党执政理念的先进性。这是由其阶级性衍生出来的。不同于其他政党代表的是一个团体或者少数人的利益，这样的利益代表就决定了其执政的目的是维护和发展其所代表的少数人的利益，而这种目的往往是建立在损害其他团体或者阶级的利益上的，因而这样的执政理念具有其阶级的狭隘性和局限性。中国共产党代表的是最广大人民的根本利益，这就决定了其执政的目的是为人民谋福祉，而不是为极少数人；而最广大人民的根本利益不是所有个人利益的相加，而是国家中所有人利益诉求的共性，是对这个阶级中所有人利益诉求的概括和总结。中国共产党的执政理念超越了个人团体的狭隘，代表的是最广大人民的根本利益诉求，这是其先进性的深层动力源。最后，中国共产党的执政理念具有科学性。马克思、恩格斯在论述科学社会主义的生命力时，曾经说过，一切划时代的体系的真正的内容，都是由于产生这些体系的那个时期的需要形成起来的。所有这些体系都是以本国过去的整个发展为基础的。自新中国成立以来，始终摆在中国共产党面前的是在中国建设什么样的社会主义、如何建设社会主义的历史性重大课题。这一历史性重大课题植根于中国社会发展的广阔历史实践，最终成果的取得依赖于这广阔历史实践中各种各样矛盾的不断解决；在这个过程中，任何一个问题和矛盾的解决成效，都直接关系到我国人民的幸福安康和社会主义事业的长远发展。这个过程又不会是一帆风顺，而是需要经过长期不断的探索与尝试，而正是在这个不断的探索与尝试过程中，中国共产党找到了一条把科学社会主义的基本原理与中国实践相结合、符合历史和时代发展规律、符合广大人民诉求和中国国情的社会主义发展道路，形成了自身独特的、具有广泛科学性的执政理念。

自中国共产党成立以来，其执政理念的变化大致分为四个阶段：从 1919 年中国共产党成立到 1949 年中华人民共和国成立的第一阶段，1949 年至 1978 年的第二阶段，自 1978 年改革开放以来至党的十八大的第三阶段和自党的十八大至今的第四阶段。在这四个不同的历史发展阶段，中国共产党的执政理念虽然在一定时期呈现出了一些复杂性的特点，并在领导中国革命建设社会主义的过程中走了一些弯路，但这些都是由当时社会历史的特殊形势和一些不确定性影响因素造成的。无论在哪一个历史时期，我们都要深刻清晰地看到，“以人民为中心”是中国共产党一切工作的出发点和落脚点，也是中国共产党执政的最成功经验。中国共产党在执政过程中，始终坚持把唯物史观作为自身执政理念形成发展的哲学基础，时刻牢记为人民服务的根本宗旨，时刻坚持人民的主体地位，将执政为民作为检验一切执政活动的最高标准。也正是有了这样的价值理念和价值遵循，中国共产党才成功带领中国人民实现了无数举世瞩目的新跨越，谱写了万千波澜壮阔的新诗篇。

中国共产党从成立之初到成功执政，从新中国成立到当前迈入新时代，经历了无数的艰难险阻和艰辛磨砺，而恰恰是在这充满无数艰辛与磨砺的征程中，中国共产党成功实现了从小到大、由弱到强的发展与跨越，其根本的力量来源就是最广大的人民群众的爱戴与拥护，形成了与人民群众的鱼水深情。中国共产党能够成功并长期执政，不是由谁安排或者主观决定的，而是广大人民群众在历史的发展进程中所做出的审慎、科学、正确的选择。人民群众之所以选择中国共产党，最重要的原因就是，无论在什么时期，中国共产党的执政理念当中的人民群众利益维护与发展永远是其最核心最本质的执着追求。中国共产党在其执政过程中，深刻认识到自身执政权的获得是广大人民群众赋予的，权力既从人民来，就要为人民用，任何时期权力的行使都要遵从最广大人民群众的根本意愿。

有了正确价值理念的指导，也便有了对自身更加清晰明确的定位。中国共产党始终明确，自身永远只是人民群众的公仆，而广大人民群众才是国家和历史的真正主人，人民群众给予了自身充分的信任与拥护，将手中的权力交给自身来行使，那么就没有任何理由不在任何时候不代表人民的根本利益。中国共产党对于这个关乎自身长远健康发展和长期成功执政的核心问题，始终有着清醒的理解和认知。毛泽东将群众路线作为党的三大优良作风之一；邓小平将人民“拥护不拥护”“赞成不赞成”“高兴不高兴”“答应不答应”作为改革开放和我们一切工作的出发点和落脚点；“三个代表”重要思想指出，中国共产党“必须始终代表中国先进生产力的发展要求，代表中国先进文化的前进方向，代表中国最广大人民的根本利益”；“科学发展观”的核心是“以人为本”；习近平同志在党的十九大报告中把坚持以人民为中心作为新时代坚持和发展中国特色社会主义的重要内容。习近平总书记强调：人民是历史的创造者，是决定党和国家前途命运的根本力量。必须坚持人民的主体地位，坚持立党为公、执政为民，践行全心全意为人民服务的根本宗旨，把党的群众路线贯彻到治国理政全部活动之中，把人民对美好生活的向往作为奋斗目标，依靠人民创造历史伟业。正是由于对“以人民为中心”核心执政理念的长期坚持，中国共产党才拥有了生生不息的蓬勃朝气，有了在发展和改革进程中勇往直前的昂扬锐气，有了在困难和风险面前从容不迫的浩然正气。

中国共产党的执政理念之所以具有先进性、科学性，更离不开对马克思主义的长期坚持与发展，始终将马克思主义摆在自身治国理念的核心指导地位。中国共产党始终懂得，无论是自身政党建设与治国理政，还是社会主义发展与前进，在任何时候都不能与马克思主义孤立和区分开来，而应该将三者形成一个有机的系统性整体。在革命斗争时期，正是由于马克思主义对革命发展道路的揭示与指引，中国共产党才成功带领中国人民站了起来，中国人民才选择了中国共产党作为执政党。在社会主义建设时期，正是有了马克思主义对社会主义发展目标、前进道路、基本矛盾、前进动力的揭示与指引，中国共产党才成功带领中国人民进行了社会主义建设与发展改革，实现了中国人民“富起来”的目标，走出了一条具有鲜明特色的中国模式的社会主义道路。在新的历史时期，习近平总书记进一步强调：我们党是用马克思主义武装起来的政党，马克思主义是我们共产党人理想信念的灵魂。发展21世纪马克思主义、当代中国马克思主义，必须立足中国、放眼世界，保持与时俱进的理论品格，深刻认识马克思主义的时代意义和现实意义，锲而不舍推进马克思主义中国化、时代化、大众化，使马克思主义放射出更加灿烂的真理光芒。实践证明，始终坚持以马克思主义为指导，将中国共产党治国理政、马克思主义发展与弘扬、中国特色社会主义建设有机统一，以严谨、科学、务实的态度，与时俱进、开拓创新，不断用新的理论来丰富和发展马克思主义，并以此来充实和完善党的执政理念，是中国共产党取得伟大执政业绩的力量源泉。

对某一个执政党执政理念的研究，以及对该执政理念是否具有科学性、先进性的判断，通常要遵循以下几个方面的标准：一是必须符合执政的一般规律；二是必须代表社会大多数人的利益和意愿，体现为他们的根本利益服务；三是必须符合本国的国情和特点；四是经得起社会实践和历史发展的检验。而中国共产党在长期治国理政中，无论是立党为公、执正为民、全心全意为人民服务的核心理念，还是在不同的历史时期、不同的发展阶段所表现出的不同的基本理念，以及在政治、经济、文化、社会、生态文明等方面的应用理念，无不是随着实践的发展而不断发展，无不体现着社会历史的发展规律和时代前进的根本要求，因而，中国共产党的执政理念具有高度的先进性和科学性。

历史和实践证明，选择中国共产党作为我国的执政党，是广大中国人民最为明智的决定。同样，在未来长期的社会主义发展进程中，在实现中华民族伟大复兴的历史征程中，始终坚持和加强中国共产党的全面领导，必将是我国各项伟大历史业绩取得的力量根本。我们党是代表全国人民根本利益、始终坚持“立党为公、执政为民”的政党；是始终坚持、发展、完善马克思主义，并将其作为思想旗帜的政党；是与时俱进、开拓创新，勇于坚持真理、纠正错误的政党。面对光辉的未来，复兴的蓝图已经铺就；面对世界的变幻，中国的姿态更加高昂。我们坚信，在中国共产党先进、科学的执政理念的指引下，在党和人民密切联系的共同努力下，中国共产党不仅能够带领广大的中国人民早日实现中华民族伟大复兴的中国梦，绘就中国特色社会主义建设的新篇章，还能以其独特的治国理政的智慧和经验，为世界其他政党建设和国家治理提供具有广泛价值的“中国方案”，在人类命运共同体的合力建设中，推动我们党的光辉事业不断前进！

目　录

第一章　执政理念研究的学理分析

正如阶级、阶层或城邦、国家这些政治学名词一样，执政理念同样是一个历史概念，在不同的历史时期具有不同的时代内涵。即使历史指针定格在同一时区，在不同的国家、地区，由于历史人文、地理风貌等不同，执政理念所呈现出的特征也各具特色。研究执政理念的来龙去脉，就必须沿着历史的脉络，按图索骥，这正体现出执政理念的继承性。面对如此复杂的政治学概念，我们又该从何处入手？牛顿说过，他之所以看得远，是因为站在巨人的肩膀上。研究执政理念亦是如此，我们需要沿着前人的足迹，或批判，或继承前人已有的成果。

一、国外对执政理念的研究

国外学者对政治理论进行比较深入的探索，自觉不自觉间，形成了完整的学说体系。其历史大致可追溯到古雅典的伯里克利“黄金时代”，即公元前500年左右。纵观西方执政理念理论研究的发展，自古至21世纪，依据一定时期内占主导地位的方法论来分期，大体有四个主要发展阶段①。

① 王沪宁：《政治的逻辑——马克思主义政治学原理》，上海：上海人民出版社，2016年版，第20页。

（一）伦理学方法论：追求以善和正义为目的的优良生活

从学科建设角度看，古代的政治研究与伦理研究没有明确分开，政治研究与伦理研究相互交织。退一步，即使当下学科分工日益精细，针对两者的研究工作也并不可能做到泾渭分明。比例上讲，当下学科交叉的部分只是占本学科的一小部分，否则也就没有分科的必要。直到亚里士多德创立独立的政治学，古代政治研究与伦理研究的这种交错才得以缓解，这也催生了研究执政理念理论的伦理学方法论。

随着智者派和苏格拉底将智慧的关注点转到人类自身的研究，政治学与伦理学应运而生，为学者探索人类社会的发展规律提供研究方法的同时，也提供自身作为研究对象。如苏格拉底在批判智者派向律师和政客兜售实用技巧时自称是爱智者，并坚持“知识就是美德”。他说，认识善就是行善，知识就是德性。柏拉图承袭苏格拉底确信知识即美德，反之亦然，所以“理想国”旨在探讨完善的人和完善的生活。知道并达到美德，以致呈现太平盛世。

薪火相传，亚里士多德将善的火苗由天国引到人间，由“理念”引到“实践”。亚里士多德把科学划分为理性科学、实践科学和创制科学。理性科学是指纯粹的知识，实践科学是指研究人的活动和行为的科学，创制科学一般指诗学。政治学属于实践科学。亚里士多德认为，人的一切实践活动和行为都是为达到自身的目的和实现自身的善，这正是政治学所研究的对象、内容。创立、发展、丰富政治学，是亚里士多德最为突出的学术贡献之一。亚里士多德把最高、最权威的科学归于作为实践科学的政治学。“一切技术，一切规划以及一切实践和抉择，都以某种善为目标。因为人们都有个美好的想法，即宇宙万物都是向善的。”[①] 达到自身的目的和实现自身的善，这一追求与马克思揭示科学社会主义的本质在于实现人的全面解放，遥相呼应。并且，两者都特别重视具体实践，批判抽象概念。

（二）神学方法论：为了实现上帝的意志

古罗马帝国时期，基督教的文化体系和世界观在社会意识和官方意识形态中占据主导地位。宗教精神与政治研究相互结合，产生了不同于以往的政治世界观和方法论，即神权政治和神学方法论。上帝被看作政治实践的起源、发展以及目的、力量源泉。从教父哲学到圣托马斯·阿奎那，从安布罗斯、奥古斯丁和格里高利到亨利四世、菲利普，从奥古斯丁到路德、加尔文，各个思想家的政治理论、执政理念虽然存在很大差别，但在世界观和方法论上却如出一辙。政治被神化，神也被政治化。

（三）法学方法论：契约精神先导下完善国家和法律体系

法学方法论随着资产阶级革命的兴起而确立，直到今天还在政治学研究领域发挥作用。恩格斯对方法学有深刻的见解，认为法学方法论的确立意味着“以前，经济关系和社会关系是由教会批准的，因此曾被认为是教会和教条所创造的，而现在这些关系则被认为是以权利为根据并由国家创造的”[②]。16 世纪以后，伴随着商品经济逐渐发展起来，新兴资产阶级的力量蓬勃发展，要求建立适应商品经济发展和实现自身利益的国家机构和法律体系，以取代束缚自身发展的封建的国家机构和法律体系。商品交换要求人具有平等和自由的地位，从而导致宗教神学受到批判，同时人性渐渐回归。执政理念研究从敬神转向尊人，开始用“人的眼光”来看待政治。这个时期重要的政治思想

---

①［古希腊］亚里士多德著、苗力田译：《尼各马科伦理学》，北京：中国人民大学出版社，2003 年版，第 1 页。

②《马克思恩格斯选集》第 3 卷，北京：人民出版社，1972 年版，第 354 页。

家马基雅维利、格劳修斯、斯宾诺莎、霍布斯、洛克、孟德斯鸠、卢梭、潘恩、汉密尔顿等人关于执政理念的基本倾向有新的观点，即通过设计理想的政治体制和法律规范来保证社会生活的和谐有序。尽管他们的主张、观点相互间存在差别，甚至根本对立，但在法学方法论的立场上却不谋而合。

（四）社会学方法论：和谐社会要有理想的社会结构和社会关系

社会学方法论出现于19世纪中期，至今依然存在。资产阶级革命后，尽管西方主要国家相继建立资本主义的国家体制、政治体制，但社会问题并没有得到解决，社会的分化，政治的不平等，经济压迫、剥削愈演愈烈。此时的政治思想家认为，若要营造和谐的社会氛围，理想的社会结构和社会关系比理想的政治体制更重要。两派观点应运而生：一是实证主义，主张揭示社会发展的基本规律，如孔德的“秩序与进步”理论，斯宾塞的“社会静态论和动态论”；二是社会批判，主张剖析社会弊病所在，从而改造社会，实现自己的执政理念，如圣西门、欧文和傅立叶等。

二、执政理念的科学内涵

（一）执政的理念依据

众所周知，理念是柏拉图哲学与政治思想的核心概念。对于古希腊哲学家来说，理念是指具有同样的外观和特征，或具有同样性质的某一类事物。柏拉图在此基础上又加入自己的见解，认为理念是现实世界的原型、范式、本质、唯一真实的存在，并强调只有理念才是真实的，是现象界永恒不变的标准和范型，只有具备真正的知识或智慧，才能认识和把握理念。柏拉图指出，统治者若要执掌城邦、国家，就必须首先认识城邦、国家的理念。《理想国》就是这样一本书，它描述了一个理想城邦、国家，包括其基本原则、政治设置和生活方式等。当然这个城邦或国家并不存于世，而是现实城邦或国家中正义因素的集中、提炼和升华，是现实城邦、国家的目标与归宿。柏拉图相信，所有执政行为及其目的就是要实现这一目标，达此归宿。也就是说，执政的目的就是实现或体现城邦、国家的理念，同时使善之为善，合乎正义。

在《政治哲学史》[①] 中，作者列述了历史上一些伟大的思想家，始于修昔底德，止于海德格尔，历史跨度长，涉及范围广，理论研究深。本部分只是参考该书有限的个别人物的个别观点，特别是在执政理念方面的研究探讨。

作者对亚里士多德进行了全方位深入的研究、分析，总结其部分政治理论观点，下文再做部分摘要、转述。首先明确，“城邦”（polis）是一种合作关系，是联合体或团体，或者共同分享或拥有某些东西的一群人。在批判传统的政治观点，即政治统治或政治技能实质上等同于王者之术、持家之道以及主人对奴隶的统治时，亚里士多德提出，城邦是倾向于平等、自由的人的合作关系，而且是“不同的”人的合作关系。作者认为，亚里士多德所设想的城邦的本质特征在于政治自由与专业技能的结合。该书认为，所谓在经济上高度专门化的“不同的”人，近似于马克思所揭示的阶级或阶层。

（二）执政的政体形式

在吴玉军主编的《西方哲学史》一书中，作者认为，关于执政形式，柏拉图有自己的观点看法，并形成了政体学说。柏拉图认为，政体是实现城邦正义的基础，并由灵魂的正义性决定。他根据灵魂的正义把统治者划分为三类，爱智者、爱敬者和爱利者，分别对应着王者型、贪图荣誉型、寡头型、民主型和僭主型五种人物，同时也就对应

---

①［美］列奥·施特劳斯、约瑟夫·克罗波西主编，李洪润等译：《政治哲学史》，北京：法律出版社，2012 年版。

着五种政体，即贤人政体、荣誉政体、寡头政体、平民政体、僭主政体。柏拉图认为，最优秀的政体或最接近理想国的政体是贤人政体，由国王或贵族统治①。

亚里士多德认为，具有理性和道德是人作为最优秀的政治动物的基础，只有在城邦中人的理性和道德才能得以实现，从而达到幸福，而这个实现形式也就是政治制度，或政体。亚里士多德对政体划分了极为简练的系统形式，即政体的统治因素或许是一个人、少数人，或许是许多人；它们的目的或是城邦的共同利益，或是统治者的自私利益。显然，从形式看，有三种政体；从目的因看，有两种政体。根据数列组合，我们就能得到六种政体。也许这就需要考虑到亚里士多德的哲学逻辑范式，即质料与形式两个方面。理论上讲存在六种政体形式，从目的因角度，也就是依据执政目的划分，在于实现城邦利益的政体称为善政，在于实现统治者私人利益的政体称为恶政；再考虑到形式的问题，也就是执政方式，善政视域下一人执政为君主政体，少数人执政为贵族政体，多数人执政为民主政体或共和政体，在恶政视域下，相应的又有三种蜕变政体，即暴君政体、寡头政体、平民政体。作者认为，亚里士多德的最好政体是建立在对社会的和经济的组织形式的全面考量基础之上，而不是空想式的个人偏好。作者曾猜测亚里士多德为城邦所设定的标准是一个人数众多的、从事经济活动的自由民集团，但其并没有明确表态，也许是考虑到不同阶层对政治权利的现实诉求存在着，或不可调和的矛盾，或某一阶层公民权被剥夺的可能。

作者肯定无疑地认为，亚里士多德把最好的政体理解为一种贵族制，即公开致力于追求美德的统治集团的纯粹统治。鉴于上面的分析基础，我们可以初步对亚里士多德的执政理念做大体描述：执政目的

① 吴玉军主编：《西方政治思想史》，北京：中国社会科学出版社，2013 年版。

为实现城邦的整体利益，执政形式为少数人执政。若我们的眼光足够长远，胸怀再宽广一些，不难发现，就在当下现实生活还依然存在这样的政体，也许这就是巨人之为巨人之所在。同时，亚里士多德强调，最好的政体的核心问题不是调解互相冲突的、对政治公正的要求，而是美德教育，因为美德教育是最好的政治公正要求的基石与支柱。亚里士多德的贵族制并不是简单的少数人执政，而是美德教育的直接对象或成品，是美德的化身，不是单纯追求经济发展的智人团，而是美德与理性或智慧的合体化身，是执政目的与执政方式的有机统一，也就蕴含着追求善政的执政理念①。

（三）执政理念的概念限定

显而易见，执政理念是执政党执政的根本性问题。执政理念的内涵和外延如何界定，一直是学术界非常关注的研究热点，至今仍未形成标准表述。对相关学术成果进行整理分析，借用学者章越松的表述架构，从逻辑结构上大体可分为三个层面：

1. “单一说”

该观点旨在强调执政理念的整体性或侧重于其中某一方面，以“执政为民说”为主。秦学勤指出，执政为民符合贯彻“三个代表”重要思想本质要求，这体现出中国共产党执政的基本理念，即实现中国最广大人民的根本利益②。王联斌等人指出，执政为民具体表现为“人民至上”“权利神圣”和“人民公仆”等具体的执政理念③。吴忠民认为应当将“公正”作为中国共产党的重要执政理念④。

---

① [美] 列奥·施特劳斯、约瑟夫·克罗波西主编，李洪润等译：《政治哲学史》，北京：法律出版社，2012 年版。

② 秦学勤：《执政为民：中国共产党执政理念的本质体现》，《攀登》，2003 年第 5 期。

③ 王联斌、陶明报：《人民至上·权利神圣·“公仆”到位——“本质在坚持执政为民”的实践规定性》，《理论前沿》，2003 年第 9 期。

④ 吴忠民：《应当将公正作为中国共产党的重要执政理念》，《中国党政干部论坛》，2001 年第 7 期。

2. “复合说”

该观点认为，执政理念是由两个及以上要素构成的。其中，各要素相互之间又有多种组合，呈现出多种看法。①执政观念和指导原则说。陈俊宏指出，执政理念是执政党在全面认识执政地位和执政环境的基础上，围绕执政主旨、执政目标、执政方略、执政方式而形成的思想观念和指导原则[①]。②执政目标和价值取向说。陈一之指出，执政理念是党的执政意识和执政过程中所体现出来的价值取向和目标定位。执政的指导思想以及执政的大政方针和战略策略都取决于相应的执政理念[②]。雷琳和张倩指出，执政理念是执政党在执政过程中体现出来的执政目标和价值取向等观点的总和，包括两个层面：一是为何执政，即执政的宗旨、目的和价值追求；二是如何执政，即为实现执政的宗旨、目的和价值追求而选择的基本方略、途径和方式[③]。③基本理论原则和基本行为准则说。王敦琴指出，执政理念就是执政党依据执政目标而制定的关于如何执掌政权的基本理论原则和基本行为准则[④]。

3. “体系说”

该观点认为，党的执政理念不是由一个或几个要素构成的，而是一个体系。李忠杰提出，执政理念即执政的宗旨、目的、价值取向和思想问题，“执政理念是执政党指导实践的一套理论体系。它是关于执政理想、执政准则和执政思路的理性认识”[⑤]。吴家庆认为，“执政理念是执政党对自身所面临的内外环境及其对党执政提出的内在要求的全面认识，是一种深层次的理性认识。它包括对党所处社会环境的认识、对自身所面临的机遇和挑战的认识、对自身状况的认识和对所

① 陈俊宏：《创新执政理念，构建和谐社会》，《光明日报》，2007 年 1 月 13 日。

② 陈一之：《执政理念的三大突破》，《理论前沿》，2005 年第 4 期。

③ 雷琳、张倩：《中国共产党执政理念的演化和发展》，《科学社会主义》，2006 年第 3 期。

④ 王敦琴：《试析中国共产党执政理念的时代底蕴》，《毛泽东思想研究》，2005 年第 4 期。

⑤ 李忠杰：《中国共产党执政理论新体系》，北京：人民出版社，2006 年版，第 101 页。

负历史责任的认识等”[1]。宋福范指出，执政理念作为执政党对执政活动所形成的理性认识，反映的是党在执政过程中的整体态度。有什么样的执政理念，就会有什么样的执政活动。执政理念决定着执政活动的总体方向和最终成效。“执政理念应该是执政主体对整个执政活动的总的看法和基本观点，是执政主体用以指导执政活动的根本原则。”[2] 章越松、梁涌主张，“所谓执政理念，就是以执政党所代表的阶级、阶层和政治集团的利益为基础，以执政党从事政治活动的政治目标和价值取向为核心的理性认识”[3]。白河、詹玲总结到，“执政理念就是一个党执政后的理想、信念，即党对为谁执政、如何执政以及执政要达到什么目标的认识和追求，亦即党对执政的宗旨、目标和任务以及为了实现这一任务而制定和实施的执政方针、执政手段等方面的总的认识和根本观点，它体现了党全部执政活动的价值取向”[4]。陈枢卉认为，执政理念是一个有着中心与外围结构的理念体系，这一体系由核心理念、基本理念、应用理念三个层次所组成。核心理念是政党关于执政的最高理念或称为信念，表现为政党的执政宗旨，即为何执政、为谁执政、靠谁执政。基本理念是政党为实现核心理念而形成的执政目标和基本原则。应用理念是政党在核心理念和基本理念要求下形成的关于执政的具体思路和方法，即如何执政[5]。同样，学者高翔莲也认为，“中国共产党执政理念不是一个单一的概念，而是一个集合的理论体系，是中国共产党对‘为何执政，为谁执政和如何执政’等一系列执政的基本问题做出的系统全面的回答。中国共产党执

---

① 吴家庆：《强化执政理念，提高执政能力》，《光明日报》，2004 年 4 月 28 日。

② 宋福范：《解析执政理念》，《学习时报》，2005 年 10 月 19 日。

③ 章越松、梁涌：《中国共产党执政理念研究》，北京：中国社会科学院出版社，2010 年版，第 6 页。

④ 白河、詹玲：《党的执政理论体系研究》，广州：广东教育出版社，2010 年版，第 6 页。

⑤ 陈枢卉：《执政理念与中国共产党的执政理念研究述评》，《福建论坛（人文社会科学版）》，2009 年第 2 期。

政理念体系由核心理念、基本理念、具体理念三部分组成”①。

综上所述，关于执政理念研究的关键词，主要包括为谁执政、为何执政、如何执政以及执政为民。各位学者纷纷从不同角度，或侧重某一两个方面强调其重要性，或视之为理论体系做整体性研究。

三、 中国共产党执政理念研究

从国际上看，直到新中国成立，中国共产党执政理念才受到普遍关注。“随着中华人民共和国的建立和由此而产生的关于‘共产主义危险’的担忧在美国进入最盛时期，中国革命者的马列主义刺激了西方对中国的分析。”② 显然，中国共产党执政理念，起初并没有作为独立的专题出现在国外学者的学术研究中，而只是充当材料以研究中国政治及中国共产党领导人的政治理念。

要对中国共产党执政理念展开深入研究，就必须对现有研究成果进行细分、梳理和厘定，进而才有可能开拓创新。在中国知网以“执政理念”为关键词进行检索，截至2017年4月28日，相关文章共有879篇。从年度看，2001年就有文章涉及执政理念研究；自2005年开始，理论界关注执政理念研究，研究成果开始井喷，同年发表的相关研究成果也最多，达到117篇。在人大复印资料网上以“执政理念”为关键词检索，共有27篇文章。在读秀学术搜索中以“执政理念”为关键词进行图书检索，共有850部出版著作，涉及政治、经济、法律和历史等学科的期刊共有20种，报纸上刊发了相关文章2315篇，会议论文有380篇。通过对已有学术成果的分析，概括起来目前研究主要集中在以下几个方面：

① 高翔莲：《中国共产党执政理念教育研究》，北京：人民出版社，2015年版，第12页。

②［美］费正清等主编、谢亮生等译：《剑桥中华人民共和国史1949—1965》，上海：上海人民出版社，1990年版，第14、15页。

（一）中国共产党执政理念的发展历程

中国共产党作为执政党，如果从局部执政时算起，已经有 80 多年历史，执掌全国政权近 70 年之久。没有正确的执政理论，就不会有正确的执政实践。在长期执政过程中，中国共产党积累了宝贵的执政经验，对执政理念亦有深刻的反思、认识。学术界从不同角度分析、研究中国共产党执政理念的发展历程，观点、看法各有不同。

在《中国共产党执政理念教育研究》中，高翔莲从中国共产党执政理念教育的视角研究了中国共产党执政理念的发展历程及启示[①]。她坚持历史与逻辑的辩证统一，并认为中国共产党执政理念的形成和发展、中国共产党执政理念教育的历程，同中国共产党的历史、中国共产党的执政史，存在紧密联系。她主张整段历史可分为三段，即革命根据地局部执政时期、新中国成立后全面执政时期、改革开放后长期执政时期。然后，依据历史演进，展开详细的论述。

（二）专题性中国共产党执政理念研究

基于个人兴趣、历史认识等原因，关于中国共产党执政理念的研究，很多学者将研究范围定格在某段或某几段特定历史时期进行针对性的学术探索。

1. 新中国成立六十年以来的执政理念研究

在《中国共产党六十年执政理念的探索与实践》中，郭大方、李明辉两位学者将研究范围限定在中国共产党 60 年执政历史，以党的执政理念和执政实践方式为内容主线贯穿全书，在逻辑上又强调“一脉相承”式的执政理念，开篇阐释执政理念的基本概念、科学内涵和基本特征，然后依次论述毛泽东、邓小平、江泽民、胡锦涛同志为代表的党中央相应的各个历史时期执政理念产生的时代背景、理论内涵和现实实践。书中指出，毛泽东提出“相信群众、依靠群众、为了群

---

① 参见高翔莲：《中国共产党执政理念教育研究》，北京：人民出版社，2015 年版，第 77—100 页。

众”的执政理念奠定了中国共产党执政理念的根基；邓小平主张“发展才是硬道理”的执政理念确立了中国共产党执政理念的主题；江泽民倡导“立党为公、执政为民”的执政理念丰富了中国共产党执政理念的内容；胡锦涛践行“树立和落实科学发展观”的执政理念实现了中国共产党执政理念的发展。然后，书中揭示出中国共产党一脉相承的执政理念，其根本是为了人民幸福，其核心是谋求全面发展，其保证来自对先进性的保持，其关键是要提高党的执政能力，其途径是坚持改革创新①。

该书以近似生成论的发展模式，论述中国共产党执政理念的历史进程，注重历史与逻辑的辩证统一，既具有时代背景的分析，又不乏理论依据的引证，逻辑原理撑起骨骼框架，充填历史事实的血肉，有理有据。

2. 关于中国共产党主要领导人执政理念的研究

学术界一直热衷于把中国共产党主要领导人作为社会科学研究的对象，特别是关于党史、国史、马克思主义中国化等方面的研究，往往用主要领导人指代整个历史时期或领导集体，当然这不是否定领导人的个人价值，相反更多的是肯定，对其丰功伟绩的正面肯定，比如对毛泽东、邓小平等关键领导人的执政理念的研究成果相对要多。

在《毛泽东执政思想研究》中，熊辉、王孔容两位学者有针对性地对毛泽东执政思想进行了梳理、论述，从理论渊源追溯到历史经验，共划分了十二章总结。首先，从两个方面追溯毛泽东执政思想的理论渊源：一是作为直接渊源的苏共的执政经验；二是对中外非马克思主义执政遗产的扬弃，包括中国传统政治文化、孙中山民主执政思想和西方民主政治理论。然后指出中国共产党执政是历史和人民的选择，从中国共产党诞生到领导人民走上革命实践，再到建设社会主义

---

① 郭大方、李明辉：《中国共产党六十年执政理念的探索与实践》，北京：国防工业出版社，2010年版。

新国家，既顺应社会历史大发展趋势，又符合人民意愿并得到积极拥护支持，蕴含中国共产党执政的合法性。接着，点明坚持全心全意为人民服务是中国共产党执政的执政宗旨，这是毛泽东执政思想的核心，也是对中国共产党执政理念的科学概括，同时，该书在此部分阐述了毛泽东对人民的内涵界定，即对执政对象及执政党自身的科学认识。进而，提出中国共产党执政的力量来源理论，也就是要依靠人民群众执政，这是对唯物史观的遵循与鉴证。接着，在认识到人民群众是中国革命和建设的主体力量的基础上，构建执政制度，探索执政方式，夯实执政物质基础和统一战线，改善执政环境，注重思想建党和廉政建设等等一系列关于如何执政问题的研究。最后，学者从三个方面论述对毛泽东执政思想的历史评价：一是肯定毛泽东执政思想继往开来的历史地位，二是分析毛泽东执政思想形成、探索、发展过程中存在的历史局限性，三是总结毛泽东执政及执政思想的基本经验。

在《邓小平政治哲学研究》中，毛振军从政治哲学的视角对邓小平执政理念进行了研究。本书认为毛振军关于政治哲学的阐述与执政理念有相同之处，所以选择该书的内容作为学术梳理的一部分呈现，特别是关于执政的价值取向和方法论意义下的执政方式。该书以总—分—总的结构，分了七个章节对邓小平政治哲学进行研究。在对政治哲学做学术梳理的基础上，作者就邓小平政治哲学的内涵从五个方面做出理论界定，分别是其核心、精髓、出发点、落脚点、主题；除了贯穿全书的核心，其他四个方面在后面论述中依次展开，再加上排在第二章的形成过程和最后一章的历史经验总结，总共七章内容。作者把回答什么是社会主义政治、怎样建设社会主义政治这一基本问题看作邓小平的政治哲学的核心。然后，作者认为邓小平的政治哲学应分为两个时期，即酝酿期和形成发展期。从新民主主义革命时期到党的十一届三中全会的整个历史，是邓小平政治哲学的酝酿期，以新中国成立或党的八大为节点又可再分为两个阶段。至于形成发展时期，作者据党的十二大和南方谈话为节点将其分为三段：第一阶段主要以三次讲话为标志，邓小平提出并论述建设中国特色社会主义政治，表明邓小平政治哲学初步形成，其中三次讲话分别为《解放思想，实事求是，团结一致向前看》《坚持四项基本原则》《党和国家领导制度的改革》。第二阶段，作者认为邓小平政治哲学的框架更加完整，内在逻辑更加严密，核心更加突出。第三阶段，作者提出以1992年10月邓小平南方谈话为标志，我国改革开放和社会主义现代化建设进入全新的阶段，邓小平的政治哲学思想发展到完善阶段。

作者将邓小平政治哲学的精髓归纳为坚持政治唯物论，即解放思想、实事求是、独立思考，一切从中国的实际出发，坚持、完善符合中国实际的政治制度和政治体制。第四章，作者认为，政治价值观为邓小平政治哲学的出发点，正是认识到发展生产力的政治价值，邓小平才能转变观念，引导并成功将党的工作重心转移到经济建设上来。第五章，作者主张，邓小平政治哲学的落脚点为政治国家观。随着社会主义建设的展开，国家这个大局就一步步呈现在邓小平的眼前，直到后来确立起全新的国家治理模式、国家结构模式和国家政治制度模式。第六章，作者认为，邓小平的政治哲学的主体就是政治发展观，即中国政治发展的动力问题和价值取向问题。这样一下就回归到中国共产党执政理念研究的问题，还是核心问题。第七章，作者按照往常的模式从三个层面总结邓小平政治哲学的理论贡献和意义：一是对马克思主义政治哲学的继承与发展，二是丰富了中国共产党关于社会主义建设的理论内容，三是邓小平政治哲学的伟大现实意义①。

虽然该书在书面文字表达上没有涉及“执政理念”这样的关键词，但全篇简述的原理、逻辑、观点，无不折射着执政理念的科学内涵。于此，我们介绍下学者对政治哲学的认识，比对一下执政理念的

① 毛振军：《邓小平政治哲学研究》，北京：中国社会科学出版社，2013年版。

内涵。作者认为应该从三个层面认识政治哲学：一是“实证研究”，即对现实人们的政治生活做出哲学的分析、描述、解释；二是“规范理论”，即关于对社会政治生活合理性、价值和人类政治智慧的追求，政治生活的本体论、价值论的建构；三是“实践操作”，即关于政治理念的现实机制的研究。我们很难想象这跟执政理念有什么本质的区别，其内在统一性可总结为同一个模式；若分为三个层面，一是解释当下，二是设置目标，三是指导实践。

3. 执政理论体系视域下的执政理念研究

胡锦涛2004年6月在主持中共中央政治局第十四次集体学习时指出：“党的执政理论建设是一项系统工程，包括执政理念、执政基础、执政方略、执政体制、执政方式、执政资源等主要方面。”[①] 执政理念属于执政理论体系的重要部分，至于究竟有多重要，学者们对此各有表述。

白河和詹玲指出，党的执政理论体系是由执政理念、执政基础、执政方略、执政体制、执政方式、执政资源、执政环境以及执政能力等要素相互联系、相互作用、有机构成的一个基本完整的理论体系。然后，他们依次简要陈述了八个主要要素各自的科学内涵及地位。执政理念，是执政党执政的价值取向，它主要回答的是为谁执政的问题，它是党执政的指导思想和根本原则，是党的性质和宗旨的集中体现。执政基础，是执政党保持执政地位的重要条件，它回答的是党依靠谁、靠什么执政的问题，包括思想文化基础、政治基础、经济基础、社会基础等。执政方略，是执政党治国理政的基本方略，它回答的是党采用什么战略促进经济社会发展和保证党和国家长治久安的问题，包括党的大政方针以及各种发展战略等。执政体制，是党执政的制度和体制依托，是执政资源配置的方式和机制，是执政制度的具体

①《中共中央政治局第十四次集体学习》，《新华月报》，2004年第8期，第7页。

表现形式，它回答的是通过什么样的制度和体制机制执政的问题，包括党和国家的领导制度、管理体制及运行机制等多方面的内容。执政方式，是执政党执政的具体方式，它回答的是采用什么方式开展执政活动的问题。执政资源，是影响党的执政能力的重要因素，它回答的是党执政可以运用的资源是什么、怎样调动的问题，包括有形的物质资源如财富、警察，还有无形的非物质财富如体制、传统等。执政环境，是党执政的外部条件，是国内与国际，政绩与经济、文化、社会、生态等各个因素的统一，是影响执政能力的重要因素。执政能力，是党有效治国理政的本领，也是党的执政理论所要解决的一个关键问题。最后，两位学者认为，在党的整个执政理论体系中，执政理念处于核心地位，并像一根红绳，贯穿在党的整个执政理论体系之中，是执政理论之纲。

在《党的执政理论科学体系研究》中，王金池、张连月、谷志远三位学者把执政理念作为党执政理论科学体系的一部分去研究。首先，作者就党的执政理论科学体系的形成展开论述，其研究时间范围以新中国成立为起点，止于以胡锦涛为总书记的党中央树立和践行科学发展观时期，期间分别以党的十一届三中全会、党的十三届四中全会为界，将党的执政理论科学体系划分为三段；当然基本也遵循其历史发展过程，即新中国成立以来，党的执政理论初步形成；党的十一届三中全会以后，党的执政理论形成；党的十三届四中全会以来，党的执政理论体系形成。显然，也必然是一个循序渐渐的过程，符合马克思主义关于事物发展的阶段性、上升性观点。其次，作者提出要从三个要素考察一种理论体系是否具有科学性，即理论基础、理论主体、基本观点。作者顺势引出中国共产党执政理论的内涵，主要包括执政理念、执政基础、执政方略、执政体制、执政方式、执政资源和执政环境等方面。同样也就引出本书的总—分架构，后面七章分别做了一一阐述。关于执政理念，学者阐述自己的观点和看法，指出执政理念是政党在执政过程中对其执政活动的总的观点、看法，包括对执政宗旨、目的和价值取向的理性概括，指导执政活动的指导思想，以及对为谁执政、靠谁执政、如何执政等根本问题的明确回答，并列举式地给出几个关键词：全心全意为人民服务，立党为公、执政为民，权为民所用、情为民所系、利为民所谋①。

该书更倾向于将党的执政理念定位于价值取向，而把具体实践措施归于执政方式、执政方略或其他方面。这种划分是建立在研究党的执政理论科学体系的基础上的，而有别于单独研究执政理念本身，相关内容是完整的，只是在其归属问题上提出了自己的意见和看法。

无独有偶，赵晓呼主编的《中国共产党执政理论研究》一书同样按照胡锦涛同志在邓小平诞辰100周年纪念大会上的讲话，将关于执政理论的内涵分为七个方面，同样将执政史起点定位于新中国成立，不同的是将其以党的十一届三中全会为界分为两段。在内容上，与上本书相比，没有关于执政理论总的单独论述，而是在后面补充了关于党的执政能力方面的论述，整体呈现串联结构。两书另一个相同之处在于，同样把执政理念限定于价值取向，以区别执政方式、执政方略或其他方面。书中以“对中国政党百年历史发展的回眸与展望”为标题的代序值得介绍一下，该代序分四部分简述了中国政党的发展脉络：首先，描述20世纪中国政党产生的社会环境与文化背景；其次，从辛亥革命到1949年，总结中国政党制度形态先后历经的四个发展阶段；再次，对21世纪中国政党制度进行美好的展望；最后，阐述中国共产党领导的多党合作制的优越性，主要体现为政治参与、利益表达、社会整合、民主监督、维护稳定五个价值功能。关于怎样认识执政理念在执政理论体系中的地位，作者指出，党的执政理念问题是党执政能力建设中的重要问题，是其思想基础，并强调只有具备成熟

---

① 王金池、张连月、谷志远：《党的执政理论科学体系研究》，石家庄：河北人民出版社，2006年版。

的、相对稳定的执政理念，才能在执政理论的其他方面建立核心的价值取向，并以此为根本开展全方位的执政建设。还有一点，该书在执政理念和执政方式两部分中，同时提到了科学执政、民主执政、依法执政，可见关于执政理论的内涵按结构或逻辑划分做部分式探讨，难以做到泾渭分明，不可能做到量化，足见理论研究工作的困难。

4. 关于执政方式方法的研究

学者詹福满在其三册版《论科学执政、民主执政、依法执政》的第一册开篇第一章就讲到执政理念，指出执政理念是执政党执掌政权的宗旨、目的和任务与相应的执政方针和执政手段，以及对其把握和认识。简言之，执政理念包括具有价值取向的执政目的和具体实践的执政手段两个方面及其对此的再认识。作者认为，科学的执政理念包含立党为民和执政为民两个层面。党的十六届四中全会通过的《中共中央关于加强党的执政能力建设的决定》明确指出，要结合中国实际不断探索和遵循共产党执政规律、社会主义建设规律、人类社会发展规律。因此，研究如何执政就必须要认识、了解、把握三大规律及其之间的相互关系，总结执政规律，遵循、应用执政规律，本身就是实施科学执政的过程，因为科学就是认识、把握、应用客观规律，从而保证其客观性、可预见性。问题在于，科学执政是不是内含着价值取向。一般意义上讲，科学对应的是真假，而人民群众作为评价体系的主体才决定价值取向问题，也就是民主执政。学者在阐述执政基础时提到民主执政、指出党的执政基础就是共产党与人民群众的关系问题，同时民主执政是党的执政基础的合法性的来源。学者意识到执政合法性来源于人民对执政权力的认同、信仰、忠诚和服从。特别是在阐述执政方式时，学者强调执政方式的科学化、民主化与法治化，坚持科学执政、民主执政、依法执政。

在第二册中，作者把科学执政、民主执政、依法执政作为整体，以此为主要研究对象，在五个分析框架中展开论述，分别在国家—社会理论的分析框架下探讨此整体的理论基础及其制度结构；在合法性理论的分析框架下总结启示并研究当代问题及其对策；在宪政理论的分析框架下探索党与人民代表大会、政府、执政机构的辩证关系；在治理—善治理论的分析框架下追寻科学执政、民主执政、依法执政的善治逻辑；在制度创新理论的分析框架下探索实践路径及制度变迁，优化成本与效益的结构，完善科学执政、民主执政、依法执政的制度安排。

在第三册中，作者回归当下、结合现实，引入有限政府这一政治学名词，并从政治层面、经济层面、哲学层面阐释其内在含义，然后梳理有限政府理论的渊源即发展历程，接着介绍了有限政府理论的制度结构，继而谈到在发达国家的实践和在中国实践的情况及其问题。

此书分三册，结构严谨，从宏观、中观、微观三个层面系统地探讨执政实践，即从哲理逻辑、理论分析、执政实践研究究竟该如何执政，方可实现科学执政、民主执政、依法执政，从而达到执政的目的，这也就是在阐述完整意义上的执政理念，实现认识与实践、评价的辩证统一①。

相比之下，杨绍华的著作《科学执政、民主执政、依法执政——中国共产党执政方式问题研究》更加注重或倾向于执政方式的研究，尽管其中也涉及为民执政的内容，但绝大部分还是介绍执政方式的具体内容②。

执政理念与执政方式的内涵界定之间有明显的矛盾，问题在于是不是真的存在概念间的边界，如果不存在，那么这些概念又是如何产生的，该如何运作，这就要求我们要加强理论建设工作。正因如此，本书尝试研究中国共产党执政理念。

---

① 詹福满：《论科学执政、民主执政、依法执政》（一）（二）（三），北京：人民出版社，2006 年版。

② 杨绍华：《科学执政、民主执政、依法执政——中国共产党执政方式问题研究》，北京：人民出版社，2008 年版。

四、 新时期中国共产党执政理念的时代挑战及对策

在马克思、恩格斯生活的年代，马克思学说就一直受到外界的诟病，被称为“幽灵”一样在伦敦的大街小巷流窜。特别是随着以社会主义阵营的执牛耳者自居的苏联解体，即冷战结束，世界社会主义的发展陷入低潮，并屡屡遭到质疑。面对在政治、经济、文化、军事、国防、科学技术诸方面占据绝对优势的资本主义国家的挑战，新中国毅然决然扛起了建设社会主义的大旗，独树一帜。这也就意味着要面临并承担来自各个方面的挑战与威胁，很多学者对此有过深入的探讨、研究。

（一）中国共产党执政风险问题研究

在《新时期中国共产党执政风险问题研究》一书中，吴阳松认为执政风险是执政党难以回避的问题，并对其定义、内容和特征做了界定，并立足世情、国情和党情从三维视角系统归纳总结党执政面临的风险因素和威胁性存在，呈现执政面临的挑战，最后提出相应对策及建议①。

首先，在对执政风险做概念界定后，作者简述了马克思主义经典作家关于执政风险的理论以及来自世界主要政党的经验教训。然后，学者阐述中国共产党防范执政风险的理论实践和经验总结。其中理论实践又以改革开放为界分为之前、之后两个阶段：第一阶段改革开放之前包括局部执政时期、社会主义改造与建设时期；第二阶段以党的十三届四中全会、党的十六大为节点分为三个时期，这样学者就有针对性地论述了中国共产党在防范执政风险方面的理论与实践。关于中国共产党防范执政风险的经验，作者总结为四点：推进马克思主义理

① 吴阳松：《新时期中国共产党执政风险问题研究》，北京：中国社会科学出版社，2014 年版。

论创新，奠定思想基础；坚持经济建设为中心，提供物质基础；改革创新精神，加强党建，夯实自身能力；坚持党对军队的绝对领导，奠定保障基础。

其次，作者由远及近、由外到内，形成多角度、多层次、多方面立体分析，并从世情、国情、党情三个层面，概述中国共产党面临的主要执政风险。一是世情层面，经济全球化、政治多极化、文化多元化致使党执政的经济安全、外部环境、思想基础受到挑战与威胁，再加上西方敌对势力企图颠覆和渗透我国政权的威胁。二是国情层面，包括经济体制改革带来的经济风险，政治体制改革可能引发的政治风险，主导意识形态弱化危及党执政的思想基础，社会转型期带来的社会风险。三是党情层面，党的思想建设、组织建设、作风建设存在的问题正是当下中国共产党执政所面临的风险，特别是腐败问题。

最后，作者提出三点对策以防范执政风险。①要夯实执政理论，就要加强党的执政理论建设，深入把握党的执政规律，不断完善党的执政理论体系。②提高执政能力，体现在提高驾驭社会主义市场经济、发展社会主义民主政治、建设社会主义先进文化、构建社会主义和谐社会的能力，以防范党执政的经济风险、政治风险、文化风险、社会风险。③通过提高党建的科学文化水平，改善党的先进性建设，实现增强自身内力和优化自身环境，从而加强党的建设。

（二）社会主义核心价值体系面临的挑战与应对

在《社会主义核心价值体系认同面临的挑战和应对》中，沈卫星认为社会主义核心价值体系研究应该包含“为什么、是什么、凭什么和怎么样”四大问题。他以此为逻辑框架展开著作的论述。

1. 学者对社会主义核心价值体系的科学认识：①为什么要提出社会主义核心价值体系？也就是研究背景。作者首先通过存在、价值、价值观念体系三个基本问题，对价值概念进行逻辑分析、科学界定，然后按照从宏观到微观的逻辑，论述价值重构遇到的多重境遇，即从人类的命运到全球化进程再到社会转型。②社会主义核心价值体系是什么？作者在此部分阐述了社会主义核心价值体系提出的目的及其内在逻辑。阐述目的以回应价值重构的多重境遇，学者认为社会主义核心价值体系的目的是实现民族复兴，即中国特色社会主义共同理想。同时引出为实现这一共同理想，要以马克思主义为指导思想，以民族精神和时代精神为精神动力，以社会主义荣辱观为理想人格。

2. 社会主义核心价值体系受到挑战的源起。“富强、民主、文明、和谐”中，富强放在首位，同时追逐、实现富强的发展方式形似“资本主义”，这就是遭受挑战的发展逻辑。“姓资姓社”需要重新被界定。

3. 社会主义核心价值体系的挑战力量来源和精神动力。①马克思主义面临新儒学和自由主义的挑战。三大思想的实质矛盾点在于指导思想领导权问题，新儒学主张走复古道路，自由主义要求走西方道路；毋庸置疑，坚持马克思主义就是走中国特色社会主义道路。②市场经济挑战作为理想人格的社会主义荣辱观。一味地追求经济利益，很难保持物质文明与精神文明间的平衡，当道德不断滑坡，一次次冲破底线，那发展经济的意义又何在？③民族精神和时代精神为实现共同理想提供精神动力。以爱国主义为核心的中华民族精神，是实现共同理想的理论基础并为之提供源源不断的动力。

4. 认识、探索价值共识。学者认识到一元价值与多元价值间对立统一，并以此为基础，大量引用、遵循罗尔斯政治哲学理论，找到应对挑战的良方，也就是价值共识的出场路径，即重叠共识。比照罗尔斯重叠共识内涵界定，学者指出发展是中国的政治正义观，满足容许理性多元价值存在、保持中立性和长久性①。

① 沈卫星：《社会主义核心价值体系认同面临的挑战与应对》，北京：学习出版社，2016 年版。

第二章　中国共产党执政理念的理论逻辑

执政理念是执政党的灵魂所在；它体现执政党的性质，明确党的执政目的，规范党的执政行为，引领党的执政方式。在党的执政理论体系中，执政理念处于核心地位；它是党的生命线，贯穿于党整个执政实践的历史、现在、未来。实践是检验真理的唯一标准。理论建设并非一蹴而就，需要与之相应的实践活动，积累经验，然后抽象升华至理论。不管是执政理论体系建设，还是执政理念研究，都要到执政活动中去调查研究，总结规律，寻找良方，而不能为理论而理论。要做调查研究，就需要首先明确研究对象本身是什么，即概念、内涵或内在规定性。

一、 中国共产党执政理念概念的界定

要界定执政理念这一概念，首先需要提供适当语境，即在什么背景下应用、解释、理解。执政理念起码有三个语境：它首先是个文字层面的偏正短语，然后是个政治学名词，最后是个历史范畴。在不同的语境下，概念对应不同的表述、内容，或强调的方面不同。执政理念依次对应：执政理念的文字名称，执政理念的指称范围，执政理念的指称对象。

（一）执政理念的指称对象及其发展变化

从唯物史观出发，执政理念，首先是对某一历史现象的描述。当

然，我们很难装作不知道这是种政治现象，毕竟已提及“执政”这一关键词。执政理念的指称对象是一种历史现象，再具体点讲，归属于政治现象或政治行为，即执政理念是历史视域下对政治行为的一种抽象表述。关于政治现象、政治行为的出现，马克思曾说过，政治现象是社会发展到一定阶段的历史产物。可见，政治现象、政治行为并非先天存在，而是从无到有，当然也会从有到无。从无到有，不管是逻辑上，还是历史上，都已经成为现实，特别是国家的出现，“国家并不是从来就有的。曾经有过不需要国家，而且根本不知国家和国家权力为何物的社会”①。至于从有到无，在马克思主义关于科学社会主义及共产主义社会的描述中，有明确的表达：“阶级不可避免地要消失，正如它们从前不可避免地产生一样。随着阶级的消失，国家也不可避免地要消失。”② 最后，我们再明确一下，执政理念所指称的对象，是一种政治现象，即执政现象。如何具体阐述执政现象，马克思主义认为，阶级是分析政治的钥匙，要采用阶级分析法③。

从唯物史观出发，阶级是一个历史范畴，是私有制出现后的必然现象；依据是否占有生产、生活资料，可划分为有产者和无产者，即有产者占有生产、生活资料，无产者不占有生产、生活资料。列宁说：“所谓阶级，就是这样一些大的集团，这些集团在历史上一定社会生产体系中所处的地位不同，对生产资料的关系（这种关系大部分是在法律上明文规定了的）不同，在社会劳动组织中所起的作用不同，因而领得自己所支配的那份社会财富的方式和多寡不同。所谓阶

①《马克思恩格斯选集》第4卷，北京：人民出版社，1972年版，第170页。

②《马克思恩格斯选集》第4卷，北京：人民出版社，1972年版，第170页。

③ 阶级分析法：从阶级和阶级斗争的角度分析政治现象的政治学研究方法。人们按照经济地位及其政治态度分属于不同的阶级和阶层。社会分层是社会生活和政治生活最基本的条件，因而必须根据各阶级的相互关系来进行分析。这种相互关系的标志就是冲突，各阶级之间不平等自然会产生冲突，并形成导致社会与政治变化的动力，因而政治研究以阶级为分析重点。（参见王邦佐等：《政治学辞典》，上海：上海辞书出版社，2009年版，第40页。）

级，就是这样一些集团，由于它们在一定社会经济结构中所处的地位不同，其中一个集团能够占有另一个集团的劳动。”① 随着社会生产力不断发展，阶级向两极发展的趋势日益明显，有产者的集合成为有产阶级，无产者的集合组成无产阶级。马克思主义认为，政治是经济的集中表现。政治现象是对当时社会内在经济关系的一种反映，或称外在体现。马克思说，人是天生的社会动物，政治现象是社会发展到一定阶段的历史产物。从历史角度讲，政治活动后于经济活动，即阶级在经济上的属性先于在政治上的。同时，阶级起源于经济原因，阶级实质上也是一个经济范畴，是特定生产关系和物质利益的承担者，是在特定的经济结构中处于特定地位的人们的共同体②。阶级之间在经济领域中的利益冲突，在执政视域下的经济关系，表现为阶级斗争、阶级对抗。阶级，既是政治与经济两者间的逻辑中介，又是分析客观历史事实的基本要素。

表面上看，正如一些资产阶级思想家所认为的那样，阶级更像是社会分工的结果：政治上，阶级分为统治阶级与被统治阶级；经济上，分为有产阶级与无产阶级。他们企图把阶级的最初区别归咎于个人劳动能力的强弱、大小，或是劳动分工的结果，以此抹杀阶级对立的存在。

马克思主义认为，阶级的产生来源于两个方面：一方面是私有制的产生，另一方面是社会生产力水平低下。私有制观念的产生，是“占有”出场的路径、前提，并使之合法合理化、常态化。但是，私有制是历史的产物，也是历史的选择，不随着个人的意愿转移而转移。相反，个人劳动能力大小的区别，这一社会现象掩盖了社会生产力低下的社会本质。马克思从来都是在社会层面谈生产力，而不是个人层面，但也绝不否认个人劳动能力存在差别，“受分工制约的不同

---

①《列宁全集》第 37 卷，北京：人民出版社，1986 年版，第 13 页。

② 肖前、李秀林、汪永祥：《历史唯物主义原理》，北京：人民出版社，1999 年版，第 192 页。

个人的共同生活产生了一种社会力量，即扩大了的生产力”①。马克思认为，生产力是人改造自然，以满足自身需求的能力，是发生在人类与物质世界之间的相互关系，而不是个人能力的发挥。若硬要使个人与物质世界发生关系，退去社会属性只剩自然属性的个人，只能作为属于物质世界的一部分出现，而且是最微不足道的那一部分。

社会生产力低下，意味着单位时间内劳动者通过劳动所生产的生产、生活资料总量相对低于满足社会对物质需求的总量，即产出量低于需求量。通俗一点讲，生产力低下，即生产不能满足需求。关于物质需求，马克思从现实的人开始论证。首先，马克思主义的根本目的在于追求全人类的解放。其次，马克思主义不仅把“现实的人”看作社会与自然界发生密切关系的逻辑中介，而且还视之为现实实践活动的劳动载体，即劳动者、劳动力。最后，马克思哲学的逻辑起点和现实起点归结于“现实的人”。马克思主义认为，共产党执政就是为了发展生产力，以满足人们的需求。

执政理念指称对象，表面上是指政治现象、执政现象，即统治与被统治的政治状态，实际上是指统治阶级与被统治阶级之间的相互对立或相互合作的政治关系。当然，不能只是片面地理解为统治关系或被统治关系，它是两者的辩证统一。

（二）执政理念指称范围的发展变化

执政理念的指称范围，也可解读为执政理念的内涵、内容。显然，执政理念的内容最起码包括：何为执政，为何执政，怎样执政，即执政行为、执政目的、执政方式。至于执政行为，在研究执政理念指称对象时，已经阐述。在后面论述中国共产党执政理念的本质时，执政目的和执政方式方面会详细讲述。

（三）执政理念文字名称的发展变化

执政是一种历史现象，它不是从来就有，也不会永恒存在，而是

①《马克思恩格斯选集》第1卷，北京：人民出版社，1995年版，第85页。

社会生产力发展到一定历史阶段的产物。事实表明，由于种种原因，同样的历史现象，即执政行为、执政活动在不同的历史阶段，会有不同的表述。包括文化传统差异在内的所有附加原因，都比不上社会阶级结构及其历史变迁这一根本原因所起的决定性作用。阶级结构就是阶级社会的阶级构成、各阶级的地位及其相互关系。每一时代的阶级结构、阶级关系及其变迁，都是一个客观的历史过程，是自己时代的生产力发展水平和经济关系的产物。与之相适应，历史上出现过相互对抗的三大基本阶级，即奴隶主和奴隶、封建地主和农民、资本家和无产者。借助阶级观点，规范一下关于执政行为的表述，即在奴隶社会，奴隶主“拥有”奴隶；在封建社会，封建地主“统治”农民；在资本主义社会，资本家“剥削”无产者。

苏联、中国等社会主义国家，是以阶级合作的姿态出现，社会成员间的差别，可以用“阶层”来表述。同上，做规范表述：共产党“领导”人民群众。

同为“执政”，在不同的社会形态，有不同的表述，如统治、剥削、领导。这不仅仅是文字词语客观上的不同描述，更多的是对生产关系的反映。

二、 中国共产党执政理念的本质

毛泽东思想和中国特色社会主义理论体系，是马克思主义中国化的两大理论成果。中国共产党执政理念作为中国共产党执政理论的一部分，贯穿于毛泽东思想和中国特色社会主义理论体系，也必然是马克思主义中国化的成果。换句话说，中国共产党执政理念是马克思主义执政理念中国化的理论成果。既然是马克思主义中国化的理论成果，必然要遵循马克思主义基本原理，要应用马克思主义的立场、观点、方法观察、分析、处理问题。本书志在研究中国共产党执政理念，若要科学分析其本质，就必须应用马克思主义的立场、观点、方法①。

（一）马克思主义的立场

马克思主义的立场，从内容方面看，以辩证唯物主义和历史唯物主义基本原理、政治经济学基本原理、科学社会主义等为观察、分析、处理问题的出发点、立足点和态度；从阶级基础看，要坚定地站在维护无产阶级和人民大众的根本利益的立场上观察、分析和处理问题，为广大的人民群众争取自由、民主、平等、尊严和福利；从历史使命看，要坚定科学的社会主义、共产主义信念，持之以恒地为解放全人类，实现人的自由、全面发展而奋斗。

中国共产党，作为执政党，其所作所为，归根结底就是为“人的自由而全面的发展”提供政治、经济、社会、生态和文化的保障，就是要最大限度地团结一切可以团结的力量以有利于“人的自由而全面的发展”，始终站在人民大众的立场上，一切为了人民、一切相信人民，一切依靠人民，全心全意为人民谋利益。

（二）马克思主义的观点

马克思主义的观点，就是无产阶级和人民大众对世界的本质和发展的一般规律、人类社会的本质和发展的一般规律、社会主义社会的本质和发展的一般规律的基本看法和基本见解。把握马克思主义的观点，要求坚持真理的绝对性和相对性。现阶段，学习和把握中国特色社会主义理论体系中贯穿的马克思主义观点，主要包含三个方面：一是要始终坚持中国特色社会主义信念和共产主义立场，二是要始终把发展作为党执政兴国的第一要务，三是在发展中始终坚持以人为本。

---

① 郑国玺、薛建平、叶长安：《马克思主义立场、观点、方法理论研究》，成都：四川人民出版社，2012年版，第63、68、74页。

（三）马克思主义的方法

马克思主义的方法，就是无产阶级和人民大众站在马克思主义的立场上，运用马克思主义的基本原理，认识世界和改造世界，进行社会主义革命、建设、改革的方法。把握马克思主义的方法要求我们坚持唯物论和辩证法的统一。现阶段，学习和掌握马克思主义方法的三个着力点：一是必须学习和掌握唯物辩证法的思想方法，二是必须学习和掌握实事求是的思想方法，三是学习和掌握群众路线的工作方法。

马克思主义执政理念的立场，就是始终代表最广大人民群众的根本利益。马克思主义执政理念的观点，就是实现全人类的解放，“人的自由而全面的发展”。马克思主义执政理念的方法，就是唯物论和辩证法的统一。

我们需要再次明确，中国共产党执政理念是马克思主义执政理念中国化的成果。其中“中国化”一词所蕴含的意义深刻，简言之，与中国实际相结合。也就是说，中国共产党执政理念是马克思主义执政理念与中国实际相结合的成果。这就意味着理论与实践相结合，逻辑与历史辩证地走向统一。问题在于中国实际，一方面它是历史发展的结果；另一方面，其本身也是动态发展的。中国实际本身的继承性与动态性，要求中国共产党执政理念要具有继承性、时效性或创新性。在本质上，中国共产党执政理念的立场、观点、方法，与马克思主义执政理念是一致的。

立场问题就是性质问题。坚持始终代表最广大人民群众的最根本利益，这就确保了中国共产党执政的合法性。

从共产主义视角看，为实现此目标，立场也可看作一种方法。具体问题具体分析，在当下，执政党选择立场的同时，也决定着其自身性质。秉承实现共产主义的伟大信念，中国共产党自觉选择站在最广大人民群众的立场上。可以说该立场铸造并成就中国共产党的建立及其辉煌。中国共产党始终代表最广大人民群众的根本利益。至于资本主义国家的执政党，不可同日而语，但又不得不提，与其说他们代表资本家的利益，不如说他们被迫代表资本家的利益。正如马克思所说，资本家没有祖国，其自身也已经沦为资本的代理人、奴隶，已经不具备能力去选择立场。

现在我们要客观地区分目的与方法。马克思主义认为，人类的解放与自由而全面的发展是人类社会的终极目标，其他一切都是实现这一目标的方法。从某种意义上说，选择立场也是种方法，更不用说方法本身，不同之处在于立场是种特殊的方法，从始至终得一以贯之。那么中国共产党执政理念的目标又该是什么？谈到目标就涉及最终目标与近期目标，或者最高纲领与最低纲领。毋庸置疑，中国共产党的最高纲领当然就是实现共产主义，但是最低纲领却随社会发展变化而不断有所调整。阶段性地制定最低纲领，也是实现最高纲领的一种方法。在实现某发展阶段的最低纲领时，该纲领又成了阶段性目标，当然极可能会有更具体的小目标；为实现这些大大小小的目标，就需要采用相应的方式方法。

认识、制定、明确、实现最低纲领的过程中需要相应不同的方式方法，同时不同的最低纲领又可能对应另一套方式方法。方法的不同，也就表现为执政理念理论内容的不同。同时，方法又随着社会实际情况的不同而有所不同。整体上讲，执政理念理论的内容，随着社会发展阶段的不同而有所调整。相应地，中国共产党的执政行为随之日益理论化、体系化，自然而然也就形成了中国共产党执政理念理论体系。在不断体系化的过程中，方法本身也就上升为方法论。

三、 中国共产党执政理念的宗旨

全心全意为人民服务，不只是中国共产党的宗旨，更是中国共产党执政理念的宗旨。首先，为人民服务，能体现出中国共产党执政的立场。

（一）“为人民服务”提出的缘由

在中国共产党第七次全国代表大会上，毛泽东做政治报告，并指出“我们共产党人区别于其他任何政党的又一个显著的标志，就是和最广大的人民群众取得最密切的联系。全心全意地为人民服务，一刻也不脱离群众；一切从人民利益出发，而不是从个人或小集团的利益出发；向人民负责和向党的领导机关负责的一致性；这些是我们的出发点”[①]。按照唯物史观，生产力是决定社会发展的最终因素，劳动者是最重要的生产力要素。因此历史唯物主义认为，历史是由人民群众创造的，人民群众是一个历史范畴。

1. 人民群众是历史的创造者

人民群众是历史的创造者，体现在社会生活的两个方面：一是人民群众作为历史活动的主体，创造着社会的物质财富和精神财富；二是人民群众是社会变革的决定力量。毛泽东指出：“人民，只有人民，才是创造世界历史的动力。”[②]

2. 人民群众是社会制约性的创造者

人民群众在创造历史的活动过程中又要受到来自历史条件的制约，即社会的制约。人民群众创造出来自己活动的历史舞台，但又片刻离不开这个舞台。恩格斯指出：“人们自己创造着自己的历史，但他们是在制约着他们的一定环境中，是在既有的现实关系的基础上进行创造的。”[③] 制约着人民群众从事历史活动的社会条件一般包括经济、政治和文化等。

为实现共产主义，为完成社会主义初级阶段的过渡，为实现中华

---

①《毛泽东选集》第 3 卷，北京：人民出版社，1991 年版，第 1032 页。

②《毛泽东选集》第 3 卷，北京：人民出版社，1991 年版，第 1031 页。

③《马克思恩格斯全集》第 39 卷，北京：人民出版社，1974 年版，第 199 页。

民族伟大复兴，中国共产党始终坚持全心全意为人民服务的宗旨。

（二）“为人民服务”的初步解读

为人民服务，不是一句纯粹的口号，需要落实到一个个行动中。在批判费尔巴哈的“类”时，马克思把研究的逻辑起点定为“现实的人”。现实的人就有现实的需求。中国共产党坚持全心全意为人民服务就是满足“现实的人”的现实需求，而不是其他的什么。那么既然要满足需求，那就不得不首先了解具体需求，才能有的放矢。毛泽东曾指出：“我们应该深刻地注意群众生活的问题，从土地、劳动问题，到柴米油盐问题。妇女群众要学习犁耙，找什么人去教她们呢？小孩子要求读书，小学办起了没有呢？对面的木桥太小会跌倒行人，要不要修理一下呢？许多人生疮害病，想个什么办法呢？一切这些群众生活上的问题，都应该把它提到自己的议事日程上。应该讨论，应该决定，应该实行，应该检查。要使广大群众认识我们是代表他们的利益的，是和他们呼吸相通的。”①

根据马斯洛的人类需求理论，人的需求可分为五个层次，即生理的需要、安全的需要、爱的需要、尊重的需要、自我实现的需要。一般来说，当前一个需要层次得到满足之后，便会出现对后一个需要层次的需求。事实上，往往很难严格界定各个层次的内涵，从而容易混淆彼此间的线性顺序。马克思主义从“现实的人”出发，考据大量历史事实，总结以往相关研究成果，继而提出生活在社会现实中的人，其需求大体可分为三个层次：自然需求、社会需求、精神需求。

1. 自然需求

首先，像生活在世界上的其他生命体一样，人若要维持自身的生命存在，必须要从外界摄取物质资料，以满足从事生命活动需要消耗的能量。正如马克思所说，“我们首先应当确立一切人类生存的第一

①《毛泽东选集》第1卷，北京：人民出版社，1991年版，第138页。

个前提，也就是一切历史的第一个前提，这个前提是：人们能够‘创造历史’，必须能够生活。但是为了生活，首先就需要吃、喝、住、穿以及其他一些东西。因此，第一个历史活动就是生产满足这些需要的资料，即物质生活本身”①。自然需求，既是人最初的需求，也是最低需求，也可以称之为生存需求。唯有生存对于自身才有意义，否则一切都将成为空谈。马克思所说的自然需求，其主要内容是维持人的生存所必需的衣、食、住、行等物质生活资料需求。自然需求也可以表述为物质需求。

用于满足物质需求的物质生活资料都直接或间接地来源于自然界，因而作为人类物质生产资料和生活资料来源的自然界，就成为人类生存发展的自然物质基础。马克思主义把人类为满足自身需求所从事的实践活动称作劳动。为满足物质需求而从事的劳动，其劳动对象当然就是自然物质世界。

2. 社会需求

在物质需求得到满足后，人往往就会有更高的需求，从而就产生了社会的政治、经济及文化等生活。马克思主义所说的人是“现实的人”，是一切社会关系的总和，本质上这也正是人区别于动物之所在，即人的社会属性或社会需求。马克思曾形象地指出：“一窝蜜蜂实质上只是一只蜜蜂，它们都生产同一种东西。”② 由于其内容丰富，形式多样，同时彼此又相互影响，关于内涵广泛的社会需求，学界没有形成一个统一而标准的定义。但这仍不妨碍形成一个稳定的基本认识，特别是包含交往需求、劳动需求、经济需求这些基本内容。

3. 精神需求

在基本的自然需求与社会需求得到适当满足的前提下，随之而来的就是精神需求。精神需求是人们产生的更高层次的需求；抛却了精

---

①《马克思恩格斯选集》第1卷，北京：人民出版社，1995年版，第78—79页。

②《马克思恩格斯全集》第46卷上，北京：人民出版社，1995年版，第195页。

神文化生活，人会变得物质化。

正是为满足人民的需求，中国共产党人披荆斩棘，兢兢业业，哪怕流血牺牲，依旧任劳任怨奋斗在为人民谋幸福的大道上。为满足人民的物质需求，以毛泽东为核心的中国共产党人领导广大人民群众，走上革命道路、建设道路。三大改造的顺利完成，标志着国家以公有制为主的形式真正实现对生产资料的占有，人民的物质需求得到满足和保障。该时期中国共产党执政理念的核心内容为毛泽东思想。为满足人民的社会需求，以邓小平为核心的中国共产党人领导人民群众走上改革开放奔小康的发展道路。改革开放 40 年，中国取得举世瞩目的伟大成就，该时期中国共产党执政理念的核心内容为邓小平理论。为满足人民的精神需求，以习近平同志为核心的中国共产党人提出社会主义核心价值观，以满足人民的精神需求。历史一次次见证着中国共产党人全心全意为人民服务。

（三）"为人民服务"的实现途径

为人民服务，不能只凭着一腔热血，要讲究实现路径，也就是本书所要研究的对象——执政理念，即中国共产党的执政理念。从满足人民需求的角度看，主要内容分为两个方面：一是满足人民的现有需求，二是引导人民的潜在需求。详细地说，满足人民的现有需求，也就是结合时代背景，完成历史任务，比如革命时期的反帝反封建，建设时期的大力发展生产力。引导人民潜在的需求，就需要中国共产党具有远见卓识，及时并恰如其分地引导人民的潜在需求，以保证其科学性，然后再给予满足。满足人民现有的需求是大家最熟悉不过的，这里补充并强调一下引导人民的潜在需求。

1. 为什么人民群众需要引导

第一，由于人民群众的不自知及历史局限性。坚持唯物史观的马克思关于农民的认识就显得科学、独到而又深刻，他曾形象地比喻"农民就是一袋马铃薯"。这里的"马铃薯"是与工人阶级相比较，突出农民的分散性、脆弱性和愚昧性。后者与鲁迅所揭示国民的奴性有异曲同工之妙①。在批判农民软弱性的立场上，马克思与鲁迅也可算是知音。

第二，科学引导人民群众，是中国共产党执政理念的内在表达。中国共产党是一个全心全意为人民服务的党，并且还要尽可能长久地为人民服务；若非要给出一个期限，那就是直到进入共产主义。是的，中国共产党秉承马克思主义所提倡的“人的全面发展”这一鸿鹄之志，绝不是停留于单纯追求物质财富或军事力量，而是领导全国各族人民，励精图治，艰苦奋斗，建设具有中国特色的社会主义，为下一步过渡到共产主义社会打下坚实的基础。为人民服务是中国共产党执政理念的内在展开，内在本性的外在表达，是立场与目的的统一。

这是从中国共产党的执政目的考虑。同时，人民群众不只是历史发展的动力，更是中国共产党执政的力量源泉。不管是发动武装革命还是发展经济，人民群众始终是共产党最坚实的后盾和最强大的动力，潜力无限。中国共产党执政之所以有合法性，不仅仅是因为取得新民主主义革命的胜利，推翻三座大山，成立新中国，关键在于其自我认识和自我定位，认识到自己崇高的历史使命，领导无产阶级走上历史舞台，并发挥其积蓄已久的强大力量，为实现最终的胜利而不断奋斗；认识到执政力量来源于人民群众，执政成果也就相应地回归于人民群众。另一方面，中国共产党将自己限定于领导层面，以人民的名义行使自己手中的权力，而不是控制、统治抑或独霸一方。

2. 为什么能引导人民群众

首先，中国共产党作为无产阶级的先锋队，具有引导人民群众的

① 农民，国民。直观印象中，鲁迅笔下的国民更多是指生活在城镇中的人，那是文学作品中特定环境造成的假象。艺术来源于生活，又回归现实。其实，在城市从事手工艺的劳动者，跟务农的农民是同一种处境，这种处境叫作自给自足，只不过他们的地位、位置不同罢了——一个在农村，一个在城市，本质上都是被压迫的对象，都属于被剥削阶级。

能力。中国共产党是最先进的组织，这种先进性可以从历史和经济两个方面探讨。我们要用发展的眼光看问题，与历史上其他的革命、政变或动乱相比，共产党作为无产阶级的先锋队具有最彻底的革命性。

这种彻底性，不只体现在历史发展目标上，而且在于性质、手段，即揭示经济基础决定上层建筑，也就是回归到最本质也最具体的经济层面。闹革命，“枪杆子里面出政权”，建设社会主义以“经济建设为中心”。流血牺牲闹革命，最终还是为了发展最先进的生产关系；搞经济，最终是为了解放、发展生产力。生产力与生产关系很难说是专属于经济或是政治，但中国共产党执政就是为了调节生产力与生产关系。这也正是中国共产党作为无产阶级先锋队的任务之所在。

其次，中国共产党执政理念与人民群众利益诉求之间具有一致性。中国共产党始终代表最广大人民群众的根本利益，这是立场问题，不是形式逻辑。中国共产党的执政权力不是一般意义上讲的人民权利的让渡，而是自始至终代表着人民最根本的利益，不存在让渡这个过程。正是由于人民这种利益诉求的强烈表达，才产生了中国共产党，否则又会像戊戌变法那样，成为上层政治集团间的游戏。

最后，中国共产党执政理念兼顾人民群众的长远目标与近期利益。明智之人总是深谋远虑，而不限于眼前利益。中国共产党领导全国各族人民旨在建设社会主义，乃至共产主义社会，不但拥有长远而宏伟的目标，而且自身又是最坚定的革命力量，这种领导作用是历史与逻辑的辩证统一。对此马克思在《共产党宣言》中也曾有所说明，“共产党人的最近目的是和其他一切无产阶级政党的最近目的一样的：使无产阶级形成为阶级，推翻资产阶级的统治，由无产阶级夺取政权”[①]；另一表述最终目标为“代替那存在着阶级和阶级对立的资产阶级旧社会的，将是这样一个联合体，在那里，每个人的自由发展是

①《马克思恩格斯文集》第2卷，北京：人民出版社，2009年版，第44页。

一切人的自由发展的条件”①。

当然必须承认，人民群众的利益诉求其实也就是马克思主义所说的人的需求，具有层次性，从而也就具有时代性，这也就决定了中国共产党执政理论内容的时代特色或是阶段继承性。显然，面对历史与现实的双重挑战，中国共产党压力大，任务重。

3. 如何科学引导人民群众

挑战是客观存在的，既是历史的难题，又是来自人民的考验。正是在国家生死存亡之际，中国共产党临危受命，毅然决然举起反帝反封建的大旗，誓死捍卫中华民族，取得了一次次伟大的胜利。新中国成立之初，百废待兴，中国共产党重整旗鼓，凭借高超的执政智慧，使国内经济形势得以平稳、发展，之后又不断探索建设社会主义国家的道路。

改革开放，成绩显著；“一带一路”，风生水起，国家发展形势一派大好。中国共产党究竟是如何做到百折不挠，激流勇进的？首先，中国共产党始终坚持以马克思主义为指导理论，坚持与时俱进，结合中国实际不断坚持理论创新，发展毛泽东思想和中国特色社会主义理论，实现两次理论飞跃。其次，探索并遵循客观规律，坚持唯物史观，以正确的姿态看待历史、现实、未来。最后，不断学习。作为马克思主义者，我们坚持世界是可知的。但由于个人能力、精力、智力的有限性，要想探索、发现、运用真理，愚公移山的精神就显得难能可贵。

4. 科学引导人民群众的意义

历史证明，若能科学引导人民群众，必会取得丰硕回报，意义深远。首先，科学引导人民群众，可以突破群众自身的狭隘及历史局限性。“不识庐山真面目，只缘身在此山中”，人民群众自身没有足够的

①《马克思恩格斯文集》第2卷，北京：人民出版社，2009年版，第53页。

力量去寻得撬动历史的支点，以实现自身的根本利益。唯有坚持无产阶级专政，凭着中国共产党的远见卓识，才能实现中华民族的伟大复兴，迎接共产主义的到来。

其次，科学引导人民群众，也是中国共产党执政的自我考验与历练。沧海桑田，时代变迁，长期执政对于任何国家的任何政党来说都是巨大的挑战，特别是对我们这个多灾多难的文明古国的执政党——中国共产党来说。为保持自身的先进性，共产党人要事事争先，“三个代表”是要求也是目标。为加强党员队伍自身建设，习近平总书记多次强调“打铁还需自身硬”。

再次，科学引导人民群众，有利于中国共产党实现理论、实践双重创新。显然，没有科学的理论，很难有科学的实践，就更没有真正的实践效果。理论要与时俱进，实践方式也要相应调整，对于中国共产党长期执政来说，这是不断的挑战，更是实现科学创新的动力。

为人民服务不仅是一句口号，作为标语张贴在大街小巷；它也是一道誓言，可保证永久有效的承诺；它更是一种立场，即始终代表最广大人民群众的最根本利益，足以彰显中国共产党执政的合法性。为人民服务诠释着中国共产党的执政宗旨。

四、 中国共产党执政理念的历史演进

黑格尔认为哲学就是哲学史，并把古代哲人的研究成果看作追寻哲学真理的阶梯。从唯物史观出发，马克思主义坚持用历史发展的眼光看问题，本书也正是以此为指导，展开对中国共产党执政理念的理论研究。本书把中国共产党执政理念看作一个整体，一个体系，而不是单纯从空间或时间上去解构，尽可能做到辩证、全面地分析、讨论。

本书坚持辩证法，坚持唯物史观，提出中国共产党执政理念是个有机概念，是活的灵魂，不是教科书意义上的政治学名词，其生成、发展、演变无不透射着时代的内涵。黑格尔说过，花朵开放时花蕾便消逝，人们会说花蕾是被花朵否定掉了；当结果的时候，人们又认为果实是作为植物的真实形式出现而代替了花朵。这些形式彼此不相同，互相排斥。但是，它们的流动性却使它们成为有机统一体的环节，构成整体的生命。同理，不管是革命战争年代，还是以经济建设为中心的时代，中国共产党的执政理念终究不变，只是随着时代的变迁，由于所面对的现实环境不同，而相应有所不同的表述，其为人民服务的本质始终如一，这是变与不变的辩证统一。变的是方式方法，不变的是唯物史观的哲理逻辑；变的是时代主题及历史任务，不变的是社会主义本质要求；变的是阶段性目标，不变的是“为人民服务”的价值取向；变的是内容，不变的是本质；变的是推论，即马克思主义中国化理论，不变的是原理，即马克思主义基本原理。本书试图沿着“不变”这条主线，梳理一下“变”的过程及其内容。

（一）原理架构

客观上，中国共产党执政理念的变存在两个维度：时间和空间。一是时间方面，首先是中国共产党执政理念的时间研究起点问题，然后是如何划分中国共产党执政理念的历史时期；论证要建立在具有相对稳定、明确的对象基础上，才能做到有的放矢，不能囫囵吞枣。二是空间方面，学界虽没有统一口径，但没有谁否认中国共产党由“局部执政”到“全国执政”这一理论表述，当然这也符合历史事实。

1. 时间维度

时间具有双重含义：一是一般意义上的时间，二是由量向质转变所需要的时间间隔。前者应用更普遍些，如年、月、日，多是用于表述具体时间节点，就像 1949 年 10 月 1 日。相比之下，后者更倾向于表述一段时间，当然不能机械地看作两个时间节点之间的时间间隔，而应遵循事物本身发展的客观实际，尽管也可以用起、止对应的时间节点来表述，也方便交流，通常也是这么做的，就像青春期、更年期。

本书研究中国产党执政理念的历史演进过程，更倾向于使用时间的第二层含义，即由量向质过渡所需的时间间隔。但是为了避免自说自话，还需要借助中国共产党执政史这条明线，尽可能客观地实现两者的辩证统一，毕竟执政理念存在于概念、理论层面，难以在时间层面做到具体量化。显然，不管在逻辑上，还是根据历史现实，中国共产党执政理念的转变并不会与中国共产党的执政史保持同步。

2. 空间维度

空间也存在双重含义：一是一般意义上，地理或数学层面上的可丈量的具体范围；二是事物本身自为的发展限度，符合自身的内在规定性，不以他物为根据，不因人的意志转移而转移。我们坚持唯物史观，坚信人民群众是历史的创造者。历史是人民群众自我表达的结果，绝不是个别英雄人物的意志体现。人民群众塑造了历史，历史也成就了人民群众。中国共产党便是人民群众与历史相互作用的成果。中国共产党提出的“为人民服务”的执政理念，是历史与逻辑的辩证统一，是社会发展的必然选择。

中国共产党执政理念可以通过其外在表达、实践效果即中国共产党执政史，去检验、评价理论的合理合法性。

宏观上讲，从时间维度看，中国共产党的执政理念可划分为两个阶段，即革命时期和建设时期；或者三个阶段即三个三十年，革命时期、探索时期、改革开放时期。从空间维度看，中国共产党的执政理念根据中国共产党执政实践可分为局部执政和全国执政两个阶段。总之，有一点可达成共识，即把新中国成立作为阶段间的分界。考虑到执政理念与执政史的区别，本着以人为本的原则，依据人的现实需求的满足情况，本书主张把执政理念分为三个阶段，即毛泽东时期的执政理念、邓小平时期的执政理念、习近平时期的执政理念。

马克思曾经指出:“任何真正的哲学都是自己时代精神的精华。”[①] 一方面,时代精神就是一定时代的本质特征,包括时代的现状、任务和发展趋势。另一方面,哲学就是世界观与方法论的统一,其中世界观包括立场与观点。由此本书认为,马克思主义政党执政理念是时代的产物,它符合时代的性质、任务、发展趋势,也就是历史的性质、任务、发展趋势。同时,马克思主义坚持唯物史观,提出人民群众是历史的创造者。从历史发展看,马克思主义政党执政理念的本质是生活在一定时代的人民群众的意志与利益的表达。相应地,中国共产党执政理念是马克思主义政党执政理念中国化的成果,即马克思主义政党执政理念与中国实际相结合,其中一定时代的性质、任务和发展趋势,随着社会发展变化而变化,最终发展成为中国共产党执政理念理论体系。

这种阶段性的演进,既符合新旧事物更替的发展规律,又符合社会自身发展的客观规律及人类探索世界的认识规律,同时演进过程正是否定之否定的批判性超越过程。马克思和恩格斯明确指出,“人们的意识,随着人们的生活条件、人们的社会关系、人们的社会存在的改变而改变”,“旧思想的瓦解是同旧生活条件的瓦解步调一致的”[②]。

(二)历史演进

马克思主义的最终关注点是追求美好的生活,其真正了不起的地方在于“创造世界”而不是止步于“解释世界”。突破前人关于人的思想窠臼,马克思主义发展出以“现实的人”为逻辑起点,以消灭异化、私有制、阶级,推行并实现以无产阶级革命实践为理论出场路径的共产主义和人类全面解放的价值诉求。在马克思看来,人的全面解

①《马克思恩格斯全集》第1卷,北京:人民出版社,1956年版,第121页。

②《马克思恩格斯选集》第1卷,北京:人民出版社,第291、292页。

放是一个漫长的历史过程，也是有层次的，就像量变到质变再到下一次质变，期间可能会有反复，但总体是一个螺旋上升的趋势。如果把中国共产党看作这个过程中的历史产物，那么中国共产党的执政理念便是促使这个过程尽快完成的法宝。这个法宝在不同历史阶段，面对不同的时代问题，针对不同的“人的解放”需求层次，即政治解放、经济解放、文化解放，有着不同的历史称谓，分别为毛泽东思想、邓小平理论、习近平新时代中国特色社会主义思想，本书也相应地将中国共产党执政理念的历史演进过程划分为三个时期，即毛泽东时代、邓小平时代、习近平新时代。

在此有四点需要补充：一是要对应上文提到的变与不变。追求“人的解放”这条主线不变，变的是在追求过程中面对的不同层次的要求。二是要理解理论提出的基础。“人的解放”需求在逻辑上存在层次，现实中也存在层次，当然并不是严格的单向的线性发展，这里是站在宏观历史的立场，注重主要矛盾与次要矛盾的辩证关系前提之下得出的结论。三是中国共产党执政理念的合法性只有围绕“人的解放”这个主题提出的执政理念理论，并且符合人民意志的，才具有合法性，才能得到人民的拥护与支持，绝不因领导人物的个人喜好而有所转移。四是在此重申分三个时期的理由。乍看上去内容可能有所缺失，本书没有像其他理论研究工作那样，把相关的历史事件、会议文件一一按照时间列出，而是注重抽象，抽丝剥茧，总结规律。

1. 毛泽东时代中国共产党的执政理念

（1）毛泽东时代中国共产党的历史任务：政治解放

政治解放是实现人类解放的基本前提，是从法理角度肯定人之为人的社会认同，就是把人放在最原始的平等地位，将人还原为自由的原子，为人的全面解放提供可能性。

政治解放的本质，在于从根本上消除人与人之间的对立。政治解放的过程就是矛盾转移的过程，即把人与人之间的社会政治矛盾转化为人与物质世界之间的矛盾，也就是人改造自然的能力。政治解放的胜利仍以国家的形式呈现。这里的国家特指社会主义国家，即国体为人民民主专政，而不再是马克思所批判的“国家是属于统治阶级的各个个人借以实现其共同利益的形式”①，或列宁所揭示的“国家是维护一个阶级对另一个阶级的统治的机器”②。

马克思主义认为，政治是经济的集中表现。严格讲，政治即阶级关系，真正反映的是社会生产关系，即生产资料的所有制形式、交换活动及其产品分配形式。政治解放，意味着改组、发展、解放社会生产关系，即生产资料及其产品的重新分配、再分配，“政治解放同时也是同人民相异化的国家制度即统治者的权力所依据的旧社会的解体”③。马克思主义提出可以通过革命手段，即阶级斗争让无产阶级夺取政权，实现政治解放，从而实现劳动者对生产资料及劳动产品的拥有。

（2）毛泽东时代中国共产党的执政历程：阶级斗争

以新中国成立为界，毛泽东时代可分为革命时期和新中国成立初期两个时期，或局部执政时期和全国执政时期两个时期。中国共产党执政理念开创于革命时期、局部执政时期。依据历史与逻辑的辩证统一，由于毛泽东时代中国共产党真正的丰功伟绩在于领导工农红军，发动新民主主义革命，通过阶级斗争，推翻压在人民头上的三座大山，所以我们也可以称这一时期为阶级斗争史，事实上也确实如此。本书认为，只有在提出了人民战争，切实认识到人民的力量并付诸革命实践之后，中国共产党才真正意义上寻得执政对象即人民群众，而不再悬浮于中国式的社会主义空想，即人民战争的提出标志着中国共产党执政理念的出场。

---

①《马克思恩格斯全集》第3卷，北京：人民出版社，1960年版，第70页。

②《列宁选集》第4卷，北京：人民出版社，1972年版，第48页。

③《马克思恩格斯文集》第1卷，北京：人民出版社，2009年版，第44页。

阶级斗争的胜利，标志着人民不再是封建官僚的奴才、封建地主的劳动工具、资本家的赚钱机器，而成为国家的主人，实现对包括土地在内的生产、生活资料及其产品的拥有、占有，当然是采用以公有制为主体的所有制形式。

本书用阶级斗争概述中国共产党在毛泽东时代的实践活动，基于几点考虑：一是从反帝反封建的历史任务看，是被压迫阶级发起的反抗压迫阶级的革命斗争；二是毛泽东本人自我总结；三是从中国共产党实践活动取得的成果看，建立了中华人民共和国。

(3) 毛泽东时代中国共产党的执政理念：全心全意为人民服务

毛泽东思想之所以成为马克思主义中国化的第一次飞跃，关键就在于毛泽东审时度势，通过调查研究，以马克思主义为指导，对当时的中国现状有科学而深刻的了解，紧紧抓住时代的脉搏，并提出中国共产党的执政理念是为人民服务。

①“为人民服务”的提出历程

马克思主义认为，社会存在决定社会意识。“为人民服务”是经过革命实践后获得的理论成果，其提出经历了一段历史过程。1943 年 1 月，毛泽东在第二次全国工农兵大会上指出，中国共产党“就得真心实意地注意群众生活，解决群众的生产和生活的问题，盐的问题，米的问题，房子的问题，衣的问题，生小孩子的问题，解决群众的一切问题”①。1944 年 9 月 8 日，在中央警卫团战士张思德的追悼会上，毛泽东发表了题为《为人民服务》的演讲，第一次明确提出“我们的共产党和共产党所领导的八路军、新四军，是革命的队伍。我们这个队伍完全是为着解放人民的，是彻底地为人民的利益工作的”②。1945 年，毛泽东在《论联合政府》报告中再次明确，“我们共产党人区别于其他任何政党的又一个显著的标志，就是和最广大的人民群众取得

①《毛泽东选集》第 1 卷，北京：人民出版社，1991 年版，第 139 页。

②《毛泽东选集》第 3 卷，北京：人民出版社，2009 年版，第 1004 页。

最密切的联系。全心全意地为人民服务，一刻也不脱离群众；一切从人民利益出发，而不是从个人或小集团的利益出发；向人民负责和向党的领导机关负责的一致性；这些是我们的出发点”[①]。经过认真探讨，中共中央决定采纳该论断，并载入党章，明确规定“中国共产党人必须具有全心全意为中国人民服务的精神”。

②毛泽东对“人民”内涵的界定

运用主要矛盾和次要矛盾原理，借助阶级分析法，毛泽东对“人民”的内涵做出科学界定，并据此分清党在各个阶段所能、所要依靠和发动的主体力量、依靠力量和团结力量，从而制定因时因地因人而异的政策，这对于中国共产党领导下的革命活动和经济建设具有重要意义[②]。

最鲜明、最深刻地体现出毛泽东对于“人民”概念的认识的是《关于正确处理人民内部矛盾》这一纲领性文件：“人民这个概念在不同的国家和各个国家的不同历史时期，有着不同的内容。拿我国的情况来说，在抗日战争时期，一切抗日的阶级、阶层和社会集团都属于人民的范围，日本帝国主义、汉奸、亲日派都是人民的敌人。在解放战争时期，美帝国主义和它的走狗，即官僚资产阶级、地主阶级以及代表这些阶级的国民党反动派，都是人民的敌人；一切反对这些敌人的阶级、阶层和社会集团，都属于人民的范围。现阶段，在建设社会主义的时期，一切赞成、拥护和参加社会主义建设事业的阶级、阶层和社会集团，都属于人民的范围；一切反抗社会主义革命和敌视、破坏社会主义建设的社会势力和社会集团，都是人民的敌人。”[③]

③且谈民主

马克思意识到在君主专制的背景下不可能存在民主，并明确指出

①《毛泽东选集》第3卷，北京：人民出版社，2009年版，第1094、1095页。

②熊辉、王孔容：《毛泽东执政思想研究》，湘潭：湘潭大学出版社，2012年版，第39页。

③《毛泽东文集》第7卷，北京：人民出版社，1999年版，第205页。

"人民的主权不是从国王的主权中派生出来的，相反地，国王的主权倒是以人民的主权为基础的"[①]。关于资产阶级的民主，马克思认为应该辩证看待，既肯定其代替封建专制的历史意义，又强调其被新的无产阶级所取代的历史必然性，并提出"工人革命的第一步就是使无产阶级上升为统治阶级，争得民主"[②]。马克思主义认为经济基础决定上层建筑，真正的民主是以实现对生产、生活资料占有为前提的，人民行使自己主权的民主，绝不是流于形式的各种各样的投票。人民民主专政，这正是毛泽东时代中国共产党的历史任务和伟大贡献之所在，这一时期实现了人民当家做主。

2. 邓小平时代中国共产党的执政理念

无产阶级通过发动革命夺取政权，实现无产阶级专政，这是社会解放的手段和历史任务，并不是目的，"国家再好也不过是在争取阶级斗争中获胜的无产阶级所继承下来的一个祸害；胜利了的无产阶级也将同公社一样，不得不立即尽量除去这个祸害的最坏方面，直到在新的自由的社会条件下成长起来的一代有能力把这全部国家废物抛掉"[③]。邓小平时代中国共产党的执政任务或执政目标是大力发展社会主义经济。这是发展社会主义承上启下的重要一步，也是中国共产党"进京赶考"的核心题目。

（1）邓小平时代中国共产党的时代任务：经济解放

经济解放是实现人的全面解放的物质基础。经济的社会解放，意味着社会发展的时代任务由以夺取国家政权为中心向以经济社会的建设和发展为中心转移；从解决阶级对立转向发展阶层协作；将无产阶级政治革命转到社会主义的经济革命或经济建设轨道上来[④]。

---

①《马克思恩格斯全集》第1卷，北京：人民出版社，1956年版，第279页。

②《马克思恩格斯选集》第1卷，北京：人民出版社，1995年版，第293页。

③《马克思恩格斯选集》第1卷，北京：人民出版社，1995年版，第293页。

④ 参见刘德厚：《广义政治论——政治关系社会化分析原理》，武汉：武汉大学出版社，2004年版，第314、315页。

政治解放打破了原有的落后的生产方式，实现了人民群众对生产、生活资料的占有；经济解放就是要建立顺应时代潮流、符合社会发展客观规律，并符合人民群众意愿的科学的生产方式，以积极调动人民群众的劳动热情，科学发挥生产、生活资料的价值，为社会主义建设服务。生产方式是生产力与生产关系的辩证统一。经济解放就是要发展、解放生产力，并相应调节生产关系。邓小平曾反复强调："马克思主义最注重发展生产力"，"社会主义初级阶段的最根本任务就是发展生产力"①。生产关系是在生产资料的所有制基础上，由生产、分配、交换和消费组成的系统结构。

（2）邓小平时代中国共产党的执政历程：改革开放

众所周知，改革开放取得了举世瞩目的成就，破茧成蝶所经历的艰难历程折射着共产党领导下中国人民的勤劳与智慧。

①改革开放新时期的开端

邓小平提出解放思想、实事求是的思想路线：开展真理标准问题的大讨论；在党的十一届三中全会重新确立了实事求是的正确思想路线，把全国的工作重心转移到经济建设上来；在理论工作务虚会上做了题为《坚持四项基本原则》的讲话；1979 年 4 月，制定并实行"调整、改革、整顿、提高"国民经济八字方针；同年 12 月 6 日，会见日本首相大平正芳时，提出实现四个现代化的设想，确定"小康"目标。

②改革开放的起步阶段

一是在安徽、四川大胆尝试后，经过反复讨论，中共中央于 1980 年形成《关于进一步加强和完善农业生产责任制的几个问题》的座谈会纪要，之后家庭联产承包责任制逐步推向全国。二是关于城市经济体制改革，围绕着企业扩大自主权、试行经济责任制、梳理流通渠

---

①《邓小平文选》第 3 卷，北京：人民出版社，1993 年版，第 63 页。

道、发展多种经济等，1979 年 4 月，中央工作会议提出，要扩大企业自主权，适当划分中央和地方的管理权限，在中央统一领导下，调动地方管理经济的积极性；在整个国民经济中，以计划经济为主，同时重视市场调节的作用。三是逐步扩展对外开放，创建经济特区；探索“三来一补”（来料加工、来样加工、来件装配和补偿贸易）发展方式；创办中外合资企业。

③开创全面改革开放和现代化建设新局面

1982 年 9 月，党的十二大制定开创社会主义现代化建设新局面的纲领，标志着改革开放进入全面阶段。1984 年 10 月，党的十二届三中全会颁布《关于经济体制改革的决定》，意味着经济体制改革由农村转向城市，预示着我国社会主义现代化建设呈现改革推进、经济发展的双赢局面。

④形成对外开放的格局

在 4 个经济特区迅速崛起的基础上，继续扩大对外开放的范围，形成由点到面、逐步拓展的格局。1988 年，中共中央做出实施沿海地区发展战略，加快发展外向型经济的政策。

⑤沿着中国特色社会主义道路，加快改革开放

阐明关于初级阶段的理论；确立党在初级阶段的基本路线；全面推进城市改革；通过建立海南省，建立了海南最大的经济特区。

在一次次改革、一步步扩大中，改革开放的格局在中国东南沿海安营扎寨，为促进全国经济改革、发展、稳定输送着经验和“兵马”，为全面建设小康社会贡献着力量。

（3）邓小平时代中国共产党的执政理念：共同富裕，全民小康

“一切划时代的体系的真正的内容都是由于产生这些体系的那个时期的需要而形成起来的。”① 通过对国内外环境科学分析后，结合马

---

①《马克思恩格斯全集》第 3 卷，北京：人民出版社，1960 年版，第 544 页。

克思主义基本原理，邓小平理论阐述了社会主义初级阶段理论，提出了社会主义本质理论，并第一次比较系统地初步回答了在中国这样一个经济文化相对比较落后的国家如何建设、巩固和发展社会主义的一系列基本问题，开拓了中国特色社会主义理论的新境界，为为人民服务找到了落脚点，指明了方向，提供了路径。

本书认为自邓小平时代起，中国共产党的执政意识明显加强，尤其是社会主义初级阶段的提出，具有战略意义。①身份定位。邓小平重申中国共产党“进京赶考”的“考生”身份，坚持做为人民服务的公仆。②方向定位。坚持走社会主义道路永不动摇，也就是继续坚持人民的主体地位。③历史定位。邓小平多次强调“我们是不合格的社会主义”，我们处在社会主义初级阶段，生产力不发达，距离真正的社会主义还有很远的路要走，这意味着满足人民群众的需求仍是党中央的重点课题。④途径定位。邓小平提出并坚持改革开放发展道路，指出改革是中国的第二次革命。⑤手段定位。邓小平指出社会主义国家也可以搞市场经济，并提出“三个有利于”作为衡量社会主义建设的标准。⑥性质定位。在社会主义本质问题上，邓小平明确指出社会主义的本质是解放生产力，发展生产力，消灭剥削，消除两极分化，最终实现共同富裕。⑦原理定位。在思想路线问题上，邓小平强调解放思想，实事求是，走自己的路，以马克思主义为指导，坚持实践是检验真理的唯一标准，尊重群众，坚持全心全意为人民服务始终不渝，建设有中国特色的社会主义。

（4）江泽民、胡锦涛时期中国共产党的执政理念

从历史任务的视角看，江泽民、胡锦涛时期，中国共产党的执政理念逻辑上是邓小平时代执政理念的深化，因此本书将其归于一个整体。

①江泽民时期提出“三个代表”重要思想作为中国共产党执政理念内容的补充与创新。《“三个代表”重要思想学习纲要》指出：

“‘三个代表’重要思想，在邓小平理论的基础上，进一步回答了什么是社会主义、怎样建设社会主义的问题，创造性地回答了建设什么样的党、怎样建设党的问题，集中起来就是深化对中国特色社会主义的认识。”① “三个代表”重要思想主要内容：“我们党始终代表中国先进的生产力的发展要求，代表中国先进文化的前进方向，代表中国最广大人民的根本利益。”②

“代表先进生产力”就是对解放生产力、发展生产力的继承与延续，坚持改革开放，发展国民经济，提高全国人民的生活水平同时强调党员要做排头兵，起模范作用。

文化的先进性体现在两个方面：一是文化性质，二是文化内容。性质的先进性体现在文化的发展是以马克思主义文化为指导，符合民族的科学的大众的客观要求，充分体现了中国共产党高举马克思主义旗帜。内容的先进性，体现在文化发展要面向现代化、面向世界、面向未来，在继承的同时，更要注重创新。

“代表最广大人民根本利益”意味着党和国家始终坚持人民的主体地位，坚持把人民的根本利益作为党的理论、路线、方针、政策和各项工作的出发点和归宿，充分发挥全国各族人民的积极主动性，推动社会不断进步，实现人民群众切实的经济、政治、文化利益。

②胡锦涛时期在继承马克思主义社会发展理论的基础上，党中央形成了当代中国马克思主义关于发展的系统理论，即科学发展观。“科学发展观，第一要义是发展，核心是以人为本，基本要求是全面协调可持续，根本方法是统筹兼顾。”③ 党的十七大把科学发展观写入了党章。

---

① 中共中央宣传部：《“三个代表”重要思想学习纲要》，北京：学习出版社，2003年版，第9、10页。

②《江泽民文选》第3卷，北京：人民出版社，2006年版，第536页。

③ 胡锦涛：《高举中国特色社会主义伟大旗帜，为夺取全面建设小康社会新胜利而奋斗——在中国共产党第十七次全国代表大会上的报告》，北京：人民出版社，2007年版，第15页。

“第一要义是发展”，就是要继续坚持并深化改革开放。“核心是以人为本”，重申中国共产党始终站在人民群众的立场，坚持发展为了人民、发展依靠人民、发展成果由人民共享。“基本要求是全面协调可持续”是按照中国特色社会主义“四位一体”总布局，全面推进经济建设、政治建设、文化建设、社会建设，满足人民群众各个层面的不同需求。同时，注重社会主义现代化建设各个环节、各个方面相互协调，坚持经济生产、生活富裕、生态文明的发展道路，建设资源节约型、环境友好型社会主义社会，实现经济社会持续发展。“根本方法是统筹兼顾”，其根本目的还是为了人民群众，注重发展中要兼顾眼前利益和长远利益，立足于可持续发展，避免竭泽而渔的畸形发展方式，最终还是考虑到人的全面发展，而不再是经济本位发展观。

不破不立，毛泽东领导人民群众，通过发动阶级斗争打破了原有的具有剥削性质的生产关系，基本实现人民群众的政治解放；邓小平组织人民群众，搞改革开放，建立起一套基本完整的社会主义经济体制，以实现经济解放。毛泽东时代制定人民代表大会制度，彰显民主执政，以保证人民群众的主体地位及其政治权利，实施区域自治、地方自我管理，因地制宜，肯定文化传统的地域性；邓小平时代提出共同富裕，保证人民群众平等的主人翁地位，实行按劳分配，充分尊重个体间的差异及特殊性。毛泽东时代区分人民内部矛盾与敌我矛盾，以充分保证人民民主专政；邓小平时代提出消灭剥削是对政治解放的补充，消除两极分化是保证人民政治经济地位的平等。

江泽民时期，党中央强调作为执政党的党员在社会经济发展中要加强自身建设，充分体现、发挥中国共产党的无产阶级先锋队地位、作用，不断增强执政为民的执政能力。

胡锦涛时期，党中央提出、形成并贯彻的科学发展观，本质上就是科学执政。告别已有的简单粗放型发展方式，提倡集约型发展模式，由简单再生产向扩大再生产过渡，并注重科技研发、管理理念与生产规模科学地、辩证地发展。社会经济转型期，在经济管理方面对中国共产党执政提出新的要求，实现政治型执政向经济型执政转变，提高运筹帷幄地发展经济的能力。

3. 习近平新时代中国共产党的执政理念

当物质需求和社会需求得到满足时，精神需求也就随之而来。转眼间，中华人民共和国历史的车轮已经驶进习近平新时代，以习近平同志为核心的党中央承担起解放文化、解放思想的历史使命。

（1）习近平新时代中国共产党的历史使命：精神解放

在马克思的经典文献中，虽然没有明确将精神解放作为特定概念展开论述，但我们不能否定马克思关于人的全面解放思想中包含“精神解放”，相反我们要把人的精神解放作为通向人的全面解放的内容、环节。精神解放真正对应的是人的意识，意识的自由才是真正的解放。

①精神解放的现实基础

马克思主义认为，社会存在决定社会意识。精神的解放、思想的自由，并不是漂浮的、虚空的，而是建立在一定物质基础上的。马克思在1844年写的《神圣家族》中曾指出：“思想一旦离开利益就一定会使自己出丑。”①

②精神解放的原则体现

精神的解放不是主观臆测，而要做到客观真实。马克思的基本原则就是“从批判旧世界中发现新世界”，或者可以说精神解放是自由批判，批判本身含有目的性、客观性。发现社会发展的客观规律，也正是其目的所在。这个目的不是别的什么，而是人类对美好幸福生活的向往，马克思将其称为共产主义并做了简要描述：在共产主义社会，生产力极大发展、物质财富极大丰富、人民精神境界极大提高，

①《马克思恩格斯全集》第2卷，北京：人民出版社，1957年版，第103页。

每个人自由而全面地发展。

③精神解放的历史性

一是精神概念的历史性。精神本身是个内涵复杂的概念，其内容也随社会历史的发展而演变，即使是在同一时代，不同学者也有不同的认识。二是实现精神解放的阶段性。马克思主义坚持唯物史观，用历史的、发展的眼光看问题。马克思主义理论是奠定在普遍性观念的历史依据上的，即寻求普遍观念的实践基础或社会基础，而不是乌托邦式臆想的产物①。如同政治解放、阶级，精神解放也是个历史名词，具有深刻的历史性、时代性以及阶段性。

④精神解放的实践性

精神、意识、思维，都是存在、物质的产物，但人的实践是两者间的中间环节或中介，目的性的中介。马克思在《关于费尔巴哈的提纲》中指出："人的思维是否具有客观的真理性，这不是一个理论问题，而是一个实践的问题。人应该在实践中证明自己思维的真理性，即自己思维的现实性和力量，自己思维的此岸性。关于思维——离开实践的思维——的现实性或非现实性的争论，是一个纯粹经院哲学的问题。"②

（2）习近平新时代中国共产党的执政历程：建立"五位一体"总布局

习近平总书记指出，实现中华民族伟大复兴的中国梦，就是要实现国家富强、民族振兴、人民幸福；实现中国梦必须走中国道路，必须弘扬中国精神，必须凝聚中国力量。实现中华民族伟大复兴的中国梦，必须正确认识和把握中国特色社会主义的总布局，即经济建设、政治建设、文化建设、社会建设、生态文明建设"五位一体"。

①经济建设

---

① 侯惠勤等：《马克思主义意识形态论》，南京：南京大学出版社，2011年版，第43页。

②《马克思恩格斯文集》第1卷，北京：人民出版社，2009年版，第500页。

首先，引领经济发展新常态。以习近平同志为核心的党中央，审时度势，准确判断我国经济发展进入新常态，并指出认识、适应、引领经济新常态是我国经济发展的新逻辑，同时强调转变发展方式，注重调整经济结构，实施创新驱动发展战略，强化经济金融风险防控。其次，推动城乡发展一体化。为打破城乡二元经济发展的不平衡，党中央坚持探索中国特色农业现代化道路，推进以人为核心的新型城镇化，逐步加快完善城乡发展一体化的体制机制。最后，全面提升开放性经济水平。在经济全球化新形势不断演变的背景下，机遇与挑战并存，党中央立足世情、国情、党情，提出全面提升开放性经济水平发展战略，包括继续推进对外贸易，深化“引进来”战略，加快“走出去”战略，探索多层次的国际经济合作新形势。之后，党中央又提出绿色、共享、创新、开放、协调五大发展理念。

②政治建设

2014 年 10 月，党的十八届四中全会做出全面推进依法治国的决定，对建设中国特色社会主义法制体系、建设社会主义法治国家进行全面部署。全面依法治国，总目标是建设中国特色社会主义法制体系，建设社会主义法治国家。2014 年 10 月，在党的群众路线教育实践活动总结大会上，习近平总书记提出全面从严治党，强调坚持思想建党和制度建党紧密结合，巩固党执政的组织基础，还要坚定不移推进党风廉政建设和反腐败斗争。

③文化建设

首先，践行社会主义核心价值观。党的十八大以来，以习近平同志为核心的党中央提出培育和践行社会主义核心价值观，并使其内化于心、外化于行，以实现引领社会思潮、凝聚社会共识，从而巩固马克思主义在意识形态领域的指导地位。其次，弘扬传统文化。党中央注重文化建设，以实现中华优秀传统文化的创造性转化和创新性发展。最后，提高国家文化软实力。党中央指出通过深化文化体制改革，夯实国家文化软实力根基；借助传播中国价值理念，增强国际话语权。

④社会建设

实现从社会管理到社会治理的转变，推进社会治理创新。其主要措施有：改进社会治理方式，激发社会活力，强化社会治理中的法治建设，创造有效预防和化解社会矛盾的机制，健全公共安全体系，加强城乡社区基层社会治理。

⑤生态文明建设

党的十八大把生态文明建设纳入中国特色社会主义事业“五位一体”总布局，相继出台了《关于加快推进生态文明建设的意见》《生态文明体制改革总体方案》等关于生态文明建设的文件，以建立健全系统完整的生态文明制度体系。提出建设资源节约型、环境友好型社会的目标，并通过推动绿色发展、低碳发展、循环发展，加强宣传教育等途径，将节约资源、保护环境落到实处。

“打铁还需自身硬”。为进一步加强为人民服务的意识和能力，党中央提出全面从严治党。党建问题是个历史问题，是个现实问题，更是个涉及将来的问题，但终究还是个历史问题。我们研究中国共产党执政理念毕竟还是外在的工作，若想这工作取得任何意义，取决于研究对象本身的自我认知。实践是检验真理的唯一标准，唯有事物本身才是问题的关键，马克思主义哲学讲内因决定事物的本质变化，中国共产党才是其执政理念的承载主体。党中央提出全面从严治党，自然也就流露出中国共产党人高度的政治觉悟及服务意识。党建既涉及执政目的，又包括执政方式。

（3）习近平新时代中国共产党的执政理念：社会主义核心价值观

社会主义核心价值观的主要内涵可从三个层面表述，国家价值目标层面：富强、民主、文明、和谐；社会价值取向层面：自由、平等、公正、法治；个人价值准则层面：爱国、敬业、诚信、友善。单纯从涉及范围看，以习近平同志为核心的党中央提出的社会主义核心价值观已统摄全局；从唯物史观看，社会主义核心价值观无疑已成为人类历史的发展脉络图，过去、现在、未来都蕴含其中。这样就实现了时间与空间上两个维度的统一，在社会存在方面，预示着中国共产党执政的辉煌时期已经到来；在社会意识方面，象征着中国共产党执政理念骨架已成形，迈过探索期，正走向稳步发展期。以习近平同志为核心的党中央领导全党执政的这段时期是过渡时期，并承担着国家由经济解放向精神解放平缓过渡的时代使命。

为争取民族独立、人民解放这一历史任务，毛泽东时代中国共产党人领导人民群众经过坚持不懈的奋斗，终于圆满实现了。国家富强、人民富裕，这一时代伟业也在邓小平时代向人民群众交了满意的答卷。习近平新时代，又开启了历史新的篇章，提出要实现中华民族伟大复兴中国梦这一历史任务，即执政目标。为实现此目标，以习近平同志为核心的中国共产党领导集体，励精图治，为实现“两个一百年”奋斗目标而不懈努力。

逻辑上讲，政治解放的完成是实现经济解放的前提，或必要前提。经济解放的完成是实现精神解放的基础，或物质基础。精神解放的完成是通往全面解放的环节，或必然环节。从历史发展角度看也确实如此，有什么样的经济基础就对应什么样的上层建筑，经济基础发展演变，上层建筑随之而变，表面上就像“风移影动”，本质上却是“移石动云根”。中国共产党执政就是为了领导全国各族人民建设中国特色的社会主义社会，并最终走向共产主义社会。

五、 中国共产党执政理念的研究意义

中国共产党执政理念本身的意义，不等同于学术界研究执政理念的研究意义，需要加以区分。前者重在实践，后者重在理论，就像理

论与实践的关系一样，前者是后者的最终审判。这就要求关于执政理念理论的学术研究要注重研究的客观性。

“执政理念”这个短语第一次以专有名词的形象正式出场，是在胡锦涛同志的一次讲话中，并且作为执政理论的一个部分，具有限定性，以区别于其他部分。这种正式出场表明中国共产党作为执政党，对自身的执政实践有了新的认识，或更深刻的认识，是自觉执政的升华。关于中国共产党执政理念的研究，有利于执政党自身的建设。同时，作为中国的执政党，中国共产党始终代表着最广大人民群众的根本利益，从利益的一致性看，作为执政党的中国共产党在积极建党的同时也就是在建设中国特色的社会主义国家。可见，执政理念的研究在有利于执政党自身发展、建设的同时，也是在为国家建设献计献策。一方面，执政理念作为执政理论一部分的同时，也是中国特色社会主义理论体系的构成要素；另一方面，作为马克思主义中国化最新成果的一部分，其实现并见证着马克思主义与时俱进的理论品质。马克思说过，“理论只要说服人，就能掌握群众；而理论只要彻底，就能说服人。所谓彻底，就是抓住事物的根本”①。中国共产党执政理念的理论研究就是实现理论的彻底性，认识并抓住执政活动的根本。

理论彻底与否，要靠实践去检验。关于中国共产党执政理念的理论研究，目的就是探索、总结执政规律，为之后的执政活动提供指导，最终还是要回到执政实践。

---

①《马克思恩格斯文集》第1卷，北京：人民出版社，2009年版，第11页。

第三章 改革开放以来中国社会的深刻转型

改革开放以来，我国各个方面都发生着翻天覆地的变化，不论是经济层面还是社会层面，抑或个人层面，都显示出不同以往的新气象，彰显了新时代国家、社会、个人自身发展的新要求。这种自上而下的改革所带来的社会深层次的自我觉醒急切地要求我国的执政理念进行转型，而执政理念的应运而变也是在科学把握社会发展规律的基础上对当下复杂社会活动的一种内在理性呼应。顺利实行执政理念的转换不是一朝一夕之事，也是对中国共产党作为执政党的执政能力的巨大考验。

一、改革开放以来中国的经济转型

1978 年开始的改革开放是共产党人从社会主义初级阶段的基本国情出发对中国道路的伟大探索，是对中国特色社会主义制度的丰富与拓展，也是对马克思主义社会制度的进一步实现。因此，探究我国改革开放 40 年来的经济转型对于实现伟大复兴的“中国梦”有着重要的理论及实践意义。自 1949 年新中国成立以来，党和政府就开始了对我国发展道路的不懈探索。从计划经济到社会主义市场经济的转变是中国特色社会主义经济体制发展充满勇气的伟大一步，也是决定了中国发展命运的关键一步。

（一）从计划经济到社会主义市场经济的一路高歌

1978 年年底召开的党的十一届三中全会可以说是新中国成立以来曲折发展之路上的一个重要转折点。从 1949 年到 1978 年将近 30 年的改革开放之前的积累时期，到 1978 年至今的 40 年的改革开放时期，是一个一脉相承不断演化的过程。这两个时期在时间上前后继起，在逻辑上具有紧密的因果关系。

1949 年中华人民共和国成立，人民当家做主的时代到来，但是多年战乱的后遗症也不可避免地暴露出来，经济发展水平极其低下。当时的新中国外有强敌环伺，内则面临着几乎白纸般的经济基础，可谓“一穷二白”。对此，毛泽东曾说过：“中国现在经济上文化上还很落后，要取得真正的独立，实现国家的富强和工业现代化，还需要很长的时间，需要各国同志和人民的支持。”① 这意味着中华民族的复兴之路必定是一个艰苦的长期过程。百废待兴、幼儿时期的新中国需要和缓的经济政策来恢复元气。因此从 1949 年到 1952 年底，党和政府一直致力于国民经济的恢复，先后通过土地改革、农业生产互助合作、“三反”“五反”等措施恢复千疮百孔的国民经济。这一时期发展顺利，国民经济明显好转：“一五”计划后，我国社会主义工业化基础得以初步建立；在此过程中，计划经济体制也随之逐渐形成。作为一个落后的农业国，工业发展过程中的资源短缺问题、工业结构的不成熟以及对于重工业的优先发展等都是计划经济体制确立的既定历史条件。计划经济作为特殊历史时期的必然结果，对于应对旧中国遗留下来的恶性经济波动有着不可替代的作用。新中国成立伊始，这种集中统一的指令性经济体制有利于最大限度地调动全国的人力、物力资源搞重点建设，尤其是重工业的发展——实践表明，该时期我国在重工

①《毛泽东文集》第 7 卷，北京：人民出版社，1999 年版，第 64 页。

业方面取得的成绩确实证明了计划经济的有效性与正确性。

经济从属于政治是该时期经济体制的一个突出特点，国家是整个政治经济生活的主导者，高度集中的指令性计划经济对于重工业的发展迫切需要以农业的牺牲为代价，经济结构失衡给我国以后的经济发展埋下了弊端的种子。此时期国人对于新中国变强变富的热情空前高涨。对于发展速度的极度渴求，直接促成了严重脱离实际情况的“大跃进”“浮夸风”“共产风”以及“赶英超美”口号的盛行，表明极左路线错误的严重泛滥。面对国内逐渐混乱的经济局势，以毛泽东为核心的第一代领导人不得不重新衡量新中国的发展问题，尤其是速度问题。1962 年 1 月召开的中央工作会议上初步总结了“大跃进”运动带来的经验教训。正如毛泽东对于新中国经济发展的多次预言：“在我国，要建设起强大的社会主义经济，我估计要花一百多年。”[①]“至于建设强大的社会主义经济，在中国，五十年不行，会要一百年，或者更多的时间。”[②] 单纯追求速度并不能带来我国经济的稳定发展，对于当时经济发展状况的盲目乐观甚至会将新中国拖入深渊。因此在 1964 年 12 月召开的三届全国人大一次会议上，周恩来总理在《政府工作报告》中提出了“两步走”战略的构想：首先建立起独立的、比较完整的工业体系和国民经济体系，在此基础上再全面实现农业、工业、国防和科学技术的现代化。“两步走”战略的提出可以说是对以往经济理论的突破，同时也为今后的经济发展奠定了发展的基调。

然而，后期计划经济体制“统得过牢”“统得过死”的弊端已经显露无遗，不管宏观经济发展还是微观上个人家庭的经济生活都过度依赖行政部门的调控，缺乏弹性的计划经济体制严重阻碍了市场的活跃性。因此中国的经济发展迫切需要呼吸到新鲜空气，需要被赋予足够的张力去灵活应对经济发展中的各种机会与陷阱。

---

①《毛泽东文集》第 8 卷，北京：人民出版社，1999 年版，第 301 页。

②《毛泽东文集》第 8 卷，北京：人民出版社，1999 年版，第 301 页。

总之，此时期以苏为鉴所建立起的计划经济体制在一定程度上满足了当时新中国生产力与生产关系的需求，到改革开放之前我国已经建立了比较完整的工业体系和国民经济体系。借助国家的强制性力量所积累的大量资源，以国家为主导所进行的有组织、有规模的经济建设计划为接下来所进行的改革开放提供了强有力的“原始资本积累”，计划经济体制所带来的经济起步已经为接下来中华民族的腾飞做好了准备。20 世纪 70 年代末，中国社会的各方面都为进入一个新时期做好了准备，其中经济领域对于世界经济发展所特有的灵敏嗅觉使得以邓小平为核心的第二代领导人必须迎合社会历史发展趋势并做出应对。

然而，传统的计划经济生命力顽强，其体制的特殊性决定了改革开放的艰难程度。要想实现真正意义上的改革开放，首先就要摒弃对于原来计划经济体制的过度迷信，拨开思想上的迷雾，搞清楚计划经济不等于社会主义，市场经济不等于资本主义，冲破原有经济体制的束缚。

早在党的十一届三中全会召开之前，党和政府已经对接下来所要做出的改革开放的伟大决定进行了预热。1978 年 5 月 11 日，由《光明日报》所刊载的《实践是检验真理的唯一标准》一文引发了全国关于真理标准的大讨论。这场思想风暴不仅对“两个凡是”思想形成猛烈冲击，更是以邓小平为核心的领导集体对于马克思主义实践理论的解放与发展。一切理论都要经受住社会实践的检验，中国的经济发展亦不能例外。现实世界中的伟大实践必然要有正确的理论作为先导，才能避免迷茫，避开陷阱，以最稳定的步伐有条不紊地走上艰难而又光明的实践之路，减少不必要的弯路所造成的损失。《实践是检验真理的唯一标准》一文的发表对于随后党的十一届三中全会上所做出的对内改革、对外开放的伟大决策无疑具有理论上拨云见日的功效。党的十一届三中全会不仅是一次改革当下的会议，更是一次开创未来的会议。此时的中国，一切都准备就绪，改革开放的春风吹响了中华民族崛起的号角。从此，中国从内到外、从上到下都发生了翻天覆地的变化，东方沉睡的雄狮悄然苏醒，以一种让人耳目一新的姿态跻身于世界民族之林。

作为一个农业大国，中国的对内改革从内地农村出发，以“分田到户，自负盈亏”为特征的家庭联产承包责任制拉开了改革的序幕。对于世世代代面朝黄土背朝天的农民来说，灵活机敏的“包产到户”如同炸响在耳边的一记春雷：农民经济上宽裕了，长期被束缚的生产力也迸发出了活力，生产关系发生了前所未有的变革，从而向着更高生产力迈进。农村经济体制的改革给了党和政府莫大的鼓舞，1984年，党的十二届三中全会将国有企业的改革提上日程。要想自觉运用价值规律，发展社会主义市场经济，要使企业真正成为市场中的经济主体，最重要的莫过于放权，实行政企分开，改变以往自上而下权力过度集中的僵硬模式，真正给予企业活动的空间，激发企业活力。

1992 年邓小平“南方谈话”提出要建立社会主义市场经济体制，这是对以往经济理论的重大突破，也是自党的十一届三中全会以来所做的不懈努力的成果。

统观世界各国经济发展旅程，但凡经济发展落后者，若想实现自身的现代化建设无不经历这样一个重要的转折，一个艰难的改革历程。不论是计划经济体制还是社会主义市场经济体制都要依靠国家行政力量才能得以实施，以政府作为后盾，在此基础上形成良性循环，唤醒经济发展的活力。从党的十四大提出的“要使市场在社会主义国家宏观调控下对资源配置起基础性作用”到党的十七大“从制度上更好发挥市场在资源配置中的基础性作用”，再到党的十八届三中全会首次提出市场在资源配置中起“决定性作用”，是改革开放这么多年来不断摸索的结果，是对既有理论的不断突破与创新，是对现阶段我国经济发展实际情况不断评估的情况下做出的一次又一次调整，且无一不是为了解放生产力、发展生产力。从“更快”到“更好”，从改革开放前借助国家强制力进行资源积累到现在不断进行的经济政策的调整，都是为国家经济持续健康发展及实现现代化所做出的努力。改革开放前的计划经济体制与改革开放后的社会主义市场经济体制并不是截然分开的两个阶段，二者之间有其内在的统一性与逻辑性：前者为后者提供了充分的发展条件；后者是前者的不断演化，是对前者批判基础上的继承。两个阶段都是我国经济发展过程中不可或缺的环节，可以说没有前者量的积累就没有后者质的蜕变与腾飞。

（二）中华民族的伟大复兴：经济转型的目的和意义

计划经济的出现有其历史的必然性，改革开放以来中国的经济转型也不是一蹴而就的，社会主义市场经济是在对计划经济的“扬弃”过程中逐渐成形的。从 1949 年新中国成立到现在经济平稳有序发展，其间一直贯穿着民族复兴的逻辑主线，可以说中华民族的伟大复兴不仅是我们这么多年来艰苦奋斗、奋勇前行的动力与全体中华儿女所期盼的目标，更是时刻贯穿在新中国成立以来经济生活中的一个自我完善、自我发展的过程。

从新中国成立伊始的国民经济恢复到毛泽东在 1962 年 12 月三届全国人大一次会议上提出的“两步走”战略，再到邓小平根据我国实际发展情况在党的十五大上全新阐释过的“新三步走”战略，一直到党的十八大以来习近平总书记提出的“中国梦”，可以看出在我国经济发展的每一阶段，民族复兴都清晰地贯穿其中，对于及时调整我国经济发展政策起着重要的作用。

时至今日，我国已经进入了全面实现现代化，建设富强文明的社会主义国家的攻坚阶段的后半程，可以说是“道阻且长”。而“中国梦”更是中华民族伟大复兴任务在当今时代的具体表现，它与前期我国所设立的各种发展目标在逻辑上有着内在的统一性，在时间上更是有着承前启后的作用，是改革开放以来我国全面实现经济转型的重要一环。

“中国梦”作为民族复兴链条上的关键一环，自有其探索历程与理论构建。党的十八大报告曾深刻指出：“经过九十多年艰苦奋斗，我们党团结带领全国各族人民，把贫穷落后的旧中国变成日益走向繁荣富强的新中国，中华民族伟大复兴展现出光明前景。”这可以说是“中国梦”的萌芽阶段。紧接着在2012年11月29日，习近平总书记在参观《复兴之路》时首次公开提出“中国梦”一词，“中国梦”并非干巴巴的口号，而是全方位、多层次地展现着全体中国公民对于未来的、具有立体感的、饱满的美好愿景。习近平总书记简明扼要地总结了“中国梦”的内涵：“实现全面建成小康社会、建成富强民主文明和谐的社会主义现代化国家的奋斗目标，实现中华民族伟大复兴的中国梦，就是要实现国家富强、民族振兴、人民幸福，既深深体现了今天中国人的理想，也深深反映了我们先人们不懈追求进步的光荣传统。”[①] 国家富强、民族振兴、人民富强既是国家的“中国梦”，又是个人的“中国梦”。中国人民是“中国梦”的推动者、承载者，同时又是它的归宿。“中国梦”是国家、民族的“大梦”，也是个人、家庭的“小梦”；党和政府是由上到下的发起者，个人却是具体目标的完成者。民族复兴的最终归宿是人民，“中国梦”的最终归宿依旧是人民，“中国梦归根到底是人民的梦，必须紧紧依靠人民来实现，必须不断为人民造福”[②]。

“中国梦”不是空中楼阁，它不仅需要走中国道路，还需要有坚实的经济基础。改革开放之后中国经济的转型与民族复兴齐头并进，相互促进，互为支撑。习近平同志深刻指出：“必须坚持发展是硬道

① 习近平：《在第十二届全国人民代表大会第一次会议上的讲话》，《人民日报》，2013年3月18日，第1版。

② 习近平：《在第十二届全国人民代表大会第一次会议上的讲话》，《人民日报》，2013年3月18日，第1版。

理的战略思想，坚持以经济建设为中心，全面推进社会主义经济建设、政治建设、文化建设、社会建设、生态文明建设，深化改革开放，推动科学发展，不断夯实实现中国梦的物质文化基础。”[①] 改革开放以后我国经济发展方式、开放程度、发展速度都有了深刻的变化，从封闭到开放，从传统到现代，从计划到市场，无一不为民族复兴提供着理论及实践上的支持。中华民族的伟大复兴，全体中国人民的伟大“中国梦”，不是机械地照搬、复制历史的辉煌，而是动态的发展过程，是立足于社会主义初级阶段这一实际情况之上的合理选择，是镌刻着所有中国人民对美好生活的向往、对国家富强与民族振兴的渴望，蕴含着丰富的思想内涵，是中国人民的价值选择。

（三）社会主义初级阶段：经济转型的立足点

改革开放后是中国经济转型的关键时期。从新中国成立伊始借鉴苏联模式建立计划经济体制到现在的社会主义市场经济体制，归根到底是对中国特色社会主义道路的不断探索，是在不断正视我国正处于并将长期处于社会主义初级阶段这一实际情况下对于中国发展道路的合理调整。邓小平在党的十三大召开前指出：“我们党的十三大要阐述中国社会主义是处在一个什么阶段，就是处在初级阶段，就是初级阶段的社会主义。社会主义本身是共产主义的初级阶段，而我们中国又处在社会主义的初级阶段，就是不发达的阶段。一切都要从这个实际出发，根据这个实际来制订规划。”[②] 这也是社会主义初级阶段理论的正式确立。中国共产党十六大党章指出：“我国正处于并将长期处于社会主义初级阶段。”社会主义初级阶段是我国建设社会主义所必须要经历的过程，是一个不能跳过的历史阶段，因此解放生产力，发展生产力，合理调整生产关系都需要立足于这一基点。在党和全国人

---

① 习近平：《在第十二届全国人民代表大会第一次会议上的讲话》，《人民日报》，2013 年 3 月 18 日，第 1 版。

②《邓小平文选》第 3 卷，北京：人民出版社，1993 年版，第 252 页。

民的共同努力下，我们已经达成了现代化建设“三步走”战略中的前两步，目前我国人民生活总体上已经达到小康水平，但人民日益增长的美好生活需要和不平衡不充分的发展之间的矛盾仍然是我国社会的主要矛盾。因此在中国共产党成立100周年时全面建成小康社会是“中国梦”的第一个宏伟目标，在中华人民共和国成立100年时建成社会主义现代化国家是中国梦的第二个宏伟目标。社会主义初级阶段虽然意味着我国生产力还并不是很发达，这似乎是发展的劣势，但同时也是大有可为的战略机遇期。为摆脱生产力还不是很发达的历史阶段，解放生产力，发展生产力，实现由传统社会到现代社会的转型，以一种开放的姿态面向世界、面向未来，仍需要把经济发展作为当前的中心任务。

社会主义初级阶段理论可以说是对马克思主义理论在当代的具体发展与运用，同时也是我国改革开放至今经济社会发展的理论支撑，不再照搬苏联模式，而是根据我国实际发展情况进行经济转型。谈到经济转型，首先，是我国基本经济制度的转变。当前所实行的社会主义市场经济制度并非要动摇社会主义基本经济制度，而是在社会主义基本经济制度的大背景下寻求一种更加富有活力与效率、符合可持续发展战略的经济体制。党对于基本经济制度的探索并非一蹴而就的，而是一个逐步过渡的过程，它决定了社会的性质与发展方向，我国《宪法》明确规定：“国家在社会主义初级阶段，坚持公有制为主体、多种所有制经济共同发展的基本经济制度。”其中，允许多种所有制经济共同发展就是充分考虑我国目前的生产力发展水平后决定的，是依据社会主义初级阶段所做出的决定。其次，由传统社会向现代社会的转型也是经济社会转型的一个重要方面。作为一个农业大国，要想真正实现现代化必须遵循社会发展的一般规律，以我国社会主义初级阶段为立足点，在全面建成小康社会的过程中使科技、教育、文化更加发达，实现农业、服务业、工业的现代化，让人民生活水平全面步入比较高级的小康水平，以及建设更加开放的市场经济，等等。此外，愈演愈烈的经济全球化迫切要求更高程度的改革开放，我们更加打开国门，以一种更加积极的姿态加入到世界经济的激烈竞争中。

改革开放 40 年来我国不断摸索的经济转型之路是人的不断解放之路，同时也是物的不断解放之路，这是一个循序渐进的过程。在此过程中我们以党的十一届三中全会为起点"摸着石头过河"，虽然途中略有波折，但终究是保持着总体稳定有序的发展状态，所取得的巨大成绩也是世所公认的。这种渐进式的经济转型自始至终都打上了中国特色的烙印，是中国特色社会主义的必经之路，是对自身不断审视反省中的自我发展与完善。

二、 改革开放以来中国的社会转型

社会的发展总要带来社会的转型，社会的转型转而又促进社会的发展。中国近代以来经历了几次具有巨大作用的社会转型期，而当前阶段也正是改革开放以来社会转型急速而深刻的时期，同时又带有浓厚的中国特色，有着自己独特的发展逻辑与路径。社会一直在发展，社会转型也从未停歇，尤其是改革开放以来一直进行的社会变迁是建立在改革开放前 30 年基础上的具有明确方向性的社会转型时期，其所暗含的中国式道路与未来社会发展机遇值得我们深思。

（一）社会发展模式：从低级到高级的模式转换

经济转型可以说是整个社会转型中最为重要的一个方面。1978 年改革开放后，经济体制的转轨为整个社会转型鸣锣开道，由原来的"以阶级斗争为纲"真正转变成了以市场为主导的经济运行方式，这期间社会的方方面面、角角落落虽然仍旧有着计划经济时期的残留，但社会主义市场经济在磕磕绊绊中真正成熟、强大了起来。

经济体制的改革转轨与社会结构的转型是两条并行不悖的发展线

路，二者相互影响、相互渗透，在交织与矛盾之中共同促进着社会的转型与发展。改革开放以来我国的发展道路也并不平坦，在摸索中前进难免要付出社会代价：改革初期粗放式的发展模式攫取并浪费了大量的自然资源及社会资源，市场还并未真正做到合理地资源分配；经济领域内政治化残留因子依旧存在，政治权力对于经济发展既可能是助力也可能是阻力，稍不注意就可能成为肘腋之患。为扭转人们的传统观念，改革开放之初邓小平就曾强调："政治工作要落实到经济上面，政治问题要从经济的角度来解决。……要用经济办法解决政治问题、社会问题。"① 因此，省察不到中国政治领域内的结构变迁便不能真正体悟到中国经济结构的转变。以经济建设为中心的建设路线也要求政治应该是为经济开辟道路，便于经济发展的，而不是以政治为中心，使经济围绕政治转。这与改革开放之前的唯政治化局面形成了鲜明对比，同时也为新时期我国经济的发展开启了新道路。

几十年的经济发展中，片面强调 GDP 机械性增长无疑带来了诸多恶果：过度依赖自然资源的粗放式的发展模式不仅导致了一系列环境问题及社会问题，还忽视了对于技术及制度的创新。高投入、低效率的发展模式实非国家良性发展的路径。虽然此种经济发展模式将整个国家的经济竞争优势置于较低的层次上，并且为此后的社会转型带来了隐患，但其无疑是适合新中国成立后特殊的国情及历史条件并做出了巨大贡献的，因此不能一味对其进行否定，而应该用马克思主义辩证法来进行批判的继承。这种粗放式的经济发展模式归根到底源于整个社会对于发展观念，尤其是人与自然关系的简单粗暴的思考模式。人类对于大自然的探索目的只是征服自然、利用自然，肆无忌惮地向自然索取无疑把人推向了自然的对立面，最终造成了人与自然的分裂乃至人的异化，整个经济发展尤其是生态建设方面都呈现出一幅

---

①《邓小平文选》第 2 卷，北京：人民出版社，1994 年版，第 195—196 页。

并不和谐的画面。2012 年，党的十八大提出：“坚持节约优先、保护优先、自然恢复为主的方针”，“把生态文明建设放在突出地位，融入经济建设、政治建设、文化建设、社会建设各方面和全过程”。2016 年，习近平总书记在青海考察时强调，要“尊重自然顺应自然保护自然，坚决筑牢国家生态安全屏障”。从党对于人与自然认识理念的转变来看，统筹人与自然和谐发展，搞好生态文明建设已成为全面落实经济建设、倡导科学发展观的重要环节，更是整个社会和谐发展的重要方面之一。

然而真正突破困境达到全面可持续的灵活发展方式，注入源源不断的发展内在动力并不是一蹴而就的事情，由粗放式的发展模式向科学发展模式的转变是由低级向高级的演变，更是时代转换之中党的执政理念的转换。如今新时代新阶段之下，如何发展的问题永远也不过时，社会主义也处于不断建设之中，邓小平讲：“我们搞改革开放，把工作重心放在经济建设上，没有丢马克思，没有丢列宁，也没有丢毛泽东。老祖宗不能丢啊！问题是要把什么叫社会主义搞清楚，把怎么样建设和发展社会主义搞清楚。”①

客观地讲，对于我们这样一个经历过深重灾难的并且处于社会主义初级阶段的社会主义国家来说，这种由简单快速到可持续、由低级到高级的发展道路是不可避免的，是一代又一代领导集体在对社会主义道路建设过程中的不断探索。任何人对于任何事情都会有一个认识过程，经济发展也不例外，并且也只有在这种经验与教训之中我们才能找到正确科学的发展道路。

（二）由 GDP 单一结构到生态文明建设的新时代

20 世纪中期，生态马克思主义思潮兴起，虽然该理论是随着西方社会生态运动的蓬勃发展而兴起的，但其将马克思主义批判精神与社

①《邓小平文选》第 3 卷，北京：人民出版社，1993 年，第 369 页。

会生态问题相结合的理论却有着深刻的意义，尤其是对于目前我国经济社会发展中所出现的各种生态环境问题更是具有启发意义。

日益严峻的生态、资源、环境等问题表面上看是人与自然的矛盾，但究其根源却是人与人之间的矛盾。在这一点上，显然生态马克思主义立意远高于其他有关生态理论学说，并未单纯地停留于人与自然这个表面，而是将整个视野放到人与人的层面上进行研究。传统观点认为导致现在生态环境日益恶化的原因是人类不合理的自然开发观念，但生态马克思主义认为人与自然相处不和谐的根源还是人与人之间的关系出现了偏差。

生态文明与我们的切身生活息息相关，要想实现国家的现代化，必须要搞好生态文明建设。“五位一体”中生态文明建设就占有重要一席，“四个全面”战略布局中所要求全面建成的小康社会也必然是一个具有现代化生态文明的小康社会。

生态文明建设贯穿于全面建成小康社会及中国梦、“两个一百年”目标的实现中，生态文明可以说是一个在发展过程中形成的一种人类文明形式，一种发展的动态范畴。人类在借助自然发展自己的同时不忘与自然和谐相处，最终建立一种二者共生共赢的局面。但现实生态文明建设之路并不平坦，资源瓶颈突出，节能减排任重道远，相对于巨大的资源总量来说我国的人均资源占有量相对不足，工业化迅速发展的过程中供给矛盾十分突出，而技术上的落后更是加剧了这一矛盾；环境污染加剧，生态遭到破坏，工业污染、生活垃圾再加上高密度的开发使得目前我国的生态环境十分脆弱，人类的生存生活空间不断压缩；体制不健全，监管不到位，相对于改革开放之后的经济发展来说，我国的生态文明建设明显滞后，主要依靠行政力量反而忽视了经济手段，造成了部门之间相互推诿，生态建设的相关法律法规不完善，漏洞多，执行力度不够；生态意识淡薄，不管是国家、企业还是个人观念落后，“先发展，后治理”的恶果凸显。

2015 年出台的《关于加快推进生态文明建设的意见》指出："到 2020 年，资源节约型和环境友好型社会建设取得重大进展，主体功能区布局基本形成，经济发展质量和效益显著提高，生态文明主流价值观在全社会得到推行，生态文明建设水平与全面建成小康社会目标相适应。"① 党在此给我们确立了新目标。党的十八大指出："坚持节约资源和保护环境的基本国策，坚持节约优先、保护优先、自然恢复为主的方针，着力推进绿色发展、循环发展、低碳发展，形成节约资源和保护环境的空间格局、产业结构、生产方式、生活方式，从源头上扭转生态环境恶化趋势，为人民创造良好生产生活环境，为全球生态安全作出贡献。"② 党在此给我们指出了新方向。建设生态文明，需要大力发展生态经济，提高科学技术；进行生态修复，加强污染治理力度；完善相关法律法规建设；搞好生态文化建设，提高全民生态意识。只有真正处理好人与自然的关系，走可持续发展道路，才能切实实现生态文明的现代化。

（三）改革开放后单位社会的终结与后单位社会的开始

改革开放后经济领域的巨大变革也引起了中国社会结构的转型。自周秦以来两千多年的历史中，中国都是非常稳定的农业社会结构，这得益于一直盛行的小农经济，农民占全国人口的绝大部分，对土地的依赖性强，流动性弱使得社会结构相对保守稳定，人们的社会关系是狭窄的。但是改革开放以来，这一现象发生了变化，这种变化可以说是两千多年来中国社会前所未有的具有深刻意义的重大变革。

新中国成立后确立了要实现工业化，由农业国变为工业国的宏伟目标，但改革开放之前的中国一直实行计划经济，所有制单一，政治方面高度集权化，处于单位社会中的个人处于一种统一分配管理的模

---

①《中共中央国务院关于加快推进生态文明建设的意见》，《人民日报》，2015 年 5 月 6 日，第 1 版。

②《习近平总书记系列讲话精神学习问答》，北京：中共中央党校出版社，2013 年版，第 135 页。

式下，同时个人对这种集党政经商学兵于一体的单位社会有着很强的依附性，个人的生活行为被局限在一个较为狭窄的圈子里，压抑了个性的发展，积极性也不高，成员之间差别不大，社会结构趋于简单化，个人趋于边缘化。

改革开放以后这种情况有所变化，个人逐渐从单位社会中剥离出来，单位社会走向终结。之前计划经济时期市场因素薄弱，政府的过度干预使得市场不再以交换为主，经济行为中掺杂着太多的政治因素，政府与市场关系僵硬刻板，政府代替市场行使调配一切资源的职能。这种由政府掌控大局的总体性社会在改革开放的浪潮中逐渐开始瓦解，尤其是经济方面，市场被推向台前不再屈身于幕后，同时党对这只“看不见的手”的作用一步步也有了更加全面深刻的认识。

农村方面，改革开放后所确立的家庭联产承包责任制等经济改革对原有的单位社会造成了很大冲击；随着政治反思的进行，单位功能细化，不再大包大揽无所不能，其政治性减弱；社会建设方面，为能实现更好的“整合控制”与“协调参与”，国家必然要告别原有的高度组织化的单位社会，提高社会协同能力与民众参与能力。从“国家—单位—个人”到“国家—社会—个人”的转变过程并非一帆风顺，其中原子化个人所面临的精神危机就值得人们深思。随着改革开放浪潮的迅猛而来，个人与有所依托的单位社会的剥离还并未做好完全的准备，剧烈变革之下人们骤然堕入一个与以往有着巨大差异的社会，物质主义以前所未有之势向人们席卷而来。

（四）改革开放之后我国社会阶层的转型

对于社会结构的构成目前有两种较为主要的说法。一种是两头小、中间大的“纺锤型”，或者称为“橄榄型”。就社会的发展状况来说，“纺锤型”所代表的社会结构无疑是比较理想的一种形态，中产阶层占大多数，贫穷人口与富裕阶层占少数，这种中产阶级占有绝对优势的社会结构是比较现代化的结构布局，也是我国全面建成小康社会所要达到的目的，其分布相对合理、公正，且有利于社会的稳定发展。

另有学者认为，我国现在还处于一种“金字塔型”的社会结构分布中，这种社会分布结构是以数量庞大的低收入者为基础，往上是中产阶级，顶层是极少数的高收入者，但与其人口结构分布相反的财富分布来说，位于塔尖极少数的高收入者却掌握了大部分社会资源财富，中产阶级次之，而位于塔底数量庞大的人民却占有少数财富，拥有财富的多少决定了成员社会地位的高低。显然，这种“金字塔型”的社会分布结构社会资源分配不均，阶级流动性差，成员积极性受阻，公平正义受到质疑，并不利于社会的稳定，也不利于当前我国改革开放的进一步深入。

此外，与社会结构息息相关的基尼系数是美国经济学家阿尔伯特·赫希曼所制定的判断收入分配公平程度的指标，是专门用来考察国内居民收入分配状况差异的一个重要指标。基尼系数越大说明我国居民收入分配差距越大；基尼系数越小则说明我国居民收入分配趋于和缓，差距较小。

在社会结构发生变化的同时，社会阶层也在进行着重构：传统阶层的地位受到挑战，新兴阶层强烈要求获得应有的地位。“社会分层结构的实质在于基于社会资源和社会权力等占有而形成不同社会位置之间的社会不平等的结构性关系。”[①] 改革开放之前我国的社会阶层划分相对稳定，工人阶级、农民阶级与知识分子阶层构成了“两阶级一阶层”的局面。改革开放之后这一状况迅速发生了改变，例如，进城务工人员从农民中分离出来，加入了工人阶级的大军之中；此外在农民与工人阶级中还分化出了个体工商户、私营企业主、经营管理人员；而原来的知识分子也在国家机关、社会团体等之中充当办事

① 郑杭生：《关于我国城市社会阶层划分的几个问题》，《江苏社会科学》，2002年第2期。

人员。

改革开放以来，新的社会阶层为社会的发展注入了前所未有的活力，其经济基础较好，文化层次较高，政治参与意识越来越强，要求获得相应的社会地位，但政治素质参差不齐。总体来说，这种社会阶层的变革是一种良性的变革，它所迸发出来的是以前没有过的巨大能量，是改革开放的推动力。

对于正处在转型时期的中国来说，不仅要用发展的眼光来看待这个问题，还要用世界的眼光来看待。新的时代背景之下，我国的社会转型也不再是局限于一隅的转型，它更是在经济全球化这一宏大背景之下进行的转型。与历史上的几次大的社会改革转型所不同的是，它自身蕴含着巨大的发展潜力，是多年未遇的大变局、大时机。改革开放40年的发展使得中国取得了举世瞩目的成就，同时也付出了沉重的代价，希望有，痛苦也有，例如事关人民幸福却愈来愈严重的贫富差距问题、城乡发展失衡等诸多问题摆在人们面前，这一切都说明了当今我国所面临的社会转型是多么复杂深刻。作为世界上最大的发展中国家，中国的发展必定是根植于当前所处的发展阶段的，这是不可逾越的，有其自身的发展逻辑。今后我国的社会转型将走向何方，无疑是个重大的课题，任何对于社会转型肤浅和功利的认识都会让我们付出沉重的代价，加大社会转型的风险。因此，探索形成一套正确成熟的社会转型理论，不在盲目中前行，是十分重要的。

三、 改革开放以来中国人的需求的转型

改革开放前后的30年可谓截然不同的30年，这期间整个社会都发生了翻天覆地的变化，整个社会转型中自然也包括中国人的需求的转型，从传统向现代的演变归根到底要落脚到人的现代化上来，也只有人实现了现代化我们才有底气说社会实现了现代化。改革开放之

前，整个社会处于一种严格的计划状态之下，人也不例外，这种束缚的环境必然也约束了人的自身发展，因此要想真正了解改革开放之后人的需求到底发生了何种变化，必然要从人自身出发来探究。

（一）改革开放以来中国人主体性意识的觉醒

相对于经济领域疾风暴雨般的改变，人们思想领域的转变似乎没有那么引人注目，但这种潜移默化的转变渗透在人们生活的方方面面，当前中国人的社会价值观根植于中国两千多年的传统文化又在市场经济浪潮冲击下展现出不同以往的新气象。

改革开放以来中国社会价值观的整体嬗变与转轨不仅仅是一个简单的转向，更重要的还是一个重新建构的过程。从 1978 年驳斥“两个凡是”错误，进行真理标准大讨论开始，中国人的主体性意识便开始觉醒了。之所以这样讲，是因为两千多年来，从汉代开始一直到改革开放前夕，我国传统的社会价值观便是一种以儒家价值观为主，辅以其他社会及文化色彩的价值观。然而这种传统的伦理思想在历史的演绎中却将人的主体性掩盖了，在这种主体性整体缺失的社会伦理大环境中，整个社会都是缺乏活力的，个人价值得不到彰显。

为何现在人的主体性价值一再被提起？原因无他，市场经济发展使然。改革开放至今，市场经济体制的建立及其一再深化改革使得整个社会的经济生活发生了深刻变化。在传统与现代的激烈碰撞中，人的自身利益得到重视，自由度扩大；与此同时，人们的生活方式、生活态度也随之发生改变。以经济建设为中心方针的确立，可以看作人们整体价值取向由精神到物质的一个转折点，或者说是从神圣向世俗的“掉落”。人民主体地位的加强使得传统的社会价值观不得不做出调整以应对新时代出现的新问题。马克思的历史唯物主义强调社会存在决定社会意识，社会意识是社会存在的能动反应，显然社会主义市场经济的确立激发了作为个体的人的最大潜能，这也意味着由整体价值取向向个体价值取向的转变。自古以来，集体主义便贯穿在中国传统的社会价值观之中，改革开放之前所实行的计划经济、公有制等无不体现着这一特征，当时的整个社会不管是经济制度还是政治制度，乃至思想文化无不是为集体主义这一价值取向服务的。当然，对于个体价值的强调绝不意味着倡导利己主义，二者之间有着本质的不同，个体价值的彰显也不是对于整体主义的弱化与否定，只有充分肯定个体价值的合理性才能真正实现个体价值与集体价值的辩证统一。这种由集体价值向个体价值的转变无疑是符合改革开放后社会主义市场经济的内在要求，并对其有重大意义的。随着改革开放之后中国现代化的迅速发展，个体价值得到愈来愈大程度的肯定。生产力的发展要求建立与之相适应的生产关系，随着我国以经济建设为中心战略的确立，社会主义市场经济体制逐渐成熟，人们一改往日重精神轻物质的传统观念，逐渐对物质加以看重起来。对物质利益的追求自有其合理性。精神宝贵，物质亦不可缺，过度追求哪一个都会导致社会的失衡。市场经济体制的确立使人们的眼光逐渐从精神生活转向了物质生活，但是这种极速的转向也造成了一些问题，甚至有愈演愈烈之势。此时社会上对于物质利益的过度崇拜造成了“拜金主义”“享乐主义”盛行，甚至盖过对于精神生活的追求，成为很多人生活的主导；这使得很多人的精神生活越来越匮乏，生活空虚，各种负面问题随之衍生，层出不穷。

（二）从追求温饱到追求公平正义

新中国成立之初，生产力低下，经济发展落后，就连人民最基本的温饱都难以满足，医疗卫生及教育事业发展缓慢，自然灾害严重，饱受创伤的中华大地急需休养生息以实现中华民族的伟大复兴，这不仅是对中国共产党执政能力的考验，也是对全体中华儿女的考验。

民生问题大过天，妥善解决民生问题是事关大局的大事，如何改善民生、使人民吃饱穿暖是一个极其艰巨的任务，为此中国共产党采取了一系列强有力的措施，如恢复交通与工农业生产，平稳物价，发展医疗卫生及教育事业，救济失业人员。自新中国成立以来，中国共产党就将全心全意为人民服务刻在心上，落实到行动中，坚持把人民群众的利益作为出发点与落脚点，三大改造、一五计划等为恢复国民经济，实现工业化起了好的开局作用。随后以邓小平为核心的第二代领导集体确立了以富裕为核心的执政理念，在毛泽东时代的基础上开启了新中国发展的第二个阶段。改革开放是一个具有划时代意义的新开端，为社会的发展变革注入源源不断的发展动力，可以说是“第二次革命”。邓小平指出：“贫穷不是社会主义，发展太慢也不是社会主义。”① “社会主义的本质，是解放生产力，发展生产力，消灭剥削，消除两极分化，最终达到共同富裕。”② 改革开放这一伟大决策将中国紧紧封闭的大门打开了。“走出去”，“引进来”，以经济建设为中心，坚持四项基本原则，“三个有利于”，坚持“三个代表”重要思想及科学发展观，这都是党在总结以往经济建设教训与经验的基础上摸索出的合乎中国国情的科学发展道路，也是马克思主义与中国实际相结合的科学发展规律。

基于以上种种，从新中国成立到现在，我国也确实取得了可喜可贺的成果，从在贫困线上挣扎到全面建设小康社会，其中蕴含着万千中国人民的心血和汗水，人民终于可以吃饱穿暖了。不过民生之路绝不仅仅是解决温饱问题，温饱解决了，接下来就是人民的幸福问题——幸福包括人的方方面面，不仅有物质生活的还有精神生活的；温饱有了，公平正义问题随之而来。

改革开放之后经济得到长足发展，但是贫富差距愈来愈大，各种利益集团横行，官僚主义作风越来越严重，相较于以前社会矛盾更加多样，问题也愈加棘手，公平正义问题也因此被提上社会发展的议事日程上来。社会公平正义问题是否得到解决，怎样解决，都是事关大

①《邓小平文选》第3卷，北京：人民出版社，1993年版，第254—255页。

②《邓小平文选》第3卷，北京：人民出版社，1993年版，第373页。

局、不可轻忽的重要问题，同时也是衡量社会进步的一个标尺。因此，从党的十八大至今，公平正义已经成为党的核心执政理念，习近平总书记指出："公平正义是中国特色社会主义的内在要求，所以必须在全体人民共同奋斗、经济社会发展的基础上，加紧建设对保障社会公平正义具有重大作用的制度，逐步建立社会公平保障体系。"① 可见，谋福祉针对的是最广大的人民群众而不是某一小部分利益集体；公平正义是全社会每一个人都应该充分享受到的正当权利，是人民群众获得幸福生活的重要保障。

（三）由从众到追求个人的自由全面发展

改革开放不仅带来了经济、政治、文化的进步，还带来了人的解放。邓小平强调："社会主义的本质，是解放生产力，发展生产力，消灭剥削，消除两极分化，最终达到共同富裕。"② 这很好地体现出了社会主义与资本主义的区别，解放生产力、发展生产力不是手段，最终还是为了实现人民的共同富裕；两极分化、少数人的富裕不是社会主义的本质，所有人的共同富裕才是目的。同时，改革开放所积累的坚实的物质基础是实现人的解放的后盾，市场经济体制的建立大大激发了人们的积极性与创造力，科学技术的发展不仅解放了人的双手，更重要的是解放了人的头脑及心灵。人的解放是一个极其艰难而漫长的过程，它不仅贯穿在马克思主义整个思想理论体系中，是每一个共产党人都为之奋斗的崇高目标，也贯穿于改革开放的伟大实践中。作为组成整个社会的"细胞"的人，只有实现人的解放，社会才能得到解放发展。

然而人的解放并非泛泛而谈的空话，必须要有合乎逻辑的现实路径方能实现。对于我国而言，要想实现人的解放，最先解决的问题无

① 习近平：《紧紧围绕坚持和发展中国特色社会主义，学习宣传贯彻党的十八大精神——在十八届中共中央政治局第一次集体学习时的讲话》，新华网，2012 年 11 月 19 日。

②《邓小平文选》第 3 卷，北京：人民出版社，1993 年版，第 373 页。

疑是人政治上的解放，这也是实现人的其他方面解放的前提。改革开放之前我国整个社会都处于一种对于毛泽东领袖精神的极度崇拜之中，这样虽然在精神上最大限度地实现了统一，但是政治国家与世俗社会的混合严重束缚了人的自身发展：此时期每个人都陷入了“以阶级斗争为纲”的束缚中，人民没有了个人生活的场所，所有的一切都贡献给了政治生活，市民社会却乏人问津，个体意识无限弱化，时时刻刻准备着为集体、为政治生活奉献自身。这种政治国家与市民社会合二为一的状态并不利于中国经济的发展，人们空有一腔报国激情并在其中得到了一种类似于宗教体验的神圣性，而现实生活却并不能跟上这种一往无前的精神的脚步，两者无法实现统一。

改革开放之后，政治国家与市民社会逐渐实现了分离，二者的剥离使得个体宛若回到了一种新生婴儿的原始状态，人被重新赋予了原先束缚于政治生活下的权利，个体意识觉醒，触到了解放之门。

不过，单单完成了政治上的解放还不足以构成个人的解放。人作为一种社会性、历史性的存在，其生存生活必然离不开劳动。可以说正是劳动成全了人，实现了人；也只有劳动才能解放人，劳动之外自由无从谈起。劳动在马克思的理论体系中占有重要地位，也是人实现自我解放发展的现实基础。改革开放之后所爆发出来的经济潜力使得物质生产水平有了极大提高，再加上生产关系的调整变革，这一切都使劳动者基于生存的必要劳动时间有所减少，自由时间增多，让人拥有了实现自我提高的可能。劳动逐渐摆脱了以往外在于人的品质，劳动内化于人已成为可能。

总之，不论是政治解放还是劳动解放，都是使人实现自我的必经之路；这一切既是改革开放中新时代、新环境下中国人民自身需求的改变，又为最终实现人的全面自由发展创造了条件。

改革开放作为一场将以人为本、促进人的自身发展作为改革核心价值的伟大变革，不仅是马克思主义关于人的本质理论的发展与运用，更是中国人民的合理诉求。

人的全面自由发展包括多个方面，必要劳动时间的减少和自由时间的增加为此岸通向彼岸搭建了桥梁。现阶段个体的基本物质需求已得到满足，在此基础上个人要求增加精神生活上的自由时间已成为社会发展的必然。人只有真正实现自由全面发展才能成为一个真正完整的、自由占有自己的人。马克思曾在《共产党宣言》中指出："每个人的自由发展是一切人自由发展的条件。"[①] 资产阶级不遗余力地压榨无产阶级，占有其剩余价值，最终实现统治阶级这个少数人的集体的自我发展，然而统治阶级自身的充分发展实际上也是一定程度内的发展，这种发展本质上是建立在无产阶级多数人不能自由发展的基础上的，因此最终也不能实现社会中每个人的自由全面发展。而我国虽然还是一个发展中国家，生产力水平不如资本主义国家高，但是社会主义所倡导的正是有别于资本主义国家的全人类的解放与发展，其关怀全人类的胸怀是资本主义所不能比拟的——资产阶级的命题是为少数人的发展而奋斗，并不关心人民大众的发展是否能获得自由。

自改革开放以来，我国经济快速发展，矛盾也随之而来。贫富差距扩大，人民精神匮乏，环境问题严重等问题虽然与最终实现人的自由全面发展背道而驰，却是发展过程中不能避免的。诚然，各种各样的问题客观存在，但寻求人的自由全面发展已然成为中国特色社会主义的本质规定与共识，是社会主义中处于此岸的个体对于彼岸的向往与追求。实现人的自由全面发展是个历史过程，个体正是在不同社会阶段中，在生产力水平不断提高的过程中一步步实现完满自身的，因此人的自由全面发展与社会的不断发展是一个相互统一的辩证过程。

①《马克思恩格斯选集》第1卷，北京：人民出版社，1972年版，第273页。

四、 社会转型带来的对执政理念转换的迫切要求

从 1949 年新中国成立到现在，共产党作为执政党也必然进行着执政理念的转换。执政理念的转换并非一件简单的事情，它自有其理论根据与社会实践作基础。至今为止我国先后经历了以中国特色社会主义为价值目标、以经济建设为价值取向、以和谐为主题的社会主义核心价值体系的三次转换。面对当前社会转型的复杂且深刻的局面，我国也迎来了新一轮的执政理念转换，此次转换也势必要确立以公平正义为中国共产党的核心理念的转换。纵观共产党执政的 60 余年，其执政理念的每一次转换无不是基于当时特定的社会现实条件，不断为适应社会环境和人民需求而做的阶段性调整，但是不管执政理念怎样转换，“执政为民”一直都贯穿始终，永远是共产党执政的最终价值取向。

（一）问题总是时代的声音

改革开放在为我国经济带来长足发展的同时也带来了复杂的社会矛盾，尤其是近几年来愈发严重的贫富差距拉大、分配不公、生态危机、腐败等问题，都向我们改革开放后的新时代提出了严峻的挑战。社会不公日益凸显，大众对于公平正义的诉求越来越强烈，这些问题能否及时得到解决对于伟大复兴中国梦以及“两个一百年”目标的实现至关重要。面对如此错综复杂的当前局势，要厘清经济、政治、文化等各方面的关系，确立具有统筹全局作用的执政理念，为今后推进国家现代化治理提供根本保障。

人类漫长的历史发展过程中充斥着各种各样的发展规律，人类的政治发展历史也不例外。科学的、现代化的执政理念是任何一个执政党合格的体现，是其智慧的结晶，更是这个时代人民群众意志的集中。一个成熟的执政党必然要形成自己科学合理的执政理念，来指导

社会实践活动。要想形成符合时代要求的执政理念必然要回溯新中国成立以来中国共产党执政理念的发展历程，搞清楚其内在发展逻辑，寻找到当今执政理念转换的现实根据。1949 年至今，我国先后经历了从平等到富裕的阶段，现在已经来到了一个人民群众普遍寻求公平正义的时代，因此改革开放之后的社会转型也必然要求中国共产党的执政理念以公平正义为核心，来指导此后的发展方针及具体发展战略。

（二）经济转型所带来的执政理念转换

新中国成立以来，为适应中国的特殊国情，指令性的计划经济一直备受青睐，市场作用微弱；党的十八届三中全会之前也一直强调市场在资源配置中的基础作用，直至党的十八届三中全会才做出使市场在资源配置中起决定性作用这一重大决定，市场的巨大作用在党的一步步探索中被发掘出来。新中国成立以来政府干预的范围不断扩大，这种政治性干预在为我国经济发展保驾护航的同时也严重限制了经济的发展，政府这只“有形的手”抓得太紧，以至于掩盖了市场这只“无形的手”的作用，但近年来，党和政府越来越认识到只有充当好市场主体“守夜人”的角色，转变政府职能，打造服务型政府，弱化其经济发展的政治性功能才能真正焕发我国经济发展的活力。党的十二届三中全会上强调政府要学会放权，实行政企分开。这表明政府应该是市场的坚强后盾，是市场的“守夜人”，而不应该是一把抓的强力干预者。

（三）社会转型所带来的执政理念转换

改革开放之后的社会转型之中，政府职能的转化也必须合乎目前中国的发展状况及未来的发展道路。以往，政府职能不甚清晰，大包大揽，总体性突出；在政府与市场、社会之间的关系中，政府一直处于一种绝对的主导关系，政府大量干预造成了社会自组织能力微弱、市场效率不高等一系列问题。

但社会的转型又强烈要求政府职能进行转换，改变以往无所不管、无所不抓的局面，社会的发展要求政府向着部门化、专业化方向演变。在推进市场化的过程中，政府并非完全放手，而应明确政府部门权限，为社会提供好公共服务，规范市场秩序，实现社会的自我良性管理。

（四）个人需求转型所带来的执政理念转换

在改革开放之后中国社会转型的浪潮中，以个体为出发点，可以发现在微观层面我国公民身上所发生的翻天覆地的变化，吃饱穿暖已经不能够满足现阶段人们的需求了，公平正义被提上党的议事日程。20 世纪 90 年代初期，市场经济刚刚起步，一切都还不完善，针对计划经济遗留下来的绝对平均主义的特殊情况，“效率优先，兼顾公平”更能适应当时的发展背景、它强调市场主体的自主性，照顾了人的生活状态的差异性，对于当时的经济发展无异于一剂强心剂，促进了经济的发展。

但“效率优先，兼顾公平”也有其不足之处，例如这一政策并未看到社会的发展最终要以人的发展为目的，经济发展只是通往人的全面自由发展的途径；因此在现代化不断推进的今天，它已经不能适应现在的发展状况，尤其是在个人的发展方面，贫富差距拉大，社会公平正义缺失，人民群众也对此表现出强烈不满，社会矛盾日益突出。

因此确立公平正义的基本价值取向对于今后我国的改革开放有着重要作用；也只有立足于公平正义，我们的社会才能稳定有序地向前发展。要想实现公平正义，必须坚持以人为本不动摇，特别是要使发展成果由人民共享，让人民切身感受到改革开放后社会的进步。未来，党的执政理念以公平正义为立足点，可以保障社会各个成员的基本权利，破除长久以来形成的阶级固化、利益固化现象，解放和发展社会生产力，凝聚人心，增加社会成员的认同感、归属感。

（五）中国共产党执政理念的当代诉求：公平正义

虽然不同的时代背景下中国共产党具体的执政理念有所变化，但是“执政为民”却是其一切工作的出发点和落脚点。毛泽东强调：“共产党人的一切言论行动，必须以合乎最广大人民群众的最大利益、为最广大人民群众所拥护为最高标准。”① 邓小平同志说，“中国共产党党员的含义或任务，如果用概括的语言来说，只有两句话：全心全意为人民服务，一切以人民利益作为每一个党员的最高准绳”②。人民群众是根，“执政为民”是永远不能动摇的根本执政理念，不管新中国成立之后的第一个三十年、第二个三十年，还是作为新时代开局的第三个三十年，都应坚持“执政为民”。

学术界在解读“执政理念”一词时认为其具体包括两个方面：一是“为谁执政”，二是“怎样执政”。“为谁执政”，不言而喻，中国共产党和人民群众站在同一条线上，人民群众最关心、最直接的利益问题就是中国共产党最为关心的问题，是党执政的宗旨和价值取向。几十年的改革开放成果使人民逐渐摆脱了贫困，公平正义成为这个时代的最强音。社会的良性发展需要公平正义，人民群众想要拥有幸福生活也需要公平正义。公平正义是这个时代社会主义核心价值观所要实现人的自由全面发展的必经之路。因此树立公平正义的核心执政理念正是以习近平同志为核心的新一代领导集体结合时代问题所做出的伟大决断。“怎样执政”的问题，其实是针对“为谁执政”这个问题所体现出来的执政宗旨和执政取向而采取的基本方式和策略。既然现阶段中国共产党所要坚持的核心执政理念是公平正义，结合目前我国的实际情况，自然要在中国梦与“两个一百年”目标之下来看待公平正义。

要想真正实现公平正义，必然离不开坚实的经济基础，离不开高度发达的生产力水平，因此目前我国要牢牢坚持以经济建设为中心的经济发展方针。改革开放以来社会主义市场经济体制为我国的经济发

①《毛泽东选集》第3卷，北京：人民出版社，1991年版，第1096页。

②《邓小平文选》第1卷，北京：人民出版社，1994年版，第257页。

展立下了汗马功劳，创造了惊人的财富，解决了中国人民的吃饭问题；发展才是硬道理的论断永远不过时，经济的平稳健康发展是我国实现现代化的基础，也只有以经济建设为中心积累大量的物质财富才能为造福人民群众、实现公平正义打下基础。

党的十八届三中全会立足全局，在中国社会转型的关键节点上，从中国特色社会主义“五位一体”与“两个一百年”奋斗目标出发，通过了《中共中央关于全面深化改革若干重大问题的决定》。《决定》指出：“坚持社会主义市场经济改革方向，以促进社会公平正义、增进人民福祉为出发点和落脚点。”[①] 目前我国贫富差距两极化发展的趋势引起了社会财富资源分配的严重不公，而社会作为一个有机的统一体，任何一方都不能忽视，任何不均衡的发展趋势都会使得整个社会秩序紊乱，引起社会动荡，从而威胁到政权的巩固。因此，应当“让一切劳动、知识、技术、管理、资本的活力竞相迸发，让一切创造社会财富的源泉充分涌流，让发展成果更多更公平惠及全体人民”[②]。全面深化改革要求公平正义，教育、医疗、技术等各种社会资源不能单一流向社会的一端，而应该使人民群众都有机会享受到改革开放的发展成果；对于个人而言，也只有公平地受到这个社会的对待，享受到同别人同等的社会资源与机会，才能激发他们的积极性与潜力，整个社会才能趋于平衡，才能稳定健康运行。只有每个中国人都能得到发展，共同出彩的中国梦才是真正的中国梦；一小部分人的富裕并不是真正的富裕，也不符合伟大复兴中国梦的内涵。

只要求经济方面的公平正义是缺乏保障的，政治上的公平正义才是关键。从目前的社会现实来看，公权滥用问题严重，人民群众的权益并不能得到保障。党的十八届三中全会通过的《决定》指出：“全面深化改革的总目标是完善和发展中国特色社会主义制度，推进国家

---

①《中共中央关于全面深化改革若干重大问题的决定》，《人民日报》，2013 年 11 月 16 日，第 1 版。

②《中共中央关于全面深化改革若干重大问题的决定》，《人民日报》，2013 年 11 月 16 日，第 1 版。

治理体系和治理能力现代化。”① 只有形成科学合理的权力制约机制和防范机制才能真正把权力关进“笼子”，做到权为民所用，而不使其沦为个人谋取私利的工具。深化政治体制改革必须完善民主协商机制，使人民群众的意志在民主协商中得到实现，以及“完善行政执法程序，规范执法自由裁量权，加强对行政执法的监督，全面落实行政执法责任制和执法经费由财政保障制度，做到严格规范公正文明执法”②。可见司法制度能否公正运行也是建设法治国家的关键。公平正义是建设中国特色社会主义的内在要求，也是推进建设法治中国的出发点，因此深化政治体制改革，完善治理体系和治理能力现代化是实现公平正义的体制机制保障。

现在社会发展中，生态问题已经为我们敲响了警钟，雾霾肆虐就是当代社会发展代价中的一个例子，人们的生存生活环境受到了极大威胁，由此可见“先发展，后治理”并不是一条能够实现人与自然和谐发展的可行之路。深化生态文明体制改革既是与人民群众生活密切相关的，也是实现公平正义的必经之路；经济的发展不能以牺牲生态环境为代价，不能以子孙后代的幸福生活为代价。因此，“不但要健全自然资源资产产权制度和用途管制制度、划定生态保护红线，还要实行资源有偿使用制度和生态补偿制度、改革生态环境保护管理体制等”③。只有先确立保护环境的各种科学合理的制度，才能为现实保护生态环境提供保障，实现人与自然和谐发展共赢的局面。

中华文化源远流长，博大精深，我们拥有丰厚的文化资源，然而目前我国文化发展却呈现出了文化作品质量参差不齐，活力不足，缺乏创新，以及文化作品商业化问题严重的不利局面，因此提高我国文

---

①《中共中央关于全面深化改革若干重大问题的决定》，《人民日报》，2013 年 11 月 16 日，第 1 版。

②《中共中央关于全面深化改革若干重大问题的决定》，《人民日报》，2013 年 11 月 16 日，第 1 版。

③ 陈明胜、孙宏斌：《全面深化改革与公平公正精神——基于和平学视角对十八届三中全会〈决定〉的解读》，《南京审计学院学报》，2014 年第 3 期。

化软实力刻不容缓。党的十八届三中全会通过的《决定》指出："完善文化市场准入和退出机制，鼓励各类市场主体公平竞争、优胜劣汰。"[①] 目前文化市场准入门槛低，一些低级趣味的文化作品鱼目混珠，败坏社会风气，给人民尤其是青少年群体带来了负面的影响，因此提高文化市场准入门槛有助于引导、鼓励优秀的文化作品进入大众视野，提高中华民族的文化凝聚力。"鼓励非公有制文化企业发展，降低社会资本进入门槛"[②]，这表明了政府承认文化主体的平等地位，只要拿出质量过硬、倡导主旋律、弘扬正能量的文化作品，不管是公有制还是非公有制的文化企业，都具有平等的市场参与主体地位。

社会体制改革作为"五位一体"总布局的一个方面，面对社会各个方面的繁杂矛盾，尤为突出的是城乡发展二元化、教育资源不均衡、就业形势严峻等事关人民群众切身生活的实实在在的问题，这些问题能否得到妥善解决是广大人民群众生活幸福与否的关键。城乡二元化是阻碍我国实现城乡一体化发展机制的主要因素，必须解决好"三农"问题，保障农民权益，将工业与农业、城市与农村看作一个利益相关的整体。教育问题是个大问题，目前教育资源大量流入城市等发达地区，经济落后地区教育发展缓慢，尤其是在一些贫困山村大部分少年儿童的受教育权利并不能得到保障。《决定》指出："大力促进教育公平，健全家庭经济困难学生资助体系，构建利用信息化手段扩大优质教育资源覆盖面的有效机制，逐步缩小区域、城乡、校际差距。统筹城乡义务教育资源均衡配置，实行公办学校标准化建设和校长教师交流轮岗，不设重点学校重点班，破解择校难题，标本兼治减轻学生课业负担。"[③] 为解决好就业问题，《决定》指出："规范招人用人制度，消除城乡、行业、身份、性别等一切影响平等就业的制度

---

①《中共中央关于全面深化改革若干重大问题的决定》，《人民日报》，2013 年 11 月 16 日，第 1 版。

②《中共中央关于全面深化改革若干重大问题的决定》，《人民日报》，2013 年 11 月 16 日，第 1 版。

③《中共中央关于全面深化改革若干重大问题的决定》，《人民日报》，2013 年 11 月 16 日，第 1 版。

障碍和就业歧视。”①

纵观新中国成立以来的几个历史时期，每一时期的核心执政理念无不反映当时的社会现实情况；从平等到富裕，再到现在谋求的公平正义，是中国社会历史发展的必然过程，是在“以人为本”视野下对社会转型关键时期日益复杂的利益关系和矛盾的综合协调。

①《中共中央关于全面深化改革若干重大问题的决定》，《人民日报》，2013 年 11 月 16 日，第 1 版。

第四章　中国共产党
核心执政理念的时代转换

中国共产党在执政过程中坚持与时俱进、创新发展，不断推进执政理念的时代转换，为实现科学执政创造了必要条件。自新中国成立到党的十九大召开，党始终坚持执政为民，建设社会主义的执政主题，同时也积极适应执政新变化，推动实现了核心执政理念的两次大的时代转换：第一次是在党的十一届三中全会以后，党的核心执政理念由“平等”向“富裕”转换；第二次是在党的十八大以后，党的核心执政理念由“富裕”向“公正”转换。中国共产党核心执政理念的时代转换，是党适应时代和实践变化新要求的客观选择，是党与时俱进实现理论创新的根本体现，也是党推进执政实践、完成执政使命的必然要求。

一、执政为民，建设社会主义是中国共产党执政理念的根本主题

执政为民，建设社会主义是党执政理念的核心精神，这是由党的指导思想、性质、宗旨和根本任务决定的，是不因时代和实践的变化而变化的。坚持这一根本主题，是党实现长期执政的根本保证，也是党带领全国人民实现中华民族伟大复兴的基本要求。

党的指导思想是马克思主义，这决定了党必须始终代表广大工人阶级的根本利益。中国共产党自成立之日起，就坚持以马克思主义为指导，致力于解放无产阶级，实现共产主义远大理想。也正因为如此，所以“共产党是无产阶级利益的代表者，它没有任何同整个无产阶级利益不同的利益，而且在革命发展的各个历史阶段上，始终代表整个无产阶级的不同民族的共同利益”[①]。中国共产党坚持马克思主义无产阶级利益观，始终把解放中国工农大众作为自己的历史使命，领导中国人民取得了新民主主义革命和社会主义革命的胜利，建立起人民当家做主的新政权，确立起社会主义制度，把中国人民从被奴役、被压迫的命运中解放了出来。革命胜利后，中国共产党继续以无产阶级的利益为中心，带领人民进行社会主义建设，在改革开放中不断解放和发展生产力，不断提高人民生活水平。无论革命还是建设，中国共产党都始终以马克思主义为指导，始终代表广大工人阶级的根本利益。执政为民是党在社会主义现代化建设新时期坚持本真、不忘初心的集中体现和根本遵循。

党是中国人民和中华民族的先锋队，这决定了党必须始终体现中国人民的利益诉求。“无产阶级只有解放全人类才能解放自己，作为无产阶级先锋队的共产党既然代表无产阶级的根本利益，也就必然代表最广大人民的根本利益。”[②]“无产阶级政党是无产阶级和劳动人民利益的忠实代表者，除了代表无产阶级和劳动人民的利益外，它自己再没有任何特殊的利益，所以‘共产党人特别重视和坚持整个无产阶级的不分民族的共同利益’，这个共同的利益就是为无产阶级的最后

① 韩振峰等：《科学社会主义在中国的新发展：马克思主义中国化的思想历程研究》，保定：河北大学出版社，2007 年版，第 536 页。

② 陶德麟、何萍：《马克思主义哲学中国化的理论与历史研究》，北京：北京师范大学出版社，2011 年版，第 595 页。

解放。”[1] 中国共产党始终代表和坚决维护中国工人阶级的利益，同时也代表和维护包括农民阶级、知识分子、小资产阶级等进步阶级在内的广大人民的利益，代表和维护整个民族和国家的利益，它没有任何特殊利益，只有永远的共同利益，这构成了中国共产党阶级利益观的基本内容。

党的宗旨是全心全意为人民服务，这决定了党的一切工作的出发点和落脚点必须是人民，党必须树立人民至上的观念。“在革命战争年代，我们党始终实践全心全意为人民服务的宗旨，为了人民的利益而浴血奋战，团结和依靠广大人民群众摧毁了剥削阶级统治的旧社会，建立了人民当家作主的新中国；在社会主义革命和建设时期，我们党坚持贯彻全心全意为人民服务的宗旨，带领广大人民群众巩固人民政权，建设社会主义，取得了社会主义革命和建设的光辉业绩；改革开放以来，我们党同样坚持全心全意为人民服务的宗旨，使改革这项前所未有的伟大事业得到广大人民群众的拥护和支持，取得了举世瞩目的伟大成就。”[2] 中国共产党在全心全意为人民服务中赢得了人民的信任和拥戴，也在全心全意为人民服务中取得了革命、建设和改革的历史伟绩，取得了长期执政的历史合法性和科学执政的充分可能性。全心全意为人民服务是中国共产党的立身根本、首要遵循和取胜法宝。时代在发展，实践在深入，执政任务在变化，但是党的宗旨不能变，党必须始终坚持全心全意为人民服务，始终坚持立党为公、执政为民，始终保持同人民群众的血肉联系，做人民群众信得过、靠得住的服务型执政党。

党在现阶段的根本任务是带领全国人民创造幸福美好生活，这决定了党的执政实践必须始终以人民为中心，以人民生活得更好为最高

---

① 刘卓红、钟明华、王培林、叶启绩：《现代化建设主体：当代中国工人阶级地位研究》，广州：广东人民出版社，2000 年版，第 58 页。

② 习近平：《关于社会主义市场经济的理论思考》，福州：福建人民出版社，2003 年版，第 113 页。

追求。国家富强与人民幸福是不容分割的有机整体，“国家富强是为了人民幸福，人民幸福会为国家富强注入动力，两者交相辉映推动中国梦趋于实现”[①]。中国梦凝聚着党和人民的理想追求，昭示着国家和民族的发展未来，是近代以来中国人民最伟大的梦想，也是现阶段党带领人民团结奋斗的总目标。中国梦的核心内涵是国家富强、民族振兴、人民幸福，其中，国家富强、民族振兴是人民幸福的根本前提，人民幸福是国家富强、民族振兴的基本旨归，三者是有机统一、不可分割的。人民幸福作为中国梦核心内涵的重要层面，是党坚持以人为本、人民至上的重要体现，是党坚持执政为民理念，结合新的时代特点和实践要求，与时俱进推进理念创新的重要成果。在当前的历史阶段，坚持执政为民理念，就要把握机遇，凝心聚力，努力实现“两个一百年”奋斗目标，实现中华民族伟大复兴的中国梦。

社会主义是中国走向富强的唯一道路，也是中国人民实现美好生活的唯一选择；中国共产党坚持执政为民就必然要求坚持和建设社会主义。在马克思看来，社会主义能够容纳和创造比资本主义更发达的生产力，是资本主义发展到一定阶段必然走向的一种社会形态，是比资本主义更高级的社会发展模式，它代表了人类社会向前发展的未来指向。邓小平曾指出：“社会主义是当代人类史和世界史趋势的统一，它代表着人类社会发展的正确方向，是不可逆转的。”这在理论上充分体现了社会主义的地位价值和伟大意义。同时，近现代中国的具体实践充分说明了一个道理，就是只有社会主义能够拯救中国和发展中国。近代以来，无数仁人志士尝试了各种途径为中国寻找出路，从洋务运动到戊戌变法，再到辛亥革命，封建地主阶级、资产阶级维新派、资产阶级革命派都做出了自己的努力，但都没有改变中国半殖民地半封建的社会性质，没有完成反帝反封建的历史任务。这充分说

① 艾四林、王明初：《社会主义主流意识形态与当今中国社会思潮》，北京：人民出版社，2014 年版，第 243 页。

明，旧的封建主义已经成为中国继续向前发展的桎梏，必须从根本上进行抛弃，而资本主义道路在中国也是行不通的，要拯救中国必须寻找其他道路。经过不断摸索和艰苦斗争，代表社会主义方向的中国共产党带领中国人民取得了新民主主义革命的胜利，推翻了帝国主义、封建主义和官僚资本主义三座大山，建立起人民当家做主的新中国，完成了拯救中国的历史使命。新中国成立后，中国共产党带领中国人民经过三大改造确立起社会主义制度，而且积极探索和建设社会主义，在改革开放中坚持和发展中国特色社会主义，形成了“五位一体”的发展布局，在市场经济、民主政治、先进文化、和谐社会和生态文明建设中取得了巨大成绩，使国家发展到全面建成小康社会的攻坚阶段，距离到 21 世纪中叶实现社会主义现代化的目标越来越近。这充分表明，社会主义能够发展中国，也只有社会主义能够发展中国，坚持和发展社会主义是历史的结论，也是中国共产党坚持执政为民的首要原则和根本遵循，所以说，建设社会主义是中国共产党执政思想的核心精神和不变主题。

总之，执政为民，建设社会主义是中国共产党执政理念的不变主题。“立党为公、执政为民，是共产党执政的根本准则，必须做到权为民所用、情为民所系、利为民所谋。”① 唯有如此，党才能不断巩固执政地位，提高执政能力，担起执政使命，始终成为中国特色社会主义事业的坚强领导核心，不断带领中国人民取得新的伟大成绩。

二、 中国共产党核心执政理念的时代转换是历史必然

中国共产党核心执政理念的时代转换是党坚持实事求是思想路线的客观结果，是党的执政思想体系不断发展完善的内在要求，也是党

①《〈中共中央关于加强党的执政能力建设的决定〉辅导读本》，北京：人民出版社，2004 年版，第 152 页。

顺应时代变化而不断推进执政实践的必然选择，其本身具有内在深刻的历史必然性。

(一) 实事求是的思想路线要求执政理念不断转换

中国共产党能够带领中国人民取得革命和建设的伟大成就，一个根本原因在于坚持了实事求是的思想路线。实事求是是党走向成熟的标志，是党取得胜利的法宝，对于党的自身建设和使命践行具有十分重要的意义。“毛泽东首创了实事求是思想，并赋予实事求是以科学的含义，邓小平则恢复和发展了实事求是思想，并将实事求是明确规定为党的思想路线；毛泽东在反对主观主义和教条主义的斗争中确立实事求是思想路线，邓小平则在反对思想僵化、倡导解放思想中发展实事求是思想路线。”[①] 实事求是是在党同错误思想倾向做斗争中形成的宝贵经验，是毛泽东、邓小平等老一辈无产阶级革命家为党和人民留下的宝贵财富，是新时期党领导人民取得新胜利必然要遵循的思想原则，党要始终不变地坚持实事求是的思想路线。

实事求是的基本精神是遵循和把握客观规律，其内在要求是一切从实际出发、理论联系实际、在实践中检验和发展真理。在革命时期，中国共产党坚持实事求是，在实践中摸索出一条适合中国情况的革命道路，带领人民取得了革命胜利；进入建设时期，中国共产党继续坚持实事求是，并在实践中探索出了符合中国实际、适合中国发展的建设模式，带领人民实现了富裕目标。正是因为坚持了实事求是，党才没有被教条和经验束缚，能够在不同的历史时期针对不同的具体问题做出科学决断，进行科学实践、推进理念创新，能够始终代表中国社会的前进方向，始终体现中国社会的发展诉求，不断带领中国人民取得革命和建设新成就。

坚持实事求是在执政实践中的重要体现是与时俱进，不断创新发

① 许庆朴、李爱华：《有中国特色社会主义理论探源》，北京：人民出版社，2002 年版，第 235 页。

展。与时俱进与解放思想、实事求是具有深刻的内在联系，是实事求是思想路线的新发展、新要求。“‘与时俱进’以‘解放思想’为先导，‘解放思想’在‘与时俱进’的过程中拓展和升华；‘与时俱进’必须以‘实事求是’为前提；只有‘与时俱进’，才能‘解放思想’‘实事求是’。”[①] 由此可见，要真正做到坚持实事求是，就要真正做到与时俱进，与时俱进是实事求是的重要内涵。此外，与时俱进还是马克思主义理论本身固有的精神品质，是我们正确对待马克思主义的基本遵循。因此，与时俱进不仅是党的思想路线的内在要求，同时也是马克思主义理论本身的固有要求，是中国共产党必须长期坚持的重要思想原则，中国共产党是在与时俱进中创新执政思想，推进科学执政的。改革开放以来，党根据执政任务的具体变化不断推进理论创新，形成和发展了中国特色社会主义理论体系；同时，党坚持在理论创新中推进实践创新，在理念变革中推进科学发展，取得了中国特色社会主义实践一个又一个的伟大胜利。这些理论和实践的巨大成果充分体现了与时俱进思想路线的重要现实价值和党坚持与时俱进的极端必要性。

（二）开放发展的理论体系呼唤执政理念创新转换

中国共产党执政思想体系的理论基石是马克思主义，坚持马克思主义的基本立场和基本观点，具备马克思主义的基本精神和基本品质，是中国共产党执政思想体系的最根本特征。马克思主义“总是能够批判地吸收人类文明所创造的一切优秀成果，根据实践的发展不断进行理论的创新”[②]。马克思主义指导下的中国共产党的执政思想体系，是在执政实践中不断完善的，是在充分吸收借鉴其他有益元素中不断丰富的，其本身具有开放性的特质，能够随着时代的变化而不断

---

① 罗恢远、刘歌德：《马克思主义哲学与中国社会主义历史命运》，北京：人民出版社，2012 年版，第 73 页。

② 王秀阁、杨仁忠：《马克思主义理论学科前沿问题研究》，北京：人民出版社，2010 年版，第 297 页。

创新发展。

中国共产党的执政思想体系主要包括两部分，即从新中国成立到改革开放前，以毛泽东为核心的党的第一代领导集体形成的关于执政治国的思想，和改革开放后逐渐形成的中国特色社会主义理论体系；后一部分更为重要，对现在的影响也更为直接。中国特色社会主义理论体系的形成发展过程和创新发展品质充分体现了党执政思想体系的开放性和发展性。中国特色社会主义理论体系起承马克思主义和毛泽东思想，经由邓小平理论、“三个代表”重要思想、科学发展观不断发展完善，充分彰显了与时俱进、不断创新的理论品质，而“随着中国特色社会主义实践的不断深化，这个理论体系也必将继续得到丰富和发展”①。总之，中国共产党的执政思想体系是开放的、发展的，能够随着时代发展而不断发展；作为这一思想体系精神提炼和精髓所在的执政理念亦具备开放发展的重要特质，能够根据时代变化而实现创新转换。

（三）与时俱进的执政实践推动执政理念实现转换

中国共产党的执政思想产生和服务于执政实践，推进更好的实践是其根本价值所在，而执政实践又具体受制于世情、国情和党情，因此，党的执政思想不能脱离党执政的时代背景、现实国情和具体党情，不能脱离执政实践，必须与执政的现实环境、任务目标、具体要求相一致，必须随着时代和实践的发展而不断发展，必须与时俱进、不断创新。

在不同的时代背景下，党的执政任务也会不同。党的路线、方针和政策的制定必须统筹国际、国内两个大局，不能脱离国际实际，不能有悖世界发展大势，不能关起门来搞建设。中国的发展离不开世界，中国是在开放中发展强大起来的，科学把握世情是党与时俱进推

①《与支部书记谈党的十八大精神》，北京：人民出版社，2012年版，第7页。

动执政理念创新的首要前提。改革开放之前，党将当时的世界主题错误地判定为“战争与革命”，导致了对自身工作中心的错误定位，最终使得国家发展在相当长一段时间内出现徘徊停滞的局面；改革开放以后，由于准确地把握了“和平与发展”的时代主题，党的工作重心成功地转移到经济建设上来，并取得了一个又一个巨大的发展成就。历史有力地诠释出一个道理：实现中华民族的伟大复兴，必须要坚持和扩大对外开放，把握和顺应世界潮流，在与时代同步伐、共命运中不断发展前进。

党的执政理念服务于执政实践，执政实践根源于具体国情。在不同的历史阶段，国家的具体情况和主要矛盾往往不同，这使得党的执政任务和执政目标也会不同。新中国成立后，社会主要矛盾是资本主义因素和社会主义因素的关系问题，党的主要任务是发展社会主义力量，改造资本主义因素，确立起社会主义的主导地位。社会主义制度确立后，社会主要矛盾变为落后的生产力同现实的社会需求之间的矛盾，党的主要任务是集中力量进行经济建设，大力发展社会生产力。准确把握这些矛盾是解决社会问题、推动社会进步的根本前提，对社会主要矛盾的把握出现问题必然导致执政实践出现问题。党的八大二次会议改变了党的八大关于社会主要矛盾的正确判断，导致国家发展严重受挫；党的十一届三中全会形成了对社会主要矛盾的科学认识，确立起经济建设的中心地位，使得国家发展得以迎来崭新局面。这些实践充分说明：认清国情，立足国情，科学把握社会矛盾才能推动社会发展进步；反之，就会使社会发展出现停滞甚至倒退的局面。

中国的发展关键在党，党的建设要在科学认识和把握自身党情的条件下进行。随着时代和实践的发展，党自身会呈现出许多新特点、新情况，这些新特点、新情况对于党的执政理念有着深刻影响。一方面，党的历史地位的变化促进了党的思想从革命思想向执政思想转变。新民主主义革命胜利后，人民民主专政的国家政权建立起来，中国共产党成为全国范围内的执政党，其历史地位发生根本改变，这就必然要求其抛却新民主主义革命的思想理论，形成新的关于执政的思想理念。可以说，没有党的历史方位的根本变化，就不会有党的执政理念的形成发展。另一方面，党的建设是党执政实践的重要层面，科学的执政理念必然内含着建立在科学把握现实党情基础上的执政党自身建设的思想要求。随着执政环境和执政实践的变化。党内一些具体情况也会变化，其中包括党员数量、党员结构、组织结构、干部队伍等方面的变化，也包括面临新的问题和挑战的变化。科学把握这些新的变化是党巩固执政地位、应对执政风险、经受执政考验的基本保证，是党提高执政水平、增强执政能力、实现执政使命的必然要求，也是党创新执政思想、增强执政思维、转换执政理念的重要动力。

三、 第一个三十年中国共产党的核心执政理念

（一）基于传统社会主义建设的执政主题，确立起“平等”的核心理念

新中国成立后，新生的国家政权面临着国内外形势的严峻考验。国际上，美苏两个超级大国主导世界政治局势，并在各领域相互斗争，不断壮大自身力量，逐渐发展成为以苏联为首的社会主义阵营和以美国为首的资本主义阵营的对立。其中，以美国为首的西方敌对势力对我国进行政治包围、经济封锁、军事威胁和文化渗透，企图将新生的人民政权扼杀在摇篮中。在国内，由于长期的战争破坏和政治混乱，加上原本就脱胎于半殖民地半封建的旧社会，新中国刚成立时整个国家百废待兴，“一穷二白”，在经济、文化、科技、教育、民生等诸多方面发展严重滞后。因此，巩固新生的国家政权，恢复遭到战争重创的国民经济，确立起社会主义的发展模式是当时党和国家面临的主要任务，党的执政主题和中心任务是巩固新生政权，迅速发展和建

设社会主义。当然，此时的社会主义模式建设还处于传统模式建设层面，与改革开放后的中国特色社会主义发展模式建设是不同的。

在毛泽东时代，中国共产党以解放全国人民为目标，在革命实践中带领中国人民推翻了“三座大山”，取得了新民主主义革命的胜利，建立起人民当家做主的新中国，彻底改变了中国人民被奴役、被压迫的命运，实现了政治意义上的人民解放。人民民主专政的国家政权建立后，以毛泽东为核心的党的第一代领导集体继续推进中国人民的解放事业，积极探索社会主义价值诉求下的人性解放和自由发展，致力于建设一个人与人之间具有平等关系的和谐社会。

毛泽东从历史唯物主义出发，坚持经济的基础地位和决定作用，以经济领域为着力点，试图通过实现经济平等来实现人与人之间的平等。他带领党和人民进行三大改造，确立起社会主义制度，实现了人们在生产资料上的平等关系；创办人民公社和推行计划经济，试图实现人们在物质分配上的平等关系。这些实践虽然有些违背了客观规律和现实国情，没有起到推进中国社会发展的积极作用，但确实又是中国共产党对实现平等社会的努力探索，具有重要的历史意义和经验价值。

（二）围绕“平等”理念，在实践中探索建设平等社会

1. 建立新中国，为建设平等社会创造必要的政治前提

1949 年 10 月 1 日，中华人民共和国成立，这标志着中华民族 100 多年来被奴役和压迫的历史的结束，标志着中国人民从此站起来了。中华人民共和国“是中国历史上从未有过的人民当家做主的新型政权。它根本上结束了极少数剥削者统治广大劳动人民的历史，劳动人民真正成了新国家新社会的主人。这是中国人民社会政治地位的根本

变化”[①]。

伴随着新中国的成立，国家的国体和政体也被确立下来。《共同纲领》明确规定：中华人民共和国的国体是“实行工人阶级领导的，以工农联盟为基础的，团结各民主阶级和国内各民族的人民民主专政”[②]，政体是人民代表大会制度。这就从根本上改变了长久以来中国社会存在的人与人之间的阶级关系，从政治上确立了各民族和各阶级的平等关系，使旧社会的人与人之间的不平等关系演变为新社会人与人之间新型的社会主义平等关系，这是中国社会文明发展的一大突破，也为中国共产党建立一个共产主义平等社会创造了必要政治前提。

2. 进行三大改造，为建设平等社会奠定社会主义制度基础

人民民主专政的国家政权的建立标志着社会主义被中国社会最终选择，社会主义力量在政治上取得完全胜利。但是，要真正实现社会主义，建立一个平等社会，就要在经济上确立起社会主义的主导地位，建立起生产资料公有制，实现生产关系的根本变革。因此，变革旧的生产关系，建立新的生产关系是新中国成立后党面临的主要任务。

党对生产关系的社会主义改造分两步进行。第一步是“没收封建阶级的土地归农民所有，没收蒋介石、宋子文、孔祥熙、陈立夫为首的垄断资本归新民主主义的国家所有，保护民族工商业”[③]。第二步是对农业、手工业和资本主义工商业进行社会主义改造，即三大改造。“三大改造的核心是在农村实行集体化和在城市实行国有化，将个体经济、私人经济改造为全民所有制和集体所有制经济，并将使国有经

① 中共中央党史研究室：《中国共产党历史第二卷（1949—1978）》上册，北京：中共党史出版社，2011年版，第16页。

② 中共中央文献研究室：《建国以来重要文献选编》第一册，北京：中央文献出版社，1992年版，第2页。

③《毛泽东选集》第4卷，北京：人民出版社，1991年版，第1253页。

济成为整个经济的主体。”[①] 到1956年底，三大改造基本完成，“三大改造是社会主义革命，主要是生产资料所有制方面的社会主义革命”[②]。它的完成标志着新型的社会主义生产关系被确立起来，标志着中国人民在生产资料占有上实现了平等，这为全面实现人际关系平等，建立一个平等社会奠定了社会主义制度基础。

3. 创办人民公社，为建设平等社会探索理想实现形式

虽然社会主义基本制度已经建立，但社会差别仍然广泛存在，理想的平等社会并没有完全建立和实现，寻找一种现实途径建成共产主义从而实现真正平等是毛泽东思考的主要问题。毛泽东最终找到了人民公社化运动这种实践方式。他认为，人民公社是消灭工农差别、城乡差别、体力劳动和脑力劳动差别的有效形式，是由社会主义社会过渡到共产主义社会的最好形式。1958年8月通过的《中共中央关于在农村建立人民公社问题的决议》认为，人民公社是“指导农民加速社会主义建设，提前建成社会主义并逐步过渡到共产主义所必须采取的基本方针”。此后，全国农村迅速展开了人民公社会化运动并基本实现了公社化。1958年，党的八届六中全会上，毛泽东指出，“城市中的人民公社，将来也会以适合城市特点的形式，成为改造旧城市和建设社会主义新城市的工具，成为生产、交换、分配和人民生活福利的统一组织者，成为工农商学兵相结合和政社合一的社会组织。”此后，人民公社化运动在城市发展起来，到1960年7月底，全国各大中城市基本上实现了人民公社化。

人民公社化运动是党的第一代领导集体对建立平等社会所进行的现实路径探索，它建立起了集体所有制的公有制实现形式，在制度上进一步发展了人与人的平等关系。但是，人民公社在根本上是党的

---

① 胡鞍钢：《中国政治经济史论（1949—1976）》，北京：清华大学出版社，2007年版，第185页。

② 中共中央文献研究室：《建国以来重要文献选编》第10册，北京：中央文献出版社，1994年版，第607页。

“左”倾思想的产物，它违背了社会历史发展的基本规律，脱离了现实的物质经济条件，其创造的经济上的绝对平均和生活上的完全单一并没有从根本上消灭三大差别，也没有从真正意义上实现人与人的平等关系，而是在事实上破坏了农村和城市的生产，造成国民经济比例严重失调，使国家陷入了严重的经济困境之中。

4. 推行计划经济，为建设平等社会提供经济实力支撑

毛泽东认为，计划经济是社会主义的根本特征，必须坚持计划经济发展道路，坚决同市场经济和资本主义划清界限。在新中国成立之初，国家采取的是“‘大计划，小市场’的混合经济模式，即大工业等是计划经济，而小工业等则是市场经济”[①]。这适合当时国家经济破败、秩序混乱、成分复杂的现实状况，所以，经过几年的经济恢复和建设，新中国迅速医治了战争对经济的创伤，确立起了社会主义经济在整个国民经济中的主导地位，实现了由新民主主义经济向社会主义经济的顺利过渡。

此后，党的经济政策开始调整，但这种调整最终成为没有“市场”，只有“计划”的纯计划经济。1953 年以后，国家建立起计划经济体制，“从 1953 年起，我国已按照社会主义的目标进入有计划的经济建设时期”[②]。1954 年《宪法》第十五条规定“国家用经济计划指导国民经济的发展和改造”[③]，中国的计划经济被正式确定。计划经济是推进社会平等的重要步骤，“因为只有实行计划经济体制，以国家指令性计划来配置资源，才能保证人人就业，分配平均，避免两极分化。而这些正是平等的体现，也是社会主义的本质要求”[④]。

实践证明，“从实行计划经济时社会经济制度的背景来说，社会

① 胡鞍钢：《中国政治经济史论（1949—1976）》，北京：清华大学出版社，2007 年版，第 501 页。

②《刘少奇选集》下卷，北京：人民出版社，1985 年版，第 144 页。

③ 中共中央文献研究室编：《建国以来重要文献选编》第 5 册，北京：中央文献出版社，1993 年版，第 524 页。

④ 赵国江、万理：《建国后毛泽东的平等实践探析》，《宜宾学院学报》，2008 年第 9 期。

主义的计划经济就是‘存在商品经济这种情况下的计划经济’，是‘发展商品经济的计划经济’”[1]，“不区别计划经济的两种情况，把社会主义制度下的计划经济同共产主义高级阶段的计划经济看成没有区别的东西，是在计划经济理论上一个不正确的观点”[2]。改革开放前的计划经济实践在客观上束缚了生产力的发展，不是一种适合中国情况的经济发展模式，没有起到理想的、推动中国经济发展的作用，亦没有从根本上为建设平等社会提供经济实力支撑。

一生致力于实现中国人民的彻底解放，建立一个人人平等的共产主义理想社会，但是，由于历史的局限和现实条件的有限，毛泽东没能实现其建设平等社会的政治理想，且因为急于求成，致使自己在“左”的思想道路上越走越远，最终错误地领导发动了长达十年之久的“文革”。

“文革”的理论和实践从根本上说是错误的，它使国家的党政机关陷入瘫痪，法律秩序遭到严重破坏，经济发展受到严重阻碍，教育、科学、文化等也受到严重冲击，其影响是广泛的、深刻的、极为严重的。

四、 第二个三十年中国共产党的核心执政理念

（一）基于中国特色社会主义建设的执政主题，确立起“富裕”的核心理念

改革开放后，党执政的外部环境和国内情况较新中国成立时有了很大变化，呈现出了一系列新的特点。国际上，随着日本、欧洲等中心力量的崛起，两大阵营力量开始分化，世界政治格局逐渐由两极向多极演化，这使得国际紧张局势有所缓和，和平因素不断增长。在经

---

① 于光远：《政治经济学社会主义部分探索（三）》，北京：人民出版社，1985年版，第612页。

② 于光远：《政治经济学社会主义部分探索（三）》，北京：人民出版社，1985年版，第590页。

济领域，随着生产力的发展，各国之间的经济交流与合作越来越多，生产、贸易、资本、金融开始在世界范围内展开，整个经济呈现出全球性的发展态势。在政治多极化和经济全球化进程中，各种思想、文化、意识形态相互碰撞、渗透、激发和整合，呈现出繁荣多元的新特点。在国内，十年“文革”使国家发展严重受挫，整个国家的政治、经济、文化、法制、民生、教育等都遭到严重破坏，人民的温饱问题没有得到根本解决，贫穷和落后依然是困扰党和人民的首要问题。因此，这个时期党执政的中心任务是集中力量进行经济建设，使国家富强、人民富裕，党的执政主题是建设中国特色社会主义，探索出一条适合中国国情的社会主义发展模式。

改革开放前，国家发展出现了长达十年的徘徊局面，其根本原因是对什么是社会主义、怎样建设社会主义认识不清。党的十一届三中全会重新确立起实事求是的思想路线，党和国家在思想解放中重新审视国家发展和社会主义建设，以解决人民温饱问题、实现人民生活富裕为根本追求，不断深化对社会主义的认识。邓小平对社会主义的本质进行了积极探索并形成了科学认识。他指出，贫穷不是社会主义，发展太慢也不是社会主义，社会主义的本质是解放和发展生产力，消灭剥削，消除两极分化，最终实现共同富裕。在邓小平的带领下，党的核心执政理念实现了由“平等”向“富裕”的转换。在“富裕”理念的指导下，国家开始探索具有中国特色的社会主义发展模式，开始积极推行社会主义市场经济，大力发展民主政治、先进文化，着力构建和谐社会，开辟出中国特色社会主义发展道路，形成了中国特色社会主义理论体系，确立起中国特色社会主义制度，取得了一个又一个发展成就，切实地解决了人民温饱问题，实现了国家和人民富裕的发展目标。

（二）围绕“富裕”理念，在实践中开拓发展中国特色社会主义

1. 实行改革开放，确立中国特色社会主义建设新模式

党的十一届三中全会揭开了改革开放的序幕，同时也开启了中国迅猛发展：大踏步赶超世界先进水平的历史新篇章。对外开放是中国把握世情、顺应潮流、学习世界、赶超先进的必然选择，对内改革是中国完善制度、化解矛盾、解决问题、实现发展的根本要求，实行对外开放是党在历史的转折点总结经验、铭记教训、继往开来的伟大创举，对于整个中国社会的历史走向和长远发展具有巨大而深远的意义。

我国实行对外开放是对世界采取开放包容的态度，是对世界上各个国家、各个民族、各种优秀文化和文明成果开放，这在客观上推进了中国融入世界和世界认识中国的过程，推动了中国和世界各国的有效互动和共同发展。

我国的改革主要针对不适合发展的体制机制，旨在通过不断推进社会主义制度自我完善来实现国家发展进步，具有广泛性、深刻性和持久性。改革首先从经济领域展开，重点也是经济领域，且改革也在政治、文化、教育、医疗卫生、社会保障等多个领域同时进行；改革不是对细枝末节修修补补，而是要对不适合发展的体制机制进行根本性变革；改革只有进行时，没有完成时，只要共产主义没有实现，改革就要一直进行下去。“改革开放以来，市场经济充分释放了社会发展的活力，人们的思想观念更加开放，社会管理体制、运行机制、制度政策更加灵活，管理方式、分配方式、生活方式更加多样化，大大改善和增强了社会发展的动力。”①

通过改革开放，“我国经济建设取得丰硕成果，人民生活水平总体上达到小康水平，城乡居民收入稳步增长，物质文化生活质量不断提高，各种权益依法得到保障，广大人民群众建设中国特色社会主义

① 徐斌：《制度建设与人的自由全面发展》，北京：人民出版社，2012 年版，第 290 页。

的主动性、积极性、创造性大大提高”①。在改革开放实践中，党逐渐探索出一条适合中国情况的社会主义建设道路，开辟出中国特色社会主义建设新局面，为推动中国发展、实现现代化建设目标奠定了基础。

2. 坚持邓小平理论，在思想解放中形成新的发展理念

邓小平理论是继承和发展马克思列宁主义、毛泽东思想，结合新的时代背景和实践要求形成的理论创新成果，是中国特色社会主义理论的开篇奠基之作，是当代中国改革开放和社会主义现代化建设的科学指南。

邓小平理论紧紧围绕“什么是社会主义，怎样建设社会主义”，深刻回答了改革开放新时期中国建设社会主义面临的一系列根本性问题。邓小平理论内在地包含着社会主义市场经济理论、社会主义初级阶段理论、社会主义本质理论、改革开放理论、四项基本原则、三步走发展战略、党的建设理论、统一战线理论以及一国两制理论等，涉及社会主义的发展道路、发展阶段、主要任务、基本动力、外部条件、政治保障、战略步骤、领导力量、依靠力量以及祖国统一，是一个科学完备的理论体系。在邓小平理论的指导下，党带领人民迅速地从十年“文革”中走出来，及时在解放思想中找到了新的科学发展之路，顺利地实现了执政理念的时代转换，确立起以“富裕”为核心的价值追求和奋斗目标，揭开了建设有中国特色社会主义的历史序幕，进而在实践中逐渐确立起社会主义市场经济体制，形成了社会主义初级阶段的基本路线，使国家在健康快速的发展道路上逐渐摆脱了“贫穷”，走向了“富裕”。

3. 落实“三个代表”重要思想，在与时俱进中提出新的发展要求

---

①《习近平在十八届中央纪委二次全会上重要讲话精神学习问答》，北京：党建读物出版社，2013年版，第126页。

"三个代表"重要思想是以江泽民为核心的党的第三代领导集体，基于世纪之交的国内外新形势，基于改革开放和市场经济的具体新特点，立足建设有中国特色社会主义的伟大实践，与时俱进推进理论创新形成的重要思想成果。"三个代表"重要思想与毛泽东思想、邓小平理论一脉相承，是马克思主义与当代中国实际相结合的又一理论创新成果，是我们党的立党之本、执政之基、力量之源。

"三个代表"重要思想的主要精髓是解放思想、实事求是、与时俱进，根本主题是发展，理论本质是立党为公、执政为民，核心内容是代表先进生产力的发展要求、代表先进文化的前进方向、代表最广大人民的根本利益。其"用一系列紧密联系、相互贯通的新思想、新观点、新论断，进一步回答了什么是社会主义、怎样建设社会主义的问题，创造性地回答了在长期执政的历史条件下建设什么样的党、怎样建设党的问题，深化了对新的时代条件下推进中国特色社会主义事业和加强党的建设规律的认识"①。在"三个代表"重要思想的指导下，我们党在世纪之交经受住了来自国内外的各种风险和考验，成功化解了改革开放和市场经济实践中的诸多矛盾和问题，在坚持和落实"富裕"理念的进程中顺利地将建设有中国特色社会主义伟大事业推向了21世纪。

4. 倡导科学发展观，在理念变革中探索新的发展模式

进入21世纪，中国的发展已经在改革开放中取得了巨大成就：国家变得富强，人民变得富裕，整个国民经济进入能够依靠财力解决长期积压的问题从而推进更好发展的新阶段。而随着改革开放的推进和国家工业化、城镇化、信息化、市场化、国际化进程的加快，我国的发展呈现出了许多新的矛盾和问题，各项事业发展面临着新的挑战，它们主要表现为：传统粗放型经济增长方式难以支撑国家进一步

① 田克勤、李彩华、孙堂厚：《中国化马克思主义通论》，北京：人民出版社，2013年版，第54页。

发展；城乡之间、区域之间、经济社会发展之间的不协调性增强；社会矛盾关系处理演变为不兼顾解决好某些非主要矛盾就难以继续抓好主要矛盾。

为了更好地把握机遇，应对挑战，以胡锦涛为总书记的党的新一届领导集体坚持邓小平理论和“三个代表”重要思想，高举中国特色社会主义伟大旗帜，紧密结合新的发展要求，创造性地提出了科学发展观，实现了党的执政思想的又一次与时俱进。科学发展观集中回答了“实现什么样的发展，怎样发展”的问题，其核心是以人为本，基本要求是全面、协调、可持续发展，根本方法是统筹兼顾。在科学发展观的指导下，党实现了发展理念的变革，确立起新的发展模式，顺利实现了经济增长方式、经济体制、政府职能和各级干部工作作风的转变，为推进国家科学发展，实现现代化建设目标提供了重要思想保证。

5. 建设和谐社会，在理念升华中确立新的价值取向

社会和谐是社会主义的本质特征，和谐社会是当代中国社会发展的必然趋势。构建社会主义和谐社会是党的十六届四中全会提出的新的战略目标，其基本内涵是：按照民主法治、公平正义、诚信友爱、充满活力、安定有序、人与自然和谐相处的总要求，以解决人民群众最关心、最直接、最现实的利益问题为重点，着力发展社会事业、促进社会公平正义、建设和谐文化、完善社会管理、增强社会创造活力，走共同富裕道路，推动社会建设与经济建设、政治建设、文化建设协同发展。

和谐社会与市场经济、民主政治、先进文化一并构成了中国特色社会主义建设的新布局。要整体推进社会主义市场经济、民主政治、先进文化、和谐社会建设，“通过发展社会主义社会的生产力来不断增强和谐社会建设的物质基础，通过发展社会主义民主政治来不断加强和谐社会建设的政治保障，通过发展社会主义先进文化来不断巩固

和谐社会建设的精神支撑，同时又通过和谐社会建设来为社会主义物质文明、政治文明、精神文明建设创造有利的社会条件”①。提出构建和谐社会是党对社会发展规律和社会主义建设规律的新认识，也是党创新执政理念的新成果，其不仅集中蕴含了“富裕”理念的精神要义，而且客观体现了“公正”理念的价值诉求，是党实现执政理念时代转换的精神桥梁和思想纽带。

五、第三个三十年中国共产党的核心执政理念

（一）基于国家现代化建设和转型的执政主题，确立起“公正”的核心理念

党的十八大以后，虽然和平与发展的时代主题没有变化，但国际形势出现了许多新的特点，概括来说，就是稳定和动荡交织、合作和对抗并存、机遇和挑战齐现。一方面，政治多极、生产多样、文化多元、科技多新持续推进，经济发展的全球性、技术化和深入程度不断提高，在竞争中加强合作、在合作中实现双赢成为各个国家和地区发展的基本形态。此外，发展中国家以及新兴市场国家的实力提升，各国求和平、谋发展的意识增强，世界和平因素不断增长。另一方面，世界还很不安宁。经济增长不稳定、环境保护不到位、资源利用不合理的现象普遍，全球发展不平衡、不协调、不可持续的问题越发严重。此外，强权政治、霸权主义、新干涉主义频现，地区冲突频发，领土争端不断，意识形态领域斗争更加复杂激烈，各种全球性的安全问题更加突出。

同时，我国成为世界第二大经济体，综合国力进一步提升，在国际社会扮演着越来越重要的角色。一方面，国家进入全面建成小康社

---

① 中共中央文献研究室：《科学发展观重要论述摘编》，北京：中央文献出版社、党建读物出版社，2008 年版，第 63 页。

会的决胜阶段，距离实现“两个一百年”奋斗目标越来越近，国家发展具有良好态势。另一方面，我国社会进入转型期，经济呈现新常态，国家发展面临着许多新的挑战，这些挑战主要表现在贫富差距扩大、社会矛盾加剧、利益固化、道德信仰缺失等方面。因此，当前党执政的中心任务是逐步解决新生问题，稳步实现发展目标，党的执政主题是推进国家的现代化建设和平稳转型。

改革开放已40年，在社会主义市场经济条件下，国家取得了巨大发展，人民摆脱了贫困，走向了富裕，过上了幸福美好生活。同时，也产生了一些新的社会问题，这些问题严重制约着人民生活水平和幸福指数的进一步提高。这些问题从根本上说是由社会不公引起的，其不断升级必然会带来社会不公的进一步升级。因此，在继续推进国家发展的同时，努力实现社会的公平正义，是党的十八大以后党执政的中心任务。

公平正义是一种崇高的价值理念，一方面，它流淌在中华文化的血脉中，构成着中华民族的精神基因，是中华民族优秀传统文化的重要精髓；另一方面，它是衡量社会进步性的价值尺度，是建构理想社会的指导原则，是马克思主义社会历史观内涵的重要价值理念。公平正义代表着社会发展的科学走向，体现着社会进步的基本价值特征，是解决当代中国现实问题、推动当代中国发展进步的重要准则，也是中国社会实现共同富裕、走向共产主义的根本诉求。习近平坚持马克思主义的基本立场和观点，继承优秀传统文化的重要价值理念，将公平正义纳入治国理政之中，积极推进党的执政理念由“富裕”向“公正”转换。在第三个三十年开局之际，推进执政理念向“公正”转换，是党与时俱进适应时代和实践发展新变化的重要表现，也是党继往开来推进中国特色社会主义伟大事业的必然要求，必将对实现“两个一百年”奋斗目标，实现中华民族伟大复兴产生重要积极作用。

（二）围绕“公正”理念，在实践中努力实现社会公正

1. 提出伟大复兴“中国梦”，为实现公平正义提供思想引领

2012年11月30日，习近平总书记在参观《复兴之路》展览时指出，“实现中华民族伟大复兴，就是中华民族近代以来最伟大的梦想。这个梦想，凝聚了几代中国人的夙愿，体现了中华民族和中国人民的整体利益，是每一个中华儿女的共同期盼”①，从而提出了实现中华民族伟大复兴的中国梦的口号。

中国梦的核心内容是国家富强、民族复兴、人民幸福，它代表了国家、民族以及个人的根本利益。社会公正水平是影响人们生活幸福指数的重要因素，是集中体现社会文明程度和国家发展状况的重要指标，与国家富强、民族振兴、人民幸福的目标内在契合，与中国梦的实现过程具有一致性。实现中国梦要坚持中国道路，弘扬中国精神，凝聚中国力量。其中，坚持中国道路即坚持中国特色社会主义，弘扬中国精神即弘扬以爱国主义为核心的民族精神和以改革创新为核心的时代精神，凝聚中国力量即凝聚全国人民大团结的力量。总之，实现人民幸福的中国梦，必须坚持中国特色社会主义，充分发挥道路的力量、精神的力量、团结的力量。

在新的发展背景下，党的执政任务已经发生变化，执政实践有待继续深化，执政理念需要及时转换，“中国梦”的提出是党适应任务变化、推进实践深化、完成理念转换的集中体现，能够最广泛地凝聚共识，汇聚力量，为实现公平正义提供思想引领。

2. 坚持人民主体地位，为实现公平正义明确价值主体

习近平总书记指出：“检验我们一切工作的成效，最终都要看人民是否真正得到了实惠，人民生活是否真正得到了改善，这是坚持立党为公、执政为民的本质要求，是党和人民事业不断发展的重要保

---

① 习近平：《承前启后，继往开来，继续朝着中华民族伟大复兴目标奋勇前进》，《人民日报》，2012年11月30日，第1版。

证。"[1] 人民是历史的创造者、国家的建设者、社会变革的推动者，是实现社会主义伟大事业的主体力量，改革发展和社会进步的成果要最终体现在人民利益的维护和实现上，最终体现在人民生活的改善和提高上。坚持人民主体地位，就是真正把握了社会公平正义的价值实现主体。

以习近平为核心的党的新一届领导集体坚持人民主体地位的重要表现是带领人民脱贫攻坚，实现全面小康目标。全面建成小康社会包含着人民对于幸福生活的热切期盼，寄托着人民对于理想社会的美好夙愿，代表着中国社会由"富裕"迈向"公正"的现实要求，是社会公平正义在当下中国最生动有力的实践。要坚持尊重社会发展规律与尊重人民历史主体地位的一致性，坚持为崇高理想奋斗与为最广大人民谋利益的一致性，立足全面建成小康社会的伟大实践，着眼关乎人民切身利益的民生问题的解决，"时刻把群众安危冷暖放在心上，及时准确了解群众所思、所盼、所忧、所急，把群众工作做实、做深、做细、做透。要正确处理最广大人民根本利益、现阶段群众共同利益、不同群体特殊利益的关系，切实把人民利益维护好、实现好、发展好"[2]。从而牢牢把握住人民这个价值主体，不断地实现社会公平正义，推动社会发展进步。

3. 引领经济发展新常态，为实现公平正义夯实物质基础

2008 年世界金融危机爆发后，全球经济持续低迷，世界经济进入深度结构调整时期，且我国经济发展的战略机遇期依然存在，不过这种机遇更多地表现为倒逼的压力。

当前我国经济进入了增长速度换挡期、结构调整阵痛期和前期刺

① 习近平：《全面贯彻落实党的十八大精神要突出抓好六个方面工作》，《求是》，2013 年第 1 期，第 6 页。

② 习近平：《全面贯彻落实党的十八大精神要突出抓好六个方面工作》，《求是》，2013 年第 1 期，第 6 页。

激政策消化期三期叠加的阶段，呈现出以增速变化、结构优化、动力转换和风险多变为主要特征的经济发展新常态。实现社会公平正义需要一定的经济基础作为支撑。社会财富合理分配是实现社会公平正义的根本要求和主要内容，而要“把蛋糕分好”，就要“把蛋糕做大”，“做大蛋糕”能为“分好蛋糕”创造更多的有利条件和实现可能，失去了“做大蛋糕”的物质前提，“分好蛋糕”就会变得困难重重，难以操作。

我国已成为世界第二大经济体，具有了一定的经济实力支撑，要在保持好既有经济优势的同时，创造出更大更多的经济优势。因此，要始终坚持经济建设的中心地位，积极把握、适应和引领经济发展新常态，不断开拓经济发展新局面，为实现公平正义夯实物质基础。引领经济发展新常态，就要把经济新常态放在中国特色社会主义实践背景和社会主义市场经济实践背景中加以把握和考量，始终坚持把发展作为第一要务，坚持经济建设的中心地位，在全面深化改革中推进经济体制的自我完善和发展，进一步释放市场活力，培养经济增长新动力，形成新的经济增长点，推动实现经济的结构优化和动力转换，使经济始终保持平稳发展的良好态势。

4. 落实“四个全面”，为实现公平正义强化政治保障

党的十八大以来，以习近平为核心的党中央从坚持和发展中国特色社会主义的全局出发，立足发展实际，坚持问题导向，提出了全面建成小康社会、全面深化改革、全面依法治国、全面从严治党的战略布局。“四个全面”战略布局体现了时代和实践发展对党和国家工作的新要求，是党在新形势下治国理政的总方略，为党和国家实现长远发展、中华民族实现伟大复兴提供了坚实保障。

“四个全面”战略布局与社会公平正义具有深刻的内在关联。全面建成小康社会的关键是实现全民脱贫，是在经济上追求公平正义；全面深化改革是要让人民对改革有更多的获得感，是在社会民生上追求公平

正义。全面依法治国是要建设社会主义法治国家，是在法治上追求公平正义；全面从严治党是为了始终保持党同人民群众的血肉联系，是从官民关系上追求公平正义。总之，“四个全面”战略布局内在地蕴含着社会公平正义的价值诉求，能够为实现社会公平正义强化政治保障。

“四个全面”战略布局是一个有机整体，既有战略目标，又有战略举措。其中，全面建成小康社会是战略目标；全面深化改革、全面依法治国、全面从严治党是三大战略举措，为全面建成小康社会提供动力源泉、法治保障和政治保证。要将“四个全面”战略布局贯彻到经济社会发展全局，以“四个全面”战略布局为指引攻坚克难、化解矛盾、解决问题，充分调动广大人民群众的积极性、主动性、创造性，在“四个全面”战略布局中推进科学发展、维护公平正义、实现小康目标。

5. 提高文化软实力，为实现公平正义汇聚文化力量

党的十八大报告指出：“全面建设小康社会，实现中华民族伟大复兴，必须推进社会主义文化大发展大繁荣，兴起社会主义文化建设新高潮，提高国家文化软实力，发挥文化引领风尚、教育人民、服务社会、推动发展的作用。”① 提高国家文化软实力是当前发展社会主义先进文化的总体要求，是当下社会转型特殊时期凝聚共识、重塑信仰、实现社会公平正义的必然选择和重要途径，其不仅对于增强国家综合国力、维护国家文化安全、扩大国家文化影响、形成国家文化聚力具有重要意义，同时对于管控文化分歧、整合社会思潮、消除文化不公也具有关键作用。

文化集中体现着一个民族、一个国家的主流价值观，客观决定着一个社会及其公民的内在心理，深刻影响着社会的伦理道德和价值规范，影响着社会公平正义的实现程度。因此，要促进文化发展，不断提高文化软实力，为实现社会公平正义汇聚文化力量。要坚持中国特

①《中国共产党第十八次全国代表大会文件汇编》，北京：人民出版社，2012 年版，第 29 页。

色社会主义文化发展道路，深入开展社会主义核心价值观教育，形成、确立科学的历史观、民族观、国家观、文化观，坚定中国特色社会主义理论自信、道路自信、制度自信和文化自信，不断深化文化体制改革、推动文化产业升级、促进文化交流传播，不断提升文化创新力，实现社会主义文化的发展繁荣。

6. 推进国家治理现代化，为实现公平正义创造体制机制条件

党的十八大以后，国家进入全面建成小康社会的攻坚阶段，距离实现社会主义现代化建设目标越来越近，为此，习近平总书记指出："必须适应国家现代化总进程，提高党科学执政、民主执政、依法执政水平，提高国家机构履职能力，提高人民群众依法管理国家事务、经济社会文化事务、自身事务的能力，实现党、国家、社会各项事务治理制度化、规范化、程序化，不断提高运用中国特色社会主义制度有效治理国家的能力。"①

实现国家治理现代化是适应国家发展新情势的客观选择，同时也是实现社会公平正义的必然要求。"国家治理现代化的实质与重心，是在治理体系和治理能力两方面充分体现良法善治的要求，实现国家治理现代化。"② 这就能在国家、社会、法治三个维度为实现社会公平正义创造体制机制条件，使社会公平正义在国家治理现代化进程中不断得以规范，不断加以完善，并最终形成科学完备的运行机制。而"强调推进国家治理体系和治理能力现代化，包括两个方面的要求：一是要把我们党和国家对现代化建设各领域的有效管理，同各种范畴、各种层次、各种形式的多元治理相结合，做到治理的广覆盖、全覆盖，推进国家治理体系化；二是强调提高治理水平，实现国家治理

①《习近平谈治国理政》第一卷，北京：外文出版社，2014 年版，第 104 页。

② 张文显：《法治中国名家谈》，北京：人民出版社，2014 年版，第 138 页。

体系和治理能力现代化。”[①] 为此，“要适应时代变化，改革不适应实践发展要求的体制机制、法律法规，不断构建新的体制机制、法律法规，使各方面制度更加科学、更加完善，实现党、国家、社会各项事务治理制度化、规范化、程序化”[②]。不断推进国家治理体系和治理能力现代化，为实现社会公平正义创造体制机制的有利条件。

①《〈中共中央关于全面深化改革若干重大问题的决定〉辅导读本》，北京：人民出版社，2013 年版，第 31 页。

②《习近平谈治国理政》，北京：外文出版社，2014 年版，第 92 页。

第五章　社会主义核心价值观是中国共产党的核心执政理念

古人云：“学起于思，思源于疑。”明代学者陈献章说：“前辈谓学贵有疑，小疑则小进，大疑则大进。疑者，觉悟之机也。一番觉悟，一番长进。”恩格斯也曾说：“一个民族要想站在科学的最高峰，就一刻也不能没有理论思维。”① 人类社会的发展犹如一条川流不息的长河，绕着地表蜿蜒盘旋，地势的高低、河流的急缓会激起不同的浪花；中国特色社会主义道路的探索亦是如此，不同的时期出现不同的问题。发现问题的同时掌握解决问题的本领是中国共产党的历史使命。问题是时代的呼声，改革开放以来这种呼声出现了一个恒久的旋律，就是人民的利益问题，国家的利益问题。如何将人民的实际需要同国家社会的发展结合起来，如何在经济腾飞、综合国力大幅度提高的条件下，提高我们的话语权和软实力，是摆在中国共产党面前的一个难题。党的十八大提出“三个倡导”，分别从国家、社会、个人层面高度概括了社会主义核心价值观的基本内容；其中自由观作为价值追求的最高理想，从一开始就成为人们研究的重点。在古希腊时期，普罗泰戈拉的“人是万物的尺度”，卢梭的“人生而自由”，查士丁尼的“根据自然法，一切人生而自由”的法治理念在现今看来仍然影

①《马克思恩格斯选集》第3卷，北京：人民出版社，2012年版，第875页。

响深远。马克思在《共产党宣言》中将自由作为最高理想，指出“每个人的自由发展是一切人自由发展的条件”①。在尊重历史发展规律的同时，实现个人自由发展是共产党追求的目标。中国共产党作为中国的领导核心，需要脚踏实地、真真切切地为百姓谋利益，以人为本追求自由的核心执政理念与社会主义核心价值观相契合，因此提出社会主义核心价值观是中国共产党的核心执政理念。

一、 社会主义核心价值观是中华民族精神的时代提炼

社会主义核心价值观自提出以来备受关注；作为贯穿亿万人民的主流思想，它集传统文化之大成，整合了现代因素，立足中国特色社会主义实际，将中华儿女牢牢凝聚在一起。正所谓“无规矩不成方圆”，社会主义核心价值观净化人们的心灵，规范人们的行为，呵护人们的家园，给中华民族精神注入了新的生机与活力，是当代人民对于国家、社会、个人理想状态的真实追求。

（一）中华民族精神是维系中华民族屹立于世界民族之林的精神保障

民族精神是一个民族经过长期的历史积淀和实践活动所形成的思想观点、价值观念和理想性格的总和，民族精神一经形成便具有传承性和相对稳定性，引导着人们的生活实践、物质生产活动，是维系民族成员的精神纽带，是国家形象、气质的展示。

中华民族精神的研究历来是学者关注的焦点，不同的专家所理解的内容也有所差异。张岱年老先生将中华民族精神看作中国文化的基本精神，指出“文化的基本精神就是文化发展过程中的精微的内在动

①《马克思恩格斯选集》第1卷，北京：人民出版社，1995年版，第294页。

力，也即是指民族文化不断前进的基本思想”[1]，并将其与中国文化的发展相联系，称其为中华民族精神的外在表现。江泽民同志在党的十六大报告中指出，民族精神是一个民族赖以存在和发展的精神支撑，并对中华民族精神的内涵进行了概括：“在五千多年的发展中，中华民族形成了以爱国主义为核心的团结统一、爱好和平、勤劳勇敢、自强不息的伟大民族精神。”2013 年 3 月 17 日，习近平总书记在第十二届全国人民代表大会第一次会议闭幕会上发表讲话，强调实现中国梦必须弘扬中华民族精神，这是新时期中华民族精神的新起点和新征程。纵观古今，所有在历史上形成的、具有正面影响力的精神取向都在中华大地广为流传，成为中华民族的精髓所在。

爱国主义是中华民族精神的核心。中华民族经历了多次改朝换代，但中国人民强烈的认同感和使命感，成为心中的一堵城墙。“风萧萧兮易水寒，壮士一去兮不复还”“苟利国家生死以，岂因祸福避趋之”“位卑未敢忘忧国”等诗句，无不表达着亿万中国人热爱祖国、忠肝义胆的倔强。邓小平指出，“中国人民有自己的民族自尊和自豪感，以热爱祖国，奉献全部力量建设社会主义祖国为最大光荣，以损害社会主义祖国利益、尊严和荣誉为最大耻辱”[2]。在封建社会时期，爱国主义表现为拥护君主、保卫国家；在新民主主义时期，表现为推翻帝国主义、封建主义、官僚资本主义，建立独立国家；历史发展到今天，人民的革命热情和爱国情怀丝毫没有褪去，投身于社会主义现代化建设的斗志依然昂扬，在爱国主义基础上酝酿为更博大的中华民族精神，为完成祖国大业增添不可缺少的精神动力。

团结统一是中华民族精神存在的前提，是中国民族其他精神的基石。中华民族自秦开始就实行大一统政策，结束了割据状态，重视祖

① 张岱年：《论中国文化的基本精神》，载丁守和、方行主编：《中国文化研究集刊》第一辑，上海：复旦大学出版社，1984 年版，第 78 页。

②《邓小平文选》第 3 卷，北京：人民出版社，1993 年版，第 3 页。

国统一，给老百姓以强烈的归属感和自豪感。今天的中国是一个拥有56个民族的多民族国家，呈现出欣欣向荣的景象，团结统一思想起到了很大的作用。团结统一思想给中华民族以历史厚重感，让人们铭记历史，为实现中华民族伟大复兴而奋斗。

爱好和平是中华民族精神的重要体现，是处理中华民族内部以及与其他民族关系的准则。当今的世界是一个包容万象、和谐共生的整体，作为一个世界大国，中国必须承担起该有的责任和担当。古人提出“上善若水，厚德载物”，教育人们用宽大慈悲之心来对待万事万物，以达到各方共赢。周恩来总理也提出了“和平共处五项原则”这一后来成为规范国际关系的准则。现阶段，和平与发展仍然为时代主题，传承至今的中华传统文化塑造了伟大的民族精神，也塑造了中国在国际上的良好形象。

勤劳勇敢是中华民族精神的重要内容，也是最能体现精神状态的美德之一。中华民族的历史是一部顽强奋斗的英雄史，“不积跬步无以至千里，不积小流无以成江海”，多少次中华民族处于危难之中，中华儿女用不屈不挠的品质，取得了一个又一个的胜利。脚踏实地，勤劳勇敢，不管此时此刻我们处于何种阶段，都应勤勤恳恳地实现自己的人生目标，创造人生价值、社会价值，为祖国的发展添砖加瓦。

自强不息是中华民族精神的着力点，是对每一位中华儿女品质塑造的根本要求，落实到现实生活，就是要求我们无论面对多大的困难，都要勇敢前行。“天行健，君子以自强不息”表达出刚毅坚强、发愤图强的生存之道，在建设社会主义的实践中，我们每一个中华儿女都要吃苦耐劳，开拓创新，以坚强自立的品质为祖国的美好明天而奋斗！

习近平总书记说，“中华民族是具有创新精神的民族”，“创新精神是中华民族最鲜明的禀赋”。[①] 民族精神在与时俱进的过程中呈现出积极向上的正能量，在发展完善中成为主旋律，加以宣扬和传承就成为现当代的社会主义核心价值观。

（二）社会主义核心价值观是中华民族精神的传承与发展

社会主义核心价值观作为中华民族的优秀文化积淀，不仅反映了当今的时代诉求，更体现了普遍的价值选择；要对其进行深刻理解，首先从价值和价值观进行阐释。马克思针对有些人将价值认为是物的属性，提出“的确，他们最初无非是表示物对人的使用价值，表示物对人有用或使人愉快等等的属性”[②]，但这不是物“被赋予价值”[③]，这是从事物本身的价值来讲，这里所说的价值具有普遍概念，通常认为价值是客体对主体需要的满足，这是一种关系学说，只有主客体发生了作用才会显示出价值。接下来再辨析一下价值观和核心价值观的关系，“价值观是文化的核心，一个社会的主导价值观构成它所特有的文化，文明的精神实质和显著标志”[④]。所谓价值观是指主体对客体总的看法和根本观点，与世界观、人生观并驾齐驱，构成人们的意识导向。核心价值观则指的是所有价值观中占据中心地位的部分，即主体对待客体的主要思想、方法体系。恩格斯曾说：“每一个时代的理论思维，从而我们时代的理论思维，都是一种历史的产物，它在不同的时代具有完全不同的形式，同时具有完全不同的内容。”[⑤]

党的十八大报告强调指出：“倡导富强、民主、文明、和谐，倡导自由、平等、公正、法治，倡导爱国、敬业、诚信、友善，积极培

---

①《坚定不移创新创新再创新，加快创新型国家建设步伐——习近平在中国科学院第十七次院士大会、中国工程院第十二次院士大会开幕会上发表重要讲话》，《人民日报》，2014 年 6 月 10 日，第 1 版。

②《资本论》第 1 卷，北京：人民出版社，2004 年版，第 405 页、406 页。

③《马克思恩格斯全集》第 4 卷，北京：人民出版社，1974 年版，第 326 页。

④ 顾钰民、孙鏖：《当代中国马克思主义研究报告（2007—2008）——聚焦党的十七大和纪念改革开放 30 周年》，北京：人民出版社，2009 年版，第 217 页。

⑤《马克思恩格斯选集》第 4 卷，北京：人民出版社，1995 年版，第 284 页。

育和践行社会主义核心价值观。”三个倡导相互渗透，相辅相成，包含国家、社会跟个人三个层面的具体要求，是整个中华民族一以贯之的价值准则，全面、统一、严整地阐明了全社会的发展方向，在思想上凝聚了社会共识，为构建社会主义和谐社会、实现中华民族的伟大复兴提供思想价值基础。中国自古就是文明古国，各种发明、各种文献数不胜数，自孔子时就开始引导人们建立正确的价值观、人生观；在抗日战争期间，面对强敌，中国人民没有丝毫的胆怯，延安精神所传承下来的自强不息、迎难而上的精神仍具有现实意义。中国发展到现在已有十几亿人口，如何将人民群众聚集起来共同建设社会主义是一个不能避免的问题。社会主义核心价值体系发挥了它应有的作用，引导、整合、规范、创新，在意识形态领域促进人类的进步。俗话说“相由心生”，一个人的精神面貌决定着他的行动方向。社会主义核心价值观在满足人民利益的基础上规定了人民大众的个人行为准则，在保证群众拥有自由意志的前提下更好地为社会谋福利。

“富强、民主、文明、和谐”是我国建设社会主义现代化国家的基本要求，居于社会主义核心价值观的首要地位，起到统领导向作用。“富强”即国富民强，正如著名政治家管仲提出的“王之所以为功者，富强也。故国富民强，则诸侯服其政，邻敌畏其威”。这同样适用于今天，社会主义核心价值观引领我们大方向不变，努力创造应得财富，顽强拼搏，热爱祖国，为中华民族的富强而奋斗。“民主”，核心是人民当家做主。中华民族自古就重视民本思想，直到今天，民主仍然是治国理政的根本思想，是社会主义的生命，是创造美好幸福生活的政治保障。改革开放以来，我国的经济建设取得了丰硕的成果，在政治统治、社会管理方面也取得了突出成绩。习近平总书记在首都各界纪念现行宪法公布施行30周年大会上的讲话指出：“我们要坚持国家一切权力属于人民的宪法理念，最广泛地动员和组织人民依照宪法和法律规定，通过各级人民代表大会行使国家权力，通过各种途径和形式管理国家和社会事务、管理经济和文化事业，共同建设，共同享有，共同发展，成为国家、社会和自己命运的主人。”① 民主是时代的发展要求，而中华民族精神也恰巧印证了崛起和复兴的历史，站在前沿的社会主义核心价值观正是中华民族精神的时代缩影。“文明”是社会主义的重要特征，是社会发展必不可少的价值支撑。古代的文明主要指文化的发展程度，如奴隶社会、封建社会等；另一种情况下也与地域相承接，如两河文明等；同时还是一种理念准则，如文明古国、礼仪之邦等。现当代语境下的“文明”主要指物质文明、精神文明、政治文明、社会文明、生态文明。“和谐”是国家内部以及国与国之间相处融洽的局面。“义人在上，天下必治”，大思想家墨子主张兼爱、非攻，同时以身作则，扶贫帮困，给世人树立了榜样。社会主义核心价值观提出的国家层面的四大要求，抓住了中华民族精神的核心，为国家增添了新的生机与活力。

“自由、平等、公正、法治”是我国构建社会主义和谐社会的理想追求。所谓“自由”，马克思指出“自由就是在把握规律的基础上，支配自己的行动和改造外部世界”，实现有道德的律己。在中国古代，自由是指不受约束地去追随自己的理想追求，于是出现了“世外桃源”这一人人向往的仙境。随着时代的发展，自由的内涵也更加丰富。实现自由而全面的发展这一共产主义理想不会变，我们要在发展生产力的同时，大力健全社会保障、机制体制等各方面的内容，使人性解放，获得自由的空间。所谓“平等”，古人曰：“王子犯法与庶民同罪”；历史发展到今天，人们在生活水平提高的同时愈来愈重视平等，这种平等并不是平均，而是精神上相互理解、相互尊重、无差别待遇的状态关系。“公正”是新时期共产党执政追求的目标导向。“公生明，偏生暗”，公正能明察事理，是社会追求真善美的体现。马克

① 习近平：《在首都各界纪念现行宪法公布施行30周年大会上的讲话》，《人民日报》，2012年12月5日。

思认为资本主义之所以要被社会主义代替，主要是因为资本主义没有公平正义可言，公正是社会主义在实现平等的基础上追求的价值目标。“法治”是在民主的基础上按照法律治理国家，“昔者先君桓公之地狭于今，修法治，广政教，以霸诸侯”。法治还是一种法律价值、法律理想，通过依法治国的方式、原则和制度实现一种理想的社会状态。

“爱国、敬业、诚信、友善”是社会主义核心价值观在个人层面对公民提出的道德规范，是公民做出正确行为选择所依据的价值标准。“爱国”与中华民族精神的核心思想相一致，是放之四海而皆准的情感归宿，是每个民族最底层，也是最重要的情感归宿。现阶段我们要坚持爱国主义与社会主义相统一，反对分裂及破坏团结的行为，为实现国家富强、民族振兴、人民幸福而发展。爱国主义这个主题不会过时，它像一面旗帜驻扎在人们的心中。“敬业”是公民基本职业操守的价值评价。热爱所从事的事业并为之奋斗，在岗位上恪尽职守，兢兢业业，这是我们中华民族走向辉煌落实到个人最直接的体现。“诚信”就是诚实守信，是千百年来传承的美德，同样是社会主义核心价值观建设的重点。诚恳讲信用对人对事有严格的道德标准，“言必行，行必果”，才能形成良好的社会氛围，以达到和谐发展。“友善”指的是公民之间互帮互助、相互尊重的人际关系。大思想家孔子重视“仁”，提出“仁者爱人”，即要有仁德之心，尊重他人，关爱他人，同时提出“恭、宽、信、敬、惠”等道德准则，目的就是使社会形成一个和睦的大家庭。在社会主义建设的今天，友善并不等于无限制的宽容，对待那些触犯法律的社会丑闻，我们应以公正的态度予以打击，严惩不贷。

社会主义核心价值观深深扎根于中华民族传统文化之中，是中华民族精神的时代凝练和高度展现，为民族精神的丰富发展提供动力和保障，展现新时代的风貌。

（三）践行社会主义核心价值观是弘扬中华民族精神的时代选择

社会主义核心价值观，顾名思义就是中华民族整个社会系统的核心价值观，24个具有普遍约束力的字眼在社会范围内达成共识。究其根本，社会主义核心价值体系是我们民族的价值准则，是民族内成员的精神依托和努力方向，是社会主义意识形态的本质体现。为了适应社会发展、促进经济繁荣、保持政治稳定，使中华民族精神能够跟上变化的世界潮流，社会主义核心价值观也相应地要快速普及和发展。

1. 践行社会主义核心价值观：应对全球化浪潮下的意识形态相互碰撞

当今世界是一个相互关联、沟通有无的联合体，中国自加入WTO以来，实现了与国际的真正接轨。面对经济全球化、政治多极化、文化多元化的不断发展，各民族意识形态产生了前所未有的大碰撞。作为泱泱大国的中国，虽然有传统文化的传承，但面对如此多的思想交融，如何“取其精华，弃其糟粕”地坚持自身的发展脉络，是摆在中国共产党和中国人民面前的重大选择。尤其在东欧剧变、苏联解体之后，以美国为首的资本主义阵营更是将中国作为文化渗透的焦点。种种迹象表明，中国必须有一套深入人心的思想体系作为抵抗外国文化入侵的终极防线。社会主义核心价值观是中国共产党审时度势提出的社会范围内的准则，有效地应对了西方国家的威胁和挑战，是弘扬中华民族精神的时代抉择。

2. 践行社会主义核心价值观：应对转型时期的信仰缺失和道德坍塌

新中国成立后特别是改革开放后，我国的综合国力有了很大的提升，社会风气也逐渐高涨，形成了互敬互爱、积极向上的精神风貌，但不得不看到，在总体良好的精神追求下，由于过于追求经济发展而忽视了与之相对的文化建设，不良风气有机可乘，道德败坏现象滋生。一是诚信意识缺失，社会公德沦丧。中华民族自古就是讲诚信、重道德的民族，但在现代社会，人们面对利益的引诱变得日趋浮躁，这考验着民众对社会、政府的信任和信心。二是个人主义严重，导致拜金主义盛行。之前在计划经济时期，我国讲究集体主义，“吃大锅饭”，没有自由发展的空间，但随着时代的发展，个人利益得到了高度尊重，个人利益最大化成为人们追求的目标和动力，由此与传统的伦理道德发生冲突，中华民族精神的发展出现迷途。三是以权谋私，享乐主义盛行。部分领导干部利用权位之便，排挤他人，欺上瞒下，奢靡享乐，最终影响党群关系的发展，造成国家钱财的浪费。在这样的背景下，在全社会塑造一种普遍认同的核心价值体系显得格外重要。

3. 践行社会主义核心价值观：应对中国共产党面临的执政合法性挑战

中国共产党作为中华民族的领导核心，为时刻保持先进性要牢牢贯彻主流意识形态建设；作为中华民族精神的传承者和发扬者，不仅要代表先进生产力的发展要求，代表人民的实际需要，还要代表先进文化的前进方向，使社会范围内各个方面协调发展，推动社会全面进步。中国共产党必须结合实践和时代要求，发展具有中国风格、中国气派的社会主义文化，发展群众喜闻乐见的大众文化，了解人们的思想信仰，牢牢掌握意识形态的领导权，确保人们的理想信仰符合社会主义发展规律。社会主义核心价值观作为公认的、具有普遍价值的意识形态，确保了中国共产党在坚持中国特色社会主义道路上的明确方向，促进中华民族精神的弘扬。

二、 社会主义核心价值观与中国梦的内在统一性

2013 年 12 月，中共中央办公厅印发的《关于培育和践行社会主义核心价值观的意见》指出：“培育和践行社会主义核心价值观，是

推进中国特色社会主义伟大事业，实现中华民族伟大复兴中国梦的战略任务。”培育和践行社会主义核心价值观，对于集聚全面建成小康社会、实现中华民族伟大复兴中国梦的强大正能量，具有重要现实意义。由此可见，社会主义核心价值观和中国梦存在不可分割的内在统一性。历史和现实都证明，社会主义核心价值观作为凝心聚力、奋勇前行的价值准则，是实现中国梦的强大精神动力。

（一）中国梦与实现中华民族伟大复兴的内在统一性

梦想是我们的目标导向，激励着每个人砥砺前行。有梦就有希望，而中国梦又是什么呢？自鸦片战争以来，一代又一代的中国人始终抱有一个梦想，“中国要重新站在世界舞台，重现昨日的风采，实现富强、民主、文明”。自龚自珍提出“更法，改图”，魏源高呼“师夷长技以制夷”以来，洋务派、维新派等开始探索救亡图存的新路，为了实现这一梦想，他们尝试着改变思想观点，甚至行动。建立“中华民国”，结束封建专制的孙中山先生振臂高呼“振兴中华”。毛泽东豪迈地说“它是站在海岸遥望海中已经看得见桅杆尖头了的一只航船，它是立于高山之巅远看东方已见光芒四射、喷薄欲出的一轮朝日，它是躁动于母腹中的快要成熟了的一个婴儿”①，表达出他对新中国的无限憧憬与志在必得的信念。面对复杂严峻的执政形势，2012年，习近平总书记在参观《复兴之路》时指出：“每个人都有理想和追求，都有自己的梦想。现在，大家都在讨论中国梦，我认为实现中华民族伟大复兴，就是中华民族近代以来最伟大的梦想。这个梦想凝聚了几代中国人的夙愿，体现了中华民族和中国人民的整体利益，是每一个中华儿女的共同期盼。”在此之后，中国梦的内涵随着社会条件的发展而不断丰富，目前将其归结为“实现国家富强、民族振兴、人民幸福”这个三位一体的伟大梦想。这不仅是短期目标，也是建设

①《毛泽东选集》第2卷，北京：人民出版社，2006年版，第106页。

社会主义的长期成果，既有利于眼前利益的实现，也有利于长远发展。自提出以来，中国梦便引起了广大人民群众、共产党员的强烈认同，在建设中国特色社会主义，实现“两个一百年”目标的道路上起到了目标引领的作用。

在马克思主义中国化的进程中，中国梦是在“第三个三十年”提出的重要理论成果，是科学发展观的继承、发展和创新，是中国特色社会主义理论体系的重要组成部分，中国梦的实现必须要中国共产党带领中国人民共同奋斗，与“两个一百年”的目标相辅相成，在坚持“道路自信、理论自信、制度自信、文化自信”的基础上，实现公平正义，发展成果惠及全体人民。

社会主义核心价值观精辟地概括和凝练了我们在国家层面、社会层面、个人层面的价值追求；习近平总书记提出的“中国梦”高瞻远瞩，规划并畅想了我国的发展前景，具有深厚的理论基础和实践价值。两者对于发展我国的社会主义民主政治、社会主义市场经济、社会主义优秀文化具有同等重要的作用。同时，二者内部也具有高度的一致性，主要体现在以下三个方面：第一，二者有共同的文化底蕴，立足于社会主义现代化建设的实际，从传统文化中吸取了丰厚的营养；第二，二者都是带领我们奔向小康社会，实现中华民族伟大复兴的精神引领；第三，二者在内涵上相契合，社会主义核心价值观是实现中国梦的重要支撑，中国梦的实现有助于社会主义核心价值观的培育和践行。

（二）社会主义核心价值观与中国梦有共同的文化渊源

从文化传承来讲，中国梦和社会主义核心价值体系都根植于中国历史的发展。每个民族生存和发展的方式不同，由此而产生的情感和价值观千差万别。中华民族发展到今天，可谓历经千辛万苦，最后凭借自己的努力站在了世界的舞台，着实令人惊叹。在不断的发展中所产生的文化系统正是激励后人勇往直前的不竭动力。社会主义核心价值观和中国梦在传承优秀文化积淀的同时，抓住了时代的脉搏，在这个自强不息、锐意进取的民族身上，呈现出许许多多的优良品质；每一种精神都是中华民族宝贵的财富，是富有历史传统的当代表达，表达了中华民族美好的价值诉求。著名思想家陶行知说过："国家是大家的，爱国是每个人的本分。"在中国梦的基础上的强国梦、文明梦、幸福梦，也正是社会主义核心价值观追求的目标。

1949 年以来，中国取得的建设成果有目共睹，特别是党的十一届三中全会以后，中国的发展有条不紊地进行着，中共中央看清了国内的主要矛盾，深刻地反思并评价了中国共产党执政的成败得失，纠正了错误路线。邓小平同志审时度势，总揽大局地提出，"社会主义的本质是解放生产力，发展生产力，消灭剥削，消除两极分化，最终达到共同富裕"①，将党内的工作重心转移到经济建设上来，坚持了实践观点，回归了马克思主义的科学态度，遵循人类社会发展的规律，顺应了人民的热切期望，开创了改革开放的宏伟篇章，中国的崛起指日可待。在这时，出现了东欧剧变、苏联解体两大事件，原本冷战的格局被打破，红色帝国不复存在。要想在波涛汹涌的浪潮中站稳脚跟，应对敌对势力的西化、分化行为，我们就必须要坚持社会主义这一方向不动摇，沿着中国特色社会主义道路坚定前进；就必须对中国国情有一个清醒的认识，坚持正确的指导思想、正确的奋斗目标、正确的文化态度，深入剖析中华传统文化，坚持马克思主义基本原理和中国实际相结合，适应时代潮流。

社会主义核心价值观和中国梦虽然发端于近代，但与传统文化有着不可分割的历史渊源。灿烂的中华文化必须传承，中华儿女必须谨记来之不易的革命成果和相濡以沫的情感纽带，在追求中国梦的进程中，将社会主义核心价值观与中国梦牢牢扎根于中华传统文化之中，

---

①《邓小平文选》第 3 卷，北京：人民出版社，1993 年版，第 373 页。

“中华民族文化是我们民族的‘根’和‘魂’，如果抛弃传统，丢掉根本，就等于割断了自己的精神血脉”①。中华传统文化是民族的根和魂，主要是由于中华传统文化本身具有的教育价值、道德价值、人文价值和哲学价值，为人们正确认识世界、改造世界提供了理论基础。社会主义核心价值观和中国梦都是当代的价值追求，历史沉淀为其发展演化起到不可忽视的推动作用。

中华文明区别于其他民族的文明，是中华民族特有的文化符号和精神特征，是中华民族得以生存与发展的精神支柱，符合中华儿女的根本利益和共同期待。社会主义核心价值观和中国梦同样是基于人本主义思想，规定着国家、社会、个人的发展方向，集传统文化、世界文明、当前实际于一体，激发出无限的创造力，孕育出不可抵挡的文化软实力。

（三）社会主义核心价值观与中国梦有共同的价值目标

改革开放以来，中国的政治、经济、文化都得到了空前的发展，各种思想潮流发生碰撞，特别是面对西方发达国家的文化渗透，如何保持自身思想的纯洁性是中国共产党面临的一大难题。作为中国特色社会主义建设的重要精神引领，社会主义核心价值观在国家、社会和个人层面分别归设了各自的价值选择，与中国梦追求的理念有异曲同工之妙。用发展、辩证的眼光看待事物，是马克思所创立的唯物辩证法的内容，社会主义核心价值观和中国梦都坚持以马克思主义为指导，是中华民族乘风破浪的精神支柱。

“中国梦的宣传和阐释，要与当代中国的价值观念紧密结合起来。中国梦意味着中国人民和中华民族的价值认同和价值追求，意味着全面建成小康社会，实现中华民族伟大复兴，意味着每一个人都能在为中国梦的奋斗中实现自己的梦想，意味着中华民族团结奋斗的最大公

① 《习近平总书记系列重要讲话读本》，北京：学习出版社、人民出版社，2014年版，第100页。

约数，意味着中华民族为人类和平与发展做出最大贡献的真诚意愿。”[①] 中国梦作为全国人民的梦想，是实现和平的指路标。2014 年 3 月 27 日，习近平总书记在中法建交 50 周年纪念大会上明确提出：“中国梦是追求和平的梦，追求幸福的梦，奉献世界的梦。”

追求和平，实现梦想。新中国成立前所经历的艰难困苦，中国人民永远不会忘记。人民痛恨战争，痛恨分裂带来的流离失所、家破人亡，更加珍惜眼前的美好。中国人民的愿望就是世界和平，做到共谋和平，共护和平，共享和平。中国梦的提出给中国和世界带来的是机遇而不是挑战，是前进而不是后退。中国之所以能够再次崛起，靠的就是全国人民上下齐心，爱好和平、期望和平的热切期盼，中国将为世界和平做出巨大贡献。幸福，是每个人都向往的精神状态，是在物质资源充裕的情况下，公民能够平等参与，自由发展，奉献社会，实现共同富裕。奉献世界，是一种高尚的道德境界，能使生活充满爱与善意。中国作为一个世界大国，应该尽己所能为世界的和平与发展做出贡献。实现中华民族伟大复兴是近代以来中国人的梦想，国家富强、民族振兴、人民幸福几乎囊括了所有中国人的共同梦想。中国将坚定不移地走和平发展道路，造福人类。

习近平总书记指出，“实现中国梦，就是用‘以爱国主义为核心的民族精神和以改革创新为核心的时代精神’振奋起全民族的精神”。中国梦与社会主义核心价值观一起，在面对西方“普世价值”的入侵时，对其进行有效的抵御，维护了中国的价值观点。这主要表现在两方面：一方面是各种思想文化交锋，出现大杂烩的局面；另一方面是在这种交锋下，各国价值观的较量，如果在这场战斗中不能赢得主动权，将会给国家造成毁灭性的灾难。面对这种严峻形势，我们必须认清事实，用社会主义核心价值观和中国梦的导向作用来回击这种隐形

① 习近平：《建设社会主义文化强国，着力提高国家文化软实力》，《人民日报》，2014 年 1 月 1 日。

伤害，增强道路自信、理论自信、文化自信和制度自信。“富强、民主、文明、和谐、自由、平等、公正、法治、爱国、敬业、诚信、友善”这24个字正在为广大人民所熟知、认可、遵循，将为实现伟大复兴的中国梦注入强大的推动力。

（四）社会主义核心价值观与中国梦有共同的思想内涵

社会主义核心价值观在一定程度上规定了国家、社会和个人在发展理念上的价值判断和价值追求，这包括两方面的内容，上升到中华民族这个大家庭的高度就是判断是非善恶，在人生道路上就是实现自我价值和社会价值的准则。中国梦则是人们的世界观、人生观、价值观的集中体现，可概括为“国家富强、民族振兴、人民幸福”。社会主义核心价值观与中国梦在选择情感上有深层的相关性和渗透性，具有高度的一致性。

毛泽东曾说：“自从中国人学会了马克思列宁主义以后，中国人在精神上就由被动转入主动。从这时起，近代世界历史上那种看不起中国人，看不起中国文化的时代应当完结了。”① 中国梦与中国特色社会主义核心价值观作为马克思列宁主义的传承体系，在不同层面实现了创新，致力于解决中国的科学发展问题，解决中国精神的走向问题。2014年12月，习近平在江苏调研时指出：“协同推进全面建成小康社会，全面深化改革，全面依法治国，全面从严治党，推动改革开放和社会主义现代化建设迈上新的台阶。”这“四个全面”指出现阶段的目标和任务。全面推进改革，实现中华民族的伟大复兴是社会主义核心价值观和中国梦追求的目标。同时这两大体系并不是封闭的体系，我们应该用宽广的视野和丰富的言语系统来理解，用全球化的眼光和世界视野来处理其中的关系。中国梦作为一个国际认可的思想体系，是由包罗万象的优秀理论和积淀的传统文化构成，其中提出的

①《毛泽东选集》第4卷，北京：人民出版社，2006年版，第1516页。

“三严三实”要求党员干部既严以修身，严以用权，严于律己，又谋事要实，创业要实，做人要实。

三、社会主义核心价值观是中国共产党的核心执政理念

马克思、恩格斯在《共产党宣言》中指出：“共产党人是各国工人政党中最坚决的、始终推动运动前进的部分。”[①] 这里揭示了共产党的特征。后来列宁进一步进行阐释：“在通常情况下，在多数场合，至少在现代的文明国家内，阶级是由政党来领导的。”[②] 毛泽东指出：“政党就是一种社会，是一种政治的社会。政治社会的第一类就是党派。党是阶级的组织。”[③] 马克思主义认为，政党本质上是特定阶级利益的集中代表者，是特定阶级的政治力量中的领导者，是由各阶级的政治中坚分子为了夺取或巩固国家政治权力而组成的政治组织。政党是阶级矛盾的产物，一个政党能否长期执政，主要取决于为谁执政、怎样执政，这就在很大程度上反映了该政党的执政理念是否合乎社会发展规律，是否体察民情。一个政党足够成熟才能保证国家长治久安，而这种成熟归根到底是能够掌握执政规律和巩固政治地位。回顾中国共产党成立90多年的历史和60多年的执政历程，可以看出，中国共产党的核心执政理念是执政为民，恰巧与社会主义核心价值观的“以人为本”核心思想相一致。

马克思主义理论中最为重要的问题之一是“人的全面发展问题”，这也是人类社会的落脚点，在社会的不同发展时期，由于现实条件的限制，对应的价值标准也有所不同。现阶段，我国的主要矛盾是人民

①《马克思恩格斯选集》第1卷，北京：人民出版社，1972年版，第264页。

② 列宁：《共产主义运动中的“左派”幼稚病：(1920年4—5月)》，载《列宁全集》第39卷，北京：人民出版社，1988年版，第21页。

③《毛泽东选集》第5卷，北京：人民出版社，1997年版，第335页。

日益增长的美好生活需要同不平衡不充分的发展之间的矛盾，人民的需求由原来的解决温饱变成现在的追求美好生活，在发展生产力的同时，如何将人民的利益落实到实处，是中国共产党亟待解决的问题之一。新中国成立后的第一个三十年，中国共产党以平等为核心执政理念，带领中国人民在过渡时期完成了基本的转变，形成了比较稳定的局面；在第二个三十年，确定了以富裕为核心的执政理念，基本解决了人们的温饱问题，开创了改革开放的新局面；在第三个三十年，中国共产党始终站在人民的立场上，以社会主义核心价值观为核心执政理念，顺应了时代的发展潮流，以此来满足人民的实际需求，建设一支高效廉洁的政党，为实现中华民族伟大复兴而奋斗。

（一）社会主义核心价值观关注人的发展，凝结了中华民族发展的内在要求，是中国共产党的执政之本

社会主义核心价值观在国家、社会和个人层面均做出了价值评判，是深深扎根于传统文化之中，以人民的诉求为价值准则，关注国家、社会和个人发展的实际需要而提出的价值理念，是具有时代性、共识性、普遍性的理想信念，将人民的内心世界与外部世界紧密结合。中国共产党代表的是中国先进生产力的发展要求、先进文化的前进方向、最广大人民的根本利益，在人民利益方面与社会主义核心价值观相契合，旨在为人民谋福利。将社会主义核心价值观作为中国共产党的核心执政理念，有条不紊、不急不躁地带领中国人民从贫穷落后走向成熟强大，最后实现全面自由是中国共产党的职责所在。

2013 年，中共中央举行纪念毛泽东同志诞辰 120 周年座谈会时，习近平总书记发表重要发言，强调指出重视毛泽东思想活的灵魂，即实事求是，群众路线，独立自主。群众路线是中国共产党的看家本领，也是社会主义核心价值观的中心思想。毛泽东非常重视干部队伍的建设，他指出，“政治路线确定以后，干部就是决定的因素，因此，有计划地培养大批的新干部，就是我们的战斗任务”。任人唯贤地选

择共产党员，是保持干部队伍高效的保障。所以此后的每次会议所留下的历史决议、会议文件中都会有至今仍有实效的观点，这是我们宝贵的文化财富。基于这些历史经验的总结，在坚持哲学上唯物史观的基础上，在理论上实现由马克思主义到毛泽东思想，再到中国特色社会主义理论体系的重大飞跃，坚持群众观点和群众路线，是实现中华民族伟大复兴的关键。

回顾历史，中国共产党为什么能成为革命的领导人？为什么在与国民党的对峙中更胜一筹？为什么能取得革命的胜利，顺利建成新中国？为什么能成为中国的执政党？为什么在出现像“文革”这重大失误的情况下，仍能获得群众的支持？这一个个问题的答案就是要坚持群众观点、群众路线，落实到当今热门话语就是社会主义核心价值观，维护群众的利益，关心群众的需求。毛泽东曾明确指出：“我们应该深刻认识也注意群众生活的问题，从土地、劳动问题，到柴米油盐问题。妇女群众要学习犁耙，找什么人去教她们呢？小孩子要求读书，小学办起来了没有呢？对面的木桥太小会跌倒行人，要不要修理一下呢？许多人生疮害病，想个什么办法呢？一切这些群众生活上的问题都应该把它提到自己的议事日程上。”① 在他看来，必须立足于群众的实际需要，同时加强对政府和工作人员的监督，执政党必须做到为人民掌好权，用好权，自觉接受人民的监督。

社会主义核心价值观的最终目标是实现人的全面自由发展，作为社会主义本质的体现，它是人民群众自觉的价值追求。“以人为本”是构建社会主义和谐社会的核心价值准则，以维护人民利益为前提，从道德上规定了人民的主体地位。中国特色社会主义社会将人民需要的满足、人民利益的实现和人民的自由全面发展紧密结合，符合社会主义的本质。习近平总书记指出，“人民对美好生活的向往就是我们

①《毛泽东选集》第1卷，北京：人民出版社，2006年版，第138页。

的奋斗目标”，“树立以人民为中心的工作导向，把服务群众同教育群众结合起来，把满足需求同提高素养结合起来”，“丰富人民精神境界，增强人民的精神力量，满足人民的精神需求”，提高人民践行社会主义核心价值观的主动性、积极性和创造性。中国共产党以社会主义核心价值观作为核心执政理念，摒弃陈旧思想，在社会主义核心价值观旗帜下凝心聚气，坚持人民的主体地位，使社会繁荣发展，以便人民能够更好、更直接地参与到社会生活中去，实现自由而全面的发展这一终极目标。

满足人民的需求，坚持实现人民群众的根本利益是中国共产党工作的出发点和落脚点。共产党员自身的建设也是凝聚中华民族之心的内在前提。社会主义核心价值观的构建为中国共产党自身的建设提供了土壤；必须做好共产党员的价值观建设，将党员的自身价值和社会价值相结合，将为群众奋斗作为理想目标，将社会主义核心价值观作为普遍准则进行推行，将其逐渐转化为党员和公民日常生活中的理念，使社会秩序得以正常运转。

（二）社会主义核心价值观致力于国家富强，推动中国走向世界，是中国共产党的执政之基

中国作为一个具有巨大发展潜力的大国，在各种较量过程中仍具有很大优势。“国家间存在三种博弈，政治博弈，利益博弈，价值观博弈”①，价值观博弈所占的比重在逐渐上升，这也是我们所面临的严峻挑战。这个文化范围内的较量，以隐性的力量冲击着国家的政治、经济、文化，如何将人民政府的利益有机地融合在一起，找到在这一过程中的融合点，避免发生碰撞和冲突，离不开中国共产党的正确领导，必须将社会主义核心价值观作为共产党的执政之基。

---

① 中华战略文化论坛丛书编委会：《社会主义核心价值观与中华战略文化》，北京：时事出版社，2010 年版，第 112 页。

1. 社会主义核心价值观发展社会主义民主，推动社会主义法治国家建设

社会主义核心价值观归纳总结了人类文明发展的价值准则；其中最能体现人类历史发展，又能反映中国特色社会主义道路的，基于中华传统文化的传承发展，我们认为应为公平正义。归根到底，只有政治上民主，法治的实现才能达到公正；而在公正的基础上，才能实现人人平等，最终实现人的自由而全面的发展这一终极目标。从某一方面来讲，公平正义是目标，民主法治是条件。

民主是社会主义的生命，是社会主义的本质要求；没有民主就没有社会主义，更谈不上建设社会主义现代化。习近平总书记强调："在中国，发展社会主义民主政治，保证人民当家做主，保证国家政治生活既充满活力又安定有序，关键是要坚持党的领导、人民当家做主、依法治国的有机统一。"① 政治民主就是协调各方面的利益关系，缓和社会矛盾，使人民的需求得到最大限度的满足，创设良好的社会范围，形成良好的社会秩序。马克思主义唯物史观给各个国家的发展造成了深远影响，它指出，人民是历史的创造者，是社会的决定力量，对此我们要尊重群众的首创精神。社会主义民主要求中国共产党遵循尊重人民群众，相信人民群众，从群众中来，到群众中去。社会主义核心价值观的民主就是关注群众的切身利益诉求和价值选择，尊重人民主体性的同时发挥群众的创造性和能动性，从而促进社会进步。基层民主是人民当家做主最直接的体现，人民有自己的发言权，人民群众和领导干部直接接触，领导干部定期向群众做报告，接受人民的监督。法治是人类政治文明的重要成果，科学立法、严格执法、公正司法、全民守法是对建设社会主义法治国家的基本要求。实施依法治国的基本方略，是确保国家长治久安的根本保障。

① 习近平：《在庆祝全国人民代表大会成立六十周年大会上的讲话》，《人民日报》，2014 年 9 月 6 日。

只有在落实民主与法治的基础上才能实现公平正义，中国共产党的核心执政理念就是满足人民的切身利益，必须以社会主义核心价值观为主导。

2. 社会主义核心价值观全面深化改革，促进经济发展

社会主义市场经济理论是邓小平理论的极具创新的部分，是马克思主义理论的重大发展。党的十八届三中全会审议通过的《中共中央关于全面深化改革若干重大问题的决定》，提出全面深化改革的思想、任务和宏伟蓝图，提出两个“关键一招”，改革开放是决定当代命运的关键一招，也是实现“两个一百年”奋斗目标、实现中华民族伟大复兴的关键一招。实践发展永无止境，解放思想永无止境，改革开放也永无止境，停顿和倒退没有出路。《决定》进一步明确，“改革开放是决定当代命运的关键抉择，是党和人民事业大踏步赶上时代的重要法宝”①，强调“必须更加注重改革的系统性、整体性、协调性，更加注重发展社会主义市场经济、民主政治、先进文化、和谐社会、生态文明，让一切劳动、知识、技术、管理、资本的活力竞相迸发，让一切创造社会财富的源泉充分涌流，让发展成果更多更公平惠及全体人民”②。这对于全面建成小康社会，推动共同富裕事业取得新的成就具有重大意义。

经济改革是为了促进经济发展，而经济发展是为了国家强盛、造福人民、回馈人民。马克思主义讲经济基础决定上层建筑，在物质日益丰富的今天，增强经济实力显得格外重要。社会主义核心价值观强调爱国、敬业两个基层情感是不可或缺的价值观，是每位公民必须牢记于心的基本准则，在此基础上才能谈富强。而只有国富民强了，人民的生活才能更加丰富，以达到自由。中国共产党作为领导核心，必须从人民的利益需求出发，落脚到社会主义核心价值观，这是时代的

---

①《中共中央关于全面深化改革若干重大问题的决定》，《人民日报》，2013年11月16日，第1版。

②《中共中央关于全面深化改革若干重大问题的决定》，《人民日报》，2013年11月16日，第1版。

选择、人民的选择。

（三）社会主义核心价值观凝聚社会的发展，促进公平正义，是中国共产党的执政之根

改革开放以来，我国的经济建设取得了举世瞩目的成就。2010年，我国的GDP总量超过日本，跃居全球第二，成为世界上第二大经济体。与发展成果显著的经济发展相比，我国的文化软实力和文化影响力的发展却与其他国家存在很大差距。坚持“四个自信”不是口号而应该是内心最真实的想法，我们必须推崇适合自己国家的价值体系，将坚持社会主义核心价值观作为中国共产党的核心执政理念，构建社会主义和谐社会，实现中华民族的伟大复兴。

社会主义核心价值观提出“诚信”“友善”是处理人与人之间关系的基本价值准则；在此基础上，在全社会形成“文明”“和谐”的理想状态才称得上顺理成章。所谓“和谐”就是人与人、人与社会、人与自然之间产生的一种良性互动、相互促进的关系，这是社会主义社会才能实现的美好状态。我国从原始社会、奴隶社会、封建社会发展到今天，建立了人民当家做主的政治制度，政治更加清明，阶级意识淡化，人们心中时时充满爱与温暖。一个国家就是一个大家庭。在这个复杂社会中，“雷锋精神”“焦裕禄精神”无不激励着我们在道德伦理上遵循合乎正道的价值准则。在人与社会方面，逐渐完善政治制度，加紧完善社会保障制度，解决就业难、创业难的问题，引导大学生树立正确的择业就业观，关注留守儿童等弱势群体，老年人都老有所依，社会不公现象越来越少，人民的利益得到切实的维护，矛盾缓和，社会形成了安定团结的氛围。人与自然和谐相处就是尊重自然规律，不更多地透支自然所赋予我们的宝贵财富。习近平总书记指出，面向未来，中国将贯彻创新、协调、绿色、开放、共享的发展理念，实施一系列政策措施，大力发展清洁能源，优化产业结构，构建低碳能源体系，发展绿色建筑和低碳交通，建立国家碳排放交易市场

等，不断推进绿色低碳发展，促进人与自然相和谐。

习近平总书记还指出："一种价值要真正发挥作用，必须融入社会生活，让人们在实践中感知它，领悟它，要注意我们所提倡的与人们的日常生活紧密联系起来，在落细、落小、落实上下功夫，要按照社会主义核心价值观的基本要求，健全各行各业规章制度，完善市民公约、乡规民约、学生守则等行为准则，使社会主义核心价值观成为人们的日常生活的基本遵循。"① 同时郭建宁指出："社会主义核心价值观是国家文化软实力的内核，软实力的实质是文化魅力，基本特点是靠自身的吸引力发挥作用，而不是通过强制力发挥作用，是'同化的力量'和'感化的作用'。价值观是文化的内核，社会主义核心价值观是文化软实力的关键，没有社会主义核心价值观，社会主义就失去了魂，没有了方向和引领。"② 由此可见社会主义核心价值观在文化领域的作用。中国共产党引导先进文化的前进方向，将社会主义核心价值观作为中国共产党的核心执政理念。

---

① 习近平：《把培育和弘扬社会主义核心价值观作为凝魂聚气强基固本的基础工程》，新华网，2014年2月25日。

② 郭建宁：《充分认识培育和践行社会主义核心价值观的重大意义》，《人民日报》，2013年12月30日。

第六章　社会主义核心价值观在中国共产党执政中的体现

价值观在哲学中是指称客体和主体关系的概念，表达社会成员关于是非、善恶、美丑的认知。价值观是人类精神的基础层面，对于社会所有层面有着长远持久的内在影响。中国共产党作为具有共产主义理想信念的执政党，在执政过程中无处不体现着共产党人的价值观——社会主义核心价值观。全党全社会都要积极培育和践行社会主义核心价值观。社会主义核心价值观与中国特色社会主义发展要求相契合，与中华优秀传统文化和人类文明优秀成果相承接，是中国共产党凝聚全党和全社会价值共识的重要结果。党的十八大报告从价值目标、价值取向和价值准则三个方面凝练概括了党的社会主义核心价值观的主要内容。国家层面的价值目标：富强、民主、文明、和谐；社会层面的价值取向：自由、平等、公正、法治；个人层面的价值准则：爱国、敬业、诚信、友善。

人类社会发展的历史表明，对一个民族、一个国家来说，最持久、最深层的力量是全社会共同认可的核心价值观。“核心价值观，承载着一个民族、一个国家的精神追求，体现着一个社会评判是非曲直的价值标准。”① 习近平总书记在党的十八届三中全会中指出：“培

①《习近平谈治国理政》，北京：外文出版社，2014 年版，第 168 页。

育和弘扬核心价值观，有效整合社会意识，是社会系统得以正常运转、社会秩序得以有效维护的重要途径，也是国家治理体系和治理能力的重要方面。”核心价值观居于社会“大厦”的基础地位，是国家精神的标准层面，在国家治理中具有不可或缺的重要地位，对国家和民族具有重要意义。

中国共产党的宗旨和性质决定了中国共产党的执政过程就是践行社会主义核心价值观的过程。社会主义核心价值观不仅体现在我国社会主义的经济建设、政治建设、文化建设、社会建设、生态文明建设之中，还体现在中国共产党自身的建设之中。中国共产党始终把培育和践行社会主义核心价值观同中国共产党的执政融为一体、相互促进、共同发展。

随着执政理论和实践的不断丰富和发展，中国共产党深刻认识到治国理政包含着诸多要素和环节，涉及整个社会领域，是一个纷繁复杂而巨大的系统工程。党的十八大以来，以习近平同志为核心的党中央高瞻远瞩，长远谋划，科学运用战略思维和战术思维，不断丰富和发展中国特色社会主义，积极有效推进国家治理体系和治理能力的现代化，深刻指出培育和弘扬核心价值观作为治国理政的基础环节的重要意义，这是以习近平同志为核心的党中央深厚理论洞察和准确把握现实的重要展示。中国共产党的执政过程就是践行和实现社会主义核心价值观的过程，中国共产党在执政之中无不体现着社会主义核心价值观，中国共产党的执政过程就是践行社会主义核心价值观的过程。

一、“富强、民主、文明、和谐”在执政中的体现

“富强、民主、文明、和谐”，是中国特色社会主义实现现代化国家的建设目标，是对社会主义核心价值观从价值目标层面基本理念的凝练，是社会主义核心价值观的最高层次，统领其他层次的价值理

念。所谓“富强”，就是国富民强，是社会主义现代化国家对经济建设的应然要求，是几千年来我们中华民族梦寐以求的美好夙愿，同时也是我国实现人民幸福安康、国家繁荣昌盛的物质基础。民主一直是人类社会的美好愿景。所谓“民主”就是实现人民民主，其实质和核心就是人民当家做主。中国共产党从成立之日起就一直献身民主事业，不断追求民主。民主是社会主义的生命，也是创造和实现人民美好幸福生活的政治保障。所谓“文明”，就是使人类脱离野蛮状态的所有社会行为和自然行为构成的集合，是现代化国家的重要标志，也是社会进步的特征。文明是中国特色社会主义建设的应有目标，是对面向现代化、面向世界、面向未来的，民族的、科学的、大众的中国特色社会主义文化的高度概括，是 21 世纪实现中华民族伟大复兴的重要支撑。所谓“和谐”就是指不同事物之间的辩证统一，是中国传统文化的基本理念。实现社会和谐主要集中体现在学有所教、劳有所得、病有所医、老有所养、住有所居。和谐是中国这一社会主义现代化国家在社会建设领域的价值追求，是经济持续健康发展、社会祥和稳定的重要保证。

（一）富强

1. 富强是中国共产党自成立以来始终如一的坚定追求

落后就要挨打是近代中国的惨痛教训。富强不仅是近代以来中华民族的美好愿景，也是中国共产党自成立以来始终如一的坚定追求。富强是马克思主义唯物史观的内在要求。唯物史观告诉我们，现实生活的生产和再生产最终决定着历史过程。人们创造物质财富的生产劳动是人类社会发展的基础。人们一切历史活动的前提和动因是物质利益及其实现。

在中国共产党第一次全国代表大会召开前夕，在《共产党》月刊第五号发表的《共产党在中国的使命》一文中就指出，共产党在中国经济的使命就是要用社会主义的方式来发展中国的经济，从而实现国家的富强。在新中国成立后，毛泽东针对新中国国民经济基础薄弱的“一穷二白”的现状，特别提出：“工业化——这是我国人民百年来梦寐以求的理想，这是我国人民不再受帝国主义欺侮不再过穷困生活的基本保证，因此这是全国人民的最高利益。全国人民必须同心同德，为这个最高利益而积极奋斗。”[①] 改革开放以来，邓小平在反思历史教训的过程中，强调“贫穷不是社会主义”，强调“社会主义总要比资本主义优越。社会主义国家应该使经济发展得比较快，人民生活逐渐好起来，国家也就相应地更加强盛一些……社会主义要优于资本主义，它的生产发展速度应该高于资本主义”[②]。实现国家富强的思想被后来历届中共中央所继承和发扬，并被写入了《中国共产党党章》。

党的十九大明确指出，我国社会主要矛盾已经转化为人民日益增长的美好生活需要和不平衡不充分的发展之间的矛盾。改革开放40年来，我国综合国力显著提高，我国国内生产总值稳居世界第二位，经过长期努力，中国特色社会主义进入“富起来”的新时代。

2. 富强的基本内涵

“富强”作为社会主义核心价值观，具有两层基本含义：第一，社会生产力发达，能够满足人民群众各方面的需求，人民富足安乐，国家富足，向社会提供福利以及救灾抢险等；第二，强大的听党指挥的现代化的武装力量来维护国家的安全。

党的十八大报告从各个层面对富强的目标给予了充分的阐释。在人民群众的生活方面，提出了“人民生活水平全面提高；基本公共服务均等化总体实现；全民受教育程度和创新人才培养水平明显提高，进入人才强国和人力资源强国行列，教育现代化基本实现；就业更加充分；收入分配差距缩小，中等收入群体持续扩大，扶贫对象大幅减少；社会保障全民覆盖，人人享有基本医疗卫生服务，住房保障体系

①《建国以来重要文献选编》第4册，北京：中央文献出版社，1993年版，第2—3页。

②《邓小平文选》第2卷，北京：人民出版社，1994年版，第311—312页。

基本形成，社会和谐稳定”。政治上，提出了“人民民主不断扩大。民主制度更加完善，民主形式更加丰富，人民积极性、主动性、创造性进一步发挥。依法治国基本方略全面落实，法治政府基本建成，司法公信力不断提高，人权得到切实尊重和保障”。中国特色社会主义作为一个总体，近期的目标是，到中国共产党成立一百周年时，“全面建成小康社会”；中长期目标则是“在新中国成立一百周年时建成富强民主文明和谐的社会主义现代化国家”，实现中华民族伟大复兴中国梦。

3. 富强在中国共产党执政中的具体体现

实现富强是近代以来中华民族梦寐以求的理想，也是中国特色社会主义理论体系的内在要求，反映了当代中国发展的核心问题。要把富强价值观内化为全党和全体人民的价值追求并反过来促进形成中国特色社会主义现代化强国建设的伟大实践，促进为实现中华民族伟大复兴的中国梦而努力奋斗。

一是在全社会树立中国特色社会主义的富强观。

富强是人类共有的美好理想，在不同的价值体系中有不同的富强理念。富强作为社会主义核心价值观的观念，与资本主义价值体系中富强观有着本质的差异。资本主义价值体系中的“富强”主要体现在财富集中于少数资本家和精英阶层手中，多数人民群众都是穷人；维护资本主义秩序，实现对内统治、对外霸权。而“社会主义不是少数人富起来、大多人穷，不是那个样子。社会主义最大的优势就是共同富裕，这是体现社会主义本质的一个东西”①。中国特色社会主义的富强观强调共同富裕，对内强调人民性和公平性，强调全体人民共同分享改革开放带来的好处，反对少数特权阶层垄断经济发展的成果；对外则坚决捍卫民族独立和国家主权，反对霸权主义，强调民族无论大

①《邓小平文选》第3卷，北京：人民出版社，1993年版，第364页。

小一律平等，强调各民族和平共处，主张并致力于建设更加公平合理的国际秩序，建设合作共赢的人类命运共同体。中国共产党在执政过程中把富强观念的培育与民主、文明、和谐等价值观观念的培育有机结合起来，把富强观念教育与爱国主义教育有机结合起来，同时把富强的价值目标落实到国家制度设计和全社会发展规划之中。在全社会树立正确的富强观念是建设中国特色社会主义的精神保障，注重防止资本主义国家财富为少数人独享、社会贫富两极分化严重、阶级对立冲突尖锐的现象，确保富强的成果为全体人民所共享，早日实现中华民族伟大复兴的中国梦。

二是坚持以经济建设为中心，不断解放和发展生产力。

马克思主义认为生产力的发展是人类社会发展的决定性力量，物质生产是人类历史的第一个前提，是人类历史存在和发展的基础。由于当代中国的国情是我国将长期处于中国特色社会主义初级阶段，人口多、底子薄，人民群众日益增长的美好生活需求和不平衡不充分的发展之间的矛盾仍然存在，因此，解放和发展生产力是中国特色社会主义的根本任务。特别是改革开放以来，中国共产党领导全国人民始终坚持以经济建设为中心，提出了“三步走”发展战略，以科学发展为主题，深化改革，转换方式，调整结构，全面推进经济建设、政治建设、文化建设、社会建设、生态文明建设，实现以人为本、全面协调可持续的科学发展，增强了综合国力，扩大了国际影响，为实现“双百”目标奠定了坚实的物质基础。

党的十八大以来，在以习近平同志为核心的党中央的领导下，全党和全国人民高举中国特色社会主义伟大旗帜，全面贯彻党的十八大和十八届三中、四中、五中、六中全会精神，以邓小平理论、“三个代表”重要思想、科学发展观为指导，深入贯彻习近平总书记系列重要讲话精神和治国理政新理念新思想新战略，统筹推进“五位一体”总体布局和协调推进“四个全面”战略布局，坚持稳中求进工作总基调，牢固树立和贯彻落实新发展理念，适应把握引领经济发展新常态，坚持以提高发展质量和效益为中心，坚持宏观政策要稳、产业政策要准、微观政策要活、改革政策要实、社会政策要托底的政策思路，坚持以推进供给侧结构性改革为主线，适度扩大总需求，加强预期引导，深化创新驱动，全面做好稳增长、促改革、调结构、惠民生、防风险各项工作，保持了经济平稳健康发展和社会和谐稳定。人民的生活水平由温饱向小康转变，全面小康社会即将建成；国家综合国力全面提升，成为世界第二大经济体。

三是坚持走中国特色社会主义富强道路。

中国特色社会主义道路是历史和人民的选择，就是在中国共产党的坚强领导下，立足本国的基本国情，始终以经济建设为中心，坚持四项基本原则，全面深化改革，始终对外开放，不断解放和发展社会生产力，建设社会主义市场经济、社会主义民主政治、社会主义先进文化、社会主义和谐社会、社会主义生态文明，促进人的全面发展，逐步实现全体人民共同富裕，建设富强民主文明和谐的社会主义现代化强国。这条道路是中国共产党 90 多年来紧紧依靠人民，把马克思主义基本原理与中国实际和时代特征结合起来，独立自主走自己的路，历经千辛万苦，付出各种代价，取得革命建设改革伟大胜利而开创和发展出来的，从根本上改变了中华民族近代以来积贫积弱、任人宰割的命运，使国家走上了快速发展的道路，人民生活水平和国家综合国力迅速提高。实践证明，中国特色社会主义道路是当代中国发展进步的根本方向，只有中国特色社会主义才能发展中国、富强中国、造福人民、贡献世界。因此，要真正实现富强的价值目标，就必须增强全国人民对于中国特色社会主义道路、理论和制度的决心和自信，为中华民族的富强而努力奋斗。

（二）民主

1. 民主是社会主义的生命

追求民主是人类社会的一个永恒话题。邓小平曾指出："没有民主就没有社会主义，就没有社会主义的现代化。"[①] 党的十七大报告提出"人民民主是社会主义的生命"[②]。政治上民主化已成为现代化国家的一个重要趋势。党的十八大把"民主"写进社会主义核心价值观的基本内容，体现了中国共产党对民主的一贯追求，契合了人民群众对民主的殷切期望。

民主定位于社会主义核心价值观的国家层面，是中国共产党执政要实现的目标，社会主义民主的本质是人民当家做主，人民当家做主离不开国家制度的设计，离不开人民民主权利的实施，在内涵上体现为基于一切权利属于人民的国家民主制度，要培育的是中国式民主的话语权，要践行的是完善中国民主政治制度的程序。

我们从历史、国情、文化等方面探寻中国民主发展。民主不是最好的制度，但是没有它会更糟糕，因此，我们能做的和必须做的就是在实践中将其完善与提升，实现民主的价值，而不是单纯停留在民主的思辨中。毛泽东指出："没有民主，就不可能正确地总结经验。没有民主，意见不是从群众中来，就不可能制定出好路线、方针、政策和办法。"[③] 民主既是一种实体，也是一种程序的存在，是为了保障实体功能的实现。德国学者尤尔根·哈贝马斯指出："民主就像一个旋转的陀螺，重要的是旋转的过程。离开了这个旋转的过程，民主政治这个陀螺就会倒下。在这个旋转的过程中程序的作用是至关重要的。"[④] 因此，只有在有效的并且运行通畅的民主程序下，民众的民主权利才能真正实现，人民当家做主才能成真。中国共产党在倡导民

---

①《邓小平文选》第2卷，北京：人民出版社，1994年版，第168页。

② 胡锦涛：《高举中国特色社会主义伟大旗帜，为夺取全面建设小康社会新胜利而奋斗——在中国共产党第十七次全国代表大会上的报告》，北京：人民出版社，2007年版，第28页。

③《毛泽东文集》第8卷，北京：人民出版社，1999年版，第294页。

④［德］尤尔根·哈贝马斯著、童世骏译：《在事实与规范之间：关于法律和民主法治国的商谈理论》，北京：生活·读书·新知三联书店，2003年版，第6页。

主、实践民主的过程中，形成了基于中国国情与历史的民主制度，这一民主制度与民主实践带有鲜明的中国特色。民主从来不是只有西方模式，即便是西方模式的民主也并非只有美国一种模式。中国共产党积极开展民主观念、精神的培育以及推进协商民主、参与式治理等实践。

习近平总书记指出，民主不是装饰品，不是用来做摆设的，而是要用来解决人民要解决的问题的。中国共产党的一切执政活动，中华人民共和国的一切治理活动，都要尊重人民主体地位，尊重人民首创精神，拜人民为师，把政治智慧的增长、治国理政本领的增强深深扎根于人民的创造性实践之中，使各方面提出的真知灼见都能运用于治国理政，坚持把实现好、维护好、发展好最广大人民的根本利益作为一切工作的出发点和落脚点。中国共产党十八大报告提出“加快推进社会主义民主政治制度化、规范化、程序化，从各层次各领域推进公民有序政治参与，实现国家各项工作法制化”①。中国延续几千年来的君主专制是造成民主精神与观念缺乏的主要原因，随着改革开放的进行，在中国共产党的领导下，人民群众的民主意识逐步增强。习近平总书记指出：“在中国社会主义制度下，有事好商量，众人的事情由众人商量，找到全社会意愿和要求的最大公约数，是人民民主的真谛。”② 协商民主及其参与式治理，是民众感受民主生活和维护民主权利的重要民主实践，我国社会主义民主政治的特有形式和独特优势就是协商民主。

2. 民主在中国共产党执政中的具体体现

一个国家的民主制度、民主诉求、民主特点与这个国家的历史和国情是密切相关的，民主从来都是具体的。自新中国成立以来，中国

① 胡锦涛：《坚定不移沿着中国特色社会主义道路前进，为全面建成小康社会而奋斗——在中国共产党第十八次全国代表大会上的报告》，北京：人民出版社，2012 年版。

②《发展社会主义民主政治的重大举措》，《人民日报》，2015 年 2 月 10 日，第 1 版。

共产党在执政过程中设计并实施了人民代表大会制度、中国共产党领导的多党合作和政治协商制度、民族区域自治制度、基层群众自治制度等，从而在制度上保障了人民民主的实现。

一是把法治作为中国民主制度平稳运行的强有力保障。

新中国成立后，《中华人民共和国宪法》以国家根本大法的形式将我国的民主制度确立下来，使中国民主政治制度的运行有了法律依据。改革开放后，邓小平把法治作为民主政治发展的核心内容，法治建设的重点集中在制度法规体系建设上，我国的制度法规体系相对完备和完善。对每一个个体公民而言，《中华人民共和国宪法》第二章赋予了我国公民个人的民主权利。目前，我国公民民主权利的运用仍然存在不珍视的现象和无序参与的问题，如乡村自治中，由于民主机制不健全不完善，一些地方村民的真实意思表达在事实上被掩盖；在一些社会矛盾比较突出的地方，由于矛盾双方沟通不畅，出现了无序民主，甚至引发矛盾冲突。党和政府在开放畅通的民主参与渠道的同时，积极引导公民以法律作为最基本的准则实施自己的民主权利，在法律运行的范围内积极打造中国民主。

党的十八届四中全会提出，以保障人民当家做主为核心，推进社会主义民主政治法治化，既要防止民主脱离法治轨道，又要使制度法规充分体现民主内容。一方面，完善法律制度，使法治在民主运行的细则方面做出规定；另一方面，还要体现为“良法之治”，充分体现人民当家做主的本质，体现民主诉求。

二是在民主生活中走群众路线，营造良好的民主氛围。

人民民主的实现必须有广大民众的积极参与，只有这样民主制度和民主观念才不是冰冷和僵硬的，人民民主的制度才会活起来。实现人民当家做主，必须坚持走群众路线。投票、选举是民主的一般形式和内容，并不是唯一的。从民主的目标来看，只有广大民众参与到整个民主决策、民主监督、事后反馈等环节，才算是逐步接近社会民主的大目标。中国共产党坚持运用“从群众中来，到群众中去”，到民主决策、民主监督、事后反馈当中去，既保证了民主决策，实现了程序民主，也能关切到民众的现实利益，使群众广泛参与到民主监督中，实现结果民主。中国共产党积极发挥广大民众的民主意愿，营造全社会良好的民主氛围，在政治协商、民族区域自治和基层群众自治方面取得了巨大的成就。随着全社会民主氛围的不断形成，基层组织以及人民群众越来越多地参与到社会治理中来，政府日益受到人民群众的监督，政府机关正逐步由以前的“管理”观念，转向“服务”观念上来，推动了整个社会的民主风气。

三是把公民个人自我提升与全社会引领相结合，促进全体公民民主素质的提升。

每一个合格的社会主义公民不仅是人民民主运行的参与者，还是实现人民民主的行为主体。公民个人自我民主素养和全社会民主氛围是相辅相成、辩证统一的。在中国共产党的坚决领导下，公民的民主素养得到了不断的提升。第一，在社会民主生活中彼此尊重与包容，不同的意见也被尊重，能够容忍彼此的差异性；第二，公民的责任与担当意识不断增强；第三，自主意识与理性诉求不断提升。公民参与民主生活，所表达的意见以及方式不受他人支配，能够自主表达与支配自己的民主行为，表现为自主性的同时，还要具备理性，尤其是在民主协商出现突出的矛盾时，能够合理地表达诉求，避免冲突，寻找最大的公约数。

中国民主的实现是一个历史过程，既要充分珍视传统文化中形成的内生民主政治资源，又要积极借鉴西方政治文明中的精华，在中国共产党的领导下不断提升与变革，把维护个体的民主权利、畅通民主渠道和实现民意表达统一起来，从而更好地实现人民当家做主。

（三）文明

1. 文明的内在意蕴

党的十八大报告把文明作为社会主义核心价值观，体现了建设中国特色社会主义的本质要求。文明作为一种价值理念，不仅是中华民族的深厚历史文化传统，也是中国特色社会主义事业蓬勃发展的时代要求。中国是世界四大文明古国之一，创造了灿烂的古代文明。近代以来，资本主义的发展使人类历史成为世界历史，工业文明取代农业文明成为世界文明大势，中国人民最大的梦想就是建设一个独立富强的现代化国家，实现中华民族的伟大复兴。

中国共产党对于社会主义文明内涵的认识也在不断深化。首先，在社会主义现代化建设中，精神文明被界定为社会主义不可或缺的重要特征，是社会主义制度优越性的重要体现。社会主义文明既包括物质文明，又包括精神文明。我们要建设的社会主义国家，要在建设高度的物质文明的同时，“建设高度的社会主义精神文明”。党的十六大报告中提出建立与社会主义市场经济相适应、与社会主义法律规范相协调、与中华民族传统美德相承接的社会主义思想道德体系的任务。党的十六届六中全会通过的《中共中央关于构建社会主义和谐社会若干重大问题的决定》，明确阐述了构建社会主义核心价值体系的任务。习近平同志在巴黎联合国教科文组织总部发表演讲时指出：“实现中国梦，是物质文明和精神文明均衡发展、相互促进的结果，没有文明的继承和发展，没有文化的弘扬和繁荣，就没有中国梦的实现。”

社会主义文明是面向现代化、面向世界、面向未来的，是时代的、科学的，也是民族的、大众的。社会主义文明作为其本身的内在目标，立足于中国特色社会主义的伟大实践，积极吸纳古今中外文明成果于一体，是对资本主义文明的超越和发展。在中共中央政治局第十二次集体学习时，习近平同志强调指出：“要注重塑造我国的国家形象，重点展示中国历史底蕴深厚、各民族多元一体、文化多样和谐的文明大国形象，政治清明、经济发展、文化繁荣、社会稳定、人民团结、山河秀美的东方大国形象，坚持和平发展、促进共同发展、维护国际公平正义、为人类做出贡献的负责任大国形象，对外更加开放、更加具有亲和力、充满希望、充满活力的社会主义大国形象。”文明的社会主义中国意味着一个社会生产力发达，科技进步，产品丰富、安全可靠的国家；一个具有强大时代精神、公民素质大大提高的国家；一个文化产业高度发达、价值观能够引领世界潮流的国家。

2. 文明在中国共产党执政中的具体体现

一是始终坚持走中国特色社会主义道路，不断解放和发展生产力，建设高度的物质文明，实现社会主义现代化。

中国共产党立足中国国情，从中国的实际出发，坚持走中国特色社会主义道路，不断解放和发展生产力，坚持公有制为主体、多种所有制经济共同发展；毫不动摇地巩固和发展公有制经济和毫不动摇地鼓励、支持、引导非公有制经济发展；坚持改革开放，聚精会神搞建设、一心一意谋发展，转变经济发展方式，统筹城乡发展，缩小城乡差距；坚持走中国特色新型工业化、信息化、城镇化和农业现代化之路，不断实现社会主义现代化；坚决不走资本主义道路。中国人民在中国共产党的领导下，以经济建设为中心，构建在人人平等、尊重每个人自由发展权利基础上的社会主义生产关系，它将极大地解放和发展生产力，创造出高度的社会主义物质文明，为超越资本主义文明奠定坚实的物质基础。

二是不断推进中国特色社会主义政治建设、文化建设、社会建设和生态文明建设。

建设中国特色社会主义政治文明，是建设中国特色社会主义总体布局的重要组成部分，也是中华民族的伟大复兴中国梦的政治保证。中国共产党在执政的过程中不断总结建设和发展社会主义政治文明的经验和教训，不断推进中国特色社会主义的政治体制改革，成功开辟和发展了中国特色社会主义政治文明建设道路。坚持“党的领导、人民当家做主和依法治国有机统一”的中国特色社会主义政治发展道路；坚持人民代表大会制度和中国共产党领导的多党合作和政治协商制度，实施民族区域自治制度和基层群众自治制度，积极发展社会主义民主；全面依法治国，坚持走中国特色社会主义法治道路；积极推进政治体制改革，实现社会主义民主政治制度化、规范化、程序化，更好地发挥社会主义政治制度的优越性。

中国共产党是具有高度文化自觉和自信的马克思主义政党。在领导中国进行社会主义建设的过程中，中国共产党不断巩固马克思主义在意识形态领域中的指导地位，高度重视文化建设，不断探索社会主义文化的发展规律。在社会主义的伟大实践中，中国共产党坚持以中国特色社会主义理论体系为指导，坚持社会主义先进文化的前进方向，以科学发展为主题，以建设社会主义核心价值观为根本任务，积极培育和践行社会主义核心价值观，以满足人民群众的文化需求为出发点和落脚点，坚持改革创新，发展面向现代化、面向世界和面向未来的，民族的、科学的、大众的社会主义文化，提高全民族的文明素质，注重文化自信和文化自觉，弘扬中华文化，增强文化软实力；大力发展文化事业和文化产业；坚持社会效益和经济利益相统一，不断推进文化体制改革，努力建设社会主义文化强国。

社会和谐是中国特色社会主义的本质属性。中国共产党在革命、建设和改革的伟大实践中，逐步形成和构建了中国特色社会主义和谐社会。党的十六大报告第一次提出把“社会更加和谐”写进建设小康社会的奋斗目标。党的十六届六中全会全面论述了社会主义和谐社会的指导思想、目标任务、工作原则和重大部署。党的十七大和十八大反复强调了建设和谐社会的重要性，并把社会建设纳入中国特色社会主义总体布局。中国共产党在领导社会主义社会建设过程中，坚持以保障和改善民生为重点，办好人民满意的教育，健全促进就业创业的体制机制，形成合理有序的收入分配格局，建立更加公平可持续的社会保障制度，积极深化医药卫生体制改革，创新社会治理体制，改进社会治理方式，激化社会组织活力，创新有效预防和化解社会矛盾体制，健全公共安全体系，加强基层社会治理。

建设生态文明是中国特色社会主义建设的重要内容。中国共产党在执政过程中，坚持把生态文明建设融入经济建设、政治建设、文化建设、社会建设的各个方面和全过程。首先，在全社会树立尊重自然、顺应自然和保护自然的生态文明理念，“要正确处理好经济发展同生态环境保护的关系，牢固树立保护生态环境就是保护生产力、改善环境就是发展生产力的理念”①。其次，坚持节约资源和保护环境的基本国策。把节约资源放在首位，坚持保护优先、自然恢复为主，着力推进绿色发展、循环发展、低碳发展，形成节约资源和保护环境的空间格局。最后，完善生态文明制度体系。不断完善经济社会发展考核评价体系；划定生态保护红线，建立责任追究制度；健全法律法规。

（四）和谐

1. 社会和谐是社会主义的本质特征

和谐作为社会主义核心价值观的一个重要内容，拥有广泛的社会文化基础，具有深厚的中国文化传统和价值观念底蕴，同时也是对马克思主义和谐社会思想和基本特征的深刻揭示，体现了社会主义的本质属性和客观要求。“和谐”的深刻内涵和思想精髓，自古有之。中国传统文化中的“中和”“泰和”“和合”思想，在人类文明发展史上都闪烁着智慧的光芒。古今中外思想家关于和谐的思想理论，是推进中国特色社会主义新发展的重要思想源泉。和谐的价值理念具有广泛的社会基础和恒久的历史传承性。马克思、恩格斯关于未来共产主义社会的科学预测，更为人类社会向和谐目标迈进提供了理性指导。马克思把共产主义社会定义为“人与自然之间的、人与人之间的矛盾

---

①《习近平谈治国理政》，北京：外文出版社，2014 年版，第 209 页。

的真正解决”[①]。按照马克思主义的设想，共产主义社会将是在生产力高度发展的基础上，消除阶级、城乡、工农、脑体之间的对立和差别的社会；是社会物质财富极大丰富、人民精神境界极大提高、每个人自由而全面发展的社会；是各尽所能、各取所需，在人与人之间、人与自然之间形成了和谐关系的社会。

中国特色社会主义制度的建立为中国社会和谐的实现建立了制度基础。社会主义核心价值观的基本内容，立体地建构了中国特色社会主义新发展的价值坐标。和谐社会在人与人的关系上要求民主自由，在人与社会的关系上要求注重人的社会性，在人与自然的关系上要求人与自然和谐相处，进而实现人类的可持续发展。它以人为出发点和落脚点，最终目的就是促进人的全面发展，所以，贯穿于其中的核心价值理念就是以人为本。以人为本是实现中国特色社会主义新发展、和谐发展的本质要求和根本基础。人民是社会主义社会的主人，也是中国特色社会主义建设事业的主体。党的十八大以来，以习近平同志为核心的党中央，把培育和践行社会主义核心价值观作为推进中国特色社会主义新发展的首要工程。在和谐的基点上引领社会思潮的正确走向，统一人们的思想认识，把社会成员的权益诉求同社会变革与进步有机地统一融合起来，增进人们对改革发展的共识，集中智慧和力量谋求发展，实现人们对公平正义的期待，引导社会成员对切身利益的关注，是中国特色社会主义凝魂聚气、强基固本的核心价值所在，彰显了国家的凝聚力量。

2. 和谐在中国共产党执政中的体现

党的十六大报告第一次提出把“社会更加和谐”写进建设小康社会的奋斗目标。党的十六届六中全会全面论述了社会主义和谐社会的指导思想、目标任务、工作原则和重大部署。党的十七大和十八大反

① 马克思：《1844 年经济学哲学手稿》，北京：北京人民出版，1985 年版，第 77 页。

复强调了建设和谐社会的重要性，并把社会建设纳入中国特色社会主义总体布局。

一是不断完善社会主义法治。

全面落实依法治国方略，切实尊重和保障人民群众的合法权益；坚持依法治理，加强法治保障，运用法治思维和法治方式化解社会矛盾体制，健全基层综合服务管理平台，及时反映和协调人民群众各方面的利益关系；创新有效预防和化解社会矛盾，健全公共安全体系，加强基层社会治理。

二是坚持保障和改善民生。

不断深化教育领域改革，大力促进教育公平；统筹城乡义务教育资源均衡配置，破解择校难题；加快现代职业教育体系建设，创新高校人才培养机制，健全充满活力的办学体制，全民族的思想道德素质、科学文化素质明显提高，良好道德风尚和和谐人际关系进一步形成；健全促进就业创业体制机制，不断形成合理有序的收入分配格局，家庭财产收入普遍增加，人民过上更加富足的生活，社会就业比较充分；建立更加公平可持续的社会保障制度，基本公共服务体系更加完备；积极深化医药卫生体制改革；实现发展成果更多更公平惠及全体人民，统筹推进医疗保障、医疗服务、公共卫生、药品供应及监管体制综合改革，人民群众的身体健康素质不断提升，人均寿命获得提高。

三是创新社会治理体制。

从维护最广大人民根本利益出发，不断增强社会发展活力，最大限度增加和谐因素，提高社会治理水平，确保人民安居乐业和社会安定有序，中国共产党在治国理政过程中不断推进创新社会治理。习近平指出："治理和管理一字之差，体现的是系统治理、依法治理、源头治理、综合施策。”[①] 发挥政府主导作用，实现政府治理和社会自我调节、居民自治良性互动；依法治理，运用法治思维和法治方式化解矛盾；坚持源头治理，及时反映和协调人民群众各方面、各层次利益诉求；综合治理，调节利益关系，协调社会关系，解决社会问题。改革社会组织管理制度，激发社会组织活力，最广泛地动员和组织人民群众积极参与社会治理；把社会治理的重心落实到城乡社区，加强基层治理；健全重大决策社会稳定风险评估机制，有效预防和化解社会矛盾体制；不断构建以国家安全、食品药品安全、安全生产、防灾减灾救灾和社会治安防控等为基本内容的公共安全体系，不断健全公共安全体系建设；努力形成全体人民各尽所能、各得其所的和谐局面。

二、“自由、平等、公正、法治”在执政中的体现

（一）自由

1. 自由的科学内涵

实现人的自由而全面的发展，是马克思主义的崇高追求，也是共产主义的根本特征。“代替那存在着阶级和阶级对立的资产阶级旧社会的，将是这样一个联合体，在那里，每个人的自由发展是一切人的自由发展的条件。”[②] 自由是历史的、具体的，超历史和超现实的自由是不存在的。中国特色社会主义还处在社会主义的初级阶段，远没有达到共产主义，所以我们的社会主义的自由的与共产主义的自由虽是一脉相承的，但在实现程度上仍有差距。在中国特色社会主义的视野下，自由主要是指人民群众摆脱了阶级剥削和阶级压迫，消除了人对人和物对人的奴役，人民生活衣食富足，在国家的宪法和法律的保护

①《习近平总书记系列重要讲话读本》，北京：学习出版社、人民出版社，2014 年版，第 116 页。

②《马克思恩格斯选集》第 1 卷，北京：人民出版社，2012 年版，第 422 页。

下，自由地生存和发展，人们的一切合法权利受到法律的保护。随着中国特色社会主义制度的不断发展和完善，人民群众的自由权利一定会得到充分的保障和实现。

2. 自由在中国共产党执政中的体现

一是在政治和法律上对自由进行保护。

自由主要是指公民享有的合法权益，也就是人们在法律规定的范围内拥有自由行动、不受限制的权利，将公民的基本权利以法律的形式明确下来，并通过一整套制度设计对之加以保障。宪法明确规定，公民享有言论、出版、集会、结社、游行、示威、宗教信仰等广泛的自由，享有对于机关和国家工作人员提出批评和建议的权利等等。对于公民的这些自由权利，其他公民、国家、社会不能以一些随意的借口加以侵犯。保护公民的权利是实现自由的前提。一个公民基本权利得不到现实保障和人们的自由权利随意受到威胁的社会，不可能被称为自由的社会。保障个体的自由权利，需要确立人人平等的理念。任何人都应该遵守宪法和法律的规定，绝不允许特权观念和行为的存在，绝不允许逾越宪法和法律侵犯他人权利。在法治之下，每个人在行使自己权利的同时，决不能侵犯他人的合法权利，否则就要受到相应的制裁；各级权力机关在履行自己职责的过程中，必须按照法律规定行事，绝不允许滥用权力，以权谋私，侵犯公民合法权利。

二是通过各种政策措施，强化人民群众实质自由的实现。

对于社会中的每个人，自由绝不仅仅意味着享有某些抽象自由权利，而且意味着个人有资源和能力享受这些权利。中国共产党在执政过程中基于对个体自由权利的尊重和保护，进行了一系列制度化的设计，让每一个人都有参与竞争的平等机会，为每个公民提供平等的机会，使其自由地开展竞争。我们必须认识到，外在社会条件对一个人能否获得机会以及获得多大机会都具有至关重要的作用，拥有平等的竞争机会并不意味着能够现实地参与竞争。加快城乡一体化建设；在全社会实行九年制义务教育，教育资源向农村倾斜；加大扶贫力度，实行精准脱贫，在2020年全面建成小康社会。新中国成立后通过制定宪法明确规定妇女在政治上拥有与男子相同的权利，在实际就业中不歧视妇女，实施同工同酬，使得妇女在社会政治和经济生活中的作用发生了重大变化，广大妇女真正成了社会的半边天。

三是在全社会弘扬社会主义核心价值观，倡导精神自由。

自由与道德和公共利益密切相关，自由并不是任性和蛮干。在自由和谐文明的社会中，自由意味着公共责任的承担；社会能否良性运行，既需要建构一套自由、民主、公正的社会制度，也有赖于个体德性的提升。只有每个社会成员都具备理性、审慎的精神，具备正义感和公共情怀，社会才能彻底良性运行。中国特色社会主义核心价值观所倡导的自由，是与每一个公民的公共责任感和道德境界的提升内在一致的。党和政府不仅尊重差异，包容多样，重视每个个体权利的保护和实现，而且强调爱国主义和集体主义，弘扬正能量，反对极端个人主义，强调每一个公民对社会的奉献、对人民的忠诚，注重社会公德的养成和每一个公民社会责任感的提升。实行依法治国和以德治国相结合，注重精神文明建设，不断加强社会公德、职业道德、家庭美德、个人品德的教育，提升人们的精神境界，丰富人们的精神力量。

（二）平等

1. 平等是马克思主义的价值追求和社会理想

马克思主义告诉我们，平等反映着社会经济关系，平等及其实现程度归根结底决定于相应社会的生产力发展水平。平等是历史发展的产物，在阶级社会中平等具有阶级性，只有消灭阶级社会才能实现真正的平等。恩格斯指出，现代社会的平等是“一切人，或至少是一个国家的一切公民，或一个社会的一切成员，都应当有平等的政治地位和社会地位”[①]。

追求平等是中华民族一直以来的社会理想。虽然中国传统文化中存在“礼不下庶人，刑不上大夫”和“君君，臣臣，父父，子子”的阶级等级观念和身份论，但也存在“己欲立而立人，己欲达而达人”“己所不欲勿施于人”的平等精神。历史上深受压迫的农民阶级不断提出平等的诉求。陈胜、吴广起义提出“王侯将相宁有种乎”，宋代农民起义军提出“等贵贱，均贫富”的口号，太平天国提出“无处不均匀，无人不饱暖”等等。中华民族从未放弃对平等的追求，中华文化一直含有深厚的平等思想。

1949 年中华人民共和国成立以来，特别是 1956 年社会主义基本制度确立后，我国坚持人民民主专政，实现了人民当家做主；坚持生产资料的社会主义公有制，消灭人剥削人的制度；废除一切不平等条约，实行独立自主的和平外交政策。这是中国历史上最深刻、最宏大的变革，实现了中国历史上五千年来阶层最广泛、人数最多、内容最真实的平等。

当前，我国正处于并将长期处于社会主义初级阶段，真正完全的平等的实现还需要一个较长的历史发展过程。所以，作为社会主义核心价值观的平等仍是中国特色社会主义事业不断奋斗的目标。

2. 平等在中国共产党执政中的体现

一是在全社会树立科学的平等理念。

中国共产党从成立伊始就是一个追求社会平等的政党，实现平等是中国特色社会主义的应有之义。人们对平等的认识也有一个辩证发展的过程，从追求“绝对”“完全”的平等的平均主义大锅饭到认识到平等并不是一蹴而就、一帆风顺的。1978 年党的十一届三中全会胜利召开，中共中央提出了实施改革开放的战略决策，全社会的平等也

---

①《马克思恩格斯文集》第 9 卷，北京：人民出版社，2009 年版，第 109 页。

逐步转变。“让一部分人、一部分地区先富起来，大原则是共同富裕。一部分地区发展快一点，带动大部分地区，这是加速发展、达到共同富裕的捷径。”[①] 只有通过“先富带后富”，才能最终实现“共同富裕”，共同富裕就是中国最大的平等。邓小平在1992年的“南方谈话”中明确指出：“社会主义的本质，是解放生产力，发展生产力，消灭剥削，消除两极分化，最终达到共同富裕。”[②]

二是通过制定法律和各种政策来实现更多更高的社会平等。

实现平等，按照马克思主义的观点首先要解决人们在生产资料所有制中的不平等，建立公有制，废除私有制。中国特色社会主义的根本经济制度就是公有制为主体、多种所有制共同发展，这为实现全社会的平等奠定了坚实的物质基础。

1954年通过的第一部《中华人民共和国宪法》明确规定：“中华人民共和国公民在法律上一律平等”，“各民族一律平等”，“妇女在政治的、经济的、文化的、社会的和家庭的生活各方面享有同男子平等的权利”。中国共产党执政以来，我们国家的社会平等现状不断改善，社会平等水平日益提高。社会已向全面小康转变，我国的经济总量跃升为世界第二位，仅次于美国。社会生产力、经济实力和科技水平迈上了一个巨大的台阶，人民的生活水平和社会保障水平发生了翻天覆地的变化，人民安居乐业，国家繁荣昌盛，社会平等迈上了一个新台阶。

党的十八大报告是新时期全面建成小康社会的科学指南，对“平等”又提出了更高的要求。在经济方面，一要“保证各种所有制经济依法平等使用生产要素、公平参与市场竞争、同等受到法律保护”；二要“让广大农民平等参与现代化进程、共同分享现代化成果”；三要“促进城乡要素平等交换和公共资源均衡配置”。在政治方面，党

①《邓小平文选》第3卷，北京：人民出版社，1993年版，第23页。

②《邓小平文选》第3卷，北京：人民出版社，1993年版，第373页。

的十八大报告提出“坚持法律面前人人平等”和“巩固和发展平等团结互助和谐的社会主义民族关系”。在文化方面，十八大报告明确提出把“平等”纳入社会主义核心价值观的基本内容之中。在社会方面，党的十八大报告提出要“积极推动农民工子女平等接受教育”和“坚持男女平等基本国策”。在对台和外交方面，党的十八大报告提出“促进平等协商”，“在国际关系中弘扬平等互信、包容互鉴、合作共赢的精神，共同维护国际公平正义”。“平等”是党的十八大报告贯彻通篇的重要线索，全面建成小康社会的目标是对平等的高度认同，这些政策和措施的出台和落实，促进了在全社会实现更多更高的平等。

三是不断构建、坚持和保障权利、机会和规则的平等体制机制。

党的十八届三中全会通过了《中共中央关于全面深化改革若干重大问题的决定》，指出了全面深化改革的总目标，就是“完善和发展中国特色社会主义制度，推进国家治理体系和治理能力现代化”，“让发展成果更多更公平惠及全体人民”。《决定》指出，经济体制的改革是全面深化改革的重点，既要坚持公有制经济的财产权神圣不可侵犯，又要坚持非公有制经济财产权同样神圣不可侵犯。坚持权利、机会和规则的平等，坚决废除针对非公有制经济的各类不合理规定，坚决消除各种隐性壁垒。商品和要素自由流动、平等交换是现代市场体系的重要特征。《决定》要求加快完善现代市场体系，必须构建统一开放、竞争有序的市场体系，使市场在资源配置中起决定性作用；建立公平开放透明的市场规则，各类市场主体可依法平等竞争进入相关领域；健全城乡发展一体化体制机制，推进城乡要素平等交换和公共资源均衡配置；健全促进就业创业体制机制，消除城乡、行业、身份、性别等一切影响平等就业的制度障碍和就业歧视。平等已然成为我国经济体制改革的重要价值判断。

党的十八大以来，以习近平同志为核心的党中央统筹推进“五位一体”总体布局，协调推进“四个全面”战略布局，全力推进全面建成小康社会进程，在社会制度层面上始终贯彻平等的价值要求和追求平等的价值目标，为全国人民在新的历史条件下实现平等的价值理想提供了机制体制保障。

（三）公正

1. 公正是中国特色社会主义的内在要求

公正是古今中外人类社会孜孜不倦的价值追求。古希腊哲学家亚里士多德曾说过："公正是德性之首，比星辰更让人崇敬。"[①] 约翰·罗尔斯在其《正义论》中明确提出："正义是社会制度的首要价值。"公正既是对人类理想社会的崇高价值追求，也是对现实社会和制度是否正当的道德判断。核心价值观在社会层面上的公正、平等、自由和法治是紧密联系、相互支撑的，平等和自由是公正的前提，法治是公正的保障，四者是一个整体。

俗话说"公道自在人心"，中国传统文化中具有丰富的公正思想。《礼记·礼运》中的"大道之行也，天下为公，选贤与能，讲信修睦"，《论语》中的"丘也闻有国有家者，不患寡而患不均，不患贫而患不安"，《问政》中的"政在去私，私不去则公道亡"，《贞观政要》中的"理国要道，在于公平正直"，王夫之的"以天下论者，必循天下之公，天下非一姓之私也"，无不体现对公正观念的阐释和不懈追求。

马克思主义认为，正义在不同的历史阶段有不同的价值内容，不能抽象地谈论正义本身。恩格斯指出："公平则始终只是现存经济关系的或者反映其保守方面或者反映其革命方面的观念化的神圣化的表现。关于永恒公平的观念不仅因时因地而变，甚至也因人而异。"[②]"真正的自由和真正的平等只有在共产主义制度下才有可能实现；而

---

①［古希腊］亚里士多德著、廖申白译注：《尼各马可伦理学》，北京：商务印书馆，2003年版，第130页。

②《马克思恩格斯选集》第3卷，北京：人民出版社，1995年版，第212页。

这样的制度是正义所要求的。”① 社会主义正是在人类社会对公平正义的价值追求中产生的社会。因此，公正也是中国特色社会主义的内在要求，没有对公平正义的价值追求就没有社会主义。

2. 公正在中国共产党执政中的体现

一是社会主义制度的确立，为公平正义奠定了制度基础。

中国共产党带领全国人民建立了社会主义新中国，确立政治制度为人民代表大会制度，基本经济制度为以公有制为主体、多种所有制经济共同发展，分配制度为以按劳分配为主体、多种分配方式并存。这些制度的确立，为全社会公平正义的实现提供了现实可能。中国共产党执政近 70 年以来，不断构建和完善法律制度、民主权利保障制度、公共财政制度、司法体制机制、社会保障制度、收入分配制度等，使我们国家的社会公平现状不断获得改善，社会公正程度日益提高。目前全社会温饱问题基本解决，已向全面小康转变。我国的经济总量跃升为世界第二位，仅次于美国。社会生产力、经济实力和科技水平迈上了一个巨大的台阶，人民的生活水平和社会保障水平发生了翻天覆地的变化，人民安居乐业，社会和谐稳定，国家繁荣昌盛，社会公正迈上了一个新台阶。

二是加快经济繁荣发展，厚植公平正义的物质基础。

中国共产党在执政过程中，积极回应人民群众的现实诉求和殷切期待，大力发展经济，落实公平正义的领域也不断扩大。党和政府积极保护各种所有制经济的合法利益和产权，全面深化改革，简政放权，保证所有所有制经济主体依法平等使用生产要素、公开公平公正参与市场竞争、同等受到法律保护，促进商品和要素的自由流动与平等交换，提高资源配置效率和公平性，从而让一切创造社会财富的源泉充分涌流，紧紧抓住经济建设这个中心环节，持续推动经济稳定发

①《马克思恩格斯全集》第 1 卷，北京：人民出版社，1956 年版，第 576 页。

展，不断使“蛋糕”做大，从而在经济持续发展的基础上促进社会公平正义。

三是注重民生保障，增强了公平正义的获得感。

当前中国社会在某些领域存在一些不公正现象，比如贫富差距过大，城乡之间、体制内外之间的社会保障差距大，医疗和教育分配不均衡，基本公共服务供给不公平，等等。我们现在不仅要继续做大“蛋糕”，还要注重社会公平分好“蛋糕”，实现“共富”。自党的十六大开始，特别是党的十八以来，中共中央紧紧围绕更好保障、改善民生和促进社会公平正义，不断深化社会体制改革，党和政府对民生保障的投入不断加大；不断改革收入分配制度，缩小社会收入差距，促进社会共同富裕，初次分配中兼顾效率，在再分配中注重公平；大力发展教育，合理配置教育资源促进公平，实现义务教育均衡发展；推进基本公共服务均等化，建立持续发展和更加公平的社会保障制度，建立全面覆盖城乡的基本医疗卫生制度，让人民群众有更多获得感。习近平总书记强调：“使改革发展成果更多更公平惠及全体人民。如果不能给老百姓带来实实在在的利益，如果不能创造更加公平的社会环境，甚至导致更多不公平，改革就失去意义，也不可能持续。”①

四是加强法治建设，筑牢公平正义的法律保障。

公正是法治的生命线，正义必须有法治的保障。中国共产党自执政以来，颁布了一系列法律法规，不断加强法制建设，为社会的公平正义筑牢法律保障。特别是党的十八大以来，全面推进依法治国方略的实施，进一步加快和完善了维护权利、机会和规则公平的法律制度，注重保障和维护公民基本政治权利，特别是人身权和财产权等各项权利不受侵犯，使每一个公民在经济、文化和社会等各方面的权利得到全面落实和保障；实现科学立法、严格执法、公正司法、全民守

①《习近平总书记系列重要讲话》，北京：学习出版社、人民出版社，2016年版，第77页。

法，把公正、公平、公开原则贯穿立法全过程；严守社会公平正义的最后一道防线，全面深化司法体制改革，确保依法独立公正行使审判权、检察权；让人民监督权力，强化对权力的有效制约和监督，把权力关进制度的笼子里，建设法治政府。习近平总书记强调："努力让人民群众在每一个司法案件中感受到公平正义，决不能让不公正的审判伤害人民群众感情、损害人民的权益。"[①] 让全社会每一个公民都能真实感受到公平正义就在身边。

（四）法治

1. 法治的基本内涵

虽然"法治"一词已经被广泛使用，但法治作为社会主义核心价值观的重要组成部分有其特定内涵。"法治"一词在我国古代早期典籍中已出现。《晏子春秋·谏上九》中有"昔者先君桓公之地狭于今，修法治，广政教，以霸诸侯"，《史记·蒙恬列传》中有"高有大罪，秦王令蒙毅法治之"，《淮南子·汜论训》中有"知法治所由生，则应时而变；不知法治之源，虽循古终乱"。但中国传统文献中的"法治"是指法律制度，并不含有限制政府、法律至上和保护人权的现代意义。现代意义上"法治"对应的英文是"rule of law"，意为"法的统治"。古希腊是现代法治思想的发源地。亚里士多德最早提出法治优于人治。法治是理性统治的代表，维护和追求平等、正义、自由和善良等价值。法治不仅仅是一种价值理念，也是一种治国方略；法治要求法律至上，尊重和保障公民权利，反对特权，强调国家的一切权力来源于法律，政府必须依法行使等。

中国特色社会主义的法治，既体现人类社会法治的普遍性，又具有十分鲜明的中国特色。中国特色社会主义的法治坚持人民主体地位，以维护宪法和法律权威，维护人民的权益和维护社会的公平正义

---

①《习近平总书记系列重要讲话》，北京：学习出版社、人民出版社，2016年版，第94页。

为己任，坚持法律面前人人平等；始终坚持中国共产党的领导，坚持从中国的实际出发，坚持依法治国与以德治国相结合。

党的十五大报告在充分肯定中国特色社会主义法制建设所取得巨大成就的基础上，第一次把“依法治国，建设社会主义法治国家”确立为国家的基本方略，并以宪法形式确定下来。党的十八大又把“法治”提高到了中国特色社会主义核心价值观的高度。法治已不仅仅是一种治国方略，也是一套成熟的价值思想体系。党的十八届四中全会强调，依法治国是坚持和发展中国特色社会主义的本质要求和重要保障，是实现国家治理体系和治理能力现代化的必然要求，必须全面推进依法治国。

2. 法治在中国共产党执政中的体现

一是在全社会树立法治信仰，增强全民守法的社会氛围。

思想家卢梭指出：“一切之中最重要的一种法律既不是铭刻在大理石上，也不是铭刻在铜表上，而是铭刻在公民的内心里。”① 只有在全社会树立社会主义的法治信仰，才能使法治观念深入人心，改变人们的思维方式和行为方式，逐步形成良好的全面守法的法治社会氛围。中国共产党一直在全社会坚持普法宣传，在大中小学坚持法治教育，加强法治文化建设，大力弘扬中华传统中的守法诚信美德，注重在精神层面上的培育与熏陶，形成崇尚法治的社会风尚，初步形成了全社会的法治意识。

二是科学立法、严格执法、公正司法，维护法律权威和提高司法公信力。

中国共产党在执政过程中，逐步完善了以宪法为核心的中国特色社会主义法律体系。深入推进科学立法、民主立法，把公正、公平、公开原则贯穿立法全过程，坚持立改废释并举，增强法律法规的及时

① [法] 卢梭：《社会契约论》，北京：商务印书馆，1980年修订版，第73页。

性、系统性、针对性和有效性。法律的权威在于实施。“天下之事，不难于立法，而难于法之必行。”严格执法、公正司法体现法律的生命力。针对当前我国的执法司法中仍存在一些并不能令人民群众满意的问题的现状，党和政府不断加强执法体制改革，提高执法司法水平。在行政执法中，不仅要求执法人员充分体现对公民权利的尊重和关怀，执法方式推行柔性执法、人性执法、阳光执法，用温和的、说服式的执法取代强制、粗暴和野蛮的执法，消除执法对象和执法者之间的对立关系，使执法工作做到公开、公平、公正。公正司法是具体的而非抽象的，公正司法存在于每一位当事人的具体感受之中，存在于每一件具体案件之中。

三是深入推进依法行政，加快法治政府建设。

政府是执法主体，要建设职能科学、权责法定、执法严明、公正公开、廉洁高效、守法诚信的法治政府。推进机构、职能、权限、程序、责任法定化。健全依法决策机制，积极推行政府法律顾问制度，建立重大决策终身责任追究制度及责任倒查机制。深化行政执法体制改革，推进综合执法，坚持严格规范公正文明执法。强化对行政权力的制约和监督，努力形成科学有效的权力运行制约和监督体系。从严要求，严格执行，行政机关不得法外设定权力，没有法律法规依据不得做出减损公民、法人和其他组织合法权益或者增加其义务的决定。推行政府权力清单制度，坚决消除权力寻租空间。

三、“爱国、敬业、诚信、友善”在执政中的体现

（一）爱国

1. 爱国是中华民族的优良传统

爱国，几乎是人类的共有情怀。爱国主义是中华民族精神的内在基因，是我国民族精神的核心。中华民族能够在几千年的历史长河中

顽强生存和不断发展就是因为我们中华民族有一脉相承的精神追求、精神特质、精神脉络。爱国主义维系着几千年来中华民族的大团结大统一，激励着一代又一代中华儿女为祖国的繁荣富强而不懈奋斗。一部中国近代、现代史，就是一部中国人民爱国主义的斗争史、创业史。

2. 爱国在中国共产党执政中的体现

在当今中国，我们弘扬爱国主义精神，就必须充分强调爱国和爱社会主义的统一。邓小平指出："有人说不爱社会主义不等于不爱国。难道祖国是抽象的吗？不爱共产党领导的社会主义的新中国，爱什么呢？"① 新中国成立近70年来，综合国力显著提高，我国已成为世界第二大经济体，人民群众的生活水平大幅度提升，充分显现了社会主义制度的优越性，全国人民形成了一个荣辱与共的命运共同体。在新的历史时期，我们面临着实现中华民族伟大复兴的宏伟目标。习近平总书记强调："实现中国梦必须弘扬中国精神。这就是以爱国主义为核心的民族精神，以改革创新为核心的时代精神。"②

一是在全社会弘扬爱国主义，坚持走中国特色社会主义道路。

中国共产党在执政过程中，不断深化对爱国主义精神的诠释，不断丰富爱国主义的教育内容，创新爱国主义的教育载体，增强爱国主义的教育效果。习近平总书记指出"要把爱国主义教育贯穿国民教育和精神文明建设全过程"，充分利用中国特色社会改革发展所取得的伟大成就来增强人民的爱国主义情感；隆重举行重大历史事件纪念活动，生动传播爱国主义精神；大力弘扬中华民族传统节日，运用多种艺术形式和新媒体唱响爱国主义主旋律，"以理服人、以文化人、以情感人，生动传播爱国主义精神，唱响爱国主义主旋律，让爱国主义成为每一个中国人的坚定信念和精神依靠"。特别是党的十八大以来，

①《邓小平文选》第2卷，北京：人民出版社，1994年版，第392页。

②《十八大以来重要文献选编》上，北京：中央文献出版社，2014年版，第235页。

在全社会弘扬社会主义核心价值观，在各个行业、在广大中小学开展生动鲜活的爱国主义宣传教育，让爱国主义精神深入人心，在全社会发扬光大。

新时期爱国主义的鲜明主题，是坚持走中国特色社会主义道路，为实现“两个一百年”的奋斗目标，实现中华民族的伟大复兴而奋斗。中国共产党是爱国主义精神最坚定的实践者和弘扬者，90 多年来，我们党团结带领全国各族人民，在全社会弘扬爱国主义精神，建立了新中国；不断进行中国特色社会主义建设的伟大实践，始终践行爱国主义精神，带领中华民族走向繁荣富强。中国共产党的中国特色社会主义基本理论、基本路线和基本纲领，丰富和发展了爱国主义的基本内容，升华了中华民族的爱国主义情感，激发了全体中国人民的爱国主义热情。

爱国主义必须具备与世界相联通的胸怀。习近平总书记指出：“我们要把弘扬爱国主义精神与扩大对外开放结合进来，尊重各国的历史特点、文化传统，尊重各国人民选择的发展道路，善于从不同文明中寻求智慧、汲取营养，增强中华文明的生机活力。”经济全球化是世界发展的大势，而全球化的发展是把双刃剑，对我们既是机遇，又是挑战。我们正日益参与到经济全球化的过程中来，我们必须大力弘扬爱国主义精神，必须坚决捍卫国家和民族的利益。我们的爱国主义并不是狭隘的民族主义，我们既热爱祖国，又关爱世界；既为祖国利益服务又要尽到国际义务；坚决维护世界和平，促进全人类共同发展。

二是实行“一国两制”，坚决维护祖国统一和民族团结。

中华民族几千年的历史就是一个多民族国家统一和不断发展的历史。民族的团结和国家的统一，始终是历史发展的主流。中国共产党执政以来，把实现民族的伟大复兴作为自己义不容辞的历史使命。习近平总书记强调：“在新的时代条件下，弘扬爱国主义精神，必须把维护祖国统一和民族团结作为重要着力点和落脚点。要教育引导全国各族人民像爱护自己的眼睛一样珍惜民族团结，维护全国各族人民大团结的政治局面，不断增强对伟大祖国、中华民族、中华文化、中国共产党、中国特色社会主义的认同，坚决维护国家主权、安全、发展利益，旗帜鲜明地反对分裂国家图谋、破坏民族团结的言行，筑牢国家统一、民族团结、社会稳定的铜墙铁壁。”新中国成立以来，中国共产党一直致力于推进祖国统一大业，分别于 1997 年和 1999 年实现了香港和澳门的回归及繁荣稳定。目前，两岸关系有发展也有波折，但两岸存在的政治分歧终归会逐步得到解决，中国共产党一直坚持推动两岸关系和平发展，促进两岸和平统一。

坚持巩固和发展最广泛的爱国统一战线。统一战线是中国共产党的法宝。中国共产党在执政过程中，始终坚持调动一切可以调动的积极因素、团结一切可以团结的力量，维护和实现了社会各个阶层的大团结大联合。政治安定团结，经济繁荣发展，社会稳定和谐，民生持续改善提升，我国已成为世界第二大经济体，取得了世界瞩目的巨大成就。人心是最大的政治，团结是永恒的主题。当前，统一战线在中国共产党领导下已发展成为以工农联盟为基础的，包括全体社会主义劳动者、社会主义事业建设者、拥护社会主义的爱国者、拥护祖国统一和致力于中华民族伟大复兴的爱国者的广泛联盟。习近平总书记强调：“做好新形势下统战工作，必须牢牢把握大团结大联合的主题，团结带领各族人民向着中华民族伟大复兴、向着人民更加美好的生活目标共同奋斗。要重视发挥好民主党派和无党派人士的积极作用，做好党外知识分子和新经济组织、新社会组织中的知识分子工作，鼓励留学人员回国工作或以多种形式为国服务。加强和改善对新媒体中的代表性人士的工作，引导他们在净化网络空间、弘扬主旋律等方面展现正能量。帮助引导非公有制经济人士特别是年轻一代致富思源、富而思进，发扬老一代企业家的创业精神和听党话、跟党走的光荣传统，做合格的中国特色社会主义事业建设者。”① 我们一定要在以习近平同志为核心的党中央的领导下高举爱国主义、社会主义旗帜，找到最大公约数，画出最大同心圆。

（二）敬业

1. 敬业的基本内涵

敬业作为一种态度，是人们对自身从事工作的敬重、热爱和责任。敬业是人类社会进步发展的重要动力，也是人类社会的重要美德。敬业是人们在社会的交往活动中、在自身生活工作的过程中，长期养成的一种人生态度和职业操守。敬业对我们每一个人实现自己的人生目标和对中国特色社会主义的建设和发展，都有着不可或缺的重要价值。

敬业，要求对自己所从事的工作有一份敬重。所谓敬重，就是用庄重和庄严的态度来对待从事的职业。“敬业者，专心致志，从事其业也。”“敬”只有发自内心，才会产生价值认同。敬业首先是内心的认同，敬业不是外在功利化要求，而是人对自己所从事的工作的高度认同。

敬业，要求对自己所从事的工作有一份热爱。兴趣是最好的老师，我们只有对自己所从事的工作有一份热爱，才能更好地深入到工作中去，把工作做好。一个热爱自己职业的人，会全身心投入到工作中，能在平凡的岗位上做出不平凡的成就，展现自己的价值，对自己的工作成果有幸福感、荣誉感。

敬业，要求对自己所从事的工作有一份责任。责任是敬业的内在要求。面对自己的工作要有一种责任意识，一种责任精神。一个人无论从事什么行业，在什么岗位，如果他敷衍了事，“该干的工作不主动干，该管的事不认真管，该负的责任不愿意负”，他就是没有责任

①《习近平总书记系列重要讲话》，北京：学习出版社、人民出版社，2016 年版，第 174—175 页。

心的人。我们要正确处理工作中的“责、权、利”关系，用于事业的态度去做自己的工作，不断追求工作岗位的社会价值，这样我们的工作才会获得成功，人生才更有意义。只有尊重和忠实于自己的本职工作，富有责任心，才能努力发挥本职工作的职能，完成岗位任务，遵守职业规则程序，保持职业目标。

2. 敬业在中国共产党执政中的体现

一是在全社会大力弘扬敬业精神，造就“大国工匠”。

中国共产党在领导全国各族人民进行中国特色社会主义现代化建设过程中，在全社会大力弘扬敬业精神，积极培育与践行社会主义核心价值观，努力促使每一位公民在自身的工作岗位上兢兢业业、恪尽职守、精益求精，为实现全面建成小康社会和实现中华民族伟大复兴的中国梦而努力奋斗。

李克强总理在介绍2017年重点工作任务时表示：“2017年要全面提升质量水平，广泛开展质量提升行动，加强全面质量管理，健全优胜劣汰质量竞争机制。质量之魂，存于匠心。要大力弘扬工匠精神，厚植工匠文化，恪尽职业操守，崇尚精益求精，培育众多‘中国工匠’，打造更多享誉世界的‘中国品牌’，推动中国经济发展进入质量时代。”

对社会各个阶层加强敬业精神的职业道德教育。敬业，对于教师而言，就是认真对待每一位学生，实现教书育人；对于医生而言，就是认真对待每一位病人，实现救死扶伤；对于军人而言，就是努力练好自己的本领，干好本职工作，实现保家卫国；对于国家公务人员而言，就是要认真对待每一位群众，实现廉洁奉公、服务人民……党和政府每年都对全国各个行业的劳动模范和先进工作者给予表彰，体现了党和政府对劳动和劳动者的尊重，以及对敬业精神的大力弘扬。

二是践行敬业精神，推进“中国制造”向“中国创造”转变。

敬业是人们在工作中所持有的一种态度。人们要在工作中取得更大的成绩，让自己和各方满意，必须有敬业精神。我国目前已成为制造大国，“中国制造”在全世界的市场占有率越来越高，但“中国制造”与德国制造、日本制造和美国制造还有一定的差距。针对这种情况，习近平总书记在河南考察时提出：“中国制造向中国创造转变、中国速度向中国质量转变、中国产品向中国品牌转变。”

差距的存在有多方面的原因，其中与我们的敬业精神的不足也有不小的关系。要实现“中国制造”向“中国创造”转变，党和政府要求全社会大力践行敬业精神，全面提升我国各行各业的产品质量和服务品质。我们党和中央政府提出了用工匠精神打造服务型政府和责任型政府，实行简政放权，为全国人民做出了表率。目前中国的高铁和核电已成为“中国制造”的名片，现在我国的各行各业正在大力践行敬业精神，不断实现由“中国制造”向“中国创造”转变。

（三）诚信

1. 诚信的基本内涵

人无信不立，国无信不威。诚信是中华民族的传统美德，在传统伦理社会中具有重要的意义和价值。

诚信是一个组合词。“诚”即“诚实”，即人们的言行举止内外一致，为人坦诚，处世真诚、不虚伪；“信”即“守信用”，即为人处世讲究信用，遵契约，守合同，重信誉，不食言，言必行，行必果。孔子指出，一个不守信用的人，失去了作为人的最低资格，不能在社会中立足。管仲强调，作为君王必须注重诚信，诚信是维系和团结天下人的纽带。可见，无论是小到个人，还是大到国家，诚信是建立个人信誉和国家威信的重要一环。诚信不仅是一个人的安身立命之本，也是一个单位、一个组织和一个政府的生存之基。党的十八大报告把“诚信”确立为社会主义核心价值观中个人层面的价值准则，更凸显了诚信在国家、社会和个人的发展中的基础地位和作用。在全社会牢固树立诚信为本和诚信为重的价值理念，对于建设中国特色社会主义具有十分重要的意义。

2. 诚信在中国共产党执政中的体现

一是在全社会大力弘扬诚信价值观，培育诚信社会。

首先，领导干部、共产党员带头践行诚信。言行一致、重诺守信已成为每个领导干部和共产党员的基本要求。2014 年，习近平总书记在十八届中央纪委第三次全体会议上强调，各级领导班子和领导干部要引导党员、干部“言行一致、表里如一，讲真话，讲实话，讲心里话，接受党组织的教育和监督”。2015 年，习近平总书记在中共中央政治局专题民主生活会上就中央政治局当好“三严三实”表率提出要求时，再次强调“必须对党忠诚，知行合一，言行一致，表里如一，政治品质优秀，道德情操高尚，脱离一切低级趣味，时时处处以榜样力量感召干部群众”。“君子之德风，小人之德草”，执政者要“取信于民”，必须表里如一、言行一致，才能获得人民群众的真心拥护和爱戴，才能让诚信的价值标尺在全社会树立起来。

其次，从个体道德抓起，将诚信建设落实在社会日常生活。2014 年 5 月，习近平总书记在与北京大学师生座谈时强调：“一个人只有明大德、守公德、严私德，其才方能用得其所。修德，既要立意高远，又要立足平实。踏踏实实修好公德、私德，学会劳动、学会勤俭，学会感恩、学会助人，学会谦让、学会宽容，学会自省、学会自律。”党和政府从建设个体道德入手，诚实守信、以诚待人，才能形成良性互动，从而使整个社会诚信和谐的氛围逐渐形成。中国共产党高度重视社会诚信建设。党的十六大报告明确提出，“以诚实守信为重点”建设社会主义思想道德体系。党的十七大报告指出，“以增强诚信意识为重点，加强社会公德、职业道德、家庭美德、个人品德建设”。党的十八大进一步将诚信纳入社会主义核心价值观。

最后，大力推进诚信社会建设。党和政府在加强以诚信为重点的公民道德建设，弘扬诚信核心价值观的前提下，积极夯实诚信的社会基础，大力推进诚信社会建设。社会主义市场经济的发展离不开诚信的基础。针对我国市场信用体系尚处于起步阶段的实际情况，党的十七届六中全会指出："把诚信建设摆在突出位置，大力推进政务诚信、商务诚信、社会诚信和司法公信建设，抓紧建立健全覆盖全社会的征信系统，加大对失信行为惩戒力度，在全社会广泛形成守信光荣、失信可耻的氛围。"① 党的十八大报告再次提出："深入开展道德领域突出问题专项教育和治理，加强政务诚信、商务诚信、社会诚信和司法公信建设。"② 这些重要举措的实施，通过在全社会开展各种诚信理念的宣传，增强全社会公民的正义感、责任感和信用感，提高全社会每一个公民的诚实守信意识和积极维权意识，自觉地参与抵制和监督失信行为，从而在全社会树立起"诚实守信光荣，背信弃义可耻"的氛围。同时党和政府也积极挖掘传统诚信文化资源，大力宣传自觉诚信做人做事的先进个人、组织的典型，使诚实守信成为良好社会风尚。

二是完善诚信法律法规，构建制度化诚信体系。

不断加强制度建设，用制度管人管事。2014 年 10 月，党的十八届四中全会审议通过了《中共中央关于全面推进依法治国若干重大问题的决定》，其中对信用工作提出了明确要求："加强社会诚信建设，健全公民和组织守法信用记录，完善守法诚信褒奖机制和违法失信行为惩戒机制，使遵纪守法成为全体人民共同追求和自觉行动。"2014 年，国务院出台了《社会信用体系建设规划纲要（2014—2020 年）》，明确提出"推动建立质量信用征信系统，加快完善产品质量投诉举报咨询服务平台，建立质量诚信报告、失信黑名单披露、市场禁入和退出制度"。党和政府不断加大对社会失信现象的惩处和打击力度，清理虚假信息，严查虚假广告、扫除社会"流毒"，运用法律法规，依法依规规范社会诚信建设，完善诚信体制建设，营造和谐的、诚实守

---

①《中共中央关于深化文化体制改革，推动社会主义文化大发展大繁荣若干重大问题的决定》（单行本），北京：人民出版社，2011 年版，第 16 页。

②《十八大报告辅导读本》，北京：人民出版社，2012 年版，第 32 页。

信的文化氛围。

（四）友善

1. 友善的基本内涵。

作为社会主义核心价值观之一，友善有着丰富的内涵。友善是指社会中人们之间彼此尊重、关心、和睦相处和友好共事的美好状态，在维系社会和谐中具有不可或缺的作用。

友善在我国传统文化中源远流长，从老子所说的“天道无亲，常与善人”，到孔子的仁爱思想，如“仁者爱人”“己所不欲，勿施于人”，到孟子的“君子以仁存心，以礼存心”，这些理念的表达都是友善精神的思想来源。自从孔子提出“仁者爱人”思想之后，特别是汉武帝“罢黜百家，独尊儒术”，儒学成为官方之学以来，友善精神逐步对中国社会有了普遍性的影响。大多数统治者沿袭儒家以德治天下的传统，提倡自我约束、宽厚待人、周到礼仪等行为规范。友善精神也就成了中华民族的基本道德伦理之一。友善作为中国特色社会主义核心价值观，主要是指在社会交往过程中善解人意、与人为善，严以律己、宽以待人，要有爱人之心、成人之美。

每个人都现实地生活在物质世界之中，为了满足自己的衣食住行和精神交往，必须与社会中的社区、组织和单位等发生这样或那样的联系。在各种关系相处过程中难免出现摩擦、碰撞。因此，良好人际关系的建立与否，不仅影响到个人的发展，也关系到整个社会是否和谐稳定。因此，如何以友善的方式构建融洽和谐的社会关系，是社会主义核心价值观需要解决的重要问题。“当前经济体制改革进入攻坚期和深水区，触及更多深层次矛盾，必然涉及利益关系深度调整，复杂性和难度前所未有。”[①] 友善作为社会主义核心价值观的内容之一，对中国特色社会主义建设具有重要的现实意义。

---

①《李克强：当前经济体制改革进入攻坚期和深水区》，中国网，2014 年 2 月 18 日。

2. 友善在中国共产党执政中的体现

一是实行以德治国和依法治国相结合的治国方略。

友善在当代中国特色社会主义的现实实践，有着深厚的文化基础和社会基础。中国几千年以来一直是一个崇尚德治的大国，儒家思想是社会的主流。“内圣”和“外王”是社会道德的精神内核。中国共产党在执政过程中，针对中国特色社会主义的特殊国情，从实际出发，坚持实行以德治国和依法治国相结合的治国方略。2001 年，江泽民同志在全国宣传部长会议上指出：“我们在建设有中国特色社会主义，发展社会主义市场经济的过程中，要坚持不懈地加强社会主义法制建设，依法治国，同时也要坚持不懈地加强社会主义道德建设，以德治国。”2014 年，党的十八届四中全会上通过的《中共中央关于全面推进依法治国若干重大问题的决定》指出：“坚持依法治国和以德治国相结合。国家和社会治理需要法律和道德共同发挥作用。必须坚持一手抓法治、一手抓德治，大力弘扬社会主义核心价值观，弘扬中华传统美德，培育社会公德、职业道德、家庭美德、个人品德，既重视发挥法律的规范作用，又重视发挥道德的教化作用，以法治体现道德理念、强化法律对道德建设的促进作用，以道德滋养法治精神、强化道德对法治文化的支撑作用，实现法律和道德相辅相成、法治和德治相得益彰。”中国共产党在执政过程中坚持法治和德治两手抓，实现社会主义法律和社会主义核心价值观相辅相成、相互促进。

二是全体党员干部践行友善精神。

中国共产党在执政过程中坚持让全体党员干部积极践行友善精神，做好群众的表率。中国共产党的历届领导人都特别重视党员干部的作风建设，密切联系群众，走群众路线，取得了巨大的成就。2014 年，习近平总书记在十二届全国人大二次会议安徽代表团参加审议时强调，各级领导干部都要“既严以修身、严以用权、严以律己，又谋事要实、创业要实、做人要实”。“三严三实”是对新时期党员干部作风的高标准和严要求。党员干部必须加强党性修养，坚定共产主义的理想信念，不断提升道德境界，弘扬社会正能量；坚持权为民所用，按规则和制度办事，把权力约束进制度的笼子，不搞特权和不以权谋私；坚持慎独慎微，坚持遵守党纪国法，坚持做到为政清廉；坚持对党、组织、人民和同志忠诚老实；坚持做老实人、说老实话、干老实事；坚持襟怀坦白，公道正派；对待工作，善始善终、善作善成，不断取得作风建设新成效。党员干部的率先垂范，为全社会的友善和谐奠定了良好的政治氛围。

三是在全社会积极培育和弘扬友善精神。

中国共产党在执政过程中一直不断坚持培育和弘扬友善精神。虽然目前人们的思想道德现状总体上是好的、积极向上的，但由于当前我国社会处于转型时期，市场在资源配置中日益起到决定作用，社会中的拜金主义、功利主义和消费主义现象凸显，社会竞争压力越来越大，各类社会矛盾凸显，人与人之间原有的社会关系日益被金钱和利益所牵绊和干扰。针对这种情况，中国共产党自党的十六大决定建设和谐社会以来，一直在全社会不断坚持培育和弘扬友善精神，特别是党的十八大以来，在全社会大力弘扬社会主义核心价值观。“深入挖掘和阐发中华优秀传统文化讲仁爱、重民本、守诚信、崇正义、尚合和、求大同的时代价值。”① 不仅发掘讲仁爱、讲友善的传统美德故事，而且及时发现身边的友善故事和美德典型，并及时宣传和褒奖，让群众感受到身边自有真情在，从而激发每一位人民群众内心的善良和友爱，从而使全社会充满友善。综合运用法律等手段，坚持惩恶扬善并举；严厉打击与人为恶、敲诈欺骗、窃取他人利益和伤风败俗的不良行为，为社会立正气，切实保护行善之人的切身权益不受损失；坚持在大中小学开展社会主义核心价值观教育，培育友善精神；坚持

①《习近平总书记系列重要讲话》，北京：学习出版社、人民出版社，2016年版，第203页。

在各个社区、街道、行业和全社会弘扬社会主义核心价值观，在全社会弘扬友善精神。

总之，“富强、民主、文明、和谐，自由、平等、公正、法治，爱国、敬业、诚信、友善”这 24 字的凝练表达，回答了我们要建设什么样的国家、建设什么样的社会、培育什么样的公民的重大问题；把国家、社会、公民三个层面的价值有机统一起来，充分体现了中国共产党的执政理念，表达了社会主义意识形态的本质要求，弘扬了中华优秀传统文化，汲取了世界文明的有益成果，体现了中国特色社会主义新时代的精神；是中国特色社会主义道路、理论、制度和文化内在价值的凝练表达，是新时代实现中华民族伟大复兴中国梦的价值引领。

第七章 “以人民为中心”是新时代中国共产党执政理念的价值归宿

以人民为中心这一发展思想是习近平总书记结合当代中国国情与马克思主义理论与时俱进的品质提出的。以人民为中心这一理论贯穿于中国共产党人治国理政的全过程中，本章将从这一执政理念的理论渊源、时代背景、现实基础、基本内涵、实践落实、时代价值入手，深入分析“以人民为中心”的新时代中国共产党的执政理念。这一执政理念开辟了马克思主义理论的新境界，增强了党对人民的凝聚力与号召力，对于国家、社会、公民都有着不可或缺的历史意义。

一、“以人民为中心”执政理念的理论渊源

“以人民为中心”的新时代中国共产党的执政理念的形成受到了马克思主义理论的重要影响，其中马克思主义唯物史观中关于人民群众的重要理论为本理论的形成提供了十分重要的理论依据。“以人民为中心”的新时代中国共产党的执政理念的形成还受到了中国历届领导集体以人为本的执政理念的影响。

（一）马克思主义关于人的本质学说理论

马克思的唯物史观对于“人民群众”有着明确的定义。从历史的整个发展范围上来看，这是一个历史定义。从量上看，人民群众指占

据整个社会人口的大多数人。在不同的历史发展阶段，人民有不同的定义，可是在整个历史发展的进程中，人民是起着决定性作用的。马克思和恩格斯立足于实际，从现实出发，用一种崭新的视角诠释了人民群众的主体思想。首先，人民能够在社会历史发展中确立自身的重要地位的前提是现实的人，是根据一定的需要而从事一定社会实践的、处于一定社会关系中的、具有意识的人，他们可以按照自己的意愿去相应地改造客观世界，实现自身及整个世界的协调发展。其次，人民主体理论的最终目标是实现全人类的解放。最后，如何实现这一目标及其路径，即共产主义社会每个人都自由而全面地发展，成为代表马克思主义思想的最高精华。

习近平总书记也特别强调人民是整个社会历史成长的动力，对唯物史观领域中人民群众主体理论的认识和坚持，是新时代中国共产党“以人民为中心”的执政理念形成的重要来源。

（二）毛泽东以人为本的执政思想

从1949年新中国成立开始，中国共产党自始至终都将“以人民为中心”思想贯穿于社会主义建设的全过程中。毛泽东结合中国当时的实践，形成了“为人民服务”的思想，“以人民为中心”是他在处理国家大小事务时的根本立场。

第一，为了更好地巩固人民当家做主的地位，必须广泛地开展群众运动。首先，在经济建设方面，国家应广大人民群众的诉求，严厉打击各种违反法律的经济活动，同时运用多种经济手段，在人们的支持下，加强了市场监察，保证了良好的经济环境与秩序。与此同时，毛泽东积极关注人民群众的福利政策，创立了社会福利制度，保证广大人民群众丰衣足食，凝聚广大人民群众的力量共同维护国家政权。其次，在政治建设方面，确立了人民代表大会制度，坚持民主集中制原则，并且相应地确立了我国的根本大法——《中华人民共和国宪法》。

第二，为了更好地坚持社会主义国家的性质，必须坚定地坚持群众路线。在探索社会主义国家建设的过程中，由于我国领导集体对于社会主义还存在着不全面的认识，难免会存在一定的失误，加上当时受波匈事件影响，在1956年下半年国内出现了罢工、罢课事件。毛泽东认为，这一切失误的根源是党内官僚主义严重，干部脱离群众，不能正确地处理民意。因此，他认为必须要坚决克服官僚主义，同时他也明确地意识到在社会主义国家也存在着各种各样的矛盾，能不能正确处理社会主义社会存在的各种矛盾，对于能否巩固新生的国家政权有着重要的作用。于是他决定在1957年进行整风运动，更好地建立党与人民群众之间的关系。并且，他在基层建设方面，在企业实施“两参一改三结合”制度。虽然中国共产党在带领广大人民群众进行社会主义建设过程中，受到复杂因素的影响，出现了一些曲折，但这未影响其一直秉承的“以人民为中心”的执政理念。所以，毛泽东以人为本的思想也为新时代中国共产党“以人民为中心”的执政理念提供了重要借鉴。

（三）改革开放以来历届领导集体以人为本的执政理念

在领导改革开放和社会主义现代化建设的过程中，新时期的领导人在治国理政的过程中也始终坚持着“以人民为中心”这条主线。邓小平坚持以人为本的理念，提出将“人民拥护不拥护，人民赞成不赞成，人民高兴不高兴，人民答应不答应”作为制定一切政策的出发点和落脚点。因而，邓小平始终强调要发展，不断满足群众日益增长的物质文化需求。同时，为了更好地维护最广大人民的根本利益，领导人民实现共同富裕的根本目标，他提出了先富带后富，最终实现共同富裕的发展理念。邓小平在“南方谈话”中，提出了一个重要的结论，即“三个有利于”：是否有利于发展社会主义社会的生产力，是否有利于增强社会主义国家的综合国力，是否有利于提高人民的生活水平。“三个有利于”的最终落脚点也是提高人民生活质量。邓小平的这一系列以人为本的执政思想都为新时代中国共产党形成以人民为中心的执政理念提供了重要的借鉴。

此后，江泽民同志根据时代的发展要求提出了“三个代表”重要思想，其中有一点为中国共产党要始终代表中国最广大人民的根本利益；同时在党的第十五次全国代表大会上提出依法治国的理念。这不仅在制度上保证了广大人民的合法权益，同时也充分发挥广大人民群众的力量，确保广大人民群众通过各种合法途径，依照法律来管理国家、社会事务，有利于充分调动广大民众参与国家各项事务的积极性。依法治国是否能够成功，要看人民群众的意愿是否能够实现，这是一个十分重要的衡量标准。“三个代表”重要思想及依法治国的理念，都遵循了“以人民为中心”这一主线，这为形成“以人民为中心”的新时代中国共产党执政理念的形成提供了重要依据。

以胡锦涛为总书记的新一届中央领导集体，也将这一思想贯穿于治国理政的活动当中，提出了以人为本的科学发展观。科学发展观的本质就是以人为本，这就要求正确把握科学发展观的内涵与实质。落实科学发展观就要把它贯穿到各个方面的工作中，从而维护大多数人民的根本利益。胡锦涛同时也提出了要建设和谐社会，和谐社会主张的提出便是为了解决大众最关心的问题。胡锦涛同志要求全党要为群众真心实意地办事，为人民群众排除困难，解决烦恼，锲而不舍做善事。总而言之，关乎人民群众切身利益的事情都不是小事，这都体现了“以人民为中心”这一理论。改革开放以后，历届领导集体都坚持“以人民为中心”这一条主线，新时代中国共产党“以人民为中心”的执政理念也是对这一主线的延续和继承。

二、“以人民为中心”执政理念的时代背景

“以人民为中心”的新时代中国共产党执政理念的形成不仅有丰

厚的理论基础，同时它也是因时代发展日益显现的问题而提出的。马克思主义理论发展的时代性、全球一体化带来的挑战与问题、中国国内发展的要求对此执政理念的形成都有很大的影响。

（一）马克思主义理论自身进步的迫切性

马克思主义强大的持续力使它具有与时俱进的理论品质。这种与时俱进的理论品质，是百年来马克思主义一直保持生命力的重要原因。随着时代的发展，马克思主义不断更新自己的理论体系。

党的十八大以来，马克思主义中国化的深刻实践一次又一次地证明，当代中国的马克思主义以其自身比较显著的特点，以及不失普遍性的理论，不断为马克思主义注入新的内涵。如今，中国特色社会主义进入了新时代，马克思主义是我们党一直遵循的理论，那马克思主义中国化也要随着时代的发展不断增加符合时代的内涵。马克思主义理论自身进步的迫切性就要求马克思主义理论不断随着时代的发展而发展，要求其关于人的本质学说的理论得到更具有时代性的发展。“以人民为中心”的新时代中国共产党的执政理念就是根据马克思主义理论自身进步的迫切性而提出的。

（二）全球一体化的要求

随着全球化的发展趋势，全球化不但在经济领域，而且在文化领域也实现了。全球意识正在各国之间不断地深入，全球化正在改变着整个世界，但同时也给世界各国带来了各种各样的问题和挑战。世界各国都应在人类共同利益的前提下，解决各种各样的难题，和谐共存，不断发展。无论是政治全球化、经济全球化还是文化全球化，都要求重视广大人民的利益，习近平总书记因此提出了“人类命运共同体”这一理念。全球一体化带来的挑战与难题，也促进了“以人民为中心”的新时代中国共产党执政理念的形成。

（三）中国国内发展的必然要求

我国进入了中国特色社会主义的新时代。这是全面建设小康社会的决定性时期，是一个主要的交汇期。我国的主要社会矛盾已转变为人民日益增长的美好生活需要同不平衡不充分的发展之间的矛盾。习近平在党的十九大之后接受中外记者采访时明确指出：“人们对美好生活的追求是我们的奋斗目标。”这一庄重承诺，既是我们党全心全意为人民服务的体现，也彰显了其对关乎人民群众利益问题的重视。为了满足人们对美好生活的追求，实现全面建成小康社会的目标，实现伟大复兴的中国梦，“以人民为中心”的新时代中国共产党的执政理念的产生是带有必然性的。

三、“以人民为中心”执政理念的现实基础

（一）社会主义基础

中华人民共和国成立以来，我国便是人民民主专政的社会主义国家，人民是国家的主人。社会主义制度的确立，使广大人民群众的地位有了制度上的保障，使人民真正成为国家的主人和社会生产资料的主人。社会主义的根本目的是实现人的自由全面发展，广大人民群众能够普遍受益就是中国特色社会主义的根本目的，社会主义的根本要求是为人民服务，这就要求执政党必须重视民众的重要地位。因此，“以人民为中心”的新时代中国共产党执政理念的形成，有着坚实的社会主义基础。

（二）改革开放基础

改革开放极大地调动了劳动人民的积极性，使我国形成了充满生气的社会主义市场经济体制，实现了各领域的开放格局。思想的解放也离不开改革开放。我国改革开放正处于攻克难关的时期，当今世界正在发生广泛而深刻的改变，当代中国也正随着世界的变化发生改变。改革开放一直在进行，虽然取得了一定的成绩，但也带来了一系列问题，并引发了许多矛盾。第一，部分官员的贪腐问题。贪腐问题

严重地影响了社会稳定，使国有资产也遭受了损失，同时也会抹黑我国的国家形象。第二，环境问题。过度注重经济发展从而忽视了生态环境的发展，再加上不能合理地利用资源，引发了一系列的社会问题。生态环境遭到破坏不仅仅会对人的身体健康造成伤害，还会使人的生活质量下降，降低人民群众的幸福感。第三，收入差距越来越大。我国实行改革开放以后，社会资源分配不合理引发了一系列问题。贫富差距会带来很多的社会问题，比如收入高的地区教育条件高于收入低的地区，教育资源不平衡。改革开放以来的一系列问题与广大人民群众的利益息息相关，所以，“以人民为中心”的新时代中国共产党执政理念也应运而生。

（三）党的十八大以来建设所取得的成就

党的十八大以来，党领导人民取得了一系列成绩。经济建设保持中高速增长，全面深化改革取得重大成绩，人民生活质量有了很大的提高。五年来的成就是非常全面又极具创造性的，五年来的变革的层次性非常深刻。在以往的几年里，中国共产党以自己的勇气和高度的责任感，提出了一系列新的理念、方针和政策，推出了一系列重大举措。党的十八大以来，我们所取得的成就是有目共睹的。有发展就会有问题，有问题就要及时地解决。我国社会的主要矛盾发生了变化，当前的发展是不平衡、不充分的，人民生活提高了，所以对生活的需要不仅仅是物质方面的，在精神方面提出了更高的要求，广大人民群众对美好生活的向往，是“以人民为中心”的新时代中国共产党执政理念形成的重要依据。

四、“以人民为中心”执政理念的基本内涵

“以人民为中心”这一理念是在党的十八届五中全会上提出的，这一表述把提高人民幸福指数、促进人的全面发展作为一切工作的归宿。

习近平总书记曾指出，我们要坚持人民的主体地位，满足人民对美好生活的追求，认识、维护广大人民的根本利益，从而促进人民的发展。开放取决于人民，发展成果是人民同享的。要十分重视人民群众的根本利益，任何决策的制定都要以人民为根本，要把人民群众对美好生活的追求作为我们一直奋斗的目标。

党的十九大报告对“以人民为中心”这一重要理论的深刻含义做了深入的阐述：人民是历史的创造者，是决定党和国家前途命运的根本力量。必须坚持人民主体地位，坚持立党为公、执政为民，践行全心全意为人民服务的根本宗旨，把党的群众路线贯彻到治国理政全部活动之中，把人民对美好生活的向往作为奋斗目标，依靠人民创造历史伟业。

（一）尊重人民群众的主体地位

“不忘初心，牢记使命”，中国共产党人的最初愿望和任务是为中国人民创造幸福，带领人民振兴中华民族。这个心愿作为一个强大的动力，鼓励中国共产党人领导全国各族人民攻坚克难，奋勇前进，创造美好生活。有关人民主体地位的思想，习近平总书记做了最详细的论述，他指出人民是历史进步的真正动力，群众是真正的英雄。习近平总书记多次提到“人民”二字，例如，人民对美好生活的追求是我们的奋斗目标。习近平还对如何更好地践行这一思想做出了非常清晰的指示。为了更具体地尊重广大人民群众的主体地位，中国共产党要问政于民，让广大人民积极参与到政治生活当中来。

（二）发挥人民群众的首创精神

人民群众中富含着极大的智慧，可以释放出极大的力量。中国共产党必须努力汲取人民群众的智慧，尽最大努力去凝聚广大人民群众的力量，将人民群众在社会实践中创造的优秀做法、典型事例及其总结出来的成功经验一步一步地进行推广。我们必须充分尊重人民表达的愿望、积累的经验、享有的权利和他们所对应的角色；要通过落实五大发展理念，激发人民的活力，将多个领域的人才充分利用，激发人才的创造精神，不断地去采纳群众的智慧和意见；所做出的决策必须是民意和民智的结合体。只有不断地发挥人民群众的首创精神，让广大人民群众积极参与到各项活动中，才能不断地增强整个社会发展的动力，并且能够更好地为中国梦的实现提供极其有力的支撑。习近平总书记非常重视最大限度地发挥人民群众的首创精神，他认为，群众实践是最丰富、最活泼的实践，公共实践活动是推动改革发展的源泉，改革开放任何一个领域经验的创造和积累都来自于亿万人民的实践活动和他们的智慧，要想深刻地学习广大人民群众的经验、汲取他们的力量和智慧，全体党员必须深入了解实际，深入了解基层。

（三）维护人民群众的合法利益

党就是为人民服务的，因此，习近平总书记不断地劝诫并要求全党在任何时候都要把绝大多数人民的根本利益作为一切工作的归宿，把群众的利益放在首位。全党都必须深入地进行调研，从广大人民群众最关心的，最严重的问题开始解决；要对群众的呼声有所了解，对群众的基本情况有所体察，对群众所企盼的意愿做到心中有数，解决群众的困扰，用最实在、最诚恳的行动去博得广大人民群众的心，凝结最广大人民群众的力量；让人民在各方面拥有获得感。

五、“以人民为中心”执政理念的实践落实

“以人民为中心”的执政理念不仅仅是一个概念，更需要落到实处，用实际行动来诠释其真正含义。习近平总书记带领全党紧紧遵循“以人民为中心”这一理念，不断地推出一个又一个有利于人民的举措，制定一个又一个有利于人民的制度，极大地增强了人民的幸福感与获得感，中华民族伟大复兴的中国梦正在一点一点地实现。

（一）政治建设

在政治建设方面，坚持和发展中国特色社会主义政治建设的顶层设计，以更新的视角去建设社会主义民主政治。中国特色社会主义政治制度应该越发成熟，越发定型。在指导政治建设的思想上，所谓的人民主体地位有了不同于以往的定义；在政治建设的新特点上，以推进国家治理体系和治理能力现代化为全面深化改革的总目标。党的十八大以来，党领导人民开创了中国特色社会主义政治建设的新视野。一是扫清了在发展道路问题上的各种模糊和错误认识。二是积极稳妥地推动了政治体制改革。党中央在坚持我国根本政治制度、基本政治制度上立场坚定、旗帜鲜明，把权力运行监督体系的完善作为重点，同时加强各方面的监督，决定成立国家监察委员会，实现公务人员监督全覆盖，目前北京、山西、浙江正在开展试点。这些举措进一步拓展和维护了人民群众享有的政治权利、民主权利，营造了风清气正的社会氛围。三是充分发挥中国特色社会主义政治的影响力。与西方相比，我们的政治发展最明显的优势是坚持党的领导，并形成全国人民的共识。我们的政治制度具有鲜明特点，在实践中取得了显著成效，能够集中力量办大事，具有强大的组织动员和贯彻执行力，能够保持政局持续稳定，确保战略规划的连续性。中国的政治发展道路，为其他国家提供了借鉴，是其他国家进行政治建设的榜样。许多发展中国家的领导人羡慕我国的制度，甚至一些西方媒体表示，中国的政治模式比欧美地区的政治模式更有效和成功。

（二）经济建设

在经济建设方面，新发展理念得到全面落实，经济发展方式发生了转变，同时经济建设的质量在不断地提高。我国经济保持快速增长，经济实力明显增强，在世界上的地位不断提高，发挥了自身的力量，承担了更多的责任，在制度上有许多举措，如给予许多新兴企业更多的机会，使它们有更大的增长空间；建立现代农村的步伐加快，对于农业生产的技术支持也在不断地完善，进而提高了农业生产能力；促进区域协调发展，特别是“一带一路”建设取得了举世瞩目的成就；此外，对外经济也取得了长足的进步。

（三）文化建设

近几年来，我国的现代公共文化服务体系不断完善，发展速度大大加快；大众文化服务体系的顶层设计不断加强。为了使公共文化服务体系走入正轨，政府制定了一些制度，采取了一些政策，如重点扶持基层文化服务体系。文化市场体系进一步完善，文化产业呈现出繁荣发展的景象。中国与世界文化的联系也在加强，中外文化交流取得了显著的成果。

（四）社会建设

在社会建设方面也有很多成绩，比如在饮食方面，加强食品监管，保证人民群众饮食安全。习近平总书记密切关注群众的健康和生活，他特别指出，确保饮食安全是民生工程、民心工程，是各级党委、政府义不容辞之责。在住房方面，居住的环境宽敞明亮，居住的环境干净整洁，是每一位城乡困难户一直以来渴求的愿望。党的十八大之后，中央开始加大对危房的改造力度，同时对城镇的棚户区也进行一定的改造；居民住房补贴继续提高，住房补贴标准也有明显提高。教育不公是现阶段相对来说比较明显的问题。我们党要积极推进教育事业的改革和发展，加强农村学校的改革，缩短其与城市学校的差距，大大提高农村教师的地位和薪金，缩短其与城市教师的差距；要不断地结合农村教育实际，把有利的教育资源分配到合适的地区，让每一个公民都有平等受教育和实现自己梦想的机会。

（五）生态建设

改革开放使我国发生了翻天覆地的变化，尤其是在经济领域，我国经济迅速发展，经济实力不断增强。在改革开放初期，我国的经济模式主要是粗放型的，即主要是以经济发展为主，不过多关注环境。显然，粗放型经济发展模式必然会产生一些环境代价，环境污染也必然增多。大气污染、水污染、土壤污染等一系列污染以及雾霾、酸雨等灾害严重影响了人民的正常生活，危害着广大人民群众的身体健康。所以人民群众对于整治环境的呼声特别高，以习近平同志为核心的中央领导集体高度重视这一问题，制定了一系列保护环境的政策。首先，以不浪费为主，保护环境优先，大力保护生态环境。其次，实行责任追究到个人制度，将环境保护归结到个人责任，任何一个破坏环境的人都要承担一定的责任。最后，创建完善的考核体系，对各级政府生态环境工作的成绩进行考察和评定。

六、“以人民为中心”执政理念的时代价值

“以人民为中心”的新时代中国共产党执政理念是否对广大民众有益，是否有一定的成效，这不是由政府说了算的，而要看广大人民群众在这一系列的措施中是否有幸福感、收获感。

（一）创新了马克思主义关于人的本质学说理论

马克思主义是与时俱进的，这种根本性的特征会促使它更新自己的内容。我们坚持马克思人性论的精髓部分，但不局限于马克思主义的基本理论，而是根据中国现实的基础，对理论进行批判继承，使理论具有明显的中国特色。“以人民为中心”的执政理念将中国的具体国情与马克思主义理论深刻地结合，开辟了马克思主义的新境界，为中国新的开放和社会主义现代化建设提供了相应的指导。

（二）传承了中国共产党的根本宗旨

“以人民为中心”这一执政理念是中国特色社会主义进入新时代的产物，是我们党的执政思想的本质，是我们党在做出重大决策时遵循的根本宗旨。中国共产党的根本宗旨是全心全意为人民服务，这是

由党的性质决定的。这一宗旨决定了中国共产党的一切工作原则就是坚持以人民为中心，要求共产党员把党和人民群众的整体利益摆在高于一切的位置上。在新时期，更要坚定不移地坚持这一宗旨。“以人民为中心”的执政理念继承了党的优良传统，同时也是对党的宗旨的一种延续，是在新时期对党的根本宗旨的一种创新，是在新时期坚持人民主体地位的重要体现。

（三）增强了党对广大人民的凝聚力与号召力

“以人为本”的理论具有很强的凝聚力，“中心”一词增强了广大人民群众共同奋斗的信念。首先，这个理论可以清楚地看到，党的一切决策都是为了人民，人民的利益是一切工作的出发点和落脚点，突出广大群众都有平等的机会，都平等地享受国家给予的福利。这就极大增强了广大人民群众共同奋斗的信心，凝聚了广大人民群众为中华民族的伟大复兴而奋斗的力量。同时，以人民利益为核心，有利于社会秩序的稳定，能更好地实现社会公平正义。最重要的是，坚持以人民为中心，彰显了我党始终是代表人民利益的党，同时也增强了广大人民群众拥护中国共产党的信心，增强了党对广大人民的凝聚力与号召力。

第八章　中国共产党执政理念的人民性奠定话语权基础

改革开放以来，中国的经济社会发展取得了举世瞩目的伟大成就，但是也面临发展中的诸多问题，改革进入深水区，经济改革缺乏相应配套的政治改革来加以保障，改革面临瓶颈。人民精神文化层面建设不足的事实严重制约着中国人的自我认知和公共政策的有效实施，尤其是在这样一个人类历史上前所未有的全球化时代，中国的问题与全球的问题联系密切。面对纷繁复杂的新局面，如何正确分析我国新时期的国情民情，如何正确看待国内国际的历史和经验，并在此基础之上坚持和丰富以人为本的执政理念，制定有中国特色的社会主义发展战略，实现中国的和平崛起，是我们党面临的严肃而重大的课题。如今的中国已成为世界第二大经济体，人民不再满足于简单的物质生活需求的保障，更追求精神生活的充实，发展中国特色社会主义先进文化的任务已然摆在了社会主义建设事业的突出位置。而话语权作为一个国家文化实力的重要标志和提高国家文化影响力的强力工具，势必成为中国共产党所要争取的要害目标。本章试图论证：社会主义核心价值观是中国共产党在新时期的执政理念，它反映了全体中国人民最广泛的价值认同，以其作为新时期的执政理念奠定了中国共产党执政的合法性，其普世价值属性也将对世界文明有所贡献，成为中国确立话语权的凭借。

一、 正视中国国际话语权缺少的现实

坊间有云：毛泽东解决了中国人挨打的问题，邓小平解决了中国人挨饿的问题，我们这一代人要解决的是中国人“挨骂”的问题。“挨骂”有两方面原因：一是自身确有不足，难以达到评价者的心理预期，这是源于落后的挨骂；二是因与评价者的观念冲突，沟通存在障碍，这是源于误解的挨骂。所以，挨骂既有内因，也有外因。然而现实中，中国人对于挨骂的反应往往走向极端，有的过度内省，丧失文化自信，认为我们哪儿都不好，西方哪儿都好；有的则一味指责外部垄断话语权，抹黑中国，满怀激愤。事实上，中国人的挨骂绝不仅是我们缺少国际话语权的问题，更与国内多元理念、多元价值的激烈冲突，即与国内话语体系缺乏共同认同，难以形成合力有关。中国人的挨骂问题涉及文化比较和价值观的相对性等诸多问题，必须放在世界历史文化变迁和交融的大背景下才能被清晰地认知。

（一）中国人的国际形象

参考《中国国家形象全球调查报告 2015》，我们除了得出官方给出的“中国整体形象稳定提升；中国经济的国际影响力位居世界第二；中国科技创新能力广受好评，高铁被认为是最突出科技成就”等正面评价之外，也不难分析出其他一些有意思的东西。

第一，中国“整体形象得分”一栏，发达国家对中国的整体评价（5.5 分）不像对其他发展中国家（6.9 分）那般友好。发达国家处于较高发展阶段上，经济发达，政治制度完善，文化强势，他们看待中国多少总会有些居高临下的“自信”，加之他们曾经是中国屈辱历史里所称的“西方列强”，长期与中国处于对抗状态，对如今的中国也仍会保持相当的警惕。总体而言，发达国家对中国的评价还算正面，这无疑是对中国崛起的认可，但评价不是很高也无疑反映出中国

的发展尚有很多不足。至于发展中国家对中国的友好则不难理解，我们历史上都曾是被压迫民族，并且长期处于同一阵营。如今中国成为发展中国家的最大代表，能够更好地维持世界各国力量的平衡，在国际事务中维护发展中国家的利益，得到发展中国家的支持是理所当然的。

第二，从年龄结构分析，相比年长群体（35 岁以上），海外年轻群体（18～35 岁）对中国的评价更为积极。这在某种意义上的确是个好现象，但新闻分析中把原因归结为“年轻人更了解中国”恐怕不成立。年轻群体无论生活经验还是知识积累，都不会比年长群体更丰富，只是年轻人对意识形态曾经高度对立的时代没有切身的体会，心态更加开放，对中国没有太多成见而已。

第三，关于中国的国民形象，中国人的勤劳、敬业举世公认。人们喜欢把中国的强大归功于中国人民的勤劳、敬业，尤其是一些发达国家，在国家福利政策已经使国民的生产积极性严重减损的今天，他们对中国人的勤劳、敬业格外眼热，很多目睹过中国人勤劳的外国友人都不禁赞叹：“看到中国人如此勤劳，终于明白中国为什么发展这么快了!”只是他们未必了解，这种勤劳背后的驱动力，有多少是因为制度优势，有多少是因为民族特性，又有多少是迫于生计。中国国民形象的另外一个毫无争议的标签是集体主义。严格来说，集体主义是个中性词，本不应横加褒贬，但在倡导个人主义、追求个性解放的发达资本主义国家的国民看来，集体主义无疑是一种很异类的特质，他们即使明面上不方便评判，心理上也极难认同。西方发达国家对中国的指责总是围绕中国过分强调集体主义而压抑个人权利。集体主义与个人主义的对立，是中西文化价值理念冲突的核心所在。发达国家给中国人贴的其他标签有缺乏诚信、传统封闭、缺乏激情。常有新闻报道称，中国游客在外国旅游时乱扔垃圾，破坏环境，中国人在外国生活不遵守交通规则，逃票，爱贪小便宜，爱耍小聪明，致使长期以来外国人形成对中国人的偏见，以为所有中国人都是如此。这类指责主要来自公共生活方面，确实显示出中国国民素质参差不齐的状况，需要我们对自己国家的公民教育加以反思。诚信问题在推崇法制的现代社会有它确定性的标准，这种标准就是法律、制度，是硬性指标，违反诚信的行为可以得到清晰的判定，无可争议。至于何为传统封闭、何为开放创新，则难有一个确定的标准。不同文化理念、思维模式、行为习惯之间，很难简单粗暴地以优劣、先进落后、开放保守这类带有强烈主观性的语词来判定。我们曾一度毫不怀疑地以西方先进国家为目标，以西方话语体系为标准来界定我们国家的发展水平，而如今，我们也不得不对这种观念加以反思。

第四，关于中国的国家形象。这里的调查结果突出反映了中国人对自己国家的认知与世界其他国家对中国人的评价有很大程度上的脱节。在中国人自己看来，中国是个历史悠久、充满魅力、倡导和平发展、国家治理良好、社会和谐稳定、亲和有活力的开放国家，这几项得分几乎都是很高的60分左右；而海外总体的评价除了对“中国历史悠久，充满魅力”认同达到43分之外，对中国倡导和平发展，国家治理良好，社会和谐稳定，开放有活力这几项的认同度不高，得分只有15分左右，反而他们更明确认为中国追求地区和全球领导权，国家和社会治理不够稳定，比较保守；发达国家的评价比海外总体得分更低，不足10分；即使是发展中国家，得分也只有20分左右，与国人的自我感觉相去甚远，国人的自我认知与世界评价脱节。首先，反映出中国的开放程度确实不够，外国认为中国人封闭保守是有理由的，一个国家、一个民族，如果只是自我感觉良好，而搞不清楚自己在世界中的位置，将在很大程度上制约自身的良性发展。其次，对中国评价两极化的主要原因还是受到意识形态对立的影响。虽然两极格局早已结束，但意识形态的对立并没有真正随着两大阵营的瓦解而消散，历史上长期对立积攒下来的怨恨、仇视、误解，如同幽灵一般，时时作用于今日的国际关系。虽说如今和平与发展成为时代主题，但没有一国不重视武力，没有一国不承认国际竞争的实质是综合国力的较量，国际形势并不稳定。最后，调查结果反映出世界各国对中国崛起的疑虑。中国的崛起固然已呈不可阻挡之势，但中国会不会坚持走和平发展道路，中国强大起来是否有利于良好国际政治新秩序的建立，都是他们所关切的问题。从国际关系史来看，当今处在较高发展阶段的国家无一不是靠着侵略扩张、压榨欠发达地区发展起来的，对于中国能否“免俗”的疑虑由来已久，这也是“中国威胁论”一直有市场的根由。加之中国改革已进入瓶颈期，国内各种社会问题充分暴露，政治改革难以推进，意识形态有强化趋势，以及中国面对紧张国际形势而采取的外交策略，都使这些疑虑挥之不去。如何才能临危不乱，坚守本心，攘外安内，既妥善处理好国内各种矛盾，又向世界展示中国和平发展的决心，是摆在执政党面前的重大课题。

第五，关于中国的执政党形象。受调查样本中，超过40%的海外人士认为中国执政党具有高度凝聚力；20%以上的人认为中国执政党组织严密；不足20%的人认为中国执政党有超强的组织动员能力；而只有14%的人认为中国执政党有自我约束和净化能力，学习和创新能力强；只有13%认为中国执政党得到民众支持。同样，相比海外总体评价，发达国家的评价较低，发展中国家的评价较高。可见，相比对中国执政党有高度凝聚力、组织严密、动员能力强的这些评价，世界人民对于中国执政党民意支持度和自我净化能力的评价明显是偏低的。中国实行中国共产党领导的多党合作和政治协商制度，中国共产党执政，各民主党派参政议政，中国共产党拥有政治、经济、文化、军事各个国家权力系统的绝对领导权，又鲜明地以马克思主义理论作为指导思想，党规党纪严整细密，这些都保证了中国共产党是一个领导力强的政党。中国共产党的执政优势正在于执政党的高度凝聚力和超强组织动员能力，但有利必有弊，权力制约机制的相对薄弱容易滋生腐败，是执政党要克服的原生性障碍。

（二）从“国民性批判”看国民内部之骂

中国人的挨骂，其实骂得最多的还不是外国人，而是我们自己人；中国人的挨骂，不光是国际矛盾，更是国内矛盾。国民之间的“骂”，在“国民性批判”上表现尤为突出。

从鲁迅的《阿Q正传》到柏杨的《丑陋的中国人》，到龙应台的《中国人，你为什么不生气》，再到今天市面上的《郁闷的中国人》《中国不高兴》等，中国文化界从来不乏“国民性批判”的拥趸。国民性批判的影响十分深远，它俨然成了一种文化传统，成为大众舆论领域中自觉不自觉采用的批判范畴。国民性批判还衍生出许多变种，如“国民素质低说”“宗教救国说”等，不一而足。

其实围绕国民性批判的争论一直存在。学术界对于“国民性”的概念历来就有着诸多分歧，学者们从社会心理学、文化学、人类学等不同视角给予“国民性”不同定义，这里暂取一个相对综合的定义作为参考。袁洪亮认为：“国民性是指一个民族在长期的历史发展进程中形成的，其大多数社会成员所普遍具有并重复出现的道德价值观念、社会心理以及相应的行为方式的特征的总和。”① 定义中“大多数”“普遍”甚至是“民族”概念，都显然存在过度概括②，它抹杀了社会成员中不同个体的年龄差异、性格差异、阶层差异、性别差异，将多样的个性通约为单一集体的共性，并以本质主义、决定论的言说方式赋予集体某种性格，谓之“民族性”。以今日之视角观之，“国民性”概念确实有些粗糙。

---

① 袁洪亮：《人的现代化——中国近代国民性改造思想研究》，北京：人民出版社，2005年版，第16页。

② 作者注：中国实际上并非严格意义上的民族国家，以民族来界说中国的历史并不久远，一般认为始于近代。中国是多民族国家，各民族的政治、经济、文化都存在诸多差异，虽然各民族对于中原文明的认同使中国文化呈现显著的共性，但民族主义的言说方式并非完美，也存在过度概括的困难，围绕“何为中国”的讨论从未止息。

国民性批判若仅限于学术上的争论，那问题其实十分清楚，或认可或否定或中立，都能说出些道理，争之无益。问题的关键还在于评判国民性批判所带来的社会文化影响，我们还要不要国民性批判?

近代以来，中国文明在与西方资本主义文明的遭遇战中惨败，于是我们深感处处不如人，文化自信降低到一个极低的水平。以鲁迅、胡适等五四学者为代表的中国知识分子对我们自己的文化进行了毫不留情的批判，试图改造中国文化，改造国人精神，他们对中国文化骂得最凶，也爱得最深。即使国人不认同他们的思想，也极少有人会质疑他们的人格，国民性批判的传统从此成为中国人的特殊情结。新中国成立以来，鲁迅被视为革命家而备受推崇，“文革”期间知识分子备受冲击，却是“罢黜百家，独尊鲁迅”，鲁迅的国民性批判话语得以延续。20 世纪 80 年代，随着社会主义建设遭遇严重挫折，共产主义运动陷入低潮，中国人的文化自信已经降到了低谷，于是重提国民性批判、学习西方的呼声空前高涨，只是后来这股思潮沉寂了下来。如今，中国受益于改革开放的成果，经济强大起来，中国人不光吃饱饭了，而且有钱了，腰板硬了，变得空前自信了，也不觉得中国文化哪里不好了，于是有了国学热，有了官方对传统文化的大力提倡，此时的国民性批判就显得太不合时宜了。认可国民性批判的群体大幅度缩小，仍操持国民性批判话语的多是一些公共知识分子。而在今天，“公知”的名声是不怎么好的，“公知”经常与另一个名声不怎么好的名词“精英”并提。“精英”是相对“庸众”而言的，“精英”借助国民性批判话语，使自己超脱于“庸众”，孤芳自赏，实现对自身的心理认同。而且在“人人都是作者，但谁都没有观众”的现代社会，“精英”们的呼喊往往如石沉大海，泛不起一丝涟漪，这使得“精英”时常处于一种挫败感中，但内心作为知识分子的情怀又使他们固执地去扮演为民族、为国家、为全人类的幸福而不懈奋斗的悲情英雄。在这种心态的驱使下，精英变得敌视群众，我行我素，愤世嫉俗，誓与“愚昧”的群众斗争到底，于是有了国民性批判的更极端言说方式——“全民腐败说”，指斥国民道德腐化，无可救药。公知终于跟群众闹僵了，走向了“反人民”的一面；群众不满于他们的自以为是，将他们孤立起来，有人甚至喊出了“公知是万恶之源”，拒绝相信一切不和谐的声音。公知以外的知识分子或不屑或不敢来趟这片浑水，大都噤若寒蝉，自求多福，知识分子日益职业化，仅把知识作为谋生的手段，人文关怀全无，文化界与群众的联系日益疏离。这大概就是今日知识分子的尴尬处境了。

表面上看，公知的确失败了。公知们满腹牢骚，却提不出现实可行的社会问题解决方案，他们总是带着一股书生意气，不是得罪政府就是得罪群众，两头不讨好；国民性批判不合时宜了，不仅违背正能量，政治不正确，而且搅扰人们来之不易的美好生活，不得民心。于是到此为止，我们发现一个非常奇怪的现象：一方面，我们从国民性批判话语在老百姓日常生活中的广泛传播得出，国民性批判话语很有市场；另一方面，我们从操持国民性批判话语的主要群体——公知的尴尬境遇来看，国民性批判话语又似乎并没有什么市场。到底哪一面才真正反映人民群众的呼声呢？这就使我们在对社会现实总体状况进行判断时陷入了困惑，今日的中国社会究竟是怨声载道、危机四伏还是国泰民安、和谐稳定？最真实的情况恐怕是，老百姓确实有苦要诉，但老百姓自己不会说，替老百姓说话的知识分子又说不好，就像哑巴病人碰到庸医，有苦说不出，庸医还缺乏耐心，指责病人是哑巴。

现在再回过头来看要不要国民性批判的问题。有一点我们不得不考虑，那就是离开了国民性批判话语，我们还有何种民意表达渠道？人民有需求，需求得不到满足就会有怨气，那么这种怨气必然有所指向，是指向政府，批判体制，还是指向国民，批判国民性？答案显而易见，自然是批判国民性更安全。只是谁被批判得多了都会反感，国民挨骂既久，情绪自然要反弹，以致现在有些自信的中国人，听到谁说中国人一句不好他都要跟你着急。国民性批判固然存在种种问题，但它作为世代延续下来的社会批判形式，作为社会批判话语的重要载体，在中国文化的传承以及向现代的过渡中无疑起到了重要作用。彻底否定国民性批判，无异于倒洗澡水将孩子一起倒掉，伤害的是批判本身，是一个民族对自身文化的反思和创新能力。文化批判是我们的优良传统，是中华文化生生不息的内在动力。中国历史上春秋战国时期的思想争鸣；儒家对外来佛教文化的汲取以及近代以来与西方文化的交融，无一不体现了文化批判对于文化发展的重要意义。中华文化之所以具有包容性，与其内在的批判性维度是分不开的。我们可以反对一些人的批判活动所采取的言说方式，但要捍卫他们批判的权利。怨气反映的是一种需求，怨气成了气候就要去疏导解决，而不应一味指责抱怨的人不识大体。只是如今很多人已经完全视国民性批判为单纯的表达怨气，于是以骂声回应骂声，这种情绪化的处理不仅解决不了问题，反而激化矛盾，造成国民情感认同上的分裂，造成文化建设中的内耗，进而造成我们的话语权难以确立。所以，纵然国民性批判不适合今日的国情了，但批判必须坚持，我们需要的是一种能够洞悉今日社会全貌的新批判。

（三）全球化进程中的文化冲突是中国人挨骂的时代背景

无论是中国人在国际上遭到的非议，还是国内对于中国人的批评，都与多元价值的冲突分不开，而多元价值的并存正是我们所处时代最大的现实。

我们称当今的时代为“全球化时代”，全球化不仅是指经济领域内货物和资本在全球流动，而且涉及各国、各民族、各地区在政治、文化、科技、军事、安全、意识形态、生活方式、价值观念等多层次、多领域的相互联系、影响、制约。科学技术的飞速发展，拉近了时空的距离，使全人类成为狭小“地球村”里生活的共同体，正如雅思贝斯所说：“技术使前所未有的交往和通讯变为可能，它造成了全球的统一。人类整体的共同的历史开始了。统一的命运控制着人类整体。全球四面八方的人都能互相理解。由于比起以前东亚对于“中华帝国”，或者地中海世界对于罗马来说，现在通讯联系技术更容易到达世界各地，因此全球的政治统一只是一个时间问题。”①

全球化时代人类文化传播的规模、速度及范围都是之前的时代所不敢想象的，它以空前的效率将不同时空的人类文化形态、价值观念、思维方式置于同一平面内，使得文化比较成为可能，也变得必要。以前世界未连成一片的时候，人们信息闭塞，身处单一的文化形态，在周围人身上也看不到太大差异，大家都一样，也就无所谓文化比较。可是在全球化时代，一方面，人们很容易接触到其他的文化形态，很容易了解到他国国民的生活状况，看到其他地方的人自由、富裕、稳定，再比较自己糟糕的现状，自然而然心理就有落差，就会生出对本国文化的不满；另一方面，看到其他文化里不好的或接受不了的东西，比如侵略扩张，比如宗教信仰的对立，人们又会生出捍卫自己文化的责任感。文化比较既然不可避免地要发生，那如何公正客观地进行比较就成了一个重大的问题，它事关在这样一个不可逆转②的全球化大潮裹挟之下人类如何共同生活的问题，也事关中国这样一个古老的文化共同体在现代社会应该何去何从的问题。

实际上文化比较远不是像现在我们谈论它时这样平和的事情，文化比较的结果常常是由于文化价值的对立而引发的激烈冲突。塞缪尔·亨廷顿在《文明的冲突与世界秩序的重建》一书中系统阐述了

① [德] 卡尔·雅斯贝斯著，魏楚雄、俞新天译：《历史的起源与目标》，北京：华夏出版社，1989年版，第220页。

② 作者注：全球化是否不可逆转目前也存在争议，尤其是伴随着英国脱欧，特朗普接任美国总统以来的一系列保护主义政策，以及大量欠发达地区对全球化一贯的抵制情绪，近年来反全球化浪潮汹涌澎湃，使得人们不得不反思全球化话语的合法性。但本文认为，科学技术的线性推进所带来的人类物质生活方式更替的现实性，是抗拒全球化的最大障碍，人类享受现代性带来的便利之时，也难以避免承受着现代性带来的困扰。反全球化浪潮更多是出于对于现代性危机的焦虑而做出的本能反弹，而非明确合理的新型世界治理理念，我们迟早还是要直面全球化背景下的文化冲突问题。

“文明冲突论”①。文明冲突论认为，冷战后国际关系的行为主体不再是一般的民族国家，而是文明的核心国家。世界上存在七个或八个主要文明，它们是：西方文明、中国文明、印度文明、日本文明、伊斯兰文明、东正教文明、拉丁美洲文明和可能存在的非洲文明。未来世界国际冲突的根源将主要是文化的而不是意识形态的和经济的，全球政治的主要冲突将在不同文明的国家和集团之间进行，文明的冲突将主宰全球政治，文明间的断裂带将成为未来的战线。文明冲突论强调文化认同在塑造全球政治中的主要作用，为人们理解当今世界中的政治关系提供了一个富有价值的解释框架。围绕文明冲突论，质疑和反对之声从未停止，但无法抹杀其意义，反而使其意义更为凸显，这些反对观点也在一定程度上修正和完善了文明冲突论。比如在《文明的冲突与世界秩序的重建》的附录中，哈佛大学教授约瑟夫·奈（J. Nye）指出：“他只是抓住了认同感冲突的一个方面、一个角度。大文化内部的认同冲突要远远多于大文化之间的认同冲突。”② 曾任美国驻联合国大使的珍妮·柯克帕特里克说：“存在于文明内部的狂热派与立宪主义之间，极权野心与法治之间的冲突以一种比存在于文明之间的冲突更触目、更完全的形式出现。”③ 这两种观点质疑的只是将文明冲突论应用于解释国际社会政治关系时存在的过度概括的困难，并没有否定文化认同冲突的关键性影响，而其实这种反对也正是在肯定了“大文明”中“小文明”的冲突的重要影响之后才展开的。应该说，从文明冲突的角度，或者更准确地说，从文化价值认同冲突的角度，来理解当今世界的国际政治关系以及国家内部不同群体的利益

---

① 作者注：在塞缪尔·亨廷顿那里，“文明”概念与“文化”概念是通用的，因此这里讨论文化冲突时参考其“文明冲突论”。

②［美］塞缪尔·亨廷顿著，周琪、刘绯、张立平、王圆译：《文明的冲突与世界秩序的重建》，北京：新华出版社，1998 年版，第 420 页。

③［美］塞缪尔·亨廷顿著，周琪、刘绯、张立平、王圆译：《文明的冲突与世界秩序的重建》，北京：新华出版社，1998 年版，第 420 页。

关系，都是十分有意义的探索。

关于文化冲突的实例，且不说中外文化碰撞中的历次战争悲剧，单就国人内部而言，不同文化主张的国人之间的冲突也十分剧烈。李泽厚“救亡压倒启蒙”[①] 的概括刻画了中国知识分子在近代历史条件下进行文化比较时的特殊情结。文化比较一旦置于救亡图存的语境之中，就不可避免地要以一种激烈的方式呈现，真正学理层面的文化比较不得不让位于强调民族解放的民族主义、国家主义叙事。政治文化领域首先成为文化比较的焦点，围绕中国要建立何种国家制度，洋务派、立宪派、革命派斗得你死我活。我们的历史教材经常给人一种误解，以为中国人对救亡之路的探索是各阶级前赴后继、同心一致的：地主阶级不行了，农民阶级站出来了；农民阶级不行了，资产阶级维新派站出来了；维新派不行了，革命派站出来了；革命派不行了，无产阶级站出来了。实际上各阶级的探索是同时进行的，因为秉持的文化理念不同，主张的救国道路不同，认可的革新激进程度不同，各种势力相互否定、相互仇视之处甚多，很难形成一股合力。

文化冲突的问题并没有因为新中国的成立而得以消解。只是在新中国成立以后，所有问题都政治化了，没办法谈文化比较了。20 世纪 80 年代的文化反思热潮，重新将以前的问题讨论一番，但并没有取得多少实质性的进展。今天，随着“中国崛起”，我们感觉不一样了，不能再挨骂了，是时候要求话语权了，但话语权不是强权，不是靠态度强硬就能获得的。如上所述，文化冲突的问题是从近代一直延续过来的，消解文化冲突需要我们对中西文化的内涵有一个更深层次的理解，在平等对话的基础上达成中西文化的融合，以此为现代国家的建构奠定一个文明基础。

---

① 李泽厚：《中国现代思想史论》，天津：天津社会科学院出版社，2003 年版，第 19 页。

二、 我国国际话语权与国家地位的脱节

中国的崛起已成既定的事实。如今的中国，毫无疑问是世界上最发达的发展中国家，中国的 GDP 总量已跃居世界第二位，仅次于美国，而总量超越美国也指日可待。中国经济强大起来了，援欧、援非、援俄、“一带一路”，在世界范围内大规模投资，频频甩出大手笔，向世界人民展示了今日中国的富强。世界再也不可能无视中国的经济地位。中国富强了，自然不满足于仅在经济地位上让世界承认自己，更要求获得文化上的话语权。然而我们该以什么样的中国文化作为筹码来向世界要求话语权呢？在这个关键问题上，我们并没有做好准备。近代以来以儒家文明为核心的国家认同崩溃之后，我们并未建立起可以作为现代中国国家认同基础的新型“中国文明”，对“何为中国”的问题从未有过圆满的回答。中国的崛起还只是经济的崛起，这不足以支撑起中国在世界的话语权，中国想要以文明大国的形象引领世界，还有很长的路要走。

（一）中国经济地位的提升

根据《2017 年政府工作报告》，2016 年中国“经济运行缓中趋稳、稳中向好。国内生产总值达到 74.4 万亿人民币，增长 6.7%，名列世界前茅，对全球经济增长的贡献率超过 30%。居民消费价格上涨 2%。工业企业利润由上年下降 2.3% 转为增长 8.5%，单位国内生产总值能耗下降 5%，经济发展的质量和效益明显提高。”中国 2016 年的经济总量已经将世界排名第三位的日本（日本 2016 年 GDP 总量为 30.2 万亿人民币）远远甩在了身后，稳居世界第二位，而且按照计划 6.5% 左右的经济增长速度，总量超越美国已成必然趋势；中国对全球经济增长超过 30% 的贡献率，更是说明了中国在世界上不可替代的经济地位。

“回顾过去一年，走过的路很不寻常。我们面对的是世界经济和

贸易增速7年来最低、国际金融市场波动加剧、地区和全球性挑战突发多发的外部环境，面对的是国内结构性问题突出、风险隐患显现、经济下行压力加大的多重困难，面对的是改革进入攻坚期、利益关系深刻调整、影响社会稳定因素增多的复杂局面。在这种情况下，经济能够稳住很不容易，出现诸多向好变化更为难得。”自2008年金融危机爆发以来，全球经济普遍不景气，中国经济虽然也受到波及，但没有受到根本性的伤害；在各国经济实力的消长之中，中国的经济地位不降反升。中国成为经济危机中少有的中坚力量，各国普遍寄希望中国来带动世界经济的复苏，这对中国来说既是机遇，也是挑战。与此同时，国内改革引起社会的剧烈动荡，区域发展不平衡，产业结构不合理，财富分配不公等问题仍然存在，人民生活成本过高，教育、医疗、就业、食品安全问题仍然突出，这些问题不但影响了国民对于国家发展的信心，也加深了国际社会对于中国崛起的疑虑。

“过去一年，中国特色大国外交卓有成效。习近平主席等国家领导人出访多国，出席亚太经合组织领导人非正式会议、上海合作组织峰会、金砖国家领导人会晤、核安全峰会、联大系列高级别会议、亚欧首脑会议、东亚合作领导人系列会议等重大活动。成功举办澜沧江－湄公河合作首次领导人会议。同主要大国协调合作得到加强，同周边国家全面合作持续推进，同发展中国家友好合作不断深化，同联合国等国际组织联系更加密切。积极促进全球治理体系改革与完善。推动《巴黎协定》生效。经济外交、人文交流成果丰硕。”如今在世界的各个角落、各种场合，处处可见中国的身影。中国在世界舞台上的活跃表现，显示了经济发展起来的中国积极广泛参与国际事务，谋求更高话语权的决心，世界在惊呼“中国世纪”的到来。

中国的经济实力已是举世公认，但中国的经济地位究竟如何却评价不一。经济地位不能等同于经济实力，经济实力的得出更多借助的是明面上的指标数字，也因此较少存在争议，经济实力更多关注数量；而经济地位则是多种因素共同作用的结果，不光看经济的数量如何，更与经济发展的质量有关——看一个国家的经济地位，往往是看这个国家的经济发展模式是否是健康的、高效的发展，是否对世界上其他国家的经济发展有积极意义。再者，一国的经济地位并非只由经济的成败决定，也与其国家形象，与其政治、文化话语权密切相关。中国固然已经拥有不可替代的经济地位，但这种地位若仅依赖经济实力的支撑，而没有话语权的保障，是无法让人心悦诚服的，就如同一个富豪，财富可以让他拥有很高的社会地位，但却未必能够让他获得人们的尊重。

经济地位与话语权的背反是中国迫切要改变的现状。目前由于意识形态、社会制度、价值观等的对立，西方国家对中国的消极态度并没有大的转变，中国总体的国际形象和国际声誉在西方主流舆论中没有根本改善，负面报道仍然不断。中国的强大令很多国家感到不安，“中国威胁论”仍然很有市场。西方世界批评中国的社会制度，认为中国没有民主、没有人权、没有自由、没有法制、没有信用，国家和社会治理问题重重，强化意识形态对立，民族主义和民粹主义倾向严重，这样一个国家的崛起绝非世界的福音。面对这些指责，很多中国人按捺不住怒火，恶语相向，结果非但无助于改变中国形象，反而加剧对立。也有很多人意识到了造成这种现状的根本原因是中国不掌握话语权，所有人都在以西方中心论的立场来评价中国；西方国家把持话筒，污蔑中国，中国要改变这种现状就必须夺过话筒，不让他们叫嚣。但话语权能否靠强力得来，是一个需要认真考虑的问题。

（二）中国话语权的丧失

关于何为话语权的问题，学界存在很大分歧。洪鼎芝认为：“‘话语权’简言之，就是说话权，即控制舆论的权力。话语权掌握在谁手里，决定了社会舆论的走向。国家话语权，是一个国家在世界上‘说话’的影响力。话语权的本质不是‘权利’（right），而是‘权力’（power），是通过语言来运用和体现权力。”① “从国家来讲，有人认为话语权是权力话语，或是话语权利，抑或媒体控制权；有人认为话语权即文化软实力；有人认为话语权即是硬实力。”② 王越、王涛将这些观点加以综合，认为：“从国际政治角度看，话语权则是国家在国际事务中发表立场、主张的资格，以及国家谋求参与世界政治格局、制定国际政治经济规则、引导世界主流舆论、传播国家价值观念等国际行为的权力。可以说，话语权应理解为一种国家行为权。” “从本质上看，话语权是强权国家经济、军事等硬实力的一种投射和体现；从表现形式看，话语权主要反映了国家在国际政治中硬实力的分配；从现实结果角度分析，国际政治斗争中国家硬实力的力量对比造就了话语权的差序格局。强权国家凭借强大硬实力，通过黩武主义使国家利益最大化，同时也把本国的国家意志以所谓的‘客观真理’强行向他国渗透与推行，强行建构一个最符合其国家利益需要的国际关系秩序。”③

这些观点实际上都片面地将话语权视为一种权利或权力，十分强调国家硬实力是话语权的凭借，在强权主义国际政治关系的言说体系下，以竞争力标准来界定话语权，而忽视了话语权作为一种文化现象所应遵循的特殊规律。

本文不否认上述观点有一定的合理成分，但这种认知未免过于狭隘和危险，把话语权视为强国的文化渗透，必然导致崇拜武力。中国要想改变西方霸权对话语权的垄断，岂不是先要使自己成为新的霸权？用霸权反对霸权，这完全违背中国和平发展的主流价值观。那么话语权的本质究竟是什么？西方马克思主义者安东尼奥·葛兰西对此有所提及：“社会集团的领导作用表现在两种形式中——在统治的形

---

① 洪鼎芝：《信息时代：正在变革的世界》，北京：世界知识出版社，2015 年版，第 72 页。

② 王越、王涛：《文化软实力提升中国话语权探究》，《东北师范大学学报（哲学社会科学版）》，2013 年第 5 期。

③ 王越、王涛：《文化软实力提升中国话语权探究》，《东北师范大学学报（哲学社会科学版）》，2013 年第 5 期。

式中和‘精神和道德领导’的形式中。”统治的形式表现为上层建筑的国家机器，“精神和道德领导”的形式指的正是文化领导权或曰话语权。可见，话语权的核心内容在于文化领导权。那么中国要实现文明的崛起，争取话语权，必须从文化入手。为了强调话语权的文化属性，本文认为，话语权是一个国家凭借其普适的文明形态而在知识和道德领域所拥有的文化领导权，它实质上是一个国家足以令其他国家心悦诚服的道德权威。

那么中国的话语权是如何丧失的呢？我们还是以文化比较的历史为线索来看。

在近代以前的中国，文化比较虽然也存在，但从来不是像如今这般重要的问题。近代以前我们对自己的文化是极为自信的，中原文明之于少数民族的“华夷之辨”，“天朝上国”之于海外诸国的朝贡体系，虽说有文化比较的成分，但从未将两种文化置于平等地位来加以比较，我们认为的“文化”实际是以我们中原文明去“化”人家，我们是“天朝上国”，视他们蛮荒小国为附庸，不以为意。这个时期中国是从未担忧过话语权问题的，中国凭借一套完善的儒家伦理等级秩序和专制主义中央集权的官僚体制，维持了一个庞大帝国几千年的繁荣。虽然这种话语权在很大程度上是自封的，中国从未公正地去看待其他文明，但是不可否认，哪怕是在世界范围内，中国文明也绝对具有竞争话语权的资格。只是在封闭与自大之中，中国没有注意到，世界文明的中心悄然发生了易位。

到了近代鸦片战争时期，我们一个如此庞大的帝国竟完败于英国的区区几艘军舰，这才不得不正视中西文明已经形成的巨大差距。我们不得不接受一个现实，中国已沦为世界的普通一员。鸦片战争之后西学东渐，这是中西文化比较的一轮高潮，文化比较也从那时候开始成为重要议题，并一直延续至今。在与西方的文化比较中，我们的文化自信大受打击，深感处处不如人，胡适曾说道：“我们的固有的文化实在是贫乏的，谈不到太丰富的梦话。……我们所有的，欧洲也都有；我们没有的，人家所独有，人家都比我们强。……至于我们所独有的宝贝：骈文、律诗、八股、小脚、太监、姨太太、五世同居的大家庭、贞节牌坊、廷杖、板子夹棍的法庭……虽然‘丰富’，虽然在这世界无不足以单成一系统，究竟都是使我们抬不起头来的文物制度。”① 作为当时的中国知识分子领袖，胡适对中国文化的态度如此，足见西方文明对近代中国的冲击之剧烈。从这时起，中国的文化话语权荡然无存。曾经作为中国国家认同核心的儒家文化，不仅不再能够凝聚人心，其自身合法性也变得可疑。

当然，也不是所有知识分子都对中国传统的儒家文明丧失了信心，中国的文化保守主义者，尤其是新儒家，不甘于将文化话语权拱手让给西方，也为儒家文明做了很多辩护。他们认为，中国儒家文明具有很多西方文明所无法替代的优势，更重要的是文化传统是内化于一个国家、一个民族的血液之中的，抛弃了传统，人们的精神无以立足，更无从进步。新儒家文化重建的核心任务是“内圣”如何开出“新外王”。“内圣”自是儒家的修身齐家的修养工夫，而“外王”是家国天下的一套社会政治制度，“外王”以前是和封建专制结合的，而到了现代社会，帝制瓦解，这套以伦理等级为核心的社会政治制度如孤魂野鬼一般无以附着，所以“外王”只能换成“新外王”。“新外王”是什么呢？新儒家都认可现代民主制度，可是这个问题并没有得到解决，新儒家几代人下来，也没有找到“内圣”开出“新外王”的路径。中国传统儒家文明无法与现代社会接轨，中国的文化话语权自然难以确立。

其实从“文化比较”这个概念本身，就可以看出中国文化话语权的衰落。文化比较多是文化相对弱势的一方采取的做法，真正强势的文化多是做“文化研究”，西方国家的中国文化研究、非洲文化研究

①《胡适经典》，北京：当代世界出版社，2016 年版，第 31 页。

等等，多多少少都是自己站在一个较高的立场上来研究别人。这倒也不能说成文化霸权主义，这是很自然的现象。文化不是经济、不是军事，政治军事力量的比较有统一的标准，比较起来很容易，但文化比较就很难。文化在很大程度上是一种心理感受，每个人的感受大不相同，你很难说哪种文化更好一点，关于文化的比较和研究不可避免地要带些感情的因素在里面。我们搞文化比较，其实很大程度上是一种感情的策略，因为接受不了自己的文化这般弱势，这般被人看不起，我们通过文化比较来将两种文化的地位拉平一些，以得到心理上的慰藉。更进一步说，有人希望通过文化比较来论证自己的文化更胜一筹。比如梁漱溟说，西方人向前看，印度人向后看，中国人持中，中国人既不像印度人那样耽于轮回，也不像西方人那样一味功利。这种说法表面上好像很客观，其实还是为了说中国文化最好、最高明。我们固然可以对自己的文化自信，相信“我们的”文化是“好的”文化，但仅仅是我们自己认为好还不行，这对于中国确立文化话语权是远远不够的，一个文明的大国必须拥有让世界认可的文化，才能引领潮流，获得文化权威。

（三）重建国家价值认同是确立话语权的前提

话语权的确立对中国来说是个必须审慎思考的问题，不能仅凭一腔热情，妄言夺取，它同时也是一项重大而紧迫的任务。“中国的话语权”核心问题有两个，一是何为“中国”，二是话语权的本质。“何为中国”的问题关系到经济崛起的中国将以何种国家认同来认识自己和面对世界，“话语权的本质”问题则关系到中国作为一大新兴势力将以何种理念来影响世界。

从前面对《中国国家形象全球调查报告 2015》的分析中我们发现，实际上海外有相当一部分群体对中国的崛起是担忧的，他们认为中国追求地区和全球领导权，国家和社会治理不够稳定，这样的国家会不会成为一个新崛起的霸权？这是中国必须要做出回答的问题。中国经济的崛起已成既定的事实，下一步如何行动，全世界都在拭目以待，可是中国应该给世界以何种答案，到目前为止并没有一致的口径和明晰的态度，这就是问题的紧迫性所在。正如资深外交家吴建民所说："中国在鸦片战争后首次走到了世界舞台中心，这一新变化世界没有准备好，中国自己也没有准备好。"①

中国既坚持和平发展道路，无疑是要凭借一种全新的文明形态来影响世界的，这就规定了中国所要争取的话语权是一种文化和道德权威。于是眼下最核心的问题就归结到了"何为中国"。如何重建文明基础之上的国家认同，对内凝聚人心，维持社会和谐稳定；对外引领潮流，推动建立国际政治经济新秩序，是当下中国必须做出回答的问题。

"何为中国"问题讨论的乃是一种目标，而非某种现实。现实中的中国是作为民族国家存在的，是主权界限清晰的、在国际社会中独立的行为主体，是一个权力共同体，而这里讨论的作为目标的中国则是一个基于文化认同的价值共同体。

民族国家目前仍是国际社会的基本单位，但随着全球化进程的不断推进，以民族来界分国家正面临越来越多的困难，这些困难在中国尤为明显。中国原本是一个以儒家文明为认同核心的价值共同体，在近代遭遇西方文明之后，帝国体制瓦解，儒家文明随之崩盘，中国作为一个文明国家所赖以存在的价值基础被摧毁了。为了凝聚国内力量，应付内忧外患的复杂局势，中国人引进了西方现代民族国家的概念，通过对国家主权的不断重申，明确与他国的政治性区隔，以此来获得国家和国民的自明性。所以，民族国家概念是个舶来品，并不为我们的文化传统所熟悉，我们接受民族国家的概念是被迫的，从"只知有朝廷不知有国家"（梁启超语）的朝贡体系下自视为文明中心的盲目骄狂到不得不将中国文明降格为中华民族之特有文明，这种转变

①《吴建民：鸦片战争后，中国首次走到世界舞台中心》，网易新闻，2010年1月12日。

是个痛苦的过程。而这种转变并不完满，它留下了诸多“后遗症”。

首先，民族概念限制和扭曲了中国文明作为价值共同体的普遍性意义，而降格为中华民族一族之特有文明。失去普遍性意义的中国文明被边缘化，再难于世界中找到自己的位置。于是我们渴望“与世界接轨”，向世界主流文明靠拢；我们渴望“中华民族的伟大复兴”，重新确立中国的国际地位；我们只能强调“中国特色”，来搪塞与主流文明的冲突；我们接受民族国家概念本为重构国家认同，却又处处显露出文化自卑。我们寄希望于“民族的才是世界的”，来确立中国文化在现代国际社会的地位，这本身就是一个悖论。

其次，狭隘的民族意识加剧了文化隔阂与文明冲突，造成国际政治秩序的动荡。民族国家内部的自我认同是在与国家外部的区隔中显现的，国家的主权、政权、领土、人口都是神圣不可侵犯的，国家主权高于一切，即使人权也不得高于主权。国际社会中的国家关系成为一种赤裸裸的利益关系，国家间的博弈以争取国家利益为最高诉求。民族主义的狭隘自我认同必须建立在与“他者”的对立之上，要有外部的敌人才能形成对内的凝聚力，这就使得国家总是处于一种紧张的外部环境中。同时，国家外部的紧张又与内部的自由成反比。当国际形势严峻时，国内要求伸张公民权利、要求变革不合理生产关系的声音必然被“民族大义”所压制和冲淡，一切服从于民族大义与国家利益。因此，民族国家的外部紧张与内部动荡常常同时并存。

最后，民族主义无法很好地解决多民族国家的认同问题，反而可能激发国内不同民族的狭隘民族情绪，导致国家的分裂。辛亥革命中带有强烈的排满思想，在早期革命口号中甚至连所有少数民族都要排斥，只将汉族视为中华民族，这种主张即刻就会威胁到中国的统一和领土完整，所以后来梁启超才在更广泛的意义上使用中华民族的概念，使之包含中国境内所有的少数民族。但是即使如此也无法达到使中国境内所有民族成为文化均质的中华民族的目标，民族主义本是整个中华民族用以实现民族独立的“权宜之计”，却往往被内部的小民族主义者篡改为分裂国家的手段。

综上，民族国家的解释框架不足以使中国建立起新的价值认同，中国今后的目标，不能还停留在民族国家的建构上。内部国民的焦虑与迷茫，外部环境的紧张与动荡，都在促使中国积极寻找一种全新的、普适的文明形态来作为多民族国家价值认同的基础。唯有如此，中国才能重获价值共同体意义上的国家自明性，进而为全人类克服现代性精神危机提供一种新型的文明范式，由此确立中国的话语权。

三、执政理念的人民性奠定话语权基础

中国共产党执政理念的转换是中国经济与社会发展的必然结果，新的国情、民情要求新的执政理念和执政方法。新的执政理念既要继续坚持执政为民的根本宗旨，又要更为全面地反映当下人民的多元诉求，以更具实践意义的价值目标来指引党的执政方向。社会主义核心价值观正好满足了这些要求，因而应当成为今后党的执政理念。中国要追求成为文明的大国，势必要靠先进文化的建设来争取话语权。因而我们必须以一种开放的心态，在学理层面对西方文明进行更加深入的消化和借鉴，这要求我们遵循文化发展的内在规律。社会主义核心价值观是核心执政理念与主导话语体系的统一，以对社会主义核心价值观的进一步深入阐释来整合国内秩序和建立国际认同，是当下文化重建的一项重要任务。

（一）社会主义核心价值观应成为中国共产党的核心执政理念

中国共产党作为马克思主义政党，始终坚持人民群众的主体地位，“立党为公，执政为民”是党的核心执政理念。改革开放以来中国经济的增长和社会矛盾的深刻变化，对中国共产党的执政提出了新的更加全面的要求，仅仅强调人民地位已经不够，需要我们对党的执

政任务有一种更加明确、更加具体化的表述。社会主义核心价值观是当代中国人价值理想的集中表达，它几乎囊括了人类所有可欲的价值目标，能够体现全体人民的价值诉求，因而必将成为中国共产党今后执政的核心理念。

执政理念的转换根源于时代问题的转换，将社会主义核心价值观作为新的执政理念是总结历史经验、着眼人民群众需求的变化、立足当前中国国情而得出的结论。此前，对于今日中国需要何种建设方案，学界有不同的表述。

甘阳提出的“通三统”影响深远，他认为，目前中国存在三种传统：儒家的传统、毛泽东的传统、改革开放的传统。以此为框架分析今日中国的社会现实，确实不失为一种创见。儒家传统至今已模糊不清，但在中国人日常生活当中明显可以看到的就是注重人情和乡情，今日所谓“关系社会”无疑是几千年宗法伦理的古老传统和等级礼法的差序格局在发挥影响；毛泽东时代形成的传统在于对平等的强调，中国区别于资本主义的本质内容即在于社会主义国家对平等的追求，这种国家意志不会变，所以毛泽东的传统也必将延续；改革开放的传统是伴随市场经济的引入而激发的人们对于财富、自由、权利的欲求，世俗欲望的解放促进了中国整体性社会的瓦解与原子化个人的产生，这个过程虽远未完成，却已然不可逆转。如此看来，甘阳所说“三统”并存确为深刻的事实，只是如何“通”，未闻其详。

王立胜、王清涛套用甘阳的“通三统”，提出了“三个三十年”①理论，试图梳理出中国共产党执政理念的逻辑主线，为新时期的执政理念提供方向引导和理论支撑。“三个三十年”理论的主要观点如下。

---

① 见王立胜、王清涛：《平等、富裕、公平、正义：中国共产党核心执政理念的时代转换》，《东岳论丛》，2015 年 1 月第 36 卷第 1 期。作者对于“三个三十年”的划分是：“从 1949 年到 1978 年党的十一届三中全会的召开，可以看作第一个三十年；从 1978 年到 2012 年党的十八大召开，可以看作第二个三十年；从 2012 年到 2049 年，可以看作第三个三十年。第一个三十年，我们把它称为毛泽东时代；第二个三十年，我们把它称为邓小平时代；第三个三十年，我们把它称为新时代。”

在第一个三十年即1949年到1978年的毛泽东时代，中国共产党的核心执政理念是平等。毛泽东为消灭旧社会的不平等，追求纯粹的社会主义生产关系，并以共产主义信仰凝聚人心，实现了中国社会秩序与精神秩序的高度统一。平等还只是中国共产党对于社会主义社会中人与人关系的浅层次认识，带有中国传统政治文化中平均主义的色彩，毛泽东时代的建设因违背经济规律而出现严重挫折，但社会主义的生产关系和追求平等的国家意志已经确立。第二个三十年即1978年到2012年的邓小平时代，中国共产党的核心执政理念是富裕。20世纪70年代末中国最大的问题是贫困，邓小平把发展生产力、满足人民物质生活需要作为首要任务，做出改革开放的决策，引进了市场经济。追求富裕使得中国的发展过于偏重经济方面，而忽视公平正义，出现道德失范、特权盛行、贫富分化严重的问题。因此，第三个三十年，即从2012年到2049年的新时代，中国共产党的核心执政理念应是公平正义。作者运用马克思的历史辩证法中事物向对立面的转化的规律来解释中国共产党执政理念的转换："不平等的旧中国必然为平等的新中国所取代，贫穷的社会主义必然向富足的社会主义发展，拜金主义的社会主义必然向公平正义的社会主义转向。平等是要把人从对人的依赖中解放出来，富裕是要把人从物质资料的极度匮乏中解放出来，公平正义是要把人从对物的依赖中解放出来，从平等到富裕到公平正义是一个正反合的逻辑过程。"①

"平等—富裕—公平正义"的表述不应理解为毛泽东时代要平等，邓小平时代要富裕，新时代要公平正义，这样就割裂了三个时期的历史的联系，使人无法理解中国社会变迁的深层线索。实际上，党的执政理念的发展过程背后有一条一以贯之的逻辑主线：马克思主义的终极目标——人的解放。每一个时期党的执政理念尽管在路径选择上明

---

① 王立胜、王清涛：《平等、富裕、公平、正义：中国共产党核心执政理念的时代转换》，《东岳论丛》，2015年1月第36卷，第1期。

显不同，但都是在对前一个时期执政经验批判继承基础上的发展，并非只追求单一的价值目标。

毛泽东批判旧社会的不平等，变革社会的生产关系，以纯粹的公有制消灭人对人的依附关系，消灭资本，消灭产生不平等的社会基础。这说明毛泽东时代追求平等的背后，是人的解放的理想。同时，这一时期对资本的坚决拒斥是基于资本必然反对公平正义这一不成熟的认识，要公平正义，因而不能要资本。所以毛泽东时代虽然在一定程度上实现了平等，但也带来了物质资料的极度匮乏。

邓小平时代中国共产党总结毛泽东时代的教训，认识到没有物质基础的现代化只能是一种贫乏的道德乌托邦，因而将目光转向人民追求物质充裕的世俗愿望，实行改革开放，引进了市场经济，引入了资本逻辑。邓小平时代并非否定了毛泽东时代对平等的追求，相反，平等已是邓小平时代追求富裕的底色，市场经济只是作为发展经济的手段，为的是更好地保障平等。然而以富裕保障平等毕竟是主观上的愿望，实践中还是遇到了问题，资本逻辑与公平正义的紧张关系不可避免地产生了。市场和资本的引入使得中国的社会结构发生深刻变化，由于资本只承认人与人之间的金钱关系，人的价值只在于他占有多少商品，这必然带来人对物的依赖；商品交换脱离政府、组织和单位的家长式干预，催生出原子化的个人；资本对竞争、效率的强调迫使人们为了生存而变得愈发贪婪，导致社会贫富分化，道德危机，公平正义旁落。

因此，新时代中国共产党的执政必然要突出对公平正义的追求，但不能理解为党的现阶段执政理念只是公平正义，否则就将公平正义降格到了实践举措层面。确切地说，新时期的执政理念是“平等—富裕—公平正义”的深度融合，它是一套综合、全面且内在协调的价值目标和治理方案。党的十八大提出社会主义核心价值观，富强、民主、文明、和谐、自由、平等、公正、法治、爱国、敬业、诚信、友善，这 24 字正是对以“平等—富裕—公平正义”为线索挖掘出的党的深层执政理念更明确而全面的表述。这24字价值观并非国家、社会、个人三个平行层面上价值目标的简单罗列，而是一个层次分明、内在统一的严密体系。它以马克思主义的自由（人的解放，人的自由全面发展）为终极价值追求，以平等、公平正义为现世价值原则，民主、法治是制度保障，富强是物质基础，爱国、敬业、诚信、友善是国家富强的群众依托，文明、和谐是美好世界的状态描述。以社会主义核心价值观作为党的执政理念，是执政理论探索的重大进步，对指导今后党的建设实践具有重要意义。

（二）话语权确立应遵循文化社会发展规律

前文已论证，话语权实质上是一个国家在国际社会中的文化道德权威；中国要重获这种权威，需要建构出一种能够惠及全人类、可以作为新的典范的文明形态。而在展望此远大理想之前，我们必须面对一个尴尬的事实，那就是目前我们对自己文化的认识仍然模糊不清，中国作为文化共同体所赖以存在的根基尚未确立。所以，争取话语权的首要任务就在于回答“何为中国”。

关于“何为中国”的讨论从近代中西文明的碰撞就开始了，它始终是中国文化重建的核心任务，伴随中国的现代化进程一直延续至今。然而到了今天，这种讨论已经在很大程度上陷入了某种僵局，不仅不能产生共识，反而瓦解着几百年来苦苦求索的成果。导致这一僵局的根源是狭隘的民族主义情绪驱使下的对普世价值的盲目拒斥，是一种文化相对主义的“中国特殊论”。

“中国特殊论”是追求中国话语权的一种肤浅的方案。持此论者深信，中国话语权的缺失完全是因为西方世界对话语权的垄断，在西方中心主义的现有话语体系下，中国要确立话语权是不可能的；西方帝国主义“亡我之心不死”，利用自由、民主等普世价值宣扬西方意识形态，对中国进行和平演变；中国要确立话语权必须和普世价值划清界限，依靠国家实力来输出中国的独有文化，使之成为新的权威。

“中国特殊论”是当下中国文化重建的重大障碍。

首先，“中国特殊论”混淆了文化与文明。文化是人类精神创造的主观形式（主要指心理文化）和客观形式（主要指物质文化和制度文化）的总和，是一个不包含价值判断的中性概念；文明是文化中的优秀部分，自带褒义的属性。人们谈论文化时往往是在描述其区别于其他文化的特殊性，每个国家、每个地方都有自己独特的文化，这一般不会有什么争议；但如果说每个国家、每个地方都有自己的文明，就会有很多人不同意，大家会觉得有的地方的文化不够资格称为文明。这说明文明是基于全人类普遍的人性在世界范围内的广泛认同中获得其地位的。文化强调特殊性，而文明强调普遍性。持“中国特殊论”者急于建立自身文化认同而强调中国之特殊，以为只有标明自己的文化领地才能获得在国际社会的自明性与自主性，殊不知这样做把中国文明降格为了文化。文明固然各有特色，但前提是它必先满足普遍性的要求，先成为文明而后才能谈得上独特的文明。

其次，“中国特殊论”预设了文明之间不能相通这一前提，因而中国要想取得话语权只能用“我的”价值来替代当前西方主导的普世价值。由此看来，它反对的重点不是普世价值，而是主导价值，无论是何种价值主导，无论是不是好的价值，只要不是“我的”价值，我就要反对。这就与狭隘的民族主义情绪合流，造成只要国内认同不要国际认同，团结国内力量与其他文明对抗的局面。但问题在于这种狭隘的区分敌我论无论在逻辑上还是现实中都无法构成中国“特殊”价值的正当性。当某些人坚持“中国特殊论”而拒绝与其他文明价值相互参照时，他们所谓中国特色的现代化道路所倚仗的参照标准就只剩国家的经济实力，谁财大气粗，谁就拥有话语权，这是一种彻底的价值虚无主义。国际秩序一旦失去道德力量的约束，必然重新回归丛林法则，陷入托马斯·霍布斯所说的“一切人反对一切人”的战争状态。

事实上，国际秩序的失控已经初步显现。以文化特殊论反对普世价值的各国，正在各行其是，激化着塞缪尔·亨廷顿所预言的“文明冲突”。实际上，亨廷顿的“文明冲突论”按照以上对文明和文化的区分，更确切地说应该是“文化冲突论”，文明的冲突因其“文明”而具有求同存异的可能性，文化的冲突则因无视普遍价值标准而难以调和。亨廷顿原想唤起人们对文化冲突的警惕，不料却被指责提出了一个罪恶的预言。持“文化特殊论”者借助他的“文明冲突论”为不择手段对抗西方主导文明的野蛮行径辩护；更有人将如今国际恐怖主义的泛滥归咎于亨廷顿，视他为历史的罪人，认为正是他使恐怖主义师出有名。这是亨廷顿始料未及的，平心而论，或许亨廷顿的错误只在于对人性狭隘、狡诈的一面估计不足。

最后，对于中国而言，狭隘是一种罪恶。持“中国特殊论”者尚停留在冷战思维，一味强调中西意识形态的对立，完全无视中西文化已是你中有我我中有你、难以切割的现实。当今世界意识形态的对立已经弱化，特朗普当选美国总统后的一系列政策收缩，英国脱欧公投，保守主义浪潮正在席卷西方世界，反全球化的呼声日益高涨，逆殖民化的进程正在推进，自由民主的西方普世价值正在丧失意识形态领域的全球统治力，主导世界的西方文明已经衰落。西方文明是人类目前为止唯一完成时的现代文明形态，唯一虽不意味着具有典范地位，但其几个世纪间的影响早已深入到人类社会方方面面的文明形态，与之断然决裂必然导致疯狂的行为。西方文明的危机在很大程度上就是全人类的危机。而中国于此历史转折点上崛起，面临的挑战更甚于机遇。由于急于获得在世界的话语权，很多中国人暗喜于西方世界的削弱，漠视国际环境的动荡，更有甚者叫嚣“中国特殊论”为世界的文明冲突推波助澜，满心期待对手垮掉后“中国世纪”的到来，看不到人类文明的危机，也就看不到中国对于世界所应承担的文化责任。这是一种令人失望的短视。试问，西方文明垮台后走到世界舞台中心的中国，将以何种姿态面对焦躁不安的观众？我们有方案解决世界文明的危机吗？这一切还都不明朗。

中国自身认同的问题难以解决，很大程度上是因为中国的问题和世界的问题是重合的。中国国内的文化冲突之剧烈，人们思想观念的差异之大，甚至不亚于世界。今日中国要实现文明的崛起，必须要有世界的眼光。中国只有解决好世界文明冲突的问题才能最终建立起国内的文化价值认同；世界人民都认同的中国，才是中国人想要复兴的伟大祖国。

对普世价值的简单化拒斥是文化不自信的表现，不自信因而拒绝遵守游戏规则，这是违背文化发展规律的。中国的知识分子在文化重构的过程中将西方思想的复杂内涵简单化、意识形态化，文化认同不再是理性认知的结果，而只是一种非此即彼的立场选择，对西方思想的批判往往成为简单而肤浅的前提批判——只要是西方的就是有问题的。这是中国文化难以植根于现代社会的重要原因之一。

只有通过学理层面对普世价值、对“好的”价值的开放性讨论，中国的文化建设进程才能与世界文明演进的历程接轨，中国才能逐步建立起共同体的文化认同。

（三）社会主义核心价值观是核心执政理念与主导话语体系的统一

首先，社会主义核心价值观作为中国共产党的核心执政理念，其价值属性奠定了中国共产党执政合法性的基础。

社会主义核心价值观的价值属性可以概括为两点：人本主义属性和马克思主义属性。人本主义属性即以人为本，把最广大人民群众的利益作为政党一切工作的出发点和落脚点，执政党的权力来源于民，用之于民，是现代民主政体的基本精神。人本主义中的人是超越性的人，不是作为他者的工具而存在的，人的目的只能是人本身；人非政权稳固的资本，人即是本。社会主义核心价值观中，自由、平等、公正、民主、法治等对西方优秀文明成果的吸收借鉴，体现了对人类普遍的美好价值追求的认可和高扬。同时，社会主义核心价值观又有鲜明的马克思主义属性。马克思主义学说是在对西方资本主义社会的批判过程中产生的，因此超越资本主义的价值观是社会主义价值观的内在要求。强调社会主义核心价值观的马克思主义属性，不是为了与西方资本主义价值进行意识形态的对抗，而是强调对资本主义价值内在矛盾的克服与超越。

中国共产党作为马克思主义政党，以实现共产主义远大理想为目标，以科学社会主义理论为指导，在领导全国人民进行革命和建设的过程中，探索出了一条中国特色的社会主义现代化发展道路。中国共产党的合法性地位最初是一种革命的合法性，不光夺取政权是以革命的形式，新中国成立后的初步探索也延续了革命思维，毛泽东领导的社会主义建设是向共产主义理想社会迈进的神圣事业。革命就是要推翻旧社会一切不平等的压迫人的生产关系，实现人的解放，再造全面发展的新人类。不平等、压迫人自然是不合法的，因而反抗压迫的革命就具有天然的合法性；共产党是革命的政党，因而具有执政的合法性。毛泽东时代实现了中国人精神世界的高度统一，它取消了个人利益，每个人都是社会整体上的“螺丝钉”，个人只有通过集体才能获得自身价值，在这种高效的社会动员下，没有人会去质疑革命的合法性。但这种稳定最终还是因为忽视客观经济规律导致的严重挫折而被打破，革命合法性随之消解。接下来的邓小平时代，最大的转折在于承认了人的世俗欲望和私人利益的合法性，由此也必然带来执政合法性转向以满足人民世俗欲望为目标的效益合法性。执政党执政的合法性不再来源于理想的神圣，而只在于能不能为人民谋求更多福利。邓小平明确指出，“贫穷不是社会主义，发展太慢不是社会主义”①，提出了生产力标准，以经济建设为中心，改革开放，这些都是追求发展

①《邓小平文选》第3卷，北京：人民出版社，1993年版，第255页。

效益的表现。

今日中国共产党执政的合法性延续了邓小平时代的转折，也仍然是一种效益的合法性。能否最大限度地维护好、实现好最广大劳动人民的切身利益，是执政党是否称职的衡量标准。只是经过改革开放，中国的社会结构以及人们的精神状态都发生了深刻变化，经济因素和思想价值的多元化对党的执政能力提出了更高要求，面对复杂新形势，如何保证发展效益的问题变得更加难以回答。

社会主义核心价值观来自我国现代化建设和改革开放实践，提出了在更全面、更长远意义上追求发展效益的要求。效益不再是简单的经济效益，而是经济、政治、文化、社会、生态五位一体的全方位效益。

社会主义核心价值观的人本主义属性与马克思主义属性为从理论上超越西方普世价值，重建人类新的价值认同提供了可能。西方普世价值体系中最根本的冲突在于自由和平等的冲突：如果任由人自由发展，那么人们由于先天资质、身份、拥有资源的不同，必然在发展程度上出现差异，导致后天的不平等；而追求平等，往往需要对能力超群的杰出人士加以限制，甚至有时需要通过革命手段进行财富的强制再分配。这似乎是一对无解的矛盾。从某种意义上说，社会主义与资本主义，其区别或许只在于强调自由还是强调平等，是自由多一点还是平等多一点。社会主义核心价值观，因其马克思主义属性，把资产阶级的自由上升到人的解放的理想高度，而把平等作为世俗的价值追求，为在理论上解决两者的冲突提供了可能。同时，鉴于资本主义社会的法理权威和工具理性与中国传统的伦理社会和善治理想的不同，中西执政理念必然要有所不同。中国民主法治的建设由于缺乏西方那样的社会基础，也必然需要更多探索。对两种制度互补性的更深入挖掘也是社会主义核心价值观的题中应有之义。中国共产党以社会主义核心价值观作为执政理念，因其立足中国特殊国情，具有实践上的可行性。因此，社会主义核心价值观能够为中国共产党的执政提供效益合法性的保障。

其次，社会主义核心价值观是国家诉求与民间诉求的统一，是主导话语体系。

新中国成立后，中国在计划经济体制的影响下，市民社会的自主性受到政治国家的高度限制，以市民社会为基础的民间话语体系成为国家政治话语体系的附庸。作为民间话语体系精致部分的学术话语体系长期服从于政治话语体系，难以发挥批判现实的功能。

改革开放引入市场经济体制后，个体化进程开始，中国的市民社会获得了较快的发展，民间话语体系逐渐从政治话语体系中分离出来，学术界也不再依附于国家体制，能够代表市民社会发出独立的声音，但是这种个体化转型存在很多悖论。阎云翔曾以黑龙江省下岬村为案例考察过中国社会转型中的问题，他总结道："下岬村私人生活的转型以三方面的特征形成了一个充满悖论的过程。第一，国家是一系列的家庭变化和个性发展的最终推动者。第二，非集体化后国家对地方社会之干预的减少却引起了在私人生活发展的同时而使公共生活迅速衰落。第三，村民的个性和主体性的发展基本被限制在私人领域之内，从而导致自我中心主义的泛滥。最终，个人只强调自己的权利，无视对公众或他人的义务与责任，从而变成无公德的个人。"[①] 在资本逻辑和消费主义主导下，中国新产生的原子化个人并非现代民主政体中具有权利—义务对等意识的公民，只是被释放了逐利欲望却无视对他人责任的利己主义者。这些原子化的个体由于缺乏民主参与的训练，并没有建立起对于法理权威的敬畏，而是仍然信奉强权逻辑，信奉适者生存的社会达尔文主义，这是中国社会民主法治建设难以推进的真正根源。由此观之，中国公民社会的发展还远不成熟，没有坚

① [美] 阎云翔著、龚小夏译：《私人生活的变革：一个中国村庄里的爱情、家庭与亲密关系（1949—1999）》，上海：上海书店出版社，2009 年版，第 261 页。

实的社会基础，民间话语体系和学术话语体系的独立性必然也大打折扣。在政治国家与市民社会、公共利益与私人利益的博弈中，国家和公共利益仍然是绝对强势的一方，个体往往被国家主义叙事所捕获，屈从于公共利益，而无法要求伸张自己的权利。在改革开放初期，我们固然更应强调实现人民利益所要求的社会物质条件，而把个人权利让渡给国家，但如今中国经济已经实现了腾飞，物质财富极大增加，国家就要承担更多责任去实现人民的权利。

社会主义核心价值观不仅是国家层面的价值目标，也是社会和个人的价值理想。自由、平等、公正、民主、法治是民间社会对于国家建设美好前景的强烈诉求。而以人的解放为核心要义，社会主义核心价值观指示的方向是马克思所构想的共产主义社会："在政治国家淹没于市民社会的后资本主义时期，市民社会从政治国家中收回了本来属于自己的全部权力，全体人民都成了权力的主人，市民社会与政治国家在新的基础上再度合而为一，它们之间的分离消失了，这时，市民社会和政治国家本身作为一对历史范畴也就不复存在。"① 在真正的民主实现之时，政治国家完全融入市民社会，国家与社会、个人的冲突不复存在，话语的分歧也随之消弭。社会主义核心价值观反映了最真实最广泛的民主，因而是所有中国人都认可的价值理想；它既体现以国家机器保障人的自由全面发展的国家意志，又体现人民主体意识觉醒后要求政治参与的自觉精神，因而能够凝聚最普遍的价值认同，必将成为当前的主导话语体系。

最后，社会主义核心价值观确立的执政合法性与认同的普遍性是中国确立话语权的凭借。

子曰："为政以德，譬如北辰，居其所而众星共之。"社会主义核心价值观为中国现代化治理确立了基本精神，其中彰显着中国古老文

---

① 俞可平：《政治与政治学》第2版，北京：社会科学文献出版社，2005年版，第70页。

明以德服人、以和为贵的美好品格。社会主义核心价值观有利于国家和社会治理的稳定和高效、国人精神和个性的健康提升，是中国走向世界，引领世界，确立中国话语权的最终凭借。

习近平的人类共同体理论是中国价值对未来世界的美好构想。“当今世界，人类生活在不同文化、种族、肤色、宗教和不同社会制度所组成的世界里，各国人民形成了你中有我、我中有你的命运共同体。”“为了和平，我们要牢固树立人类命运共同体意识。偏见和歧视、仇恨和战争，只会带来灾难和痛苦。相互尊重、平等相处、和平发展、共同繁荣，才是人间正道。世界各国应该共同维护以联合国宪章宗旨和原则为核心的国际秩序和国际体系，积极构建以合作共赢为核心的新型国际关系，共同推进世界和平与发展的崇高事业。”[①] 社会主义核心价值观体现的是人类共同体普遍的美好价值追求，是中国人民与全世界人民的情感共鸣点。以此为指引，中国人民将与全世界人民一道，共同呵护人类共同体的未来命运。

① 王清涛：《从神圣到世俗到国家意识的觉醒与勃兴——当代中国国家精神的艰难出场》，《东岳论丛》，2017 年 5 月第 38 卷第 5 期。